宋如珊　主編
現當代華文文學研究叢書

中國現代小說的敘事風貌

張中良　著

秀威資訊・台北

目次

引　言

在新文學的第一個十年裏，有發軔之作《狂人日記》的出手不凡，有《吶喊》、《徬徨》為中國現代小說奠定了堅實基礎，有冰心、葉聖陶、郁達夫、許地山、王統照、盧隱等作家的小說風姿各異，有眾多文學青年在小說園地拓荒耕耘，可以說，中國現代小說有了一個良好的開端與興盛的勢頭。在此基礎上，三四十年代（中國現代文學史界通常指一九二七年至一九四九年前後）的小說創作，無論從作者隊伍的規模與整體素質來看，還是就藝術多樣性和意義深廣性而言，都無疑取得了長足的發展，顯得更為壯觀。在此，先對其發展脈絡與存在狀態做一整體性的掃描與梳理。

從體裁樣式來看，新文學第一個十年，短篇小說基本成熟，中篇小說剛剛起步，《阿Q正傳》實屬鳳毛麟角，大多數則不足為觀，屈指可數的長篇小說更是未脫稚氣。到了三四十年代，中、長篇小說則可車載斗量。據文學史家統計，一九二七年至一九三七年，中篇小說有二百餘部，長篇小說倘若不釐定過嚴，當有八十部之譜，兩項相加，為三百餘種，超過第一個十年總數的十倍。[1] 一九三七年至一九四九年，更是新文學的豐收季節，中、長篇小說有四百餘部，其中中篇一百五十部以上，長篇則超過二百部，是第二個十年的兩倍半。短

1 參照《楊義文存》第二卷《中國現代小說史》（人民出版社，一九九八年），中冊，頁三五；下冊，頁四一。

篇小說整體水平大為提高，精練雋永之作不勝枚舉，中、長篇小說也走向成熟，頗多佳作。中篇如郁達夫的《出奔》，茅盾的《多角關係》，巴金的《憩園》，老舍的《月牙兒》、《我這一輩子》、《新時代的舊悲劇》，柔石的《二月》，張天翼的《清明時節》，葉紫的《星》，沈從文的《邊城》，魯彥的《鄉下》，靳以的《秋花》，鄭振鐸的《桂公塘》，馮至的《伍子胥》，張愛玲的《金鎖記》，徐訏的《鬼戀》，碧野的《烏蘭不浪的夜祭》，師陀的《無望村館主》，無名氏的《北極風情畫》，路翎的《饑餓的郭素娥》等。長篇如茅盾的《子夜》，巴金的《家》、《寒夜》，老舍的《離婚》、《駱駝祥子》、《四世同堂》，沈從文的《長河》，沙汀的《淘金記》，端木蕻良的《科爾沁旗草原》，蕭紅的《生死場》、《呼蘭河傳》，蕭軍的《八月的鄉村》，路翎的《財主底兒女們》，師陀的《馬蘭》、《結婚》，齊同的《新生代》，王西彥的《村野戀人》，碧野的《沒有花的春天》，姚雪垠的《長夜》，錢鍾書的《圍城》，司馬文森的《南洋淘金記》，徐訏的《風蕭蕭》，無名氏的《野獸・野獸・野獸》，周立波的《暴風驟雨》，丁玲的《太陽照在桑乾河上》等。長篇小說中，出現了多種結構恢弘的三部曲，其中李劼人的《死水微瀾》、《暴風雨前》、《大波》三部曲最長，將近一百五十萬字。長篇小說容量大，體式相對複雜，在一定程度上可以反映作家的構思能力、結構能力與文字表現能力。

隨著新文學創作自身的積累，加之五四以來漸成系統的外國文學翻譯，提供了較多可資借鑑的範本，作家的文體意識漸次提高，自覺地追求文體的發展，多方嘗試，大膽創新。

沈從文的《阿麗思中國遊記》開中國現代寓言體小說之先河，而後有張天翼的《鬼土日記》、老舍的《貓城記》、張恨水的《八十一夢》等相繼問世。寓言體小說充分發揮了作家的想像才賦與結構能力，顯示出小說文體形式的多樣可能性及其寓意空間的廣袤性。《貓城記》以火星上的貓國為舞臺，不僅辛辣地譏刺了保守、愚昧、懶惰、窩裏鬥等國民性弊端，而且犀利地抨擊了驕奢腐敗、踐踏文化、禍國殃民的種種政治鬧劇與社會醜劇。讓後人驚奇的是，「文革」中的一些話語邏輯與行為方式，竟在這部二十世紀三十年代初問世的寓言體小說中有所預演，足見作家眼光的穿透力和寓言體的涵容性。三十年代末的《八十一夢》，更是如天馬行空，古往今來，天堂地獄，任性馳騁，來去自如，令當局既不願從夢境中照見自身的醜態，又因其寫夢不便明令禁止，只好派一名高官假以鄉誼，對作者半是勸慰、半是恫嚇，迫使這部奇書腰斬了局。

時事的驟變，歷史進程的急速步履，催生出記實性的新聞體小說，如丘東平的《第七連》、《一個連長的戰鬥遭遇》，蕭乾的《劉粹剛之死》，周而復的《白求恩大夫》，楊朔的《紅石山》，阿壟的《南京血祭》，劉白羽的《政治委員》、《火光在前》等作品，及時地描述出歷史進程的當前狀態。新聞體小說創作態度嚴肅，手法多樣，立意深刻，語調剛健雄渾，與此相比，清末的那種單純暴露黑暗、詞氣膚淺的黑幕小說，不可同日而語。二十世紀八九十年代頗受讀者歡迎的紀實小說，其源頭之一便是新聞體小說。

魯迅等五四前驅者曾經嘗試過的散文體小說與詩性小說，在這一時期也有了較大的發展。前者以沈從文、蕭紅、李廣田等人的小說創作為代表，視角自由，敘事靈活，體式不拘常例，擴展了小說文體的藝術空間。後者有老舍的《月牙兒》、沈從文的《邊城》、蕭紅的《小城三月》、端木蕻良的《初吻》與《早春》、師陀的《果園城記》、馮至的《伍子胥》、孫犁的《荷花淀》、汪曾祺的《復仇》等代表作，故事或不曲折，甚至沒有前後連貫的情節，但以詩性的眼光與抒情的筆致營造出詩的意境，清麗或渾涵的構圖中蕩漾著婉轉動人的詩情詩韻。

在借鑑外國文學的同時，作家也有意識地向古典文學傳統與民間文學汲取營養，融會古今中外，使小說敘事在結構、視角、手法、語彙、語調等方面，都表現出可喜的開放性、寬容性與融合性，逐漸變得豐富、純熟起來。意識流不止於當作穿插使用的敘事手法，而且用作結構全篇的主體框架，它的運用已經不限於新感覺派等洋味十足的現代派，也見之於現實主義旗幟下的作家的創作。古典小說的敘事智慧與敘事技巧在寬廣的道路上得到揚棄利用，如《家》裏覺慧與鳴鳳等人物的結構關係可以看得出《紅樓夢》的影響；《科爾沁旗草原》汲取了古典小說的意象敘事；黃谷柳主要接受了章回小說的故事性與趣味性，在現代小說的通俗化、民間化方面做出了可貴的努力；趙樹理則將章回體、民間文學與新文學熔為一爐，使市民趣味鄉村化，創造出散發著鄉野氣息的新通俗小說。五四時期曾在新文學前驅者批判鋒芒下顯得萎靡落伍的「鴛鴦蝴蝶派」一詞，已經無法用來統合與指稱三四十年代的通俗小說。張恨水繼承了章回體形式及其語言風格，融入新的敘事因子，形成切合市民趣味的現代章回體；秦瘦鷗、劉雲若、程小青、不肖生、顧明道等，在社會、言情、偵探、武俠等題材領域，汲取中外營養，施展個性才華，均有適應時代的藝術創新與廣闊的讀者市場。由於啟蒙思潮深化與社會重大變遷的需求，三十年代初與抗戰爆發後幾度興起文藝大眾化運動，在陝、甘、寧邊區等抗日民主根據地還掀起了工農兵文藝運動熱潮。這些運動促進了小說語言的創新與成熟，不僅人物語言性格化，改變了工農說話學生腔的弊端，而且描敘語言也朝著貼近生活、回歸本土方面跨出了一大步。早期帶有歐化風格的書面語言經過民族化、大眾化的浸潤，變得清新活潑、暢達圓潤起來，帶有地方色彩的鄉土語言經過點化與提煉，平易自然之中又見出了純淨、明快。我們在茅盾那裏看到了歐化句式的複雜、綿密與江浙語調的明麗、婉轉，在老舍那裏看到了點染了英倫幽默的自然而明淨、清新而純熟的北京話語，在李劼人那裏看到了潑辣生動、暢達雋永的川味語言，在張恨水那裏看到了文人的雅趣與市民口語的俗白，在端木蕻良那裏看到了《紅樓夢》式的典雅精緻與黑土地的純樸豪放，在趙樹理那裏看到了民間文學的諧趣與太行山的質樸……雅與俗、古與今、洋與中，多種語言風格的汲取，多重視角的轉換，多類體式的交錯，多樣手法的融合，構成一幅異彩紛呈、絢麗多姿的景觀。

文體形式的成熟、豐富，自然伴隨著意義空間的拓展、深化。五四時期作為主旋律的人的啟蒙主題，在新的時代背景下，沿著國民性批判與知識分子自省兩條線索向前延伸。如老舍的《四世同堂》，以百萬言的篇幅，刻畫了市民性格在淪陷區的特定環境中的種種磨難與嬗變，把文化批判與民族解放、國民性的負面剖析與覺醒前景有機地融為一體，顯示了社會歷史的進步與小說自身的發展。路翎的《財主底兒女們》，通過對蔣氏三兄弟不同的性格與命運的描寫，對知識分子的道路進行了深刻的剖析與積極的探索，其靈魂拷問的深度及其生命哲學意義，足可跨越時代與國界，其藝術空間的廓大性與複雜性可以與陀思妥耶夫斯基的宏篇巨製相媲美。

在社會生活場景裏，除了繼續揭露封建禮教與封建專制餘威暴戾的罪惡，傾訴社會底層在水深火熱中掙扎的痛苦與戰爭帶來的巨大災難之外，更有中華民族在日寇鐵蹄踐踏下的翻然覺醒和浴血抗戰，還有從抗日民主根據地到解放區人民當家做主的新氣象。血火交迸的慘烈，驚天動地的壯麗，都留在了小說家描繪的巨幅畫卷之中。劇烈的社會動盪，使人越發渴求生活的安寧，戰時的流亡他鄉，使作家倍加思戀故土，因此，對文化風俗追憶性的展示與反思，就成為作家寄託鄉思、安慰心靈的自然選擇。於是，北京、東北、華南、浙東、湘西、嶺南、巴蜀等地的文化風俗，無論是新文學的第一個十年，還是此後的幾十年間，恐怕都沒有像這一時期這樣展開如醉如癡、如詩如畫的描寫。

五四時期對人生的審視，視點放在人與社會的關係上面，此時則有些變化，部分地轉向人自身。如五四時期多描寫男女戀愛自由與否的歡欣或痛苦，而這一時期則有了對戀愛與婚姻本質的反思。人的心理層面，也由於心理分析的引入，有了較深的拓展。五四時期，心理分析還只是魯迅、郭沫若、郁達夫等少數作家的嘗試，到了三四十年代，心理分析已經成為許多作家自覺運用的創作方法。如孫席珍的《到大連去》，以心理分析的眼光透視小狗子娘與表侄女婿的微妙感情；吳組緗的《樊家鋪》與《菉竹山房》，分別描寫生活困窘至極竟致殺害生身母親者與抱著靈牌結婚者的心理變態；叔文的《費家的二小》，揭示出費家父子不肯讓女兒（妹妹）出嫁的冠冕堂皇理由之下的心理變態；李健吾的《死的影子》，以心理分析的筆法刻畫了一個精神十不全性格；李拓之的《埋香》，心理分析加上了一點新感覺派的味道；心理分析方法用得最為自覺也最為成功、因而最有代表性的還要屬施蟄存，他的《鳩摩羅什》、《將軍的頭》、《石秀之戀》、《四喜子的生意》等作品，無論是取材於古典，還是涉筆於現實，都以心理分析的深邃與細膩，洞幽燭微地揭示了人性的隱曲。

人與自然的關係，也得到作家的格外關注。丁玲的《水》、徐盈的《旱》、田濤的《災魂》等篇，儘管是以人與自然的關係的角度來描寫自然災害激起的民變，但注意到了自然本身的力量，災難的描寫頗有驚心動魄之處。田濤的《荒》裏，人、雀、螞蚱、古柳、荒野，構成一個環環相扣的生命鏈、一個息息相關的生存環境。雀之家族，雖然意在象徵，但細緻入微、貼近自然的描寫，具有獨立的審美價值，牠們並不只是背景，而是與人互為背景，甚至是主角。蔡希陶的《蒲公英》，是一篇以植物為描寫對象的小說，敘事者的全心投入與傳神描寫，與前一篇同樣能夠讓人咂出一點生命小說的味道。這兩篇作品都創作並發表於全面抗戰爆發之前，從作者的創作個性來說，本來可以有更多的探索，可惜這一探索被戰爭無情地打斷了。二十世紀上半葉，中國社會天翻地覆的變化，對作家有著極大的吸引力，使得本來就缺乏關注自然的傳統底蘊的中國作家無暇也無心更多地展開對自然的描寫。直到進入八十年代以後，由於生態平衡與環境保護意識的覺醒以及國外生命文學的影響，中國文學才有自然界生命題材的大幅度展開與不斷深化，這一題材也才逐漸引起世人的矚目。

三四十年代小說創作的成就，不僅表現為文體形式的成熟、豐富和意義空間的拓展、深化，而且見之於流派的形成與發展。五四時期，一則剛剛起步，二則時間尚短，小說流派現象固然已經出現，但成績較為顯著的只有魯迅影響下的鄉土小說與創造社影響下的自我小說，文學研究會的小說固然顯示出「為人生」的共性，但其藝術品格卻相當繁多。新文學進入第二個十年直至四十年代，小說創作蔚為壯觀，因文學觀念、文學風格的相近而形成一些流派，流派內部相互支持、相互砥礪，有些流派之間既相互衝突，又相互競爭，促進了小說的繁榮。頗為活躍且有可觀業績的小說流派有：蔣光慈、柔石、張天翼等所代表的左翼小說，茅盾、吳組緗、沙汀等所代表的社會剖析派小說，廢名、沈從文、凌叔華、蕭乾、汪曾祺等一脈相承的京派小說，劉吶鷗、穆時英、葉靈鳳、黑嬰、禾金等所代表的新感覺派小說，施蟄存所代表的心理分析小說，蕭紅、蕭軍、端木蕻良、舒群、駱賓基、羅烽、白朗等所代表的東北風小說，丘東平、彭柏山、路翎、阿壟、曹白、賈植芳、冀汸等所代表的七月派小說，張愛玲、蘇青等所代表的女性主義小說，無名氏所代表的現代主義小說，張恨水所代表的章回體市民小說，趙樹理所代表的新鄉土小說，丁玲、周立波等所代表的解放區小說，等等。諸多流派的形成，既是小說史演進的結晶與標誌，也是繼續發展的資源與動力。如果不是後來政治生活發生了巨大的變化，文藝政策出現了重大的失誤，至少京派、七月派、現代主義小說等流派，在以後的幾十年裏還會有可以期待的成績。然而事實上，流派被腰斬，小說發展走了令人痛心的彎路。

三四十年代小說的繁榮有著多重原因，除了前面提到的文學自身的積累與名著翻譯的借鑑之外，與社會、政治、經濟、文化、教育等方面的狀況也有密切的關聯。「四・一二政變」、「九・一八」事變、「七・七」事變等一系列事件所標誌的社會大變動，以及由此帶來的巨大的痛苦與掙扎、困惑與求索，給小說創作提供了強大的動力與廣闊的題材。蔣介石基本結束了軍閥混戰的局面以後，到「盧溝橋事變」之前，中國民族經濟出現了二十世紀上半葉發展速度最快的局面，市民階層與接受現代教育的群體迅速擴大，產生了比以往大得多的閱讀需求。新聞出版業興盛，報刊為小說提供了大量的發表陣地，許多作品就是在這種文化市場需求的推動下創作並問世的。報紙副刊暫且勿論，僅據《中國現代文學期刊史論》，現代文學期刊就在三千五百種以上，「一九一五年九月至一九二七年四月，共創刊三百五十種，約占百分之十左右；一九二七年四月至一九三七年七月，共創刊一千一百八十六種，約占百分之三十四左右；一九三七年七月至一九四九年七月，共創刊一千九百六十八種，約占百分之五十六左右」[2]。出版業的興盛，也加強了文學作品的集束效應。在現代文學史上較為影響的七十餘種文學叢書中，始於二十年代、延續到三四十年代繼續出版的叢書就有十餘種；在三四十年代出版的有四十餘種，如《新文藝叢書》、《現代文學叢刊》、《良友文學叢書》、《奴隸叢書》、《文學叢刊》、《現代長篇小說叢書》、《北方文叢》、《晨光文學叢書》、《中國人民文藝叢書》等。

諸多原因交相作用，促成了三四十年代小說的大發展與大豐收。其深厚的意蘊耐人咀嚼，多彩的藝術引人入勝，歷史進程的曲折坎坷值得深思。讓我們一同進入歷史隧道去探索與品味。

[2] 劉增人等纂著，《中國現代文學期刊史論》（新華出版社，二〇〇五年），頁四。

第一章　大氣磅礡寫春秋

新文學發端於新文化運動，因而在第一個十年的文學創作裏，思想革命成為最重要的主旨。一九二七年，「四・一二」政變揭開了中國十年內戰的序幕，國民黨「清共」、「剿共」，共產黨奮起反抗，由武裝起義到建立根據地、反圍剿，國民黨內部各派系之間也時或刀兵相見。世界性經濟危機波及中國，日本軍國主義更是把侵略的戰火燃到了神州大地。中國社會的劇烈動盪與人民大眾的痛苦掙扎，給文學提出了新的要求：先前更多是作為背景進入作品的社會，需要作為對象予以充分的表現；在酣暢淋漓的倫理批判的同時，亦應有透闢深刻的社會、經濟關係的揭示；風雲變幻的歷史進程，亟待文學予以審美的把握。同時，在承擔這一歷史使命方面有著得天獨厚的優勢的小說，經過第一個十年的嘗試、摸索，其視野、規模、語彙、技巧等也都亟待突破與發展，社會生活色調與節奏的巨變給小說文體的突破提供了歷史的機遇。

社會剖析小說應運而生，其代表作有茅盾的《動搖》、《子夜》、《春蠶》、《林家鋪子》、《多角關係》，吳組緗的《黃昏》、《一千八百擔》、《樊家鋪》，沙汀的《代理縣長》、《在其香居茶館裏》、《淘金記》，艾蕪的《山野》等。這種小說的主要特點是：擅長以社會分析的眼光審視動盪社會的階級關係與經濟現象，在心理描寫與性格刻畫上，注意揭示其背後的經濟、社會動因，背景深廣，節奏緊張，敘事語調偏於冷靜凝重[1]。

社會剖析小說代表作家，自當首推茅盾。茅盾開啟社會分析小說先河，可以說是歷史的選擇。他對五四以來的歷史變遷有著切身的體驗，對社會構成中的政治、經濟因素有著濃厚的興趣，深厚的學術造詣與藝術修養又使他足以承擔起書寫春秋的歷史重擔。於是，我們從茅盾筆下看到了二十世紀上半葉中國的歷史風貌，看到了二十世紀中國小說史上大氣磅礡的一種風格，看到了茅盾對中國現代小說發展的獨特貢獻。吳組緗曾經稱讚茅盾「能抓住巨大的題目來反映當時的時代與社會；他能懂得我們這個時代，能懂得我們這個社會」[2]。這的確是切中肯綮之論。

第一節　多事之秋的寫照

茅盾，一八九六年七月四日出生在浙江省桐鄉烏鎮的一個小康之家，本名沈德鴻，字雁冰。身為醫生的父親崇尚新學，看重理工，希望自己的兩個兒子將來從事「實業」。但後來兩個兒子的發展，都出乎未及看到兒子成才便病逝的父親的期待。一九一六年，沈雁冰從北京大學預科畢業之後，家裏無力供他上大學，因表叔的薦舉進了商務印書館。當年開始發表譯著，新文化運動之初，就以青年問題、婦女問題的評論與外國文學的譯介等投身其中。出色的才情、學養與能力，使他在這個人才濟濟的中國第一出版機構很快脫穎

1 參照嚴家炎，《中國現代小說流派史》第五章〈社會剖析派小說〉（人民文學出版社，一九八九年），頁一七五－二〇四。
2 吳組緗，〈評茅盾的《子夜》〉，《文藝月報》創刊號，一九三三年六月一日。

而出，一九二〇年初，受命主持《小說月報》的「小說新潮」欄編務，對這個被鴛鴦蝴蝶派占據十年之久的刊物嘗試進行大膽的革新，個人也開始發表文學評論。一九二一年一月，與周作人、鄭振鐸、王統照、葉紹鈞、許地山等人共同發起成立文學研究會，作為主編全面革新《小說月報》，使其成為新文學陣營的第一個純文學刊物。在主持編務的同時，他還撰寫了大量文學評論，成為新文學初創期十分活躍的評論家。

但此時他的志趣並非只在新文學與文化啟蒙上面。一九二〇年十月，他由李漢俊介紹加入上海共產主義小組，一九二一年中國共產黨成立，遂轉為中國共產黨第一批黨員。此後，他先後擔任中央聯絡員、上海地方兼區執行委員，國共合作後，又擔任國民黨上海特別市黨部宣傳部長、國民黨中央宣傳部祕書、中央軍事政治學校教官、漢口《民國日報》總主筆等職，積極投身於如火如荼的社會革命運動。世事難以逆料，如果不是在奉命前往南昌的途中交通受阻，如果不是繞道牯嶺而突然患上了嚴重的腹瀉，困在廬山牯嶺，他也許會出現在南昌起義隊伍的名單裏，而後戎馬倥傯一生，也許會像其弟弟沈澤民一樣，在艱難困苦的環境中正當盛年便為革命殉身。然而，歷史有很多偶然，他與南昌起義失之交臂，卻從此走上了創作生涯。

一九二七年八月下旬，他從牯嶺回到上海。因受南京政府明令通緝，他只能蟄居在家。革命的嚴重受挫，使他痛心，也使他悲觀，更讓他陷入深深的思索之中。從轟轟烈烈的社會運動中回到寧靜的家裏，過去與未來，成功與失敗，失望與希望，萬千思緒在他的腦海裏交織，讓他難以安寧。他想到寫小說，創作未始不是一種有效的宣洩，煩亂的思緒通過創作也可以得到一次整理疏通，焦灼的心境也能得到些微的緩解。況且為一家五口的生計著想，創作也不失為一種謀生之道。

小說是他熟悉的文體。他從小就讀過《西遊記》、《七俠五義》、《三國演義》等古代小說，以致剛上中學時，一位老師一方面稱讚其作文文思開闊，另一方面又不以為然地說有點小說調子。五四前後，他的一些文學評論，就是針對小說而發，在翻譯作品裏，小說也占有相當的比重。大革命期間，他所接觸的有些人物曾經喚起過他寫小說的欲望，只是因為社會工作十分繁忙，創作的構想未能付諸筆端。現在為局勢與生計所迫，反倒有了創作的契機。他覺得自己親身經歷的從「五卅」到大革命這個動盪的時代有很多材料可以寫，因為第一次從事創作，寫長篇小說沒有把握，就決定寫三個有連續性的中篇。

第一部中篇小說是《幻滅》，從一九二七年八月下旬動筆，九月中旬即完成。作品的女主人公靜女士是一個被五四精神喚醒了的新女性，因為一向過的是靜美的生活，心地單純，耽於幻想。唯其覺醒，才有所希冀，唯其單純，才易受挫折。她讀書的省城女校鬧了風潮後，許多同學漸漸丟開了風潮的目的，卻和「社會上」那些仗義聲援的漂亮人兒去交際——戀愛，她的幻想破滅了，遂來到上海求學。讓她第一次動情並為之獻出處女純潔的男性，竟然是一個輕薄的獵豔者，無恥的暗探，這使她感到了又一次幻滅，對於異性、也是對於戀愛的幻滅。在朋友的鼓勵下，她去工會工作，但那裏魚龍混雜、拿戀愛當飯吃的局面讓她不能不再一次感到深深的失望。直到她去病院護理傷兵，尤其是遇見了年輕英俊的強連長，她的心靈才得到一種期待已久的安慰，真正品味到愛情的甜蜜。當戰場召喚強連長奔赴戰場時，她再一次感到了失望的悲涼。然而，她天性中的利他主義終於活躍起來，高興地送強連長歸隊，仍然希冀著玫瑰色的未來。靜女士以及慧女士等人忽冷忽熱的幻滅與春風吹又生的希望，既反映了大革命時代青年的實情，也是作者心緒的折射。作者自己的生活與內心裏也充滿了矛盾，更加上五四以來，尤其是大革命以來，他看到了革命與反革命的矛盾、革命陣營內部的矛盾、小資產階級知識分子在這大變動時代的矛盾，某些人自以為晶瑩剔透，常常教訓別人，而其實自身在思想上、言行上矛盾叢生，所以，當他把小說交給執編《小說月報》的葉聖陶時，為自己起了一個新的筆名——「矛盾」。葉聖陶擔心當局來查問原作者，建議在「矛」上加個草頭，於是，《幻滅》在《小說月報》第十八卷第九、十號連載時，作者署名為「茅盾」。從此，茅盾的小說陸續問世，為讀者展開了清麗筆觸裏流貫著磅礡大氣的文學風景。

《幻滅》文筆流暢，刻畫心理委婉細膩，與心理刻畫相襯相映的景物描寫時見清新別致之處，譬如第二章的開頭：「一夜的大風直到天明方才收煞，接著又下起牛毛雨來，景象很是陰森。靜女士拉開蚊帳向西窗看時，只見曬臺上二房東太太隔夜晾著的衣服在細雨中飄蕩，軟弱無力，也像是夜來失眠。天空是一片灰色。街上貨車木輪的轆轆的重聲，從濕空氣中傳來，分外滯澀。」這段描寫構成一組複合意象，正是女主人公心境的絕妙象徵。再如第六章關於蒼蠅撞玻璃窗的描寫，也同人物的心態與生存狀態相關。但從整體藝術構思及其背後掩映的時代氛圍來看，這部作品尚嫌單薄，藝術表現與同時期小說相比也談不上有明顯的超群之處。在作者個人的創作中，只能說是一個最初的嘗試。茅盾自己也不滿意，後悔「沒有好好利用這份素材」[3]。作品的成功與否，很重要的一點在於作者對於所寫的題材是否真正「吃透」。茅盾的確對小資產階級知識女性比較熟悉，但對社會運動的瞭解與體驗，更為內在、透徹；此時，他未必明確意識到，他心底最強烈的創作欲望，其實是要表現錯綜複雜的大革命本身。

第二部中篇《動搖》就實現了這一欲望。《動搖》從一九二七年十一月初開始創作，一個半月殺青。比起前一篇的「信筆所之」，這一篇則是「有意為之」，構思時間占了三分之二。題材熟悉，體驗真切，個人的獨立思考穿透其間，加之構思較為從容，又有前一部作品經驗教訓的鏡鑑，寫起來就得心應手了。這一部中篇在歷史容量、人性內涵與藝術表現上都有長足的進步。

作品取名《動搖》，作者的主觀意圖，是要寫出「大革命時期一大部分人對革命的心理狀態，他們動搖於左右之間，也動搖於成功或者失敗之間」[4]。實際上，讀者可以在作品裏找到多種「動搖」，譬如：方

3　茅盾，〈寫在《蝕》的新版的後面〉，《茅盾文集》（人民文學出版社，一九五八年），第一卷。
4　茅盾，《我走過的道路》（中）（人民文學出版社，一九八四年），頁九。

羅蘭愛情觀念的波動，方太太新人意志的退嬰，方氏夫妻關係的罅隙，傳統倫理觀念的撼動，革命者的迷惘，既定社會秩序的破壞，等等。文本實際與創作意圖有著不小的距離，作品的主旨與最為成功之處，與其說是寫出了動搖，毋寧說是如實而深刻地表現了那個特定時代的動盪。

《動搖》以胡國光的出場來開篇，而且在後來情節的發展中這個人物始終處於主動的地位，這一設定其實改變了作者最初主要是想表現小資產階級革命者動搖的創作意圖。胡國光本是縣城裏的劣紳，但每當革命來臨時，他都要裝出一副激進的樣子，撈取好處。自從辛亥起義那年他仗著一塊鍍銀的什麼黨的襟章，開始充當紳士，十幾年來，無論政局如何變化，他的紳士地位都沒有動搖過。大革命到來，他裝成一副極左的面孔，終於投機得逞，當選為縣黨部執行委員兼常務。他贊同、煽動農民的過激行為，攻擊穩健派「軟弱無能，犧牲民眾利益」，蠱惑民眾拿革命手段打倒穩健派，唯恐天下不亂，趁機渾水摸魚，擇肥而食，既保護了自己的既得利益，又攫取了垂涎已久的種種獵物。最後，當省黨部終於發現了他的本來面目，下令查辦他時，他卻泥鰍一般溜走。胡國光這一人物不僅活畫出大革命中一類實際存在的投機分子，而且也讓古往今來所有投機派——打著冠冕堂皇的旗號，追求個人利益的最大獲取——現出了原形。

這類投機派的活動確實對大革命的失敗起到了推波助瀾的作用，但《動搖》所表現的歷史複雜性顯然不止於此。在作品裏，可以看到投機派的口蜜腹劍、狡詐陰險，也可以看到反動派的瘋狂反撲、殘忍報復。土豪劣紳唆使流氓搗亂，殺死童子團員，襲擊婦女協會，輪姦剪髮女子並殘害致死；叛軍反水，腰斬革命，屠殺革命黨人及群眾，等等慘劇，令人怵目驚心。作品還寫出了在革命陣營內部，也存在著導致革命夭折的病因。胡國光之所以能夠得逞，就有賴於這種病因的呼應。其一，當時革命黨人中間存在著一種較為普遍的激進盲動情緒，恨不能早晨一覺醒來便能看見人類大同，因而主張無條件支持群眾所有要求與行動的革命黨人大有人在，贊成「解放」婢妾、尼姑、孀婦並為之設立所謂「解放婦女保管所」的決議，也終於在縣黨部會議上通過，為後來胡國光等人將之變成淫亂所埋下了伏筆，使「共產共妻」的謠言有所坐實，敗壞了革命的聲譽。其二，群眾盲目的復仇情緒與無限的欲望像一座一觸即發的活火山，因而，胡國光的偏激主張每每能夠得到多數的贊同。土豪劣紳造謠說，革命就是「男的抽去當兵，女的拿出來公」，南鄉農民也很容易信以為真，要將多餘的或空著的女子分而有之、用之。他們攻進土豪黃老虎家裏，搶來十八歲的小妾，又把一個將近三十歲的寡婦、一個前任鄉董家的十八歲的婢女，還有兩個尼姑帶到群眾大會會場，爭執不定之後便用古老的抽籤辦法分妻。宋莊的夫權會前來干涉，南鄉的農民便集合起一千多人的大軍去掃平夫權會，吃了「排家飯」後，立刻把大批的俘虜戴上了高帽子，驅回本鄉遊行。這些「俘虜」未必都是土豪劣紳及其走狗。縣城的群眾大會上混戰一團，「解放婦女保管所」幹事錢素貞被扯破單衫褲，身上滿是爪傷的紫痕，動手的未必只是一小撮流氓。反動、殘殺，激起憤恨與悲痛，但另一面也有不介意、冷淡，或竟是快意，甚至「半個城是快意的」！流氓製造了殘害婦女的慘案之後，縣黨部的林子沖主張應該贊助群眾的要求，向公安局力爭，槍斃兇手。這自然是正義的主張。但此時方羅蘭的心裏異常的紛亂，三具血淋淋的裸體女屍提醒他復仇，流氓們的喊殺聲又給他以恐怖，「同時有一個低微的然而堅強的聲音也在他心頭發響」：

——正月來的賬，要打總的算一算呢！你們剝奪了別人的生存，掀動了人間的仇恨，現在正是自食其報呀！你們逼得人家走投無路，不得不下死勁來反抗你們，你忘記了困獸猶鬥麼？你們把土豪劣紳四個字造成了無數新的敵人，你們趕走了舊式的土豪，卻代以新式的插革命旗的地痞；你們要自由，結果仍得了專制。所謂更嚴厲的鎮壓，即使成功，亦不過你自己造成了你所不能駕馭的另一方面的專制。告訴你罷，要寬大，要中和！唯有寬大中和，才能消弭那可怕的仇殺。現在槍斃了五六個人，中什麼用呢？這反是引到更厲害的仇殺的橋樑呢！

方羅蘭的這一段心理話語，向來被我們的批評家與文學史家當作革命意志動搖的表徵，其實問題並不如此簡單。誠然，方羅蘭性格上有軟弱與猶疑遲緩的一面，這在上面的話語裏的確有所體現。但他並不是一個沒有主見、沒有定性的人。他一出場就對胡國光抱有警惕，粉碎了胡國光要當商會委員的陰謀，而後針對胡國光的一系列表面上激進而實際上居心叵測的言行予以揭露、回擊。面對流氓殘害婦女的暴行，他何嘗不感到震驚、憤怒與悲痛，當聞知流氓又向縣黨部衝來時，他也深感到「沒有一點武力是不行的」。與其說他的革命意志不堅定，毋寧說他性格中多了幾分柔弱少了幾分果決，在急需行動的時候，他耽於思索，在急需以眼還眼、以牙還牙的復仇時刻，他卻認準了「寬大中和」。然而，他對盲目的仇殺與新式專制的擔心卻並非毫無道理，簡直可以說的確包含著真理性的探尋。人的占有欲和復仇欲等原始欲望被無節制地調動起來以後，其破壞力不可估量，如果任其宣洩氾濫，勢必在打破舊的不平等之際，釀成新的人間悲劇。方羅蘭並非放棄革命與暴力，而是對盲目的暴力表示憂慮，對專制的更迭表示懷疑。而這恰恰表明了知識分子的獨立思考精神。「十月革命」期間，俄國曾經發生了許多以「革命」的名義做出的殘酷暴行與醜惡勾當，諸如：私刑、訛詐、偷竊、搶劫以及由此引起的殺戮、行賄受賄、掌權的新貴欺壓百姓、內訌性的屠殺，等等，這些暴行和醜行明明是人類的原始本性不加節制的結果，與領導者的引導失誤有關，但卻被某些革命輿論工具稱作「資產階級的挑撥離間」，或者被人當作「社會革命」的必然。高爾基對此深表憂慮，他說那些打著「社會革命」的旗號做出的違背正義、公道的行徑，實際上是在葬送革命的前途。他還說：「最令我震驚，最使我害怕的，是革命本身並沒有帶來人的精神復活的徵兆，沒有使人們變得更加誠實，更加正直，沒有提高人們的自我評價和對他們勞動的道德評價。」[5]高爾基的這一觀念在一九

5 高爾基，《不合時宜的思想》（江蘇人民出版社，一九九八年）。

一七年五月至一九一八年七月於他所編輯的《新生活報》發表之後，長期被當作「不合時宜的思想」，不得收入《高爾基文集》，直到七十年後才重見天日。方羅蘭的思索長期以來不被認同，實在是不足為怪。但經歷了大半個世紀的風風雨雨，其價值理當得到重新認識。實際上，對方羅蘭的猶疑、思索，作者的敘事態度不盡是否定，在切合人物性格邏輯的描寫中，也滲透著作者一定程度上的認同。作品中方太太說到自己並未絕望時，有一句自我辯解的話：「跟著世界跑的或者反不如旁觀者看得明白；他也許可以少走冤枉路。」茅盾從牯嶺回到上海以後，並未急於尋找黨的組織，而是選擇了一種停下來思索的姿態。方太太的話未始不是他內心的一種聲音，方羅蘭的內心話語雖然並不就是作者的觀點，但大概也表露出一點他停下來思索的結果。

《動搖》不僅具有生動的歷史真實性與深邃的歷史洞察性，而且包含著豐富的人性內涵。摘取自由戀愛果實之後退守家庭的方太太，對在外風頭正盛的丈夫的那份摯愛與擔心，對丈夫身邊浪漫女性的醋意，表現得曲盡其幽。方羅蘭對浪漫欲行又止的愛情心理，靠追憶喚回夫妻之愛的無奈，也刻畫得細膩入微。妻子陸梅麗雖是受過教育的新式女子，兩人的結合又是出於自主的選擇，但婚後妻子不思進取，難免給人以落伍之感。與此相對，同事孫舞陽活潑熱情、豪放不羈、機警嫵媚，不能不讓方羅蘭春心萌動。但一則他無法完全割捨伉儷之情，不能放棄對妻子的責任，二則孫舞陽是一個不能安於家庭生活的開放女性，這就使得他不能在浪漫的途程上邁出多遠，只不過保留一點可憐巴巴的暗戀而已。方羅蘭的欲動又止，而又於心不甘，正是社會轉型期許多中國人的生存狀態，作者本人的感情生活何嘗沒有一點這樣的色彩。這種文化心理的普泛性通過個性化的人物表現出來，自會給人以一種感同身受的親切感與有所超越的幽默感。

作品在劍拔弩張的政治鬥爭主脈展開之中，交織以小橋流水般的愛情糾葛線索，既豐富了作品的內蘊，又在情節結構、敘事節奏、感情色調等方面形成穿插對比，呈現出一種參差美。在人物刻畫上，顯示出作者塑造典型人物的功力，胡國光與方羅蘭都是在現代文學形象畫廊裏不可多得的典型。在藝術描寫上，《幻滅》已經表現出來的景物描寫的意象化，得到了進一步的發展，譬如，方羅蘭看到院中南天竹的幻覺，最後一章藉蜘蛛表現方夫人的幻覺，都堪稱深得傳統意象與西方現代派意識流手法真諦的絕妙之筆。可以說，在三部曲中，《動搖》是最成功的一部，而且在整個二十世紀中國小說史上反映大革命題材的作品中，也是最成功的一部。

創作常常是不以人的意志為轉移的。茅盾欲寫大時代中的動搖，表現出來的卻主要是動盪的大時代。一九二八年四月，開始按照預定計畫創作三部曲之三《追求》，「原來是想寫一群青年知識分子，在經歷了大革命失敗的幻滅和動搖後，現在又重新點燃希望的火炬，去追求光明了」[6]，但在寫作過程中，聽到一個又一個革命受挫、友人犧牲的不幸消息，對那時的左傾盲動主義困惑不解，心情又一次深深地陷入了悲觀之中，所以，到六月完成的《追求》，與初衷大相逕庭，篇中充滿了迷惘與失望。作品中的年輕知識分子都曾有所追求，焦灼地要向上，但混亂黑暗的時代加上青年盲目、浪漫的習性，使他們要麼咀嚼著徬徨的苦悶，要麼品嘗著幻滅的悲哀，要麼恣情於頹廢的衝動。對生活絕望了的史循，連自殺都無法如願，直到疾病才結束了這個懷疑論者的生命。教師張曼青在學校鬱鬱不得志，婚姻的理想也為近距離才看得清楚的妻子的庸俗狹隘所粉碎。記者王仲昭雄心勃勃的版面改革大打折扣，業已訂親的戀人確乎美麗動人且志同道合，最後卻落得個「遇險傷頰，甚危」的結局。正如小說結尾所說：「你追求的憧憬雖然到了手，卻在到手的一剎那間改變了面目。」無論就作品的精神深度而言，還是就藝術表現來看，《追求》都遠不及《動搖》。

6 茅盾，《我走過的道路》（中），頁一四。

三部中篇儘管在藝術上參差不齊，且籠罩著或濃或淡的悲觀氛圍，但它是大革命時代這一多事之秋的真實寫照，凝鑄著革命志士的血淚與歷史的經驗教訓。就茅盾的文學生涯來看，這是茅盾小說創作的第一座里程碑。作者的創作個性開始顯露出來：一是善於表現雷鳴電閃的時代風雲；二是長於心理刻畫，尤其是戀愛心理；三是善於進行意象性的景物描寫。這些特點，在當時的文壇上，殊屬難得，所以廣有讀者。即便是作者自己為調子低沉而不滿意的《追求》，在《小說月報》十九卷六至九號連載時，也仍然產生了轟動的效果，連有些中學生上課時，也在下面偷看連載這篇小說的《小說月報》。當時社會動盪，人心迷惘，茅盾小說如實地表現了這種時代氛圍，自然能夠贏得廣大的讀者。三部曲列為「文學研究會叢書」，由商務印書館於一九二八年八月、十二月出版單行本，一九三〇年五月又合為一集由開明書店出版，題名為《蝕》，表明作者希望自己的心境與革命的發展都能像日月之蝕一樣，過後即見光明。

第二節　幻美之象的掠影

從一九二七年八月潛回上海，到一九二八年六月寫完《追求》，茅盾已在家中憋悶了十個多月。久困斗室、埋頭寫作的生活方式，加上寫作過程中情緒的大起大落，使他的身體與精神都不大健旺，老友陳望道建議他去日本，換個環境，休息調整一下。在妻子的支持下，他於一九二八年七月登上了赴日的商輪。

擺脫當局的通緝之網，本來應該是輕鬆的，但故土上轟轟烈烈的大革命與鮮血淋漓的失敗之間的強烈反差，給他的烙印實在是太深了；他對三部曲投入得太執著了，到日本之後也仍然擔著一份沉重。他寫的《自殺》、《一個女性》、《詩與散文》、《色盲》與《曇》等幾個短篇小說，刻畫的大都還是與三部曲主人公相類的人物。不過，環境的改變，畢竟使他的創作有所變化，敘事語調由此前的再現或認同變為超越的譏刺。並且，時空的距離，也使他有了從容面對三部曲問世以來所受種種批評的餘裕。一九二八年三月，錢杏邨在《太陽月刊》三月號發表評論，在肯定了《幻滅》「把小資產階級的病態心理寫得淋漓盡致」、具有時代色彩的同時，也批評其「意識不是無產階級的、依舊是小資產階級的，是革命失敗後墮落的青年的心理與生活的表現」。不久，錢杏邨又在《太陽月刊》七月號發表對於《動搖》的評論，一方面肯定「革命人物很生動，一九二七年的社會和政治的情狀，也有了很鮮明的輪廓。全書當然是以解剖投機分子的心理和動態見長」。另一方面，指出作品在風味、視角、創作方法等四個方面存在著弱點，並再次強調之所以形式與內容都有待改正，是「因為作者的意識還不是無產階級的」。在這中間，太陽社的蔣光慈也撰文批評茅盾，並對「革命文學的範圍」進行了界定。茅盾感到，這些批評意見涉及了革命文學理論與實踐的一些問題，值得展開討論，於是，他寫下長文〈從牯嶺到東京〉，首先申訴自己寫《幻滅》等三部小說的創作意圖，然後就三個問題表明自己的觀點：第一，「革命文藝必須是革命的文藝而不是革命的標語口號」。第二，當時革命文學的讀者實際上仍是革命的小資產階級知識分子，既然如此，「革命文學的作者應當分其餘力也描寫被壓迫的小資產階級的生活」，「他們應當包括在革命隊伍之中而重要的是引導他們走上革命的道路」。第三，「文藝技巧要吸取前輩作家的寶貴遺產，要注意對於中國民間文學技巧的吸收，創新不能離開中國的現實」[7]。這些見解都是有的放矢。當時，創造社、太陽社正聯合起來大力倡導「革命文學」，他們誤把魯迅、葉聖陶等老作家當作絆腳石要一腳踢開，魯迅甚至被指斥為「封建餘

7 茅盾，《我走過的道路》（中），頁二二一－二二四。

孽」[8]。激進的革命文學作者以為非普羅題材不是革命文學，而他們又大都缺少普羅大眾生活的真切體驗與深刻觀察，卻偏偏要「空肚子頂石板」，因而硬做出來的是每每流於標語口號或廣告式的「革命文學」。

〈從牯嶺到東京〉發表之後，茅盾被當作小資產階級的代言人，受到了太陽社和創造社的圍攻。一九二九年五月，茅盾又作長篇評論〈讀《倪煥之》〉，藉作品評論之機對〈從牯嶺到東京〉引起的責難進行了一次總答辯。他在文章中指出，諸如《吶喊》的批判傳統思想、郁達夫《沉淪》的描寫現代青年，的確表現了五四時代精神，但五四以後社會文化背景的演進與青年的徬徨心理等等，在後來的作品中並未得到應有的反映，而《倪煥之》第一次「把一篇小說的時代安放在近十年的歷史過程中」，有意地表現了從五四到「五卅」再到大革命的時代變遷，給「一個富有革命性的小資產階級知識分子」帶來的影響，這是值得讚美的。由此可見，以小資產階級為描寫對象的作品，也能成為表現時代性的巨著。從五四初期寫作文化批評與文學評論開始，茅盾就一直把時代性放在重要的位置，他的小說創作，對時代關注的熱情，遠遠高於對於人性與性格的探尋。如果說三部曲的時代性還只是體現在濃重的時代氛圍與時代給予人們的影響的話，那麼，經過對自身與他人創作經驗的總結與思考，他意識到時代性還應該表現在人們的集團的活力怎樣將時代推進了新方向，也就是說，怎樣地催促歷史進入了必然的新時代。實際上，就在〈讀《倪煥之》〉明確表述這一觀點前不久，一九二九年四月開始動筆的長篇小說《虹》裏，他已經在實踐這一主張了。

與三部曲相比，《虹》的歷史跨度更大，從五四寫到「五卅」，將這幾年的時代「壯劇」與歷史演進給青年一代帶來的巨大影響留下了清晰的印痕。主人公的性格不再是平面展現型或循環型的，而是曲線發展型的，不是跳躍式的發展，而是合於生活規律的有階段的逐漸的發展。女主人公梅女士是被五四喚醒

---

8 杜荃，〈文藝戰線上的封建餘孽〉，《創造月刊》第二卷第一期（一九二八年八月）。

了的新女性，她個性狷介，但最初涉世不深，以為單憑個人的力量就可以如願以償。殊不知單槍匹馬碰得頭破血流，先是嫁給庸俗粗魯的店老闆為妻，接著在青梅竹馬的意中人病逝後，她出走到川南的一家中學任教，同事中惡俗的氛圍讓她大失所望，又到自我標榜欣賞新潮的師長家裏做家庭教師，最後為了擺脫險境藉機去了上海，才在火熱的集體鬥爭中找到心靈的皈依。按照原來的構思，要一直寫到大革命。小說取名為《虹》，一是借取希臘神話中墨耳庫里駕虹橋從冥國索回春之女神的意義，來象徵主人公歷經曲折，終於走上革命道路；二是以虹的幻美易散寓指一九二七年寧（蔣介石南京政府）漢（汪精衛武漢政府）對峙的短暫；三是隱喻梅女士性格的複雜性，個性主義與集體主義在她身上還會有著更長久、更複雜的糾葛（《虹》之後還預計寫《霞》，描寫梅女士經歷地下工作、被捕入獄等嚴峻考驗，但思想改造似是而非、到底仍是幻美，大概由於結局近乎苛刻始終未能著筆）。由於在日本的中共組織遭到日本當局的大破壞，當初邀茅盾從東京到京都的楊賢江等被迫回國，茅盾也不得不搬家，《虹》只好暫時擱筆。茅盾創作喜歡一氣呵成，重續思緒需要時日，而眼下急於賣文謀生，時間與精力都一時不容續寫。加上如何處理一九二七年這一曾經寫過的時期，還沒有十足的把握，就耽擱下來，後來始終未能完篇。已有的十章見得出時代性追求的拓展，藝術上也有出色的表現，譬如作品開篇，船行三峽壯麗景觀的出色描繪及其對人物性格命運的象徵，等等。但一則是個未完篇，結構與性格都沒有充分展開，二則後三章上海生活的描寫有嫌生澀，與前七章——尤其是前五章的細膩描寫有著不小的反差。這部作品也像微雨後的一道短促彩虹，未能橫貫天際，而且消散得過快。

《虹》的創作，固然得益於茅盾對五四以來社會變遷的親身體驗，也萌發於他要表現大時代的創作追求，但不應迴避的是他在日本期間的一段浪漫經歷提供了動筆的契機。原來茅盾教過的平民女校的學生秦德君欲轉道日本去蘇聯，恰與他同船作伴。漫漫旅途上，秦德君向昔日的老師傾訴自己的淒苦身世與坎坷的愛情婚姻。秦德君比茅盾小九歲，母親是四川農家女，因貌美而被選進秦公館，但身懷六甲就被掃地出門。後來，秦德君母女投靠親戚，寄人籬下。她從小就養成了反抗的性格，五四運動時，是成都第一批三個剪髮的女子之一，五四過後，被校方開除。後去瀘州、西安任教，並從事祕密的革命工作。她先後與兩人同居，生下三個孩子，現在為了革命，只好把孩子託付給別人。秦德君的經歷與頑強意志，深深打動了本來就富於感情的茅盾。商船在海上航行，寂寞的旅程中兩人頗有同是天涯淪落人之感，朝夕相處，傾心交談，兩個人難免不在心靈深處蕩起兩性之間微妙的漣漪。船上的日本客人與神戶海關人員把他倆看作夫妻，他們也順水推舟地予以默認。

從與秦德君結伴同行開始，茅盾的婚姻就面臨著異常嚴峻的考驗。茅盾與孔德沚的婚姻，是在他五歲時由雙方祖父訂下的。當時告知孔家，要叫女孩識字，不要纏足。但孔家守舊，並未全然照辦，孔德沚直到成親時才認得自己的姓，還有一到十的數目字。茅盾雖然接受的大半是新式教育，但在婚姻觀念上仍是相當的傳統。況且少年失怙，母親在茅盾心目中具有極大的權威，又值五四新文化運動高潮未到，他遵從母命於一九一八年與孔德沚結婚。孔德沚的文化教育婚後才開始，上學，苦讀，進步很快，後來還參加了黨的工作。但在茅盾心底，未嘗沒有一點遺憾。只是他是個道德感很強的人，儘管他的文名與工作使他有機會接觸很多出色的女性，但家庭生活一直安寧。他把浪漫的情思都寄託在作品中的人物身上了。流亡異國，語言不通，性苦悶與精神苦悶交相作用，而他與秦德君又是那樣的相近，有那麼多的共同語言，是相濡以沫也罷，是志同道合也罷，他們終於同居了，相伴著度過了島國之旅。從秦德君那裏聽到了不少故事，茅盾據以發揮，寫成小說，其中胡蘭畦的經歷，就成了《虹》的題材來源。

茅盾與秦德君同居的消息傳回上海，妻子與母親十分焦急，期盼旅雁早歸。一九三〇年四月，茅盾與秦德君相偕回到上海。面對為這個家操勞和為工作奔忙的妻子，面對一向對他要求嚴格、而今對他諄諄告誠應該回到家來的母親，茅盾原來與秦德君商定的辦法都不戰自退，結束了這段浪漫的愛情。這段生活也猶如天上那幻美的彩虹，美麗迷人然而無法持久。茅盾後來一如既往地把浪漫寄託於小說的虛構天地裏，而在現實生活中，則努力去盡一個丈夫的本分職責。虹是幻美易散的，茅盾晚年的回憶錄裏悄然隱去了這段浪漫經歷。

第三節　動盪中國的全景

一九三〇年三月二日，中國左翼作家聯盟在上海成立，在「革命文學」論爭中激烈交鋒的雙方走到了一起，先前被視為提倡無產階級革命文學之敵的魯迅，現在被擁戴為左聯的旗幟。早在一九二五年就撰文提倡無產階級文學的茅盾，對此自然感到欣喜，一經馮乃超代表左聯前來相邀，他便欣然加入。

左聯成立之初，由於黨內左傾盲動主義的影響，經常組織示威遊行、飛行集會等並沒有什麼實效的冒險活動，給左翼隊伍造成了一些本來應該避免的損失。耳聞目睹過大革命失敗慘劇的茅盾，不贊同這類冒險活動，因而以年紀大、身體弱為由不去參加，儘管有些年輕的左聯成員表示不滿，但因他名高望重也奈何不得。他照樣「我行我素」，並且在小說裏對於左傾幼稚病多次予以否定性的描寫。蔣光慈則沒有他這樣幸運，因為不參加此類活動竟被開除黨籍。前期左聯的左傾幼稚病還表現在創作方面。年輕的左翼作家紛紛描寫城市武裝起義、農村土地革命與城市小資產階級知識青年投身革命的題材，作品的革命氣氛濃郁，革命激情飽滿，但由於作者急於事功，而對工農大眾的生活，尤其是革命鬥爭實際，缺乏切實的瞭解、體驗與把握，也缺乏藝術錘鍊的耐心與功力，因而作品存在著兩個普泛性的弊端：一是人物臉譜化，二是公式化、概念化。一九三一年五月，茅盾擔任左聯的行政書記，不久，瞿秋白從中共中央領導崗位上退下來，參與黨對左聯的領導工作。在他們與魯迅、馮雪峰、夏衍、丁玲等人的共同努力下，左聯的關門主義傾向逐漸得到糾正，左聯刊物發表冰心、葉聖陶、鄭振鐸、徐志摩等非左翼作家的文章，左翼作家也較多地在中間色彩的刊物上發表作品；並且，創作中的弊端也有意識地加以克服。一九三二年七月，華漢（陽翰笙）的《地泉》三部曲（《深入》、《轉換》、《復興》，上海平凡書局，一九三〇年十月初版）由上海湖風書局再版，作者邀請易嘉（瞿秋白）、鄭伯奇、茅盾和錢杏邨作序。作者知道自己作品的不足，也瞭解作序者的態度，但他還是本著當靶子的大度胸襟希望對革命文學的弊病做一次系統的清算。易嘉在〈革命的浪漫諦克〉中說：「《地泉》正是新興文學所要學習的，『不應當這麼樣寫』的標本。」它的致命弱點是浪漫諦克化，即主觀主義地去編造故事情節，概念化地表述人物形象。茅盾在題為〈《地泉》讀後感〉的序中，把這部作品與蔣光慈的小說聯繫起來，說一九二八年到一九三〇年的「革命文學」，差不多公認是失敗，其表現一是「臉譜主義」地描寫人物，二是「方程式」地去布置故事；其原因，「不外乎（一）缺乏社會現象全面的非片面的認識，（二）缺乏感情地去影響讀者的藝術手腕」。他呼籲作家「當更刻苦地去儲備社會科學的基本知識，更刻苦地去經驗複雜的多方面的人生，更刻苦地去磨練藝術手腕的精進和圓熟」。

茅盾對革命文學幼稚病的批評，其實也包含著自我批評的因素，他的呼籲也表明了自己的努力方向。一九三〇年十一月動筆，翌年二月續成的中篇小說《路》，在一九二七年革命走向低潮、而後聲勢又復大振的背景下，描寫學生反抗學校當局的鬥爭，意在指出這樣的政治軍事形勢下青年的出路。這篇小說本來想寫的是中學生，寫了幾章之後遵照瞿秋白的意見改為大學生，但大學生的生活作者並不熟悉，又急於表現革命的主題（給主人公起名為火薪傳、杜若、雷，也可見作者的意圖所在），因而作品硬澀。寫完之後，作者自己覺得不滿意，接受稿子的《教育雜誌》也有些為難，將其壓了下來，遲遲不予發表，結果在

「一‧二八」戰爭中毀於戰火，直到一九三二年六月方由上海光華書局付印問世。一九三一年六月至十一月，他寫了又一部描寫學生生活的中篇小說《三人行》，這一作品較前一篇概念化的痕跡更濃。許出身於破落的書香人家，受到一連串不幸的打擊，他先是表現出頹廢無聊，隨後又變成「堂吉訶德式的俠義主義者」，以致失去了自己的生命；惠是將要破產的小商人的兒子，由對社會的黑暗和腐敗極為憤懣走向虛無主義，後來才有所覺醒；雲歷經坎坷，去上海尋找出路。作者本想通過三人的對比告訴人們，只有革命道路才是正確的選擇，但作者心中的意念並未化為圓潤的藝術，瞿秋白讀了作品之後對他說：「三人行必有我師，而你這《三人行》是無我師焉。」[9]

茅盾，不僅具有強烈的社會責任感，也有著敏銳的藝術感，他自然不會甘於概念化的圖解。還是在一九三〇年秋季，由於眼疾、胃病、神經衰弱並作，他聽從少用眼、多休息的醫囑，常到表叔盧學溥家去。盧學溥曾任中國銀行監察、交通銀行董事長等金融界要職，現在賦閒在家，公館裏的常客中有企業家、銀行家、商人、公務員、在交易所做投機生意者等。在和他們的晤談中，茅盾瞭解到不少政界、工商界、金融界的內幕，又從朋友那裏得知一些農民暴動與紅軍的消息，那時就產生了一個想法：「積累這些材料，加以消化，寫一部白色的都市和赤色的農村的交響曲的小說」[10]。最初的設想是，這部交響曲分為都市部分和農村部分，都市部分寫一部三部曲，第一部叫《棉紗》，第二部叫《證券》，第三部叫《標金》。他還就三部曲的情節線索、人物性格及其關係等，寫出了初步的提綱。但提綱寫完後，又感到農村是否也要寫三部曲，以及都市與農村如何配合、呼應，都不好處理，計畫就暫時擱了下來。幾個月後，鑑於自己對

9 茅盾，《我走過的道路》（中），頁七〇—七一。
10 茅盾，《我走過的道路》（中），頁九一。

「赤色的農村」並不熟悉，他決定改變原計畫，只寫一部以城市為中心的長篇。為了吃透題材，他重訪曾經長談過的同鄉、親戚、故舊，再次參觀絲廠和火柴廠，並重新構思寫出一個提要和一個簡單的提綱，後又據此提綱寫出了詳細的分章大綱。為了既要表現出一九三〇年動盪的中國的全景，又避免概念化的弊病，他接受了瞿秋白的部分意見，再次縮小計畫，重新改寫分章大綱。為了集中精力創作這部長篇，他請求辭去左聯行政書記之職，未許，而只准了長假。從一九三一年十月始，到一九三二年十二月五日，這部醞釀相當充分、用力最為深致的長篇小說終於完成。小說的題名最初擬定了三個：夕陽、燎原、野火，寫到一半應鄭振鐸之邀交《小說月報》時，定名《夕陽》，署名「逃墨館主」。孟子說，逃墨必歸於楊。楊，即楊朱，取名逃墨館主，暗寓傾向赤（朱）色之意。交去連載的部分抄寫稿毀於「一．二八」戰火，幸而有原稿在，一九三三年一月，由開明書店出版單行本，正式定名為《子夜》，著者名仍署茅盾。

《子夜》確如作者所預期的，表現出一九三〇年動盪的中國的全景。一九三〇年式的雪鐵龍汽車，在作品裏反覆予以凸顯，成為一種象徵。一開篇，它以一九三〇年的速度新紀錄如狂風般飛馳，便昭示出一點時代的節奏與氛圍。時代在飛速地變化，社會在劇烈地動盪，二十五年來不曾跨出書齋半步、除了〈太上感應篇〉之外不曾看過任何書報的吳老太爺，也不得不從鄉間來到上海，坐上他拒絕妥協達十年之久的兒子的汽車。因為鄉間的「土匪」實在太囂張，而且鄰省的共產黨紅軍也有燎原之勢，吳老太爺已經無法安享其老守田園的晚年了。然而，大都市的噪音、廢氣、女人身上的香味、霓虹燈的眩目光彩、紅紅綠綠的耀著肉光的男人女人的海，壓得他透不過氣來，終於使他進了兒子的客廳還未坐穩便一命嗚呼。吳老太爺的猝死，與其說是象徵著封建階級的行將就木，毋寧說是映襯出三十年代初中國農村與城市風雲變幻的急驟促迫。二三十年代之交，在共產黨領導下，農民暴動風起雲湧，紅軍力量迅速壯大，南方土地革命得以蓬勃發展。這一革命形勢與國民黨內的派系紛爭密切相關。一九二九年三、四月間，蔣介石與李宗仁、白崇禧所代表的桂系開戰。一九三〇年四月至九月，又爆發了更大規模的蔣馮閻大戰，閻錫山、馮玉祥聯合國民黨內其他派系同蔣介石在河南、山東交戰，雙方使用兵力一百多萬，死傷三十萬人，津浦線上硝煙滾滾，中原大地血流成河。真刀實槍的肉搏只在第四章敘寫雙橋鎮的農民暴動時有一點直接的表現，土地革命、中原大戰與經濟恐慌等社會大動盪，則通過上海這一中心城市的種種騷動，尤其是證券市場的震盪，來予以反映。這是茅盾的獨特視角。

證券交易所最早可以追溯到一六一三年設立的荷蘭阿姆斯特丹交易所。它作為證券買賣的常設市場，一方面可以為貨幣資本尋找有效運轉的渠道，為企業乃至社會的發展籌集資金，另一方面，也給投機者興風作浪、牟取暴利提供了可能。大戶暗中鬥法，散戶盲目跟隨，空頭狂拋，多頭猛聚，有能力創造機會或抓得住機會者可能一夜驟富，錯失良機者則可能由百萬富翁變得一文不名。證券交易所裏的財富積累方式，遠非鄉下土財主的收租放債所能比擬，惡性投機的血腥污穢藏而不漏，證券市場的規則與傳統道德頗有相悖之處。但在經濟體制上，它畢竟具有經過西方資本主義實踐證明了的先進性。在西方，經過幾百年的摸索、磨合、調整，證券市場已經相當成熟。而在三十年代初期的中國，證券交易所還是一個新生事物。由於鴉片戰爭以來半封建、半殖民地的種種創痛，民族工業基礎薄弱，外國資本強勢滲入，新舊軍閥政治干預不斷，致使中國的證券市場更多地受到非經濟因素的影響。《子夜》就表現出這種特色：一是政治色彩較重，上市的證券種類主要是「棺材邊」（關稅、裁兵、編遣的諧音）公債，受中原大戰等政治事件的影響甚大；二是外國資本勢力強盛，買辦資本家趙伯韜以美國金融資本為靠山，始終立於不敗之地；三是投機成分較大，大戶聯手向西北軍行賄，收買其敗退三十里，藉以吞噬不知情者的金錢。證券交易所既是各色人等可以自由參與的利益狩獵場，也是社會政治經濟狀況的晴雨表，證券交易所裏的沸沸揚揚、潮漲潮落，正是中國社會多條湍流匯聚衝撞的結果與象徵。把焦點放在證券交易所，這本身就展示了中國經濟生活中的一個重要的新事物，表現出作者敏銳的時代感，在此之前，中國新文學作家還沒有哪一個對這一新事物予以如此重視並展開充分描寫的。這一選擇的意義，更是在於借助證券市場的風波激蕩，反映出整個社會政治、軍事、經濟形勢的風雲變幻。土財主馮雲卿放棄了鄉間「長線放遠鷂」的高利貸剝削方式，跑到上海來做「海上寓公」，正襯托出土地革命聲勢的浩大；他不惜容忍姨太太向他人賣弄風情，甚至唆使女兒做釣餌去套取證券情報，正反映出證券市場的震盪是何等劇烈，在風雨飄搖的時節要做「海上寓公」也大為不易。本來看重工業發展的吳蓀甫，也不得不冒險走入證券市場。因為在世界經濟危機的影響下，在外國資本主義的強勢衝擊下，在內戰頻仍、農村破產的局勢下，民族工業一方面銀根抽緊，另一方面銷路阻塞，沒有資本，發展民族工業就是一句空話。去「棺材邊」冒險，他實在是不得已而為之。吳蓀甫縱然有一腔激情、滿腹經綸，有幹大事的魄力，也不乏冒險的勇氣與投機的狡黠，但終於在證券市場的狂潮中翻了船。吳蓀甫的失敗，並非個人的無能，實在是三十年代初中國動盪的時勢，容不得他這個「二十世紀機械工業時代的英雄騎士和王子」。無論他怎樣的英雄了得，在證券市場上與在企業發展中一樣，他已經沒有用武之地，因為以他的財力到底拚不過以美國資本為後盾的趙伯韜；以他與幾個民族資本家的奮力掙扎，終究無法抵消天下大亂的影響。這就像交際花徐曼麗的金雞獨立功夫再怎樣了得，當小火輪在黃浦江加速急馳時，劇烈的震盪也使她在甲板的桌子上無法站穩。

吳蓀甫所面臨的困境，不僅來自世界經濟危機與國內烽煙四起，來自買辦資本的壓迫，以及由此而產生的民族資本家陣營的內部分化，而且也來自工人方面的抗爭。他試圖把危機轉嫁到工人身上，結果加劇了勞資衝突，令他難以應對。值得注意的是，《子夜》不是像通常的左翼作品那樣，把資本家臉譜化，把資本家的剝削簡單地歸之於資產階級的本性，把勞資衝突完全看作是一種政治衝突，而是努力寫出世界經濟危機與國內動盪局勢對民族工業的衝擊，盡力表現吳蓀甫在買辦資本強勢進逼下的無奈，把民族資本家進退維谷的處境真實地再現出來，把經濟關係還原到勞資關係中去，正是在多重矛盾的夾擊中，刻畫出吳蓀甫雄心壯志與頹唐妥協、剛愎自用與足智多謀、果決剛毅與暴戾恣睢集於一身的複雜性格，渲染出民族資本家的悲劇英雄色彩。這是現代文學史上少有的充分展開正面描寫的民族資本家形象，藉此也呈現出民族工業的尷尬乃至整個國家的經濟困境。

對於工人運動，茅盾也沒有像一般左翼作品那樣毫無保留地予以肯定性的表現，而是做了分析性的描寫。他一方面充分寫出工人掙扎在水深火熱之中的苦境，肯定其維護與爭取自身權益的合理性與積極性；另一方面，也揭示出工人內部的盲目性等弱點以及隊伍的分化。與此同時，他還以相當尖銳的筆觸，表現了革命者的幼稚、浮躁、本本主義的思想方法與命令主義的工作方式，給當時中國共產黨內的左傾盲動主義留下了一幅清晰準確而發人深省的剪影，從而給社會動盪的全景圖增添了歷史感與層次感。

證券風波，勞資衝突，幾條重要線索交替進展，錯落有致，充分顯示出作者駕馭大題材、表現大時代的藝術功力。在大波大瀾之外，作者還插入了有閒者的戀愛遊戲、次要人物的心理漣漪（譬如少奶奶林佩瑤對早年情人雷參謀的藕斷絲連，馮雲卿對自己唆使女兒當色情「間諜」的恬然無恥與恥感復萌）等等。驚濤拍岸與小橋流水、急與緩、動與靜、表層與深層、悲劇與喜劇，在敘事結構上形成一種參差交錯，在文脈氣勢上產生一種韻律美，也給讀者一種一張一弛的審美情緒效應。

經濟活動，本身枯燥，勞資衝突，也極易流於公式化、概念化，但著者的情節設置與人物刻畫的功力已從主體結構上消解了枯燥與生硬，善於環境描寫與意象提煉的長處，更是給作品平添了藝術表現力。開篇第一段，太陽剛下山時的軟風，蘇州河的濁水，黃埔江上漲的夕潮，外灘公園音樂裏炒豆似的銅鼓，像巨大的怪獸一樣蹲在暝色中閃著千百隻小眼睛的浦東洋棧，高高地裝在洋房頂上異常龐大的、射出火一樣的赤光和青磷似的綠焰的霓紅電管廣告，猶如劇本的舞臺提示，傳達出充滿了刺激與誘惑、壓迫與反抗、希望與失望的舞臺背景。第七章裏，天空擠滿了灰色的雲塊，呆滯滯地不動，成群的蜻蜓在樹梢上飛舞，預示著山雨欲來風滿樓的局勢；被驚起的蒼蠅沒有去路似地又飛回去，伸出兩腳慢慢地搓著，也正是公債投機勝負決定之前心事重重的吳蓀甫的絕妙象喻。電閃、雷鳴、雨吼，帶來了令人不安的消息，顯得自然而貼切。十一章裏，氣象臺上高高掛起的幾個黑氣球，是颱風襲來的預報，也是吳蓀甫厄運的象徵。十三章裏，天上的雷與工人心中的雷相互呼應、相互映襯，其節奏、聲響頗有一種造勢的效果。十五章裏，外面弄堂裏兩個人的吵架與野狗的狺狺狂吠，是革命領導者克佐甫給同志瑪金扣帽子行為的暗喻與反諷。作者敏銳的藝術感悟力與出色的藝術表現力，使這幅凝注著高度的社會責任感與深邃的歷史洞察力的全景圖，顯得生動活潑，引人入勝。

《子夜》的第二章第一節與第四章，曾經分別以〈火山上〉、〈騷動〉為題，一九三二年夏在左聯刊物《文學月報》上發表，當時還只是為左翼所知，一經正式出版，其獨特的視角、宏大的規模、雄渾的氣勢、生動的描寫，立刻在廣大讀者中引起了轟動。初版三千部，立刻脫銷。三個月內，重版四次，每次五千部。如此盛況，在當時殊為少見。閱讀、談論《子夜》，成為一種時髦。不只青年學生，而且向來不大看新文學作品的資本家的少奶奶、大小姐，也都爭著看《子夜》，因為作品裏描寫到她們了，茅盾相熟的盧表妹，甚至認為吳少奶奶的模特就是她。據報載，一男子去舞場跳舞，也自稱茅盾以為榮耀。

文壇自然更為看重，僅在出版後的三年多時間裏，就有二十餘篇書評。《子夜》創作期間，魯迅就熱心關注寫作的進展，如今看到成果，十分高興。他在給友人的信中，把《子夜》引為左翼的自豪。曾經看過最初的提綱與前四章原稿並提出過具體建議的瞿秋白，率先發表評論，稱讚《子夜》：「差不多要反映中國的全社會，不過是以大都市作中心的，是一九三〇年的兩個月中間的『片段』而相當的暗示著過去和未來的聯繫。這是中國第一部寫實主義的成功的長篇小說。」「應用真正的社會科學，在文藝上表現中國的社會關係和階級關係，在《子夜》不能夠不說是很大的成績。」他還預言：「一九三三年在將來的文學史上，沒有疑問的要記錄《子夜》的出版。」[11]歷史的發展證實了這一預言，豈止是一九三三年，在整個新文學史乃至二十世紀文學史上，《子夜》都是一座重要的里程碑。梁實秋曾經向左翼叫板：「『我們不要看廣告，我們要看貨色』。」[12]蘇汶也曾譏刺左翼裏面「左而不做的作家，何其多也」，理論明顯地進步，而作品「不但在量上不見其增多，甚至連質都未見得有多大的進展」[13]。如今，《子夜》充分顯示了左翼作家的創作實績，表明左翼作家完全有能力把社會責任感與藝術悟性結合起來，能夠規模宏大而氣韻生動地表現動盪中國的經濟狀況、社會風雲與各個階層的複雜心態。縱使是對《子夜》的人物的真實性及性欲描寫等方面不無批評意見的韓侍桁，也說：「它的不可磨滅的功績，是在這書給我們貧乏的文藝界中輸入了一種新的眼見，它的材料至少是從來未被取用過地新鮮的，而且它的一切缺點，也是一個首創者的光榮缺點，它的缺點將成為無數未來的作家們的有益的借鏡。」[14]饒有意味的是，早年曾作為學衡派成員與茅盾打過筆仗的吳宓，在一九三三年四月十日天津《大公報》上發表評論，以略帶文言色彩的語言從藝術角度進行評論，批評誠然有之，但也頗多首肯之處：「吾人所為最激賞此書者，第一，以此書乃作者著作中結構最佳之書。蓋作者善於表現現代中國之動搖，久為吾人所習知。其最初得名之『三部曲』即此類也。其靈思佳語，誠復動人，顧猶有結構零碎之憾。吾人至今回憶『三部曲』中之故事與人物，但覺有多數美麗飛動之碎片旋繞於意識，而無沛然一貫之觀。此書則較之大見進步，而表現時代動搖之力，尤為深刻。」

11 瞿秋白，〈《子夜》和國貨年〉，《申報・自由談》一九三三年三月十二日。
12 梁實秋，《無產階級文學》，《新月》第二卷第九期。
13 蘇汶，〈「第三種人」的出路〉，《現代》第一卷第六期（一九三二年十月）。
14 韓侍桁，〈《子夜》的藝術思想及人物〉，《現代》第四卷第一期（一九三三年十一月）。

「第二，此書寫人物之典型性與個性皆極軒豁，而環境之配置亦殊入妙。」在文字上：「筆勢具如火如荼之美，酣恣噴薄，不可控搏。而其微細處復能宛委多姿，殊為難能而可貴。尤可愛者，茅盾君之文字係一種可讀可聽近於口語之文字。」[15]在眾人都側重題材及社會意義的評論時，吳宓能從藝術著眼，得出切中作品藝術品格的意見，也是殊為難得，另外，從中也可以見出在新文學發展中，不同營壘的關係是在不斷調整重構的。

《子夜》之所以為廣大讀者與文壇所看重，除了歷史內涵與精神深度之外，也有文體成就的魅力。新文學第一個十年，小說成就主要在短篇，進入第二個十年以來，才有中長篇的漸次增多，截至一九三二年底，有老舍的《二馬》、《小坡的生日》，巴金的《滅亡》、「愛情三部曲」、「激流三部曲」之一《家》，郁達夫的《她是一個弱女子》，葉紹鈞的《倪煥之》，王統照的《山雨》，洪靈菲的《流亡》，丁玲的《韋護》，柔石的《二月》，胡也頻的《到莫斯科去》，蔣光慈的《麗莎的哀怨》、《衝出雲圍的月亮》、《田野的風》，等等。相對來看，長篇較弱，尤其是能夠全面反映現實社會生活、藝術上又較成熟的長篇更少。所以，《子夜》一出，立刻引起了巨大的反響。

《子夜》的轟動效應，引起了當局者的注意和恐慌。一九三四年二月，國民黨上海市黨部奉國民黨中宣部令查禁「反動」書刊，查禁書籍有一百四十九種之多，牽涉到書店二十五家，牽涉作家二十八人，其中有魯迅、郭沫若、陳望道、田漢、沈端先、柔石、丁玲、胡也頻、蔣光慈、高語罕、周起應、華漢、巴金、馮雪峰、錢杏邨、洪靈菲、王獨清、顧鳳城等，茅盾的包括《子夜》在內的九種創作，被列入「黑名單」中。經書店聯名請願力爭，黨部「恩准」部分刪改或刪除放行，從第五版起，刪去了描寫農民暴動與

[15] 轉引自茅盾，《我走過的道路》（中），頁一二一—一二二。

工潮的第四章、第十五章，全本變成了「節本」。但不久，巴黎華僑辦的救國出版社鑑於如此一來，這部「中國現代最偉大的作品」「已非復瑰奇壯麗之舊觀了」[16]，特以《子夜》原本，以道林紙分上下兩冊精印推出，可見偉大的作品是靠強權壓制不住的。

茅盾最初的《子夜》構想，是要對中國的社會做一個全景式的描繪，後來因為對農村題材把握不夠及城鄉題材的關係尚未考慮成熟，才改為以都市為中心，農村生活只留下最初寫下的第四章。但他要反映農村的意圖並未放棄。一九三二年二月，他寫下短篇小說《小巫》，作品描寫鄉鎮幾股地頭蛇之間以及省裏派來的保安隊與當地權勢者之間由利益分配而引起的「狗咬狗」，還有保安團董家裏的「窩裏鬥」，最後，備受蹂躪的鄉下人奮起反抗，殺上鎮來復仇。這彷彿是《子夜》第四章的翻版，只是側重於農村社會動盪之因的發掘，但與當時其他左翼作家的創作沒有太大的區別。日本帝國主義挑起的「一．二八」戰火，不僅越加照出了中國政府的軟弱無能，而且加重了江浙一帶在外國經濟擠壓下本已見出苗頭的經濟危機。一九三二年春夏兩度回鄉，茅盾耳聞目睹了家鄉一帶鄉鎮經濟的困窘與人情世態的變化，對農村有了新的認識。過去的積累加上最近的體認，使他心中的農村圖景活了起來，自一九三二年六月起，一年間陸續寫出《林家鋪子》、《春蠶》、《秋收》、《殘冬》，後三篇被稱為「農村三部曲」。在這前後，還寫了《當鋪前》、《多角關係》等中短篇小說與《故鄉雜記》等散文，反映家鄉一帶衰敗窘困的經濟景況和鬱悶躁動的社會心態。

小鎮上洋廣貨鋪子的林老闆，是個勤勞、精明的人，從不敢浪費，若放在二十年前，祖傳的生意恐怕會做得紅紅火火。可是，如今捐稅重、開銷大自不必說，「一．二八」戰火燒紅了上海閘北，更給這小

16 轉引自晦庵，《書話》（北京出版社，一九六〇年）。

鋪子帶來了嚴重的危機。債主登門逼債，股東前來抽股，欠賬的鋪子破產，欠賬變成呆賬、死賬，錢莊壓逼他，銀根抽緊，借款無門，黨老爺藉查東洋貨進行敲詐，同業又中傷他，「大廉價照碼九折」、「大廉價一元貨」也不能起死回生，卜局長趁火打劫要娶林小姐做妾，抓人脅迫……憑誰能受得了這樣的重重折磨呢？從沒有起過歹心、做過歹事的本分商人林老闆，只好冒著「捲款逃債」的罵名關張逃走。小說原名《倒閉》，應約拿到《申報月刊》發表時，主編以為創刊號就登這樣的題目，怕被老闆認為不吉利，便徵得作者同意改為《林家鋪子》。標題雖改，但作品卻一字未易，年關前後，鎮上大小鋪子倒閉了二十餘家的淒涼，恰與上海那邊日軍轟毀繁盛的市廛的「熱鬧」形成鮮明的對比，可憐的林老闆逃走了，可是債權人的吵鬧聲，尤其是張寡婦在亂中失去孩子後發瘋的哭喊聲，在林家鋪子前久久迴蕩。作品沒有呼喊響亮的反帝口號，對東洋兵、卜局長之流也未做直接的描寫，但那一片緊張壓抑的氛圍裏，林老闆悽惶而無奈的面孔與張寡婦瘋狂亂跑的慘象卻深深地印在了讀者的心中，讓人們思考悲劇的根源。

小鎮鋪子的主顧，大半是趕市的鄉下人，當他們在鋪子前過而不停或看而不買時，鋪子的倒閉就為期不遠了。鄉下人何嘗不想置辦衣著家什，可是他們委實太窮了，「農村三部曲」就描寫了農村的凋敝與農民的掙扎以及絕望後的鋌而走險。老通寶家曾經有過養蠶致富的歷史，十年中間掙了二十畝的稻田和十多畝的桑地，還有三開間兩進的一座平屋，可是，「世界」到底是變了，他現在已經沒有了自己的田地，反欠出三百多塊錢的債。春蠶給他以希望，他帶領一家老小忍饑熬夜一個月，辛勤地勞作，緊張地期待，謹慎地防範，唯恐丫頭出身的近鄰「白虎星」荷花給他帶來晦氣。終於盼來了雪白的蠶花、上好的蠶繭，可是繭廠關門，雪白發光很厚實硬古古的繭子沒有人要，借船行了幾百里水路到無錫去賣，被壓價、挑剔，賣出的錢扣除路上盤纏，還不夠買桑葉所借的債。《春蠶》在一幅充溢著江浙民間風情的農家圖畫中，透露出帝國主義的經濟、軍事侵略給中國農民帶來的沉重打擊。這一獨特視角與藝術表現的成功，給文壇帶來啟迪，引出了一系列描寫豐收成災題材的作品，如洪深的農村三部曲（《五奎橋》、《香稻米》、《青龍潭》）、夏征農的《禾場上》、葉紫的《豐收》、葉聖陶的《多收了三五斗》等。一九三三年上半年，夏衍化名蔡叔聲把《春蠶》改編成同名電影劇本，並由明星影片公司搬上銀幕，頗受觀眾歡迎。《春蠶》的成功，使編者與作者都很受鼓舞。茅盾接下來寫了《秋收》、《殘冬》。《秋收》裏，為饑餓所折磨的農民不盡是無奈的哀歎與卑賤的乞求，而是滙聚起來吃大戶、搶米囤，迫使有錢的老爺們開倉借糧。春蠶的慘痛經驗做成了老通寶的一場大病，秋收豐收反而成災的再一次打擊，便斷送了他的老命。臨終前，他的眼光似乎肯定了他先前所十分懷疑、竭力反對的兒子多多頭的反抗。《殘冬》裏，當農民被逼得走投無路時，多多頭們就開始了暴力反抗，對維護老爺利益的「三甲聯合隊」開了殺戒，前輩流傳了多少年的「長毛」風暴席地而起的故事怕是要重演了。從藝術角度來看，「農村三部曲」的後兩篇較之第一篇要稍遜一籌，尤其是《殘冬》，彷彿染上了殘冬的枯冷硬澀，缺少活氣與韻味。

這些小說，確乎表現的是鄉土生活，但與一般意義上的鄉土文學有所不同：既非鄉土陋俗的揭露與批判，也不是古樸民風的追懷與憧憬，而是描寫出外國強勢經濟與軍事侵略雙重打擊下，農村經濟的惡化與農民的破產。作者確乎出之以左翼的眼光，表現了左翼的傾向，但與其他左翼作品的區別在於，雖然刻畫了惡人形象，譬如《林家鋪子》裏的卜局長、《多角關係》裏的地主兼資本家唐子嘉，但並不把他們當作抨擊的主要對象；雖然描寫了農民衝擊大戶的反抗鬥爭，但也不把這作為主要的內容；作品的指歸在於深入揭示農村鄉鎮的經濟關係，指出飽受擠兌的商人與豐收成災的農民所遭受的打擊，來自一個內憂外患交織而成的政治經濟網絡。

在茅盾筆下，準確地勾勒出小市鎮的惶恐不安與農村的破產傾圮，這樣一種鄉土景象與《子夜》所表現的城市風景線相映互補，恰恰構成一幅三十年代動盪中國的全景圖，而這正是茅盾的獨創性貢獻。

第四節　吳越文筆春秋憾

寫完「農村三部曲」之後，茅盾心中的動盪中國全景圖基本完成，作於一九三六年一月的中篇《多角關係》，描寫小城經濟不景氣時環環相扣的債務關係，此外，還有一些中短篇，算是他的小說創作的第二個高潮的餘波。

「七・七」盧溝橋事變爆發，茅盾積極投身於如火如荼的抗日救亡鬥爭中去，偕妻帶子，到處奔波，辦刊物，作檄文，很少有相對完整的大塊時間專注於小說創作。一九四〇年五月，他從困厄一年多的新疆盛世才的魔爪下脫身，隨即赴延安，數月後因工作需要被周恩來電召去重慶。一九四一年一月七日，發生了「皖南事變」，奉命北移的新四軍九千餘人，在皖南茂林地區突遭國民黨軍隊七萬人的圍擊，軍長葉挺受傷被俘，大部壯烈犧牲。慘案發生，陪都重慶震驚，官方大報刊發了為整飭軍紀、解散新四軍的頭條新聞，共產黨領導的《新華日報》則開了天窗，天窗上印有周恩來的悼詞：「千古奇冤，江南一葉。同室操戈，相煎何急！？」「為江南死國難者誌哀」。形勢驟然緊張，剛從延安出來的茅盾被周恩來安排去了香港。為了支持鄒韜奮主辦的《大眾生活》，茅盾決定寫一部可以連載的長篇小說。「皖南事變」的血案還在他的心裏磔然作痛，他聯想到抗戰以來，國民黨特務機關以招募抗戰人員的招牌，把一些滿懷抗日激情的熱血青年拉入特務組織，威逼利誘讓他們從事反共特務活動，於是，這部始作於一九四一年初夏的小說題名《腐蝕》，以日記體刻畫了女特務趙惠明的複雜性格，揭露當局戕害青年的特務內幕。由於作品帶有揭密性質，迎合了讀者對政府當局抗戰不利、摩擦有術的反感與對特務內幕的好奇心，頗受歡迎。原想寫到小昭被害即結束，但一則讀者紛紛來信要求給趙惠明一條自新之路，二則《大眾生活》發行部希望多拖幾期，以使長篇連載訂成合訂本時保持相對完整，因而作者改變了原計畫，在原定結構上再生枝節，給了趙惠明一條自新之路。讀者的這一要求與作者的認同，當時有著策略上的考慮，意在分化、瓦解被誘騙入彀的脅從者。正由於其鮮明的傾向性，一九四一年十月上海華夏書店初版不久，延安便翻印作為幹部的一種必讀書，抗戰勝利之後在大連、長春、太行、晉察冀等地區印行過多種版本。從藝術角度看來，心理描寫細膩，寫出了人性中愛與恨、人性與獸性、軟弱與剛強、刻苦向善與貪圖安逸的衝突的複雜性。但由於視角單一化的限定，加之內容的隱晦，作品顯得沉悶、硬澀，缺少作者一向擅長的舒展的結構、別致的意象與明麗的風格，因而隨著時間的推移，這部當年轟動一時的作品，越來越被讀者所冷落。

一九四一年十二月八日，日本法西斯突襲珍珠港，同時進攻香港，挑起太平洋戰爭。一九四二年初，茅盾夫婦與一批文化人在中共領導的東江游擊隊的安排和保護下，踏上了長達兩個月的轉移途程，歷經驚險，於三月九日抵達目的地桂林。當時的桂林，聚集了一大批進步文化人，由於廣西當局的相對寬容，頗有一點「寒冬小陽春」的意味。茅盾在寫了以香港淪陷前後生活為題材的中篇小說《劫後拾遺》之後，早在抗戰以前就曾動念的一部長篇的構想又在心中浮現出來。他的《蝕》寫的是大革命前後，《虹》寫的是五四到「五卅」，《子夜》寫的是三十年代初，這一次則想上溯到辛亥時期。「計畫寫『五四』運動前到大革命失敗後這一時期的政治、社會、思想的大變動。」主要人物是一些青年知識分子，「他們有革故鼎新的志向，但認不清方向。當革命的浪濤襲來時，他們投身風浪之中，然而一旦革命退潮，他們又陷於迷茫，或走向了個人復仇，或消極沉淪」。作品取名為《霜葉紅似二月花》，即寓指主人公「大都是霜葉，不是紅花。全書的規模比較大，預計分三部，第一部寫『五四』前後，第二部寫北伐戰爭，第三部寫大革命失敗以後」[17]。但此書只寫了十五萬字，未及計畫的三分之一。其原因固然是當時蔣介石派遣特使竭力「邀」他赴渝，陪都的環境使他失去了從容寫作的心境，但未始不是因為他的人物設定與他內心深處對知識分子的體認相互矛盾，也就是說，他在理念層面上認同當時乃至後來很長時間內中共對小資產階級知識分子的看法，而實際上，在他的內心深處，卻另有切身的體認。理性與感情、觀念與體驗的衝突使他無法完成預定計畫。三十餘年後的「文革」後期，他在家賦閒時，祕密續寫《霜葉紅似二月花》。從尚未完篇的續稿來看，趙守義代表的老派封建頑固分子一直逆歷史潮流而動，而新派資產階級人物王伯申對歷史進程的負面性則不甚了了。婉卿的進步作用得到加強，新女性張今覺登場，光彩照人，作者在「反右」後於一九五八年九月人民文學出版社版的〈新版後記〉所說的「霜葉」的「凋落」，難覓蹤影。由此似乎可以說，「文革」後期的反思不僅修正了一九五八年對「霜葉」的盲從性的確認，而且改變了一九四二年對知識分子的道路與前景的偏於消極性的設定。

《霜葉紅似二月花》雖然一如既往地想表現歷史變動，但實際寫起來則與以往的作品有了較大的區別。這裏沒有《動搖》那樣激烈的政治鬥爭，也沒有《子夜》那樣的劍拔弩張的勞資衝突，而是側重於文化衝突。地主兼充善堂董事趙守義與惠利輪船公司老闆王伯申的衝突，表面上看起來是善堂公款支配權之爭，實際上內裏隱含著農業文明與工業文明的矛盾，趙守義正是利用了農民的保守心理與惠利公司老闆只顧牟利不管農民利益的貪欲，才挑動起農民阻攔王伯申輪船通航並由此引發命案。作品的另一條線索是青年人之間的感情糾葛，婉卿因丈夫性無能而導致的痛苦，說到底是一種文化性的痛苦。她在家這個可憐的窩裏只能享受一半的溫暖，可是她非但不能因此而提出離婚，反而要強顏溫柔，笑在臉上，苦在心頭。恂

17　茅盾，《我走過的道路》（下），頁三〇〇。

如的痛苦也是源自愛情的不能自由。不能說作品所表現的那個時期就沒有激烈的政治鬥爭可寫，但此時茅盾在嘗試了政治視角、經濟視角之後，現在想要嘗試一下文化視角了，他要寫一部文化春秋，要人情化地表現歷史。在已寫出的十幾章中，江南水鄉的風情畫卷、新文化運動的隱約回聲、舊婚姻帶來的身心痛苦，等等，都初步體現了這一創作指向。

抗戰前，左聯曾經提出過文學大眾化的命題，並做過一定的努力。抗戰以來，為了更廣泛地動員民眾，文學大眾化與民族形式的問題再一次引起了文壇的注意。一九三八年十月，毛澤東在中共中央六屆六中全會上所做的報告中，談到馬克思主義理論在中國的具體化時，提出要有「新鮮活潑的、為中國老百姓所喜聞樂見的中國作風和中國氣派」[18]。這一觀點首先在延安文藝界引發了關於文學藝術民族形式的大討論，後來討論擴展到大後方，直到一九四三年後，還時有這方面的文章發表，文藝家紛紛表示要在文學作品中建立「中國作風和中國氣派」。這在對此早有思考、對文體總是銳意創新的茅盾身上自然會留下印痕。他在一九四一年四月發表的一篇文章中曾說：「『民族形式』的正解，顯然是指植根於人民大眾生活，而為中國人民大眾所熟悉所親切的藝術形式。這裏所謂熟悉，當然是指文藝作品的用語、句法、表現思想的形式，乃至其他構成形象之音調、色彩等等而言。這裏所謂親切，應當指作品中的生活習慣、鄉土色調、人物的聲音、笑貌、舉止等等而言。」[19]《霜葉紅似二月花》正是這一觀點的自覺實踐，體現了作者對「中國作風和中國氣派」的追求，同時也是對自身既定格局的突破。在這部作品裏，人物與情境的「鄉土色調」超過作者以往的任何一部長篇，生活場景的描寫、心理微瀾的刻畫、意象的捕捉與提煉，頗能見

18 毛澤東，〈論新階段〉，延安《解放》週刊第五十七期（一九三八年十一月二十五日）。
19 茅盾，〈抗戰期間中國文藝運動的發展〉，《中蘇文化》第八卷第三、四期合刊。

出傳統文學的風致。譬如，黃和光用鴉片治療性功能障礙，適得其反，所以當他面對妻子時，總有一種男性的自卑與為夫的慚愧。當嬌妻身著晚裝、帶著異香，用一雙水汪汪的眼睛望著他時，他宛然若有所動，「但是笑痕還沒有消逝，不久以前那種蒼涼的味兒又壓在他心頭了」。「園子裏的秋蟲們，此時正奏著繁絲急竹；忽然有浩氣沛然的長吟聲，起於近處的牆角，這大概是一頭白頭的蚯蚓罷，牠的曲子竟有那樣的悲壯。」這多像是黃和光的象徵！果然，接下來，黃和光在心理上就與那蚯蚓認同了。當妻子洋溢著青春熱氣的肉體引發他自慚形穢的感傷時，牆角那隻白頭蚯蚓便來悠然長吟，不知躲在何處的幾頭油葫蘆也來伴奏，一個悲壯而另一個纏綿淒婉的兩部合唱就活畫出這一對夫妻的心靈顫音與悲苦命運。據生物學家說，蚯蚓並沒有發聲器官，所謂蚯蚓的長鳴，只是民間的說法。茅盾在第四章裏三次使用這一意象，既看得出他對民間文化的汲取，也可以窺見他對傳統文學意象傳統的繼承。前有婉小姐在門外聽到的「斷斷續續，帶著抑揚節奏的吟詠之聲」，後有蚯蚓的長鳴聲，二者前後呼應，聯想自然而別致，其構思的綿密、意象的奇警深得《紅樓夢》的真傳。那反覆出現的蜷伏的老蚯蚓，也容易讓人想到《聊齋志異》裏那個陽物如蠶的形容。人物的話語個性鮮明，敘述語言也頗具吳越地方色彩，鮮活、生動，傳統小說的一些語彙、句式也得到了純熟的化用，給人以濃濃的鄉土氣息與醇厚的傳統回味。

《霜葉紅似二月花》從一九四二年八月起，先後在《文藝陣地》與《時事新報・青光》連載，一九四三年十月由桂林華華書店出版單行本，引起文藝界的關注。一九四三年十月二十日，桂林《自學》雜誌和《廣西日報・讀者俱樂部》聯合召開座談會，巴金、田漢、艾蕪、端木蕻良等知名作家出席，一致肯定這部小說的成就，並聯名給已去重慶的茅盾發電報表示祝賀，稱之為「抗戰以來，文藝上巨大之收穫」[20]。

[20] 載《自學》一九四三年第二卷第一期。

《新華日報》發表評論，說反映五四時代的作品已有不少，但沒有一本像這部小說所分析的「那樣詳盡真實，描寫得那樣親切，並且規模那樣宏大的」[21]。還有文章稱讚民族形式的創造的成功。一九四五年，王若飛在祝賀茅盾五十壽辰時也再次肯定他在這方面的努力。茅盾的小說，時代色彩濃烈，歷史視閾宏闊，刻畫細膩，意象鮮明，大氣磅礴而明麗秀美，其獨特的藝術風格及其對中國小說現代化、民族化的建樹，其實都深深地打上了吳越文化的烙印。

茅盾的家鄉烏鎮，地處春秋時代的吳越交界，有著悠久的歷史文化傳統。遠且不說，南朝時編出千古流傳的《文選》的昭明太子就曾經在烏鎮苦讀過，至今勝蹟猶存。與他同時的大文學家沈約，唐代愛國將領烏贊、南宋著名詩人和政治家陳與義、清代大藏書家鮑廷博等名人，也在這一水陸要衝之地留下了閃光的足跡。在這塊「唐代銀杏宛在，昭明書室依稀」[22]的地靈人傑的沃土上，茅盾汲取了豐富的精神營養，養成了深厚的歷史感與歷史興味，他後來對描繪歷史進程情有獨鍾，便可以從家鄉豐厚的歷史積澱中找到根源。烏鎮所在的杭嘉湖地區，土地肥沃，水源充足，自古經濟發達，出產豐盛，絲織品曾經作為貢品贏得朝廷的青睞。近代以來，這一地區又率先領略洋風。烏鎮地處兩省（江蘇、浙江）、三府（湖州、嘉興）、七縣（烏程、歸安、石門、桐鄉、秀水、吳江、震澤）的錯壤之地，交通便利，商業興隆，茅盾的祖上就曾經開過煙店、紙店、京廣貨店，還在九省通衢漢口開過山貨行。烏鎮是桑蠶之鄉，每到蠶桑季節，「葉市」十分興旺。所謂「葉市」，即是桑葉的交換市場，開設葉行的人，提前對蠶訊提出預測，預期春蠶歉收的便向蠶農預售桑葉，預期春蠶豐收的便向桑農預購桑葉，到蠶熟時虧本或獲利，這就像交易

21 埃蘭，〈讀《霜葉紅似二月花》〉，《新華日報》一九四四年一月三日。
22 茅盾，〈可愛的家鄉〉，載《浙江日報》一九八〇年五月二十五日。

所裏的空頭與多頭。茅盾的親戚世交裏，就有人是這種「葉市」的要角。茅盾幼年時，他的祖母曾接連三年養蠶，外祖父家也養過蠶，所以，茅盾對蠶業中的交換並不陌生。家鄉濃郁的商品經濟氛圍的薰陶，使他對證券交易有了觸類旁通的便利，一般作家望而生畏的證券交易、蠶桑生產、借貸往還等經濟題材，在他筆下頗有得心應手之概。他的小說，結構舒展而錯落有致，色調明快而搖曳多姿，心理描寫細針密線，敘事語調委婉柔和，也與吳越之地的風土人情息息相關。其風格後面，掩映著江南水鄉縱橫交錯的河流，白牆青瓦、眉清目秀的房舍，秀美玲瓏與天然野趣熔為一體的蘇州園林，空靈飄逸的詩詞、繪畫意境。

吳越文化給予他一副多姿多彩的筆墨，傳統文學給予他深厚的文化底蘊，良好的外語水平與深厚的外國文學造詣給予他開闊的視野，以他的歷史洞察力、藝術感悟力與表現力，他本可以寫出結構更為宏大的作品，本可以創造更為輝煌的業績，但由於種種變故，敘寫現代春秋的願望在現實中大打折扣，留下了許多遺憾。

抗戰之前，他曾想寫一部題為《先驅者》的長篇，描寫中國革命的啟蒙時期——辛亥革命、五四運動前後——一些獻身革命的無名的先驅者的故事。回鄉寫作的計畫，因魯迅的溘然長逝而中斷，翌年抗戰爆發，形勢劇變，這部剛剛孕育的作品尚未成形就夭折了。後來，他一直想寫一部反映抗戰全貌的規模宏大的長篇。一九三八年曾動筆寫了《你往哪裏跑》（原題《何去何從》），在香港《立報》副刊《言林》連載時，接受薩空了的建議，改為此名），原擬分兩部：第一部寫上海戰爭時各階層人物的動向，第二部寫上海知識分子在武漢的分流，一部分去陝北，一部分留在武漢從事救亡活動。但寫了過半就意興闌珊，又打算去新疆，遂將第一部匆匆結束，後來出單行本時又改題為《第一階段的故事》。第二部再也沒有機會續成。一九四三年七月至翌年七月寫了中篇《走上崗位》，那時創作的禁忌太多，寫出來的作品作者自己也不滿意。一九四八年在香港時，天時地利人和使茅盾再次燃起了描寫抗戰長篇的欲望。長篇擬分五卷：第一卷寫上海戰爭至大軍西撤，包含工業遷移、民主運動受壓等；第二卷寫保衛大武漢至「皖南事變」發生；第三卷為「皖南事變」後至太平洋戰爭爆發，直至中原戰爭、湘桂戰爭；第四卷寫湘桂戰後至險勝；第五卷為「慘勝」後至聞一多、李公樸被暗殺。全書預計一百五十萬字，三年完成。未料到全國解放的日子來得那樣迅疾，他很快便被召至北京，並擔任新中國第一任文化部長，五卷的計畫只完成了第一部《鍛鍊》，也是他的最後一部長篇。《鍛鍊》採用了《走上崗位》中的部分故事和人物，重加改造，但也許時局的變化已使他無暇潛心創作，這一部與此前的兩部抗戰小說一樣，多對話與敘述，而極少他所擅長的描寫，算不上是成功之作。

寫於一九四八年十二月十二日的短篇小說《春天》，是茅盾的最後一篇小說作品。擔任文化部長以後，繁忙的政務，加上無休無止的政治運動，使這位傑出的小說家無暇也無心再回到他所眷戀的小說世界了。令他尷尬的是，他連自己過去的作品也每每無力保護。一九五〇年，香港文華公司根據他的小說拍成的同名電影《腐蝕》遭禁，其理由據說是特務女主角讓人同情。在一九六三年、一九六四年兩次措詞嚴厲的最高批示下達不久，夏衍根據他的小說改編的同名電影《林家鋪子》等被定為毒草，遭到大批判。不久，茅盾擔任十五年的文化部長一職被免去。一九六四年七月發表一篇評論之後，時隔十二年，這位五四老作家才重登文壇。一九七四年，茅盾祕密續寫《霜葉紅似二月花》，世事多舛，續作終成殘篇。他晚年最有價值的作品是回憶錄《我走過的道路》。

一九八一年三月十四日，自知病將不起的茅盾，向兒子韋韜口述了兩封信，並用顫抖的手在信後鄭重地簽上名。一封是給當時的總書記胡耀邦暨中共中央的，表示：「如蒙追認為光榮的中國共產黨員，這將是我一生的最大榮耀！」一封是給中國作家協會的，捐獻二十五萬元稿費，作為設立一個長篇小說文藝獎金的基金。這兩封信正是茅盾一生的寫照：他一方面追求著社會政治的目標，另一方面無法忘懷文學事業。同年三月二十七日，茅盾走完了他那政治與文學緊密交織的一生，兩項遺願在身後都得以實現。

茅盾一生創作的小說有：十四部中、長篇，四十餘個短篇。他對二十世紀中國小說史的貢獻並不止於創作，從新文學運動初期開始，他就在理論批評方面做了大量的工作，他對魯迅、冰心等知名作家有過切中肯綮的評論，對許多文學青年給予過熱情的扶持，其中有一些就是在他的扶持下登上文壇、並成為著名作家的，有些作家在非正常的氛圍裏還得到過他的關愛。在他辭世之後，茅盾文學獎作為中國長篇小說最高規格的獎勵，鼓舞著後人創作長篇小說精品表現時代與人性。

應該看到的是，茅盾給人們留下的文學遺產，不僅有《動搖》、《子夜》、《林家鋪子》、《春蠶》等小說精品，而且也有他那成功與失敗參半的經驗教訓。茅盾是一位文化視野開闊、學養深厚的作家，也是悟性很高、表現力很強的作家，可是為什麼他的小說中留下了那麼多的半部之作與那麼多生澀的作品呢？社會的動盪固然是個重要原因，但過分強烈的社會功利追求與先入為主的既定理念也難辭其咎。當他潛心創作、遵從藝術生命的脈搏節律時，總能寫出氣勢恢弘、清新雋永的作品來；反之，當他急於追求功利目的、貫徹既定理念時，則會流於平鋪直敘、枯澀乏味，或者乾脆難以為繼、觸礁擱淺。茅盾大氣磅礴的史詩性小說，可以引我們走近歷史，並感受審美的魅力；茅盾創作生涯的成敗得失，在文學創作與文學發展方面，也能夠給我們以深刻的啟迪。

第二章　笑與淚交融的幽默

本來，中國文學素有諷刺傳統，僅以小說而言，從秦漢寓言中的諷刺小說因素到魏晉南北朝的諷刺小說雛形，再到唐宋元明機鋒四出的傳奇話本，直到諷刺文學奇葩《儒林外史》以及晚清譴責小說，貫串著一條引人發笑、令人深思的喜劇脈絡。但在新文學的第一個十年的歷程中，也許是由於傳統社會留給人們的積鬱過多、過重，新文學開天闢地的歷史使命實在迫切，文壇上到處是悲憤的傾訴與激越的吶喊，而少有超越性的笑聲。然而，從文學發展來看，風格從單一走向豐富乃是必然趨勢；從接受心理來說，也有多方面的審美需求，既要悲愴感人的歌哭，又要婉諷譏刺的笑聲。新文學是對舊文學的革命，也是對傳統底蘊的發展，它不會在拋棄僵化模式的同時捨棄生命的脈息，不會辜負讀者的喜劇期待，這不，一座新文學的喜劇高峰正在悄然崛起，幽默大師老舍向我們笑著走來。

第一節　幽默登場

一九二六年七月，當《小說月報》十七卷七號開始發表長篇小說《老張的哲學》時，對於文壇來說，作者舒慶春還是一個陌生的名字。但這部作品的確是不同尋常，哲學本是讓人望而生畏的玄學，然而老張的哲學是「錢本位而三位一體」，宗教兼信回、耶、佛，職業兼行兵、學、商，只要能來錢，管他什麼人格不人格、品行不品行，如此荒謬的哲學一經扯破遮羞的面紗，給予縱情的揶揄，便十足成為人們的笑料。小說一期一期地登出來，雖然沒有緊扣心弦的情節，但各色人物的喜劇性格、詼諧輕鬆的敘事語調，讓人耳目一新、笑聲不斷。從十七卷八號起，作者署名改為「老舍」，人們在忍俊不禁的笑聲中結識了這位風格別致的文壇新秀。

此時老舍正遠在英倫。一九二四年秋，他經燕京大學英籍教授艾溫士介紹，到倫敦大學東方學院任教。客居異鄉，最初的新奇感過後便是無邊的寂寞。讀小說，既是學英文的需要，又是出於對文學的愛好，也未始不是排遣寂寞的方式。但只是閱讀並不能完全慰藉鄉愁，英語小說中的圖景反倒勾起了故鄉與往事的回憶，老舍湧起了創作的衝動。早就以《命命鳥》蜚聲國內文壇的好友許地山，此時恰在英國與老舍多有交往，他那勤勉從事而陶醉其間的小說創作，也引起了老舍的羨慕與興趣，老舍也要動筆寫小說了。

早在一九二二年於南開中學任教時，老舍曾經寫過一篇題為《小鈴兒》的短篇小說，但那不過是為了校刊敲邊鼓而已，彷彿樂隊演奏前的試音，不成曲調，真正的創作還要從《老張的哲學》算起。心中層層疊疊的影像紛至遝來，如何才能連綴成篇？老舍從前讀過的唐人傳奇、宋明話本以及《金瓶梅》、《儒林外史》等長篇小說，固然提供了潛在的文學淵源，但眼前的小說模式則是從外國小說獲取，這是新文學初創期的通例，魯迅、郭沫若、郁達夫等先驅者概莫能外。老舍剛剛讀過狄更斯的《尼考拉斯・尼柯爾貝》、《匹克威克外傳》，那種以人物活動為線索的遊歷體恰恰給初涉文壇、不知控制為何物的老舍以極大的自由。然而，讓老舍對狄更斯一見傾心、緊追不捨的，還要說是幽默心態的深深契合。

老舍，原名舒慶春，字舍予，一八九九年二月三日（舊曆戊戌年臘月二十三日）出生於北京一個滿族貧民家庭，兄弟姐妹八人，活下來的只有三個姐姐一個哥哥和他這個「老」兒子。一九〇〇年，身為皇城護軍的父親舒永壽在八國聯軍的砲火中陣亡，一家生活全靠母親給人縫洗和做雜工勉力維持。母親剛強、正直、富於同情心，給老舍的性格打上了深刻的烙印；評書、大鼓、相聲、單弦、雙簧等民間藝術滋補了他的喜劇天分，加上從小生活在大雜院裏，飽受痛苦的熬煎，看多了世態人情，遂使他漸漸養成了既深解人間冷暖、又能超然物外、既敢於諷世譏醜、又能諒人慰己的幽默心態。狄更斯也是出身於底層社會，在貧寒中苦苦掙扎的生活經歷養成了他那和善寬厚的心態，他希冀著溫馨的理想境界，憐憫弱小者，痛恨假醜惡，但他總是笑眼看世界，對惡人並不趕盡殺絕，而是極盡揶揄之能事，笑罵熱諷，給惡人一線改惡從善的出路，給弱小者一些解脫困境的希望，從而讓讀者在笑聲中獲得幾分寬慰。這樣一個狄更斯，對於老舍來說，真可謂「天涯知己」，自然而然被當作創作的先生。也正因為他們之間有著內在的契合，而且老舍有著豐厚的生活基礎，所以《老張的哲學》並非單純的模仿，而是有著鮮明的特色。由題材與語言形成的北京風味自不必說，老舍作品也更多一些文化韻味與溫馨親情。

初登文壇，就從長篇起步，難免稚嫩粗放，從結構布局到選詞用字，從感情節奏到語調色彩，都不無瑕疵，譬如喜歡肖像的漫畫化描寫，借用一些滑稽動作故意招笑，抓住一點，肆意誇大，以致顯得野調無腔，等等。但《老張的哲學》開始顯示出老舍的文學才華，給新文學帶來了一股清新的風：一是幽默風趣、自成一家的喜劇風格，二是俗白而雋永的北京話，三是市民題材的長篇小說。截至《老張的哲學》連載完的一九二六年十二月，新文壇上的長篇小說不超過十部，像這樣擺脫了翻譯腔、喜劇風格貫通始終、表現市民生活的長篇小說還是唯此一部，不能不令人刮目相看。

首部長篇小說發表的意外順利，增強了老舍創作的信心與勇氣，他趁熱打鐵，寫了第二部長篇小說

《趙子曰》，一九二七年三月至十一月同樣發表在《小說月報》上。老舍後來自嘲說《趙子曰》與《老張的哲學》是魯衛之政，也就是說仍有些故意招笑的地方，一笑起來便有些收不住，描敘之中，時有誇張失度之處，譬如寫趙子曰狠了心用一句生硬的話回敬流氓氣的學生歐陽天風，竟說：「這一點決心，不亞於辛亥革命放第一聲砲。」但也確有變化，其變化不僅在於結構上緊湊了一些，題材由中年人為中心變成青年人為中心，而且在於敘事基調發乎中年心態的特徵更為明顯。老舍自幼貧窮，做事早，加上深受富於喜劇傳統的俗文學乃至天人合一、樂天知命、中庸和諧的文化傳統的浸淫，青年時期便養成了知命達觀的中年心態。《老張的哲學》對李應與龍鳳、王德與李靜兩對年輕人戀情夭折的無奈默認，便迥異於當時文壇上或是激烈反抗或是悲憤控訴的青春激情，中年心態初露端倪。《趙子曰》更是站在中年人的立場上，居高臨下地從學生運動中尋找縫隙，抓取笑料。大學生們熱中運動的荒唐胡鬧，熱心仕途的傳統根性，好吃懶做的少爺習氣，與當時眾多作品對學生及其運動的描寫顯然不甚諧調，究其原因，恐怕不只是由於五四運動時老舍已經從北京師範學校畢業，正在擔任北京內城左區方家胡同京師公立第十七高等小學校兼國民學校校長，寫作此部小說時又遠在海外，與學生運動有些隔膜，而是主要在於老舍以一個見多識廣的中年人的眼光，對激烈而不無偏激的學生運動本來就持有保留意見，在他看來，學生就應該埋頭讀書，學好本領，以知識救國。這種認識與他所從事的教育工作有關，也是穩健持重的中年心態的流露。文學創作不等同於歷史素描，因而不必苛求《趙子曰》的歷史真實性，饒有意味的是學生為反對考試而鬧學潮——捆打校長、切割庶務員耳朵、毆打老園丁、嚇跑教員、砸爛學校的偏激行為，四十年後在中國的土地上竟活生生地復現了，文學的預見性與喜劇的深刻性於此可見一斑。老舍嘲諷所謂新人物，並非一棍子把人打倒，而是塑造了一個立身嚴謹、關鍵時刻勇於捨身取義的青年楷模李景純，對趙子曰、武端等曾經荒唐過的大學生也給留下一條光明的出路。這也見出老舍幽默的寬厚。

無論《老張的哲學》與《趙子曰》存在著怎樣的弱點，兩部突梯滑稽的長篇小說接連問世，不能不給人們留下鮮明的印象。一九二八年一月、四月，這兩部小說由商務印書館相繼推出單行本，十月，《時事新報》刊出商務印書館的出版廣告，以諷刺的情調、幽默的態度、輕鬆的文筆為召喚向讀者予以推介。老舍大概自己也未曾想到，他最初只是寫著玩的小說會受到讀者的青睞。但老舍是個認真的人，他的性格使他終於要把寫作當作一項事業來做。況且倫敦的中國朋友大都學有專長，老舍於羡慕之中立志以寫作為生。他如饑似渴地閱讀外國文學作品，狄更斯之外，還有荷馬、阿里斯托芬、但丁、莎士比亞、康拉德、威爾斯、福樓拜、莫泊桑、歌德等作家的作品，都在閱讀汲取之列。廣泛的閱讀使他明白了何謂偉大的文藝，明白了文藝的真正的深度。他從初創的亢奮中沉靜下來，對已有的作品有所不滿，決定往細裏、深裏寫。

第三部長篇小說《二馬》比起前兩部作品的潑辣恣肆來，就要細膩得多。這不僅表現在結構上的講究，更在於人物性格開掘的深入與描寫的工細，在於幽默與諷刺的性格化與內在化。老馬是中國傳統文化養育的典型的「出窩兒老」，他雖然一回官兒也沒做過，可是要做官的那點虔誠勁兒從來沒有歇鬆過。除了請客活動做官的門徑之外，他什麼也不懂。做買賣他一竅不通，不知道隨行就市，不知道廣告宣傳，不知道市場規則，憑一時高興可以把自家古玩店的古玩拿回家欣賞，或者送人當禮物，或者低價拋售差不多等於白送人。他不但不懂，而且向來看不起買賣人，以為拿著血汗掙錢沒出息，只有做官才是發財大道，他自己做不成官，就把希望寄託在兒子馬威身上。老馬滿腦子做官念頭，實際上卻是真正的沒頭腦，他為中國人的被曲解而不平，可是為了賺一點錢給溫都太太買禮物，卻去給一部誣衊華人的電影當群眾演員。老馬的自恃甚高、自以為是與愚不可及、處處碰壁構成了強烈的反差，產生了雋永的喜劇效果。作品的喜劇鋒芒還透過人物性格直指養成這種性格的文化背景，鞭撻其官本位與保守、僵化等弊端，使笑聲不只是情緒的宣洩，更有了深長的回味。人物活動的舞臺放在英國，英國人不僅作為比較的參照系，以英國文化進步性的一面反襯中國文化保守性的一面，而且也把「日不落帝國」子民的盲目自大與對中國的種種不切實際的誤解、偏見置於喜劇光芒的燭照之下，予以盡情的嘲諷，豐富了作品的文化內蘊，增強了喜劇效果，個中也紓解了老舍憋悶已久的鬱結。《二馬》是老舍在海外創作的一個總結，它不再藉文言討巧，開始顯示出白話的真正原味兒；它從表層的滑稽步入深層的幽默；它從浮面的社會諷刺轉向深入的文化批判，五四新文化運動給予老舍的影響至此才顯出其內在的層面。這部小說寫於一九二八年至一九二九年，此時國內文壇已是社會鬥爭風雲激蕩，文化批判色彩有所減弱，但老舍反倒走向弱勢主題，這一方面是由於空間距離相隔的緣故，另一方面也是老舍性格使然。對於他這樣的自由知識分子來說，文化興趣要大於政治熱情，對於一個幽默作家來說，文化批判也要比社會鬥爭更為得心應手。然而，中國現代社會怎樣對待這種選擇，作家應該怎樣回應社會的呼喚，這是中國現代文學史上貫串始終的一個問題。

第二節　笑的變異

一九二九年六月，老舍結束了在英國的教書生活，歸國途中，在法、德、義等國遊歷了三個多月。十月到達新加坡，一則旅費只夠到達此地，二則久想看看南洋，想寫一部表現華人開發南洋的小說。但因生活積累不足以及經濟與方言等方面的限制，南洋小說作罷。為籌措旅費，他到一所華僑中學任國文教員。因學校裏東方民族解放氛圍的感染，他在由馬賽到新加坡的船上已經寫了四萬多字的浪漫愛情小說《大概如此》擱淺放棄。與少男少女的接觸倒是激發了他的童心，開始了童話體長篇小說《小坡的生日》的創作。這部小說歸國後在上海完成，其意義在老舍來說，一是保持了幽默風格，二是進一步驗證了白話的力量；對於中國現代文學來說，則奉獻出第一部充滿童趣的兒童題材長篇小說。

一九三〇年三月，在外漂泊將近六年之久的遊子老舍回到故國，從記者那裏得到「笑王」的雅號，因其幽默聲譽應邀到青年會、北師大等處做〈論滑稽〉、〈論創作〉等講演。然而，當他對夢魂縈繞的故國有了一番切實的體驗，尤其是七月應聘到濟南齊魯大學任教，瞭解了「濟南慘案」的詳情之後，這個「笑王」竟一時難以發笑，豈止如此，他簡直悲憤欲絕了。一九二八年五月三日，日軍藉口保護僑民，侵占濟南，姦淫擄掠，屠殺中國軍民五千餘人，國民政府山東特派交涉員蔡公時被日軍割去耳、鼻，最後與十七名外交人員同遭殺害。由於中國人民的強烈反對與列強勢力的相互制約，一九二九年日軍才撤出濟南。老舍到濟南時，還能看見城門上的砲眼，這讓他想到鮮血淋漓的「五・三」慘案。他開始打聽屠殺與恐怖的詳情，以慘案為背景，創作了長篇小說《大明湖》。因為想著「五・三」慘案，寫的又是底層社會女子的不幸命運——母親受著性欲與窮困的雙重壓迫，最後跳了大明湖，孤苦的女兒後來雖然跳湖遇救，但適逢慘案發生，便不能不咀嚼著國破家亡的滋味，所以作品裏沒有一句幽默的話。《大明湖》是老舍的第一部悲劇風格的長篇小說，傾注了他的一腔悲憤之情，連小說本身的命運也是悲劇性的，書稿交給商務印書館尚待發表之際，日軍於一九三二年初挑起「一・二八」戰爭，老舍的泣血之作連同商務印書館的大半個家業焚毀於戰火之中。

日本帝國主義對中國這塊沃土覬覦已久，一九三一年悍然發動「九・一八」事變，東北軍除了部分部隊奮起抵抗之外，大部未予抵抗，並撤至山海關內，至一九三二年二月東北全境淪陷。此前濟南屠城，又在皇姑屯炸張作霖，此後策動「一・二八」事變，企圖侵占上海。強敵壓境，民族危機迫在眉睫，而當局政治腐敗，對內橫徵暴斂、強剿濫捕，對外拱手揖讓、束手無策，民不聊生，怨聲載道，而且在國民身上種種精神痼疾附著不去，渾然不覺，五四新文化運動先驅者的啟蒙與救亡的宏圖大志仍是一個焦慮之夢。

老舍同郁達夫、聞一多等有過海外漂泊生涯的炎黃子孫一樣，羈旅異國時，對祖國夢魂縈繞，一旦回到故土，發現竟然流弊叢生，不禁大失所望，甚至悲憤不已，大叫「這不是我的中國」。憤懣、失望、焦慮，使老舍不能已於無言，他要舉起喜劇的利刃對晦暗的現實猛下針砭了。

從「四・一二政變」到「九・一八」事變，一系列的慘劇給文壇帶來了沉鬱的悲劇色彩，也激起了相當的喜劇反撥。一九二八年下半年，沈從文的寓言體長篇小說《阿麗思中國遊記》一、二卷相繼問世，一九三一年七月，張天翼的寓言體長篇小說《鬼土日記》出版。前者對當時的人情世態多有諷刺，立意頗有可取之處，但節奏粘滯、結構鬆散、文筆冗蕪；後者側重於社會政治諷刺，鞭撻中國病態社會，兼及西方政治弊端，但模仿痕跡明顯，亦有圖解概念之嫌。老舍是否讀過這兩部作品，不得而知，但當時沉悶的社會氛圍與諷刺小說所激起的喜劇浪花不能不給他以強烈的刺激，當他要以自己的話語方式對社會發言時，他一定想到了他所熟悉的斯威夫特的寓言體小說《格列佛遊記》，與威爾斯的《時間旅行機》、《摩若博士島》、《首先登上月球的人們》等科學幻想小說。寓言體小說與科幻小說可以給人提供更為廣闊的想像空間，寄予異常尖銳的諷刺，不斷探索小說藝術表現空間的老舍此時也創作了一部寓言體長篇小說，這就是從一九三二年八月至一九三三年四月由《現代》雜誌連載的《貓城記》。

無論是就老舍自身而言，還是對於中國現代文學來說，《貓城記》都是一個奇蹟，它所展示的藝術空間的怪譎性與深廣性至今未見相儔者。小說裏的貓國是火星上的一個國度，敘事者「我」與朋友去火星探險，飛機失事，朋友殉職，「我」倖免於難，但卻目睹了貓國亡國滅種的大災大難。貓國是怎樣一個灰霧彌天的國度，貓人是怎樣一個昏聵愚昧的民族啊。貓人有兩萬多年的文明史，從前如何不得而知，自從五百年前外國人帶來迷葉、四百多年前皇帝把迷葉定為國食以後，貓國的墮落卻是實實在在的。政客兼軍官、地主，靠種植迷葉維持勢力，又靠養幾個外國人做保護者，貓人極怕外國人，貓國的法律管不著外國人，外國人咳嗽一聲，嚇倒貓國五百兵，不經外國人主持，他們的皇帝連迷葉也吃不到嘴。迷葉高於法律，有了迷葉，打死人也不算一回事。內政如此昏亂不堪，外交也就不成其為外交：矮人侵入貓國，國難臨頭，貓國上下卻是一派麻木、苟安之狀，政客商討對策，沉寂如一灘死水，直到有人提議點幾個妓女陪陪，政客們才算全活過來。外交部長忙著給兒子娶媳婦，對入侵者除了空言抗議別無他法。所謂外交者，就是無論發生了什麼事都送去一塊寫著「抗議」的石板，此外最高的國策就是逃跑。矮人逼近貓城，狂逃的政客轉而趨近矮人，為的是爭先把京城交給敵人，以求得到官做。政治昏暗，文化也呈沒落之相。教育經費被皇上、政客、軍人都拿了去，學校已經二十五年沒發薪水，校長教員無法可想，便私賣校產，教職無錢可拿，遂藉此當作升官的階梯。新知識貶值，國粹行情看漲。第一天入學、只會胡鬧的小孩子個個都以第一名的成績獲得最高學府的畢業文憑。教育本為培養人格，可學校與社會上鬥爭成風的現實教育沒有辦法養成健全的人格，所以學生活活解剖校長與教員的慘事也就不足為怪了。資深學者除了自稱天下第一之外，就是互相謾罵、攻訐；新式學者熱中於搬弄些別人不懂的外國名詞。古物院靠賣古物給政府上繳錢財，自己也借助回扣養家糊口。年久失修的圖書館靠賣書度日，十五年前就已賣完了圖書，下一步的「革命」就是把圖書室改成旅館。如此社會，會有何等國民性便可想而知：糊塗，愚笨，身處不堪之境卻隨遇而安；自私，殘忍，折中，妥協，怯懦，欺軟懼硬，崇拜偶像，無自尊，無秩序，不守信，背約毀誓，禮讓為恥，搶劫為榮；實利，貪財，世故，窮講面子，事事敷衍，口號滿天飛，莊嚴變兒戲，婦女解放只是學會了往臉上擦更多的白粉、穿高跟鞋，政治革命變成個人撈取好處的起鬨；疑慮重重，善於猜忌，不喜合作，專好窩裏鬥，自相殘殺，甚至最後的兩個貓人被活捉關在大木籠裏，還要相互咬死，完成了種族的滅絕。

這是一幅多麼怪誕而深刻的警世之作。從藝術結構來說，它以寓言體構築起一個奇特的象喻世界，以促迫的節奏敘述了一個亡國滅種的故事；從敘事角度來說，有彈指一揮間的歷史大寫意，也有纖毫畢現的工筆細描，有全能全知的第三人稱視角，也有感同身受的第一人稱觀照，粗與細、遠與近構成極有張力的敘事空間；從藝術形態來說，有變形的再現，有情愫濃烈的表現，也有鞭辟入裏的解說；從藝術手法來說，有鋒利的譏刺，有機智的反諷，有尖刻的冷嘲，也有溫婉的幽默；從意義空間來看，貓國可以看作舊中國的象徵，內政、外交、文化、教育的種種弊端都能看出舊中國的一些影像，貓人的種種劣根性也能折射出中國人國民性的若干缺陷，貓國的亡國滅種更是以極言其險的形式發出救亡圖存的急迫吶喊，最讓後人稱奇的是作品裏關於學生解剖校長、學校改開旅館之類天方夜譚似的怪事，竟在幾十年後的現實生活中活生生地上演了，這樣看來，《貓城記》的象喻空間實在是寬廣深遠。

《貓城記》以其別致的形式、強烈的憂患感、犀利的鋒芒與深邃的洞察性打動了讀者。現代書局於一九三三年八月出版單行本，旋即售罄，兩個月後即行再版，一九四七年改由上海晨光出版公司印行後，三年連印三版。評論界也予以熱情的關注，出版後九個月內就有六篇書評問世，其中肯定性的評價居多，主要肯定了以下幾點：（一）比起作者以前的創作來，這一部在思想、藝術上更成熟，而且是文壇上「近年來極難得的佳構」[1]；（二）對中國現代社會諷刺得痛快淋漓，讓人內心「充滿了沉痛與羞赧的交流」[2]；（三）對國民性的諷刺批判與魯迅相似，只是魯迅更看得透徹、深入，富於力度，而老舍極其敏銳、更肯細膩，「同是諷刺，魯迅的是挖苦，而老舍的乃是幽默。魯迅能熱罵，老舍卻會俏皮」[3]，在描寫軍人的怯於外戰、官僚的貪污、學者的無恥等方面異常盡致，堪稱「現在幽默文學中的白眉」[4]；（四）「企圖創造

1　諧庭，〈《貓城記》〉，天津《益世報》副刊《文學週刊》第四十三期（一九三三年九月二十三日）。
2　觀容，〈讀《貓城記》〉，《眾志月刊》第一卷第二期（一九三四年五月十五日）。
3　李長之，〈《貓城記》〉，《國聞週報》第十一卷第二期（一九三四年一月）。
4　王淑明，〈《貓城記》〉，《現代》第四卷第三期（一九三四年一月）。

一個典型的社會，於神祕的外衣裏，包含著現實的核心」[5]，在「給一個將近沒落的社會，以極深刻的寫照」[6]方面是成功的；（五）愛國主義情懷。但是也有一些批評性的意見，譬如：小蠍及敘事者等人物性格前後的不統一；對貓人諷刺過分，「沒有在這些黑暗的背後，看出光明底微弱影子來」，「塗滿了悲觀的色調」，所以如此，是因為作者「認不清民眾的力量」；「人格教育論」與「不能革命論」[7]的觀念不可取；有概念化色彩，是「還算有興味的化妝講演」[8]；等等。

《貓城記》對於老舍來說，既是新形式的大膽嘗試，又是滿腔鬱悶的宣洩，既是愛國情懷的寄託，又是思想觀念的表達，他把自己從底層體驗、五四哺育、海外積累、歸國觀察中形成的思想感情一古腦地噴射出來，猶如山搖地動的火山噴發，粗獷雄奇，驚心動魄，痛楚中不無快感。所以，在初版本〈自序〉裏，儘管他對不很幽默還有一點點不滿意，但總的來說，自我感覺還不錯。據《現代》雜誌一九三四年新年號（四卷三期）刊出的現代創作叢刊廣告說，著者自己認為，《貓城記》比之以前所作的《老張的哲學》等更為出色。然而，後來他對這部作品的自我評價卻越來越低。在發表於一九三五年十二月一日《宇宙風》第六期的創作談〈我怎樣寫《貓城記》〉裏，他稱這部小說為「失敗的作品」，他把失敗之處歸結為：既捨去了自己較有把握的幽默，又缺少更潑辣的文筆，既沒有積極的主張與建議，也未能精到地搜出病根，諷刺流為說教。一九四七年在紐約為上海晨光版作的新序，也持大致相同的態度，都是從藝術表現的方式與深度上做自我批評。可是，到了一九五一年八月開明書店出版《老舍選集》時，他在〈自序〉

5 王淑明，〈《貓城記》〉，《現代》第四卷第三期（一九三四年一月）。
6 王淑明，〈《貓城記》〉，《現代》第四卷第三期（一九三四年一月）。
7 〈《老張的哲學》〉，《益世報》副刊《語林》一九三三年十一月五、六日。
8 李長之，〈《貓城記》〉，《國聞週報》第十一卷第二期（一九三四年一月）。

裏，則做了虔誠的懺悔：「最糟的，是我，因對當時政治的黑暗而失望，寫了《貓城記》，在其中，我不僅諷刺了當時的軍閥、政客與統治者，也諷刺了前進的人物，說他們只講空話而不辦真事。這是因為我未能參加革命，所以只覺得某些革命者未免偏激空洞，而不明白他們的熱誠與理想。我很後悔我曾寫過那樣的諷刺，並決定不再重印那本書。」而後直到老舍辭世，果然未再重印。但這並未改變此書的厄運，二三十年間，它一直作為傾向錯誤的作品受到貶抑，打入冷宮，文化大革命期間，更被當作老舍的「反動罪證」。八十年代以來，作品得以重印，文學史界予以重新評價，但諷刺前進的人物一直是一個抹不去的傷痕。對《貓城記》的認識已經遠遠超出了對作家個體的評價，關涉到諷刺作品特質乃至文學與社會之間的關係等文學觀念問題，不能不予以辨析。

老舍向來嚴以律己，對自己的作品極少自賣自誇，常見的倒是語氣幽默的自嘲自貶，所以不能把他的創作談全部當作評價的基準，對特定歷史時期的政治性懺悔更要予以分析。其實《貓城記》並非捨棄了幽默，只是此前那種借重俏皮語言與招笑動作的表層幽默少了，而代之以發自事實本身的深層幽默，譬如貓人圍觀的場面，花、迷等新女性對高跟鞋與化妝的熱中，公使太太變態的人格，等等，都在生動的刻畫中給人以雋永的笑意。幽默的欠缺感還在於諷刺範圍廣、鋒芒犀利，以往老舍的諷刺主要指向文化、性格，多用雋語，而且並不趕盡殺絕，而這部作品則是四面出擊，政治、軍事、經濟、文化、教育、內政外交、世態人情、歷史現實、上流人物、普通百姓、官僚心理、國民性格，等等，全都施以解剖的利刃，而且反覆呈示上帝那毀滅的巨指，毫不留情地把貓人送上亡國滅種的絕路。正是這後一點導致了一些論者對所謂悲觀的指責。的確，作者對時政很失望，這種情緒不能不在作品裏有所流露，文本裏的灰色背景、人物（小蠍、大鷹、敘事者）情緒、故事結局，也確實流貫著一股悽楚的情調，但是，作品的情境並非單一而是多重的，故事層面也並不等同於意義層面。敘事者在描敘貓國的黑暗現實與淒慘結局時，多次舉出「光明的中國」作為對比，這一則是要通過明暗色調的強烈反差增強藝術張力，既反襯貓國的污濁，又反諷中國的現實，加大鞭撻的力度；二則是藉此調節敘事節奏，使之張弛有度，緩解讀者的心理緊張；三則是要表明作者的美麗希冀，在給人以警醒的同時，也給人以希望。問題還在於以往的批評者往往忽略了寓言體小說的文體特點：它不是寫實，而是象喻。作者在初版本〈自序〉裏自辯說：「二姐嫌它太悲觀，我告訴她，貓人是貓人，與我們不相干，管它悲觀不悲觀。」的確如此，讓貓國亡國滅種，是下重藥治病，這恰恰表明醫者抱有信心。三十年代一位論者就曾指出：「在沒有希望中存在著希望，在冷嘲熱罵的態度中，我們可以看見老舍先生的苦心，和他的用心。」[9]在這一點上，《貓城記》很像法朗士的《企鵝島》，二者都是用毀滅的結局來表達對假醜惡的決絕意緒，喚起人們的警覺，激發革故鼎新的熱情。寓言體小說因其寓言體的框架，敘事態度可以較為超越，諷刺空間可以更為廓大，鋒芒也可以更為犀利。正是借助於這種文體上的便利，老舍才能橫刀躍馬，笑傲疆場。他寫外務部部長在國難當頭之際，只忙著給兒子娶媳婦，在街上唱大戲；寫敵軍入境，政府除了空言抗議之外，最高的國策就是逃跑。如此「干政」之筆，並未招致現實中政府當局或官僚個人的干涉甚或迫害，因為那是寓言體小說，當局與官僚心裏有鬼，但也犯不上去自認罵名。文學本來就具有複義性，更何況寓言體小說。既然如此，變了形的「大家夫斯基」與為謀取私利而聚集一起的「哄」以及對「馬祖大仙」的偶像崇拜，諷刺一下亦無可厚非。問題不在於作者這些諷刺的主觀指向是誰，而在於這類現象是否值得諷刺，如果值得，便站得住腳。若是硬要指認事實基礎，那麼，從十九世紀末到整個二十世紀，中國歷史上扭曲變形的政治主張與謀取私利的政黨以及新式的偶像崇拜難道還少嗎？二十世紀初葉，各種名目的政黨你方唱罷我登場，走馬燈似地旋生旋滅，無政府主義、新

9 老舍，〈《貓城記》〉，天津《益世報》副刊《別墅》一九三三年十月八日。

村主義等主張此起彼伏，並沒有給人民帶來什麼利益，諸如此類，老舍一定有著切實的體察，否則，一向與政治保持一定距離的他也不會突入政治諷刺。如果「前進的人物」確有「偏激空洞」等弱點，理應自省改進，以表明自身的確在前進，哪能腆然指責作家的諷刺呢？事實上，三四十年代，並沒有人在這方面橫加挑剔，倒是到了五十年代初，作者感到了自危，而後，他果然為此付出了慘重的代價。如果說文學就是五顏六色的夢，那麼，《貓城記》的確如老舍在〈自序〉中所說，是個「惡夢」。這個夢有趣而又沉重，它的沉重主要恐怕不是在於故事的結局，而是在於它以荒誕的形式觸及了中國社會與國民性的沉痾痼疾。這是它曾經升沉起伏的原因，也是讓後人回味不盡的魅力所在。

第三節　回歸幽默

《貓城記》的笑粗獷中有幾分尖利，而且夾雜著一點吶喊與歎息，這在精神上未始不平添雄渾的力量，但藝術上的不和諧卻給人留有缺憾，對於老舍來說，缺憾更在於他的幽默才能在這部作品中未能得到盡興的發揮。幽默是老舍創作道路的起點，經過前四部作品的摸索與《大明湖》的暫別，又經過《貓城記》的變化，老舍越加意識到自己的所長在於幽默，於是當他尚未進入新的創作時，就已決定下一部作品要「返歸幽默」[10]。幽默作為一種心態，有博大深邃與自得其樂之別，作為一種手法，有故意招笑與自然天成之分，作為一種風格，有油滑膚淺與凝重深沉之異。老舍的返歸幽默，自然不是對故意招笑式幽默的簡

---

[10] 老舍，〈我怎樣寫《離婚》〉。

單復歸，而是對博大心態、自然品性與深沉風格的自覺追求。幽默本來不應有題材的限制，但對於每個作家而言，則有最適於自己馳騁的疆域。老舍最熟悉的是他生於斯、長於斯的北京，「一想起這兩個字就立刻有幾百尺『故都景象』在心中開映」[11]；他的貧民出身與文化教養使他對政治總是保持一定的距離，而他的個性氣質與五四啟蒙所喚起的文化自覺又使他擅長於文化批判。他從爛熟於心的北京文化找到了「返歸幽默」的切口，從甘苦自知的創作經驗中悟出了把握幽默的門徑。所以，長篇小說《離婚》雖是給良友圖書公司的應急之作，但寫起來得心應手，大有水到渠成之感。從一九三三年暑假前的大考時寫起，到七月中旬十幾萬字的長篇即告殺青，八月面世，可以說是老舍創作生涯中寫得最快的一部長篇小說。

《離婚》與其說是婚姻喜劇，毋寧說是性格喜劇。財政所的一群小職員及其家眷，有的煩惱著要離婚，有的焦慮著反對離婚，到頭來哪一個也沒離成，夏日的燥熱化為蕭瑟的秋風。這部作品，論題材，沒有奇遇巧合的浪漫趣事，論情節，沒有大波大瀾的起伏跌宕。但是，作品不乏喜劇的機智、詼諧、情趣，更兼耐人咀嚼的深意，讓人開卷發笑，掩卷深思，飽享喜劇審美的怡悅和教益。其成功的重要原因就在於作者抓住了「性格的主題」這一「好喜劇的源泉」[12]。幽默不再是人為的招笑，而是從人物性格中自在流出。主人公老李不滿於身居衙門、庸碌無為的現狀，討厭同事們的無聊、懶惰，更討厭舊婚姻制度送給他的愚蠢的妻子，他要離婚，為的是追求一點「詩意」：「要——哪怕是看看呢，一個還未被實際給教壞了的女子，熱情像一首詩，愉快像一些樂音，貞純像個天使。」姑且不說「詩意」的追求能否從根本上解除他的苦悶，也不評價在時代激流之外咀嚼個人甘苦是否有幾分渺小，即便肯定其追求的價值，他那軟弱忍

11 老舍，〈我怎樣寫《離婚》〉。
12 哥爾多尼，《回憶錄》，《西方文論選》上卷，頁五五五。

讓、徘徊不定的性格也使他難以擺脫困境、如願以償。一方面，他把舊家庭看作「一汪臭水」，竭力想跳出來；另一方面，又覺得「離開那個怪物衙門，回到可愛的家庭，到底是有點意思」，於是從鄉下接來家眷，對太太一忍再忍，離婚不過是個幻想。他憎惡同事們的低級無聊，但自己也不能不在無聊中尋些苦趣。他極不滿意敷衍，為此甚至想要自殺，但又找不到新的生活哲學，不得不敷衍混世。他始終在新與舊、現代與傳統之間徘徊：在電影院裏，「設若前面或旁邊有對摩登男女在黑影中偷偷的接個吻，他能渾身一麻，站起便走」；跟太太出門，他生怕太太和車夫一答一和地說起來。這樣一位正人君子，怎能不去敷衍舊物，怎能果敢地追求「詩意」呢？對於意中人馬嬸，雖說傾慕得如醉如癡，但在行動上卻猶猶豫豫，不敢越雷池半步。他把希望不是建立在自己的努力上，而是寄託於馬嬸與丈夫的最後決裂，一旦事與願違，心中的幻影立刻破滅，心灰意冷地逃往鄉間，企圖從田園風光中尋求慰藉。將來如何，也許會像跟他「一個模子刻出來的」張大哥所預料，不久就得回來，因為他永遠不會安分，也永遠一事無成，這一人物的喜劇性就植根於這種首鼠兩端的性格之中。

對婚姻的態度其實能夠反映出人們的生存態度與文化觀念。《離婚》的諷刺鋒芒就透過灰色的婚姻喜劇表層指向了以敷衍為特徵的北京文化。老李遇事沒主意，可憐可笑，張大哥凡事有主見，也照樣是個令人發笑的角色，因為他們同樣是敷衍文化的產兒。有所不同的是，老李是被動的敷衍，張大哥是主動的敷衍。被動者處處碰壁，主動者就如魚得水嗎？張大哥充滿自信的媒人眼光並不能保證婚姻萬無一失，為人處世八面玲瓏，也不能保證永遠平安無事，當兒子被捕、小趙敲詐、衙門解雇等一連串打擊臨頭之際，這個「地獄中最安分的笑臉鬼」也束手無策。小說藉老李的思緒對敷衍提出了質疑：「這種敷衍目下的辦法——雖然是善意的——似乎只能繼續保持社會的黑暗，而使人人樂意生活在黑暗裏。」迂執也罷，精明也罷，都擺脫不了敷衍，這究竟是誰之過？作者把它首先歸之於保守、中庸的「北平文化」，「北平太像牛乳，而且已經有點發酸」。在這種使人沉醉、懈怠的文化的薰染下，人怎麼能硬氣起來呢？老李軟弱，張大哥中庸，老邱、老吳等科員也紛紛從離婚的戰場上敗下陣來，那位曾經勇敢地跟家庭教師私奔、自己抉擇自己命運的馬孀，後來不也皈依到從一而終的舊禮教膝下了嗎？關於敷衍的病根，作者也挖到了社會方面。那個只知道向人民要錢的財政所，該有多少罪惡的黑幕啊！不過，作品沒有試圖去整體性地揭露沉沉黑幕，而是抓住一兩個喜劇性事件來表現黑幕罅隙裏的暗影：所長的一個卦可以讓一個科員意外地提升，鹵莽的僕人如同小孩子似的暗殺，竟一下子穩住了全城衙門將要大換班的局勢。政治的黑暗，也通過浪蕩兒張天真被祕密機關當作共產黨抓了起來、後經花錢活動才回到家來的「誤會」，予以點染出來。如此文化、如此社會，怎能不使人格扭曲呢？這樣看來，敷衍就不僅僅是個人性格的弱點，而且是一種文化病與社會病。在此之前，老舍的社會諷刺固然有其尖銳深刻之處，但有時放浪無羈、誇張失度，諷刺效果與創作動機有著一定的距離，有時顯得直露而生澀，與作品的整體語調不甚相諧，而在這部作品裏，社會諷刺出之以司空見慣的小事、靈機妙用的插曲、神來之筆的雋語，加以幽默的浸淫，便構成了渾然一體的幽默風格。

這部作品標誌著老舍幽默的成熟。《老張的哲學》等早期作品的幽默，喜歡在文字裏找縫子，或利用人物的滑稽動作招笑，笑起來缺少節制，有時顯得野調無腔，《離婚》雖然也不乏利用語誤與動作失調的機智，且有不少幽默的誇張，但把幽默的基點與重點放在了人物性格的矛盾上面，以人物性格的發展或呈現來控制幽默的分寸。老舍所長不是鋒芒逼人、辣氣十足的六月驕陽式的諷刺，而是清冷透徹、溫婉柔和的中秋明月式的幽默。這種幽默的諷刺鋒芒，對於老張、歐陽天風、趙科員式的流氓惡棍顯得纖弱，強作鞭撻，便極易誇張失度，而對於像老李、張大哥這種可憐復可笑的、有著種種弱點的好人，則正是恰如其分。他的幽默世界不是個壞鬼的世界，也不是個聖人的世界。《離婚》使老舍找到了其幽默的最佳題材領域和人物對象，也找到了其情感指向與審美趣味的最佳分寸：笑得機智，笑得自然，笑中有深意、有感傷、有責難、有憐憫，一言以蔽之曰——含淚的笑。對此，老舍自己有了清楚的體認，評論界亦有積極的評價，小說問世後三年之內，就有不下於十篇評論予以肯定，這樣的大密度好評在三四十年代的老舍作品評論中實為僅見。

《離婚》的成功，使老舍對自己的幽默才能充滿了信心，接下來相繼在《論語》雜誌上推出了兩部典型的幽默喜劇小說：《牛天賜傳》、《選民》。

《牛天賜傳》是《論語》雜誌的特約長篇，《論語》以提倡幽默為目標，老舍以擅長幽默為特徵，這就註定了這部作品的幽默品格。老舍從教多年，既看重教育對養成人格的功用，又熟知傳統教育的弊端，因而對後者在幾部作品裏都曾或多或少地做過諷刺，但一直未能盡情鞭撻，《牛天賜傳》終於使他對舊教育的批判有了一個淋漓盡致的表現機緣。牛天賜這個名字寄託了養父母牛老者夫婦多麼虔誠而殷切的期望——天官賜福，的確，這個降生下來不到幾個鐘頭的棄兒被送到有著三個鋪子的殷實商人之家的門前，既是棄兒的幸運，又是苦於無嗣的牛氏老夫婦的福分。然而不幸的是家庭與學校的教育方式卻將這個孩子培養成了一個廢物。牛老者是一味地寵，親近而馬虎地撫愛，和他在一起時，牛天賜什麼都可以幹，而不必問別人；牛太太則是一味地管，裹小腳似地管教，牛天賜什麼主意也不用拿，全聽她的。牛太太雖然不大識字，可是滿腦子官氣，她最大的願望就是培養成個官樣的兒子。無奈牛家迂腐與專制相雜的家教卻無助於兒子成器。請來的私塾先生要麼熟諳鋪子管賬而不知五經為何物，要麼只知道打板子而不懂兒童心理，要麼對學生放任自流並且自己也任意拿東家的東西賣；學校教育講排場、圖熱鬧而不負責任，同學中的風氣染上了蠻橫、巧滑、冷漠等社會惡習。不健全的家教與不健康的學校教育，養成了牛天賜一副扭曲的性格：怯懦而莽撞，巧滑而愚拙，耽樂而懶惰，時而迂執，時而時髦，時而落伍，時而激進，假裝是他的特長，無用是他的本領，一個可憐可鄙亦可笑的精神畸形兒。母親為他的被開除而一病不起，他先是傷心轉而欣賞起喪事的熱鬧，父親因侵略者的戰火燒毀了鋪子而鬱怒攻心、命歸西天，年將二十的他一籌莫展，眼看著牛氏族人搶走家中財物。有著這樣一種性格而毫無謀生之力，即便後來他被前來報恩的私塾先生帶往北平去上學，以他的「聰明」能有多大的出息，似在可以預料之中。

老舍向來喜歡孩子，《小坡的生日》裏的孩子寫得是多麼可愛，但是這回卻拿個孩子當了喜劇的主角，這實在並非跟孩子過不去，而是要借助這個「小英雄」的「成長史」，抨擊扭曲人格的教育環境。的確，牛天賜的無定性、無本事煞是可笑，但這個可笑的性格正是所處的環境造成。牛老者的馬虎可笑，牛太太的精明也可笑，僕人的愚忠可笑，教家館的趙老師的狡猾也可笑，學生的幼稚胡鬧可笑，教員的裝腔作勢也可笑，牛氏家族的世故可笑，雲社遺老、遺少的附庸風雅也可笑。正是由於抓住了這些可笑之點，才使讀者在笑聲中看到了舊教育乃至整個社會文化體制的弊端。這部作品通體幽默，連牛老者夫婦之死及其殯葬都加以喜劇化的處理，用沉痛的事件來反襯人物的喜劇性格，此種筆法運用的純熟老到可以說是罕有比肩的老舍一功。

一九四〇年十一月出版單行本的長篇小說《文博士》，一九三六年九月至一九三七年七月在《論語》雜誌上連載時題名《選民》。這一原名本身就包含著深刻的反諷。文某留美獲得哲學博士，自視甚高——當然是上帝的選民，無奈歸國以後輾轉滬、寧、平三地，竟無立足之地，不得已通過權勢者焦委員的介紹才到泉城濟南來謀職。在這個家文化色彩濃郁的國度裏，任人唯親，關係至上，誰管你人才不人才，哪怕你是留洋鍍過金的「上帝選民」。反諷的深刻性還在於：這個所謂上帝的選民其實也不過是個不學無術的勢利之徒，為了攀上高枝，謀求到一官半職，他不惜犧牲愛情追求、玷污人格尊嚴，去巴結既弱不禁風又俗不可耐、品貌一無所長的楊六姑娘。最後他通過與楊六姑娘的婚姻達到了目的，謀得了明導會的明導專員之職，人格的分裂與扭曲也就於此暴露無遺。《選民》的諷刺要比《牛天賜傳》來得犀利、痛快，但控制得力，謔而不虐，笑聲中含有同情，又不因寬容而削弱諷刺的鋒芒。文博士九曲回腸的心理世界，其焦灼，其困惑，其糾葛，其屈辱，其慶幸，其自得，等等，都在分析式的描寫中曲盡其妙。心理變態、靠妓女乾女兒撫慰身心的楊老太太，拿張作致、風流世故的楊六姑娘，被作者通過一兩個情境的細緻描寫，栩栩如生地刻畫出虛偽做作的性格，分寸恰切，幽默油然而出，由不得你不笑。

老舍的幽默藝術到三十年代上半期，已是漸臻佳境，不僅創作出性格豐滿、氛圍濃郁的《離婚》等長篇幽默代表作，而且推出了《馬褲先生》、《犧牲》等截取生活片段、婉諷怪癖陋習的幽默短篇小說，此外還發表了不少形式多樣、意趣橫生的幽默詩文。在中國現代文壇上，老舍的幽默不僅自成一家，而且堪稱大家，足以與狄更斯、馬克·吐溫、契訶夫等外國幽默作家媲美。但是，幽默的生存與發展不僅有賴於作家的氣質與功底，而且需要適宜的社會文化氛圍，然而中國文化心理向來務實，文以載道的傳統淵遠流長，三十年代民族危機加劇，社會苦難沉重，很少給予作家以超越的空間。這種背景造成了幽默發展的困境，也正是出於這一緣故，左翼作家才對林語堂等人倡導的幽默之風抱著批評的態度。創作個性既已形成，便相當頑韌，如何才能既獲得社會認同、又不違背自己的創作個性，這是老舍所面臨的一個挑戰。

第四節　淚眼含笑

假如早年老舍的小說創作不是開始於倫敦，也就是說假如沒有時空距離所提供的超越性空間，沒有狄更斯等喜劇作家的直接刺激與感召，他的喜劇天賦會不會在那時得到開發，以幽默的姿態走上文壇，的確難說。但老舍的小說從一開始就不是單純的笑，而是笑中噙淚，除了開懷大笑笑出的淚之外，也有笑到深處悟出的淚，而且還有名副其實的苦淚，也就是說老舍的喜劇創作從一開始就不是單純的喜劇，而是一直有一條或明或暗的悲劇線索相伴，老舍不僅具有出色的喜劇天賦，而且擁有深廣的悲劇情懷。

《老張的哲學》的悲劇線索從第五章開始展開，隨著情節的發展，悲劇意味逐漸加濃，到第四十五章李靜之死達到高潮。情節推進中，悲劇場面與喜劇場面交替出現，或在同一場面中變換描寫的角度，正所謂以樂景寫哀，以哀景寫樂，倍增其哀樂。《趙子曰》裏面插敘兩個女性的悲劇性遭際，結尾又有李景純刺殺軍閥未遂而遇難的悲壯，這些敘述給趙子曰們的轉變提供了現實背景，減弱了嬉笑的負效應。早年朱自清讀這兩部作品時，就注意到這一特點。《大明湖》悲淚橫流，可惜未能面世，《貓城記》烏雲密布，但是旨在諷刺、警示，老舍的悲劇情懷一直未能得以充分的宣洩。於是，他在精心錘鍊喜劇藝術並於其間滲入悲劇因子的同時，也創作了一些悲劇主調的作品，短篇小說如《微神》、《月牙兒》等，中篇小說如《我這一輩子》等，最有代表性的當屬長篇小說《駱駝祥子》。

《駱駝祥子》從一九三六年九月十六日開始在《宇宙風》雜誌連載，翌年十月一日才全部載完。雖然由於日本侵略者挑起全面侵華戰爭，作品評價一時不如《貓城記》、《離婚》等熱烈，單行本也遲至一九三九年才有初版面世，但在文壇乃至普通讀者中間口碑甚佳，到後來，它在老舍小說中印行的版次最多，聲譽最高，翻譯出版的外文版也最多，後者到二十世紀八十年代初就已達三十餘種。《駱駝祥子》的魅力究竟在哪裏呢？

祥子的命運與性格深深牽動著讀者的心。靠自己的力量拉車謀生，嚮往拉上自己的車，這是多麼本分的人生、多麼卑微的願望啊！但在祥子的命途上，卻是關山重重，難以翻越。苦苦幹了三年，終於買了一輛屬於自己的車，可是好景不長，新車就葬送到亂兵手裏。僥倖得到三匹駱駝賣了一點錢，再加上後來掙命攢的一筆錢，未等買車，就被孫偵探敲詐一空。他原想等有了自己的車，生活舒服了一些，到鄉下娶一個年輕力壯、吃得苦、能洗能做的、一清二白的姑娘，可當生計受挫、情緒頹唐時，他糊裏糊塗地成了車主劉四家的老處女虎妞餓虎撲食爪下的小動物，從此幾欲擺脫而不能，終於按著虎妞的意願結親成家。虎妞給他以性的慰藉與家的溫暖，卻也以過度的性欲折損著他的身體，以蠻小姐的脾性戕害著他的自尊。他掙扎在對家的依戀與對虎妞的逃避之中，他雖然憑藉虎妞的錢又拉上了自己的車，但掏空的身子與憋悶的心理使他拉車的景況大不如前。命運之神不肯給祥子一點安慰，就在他即將品味做父親的喜悅之時，虎妞因難產誤治而不幸身亡。殘酷的命運就連這樣一個讓他說不清是愛是恨的妻子也給奪走，這樣一個讓他說不清是依戀還是恐懼的家也給拆散，作為他生活理想之象徵的車，為了安葬虎妞也不得已而賣掉，祥子已無家可歸。他想娶同病相憐而心心相印的小福子，可是負不起養活她兩個弟弟和一個醉爸爸的責任。等到他生計稍有安頓、前來接小福子時，小福子早已在下等妓院裏不堪蹂躪而自縊身亡了。處於水深火熱之中的人力車夫，能夠娶得上稱心如意的妻子嗎？即使有幸如願，又能擔得起養家糊口的重負嗎？即使有了自己的車，就能保障生活無虞嗎？大個子車夫的感歎、老馬祖孫的不幸、祥子的遭際，都做出了否定性的回答。祥子的不幸，儘管有其個人遭遇的偶然性，但其中又深寓著難以逃逸的必然性。戰亂、特務統治、貧困、疾病、愚昧等等，交織成一條無所不在的繩索，社會底層的人們單槍匹馬怎麼也逃不脫它的羈絆、捆縛、勒索。在它面前，祥子空有美好的願望與頑強的意志，奮力的掙扎只換來一次次受挫、一次次失望，婚姻理想破滅了，賴以棲身的家失去了，自己的車沒有了，天下之大，哪裏是祥子的安身之所，萬物之多，哪個屬於祥子所有，該有的都沒有，不該失去的全失去，祥子還有什麼希望？祥子的悲劇不僅在於他的命運多舛，而且還在於他性格的異化。先前的祥子，有著一副多麼質樸可愛的性格：認真、執著、勤勉、厚道；可是經歷過一連串的沉重打擊之後，祥子變了，變得沒有廉恥，沒有定性，吃喝嫖賭，懶惰、狡猾，揩女主人的油，占人家的便宜，借錢賴賬，撒謊騙人，告密領賞，他在彎了脊背的同時，也失去了一顆純樸的心。祥子精神上的毀滅比起他生活中的一系列厄運更讓人驚悸哀痛，這也是祥子悲劇較之同一作品裏的小福子悲劇以及其他作品的悲劇更為深刻的地方。「體面的，要強的，好夢想的，利己的，個人的，健壯的，偉大的，祥子，不知陪著人家送了多少回殯；不知道何時何地會埋起他自己來，埋起這墮落的，自私的，不幸的，社會病態裏的產兒，個人主義的末路鬼！」作品結尾的這一節文字，通過主題的迴旋，強烈地打動了讀者的心弦，並且留下了咀嚼命運與性格雙重悲劇之因的深長餘味。自文學革命以來，描寫市民生活的作品為數不少，但對底層市民的命運與性格雙重悲劇表現得如此深刻動人的長篇小說，這還是第一部，也可以說是唯一的一部。

老舍到底不愧為幽默大家，即使在這樣一部悲劇作品裏，他也沒有完全排除幽默，而是從人物性格與作品情境出發，恰到好處地投射以幽默視角。祥子身上頗多質樸可愛之處，然而有時也暴露出一些愚拙可笑的性格弱點。譬如，方家母女勸他把錢存到郵局裏，他不敢，他覺得白花花的現洋送進去，只給個薄薄的小摺子，一定是個騙局，他不去上那個當；高媽勸他放利錢，他也不肯，讓他請會，他還是予以拒絕，他的道理很簡單：好漢不求人，錢還是拿在自己手裏放心，這正是典型的小生產者的保守心理。那個初秋之夜，祥子吃了虎妞的「犒勞」，靜靜懶懶的群星在秋空上微笑，莫不是在哂笑他於酒色之間不能自持？等到後來到了夏宅拉車，面對妖冶風騷的夏太太，他幾乎不能自已地躍躍欲試了。從祥子的精神毀滅中，我們一方面感到沉重的壓抑，另一方面間或也有忍俊不禁的時候，這正是緣於他身上的一些小生產者的弱點。他的墮落，從客觀上來說，固然是黑暗社會使然，從主觀上來看，那些小生產者的精神弱點也難辭其疚。在悲劇人物身上發掘喜劇因素，不僅豐富了性格內蘊，而且加強了主題的多重義域，把社會批判與文化批判和諧地融為一體。虎妞性格的主導面同樣是悲劇性的，但其喜劇性比祥子要濃。她在追求幸福的爭鬥中隱藏著極端的自私，開朗的性情中摻雜著一點狡猾，人性的自尊伴隨著過分的自重。她對祥子的誘惑，假稱

「有了」的欺騙，對劉四自以為是的分析，都帶有一定的喜劇性，等到她真的懷了孕，越加見出了喜劇色彩：「她總得到八九點鐘才起來；懷孕不宜多運動是傳統的錯謬信仰，虎妞既相信這個，而且藉此表示出一些身份」，「一入冬，她的懷已顯了形，而且愛故意的往外腆著，好顯出自己的重要。看著自己的肚子，她簡直連炕也懶得下。」不運動，撐得慌，就抱著肚子一定說是犯了胎氣。這些或詭譎或乖謬的心理言行，給人提供了戲謔的笑料，因為以作偽的手段去追求空虛的、哪怕是有價值的目標，總能產生喜劇的效果。

在敘事中，老舍不時抓住生活中的荒謬，予以幽默的諷刺。譬如，祥子拉包月的楊家，楊先生與兩位太太總以為僕人就是家奴，非把窮人的命要了，不足以對得起那點工錢，所以，楊宅用人，向來是三五天一換。唯獨大腳婆子張媽，已經跟了他們五六年，唯一的原因是她敢破口大罵。「以楊先生的海式咒罵的毒辣，以楊太太的天津口的雄壯，以二太太的蘇州調的流利，他們素來是所向無敵的；及至遇到張媽的蠻悍，他們開始感到一種禮尚往來，英雄遇上了好漢的意味，所以頗能賞識她，把她收作了親軍。」刁主偏遇悍僕，正所謂棋逢對手，將遇良才，惺惺惜惺惺。這一近乎反常規的諧謔描敘，既嘲諷了楊宅主人欺軟怕硬的惡劣品性，又烘托出祥子所處的窘迫境遇，有助於典型環境的營造，而絕非單純逗笑的閒筆。幽默敘事的插入，使悽楚抑鬱的悲劇氛圍得以適度地調節，形成了起伏跌宕、張弛有致的敘事語調，讓讀者展卷而易於沉浸其間，掩卷而更有餘味咀嚼。如此功力，非大家而不能為之。

《駱駝祥子》藝術魅力的重要源泉之一，是其獨具韻味的語言。說來也奇，因幼年缺乏營養而三歲才會走路說話的老舍，到了上師範學校時，文才與口才嶄露頭角，擅長講演，每有講演比賽必參加並且獲勝。也許滿人或多或少有一點語言天賦，若不然，《紅樓夢》、《鏡花緣》、《兒女英雄傳》等幾部清代著名白話小說怎麼會都出自滿人之手？老舍繼承了深厚的滿族文化積澱，加上他自小接觸各種民間文藝，博覽群書，打下了良好的語言基礎。經過最初兩部作品的試練，他逐漸明白了小說的語言應該簡潔、有力、可讀，「把白話的真正香味燒出來」[13]。《二馬》開始有意識地這樣嘗試，《小坡的生日》更加自覺地追求文字的淺明簡確，用兒童能懂的話語描寫兒童生活，使作者真正明白了白話的力量。標誌著老舍幽默成熟的《離婚》，也展示了老舍語言的成熟風韻。《月牙兒》凸顯出老舍小說語言如歌行板的詩性的一面。新文學以白話為載體，明白如話是諸多文學革命先驅者的文體追求，但在創作實踐上卻是大打折扣。即從小說來看，有的作品翻譯腔十足，滿篇歐化句式，甚或夾雜幾個洋文單詞；有的作品舊小說痕跡明顯，寫人或許生動，寫景卻掉入文言的老套；有的作品人物語言千人一腔，看不出人物的身份、性格、所處情境及心理機微。老舍的語言真正做到了明白如話，做到了人物語言性格化、敘事語言個性化，在他的作品裏，人物的語言絕不會錯位，在眾多作家的作品中，很快就能讓人確認出老舍的作品。《駱駝祥子》進一步證明了老舍的語言不僅能在喜劇天地裏縱橫馳騁，而且能在悲劇世界裏運斤成風。他從口語中汲取鮮活的詞語、句式、語調、氣勢、聲音，給平易的文字添上了自然、親切、新鮮、恰當、活潑的味兒，使《駱駝祥子》的語言真正活起來，靈動有神，隨物賦形，聽其聲辨其人，觀其景入其境，確有名副其實的引人入勝之效；並且由於對氣勢與聲音的注重，賦予了語言以流轉動聽的音樂美，可以朗誦。以道地而精純的京白，描敘北京的市民生活，語體和內涵渾融一體，形成了鮮明的北京地方色彩，也平添了作品的藝術魅力。

如果說由於幽默在三十年代的尷尬處境，《離婚》等幽默小說的成功還不足以使人們充分認識老舍的價值，那麼，《駱駝祥子》的問世，則確定無疑地向世人證明了老舍的藝術才華與思想深度，表明老舍絕非只會招笑逗趣的膚淺作家，他的長處也絕不只在於濃郁的地方色彩，在他以往含淚的笑裏，就寓藏著深入的觀察與嚴肅的思考，若不然，他絕不會陡然躍上一座藝術奇峰；他的幽默既是深廣的人文情懷，又是

13 老舍，〈我怎樣寫《二馬》〉。

博大的藝術世界，所以他才不僅能搬演幽默詼諧的喜劇，而且也能創作感天動地的悲劇，不僅笑到深處眼含淚，給人留下深深的回味，而且苦境悲情之中亦能自然地滲入幽默，調節情緒節奏，反襯悲劇效果。

早在倫敦時，老舍就立志以創作為生，三十年代初，他在給意中人胡絜青的信中也表露了這樣的意向。但在中國，靠當職業作家養家糊口談何容易！老舍只能像不少作家那樣，一邊在大學任教，一邊利用課餘時間進行創作，其苦自不待言。一九三四年六月，他辭去齊魯大學教職，打算作職業作家，八月特意從濟南前往上海試探其可能與否。考察的結果，是不可輕易冒險。他返身去青島山東大學任教，堅持了兩年，恰逢學校發生了學潮，他趁機辭職，終於踏上了職業作家的險途。《駱駝祥子》是他在職業作家道路上邁出的第一步，準備的充分，時間的從容，促成了作品的成功。第一砲打響，使他信心倍增，預計循此下去，每年寫出兩部長篇小說。然而，《貓城記》所寫的矮人打進貓國那樣殘酷的侵略戰爭竟在現實中發生了，雖然後來的情形與作品截然不同，但老舍的安心創作之夢卻被無情地粉碎了。

第五節　愁城淚眼

「七・七」盧溝橋事變爆發，日本軍艦在膠州灣遊弋，青島形勢緊張，老舍已被敵人注意，欲南下而因夫人臨產不能成行，不得已再接聘書，準備到齊魯大學主持文學院，八月中旬舉家遷到濟南。十月日軍占領德州後，形勢更加吃緊，老舍痛下決心，於一九三七年十月十五日深夜，別妻舍子，擠上南行的最後一列火車，奔向當時的抗戰中心——武漢，開始了抗戰流亡生活。老舍對侵略者可以說有國恨家仇，他的父親就犧牲於八國聯軍入侵北京的砲火之下，他自己那時也險些被侵略軍的刺刀扎死。所以，他以全身心投入到抗戰大潮中去，積極參與中華全國文藝界抗敵協會的籌備工作，「文協」成立後，他被推定為十五位常務理事之一，並擔當總務部主任，主持「文協」的日常事務。一九三八年八月，因形勢惡化，「文協」遷往重慶，從此直到一九四六年春赴美，老舍主要是以重慶為舞臺進行抗戰文化工作。戰時條件艱苦，工作勞累，老舍得了貧血病，一九四四年三月出版的短篇小說集命名為《貧血集》，就是一個形象的見證。為了抗戰，他中斷了《病夫》等兩部已經各有三萬餘字的長篇小說的創作，把主要精力用於抗戰文藝的組織工作與宣傳見效快的文藝創作上面，寫下了包括鼓詞、相聲、墜子、京劇、新三字經、新洋片詞等多種形式的通俗文藝作品，還創作了《殘霧》、《張自忠》、《面子問題》等多幕劇以及大量抗戰詩文。對於他所擅長的小說則有所怠慢：短篇小說只寫了十幾篇；一九三八年二月，長篇小說《蛻》開始連載，後因生活不安定及刊物停刊，未能完成；一九四三年夏天動筆，到年底終於寫成了他自抗戰以來的第一部長篇小說《火葬》，翌年先連載後出版。儘管老舍滿腔愛國激情，又有雄厚的創作根基，抱病寫作，可謂嘔心瀝血，但《火葬》實在算不上成功之作，作者的意旨與激情沒有化為栩栩如生的形象，因而缺乏應有的藝術感染力。《火葬》的遺憾，並沒有讓老舍後悔對戰爭文學的涉足，而是讓他更加意識到一個作家離開自己創作的熱土是多麼的困窘。他最熟悉、也最能縱橫馳騁的熱土是在北京，而強烈的社會責任感又使他不能迴避這場決定中華民族生死存亡的戰爭，歷史使命與創作個性發生了矛盾，他努力尋求著二者之間的契合點，一旦找到，必將產生傑出的作品。

一九四三年秋，老舍夫人胡絜青帶著三個子女逃離淪陷區北京，顛沛轉徙，終於死裏逃生，趕到重慶，與老舍團聚。夫人向他和朋友們述說自己在淪陷區的所見、所聞、所感，侵略者的一樁樁暴行，北京市民的各種反應，啟動了老舍心中沉寂多年的北京圖景，在他那自覺的使命意識與鮮明的創作個性之間架起了橋樑，一股壓抑已久的小說創作激情在他的胸中洶湧激蕩，一部大部頭的長篇小說開始在他的心中醞釀，一九四四年一月，歷史使命與生活積累相互碰撞、相互契合而激發的創作靈感終於付諸筆端，這就是老舍一生中篇幅最長的鴻篇巨製：《四世同堂》。

這部小說預計分三部，共一百段，約百萬字，用兩年時間寫完。但由於貧病交加以及對動盪不安的時局的掛慮，到一九四五年底，他才寫了三分之二，先後以《惶惑》、《偷生》為題作為《四世同堂》的第一、二部面世，第三部《饑荒》則是在美國講學期間完成的，一九五一年一月上海《小說》雜誌連載到總第八十七段以「終了」收篇，直到一九八一年，終於由老舍的朋友馬宗融之女馬小彌從英文縮寫本譯回了最後十三段，《四世同堂》得以完璧歸趙。

以百萬字的長篇表現抗戰題材，《四世同堂》可以說是中國現代小說史上第一部。足以顯示大家手筆的不僅在於作品的宏偉結構與雄大氣魄，而且更在於觀照生活的獨特視角與開掘深度，以及富於個性的敘事語調。

在《四世同堂》裏，的確可以看到淪陷區人民在侵略者鐵蹄之下的悲慘境遇與奮起反抗：錢家母子、祁家祖孫、小文夫婦、李四爺、小崔等人，或被逼死，或被殺死，或被餓死，鮮血淋漓的慘劇讓人悲憤交加；錢仲石的與敵同歸於盡，錢默吟的憤然復仇，高弟的反戈一擊，瑞全的果敢出走與地下鬥爭，令人熱血賁張。但這部作品的描寫重心與其說是淪陷區人民的苦難史與反抗史，毋寧說是北平市民的磨難史與覺醒史，作者所選取的是文化心理視角，其主旨是在戰爭的特定背景下，審視並鞭撻傳統文化的負面性，揭示中國文化精神更新的趨勢與前景。這其實正是五四新文化運動的未竟使命，五四時期老舍並非新文化運動的弄潮兒，但五四精神卻在他的心底深深地扎下了根，在抗戰新形勢下，結出了豐碩的果實。

作品裏的小羊圈胡同是淪陷區北平的縮影，小羊圈胡同居民的心理變化也折射出老中國兒女傳統文化心理受挫、困窘、無奈從而在痛苦中演進的軌跡。雖說中國文化有著悠久的愛國主義傳統，但由於種種緣故，家的觀念在民族文化心理中占有強勢的地位，而國家意識則被大大沖淡。冠曉荷、大赤包之類見利忘義、屈膝投敵的民族敗類另當別論，本分、善良的普通市民在國難臨頭之際對於國家的命運也遠不如應有的那樣關切。在祁老人眼裏，國家似乎離他這個平民百姓十分遙遠，唯有四世同堂最為重要，國家大事他管不了，可是四世同堂的堡壘必須堅決守住；錢默吟曾經沉醉於吟詩、作畫、看書、澆花，小文夫婦迷戀於唱戲，藉以謀生與自娛，在他們的世界裏的，少有國家的位置；錢默吟的親家金三爺甚至有時因為房地產生意好做、有利可圖，而以為日本人的入侵也未必全是壞事。然而，侵略者的鐵蹄踐踏到亡國奴的頭頂，刺刀架在了脖子上，愛好和平的人們失去了安寧，原以為國家與己無干的人們品嘗了亡國奴的苦味與血腥，這才意識到國將不國、何以家為的意味，這才感受到國家興亡匹夫有責的沉重。他們習慣於敷衍，只要面子上過得去，不願深究是與非；習慣於忍辱負重，遇到凌辱與委屈，每每責備自己得罪了人，或是歎息自己的運氣不佳，只要能夠馬馬虎虎地活著，不管什麼生命價值不價值；習慣於散沙似的生存狀態，在義氣、渾和的表層下面，存在著彼此深深的隔膜、冷漠。於是，就有了唯利是圖、見利忘義的文化怪胎冠曉荷之流的靦顏事敵，也有了普通市民的忍辱偷生，有了把「奸商」遊街當熱鬧看而忘卻恥辱與是非、更提不到憤怒的冷酷，有了小羊圈居民把對日本人的憤怒轉向本是眾望所歸的李四爺的顢頇。戰爭給惡欲的膨脹與丑類的現形提供了舞臺，也給國民性的轉變提供了契機。錢默吟在經歷了死神的折磨與喪親的哀痛之後，終於從自我陶醉的狹小庭院走向民族救亡的社會生活；小文在目睹妻子當眾受辱之際，一反向來的文弱，毅然操起了椅子砸向日本軍官的腦袋；在民族大義與家庭責任、理當反抗與習慣敷衍之間徘徊不定、惶惑不安的瑞宣，終於為從事地下鬥爭的三弟助了一臂之力；就連一向以四世同堂為榮耀、以和氣生財為準則的祁老人，也終於對二孫子瑞豐怒言相斥，對冠曉荷下了逐客令，對特務拍胸脯叫號。自然，國民性的沉痾痼疾不可能被八年抗戰一掃而盡，但血與火的洗禮卻無疑使國民性有了可喜的改觀，愛國主義空前地深入人心，敷衍、屈從等精神弱點得到一次深刻的清算，從這一點來說，抗戰勝利不僅贏得了國家的獨立與民族的解放，而且意味著中國文化的更新與國民心理的昇華。《四世同堂》以小羊圈胡同為舞臺展開的細膩刻畫與深入開掘，表現了文化批判的重要主題，這是老舍對抗戰文學富於獨創性的貢獻，也是對五四精神的繼承發揚。

作為一部描寫淪陷區生活的作品，《四世同堂》可以說是愁雲籠罩，但其間卻不乏喜劇的光芒。愁城淚眼，有激憤之淚，有悲痛之淚，有鬱悶之淚，也有譏刺之淚，有婉諷之淚，有微哂之淚。淚眼的喜劇內涵，不能不歸功於老舍擅長幽默敘事的喜劇天賦與功力。對於冠曉荷、大赤包、瑞豐、菊子、李空山、藍東陽等反面人物，作者做了三種處理：一是肖像、舉止的漫畫式描寫，讓其盡顯醜陋乖張；二是自私、卑怯、貪欲、鄙俗、無恥、殘忍的盡情展露，讓其在可惡至極的同時也見出荒唐可笑；三是惡人惡報，不得善終，或是被主子活埋，或是淪落為妓，或是被主子抄家關押發瘋而死，等等，借助命運之神來懲罰並嘲弄他們。如果說對漢奸丑類的描寫大都屬於帶有辛辣味的諷刺性幽默的話，那麼，對祁老人、祁瑞宣等人物則是溫和委婉的本色幽默觀照，筆觸深入內心世界，揭示出其性格的矛盾可笑之處，這種笑來得更為自然、更為雋永。譬如，祁老人對於防災避難自有一番主張，他認為只要家裏老存著夠吃三個月的糧食與鹹菜，再用裝滿石頭的破缸頂上大門，便足以保障老少平安，因為他總以為北平是天底下最可靠的大城，不管有什麼災難，到三個月必定災消難滿，諸事大吉。這種執信來源於北平市民長期在天子腳下生活所養成的盲目自信，愚鈍可笑，殘酷的戰爭無情地粉碎了老人的虛幻執信，執信與現實之間的強烈反差構成了深刻的喜劇性。幽默敘事更多的是體現於生動的語言與詼諧的語調。譬如，說冠曉荷對日本侵略者極盡諂媚之能事，被抄了家之後仍對主子忠心不二，見到日本憲兵，他「把臉上的笑意一直運送到腳趾頭尖上，全身像剛發青的春柳似的，柔媚的給他們鞠躬。」說大赤包的頤指氣使：「她的喜怒哀樂都是大起大落，整出整入的；只有這樣說惱便惱，說笑便笑，才能表現出她的魄力與氣派，而使她像西太后。」大赤包到祁家為瑞豐「榮升」科長賀喜，她的聲勢浩大，第一聲笑嚇跑了樹上的麻雀，第二聲笑嚇退了兩個孩子，第三聲笑把祁老人和天佑太太都趕到炕上去睡倒，而且都發出不見客的「哼哼」。不無誇張的描敘既表現出大赤包的粗野，同時也反映了祁家人對她的厭惡。說丁約翰的洋奴思想嚴重：「一提到身家，他便告訴人家他是世襲基督徒，一提到職業，他便聲明自己是在英國府做洋事——他永遠管使館叫做『府』，因為『府』只比『宮』次一等兒。」他的房間裏頗有些洋擺設：「案頭上有許多內容一樣而封面不同的洋書——四福音書和聖詩；櫥子裏有許多殘破而能將就使用的啤酒杯、香檳杯，和各式樣的玻璃瓶與咖啡盒子。」作者的獨到眼光，總能透過恐怖與悲苦的陰雲，發現並抓住幽默的苗頭，予以巧妙的發揮。有了一雙幽默的慧眼，不僅從人物的相貌表情、言行舉止、心理活動、命運遭際中能夠看出可笑之處，而且在對於政治事件的敘述中也不放過幽默譏刺的機會。譬如，作品在寫到倉促拼湊的維持會等漢奸組織與偽政權時，做了這樣一番評述：「好諷刺的人管這叫做傀儡戲，其實傀儡戲也要行頭鮮明，鑼鼓齊備，而且要生末淨旦俱全；這不能算是傀儡戲，而只是一鑼、一羊、一猴的猴子戲而已。用金錢、心血、人命，而只換來一場猴子把戲，是多滑稽而可憐呢！」幽默敘事加強了對邪惡勢力的鞭撻力度，也使文化批判能夠自然地切入這部淪陷區題材的作品，深化了主題的開掘；從藝術表現與審美欣賞的角度來看，由喜劇性格、喜劇場景、幽默語調等構成的喜劇色彩，與淪陷區生活的悲劇氛圍形成一種獨特的張力，二者既是反襯，又是對比，既有調節作用，又有增益效應，越是悲劇氣氛濃郁，越能見出喜劇性的荒誕，反之，越是加以喜劇性的適度張揚，就越能強化悲劇效果。如前所述，悲喜劇交融是老舍創作自始而來的風格特徵，《四世同堂》在復歸作者所熟悉的創作熱土的同時，也保持了他所擅長的幽默風格。這樣一來，這部作品的成功就勢在必然了。

第六節　幽默絕響

抗戰勝利後的幾年，是喜劇文學的繁盛期，如果老舍身在國內，大概會寫出不止一部喜劇風格的作品。但他於一九四六年應美國國務院的邀請赴美講學，未能在這次喜劇浪潮中大顯身手。旅美期間，老舍除了寫完《四世同堂》之外，還創作了長篇小說《鼓書藝人》，並幫助翻譯者把這兩部作品譯成英文。《鼓書藝人》的英文版於一九五二年在紐約出版，而中文本直至一九八〇年才由馬小彌從英文本翻譯回來，與中國讀者見面。也許是由於作者急於要表達自己緊跟時代的社會認識的緣故，抑或還有國內風雲變幻劇烈、海外生活節奏緊張，缺乏藝術創作所必需的超越性的心靈空間等原因，《鼓書藝人》在老舍的創作生涯中，其思想意義要大於藝術價值，加上它的特殊經歷，使得它在中國小說史上的地位與影響要大打折扣。《鼓書藝人》確能見出一點老舍的創作個性，譬如鼓書藝人題材及有跡可循的幽默等等，但老舍之所長顯然未能盡情發揮。老舍在世時未能出版中文本，藝術上的不甚滿意大概也是原因之一。

老舍是一個責任感十分強烈的作家，他在旅美期間的一次講演中就曾講道：「形式之美麗與完善，對於吾人，遠不及民族與社會福利之重要，吾人若果能憑藉吾人之寫作，為鄰人撲滅火災，則吾人將較之獲得諾貝爾獎金，更覺滿足。」[14]正是這種社會責任感與愛國心，促使他應著祖國的召喚，於一九四九年底回到了故國；也促使他為了緊跟新中國的前進步伐，在易於見到宣傳效果的話劇及通俗文藝的創作上投入了大量的

[14] 見《文匯報》一九四六年八月二十八日第四版所載消息。

精力，小說方面則再次怠慢下來。話劇固然推出了《茶館》這樣的精品，但大多數作品不能令他滿意。表現抗美援朝戰爭的長篇小說《無名高地有了名》，費力不少，但也由於對前線生活的生疏而流於浮泛、呆板。

作為一個已有幾十年創作生涯、且有傑出的藝術建樹的文學家，老舍對自己的創作個性不會沒有清楚的體認。就生活領域來說，他最熟悉的是北京市民生活，一旦著筆於北京景物、北京人與北京生活，他的神思立即就能活躍起來，他的筆觸立即就能生動起來；就時間向度來說，他更長於「過去時」，而拙於「現在時」，他的歷史回溯功夫遠勝於即時素描本領；就主題畛域來說，他的否定性指向要比肯定性指向更為準確、深刻，文化批判要比社會批判更為明確、透徹；就審美心態與藝術手法來說，幽默是他的撒手鐧，悲喜劇交融是他的基本功。當題材與此個性吻合時，他便能品嘗成功的喜悅，反之，則要咀嚼失敗的苦果。在新中國的懷抱裏，他的創作成績不如人意，主觀上與他傳統的報恩觀念有關，客觀上也有時代的原因。一元化的意識形態不允許文學創作有較大的自由空間，《離婚》與《駱駝祥子》重印時，向來不改舊作的老舍對初版做了大段的刪改；得到公認的新作《龍鬚溝》，在改編成電影時，由別人做了不符合作者原意的改動；堪稱經典之作的《茶館》，也受到過為舊中國唱「輓歌」，缺少反映革命力量的「紅線」等指責，五十年代末和六十年代初的兩次上演，都以引起轟動開始，而以悄悄收場了事[15]；經電影局提名、周恩來同意，由老舍創作的電影劇本《人同此心》，送審過程中，被江青一口否決，其原因是：「沒有經過改造的知識分子，哪能寫好符合我們要求的電影劇本。」一方面被尊為「人民藝術家」，另一方面卻不能得到應有的信任，本來擁有極大的創作潛力，卻無法充分發揮自己的創作個性，老舍在紅紅火火的榮譽和夜以繼日的忙碌中，其實默默承受著不可言說的隱痛。

15 參見樊駿，〈認識老舍〉上、下，《文學評論》一九九六年第五、六期。

六十年代初，文藝政策一度有所調整，題材的多樣化得到提倡，周恩來等領導人也公開支援作家自由選擇題材。老舍在抗戰前夕就已開始醞釀自傳體長篇小說，以《小人物自述》為題寫了一萬餘字，但因戰爭而中斷。這時，他創作自傳體長篇小說的欲望得以復甦，於一九六一年重起爐灶，開始了重新命名為《正紅旗下》的自傳體長篇小說的創作。然而不久，「理論權威」康生就對小說《劉志丹》下了毒手，大興現代文字獄，作者遭殃，株連成片，傳記小說成了危機四伏的雷區。接著，柯慶施、張春橋提出的「大寫十三年」（即以中華人民共和國的社會現實為題材）占了壓倒優勢，寒意逼人，萬物蕭瑟，老舍已經寫了十一章、共八萬多字的《正紅旗下》不得不擱淺，而且從此難以為繼，成為一個永恆的遺憾。

文學史家認為《正紅旗下》留下了「一個燦爛的開頭」，推斷「本來會是又一部傳世之作」[16]，實為中肯之論。這部作品的視野回到了老舍的創作熱土——北京，萬里之外想起來仍是如在眼前的北京環境，自小就耳濡目染的北京文化氛圍，浸入身心成長史的家庭故事，熟稔其音容笑貌、洞察其內心機微的北京市民，等等，老舍寫起來如魚得水。北京春天的風沙，描寫得讓人如臨其境，讀者彷彿聽得見它的鬼哭神號與萬物的呻吟驚叫，看得見含著馬尿驢糞的黑土與雞毛蒜皮飛向天空、樹杈上的鴉巢在灰黃色的沙霧中七零八落。各色旗人——遊手好閒的八旗子弟、精明強幹的新式旗人、攀附教會的洋奴、含辛茹苦的母親、刁鑽古怪的孀婦、忍氣吞聲的媳婦，等等，都刻畫得活靈活現。幽默找到了最適於它觀照的對象——苦澀而不至於絕望的生活，可憐而尚未走進絕境的苦人兒，可憎可氣而復可笑的人間「蟲兒」，有錢闊講究、沒錢窮講究的的面子文化；從詞語的色彩到語調的分寸，從性格的刻畫到場景的描寫，從情調的流貫到氛圍的渲染，從情節的發展到結構的架構，幽默得到了淋漓盡致的發揮。徜徉其間，猶如步入喜劇女神的後

16　樊駿，〈認識老舍〉。

花園，鳥兒啼囀是笑，溪水潺潺是笑，就連無語的青石與花草也都扮演著一個個喜劇角色。笑裏有輕鬆與詼諧，也有沉重與苦澀，有欣賞與自嘲，也有譏刺與反諷。在熱諷而不無冷嘲的笑渦裏，折射出清末社會的「殘燈破廟」景象，在溫婉而不無犀利的智慧之光下，透視出旗人文化乃至整個中國傳統文化的病灶，這樣一來，文中的幽默就再也見不到早期那種單純逗笑的膚淺與失控，而是呈現出自然天成而意味深長的醇厚品味。如果這部長篇小說能夠寫完，我們一定可以看到老舍幽默的集大成之作，看到一軸清末旗人生活的「清明上河圖」，看到清末社會劇烈變動的清晰側影，看到五四精神繼承者對傳統文化的深刻剖析與透徹澄清，那樣的話，不僅老舍的小說會再創輝煌，而且中國乃至世界文學也將又添瑰寶。然而，歷史不允許假設，歷史只給今人與後人留下了《正紅旗下》的一個「燦爛的開頭」。

從一九二四年寫《老張的哲學》開始，無論是在海外漂泊，還是在戰火中煎熬，老舍總是孜孜不倦地寫作，截至一九六二年底，光是小說，他就寫成了十四部長篇、三種未完長篇、六十多個中短篇。但從一九六三年起，老舍再也沒有創作過小說，也幾乎沒有其他有分量的創作，他生前發表的最後一篇作品是題名為《陳各莊上養豬多》的快板。豈止創作，等到一九六六年無產階級文化大革命風暴席地而起，連人的生存都成為問題。一九六六年八月二十三日，老舍正在辦公室參加學習，被一群狂暴者把他和二十多位著名作家藝術家一起拉到國子監院裏，用京劇道具打得滿臉是血、遍體鱗傷，被送回北京市文聯後，又受到無知少年的百般侮辱與輪番毒打。直到凌晨兩點多鐘，才被允許讓家人接回。八月二十四日上午，老舍拄著手杖，拖著傷體，帶著一卷不知他何時親筆抄寫的毛澤東詞，告別了年幼的孫女，離開家門。翌日晚上，人們在德勝門外的太平湖西側，發現了老舍的遺體，還有漂在湖面上的老舍抄寫得工工整整的毛澤東詞〈卜算子・詠梅〉：「風雨送春歸，飛雪迎春到。已是懸崖百丈冰，猶有花枝俏。俏也不爭春，只把春來報。待到山花爛漫時，她在叢中笑。」

老舍笑著走上文壇，四十二年後以悲憤至極的方式辭別人間。笑與淚貫串了他的生命歷程與小說世界，構成了老舍風格的顯著特徵，笑與淚給人們以醇厚的審美怡悅，也留下了讓人咀嚼不盡的深長意味。

第三章　火山的噴發與沉寂

一九二九年前後，文壇上各種論爭此起彼伏、紛紛攘攘，小說創作卻相對沉寂。這也難怪，政治風雲突變，必然引發社會心態與文學思潮的一系列嬗變，作家的應變要有一個過程，比起標舉新的旗幟來，推出像樣的創作實績要艱難得多。而在一定程度上置身於論爭的漩渦之外，從自己的熟稔生活與切身體驗出發，反倒能創作出個性鮮明而易於動人的作品來。一九二九年一月至四月，《小說月報》第二十卷一至四號連載的長篇小說《滅亡》，就既非新潮的普羅文學，也與新月派的原則無緣，但以其火山噴發般的獻身精神與文體形式引起了讀者的關注，好些人致信編輯部詢問作者巴金的情況。巴金是誰？當時，除了與巴金來往密切的幾位朋友之外，沒人知道這位小說作者就是近年來活躍於無政府主義運動中的芾甘。《小說月報》的編輯葉聖陶也不知道，但他卻以其慧眼發現了這部作品的價值，欣然推薦給讀者，他也看到了作者的發展潛力，預見到這位陌生作家的無量前途。他在《小說月報》第二十卷第十二號的〈最後一頁〉裏，回顧本刊當年發表的長篇小說《滅亡》與《二馬》時說：「這兩部長著在今年的文壇上很引起讀者的注意，也極博得批評者的好感。他們將來當更有受到熱烈的評讚的機會的。」歷史驗證了葉聖陶的預言，由《滅亡》起步的巴金小說成為中國現代小說成就的重要代表。

第一節　激情噴發

早在五四時期，巴金曾經在《時事新報・文學旬刊》等報刊發表過二十多篇詩文，但在發表《滅亡》之前，他從來沒有想過自己要當作家，甚至當他蜚聲文壇之後，他也不願以作家自居。在相當長一個時期裏，他夢魂縈繞的志向是做一個從事實際工作的革命者。他天性敏感，富於感情。幼年時，一隻他所喜愛的大花雞被殺，他也會放聲大哭，執拗地不肯吃那碗雞肉。人間的種種不平等，更是讓他刻骨銘心。身為知縣的父親，在家裏慈眉善目，為什麼到了縣衙的大堂上會換了一副面孔，聲色俱厲，喝令用刑？犯人被打得皮開肉綻，為什麼還要叩頭謝恩？向來溫柔和善的母親，為什麼竟然命人用皮鞭抽打在十妹出痘期間偷吃「發物」黃瓜的奶媽？同是生在人間，為什麼轎夫、僕人這些下人就要受苦受累，生活沒有保障，遭受誣陷無處伸冤？他通過天真的眼睛注意到了人間的不平等，也通過切身的體驗感受到了身心的不自由，他渴求著一場暴風雨蕩滌人間的所有不平與束縛。

五四新文化運動的啟蒙思潮湧入四川，巴金如饑似渴地閱讀《新青年》、《每週評論》、《星期評論》、《少年中國》、《北京大學學生週刊》、《實社自由錄》、《星期日》等新刊物，從中感受各種新思潮的刺激、撞擊與震動。一九二〇年下半年，他得到了克魯泡特金的《告少年》中文節譯本。作者用淺顯的語言、生動具體的實例分析社會的不公、貧富的懸殊與對立，號召青年行動起來，為追求真正的平等、自由、博愛而努力工作。理想的昭示與熱情的鼓動喚起了少年巴金的強烈共鳴，他後來這樣描述當時的感受：「我想不到世界上還有這樣的書！這裏面全是我想說而沒法說得清楚的話。它們是多麼明顯，多麼合理，多麼雄辯。而且那種帶煽動性的筆調簡直要把一個十五歲的孩子的心燒成灰了。我把這本小冊子放在床頭，每夜都拿出來，用一顆顫抖的心讀完它。讀了流淚，流過淚又笑。」[1]不久，他又讀到波蘭劇作家廖・抗夫的劇本《夜未央》，劇中像殉道者一樣為革命獻身的青年知識分子，使他深為感動，找到了心目中的英雄。追求自由、平等、博愛，渴望行動、反抗、獻身，巴金與無政府主義發生了深深的契合。他熱心參加帶有無政府主義傾向的社團活動，寫作、翻譯、辦刊、散發傳單，為實現人間的平等而嘔心瀝血。

為了開闊視野，他於一九二三年五月走出四川，去上海、南京求學，後來欲考北京大學，因病而未能如願。一九二七年一月，他赴法留學，去尋求法國大革命與無政府主義運動的精神源頭。遠在家鄉的大哥希望巴金學成歸來，當個工程師，以便「興家立業」。而此時巴金的興趣則在研究法國大革命的歷史與整個無政府主義運動。雖有一種由衷的信仰可以激勵自己，但畢竟是海外孤旅，他思念著處在水深火熱之中的故土，懷念著故土上的親友。過去與現在的愛和恨、悲哀和歡樂、受苦和同情、失落和希望，在他的胸中交織、碰撞、迴旋、激蕩，匯成一股滾沸熾烈的激情，如同岩漿一樣到處奔突，尋求著藉以噴發的火山口。巴黎聖母院的悲哀的鐘聲，越發加重了他的寂寞與苦悶，激情不堪擠壓終於噴射而出。一九二七年三月，他拿起筆來，在小學生用的練習本上寫下一些東西來發洩濃郁的感情，傾吐強烈的愛憎。那些文字只是一些場面或者心理的描寫，相互之間並不連貫，但成為後來問世的《滅亡》前幾章的雛形。不久，在世界範圍內，爆發了營救受誣告被判決死刑的義大利工人薩柯與樊塞蒂的風潮，巴金給身陷死牢的無政府主義者樊塞蒂寫信，得到了熱情而懇切的回音。最後，營救無效，薩、樊無辜被殺，這個事件又給巴金以強

---

[1] 巴金，〈我的幼年〉。

烈的刺激，他於亢奮中寫下了一些激情昂揚的片段。一九二八年夏，巴金從大哥的來信中發現他們之間的思想距離越來越大，他想到用小說的形式來表白自己的志向，希望求得大哥的理解。他找出先前寫作的幾個本子，將那些片段予以改寫重構，並補充了一些新的章節，完成了他的第一部小說：《滅亡》。

小說題名的寓意在於，一是詛咒舊世界早日消亡，二是禮讚革命者為理想英勇犧牲的獻身精神。主人公杜大心出身於內地鄉紳之家，曾因封建包辦婚姻失過戀，後來成為一個革命者。社會凋敝，人間多難，他為此而滿腔激憤，帶著嚴重的肺病，忘我地工作。他期盼革命早日成功，但通向成功的道路還有多長，他不得而知；他渴求愛情，為少女李靜淑的純潔、善良、美麗而動心，但又唯恐戀愛妨礙事業；他熱愛生命，但深知重病纏身，將不久於人世；為此，他迷惘而苦悶，甚至不無絕望。一位同志被捕遇害後，其妻兒成了孤兒寡母，他深受刺激，毅然訣別意中人，去冒死復仇，以犧牲來停止「長久不息的苦鬥」。他去總商會的宴會上刺殺戒嚴司令，結果只使戒嚴司令的肩上受了一點傷，而他卻飲彈自殺。這部作品情節不算複雜，結構上也頗有剪輯的痕跡，有的章節還有明顯的說教色彩，但在當時能夠先讓名編輯眼前一亮，問世後贏得讀者好感，自有其獨特的藝術魅力。一是人物內心矛盾與亢奮焦躁情緒的真實刻畫，讓大革命失敗後退卻不甘心、前行路茫茫的進步青年產生共鳴；二是主人公義無反顧的獻身精神喚起了讀者的崇高感、欽佩心；三是誠摯的語調、濃烈的情愫具有強烈的感人力量；四是語言酣暢淋漓，心理描寫與場面描寫頗有精彩之處，多種手法的交叉疊用、場面調度的自由靈動，在當時的小說界也屬佼佼者。

巴金原擬用譯作稿酬自費出版，沒想到能夠先在大刊物上連載，隨後被出版社看好推出；他本想用這部作品求得大哥的理解，雖說未能如願，卻得到讀者的好評；他最初是想當革命家，但《滅亡》出乎意料的成功使他發現，文學創作可以成為自己同那些和他一起經受生活煎熬的青年們精神聯繫的手段，從此開始了他的文學生涯。

巴金富於激情，這種性格、氣質也許更易於走近文學。但巴金的激情不是那種漲得快落得也快的「三分鐘熱血」，而是有著執著的恆久性，不是那種單一、膚淺的感官體驗，而是呈現出濃郁、深沉的社會色彩，不是那種封閉、狹隘的個人情愫，而是跳動著時代的脈搏。最初的小說創作，毋寧說是他那始於少年時代的革命之夢的代償，在後來的創作中，信仰、鬥爭、復仇、獻身，也仍然是他那澎湃激情的重要指向。

一九二八年十月，巴金在等船回國之際，讀完了左拉的《盧貢－馬卡爾家族史》系列小說，受到啟發，想學左拉，寫成連續的五部小說，即在《滅亡》的前後各加兩部，前面的《春夢》寫杜大心的父母，《一生》寫李靜淑的雙親，後面的《新生》寫杜大心死後其友人前仆後繼的鬥爭，《黎明》寫理想中的社會。一九三〇年與一九三一年之交，他動筆寫起了系列計畫中的《新生》，一九三一年八月完稿，《小說月報》決定於一九三二年一月號刊出。不料日本侵略者點起了「一．二八」戰火，將手稿與正在裝訂中的雜誌連同商務印書館積累多年的家當焚燒成灰。一則懷著對侵略者復仇的鬥志，二則小說中的人物與他息息相通，他於一九三二年七月，僅用兩個多星期的時間，就第二次寫完了《新生》。巴金在〈自序（二）〉裏說，他坐在窗前，看那高聳的房屋「就像一座火山，在平靜的表面下正沸騰著火流，這火山是遲早要爆發的」。其實，這種感受正是他心中的信仰與鬥志的外射，那火山正是作品精神的象徵。杜大心雖然人已殉難，但其精神仍然活在朋友們的心中。李靜淑和為了信仰而與丈夫決裂的張文殊，進紗廠從事革命運動。靜淑的哥哥李冷一度失去了信仰，但在妹妹與朋友們的感召下，終於重新振作起來，離開S市，到A市去從事工人運動，一年後被捕入獄。犧牲前，他對自己的選擇沒有悔意，而是感到欣慰，因為他的獻身有益於人類的幸福。也正因為與人類的幸福相連，他相信自己絕不會滅亡，犧牲反而會給自己帶來新生。作品末尾，作者引了《聖經．約翰福音》裏的一句話來點題：「一粒麥子不落在地裏死了，仍舊是一粒；若是落在地裏，就結出許多子粒來。」比起《滅亡》來，《新生》的藝術結構顯得單純一些，但酣暢淋漓的激情風格則未變，而且思想上多了一點深沉，把絕望的反抗變為充滿希冀的獻身。

在此前後，巴金還寫下了《死去的太陽》、《復仇》、《亡命》、《亞麗安娜》、《電椅》、《馬拉的死》、《利娜》等中、短篇小說。這些作品題材有別，手法各異，但主題意蘊上有一個共同之處，這就是：反抗壓迫，堅定信仰，勇敢復仇，無畏獻身。他對俄國十二月黨人與克魯泡特金等無政府主義者的傳記或其他著述予以熱情介紹，也正反映出他們在反抗專制、爭取解放的精神上頗有相同之處。本世紀二三十年代，新舊軍閥你方唱罷我登場，濫施暴力，橫加盤剝，激起了全社會的反抗情緒，巴金作品的政治激情與高亢語調就是這種社會情緒的反映。

五四新文學開創了中國愛情文學新天地，許多作家都在這一題材園地培育了芬芳的花朵。巴金，作為五四新文化運動的產兒，作為青年一代的代言人，並且自己也正當韶光華年，對於愛情題材自當不會疏遠，《滅亡》等篇裏就曾有過愛情的插曲。但是，也許與他對理想的熾烈追求、對事業的全身心投入有關，或許也因為他見過了太多的愛情悲喜劇，他自身涉足愛情生活比較晚，作品裏少有單純的愛情題材與肯定性的纏綿悱惻的愛情描寫，愛情的表現完全服從於性格的塑造。他曾從一九三一年夏到一九三三年底，時斷時續地寫成了由《霧》、《雨》、《電》三部中篇小說構成的《愛情的三部曲》。筆涉愛情，實際上真正的主旨還是在於批評畏首畏尾、首鼠兩端的怯懦性格，婉諷沉醉於溫柔鄉而不思進取、咀嚼一己悲歡而忘懷天下的狹小胸襟，謳歌為人類幸福勇於獻身的無畏精神。巴金在為良友圖書公司一九三六年版《愛情的三部曲》所作的〈總序〉裏，對於《電》的如下解釋其實也適用於整個三部曲。他說：「《電》不能說是以愛情做主題的，它不是一部愛情小說；它不能說是以革命做主題的，它也不是一部革命小說。同時它又不是一部革命與戀愛的公式小說。它既不寫戀愛妨害革命，也不寫戀愛幫助革命。它只描寫一群青年的性格、活動與死亡。這一群青年有良心，有熱情，想做出一些有利於大家的事情，為了這個理想他們就犧牲了他們個人的一切。他們也許幼稚，也許常常犯錯誤，他們的努力也許不會有一點結果。然而他們的犧牲精神，他們的英雄氣概，他們的潔白的心卻使得每個有良心的人都流下感激的眼淚。我稱我的小說做《電》。我寫這本《電》時，我的確看見漆黑的天空中有許多股電光在閃耀。」巴金的這段話語，在對自己的作品進行分析的同時，也對當時流行一時的革命加戀愛的公式化小說提出了批評。愛情也罷，革命也罷，革命與愛情發生衝突或相依相生也罷，從題材本身來說，都有表現的自由與空間，不應該人為地設置禁區。問題在於，體驗要真切，開掘要深入，藝術表現要個性化。捨此而單純趕時髦，勢必會產生膚淺、做作的矯情之作或生硬、空洞的公式化、概念化作品。應該說，巴金筆下的革命活動與當時的革命實踐尚有一定的距離，愛情描寫也遠遠談不上細膩、別致與刺激，他的作品的動人之處在於，為理想而獻身者的胸襟是那樣博大、坦誠，狹隘、徬徨者的性格弱點是那樣的清晰、真切，信仰燃起的激情灼燙著讀者的心。五四新文化運動的啟蒙之火，給青年一代的心裏點亮了信仰之光。他們之中，誠然有中途退嬰或誤入迷途者，但也確有信仰堅定者，以頑強的鬥志、無畏的勇氣與犧牲的決心投身於社會革命與文化事業。他們的精神與實踐，正如同劈刺蒼穹的閃電，發出耀眼的光芒。巴金所屬意謳歌的正是這激進的一翼。五四新文化運動開啟了一個信仰的時代，在這樣一個時代裏，為信仰而獻身的激情自有其強烈的感召力。

巴金的作品深受讀者喜愛與文壇好評，卻也觸動了當局者的痛處。《死去的太陽》描寫了工人的罷工、復仇和遇難，被以「傳播普羅意識」的「罪名」密令查禁。《新生》也因「鼓吹階級鬥爭」而被禁。《萌芽》描寫了礦工不堪欺壓盤剝奮起暴動遭到鎮壓，一九三三年八月由現代書局出版後尚未售完就遭到查禁。巴金將書名改為《雪》，交《文學》月刊，但一九三四年第一期僅排出兩章清樣就被檢查官勒令抽去。巴金再次把書名改為《煤》，更換了主要人物的姓名，並重寫了尾聲，一九三四年八月交開明書店排印，紙型送審時被令停印。一九三五年九月，巴金仍以《雪》為書名，自費印刷，假稱「美國三藩市平社出版社出版」，託書店祕密發行。直到一九三六年十一月，這部小說才得以由文化生活出版社公開出版。《電》的問世也屢遭磨難，先是寄給《文學》的前四章被國民黨圖書雜誌審查委員會審查時「槍斃」掉，隨後不得不將書名改為《龍眼花開的時候》，不僅篇中人物改名換姓，而且作者署名也改為「歐陽鏡蓉」，換到北京的《文學季刊》去分期發表，為了迷惑檢查官，又在刊出小說上篇的那期刊物上，發表散文〈倘使龍眼花再開放時〉，假託作者生長於閩、粵一帶，作品寫於九龍。古時，小說不登大雅之堂，文人寫了小說只得屬個假名，或者無名之輩寫出作品難以刊行，便假託名人得以行世。到了現代，小說堂而皇之地進了文學殿堂，可是名作家巴金卻不得不連人帶書更名換姓，可見專制社會文網嚴酷。三十年代前半期，巴金與左翼作家，在政治思想、文學觀念、創作方法諸方面有著一定的差異乃至分歧，但在中央黨部的查禁書籍名單上，他們卻是患難與共的戰友。這一方面反映了專制統治的苛酷而脆弱；另一方面也說明，在爭取民族解放、人民幸福的事業中，巴金式的激情自有其不容抹殺的進步價值。

第二節　激流奔騰

巴金從無政府主義與民主主義等西方思潮及其前驅者那裏汲取信仰與人格力量，以青春熱血與愛國情懷冶煉成沸騰的激情。這股激情藉文學的火山口源源不斷地噴射而出，成為現代文壇一道壯麗的風景。它閃耀著崇高信仰與獻身精神的灼人光芒，蒸騰著大膽叛逆與勇敢抗爭的滾滾熱浪，要橫掃野蠻專制的社會制度，也要沖決一切束縛人性自由與個性發展的精神樊籬。

中國是一個家文化十分發達的國度，社會文化近乎家文化的擴大，家文化也可以視為社會文化的縮影，家族內部的倫理秩序大致反映出整個社會的等級秩序，家庭倫理是封建禮教的基石。要清算封建禮教的罪惡，不能不把解剖刀首先指向封建家庭。在最初構想五部連續小說時，巴金曾想以杜大心的家庭為描寫對象，把自己家的一些事情作為素材。隨著時間的推移，他想到乾脆割捨杜大心的線索，另起爐灶，以自己的成都老家為原型展開人物活動的舞臺。故鄉老家，那是一個讓他多麼懷念又多麼憎厭的地方，那裏給他留下了多少愛、多少恨，讓他看到了多少善、多少惡。

巴金，原名李堯棠，字芾甘，一九〇四年十一月二十五日出生於四川成都一個世代為官、數代同堂的封建大家庭。五進三重的李公館大宅院裏，他有將近二十個的長輩，有三十個以上的兄弟姐妹，還有四五十個男女僕人。當過知州、知縣的祖父在這個家庭曾經擁有絕對的權威，但後來面對不肖之子的墮落與孫子輩的反叛已經無能為力了。在李公館的十九年生活裏，巴金感受到了親情的溫馨，也飽嘗過勢利的冷眼，認識了「上等人」的驕奢放浪，也看到了「下等人」的屈辱貧賤，看見過活生生的青春是怎樣被封建禮教活活地吞噬，也體驗過人性與個性被牢牢束縛的苦楚，他的心裏聚集了太多的愛和恨，一旦時機來臨，胸中的積鬱必定會化為岩漿噴湧而出，燒毀封建禮教的虛偽面具，現出其殘忍的原形。

一九二九年夏天，巴金與大哥在上海相聚，他向大哥提到寫《春夢》的想法，得到大哥的首肯。翌年春，大哥在來信中再一次明確表示贊成他以自家人物為模特寫出《春夢》。在大哥的熱情而誠懇的鼓勵下，巴金下定決心要為青春與個性受到戕害的大哥，為備受激情煎熬的自己，為那些橫遭摧殘的兄弟姐妹，為同時代的年輕人寫一本控訴、伸冤的小說。一九三一年春天，上海《時報》的編者託人約巴金給《時報》寫一部連載小說，爛熟於心的題材便溢出了筆端，小說剛剛開始發表，就傳來了大哥於前一天服毒自殺的噩耗，痛苦與憤慨越加激發了他的創作激情，越發加強了控訴與批判的力度。這部作品就是連載時題為《激流》、一九三三年五月由開明書店作為《激流三部曲》之第一部推出的《家》。

「風颳得很緊，雪片像扯破了的棉絮一樣在空中飛舞」，「風在空中怒吼，聲音淒厲，跟雪地上的腳步聲混合在一起，成了一種古怪的音樂，這音樂刺痛行人的耳朵，好像在警告他們：風雪會長久地管治著世界，明媚的春天不會回來了」。《家》開篇所描寫的風雪正是高家這個高門深院裏封建禮教肅殺氛圍的象徵。在高公館，開創了這份家業的高老太爺擁有至高無上的權威，他所代表的家長意志要決定兒孫們的命運。自小聰慧、成績優良的長房長孫覺新，打算中學畢業後上大學深造，還想到德國去留學。但高老太爺希望早抱重孫，便打破了他的美妙幻想，斷送了他的前程。本來，他與錢家表妹梅芬青梅竹馬，心心相印，可是因為長輩的不和而無法結為連理，然後僅憑長者的拈鬮便決定了他的終身大事。妻子瑞玨臨產，被陳姨太等族中長輩以防血光之災的名目趕到郊外，結果不治而亡。禮教權威對自家人尚且如此，拿下人更是不當人待。道學家馮樂山想討姨太太，高老太爺不假思索便決定從自家的婢女中挑一個作為禮物送過去；十七歲的鳴鳳成了犧牲品，她性情剛烈，憤而投湖自盡。但在高老太爺看來，丫頭都不是人，死了一個，自然可以拿另一個去頂替，於是，丫頭婉兒被送了過去，讓她去備受老怪物的蹂躪。

巴金對受戕害者寄予了深切的同情。他以寄沉痛於平淡的筆觸，描寫了錢梅芬孤獨而淒涼的心境與心灰意冷的懨懨而逝；也以濃墨重彩渲染了瑞玨難產時痛苦無助的慘叫與她在生命的最後時刻同丈夫隔門而不能相見的哀慟；還細緻入微地刻畫了鳴鳳投湖前向意中人訣別的堅忍與留戀人生而又痛苦絕望的錯綜心理。正是通過不幸者的哀痛與悽楚，控訴了封建禮教與封建制度的虛偽、殘忍。心理創傷與個性扭曲的深入開掘，更是對封建禮教的強烈控訴。覺新曾經有過美好的希冀，有過蓬勃的朝氣，可是，標舉三綱五常的儒家思想消解了他為自己的命運抗爭的勇氣，溫和的天性演變成忍讓、屈從的軟弱性格。他無言地接受了中斷學業與包辦婚姻的家長意志，他所表示的不滿只是關上門倒在床上用鋪蓋蒙著頭哭。他漸漸地忘卻了少年的追求，步入了長輩給他安排的生活軌道。面對來自家族內部的傾軋，他也曾憤怒過，抗爭過，然而，毫無結果而且精疲力竭之後，他便學會了更大程度的退讓、敷衍。五四新文化思潮席地而來，他一面從新書報中汲取精神安慰，另一面卻以「作揖主義」繼續過舊式生活、應付現實困境。劈分家產，他明知長房吃虧，而不敢據理力爭；妻子被趕往城外生產，他明知不妥，卻聽任陳姨太們發號施令。他以個性的扭曲來換取傳統社會的認可，而心中卻要承受極大的痛苦。覺新的性格悲劇展示了封建禮教戕害心靈的殘酷性。

這部作品給讀者帶來的震撼與啟迪，不只是沉痛的伸冤與悲憤的控訴，也有青春的砉然覺醒與激烈反抗。覺民抗婚出走，終於逼得高老太爺讓步；覺慧投身社會活動，家裏也奈何他不得，最後，他毅然辭家遠行，去追尋奔騰不息的時代激流。他們以勇敢的反抗向人們昭示：封建禮教的冰天雪地大勢已去，明媚的春天正在走來。

魯迅的《狂人日記》，通過狂人心理的特殊視角，揭露了封建家族制度與封建禮教的「吃人」本質，為新文學開啟了一條重要主題線索。而後，出現了大批表現這一主題的作品。但在一九三一年四月十八日至一九三二年五月二十二日《激流》連載之前，還沒有一部作品能夠像這樣通過一個大家庭的生動描寫，揭露封建家族制度與封建禮教的殘忍、虛偽，表現出在時代風氣的鼓蕩下，封建家長的權威發生了動搖，年輕一代開始了勇敢的反抗，也從來沒有一部像這樣激情貫串始終、結構開闔有度、情節起伏跌宕、語言酣暢淋漓、魅力長久不衰的長篇小說。儘管由於小說連載期間發生了震動世界的「九‧一八」事變、「一‧二八」事變，作品一時間沒能引起轟動效應，但隨著時間的推移，人們越來越認識到它的思想價值與藝術價值。

巴金在《家》的〈初版後記〉裏表示，因為主人公從家庭走向了社會，接下來他要寫一部社會的歷史，篇名為《群》。但是，後來，一則隨著時代的演進，他所熟悉的「群」——無政府主義者——逐漸風流雲散，有的投靠了政府當局，有的投身於中國共產黨所領導的事業，有的則從中心城市遠走他鄉，去從事鄉村教育，而新的、最大的群體運動他並不熟悉，無從寫起；二則他描寫工人罷工、青年革命題材的作品屢遭查禁，要寫《群》不能不有所顧忌。一九三六年春夏之交，巴金的摯友靳以籌辦大型文學期刊《文季月刊》，約他寫一部長篇。高家的故事立刻又浮現在巴金的腦海裏，他想應該接著寫下去，告訴讀者：高家長輩的荒唐或者守舊是何結局，年輕一代的命運將會如何發展。巴金小說題材廣闊，這一種他最熟悉、最動情，生活積累最豐厚，寫起來最能得心應手，文化批判主旨的把握在他來說，遠比政治批判更為準確、透徹。於是，他以淑英與蕙這兩個少女的不同性格不同命運的對照為線索，展開了《春》的畫卷：一個勇於反抗，逃出家庭牢籠，獲得了個性發展的自由，另一個默默忍從，終致犧牲了青春乃至生命。由於戰爭的緣故，《春》斷斷續續到一九三八年二月才完稿，三月由開明書店出版。但巴金仍然意猶未盡，年輕人的心靈與命運緊緊地牽著他的心，他要讓自由戀愛者摘取豐收的果實，要讓消沉退嬰者看到生活的亮色，要讓封建大家庭陷入「樹倒猢猻散」的全面崩潰的結局，從一九三九年十月到翌年四月，他一口氣寫完了將近四十萬字的《秋》，從而完成了規模宏偉的《激流三部曲》。

從《家》到《春》再到《秋》，通過高家悲歡離合的歷史，血淚交迸地揭露了封建家族制度與封建禮教的殘忍、虛偽的本質及其日薄西山的下場，喊出了青年一代備受壓抑、折磨、摧殘的痛苦、冤氣與憤慨，也展示了他們叛逆的勇氣與覺醒、掙扎的艱難歷程，並昭示出反抗者、求索者的美好未來。作品字裏行間乃至情節結構流貫著愛恨分明、大愛大憎的激情，語調色彩鮮明，語言節奏明快，題材與文體水乳交融，真實而深刻、生動而恢弘地表現出二十世紀二三十年代生活激流動盪、奔騰的形態與氣勢，因而贏得了廣大讀者——尤其是青年讀者的喜愛。四十年代初，桂林的一位中學教師有感於《激流三部曲》在青年中的影響之深之廣，編了一本名為《論巴金的家、春、秋及其他》的小冊子。書中對「巴金迷」的現象做了生動的描述：「要是你活在學生青年群中，你便可以看到巴金的作品怎樣地被喜愛。儘管大熱天，儘管是警報、綠蔭下、岩洞裏，總有人捧著他的作品狼吞虎嚥，上課，儘管老師講得滿頭青筋，喉嚨像火，他們卻在講臺下盡看他們的《家》、《春》、《秋》，有時，淚水就冒充著汗水流下來。夜半巡宿舍，儘管燈光似磷火，也有人開夜車，一晚上吞噬了六七百面的《秋》並非奇怪。」「這些人物經常掛在他們的口上：反抗家庭的，說是《家》的『覺慧』、『覺民』；『作揖哲學』的是『覺新』……總之，他（她）們記得爛熟，他們談論得唾沫四射。」[2]一位作家在談到《激流三部曲》時也說：「現在真是家弦戶誦，男女老幼，誰人不知，哪個不曉，改編成話劇，天天賣滿座，改攝成電影，連映七八十天，甚至連專演京劇的舞臺，現在都上演起《家》來，藉以號召觀眾了。一部作品能擁有如許讀者和觀眾，至少這部作品可說是不朽的了。」這位作家指出，這三部作品深受青年讀者的歡迎，「一大半原因也就由於中國知識青年大多數是從宗法社會的大家庭裏生長起來，和巴金有同樣的境遇，他們不滿意這大家庭也正與巴金相同，所以巴金的三部曲自會得著他們特殊親切的好感了」[3]。的確如此。雖然辛亥革命已經推翻了綿延兩千餘年的皇權，而後又經歷過五四新文化運動的洗禮，但封建宗法制度以及與其相適應的封建禮教絕不肯輕易退出歷史舞臺，即使到了三四十年代乃至後來，反封建仍是中國社會發展與文化建設的重要任務。從五十年代起，巴金曾多次說他的作品已經完成了它們的歷史使命。經歷了「文革」，他才意識到原來並非如此，封建家長制的餘緒未絕，封建禮教的遺毒尚在，要加快中國前進的步履，必須持久地反封建。也就是說，反封建是中國的世紀性乃至跨世紀的命題，《激流三部曲》切中了這個歷史脈搏，所以才像奔騰不息的激流一樣，擁有了健朗而恆長的生命力。

---

2 林螢聰，〈巴金謎與巴金研究〉，《論巴金的家、春、秋及其他》（柳州文叢出版社，一九四三年）。

3 王易庵，〈巴金的《家・春・秋》及其他〉，上海《雜誌》月刊第九卷第六期（復刊第二號，一九四二年九月十日）。

第三節　雪下的火山

早在一九三二年，日本帝國主義點起的「一・二八」戰火燒毀了巴金在上海寶光里十四號的「家」，民族的屈辱與創傷更是深深地灼痛了他那顆敏感的心，他將剛剛開了頭的中篇小說《海的夢》改變構思，處理為反抗侵略的題材，奮筆疾書，一氣呵成。抗日戰爭的全面爆發，激發起中國作家高亢的救亡熱情，有著火一般激情的巴金自然不會例外。他撰寫詩文，控訴侵略者的暴行，歌頌軍民的抗戰勇氣與戰鬥業績，他還與友人一道編輯出版抗戰刊物《吶喊》、《烽火》。這些工作還不足以發散他的熱情、宣洩他的悲憤，他從一九三八年五月起，開始創作「抗戰三部曲」《火》，一九四〇年九月完成第一部，一九四一年五月完成第二部，一九四三年九月完成第三部。作品主要通過馮文淑等愛國青年在傷兵醫院從事救護與參加「戰地工作團」下鄉進行抗戰宣傳的活動，表現青年一代的救亡熱情與勝利信念，也為前方將士浴血抗戰描繪了真實的畫面。如《火》第一部，通過劇作家曾明遠與文淑的談話，援引英文《大美晚報》登載的一個外國教士的淞滬前線見聞說：「中國兵衝鋒，一排人過去，沒有看見敵兵，只見一陣煙，人就全沒有了。後面的人再衝上去，又碰著一陣排砲，一陣煙，人又全光了。這樣一排一排的死掉，卻沒有一個人畏縮。那個外國人看到後來，忍不住傷心地哭了。我們是拿人的血肉來跟最新式的砲火拚的。」

雖然作家滿懷激情，但是，由於轉徙奔波，又急於宣傳，心緒繁亂，難得從容寫作，第二部只用了一個多月就匆匆完稿，第三部也只是用了四個多月；加之對傷兵醫院與下鄉宣傳的生活並不熟悉，缺少實際的體驗，所以「抗戰三部曲」未能充分發揮作者之所長，整體上描寫失之空疏，感情缺少足夠的藝術支撐，戰時固然動人一時，過後則少有引人入勝的魅力。

巴金是一位批判型的作家，他的否定性藝術表現常常要比肯定性藝術表現來得生動而深刻。寫作《火》第三部時，已到抗戰後期，大後方的問題暴露得越來越多，巴金把社會陰暗面與胸中的積鬱通過作品表現出來，譬如：知識分子受歧視、學生看不起老師、人們向錢看，等等。但暴露與批判畢竟不是《火》的主旨，對人物的刻畫也因理性投入較多、感性悟解不夠而難得深入，作家的創作個性促使他去尋找自己能夠自由馳騁的藝術原野。

一九四四年對於巴金來說，無論是在生活上，還是在小說創作上，都是一個重要的轉捩點。巴金早年留法，後因創作而名氣大振，異性仰慕者不止一二，但由於他信仰的執著與獻身的決心，對事業的全身心投入，還有對女性的理想化追求，再加上大哥婚姻生活的痛苦，二哥因老家的重負而一直獨身，諸多原因致使他遲遲未能成婚。他與蕭珊相識、相戀已經八年，經過戰火的考驗，越見出心心相印、志同道合，這年五月，他們從桂林出發，赴貴陽花溪旅行結婚。新婚伉儷僅在花溪和貴陽市內住了不到一週，就結束了「蜜月旅行」。送別蕭珊赴川探親之後，巴金在等待住院動手術矯正鼻中隔時，就開始了醞釀已久的中篇小說《憩園》的寫作，七月到重慶與蕭珊相聚後不久，作品即告殺青。

《憩園》的遠因似乎可以追溯到巴金最初預想的五部連續小說中的第二部《一生》，近因則與自己對《火》的不滿意相關。對於一位成熟的作家來說，創作個性固然應該不斷豐富、發展，但他對自身已經有了清楚的體認，對創作規律已經有了基本的把握，他知道自己在哪些方面能夠有所拓展，在哪些方面不可貿然行事。此前，巴金對自己作品比較滿意的是《愛情的三部曲》與《激流三部曲》，讀者呼聲最高的是後者，尤其是其中的第一部《家》。作品接受信息的反饋，自然會促使作家思考其中的奧祕。在巴金所寫過的題材中，最熟悉、最透徹、感情浸淫最深的莫過於封建大家庭的生活。要想獲得創作的成功，在吃透新的題材之前，還須回到最有把握的題材上去。

一九四一年初，巴金在離開家鄉十八年之後第一次回到成都。「似乎一切全變了，又似乎都沒有改變；死了許多人，毀了許多家；許多可愛的生命埋進黃土，又有許多新的人接著來演那不必要的悲劇」[4]。讓他感觸最深的事情之一，是胡作非為的五叔被家人趕出家門之後的病死。五叔曾經作為高克定的原型，在《激流三部曲》中醜態百出，暴露了嬌寵溺愛的自食苦果，也昭示出封建世家的窮途末路。五叔之死，早在意料之中，既沒有突兀之感，也不曾引起哀痛和惋惜，但卻讓巴金感到憤慨，因為在當時的成都，仍然到處可見過去的幽靈，在身邊的親戚圈子裏，還有人繼續走著祖父與五叔的路——視金錢為萬能的寶貝，富貴者無所顧忌地作威作福，為了金錢不惜出賣自己的靈魂；長輩以為把金錢留給後人，是最大的關愛，能夠「長宜子孫」。巴金從昔日的李公館門前走過，見那照壁上「長宜子孫」的大字仍在，可是公館早已換了主人，這是多麼大的反諷！那時，他曾想過以五叔之死為題材寫一部《冬》，作為《秋》的續篇、《激流三部曲》的尾聲。他在散文〈愛爾克的燈光〉裏表述過擬想中的《冬》所要表明的主旨：「財富並不『長宜子孫』，倘使不給他們一個生活技能，不向他們指示一條生活道路！『家』這個小圈子只能摧毀年輕心靈的發育成長，倘使不同時讓他們睜開眼睛去看廣大世界；財富只能毀滅崇高的理想和善良的氣質，要是它只消耗在個人的利益上面。」一九四二年再次回川，所見所聞越加強化了這一意念。只是那時忙於趕寫《火》，一直未能將《冬》付諸筆端。經過幾年的醞釀，這一題材已經成竹在胸，新婚旅行的怡悅與閒暇，給了巴金以靈感的刺激與寫作的契機，於是，小說的題目由《冬》而改為《憩園》，儘管寫作期間遠徙辛勞，但作品運筆順暢，一氣貫通，成為巴金小說中的一部力作。

4 巴金，〈談《憩園》〉。

一九四四年十月《憩園》由文化生活出版社初版發行時，巴金曾經寫過如下的內容說明：

> 這部小說藉著一所公館的線索寫出了舊社會中前後兩家主人的不幸的故事。……不勞而獲的金錢成了家庭災禍的原因和子孫墮落的機會。富裕的寄生生活使得一個年輕人淹死在河裏，使得一個闊少爺病死在監牢中，使得兒子趕走父親、妻子不認丈夫。憩園的舊主人楊家垮了，它的新主人姚家開始走著下坡路。連那個希望「揩乾每隻流淚的眼睛」的好心女人將來也會悶死在這個公館裏面，除非她有勇氣衝出來。[5]

以往巴金的小說，多是熱情的敘述，少有冷靜的沉思；語言在酣暢淋漓的另一面，或多或少地存在著不夠洗練的問題；結構上也往往不甚講究，線索大都比較單純，多重線索交織時每有兼顧不周的疏漏。《憩園》有了此前創作經驗的積澱，加之構思的時間較長，藝術上有了新的拓展。作品從一個十五歲的少年為何折花這一疑問切入，然後步步進逼，探求謎底，頗有懸念效果。在結構上，楊、姚兩家呈現一種疊印狀態，以楊夢癡的淒涼結局預示小虎即使不出意外也會重蹈覆轍，以外婆家及姚誦詩對小虎的溺愛折射楊夢癡年少時所受教育對他靈魂的戕害。姚誦詩熱心幫助解救楊夢癡，構成了一種不無辛辣的反諷：因為外婆家及姚誦詩對小虎的溺愛與放縱，事實上正是在培養自家的楊夢癡。敘事者——作家黎先生，既是敘事線索的引線人，又是敘事對象的審視者，其間既有感情的投入，更有理性的求索，感情因理性的滲入而變得深沉，理性因感情的融化而變得親切，情理交融，感人肺腑，也啟迪智慧。沉思的功夫與感情的節制，也使得語言平添洗練、簡潔的新氣象。

---

5 巴金，〈《憩園》法文譯本序〉。

也許是由於閱歷增加、思索深化的緣故，或許新婚甜蜜的滋潤更使巴金本來就博大的愛心富於溫馨，《憩園》在對楊夢癡的態度上表現出作者前所未有的寬容。一是給楊夢癡性格留有一線光亮：他雖然為大家庭的富裕和嬌寵所害，荒唐放浪，弄得傾家蕩產、眾叛親離，但到頭來畢竟恢復了一點自尊心與羞恥感，恢復了一點良知與愛心，對兒子深懷歉疚，不願給兒子丟人，寧死不再回家。再就是借助於楊夢癡次子寒兒形象的塑造：他雖然也曾飽受其父之苦，卻以德抱怨，希望父親回家，關心父親的病苦，安慰父親的心靈，牽掛父親的去向，他年僅十五歲，卻有著異乎尋常的愛心，彷彿耶穌的化身。姚太太的寬容與博愛富於女性的溫柔，她在人間何嘗沒有看見痛苦和不幸，可她又看見更多的愛，她自己何嘗沒有委屈和挫折，但她的心像春天一樣總要給人多添一點溫暖。廣博而溫馨的愛已從巴金以往作品的背景更多地浮現到敘事表層，從個別人物的理念與感情滲透到整個敘事結構，向來被巴金所首肯的復仇，此時遇到了耶穌式人道主義的強有力的挑戰。《憩園》交織著兩條主題線索：一條是對富貴之家溺愛子弟的解剖與批判，小虎的溺水而死，楊夢癡的霍亂不救，二人都是死不見屍身，就連楊夢癡曾經寄身的大仙祠也已化為成堆的瓦礫，這些無疑寓示著那種愚昧家教的害人本質及其末路；另一條是對愛心的澄清與弘揚，父子之間的親情、朋友之間的友情、澤被人間的博愛，交相輝映，給這木折花落的憩園平添幾縷暖意。這部作品標誌著巴金的小說創作進入了一個新的階段，激情風格注入了剖析透視的新質，從中既可以看見巴金素有的控訴者姿態，也透露出睿智的思想者風采。

從《滅亡》開始，巴金就在他的小說世界裏激烈地抨擊帶有封建色彩的舊式家庭，讚美自由戀愛結成的新式婚姻。隨著社會生活的發展，他逐漸意識到，在一個黑雲籠罩、寒風逼人的社會，即使青年男女勇敢地衝破包辦婚姻的樊籬，在自由戀愛的基礎上組成新式家庭，也未必能夠獲得幸福。婚姻生活的質量，固然取決於個中人的素質及其努力的程度，在很大程度上也取決於社會所提供的條件。「娜拉出走之後怎樣？」魯迅早在五四時期就提出過這樣的問題，他還曾經寫出過詩情與哲理水乳交融的《傷逝》，探索個性解放與社會解放的關係以及婚姻幸福等帶有永恆性的問題。巴金的長篇小說《寒夜》，沿著魯迅開啟的道路繼續前行，表現出四十年代青年知識分子的生存困境與精神矛盾。

這部作品動筆於抗戰勝利前艱難熬煎時的一九四四年冬，完成於抗戰勝利後內戰爆發、生靈塗炭的一九四六年底。這期間，巴金親身體驗了為侵略與腐敗所夾擊的後方生活的窘迫困苦，經受了勝利後由欣喜若狂到痛感失望的情緒跌落，飽嘗了至愛情深的三哥與友人不治而亡的剜心哀痛，他要寫出暗夜沉沉的現實與傷痕累累的心靈。人世間的逼人寒氣與自然界的凜冽寒風扭結在一起，給作品的整個敘事結構甚至每個細節都注滿了寒意。小職員汪文宣在夜色中向我們走來，寒冷穿透的豈止是他那件單薄的夾袍，更是他那顆顫抖的心靈。敵機轟炸的警報暫時解除了，可是謀生的危機卻像達摩克利斯劍一樣懸在他的頭頂，隨時都可能掉下來，家裏的「戰事」也是劍拔弩張，讓人透不過氣來。汪母愛兒子、愛孫子，唯獨不愛兒媳，這不僅因為年輕時就守寡的汪母一向把兒子作為感情的寄託，害怕兒媳分割兒子對她的愛，而且因為她思想守舊，看不慣新派的兒媳未經明媒正娶就進了家門，看不慣年輕的女人拋頭露面到外面去做事，更不必說陪著別的男人去吃飯、跳舞。受過大學教育的兒媳曾樹生，自然不會順著婆母的意思去做。為了生存，她要工作，為了自己的個性發展，她也不能走傳統婦女的「鍋臺轉」老路。婆媳之間無休無止的戰火灼燒著戰事的雙方，受傷最重的還是汪文宣。他一面要承受母親的訴苦與詛咒，設法緩和她的偏執與怨毒，另一面又要強忍住自己的委屈和不悅，努力消解妻子的責備與氣惱。他終於沒有能夠留住妻子同他一道在困頓中死守，眼看著她與年輕英俊而有地位的陳主任飛往蘭州。飯碗丟掉了，妻子飛走了，汪文宣在社會壓迫與家庭角鬥的兩面夾擊下倒下了，即使後來戰局有了轉機，主任換了個好心人，他的飯碗失而復得，他的身心也終於支持不住，在街上慶祝抗戰勝利的喧天鑼鼓聲中，痛苦地嚥下最後一口氣。

等到將近兩個月後曾樹生歸來，死者不知葬於何處，兒子小宣也不知跟隨祖母漂泊何方。家破人亡，誰之罪過？

如果不是日本軍國主義者喪心病狂地發動侵華戰爭，不是在戰亂的條件下社會弊端暴露、叢集，汪文宣與曾樹生大學時代的鄉村教育理想怎麼會破滅得如此之快，他們自由戀愛構築的新式家庭怎麼會坍塌得如此之慘？汪家的悲劇是社會的悲劇、民族的悲劇，在這場大悲劇中被推上祭壇的豈止一個汪文宣？文學碩士唐柏青不也是家破人亡，老實厚道的鍾老不是也在勝利前夕被霍亂奪去生命？即使熬到了勝利，還不是先前大發國難財的貪官污吏、投機商又來大摘勝利果，平民百姓有家難歸？難怪他們要抱怨「倒了勝利楣」。

如果沒有汪母從中作梗，對兒媳冷眼相向、惡語傷人，引發家庭戰事頻仍，兒媳還會忍無可忍地遠走高飛、兒子還會那樣備受家庭風浪的顛簸嗎？當一位母親只是滿足於自己對兒子的單向慈愛，而毫不顧及兒子的個性發展與多重感情權利時，這樣的母愛就失去了無私、博大與寬厚的應有品格，而帶上了自私、狹隘與專斷的瑕疵。誠然，汪母對兒子有養育之恩和扶助之情，可是她那褊狹的母愛、她那由耳濡目染而來的封建觀念，實際上卻對兒子的不幸起了推波助瀾的作用。

如果曾樹生再忍一忍、熬一熬，那麼汪家的悲劇也許可以避免，也許可以延遲，或者可以減輕。可是，曾樹生是新派女性，比起物質貧困來說，精神創痛更加讓她無法忍耐，讓她頂著「姘頭」的罵名，當一個任婆婆支配、辱罵的舊式媳婦，甚於要她的性命。她受過西方個人主義的薰陶，不認為爭取個人的權利是一種罪過，她愛動，愛熱鬧，要追求享樂，追求幸福，追求新鮮的刺激，汪文宣的忍讓在她看來只是軟弱，汪文宣的病弱身體與生存本領無法滿足她的生活追求，何況家裏有一個處處與她為敵的婆母，外面還有一位英俊瀟灑、執著追求她的上司，她不能在古廟似的汪家枯死，不願在婆媳之戰中消耗青春，不願放棄自由、痛快的人生追求，她為了個人的幸福，終於離家而去，並且寄來了一封袒露胸襟但不無殘忍刻薄的訣別書，斬斷了汪文宣的最後一絲精神希望。曾樹生回來「探親」，已是人去室空，她確乎擺脫了汪家的重負，可是她能忘懷她與汪文宣的初戀和風雨同舟的十幾年生活嗎？能割斷她與小宣的母子情緣嗎？在一個天寒地凍的社會，要尋覓個人的溫暖，談何容易！

《寒夜》是血淚吞噤的控訴，更是透骨徹髓的深思。作者沒有像以往那樣確認舊制度的代表人物，然後霹靂閃電般地予以重擊，而是鮮血淋漓地寫出悲劇人物的慘象，激發讀者對悲劇製造者的認定與憤慨；作者也沒有像以往那樣一針見血地指斥所要抨擊的對象，而是著力刻畫相互衝突的性格，深入開掘各自的心理世界，充分展示其合理性與必然性，引發讀者去進行思索與裁斷。錯綜複雜的愛與恨，構成一個張力巨大的情感情緒場和一個幽曲深邃的心理世界，形成一個涉及社會批判、倫理審視與幸福本質的哲學探究等多層面的思維空間，讀者一旦步入其中，便不能自已地為其感動，受其啟迪，在仇恨外敵侵略與憎惡社會腐敗的同時，注意到新式家庭在傳統陰影下與動盪社會裏所面臨的重重危機，注意到所謂新女性與其所信奉的個人主義所蘊涵的多面性。

與巴金那些激情澎湃的前期小說相比，《寒夜》像一座雪下的火山，熱情內斂、聚集、凝縮，但讀者卻能夠從中感悟到巨大的力量，那不只是愛與憎、仇與怨等錯綜交織的感情，而且還有對這些感情及其源頭進行理性審視的思索。這種思索是巴金在多年尋覓、探究的基礎之上激情昇華的結晶，也是新文學初創以來二十幾年藝術思維不斷深化的反映。《寒夜》以其厚重的精神意蘊與含蓄雋永的藝術魅力成為巴金繼《家》之後的又一個創作高峰，也堪稱中國現代小說藝術水準的重要代表。心理開掘的深入幽曲、精神意蘊的豐富層面、敘事結構的整飭嚴密、情節發展的張弛有致、情感情緒的把握分寸、敘事語調的起伏跌宕、語言色彩的沉鬱蒼涼，等等優長，足以使《寒夜》步入世界文學寶庫而毫無愧色。

在《寒夜》前後，巴金還創作了中篇小說《第四病室》與結集為《小人小事》的一批短篇小說，對擇扎在水深火熱之中的平民百姓予以較多的關注。也許因為巴金寫過幾種三部曲，《憩園》、《第四病室》與《寒夜》在主題與風格上有一定的相近性，後來的論者遂有「人間三部曲」[6]、「地獄三部曲」[7]、「小人小事三部曲」[8]等說法。以巴金的創作才能與寫作習慣，他也許會再寫出不止一種三部曲，至少要完成他早在創作生涯之初就立意寫作的五部連續小說的最後一部：《黎明》。他曾一再表示要了結這樁夙願。然而，新中國誕生以前，他沒有對新時代的體驗，無從寫起；步入了新時代之後，雖曾嘗試用小說表現新的生活，但由於生活積累不足，批判型的創作個性與歌頌性的主題追求難以諧調，問世的小說多不如意，加之風波迭起，始終缺少一個從容、自由地描繪黎明的契機。「文革」不僅剝奪了他的創作自由，更將他同千千萬萬知識分子一道打入另冊，並且奪去了他的夫人蕭珊的生命。浩劫過後，他不再掛記早年的夙願，而是想寫一兩部以「文革」時期知識分子生活為題材的長篇小說。但是，他把苛刻的歷史留給他不多的寫作時間幾乎全都用在了清算歷史的《隨想錄》上面，把如火的激情與成熟的深思全部投入到這部巨著之中，小說創作成了他輝煌的歷史與永遠的夢想。

從一九二九年到一九四九年，巴金共出版中、長篇小說二十種[9]、短篇小說集十五種[10]，此外還有各類散文集二十餘種；一九五〇年以後，出版新作短篇小說集三種、各類散文十餘種。

6 司馬長風，《中國新文學史》下卷（香港昭明出版社，一九七八年）。
7 郭志剛，《中國現代文學漫話》（知識出版社，一九八八年）。
8 李存光，《巴金傳》（北京十月文藝出版社，一九九四年）。
9 巴金中、長篇小說有：《滅亡》、《新生》、《死去的太陽》、《海的夢》、《春天裏的秋天》、《砂丁》、《雪》（《萌芽》）、《利娜》、《霧》、《雨》、《電》、《家》、《春》、《秋》、《火》（三部）、《憩園》、《第四病室》、《寒夜》。
10 主要有：《復仇》、《光明》、《電椅》、《抹布》、《將軍》、《沉默》、《沉落》、《神・鬼・人》、《髮的故事》、《還魂草》、《小人小事》等。

巴金的小說創作主要集中在三四十年代，不僅其創作量在當時乃至整個中國現代小說史上名列前茅，而且以其獨特的風格在現代小說史上占有重要的一席之地。巴金在現代文學史上是一個特異的存在，他在海外留學多年，但既未像梁實秋、徐志摩等人那樣染上濃厚的新人文主義色彩，也沒有像李金髮、穆木天等人那樣熱中於現代主義的譯介與嘗試；他雖非左翼成員，但作品思想激進，常常遭受當局的查禁；他的部分小說帶有無政府主義色彩，但那人類之愛的價值標準、正義與自由的政治追求、義無反顧的獻身精神，同民主主義、人道主義、愛國主義等一道鎔鑄成巴金小說特有的精神風貌，強烈地吸引了急欲打破封建樊籬、爭取自由解放的廣大青年，事實上，確有不少青年就是通過讀巴金的小說走上革命道路的。就連巴金小說的陰鬱色彩，也正是時代苦悶的象徵，恰好能夠喚起讀者的共鳴。他深受法國文化精神與俄羅斯文學風格的影響，愛起來像一堆熊熊篝火，恨起來似霹靂閃電，他的愛少有纏綿悱惻之氣，多是一副博大的胸襟、剛健的氣度，他的恨不無復仇的急切，但絕無為私的褊狹，用他自己的話說，就是：「忠實地生活，正當地奮鬥，愛那需要愛的，恨那摧殘愛的。」[11]巴金小說的濃郁激情，與此相應的坦誠懇摯的語調、酣暢淋漓的語言，等等，別致的文體形式與獨特的精神風貌生成清新而雋永的藝術魅力，傾倒了幾代讀者。據不完全統計，僅《家》一種，從一九三三年五月初版到一九五一年四月，共印行三十二版次，一九五三年六月由人民文學出版社重排新版，迄一九八五年十一月，共印行二十版次，收入各種文集、選集印行者尚不包括在內。

巴金的小說從問世之初就得到了文壇的關注，儘管在三四十年代就曾經有過種種誤解甚至偏見，但大多數論者都持肯定性意見。一九二九年九月上海光明書局出版的譚正璧的《中國文學進化史》，把巴金列入「新寫實主義」作家，稱讚其表現革命的熱血與憤怒的「熱力」當在茅盾、胡雲翼、黎錦明之上。《中

[11] 巴金，《海行雜記・兩封信》。

國文藝年鑑》社在〈一九三二年中國文壇鳥瞰〉裏，則把巴金作為新的浪漫主義來肯定。文中指出，郁達夫所代表的前期創造社的個人浪漫主義逢到了衰落的命運，縱使他能推出《東梓關》等蘊藉、含蓄的作品，「時代已經容受不了這一類雋永的、但是纖弱的藝術品」；蔣光慈所代表的革命浪漫主義也像突然來到一樣突然消逝。「羅曼主義的特質假若還有在文藝作品裏存在的可能，那便要找一條新的出路去走，而最好的辦法便是把個人的、特殊的，擴大到全人類普遍的方面去。在這種嘗試上有了成效的，是巴金；我們甚至可以說，文學上的羅曼主義是因了巴金才可能把壽命延續到一九三二年以後去」[12]。一九三四年，魯迅與茅盾在向海外推薦巴金時，說近來他的作品漸少無政府主義色彩，而走向現實主義了。「他是青年學生——尤其是中學生所愛讀的作家。」[13]巴金這樣的作家，無論以怎樣的主義去說明他，總有一點是確定無疑的，這就是他屬於三四十年代文學主潮的代表性作家。

巴金不僅在中國擁有極為廣泛的讀者，得到評論界與文學史界的肯定，而且也被譯成三十餘種外文，走向了世界，獲得了崇高的國際聲譽。一九八二年三月，巴金榮獲義大利「但丁國際獎」，一九八三年五月，榮獲法國最高的榮譽勳章——法國榮譽軍團指揮官勳章，一九八四年十月，獲得香港中文大學授予的榮譽文學博士學位，一九九〇年二月，榮獲蘇聯「人民友誼勳章」，同年七月，與英國的中國科學史權威李約瑟等同獲日本「福岡亞洲文化獎創設特別獎」。一九九九年，經國際天文學聯合會下屬的小天體命名委員會批准，由北京天文臺發現的八三一五號小行星被命名為「巴金星」。同時獲得這種殊榮的，還有科學家陳景潤、袁隆平。

12 《一九三二年中國文藝年鑑》（現代書局，一九三三年）。

13 〈關於選編《草鞋腳》的一點說明〉，《中國現代文藝資料叢刊》第五輯（上海文藝出版社，一九八〇年）。

巴金的成功自然有其個人文學才情的原因，但也可見出對人民懷有真摯的愛心，對時代予以深切的關注，對於一個作家來說是何等重要！巴金在文學史上的特異性，也再一次告訴我們，文學的發展融會了多種動因，文學史研究要從錯綜複雜的歷史本身出發，而不應拿一個先驗的框架去套。

在中國現代小說的歷史發展中，巴金的貢獻是多方面的，除了他那風格獨特的小說創作以外，還有十幾部外國文學作品的出色翻譯[14]，並且他為文學編輯出版事業也付出了大量的心血。他以寬廣的胸襟與忘我的熱忱，為文學新人的發現與成長創造條件，為作家排憂解難，為讀者奉獻佳作。三四十年代，僅在他主編和參與編務的叢書、叢刊中，推出的中、長篇小說和短篇小說集就有一百二十種之多。巴金的為文與為人，都像一座火山，把自身的全部能量聚集起來，化為壯麗的噴發，毫無保留地獻給人間。

---

14 主要有：A・托爾斯泰《丹東之死》、巴基《秋天裏的春天》、柏克曼《獄中記》、高爾基《草原故事》、廖・抗夫《夜未央》、屠格涅夫等《門檻》、《克魯泡特金的自傳》、赫爾岑《一個家庭的戲劇》、普希金等《叛逆者之歌》、屠格涅夫《父與子》、王爾德《快樂王子集》等。

第四章　為巴山蜀水作傳

五四時期影響較大的鄉土文學作家，主要是魯迅及他的浙江同鄉王任叔、許欽文、王魯彥、許傑，還有湖南的彭家煌、黎錦明，貴州的蹇先艾，安徽的臺靜農，湖北的廢名等。他們雖然以綿綿鄉愁描寫了浙、湘、黔、皖、鄂等地的風土，但在當時的啟蒙主義主潮的影響下，主要筆墨或寫宗法制社會的弊端，或揭露國民性弱點，意在喚起人的覺醒，鄉土題材的歷史與文化的深度開掘還只是剛剛起步，筆致也偏於凝重一路。進入三十年代後，鄉土文學無論是題材視野還是文體風格都有了更為寬廣的展開，其中四川作家的鄉土意識、題材的鄉土色彩、作品的鄉土風格、小說的創作成就均十分突出。如果說郭沫若、巴金、陽翰笙（華漢）、沈起予等人，還只是較多地稟賦了巴蜀文化的反叛精神與青春激情的話，那麼，李劼人、沙汀、艾蕪、周文（何谷天）、羅淑、王余杞等人，則在題材與文體等方面更能代表巴蜀特色，尤其是以往沒有得到足夠關注的資深作家李劼人。

第一節　巴蜀盆地走出的新文學先驅

李劼人，原名李家祥，後曾用筆名「老懶、菱樂、抄公、懶心」。一八九一年六月二十日出生於四川省華陽縣（屬成都）。「家庭無田地、房產。父親幼孤，成人後，以教私塾和繼祖業中醫為生。」[1]李劼人九歲時，父親李傳芳傾其積蓄在江西省捐了一個典史指分江西候補，以了卻傳統讀書人的入仕夙願。不料命途多舛，一到南昌，妻子即病倒，三個月後右腿殘疾。家境一度異常窮困，連小兒的衣服都幾次送進當鋪。後來終於謀得東鄉、撫州等縣衙的收發等差事，生活才稍微寬舒起來，李劼人也才得以進了臨川縣的官立小學堂乙班讀書。但好景不長，讀了兩年，他就被父親送到新辦的印刷局當排字工。當父親客死宦所時，家裏只剩下兩塊洋錢。十四歲的李劼人四處求援，始得棺殮，與母親一道扶柩歸鄉。途中船觸礁，除了人和靈柩幸得救起之外，所有行李損失殆盡。回到成都老家後，曾祖母、祖母和病母守著一個獨丁，靠著曾祖父教書、行醫的積蓄和祖母娘家的資助，還有祖母製作出售祖傳朱砂保赤丸，維持生計。李劼人十六歲時，由於一個親戚的資助，他才能夠到四川高等學堂分設中學堂讀書。在中學時，他喜歡看《民報》、《神州日報》、《民立報》、《民呼報》等宣揚民主思想的報紙，加上師長中同盟會人的影響，以及王光祈、曾琦、郭沫若、周太玄等激進同學的相互影響，李劼人成為熱心社會工作的激進青年。一九一一年四川鐵路風潮發生之時，他以四川高等學堂分設中學堂學生代表的資格參加了保路同志會。一九一二

[1] 李劼人，〈自傳〉，收入《李劼人選集》第一卷（四川人民出版社，一九八〇年）。本章傳記材料取自此篇者不另注。

年中學畢業後，由於資助讀書一九一三年末，舅父做了瀘縣知縣，李劼人應聘出任縣府第三科科長，辦理統計並代辦文牘。一九一五年春，又隨舅父調任雅安縣。同年八月，舅父卸任，他也辭職回到成都老家。二十二個月的遊宦經歷，使他對官場的腐敗、惰性有了深切的認識，不僅對辛亥革命的成果發生了懷疑，並決意從此不再跨入官場。

李劼人早就嗜讀小說，無論新舊、文白、著譯，到手即讀，且強於記憶，能詳述作品情節，以此在中學小有名氣。因為愛讀小說，做國文時也每每愛用些小說筆調，為此受過國文教習的斥責。[2]在中學畢業求職期間，應成都《晨鐘報》之約，以《遊園會》[3]為題，創作了他的第一篇小說，一萬多字，分期在報上刊登。作品設置了兩個出場人物，一個是自作聰明的小市民，一個是剛進城的鄉下人，兩人遊園，一路走一路批評，一路鬧笑話，通過對話諷刺當時的政治。熟人多有鼓勵之詞，街頭報欄也頗能看見一些人在欣賞，於是，他堅定了信念，立志當作家。不久這家報紙被封，李劼人連這個沒有酬報的職業也失去了。作家夢暫時被遊宦謀生所打斷。時隔兩年，他在決意辭官之後，受狄更斯的《塊肉餘生述》（通譯《大衛・科波菲爾》）啟發，以《兒時影》為題在《娛閒錄》半月刊上發表了五則短篇小說。這組系列短篇以兒童視角觀照私塾生活，描寫殘忍的「蠻子」老師對學生苛責虐待、精神折磨自不必說，動輒揮起木戒尺和毛竹板子，一個年齡最小的學生每天都要挨幾次老師的毛竹板子，終日都在號哭，落得一個「哭生」的別號。「蠻子」老師對學生施之以「獨木橋」（跪在酒杯粗的連皮青杠木棍上）、「梅花落地跪法」（跪在堅硬鋒利的炭渣上）等野蠻的處罰，一個學生有了過失，全班都要受到責罰，每人三十大板，打個「滿堂

2　參見郭沫若，〈中國左拉之待望〉，《中國文藝》一九三七年第一卷第二期。
3　因年代久遠，舊報難尋，這篇作品今人尚未見到，本章所述係據作者〈談創作經驗〉文中的回憶，文載《草地》一九五七年第四期。

紅」。清明節老師回鄉掃墓也不放過學生，留下一大堆作業……殘忍的老師，刻板的背書，使學生視學堂為畏途，敘事主人公大病三月竟不記病苦，反而慶幸自己逃脫「蠻子」老師淫威的輕鬆自由。作品以寫實與誇張兼而有之的筆觸，寫出了封建禮教和與之相適應的教育體制對學生的嚴重戕害，對老師的人格弱點也有俏皮的諷刺，描寫道貌岸然的老師在課堂上一邊督促著學生讀書，一邊「伸手在衣領上捉住了一個大肥蝨子，遞到鼻尖上去賞玩」。學生不覺一陣噁心，口裏停止了文章誦讀，老師反倒登時怒氣滿臉，伸手擰著學生的臉皮斥道：「『心到哪裏去了？』隨又抓起戒尺，打在學生的腦袋上。」在作品的情境裏，挨打的是可憐的學生，而在讀者的審美視野裏，看到的則是作者對那可鄙復可笑的老師的鞭撻。幾年以後，魯迅發表短篇小說《孔乙己》（一九一九年四月）、《白光》（一九二二年七月），從科舉制度的結果——扭曲人格——的角度來批判封建教育制度，而李劼人的《兒時影》則是從啟蒙教育的過程批判封建教育制度，二者在題材、主題、敘事態度及文體形式上是一脈相通的，當然，後來的魯迅小說在藝術上要成熟得多。

而此時尚在探路階段的李劼人，其小說還留有較為明顯的文言味道。發表在《娛閒錄》第二卷第三期上的《「夾壩」》更是一篇文言小說。語體雖舊，但見得出李劼人作為巴蜀作家的川味諷刺與他所特有的俏皮。作品活畫出一個英國人挑在鼻子尖上的驕傲與藏在內心深處的怯懦。英人巴白蘭騎馬在西藏雪山行進時，目空一切，揚言「以吾英人皮鞭之利，任何狡人，亦可使其馴服若狗，初不僅藏奴為然也」。連身下的坐騎也不放過，斥之為遍遊各地所未見之「劣馬」。他自吹自擂旅行西班牙、埃及、印度等地時，遇盜如何處亂不驚，且「殊有法詔之，勿俾其再為盜」。然而，就是這個聲稱對弱者稚者「詔以鞭」、對強而悍者「詔以槍」的巴白蘭，真正遇盜時，卻現出了膽小如鼠的原形，本來身無分毫之損，卻哭訴被「夾壩」（強盜）砍中胸部，心房破裂。其「勇名」的面具揭去之後，先前被他痛斥的「劣馬」轉而得到「甚佳」的稱許。作品的結尾寫道：「此馬遂食『夾壩』之賜，心感無際。」以馬的感受來反諷巴白蘭，作者的俏皮可見一斑。

一九一五年秋，李劼人受聘任四川《群報》主筆，一九一八年任《川報》社長兼總編輯。除了編輯與撰寫評論之外，他還寫了百餘篇短篇小說，其中有四十幾篇樣式與《官場現形記》相似的連綴短篇，以《盜志》為總題，從一九一六年初夏起，在《群報》連載。「這部小說反映了辛亥革命後的社會現實生活，揭露、諷刺了當時的官場黑暗。作品發表後，一時膾炙人口。」[4]第十三章〈官魔〉，描寫江安知事黃及蔭出賣了前來策反的親戚兼老同學的革命黨人姚紫卿，賣友求榮卻又要佯作不知、假意施救，姚紫卿的不識廬山真面目越發反襯出黃及蔭的狡詐陰險。人格諷刺是五四之前李劼人小說的重要題材。發表在一九一六年八月二日至十九日《國民公報》上的《做人難》，刻畫了一個投機派的嘴臉。主人公內熱翁聽說四川人將主川政後，收起印有籍貫浙江紹興的名片，在新印的名片上將籍貫改為四川成都。得知將軍不日將宣布獨立，便上書將軍力主獨立；又聞將軍發出告示：「有言獨立者，以通匪論。」便匆忙取回上書。驚駭加上積食病了一場之後，老友來談，言及將軍接見上書者，仍將宣布獨立，遂後悔不迭。內熱翁與反對派周駿的內應「飛天夜叉」暗中拉攏，當局者大開殺戒後他恐懼萬分。待周將軍上臺後，他一方面與周黨頻通消息，另一方面，看到周將軍倒行逆施，知其不是久局，便在背地裏對著周黨的對立面大罵周某，結果被舊友揭穿，給他一頓痛斥：「原來你才是恁樣一個狼肝狗肺，毫無廉恥的雜種！虧你還厚起你那張屁股臉，得意揚揚的假充笑罵派！……可恨可恨！社會上偏有你這般壞蟲，安望世道能夠澄清！」翌年九月十六日至十月三十一日在同一報紙上刊出的續篇《續做人難》，變第三人稱的敘事為第一人稱的自述，諷刺的鋒芒除了指向內熱翁的寡廉鮮恥之外，也兼及政治上如牆頭草、生活上糜爛齷齪的將軍們。這兩篇作

4　《李劼人選集》第四卷〈編者附記〉（四川人民出版社，一九八四年）。

品還把人格諷刺與時政批判熔為一爐，透過人物活動的背景展示出辛亥革命時期風波跌宕的四川時政，譬如：名目雖換但骨子依舊的假獨立，紳士、民黨與土匪的「乘運而起，大出風頭」，各路將軍派系林立、明爭暗鬥，政客在後面操縱的所謂「公民大會」，等等。這些作品在藝術上雖然尚有生澀、瑣碎之憾，但在當時卻屬難能可貴。同代人孫少荊在一九一九年元旦寫的〈成都報界回想錄〉中就曾評價說：「唯有那老懶君膾炙人口的小說，一名《盜志》，一名《做人難》。這兩種小說，是人人都稱讚他好得很，因為這是實寫社會的緣故。」

民國初年，小說園地出現了一種新舊交替時期的蕪雜現象。從語體來看，文言小說尚有迴光返照似的繁榮，同時白話小說也在悄然推進著步入主流位置的進程，出現了《新華春夢記》等可讀的白話章回時事小說。從敘事藝術來看，「『記賬』式的敘述」[5]顯出了衰頽的趨勢，心理描寫與環境描寫等因子有所增加，倒敘的敘事結構與第一人稱視角等逐漸為人們所接受。但就整個局面而言，啟蒙小說過於直白淺露，感時小說傷感有餘而剛性不足，諧趣小說流於低俗無聊，勸世小說道德觀念陳舊，黑幕小說幾無藝術性可言。在這種背景下，李劼人早期小說的性格刻畫與社會抨擊的兼而有之、俏皮的諷刺與質樸的寫實的有機融合、較少文言痕跡的白話語體，實屬彌足珍貴。

一九一八年五月，魯迅在北京《新青年》上發表《狂人日記》，吹響了向封建禮教與家族制度堡壘進擊的嘹亮號角。同月，李劼人在成都《國民公報》上開始連載短篇小說《強盜真詮》（五月二十七日至六月二十二日），繼續其犀利的時政批判。後者描寫匪患猖獗，一個被捉的強盜招供說，他本是家有薄產的安分良民，但自家一連被搶二十餘次，連兩個孩子也被劫走，一怒之下自己也走上了強盜之路。而遵命捉盜的

---

5 沈雁冰，〈自然主義與中國現代小說〉，《小說月報》第十三卷第七號（一九二二年七月）。

軍隊反倒比強盜還兇，以燒殺要脅，向地方強索錢物。這支軍隊由於對於上官不服點驗，不聽調遣，又往往截留稅款，任意報銷，觸怒了上官，便打算派人來收編，不服即勒令解散。消息傳來，司令以「變」、「搶」、「逃」、「待」相應。先取了知事署、徵收局，然後分頭上街，挨家徵取，肆意淫掠之後，逃往他處。新來的大軍舉止倒是「文明」得多，廣發名帖，請來全縣紳商，令其在刺刀下寫下認借款額，到時賣房當地也要繳齊。那支逃到一個四通八達鄉鎮的軍隊屢屢作祟，逼得上官不得不要花錢「招撫」他們。等這邊逼得知事局長換了一班人馬才籌齊招撫費交了過去，那一邊司令藉故不來，搶、劫、拉、牽依然如故。司令團長繼續對峙，不知何年何月，只是苦了百姓、紳商。比較起來，魯迅當時地處新文化運動中心，領啟蒙風氣之先，文學創作的旨趣主要在於反封建與國民性批判；而李劼人地處相對閉塞的四川，對文化問題沒有魯迅那樣敏感，但他熟悉四川政情民意，對兵匪一家、魚肉百姓深惡痛絕，因而時政批判較為突出。這種題材在幾年之後頗為壯觀的鄉土文學中，成為一個重要的方面，由此也可見出李劼人對現代小說的前驅作用。

五四運動爆發，李劼人在成都積極回應，加入由其同學王光祈、曾琦、周無等人發起的少年中國學會，並發起成立了成都分會，創辦了《星期日》週報，宣傳民主科學精神。一九一九年底，他與徐特立、向警予等百餘名旅伴同乘一艘法國郵輪，到法國去勤工儉學。留法期間，李劼人一邊參與通訊社工作、編報，一邊學習法語，還入蒙北烈大學、巴黎大學等校，攻讀法國文學史、近代文學批評、雨果的詩等課。為了學習也為了謀生，他從這時起，開始了文學翻譯生涯，將譯稿寄回上海中華書局出版，成為最早向國人介紹法國文學的重要譯者之一。[6]在緊張的半工半讀生活中，他的小說創作只有一部日記體的中篇《同

[6] 李劼人翻譯小說、劇本有二十餘種，主要有：莫泊桑長篇小說《人心》（上海中華書局，一九二二年）；都德長篇小說《小東西》（上海中華書局，一九二二年）；卜勒浮斯特小說集《婦人書簡》（上海中華書局，一九二四年）；福樓拜長篇小說《馬丹波娃利》（即《包法利夫人》，上海中華書局，一九二五年、一九三一年）；龔古爾長篇小說《女郎愛里沙》（中華書局，一九三四年）；發赫爾小說《文明

情》[7]，以其自身病中的經歷與感受為素材，描寫人道主義精神的溫馨及其感召力量。

一九二四年暑假，李劼人趁暑期船票減價與學生票打折，結束了四年十個月的留學生活，乘船回國。他謝絕了友人希望他去東南大學教法國文學的推薦，回到他所留戀的巴山蜀水，也沒有像有些留學生那樣依附於當權者門下，而是依然進《川報》任編輯，寫評論。不過三個月，《川報》被查封，李劼人與兩個同事被逮捕，在憲兵司令部關押了兩天。表面上的理由是說反對了身居要津的吳佩孚，其實，一則一件小事得罪了四川督理楊森的祕書，二則他的諷刺小說對四川當局者頗為不恭，使其大為怨恚。經朋友營救，他才被放了出來，但不准辦報。於是，從一九二四年十一月到一九二五年八月，關在家裏潛心翻譯與寫作。一九二五年八月，國立成都大學成立，為了支持校長張瀾，李劼人前往任教，半年後兼任文預科主任。一九三〇年，張瀾校長因思想左傾而受軍閥扼制，憤而離開學校；李劼人亦辭去教職，開了一家名為「小雅」的小菜館自謀生路，一時間在成都引起了轟動。可是，生意維持不久，因折本而轉租出去，翌年歇業。一九三一年冬，兒子剛滿三歲，竟被一個連長派人勾結丫頭綁了票，李劼人輾轉請託時任憲兵司令部諜察的袍哥大爺鄺瞎子多方說合，過了二十七天才得以贖回，贖金加上前後所用的跑路費、謝金、煙酒伙食之資等，多達千元。從朋友借來的這筆款子過了好幾年才陸續還清。

這段時間忙於謀生，小說創作量不大，只寫了幾篇短篇小說，後來結集為《好人家》出版。但海內外生活閱歷與文學翻譯使他的視野大為擴展，藝術功力有了明顯的提高，較之出國以前，小說創作要成熟起來。題材中仍有性格諷刺，如《好人家》，主人公趙么糧戶為繼承遺產與兄長們打起了馬拉松的官

人》（上海中華書局，一九三四年）；馬格利特小說《單身姑娘》（成都中西書局，一九四四年）；羅曼・羅蘭小說《彼得與露西》（成都晨鐘書局，一九四五年）。

7 《少年中國》第四卷第四至六期（一九二三年六至八月）。

司，二哥死了，四哥中了風，幾經親族勸告，終於和解。但在自家，又鬧起了續弦風波，因兒女作梗，自己中意的風騷寡婦不能娶進家門，兒媳的那個肥頭大耳、又粗又蠢的丫頭卻被硬塞進床幃。趙么糧戶自小就養成了一副鴉片癮，此後除了抽大煙之外，又玩起了相公。他因躺在「小金花」的床上「短笛無腔信口吹」，被幾個專門查拿煙賭的警察局便衣抓到警察總局的察驗處關了七天。他也曾在民元之初，被一群街頭袍哥們「栽培」為「公口大爺」，表面上維持秩序，實際上要供應這一「公口」上的幾十個弟兄夥吃喝抽賭，直到當局禁了「公口」，才算免了這樁冤大頭的差事。但趙么糧戶卻一直頹廢下去，沉浸在顛來倒去、沒完沒了的述舊之中。在他的薰染下，他的兩個兒子及其媳婦也學會了燒兩口來消遣。作品題名「好人家」，實在是對頹廢家庭的反諷。這一時期李劼人的小說，篇幅較多的還要說是更有四川特色的亂兵作祟的題材。《大防》裏的軍爺出席學生畢業典禮的一個收穫，便是將學生代表娶來當了第八房姨太太。這個姨太太的同學淑珍的家產被土匪、團防、軍隊、官府、豪紳等多次「共產」之後，父親不得已將田產分零賣出一半，將高房大屋出租給洋人，從縣裏逃到成都，仍免不了被當作可以任意宰割的肥豬，攤上名目繁多的捐派。無奈之中，他聽取了一個同鄉的高見，花錢捐了個徒有其名的團長，養了擁有幾桿打不響的步槍的兩班烏鴉隊伍，此招居然有效，除了保得一時無虞之外，還撈回了一些老本。但一夜之間，團部就被另外一支強蠻的隊伍解散，「團長」也被抓進一個不十分正式的司令部，索銀圓十二萬。淑珍來到同學的夫君——軍爺這裏求情，果然奏效，但當軍爺去索取「回報」時，淑珍一家卻逃得無影無蹤。欲望落空、煩惱無比的軍爺，忽然講究起男女之大防來了。作品諷刺了軍閥的強蠻與變態。《「只有這一條路！」》以反諷的筆調，通過一個青年從軍夢幻的一幕幕「電影」，寫出了軍方的豪橫以及社會風氣的腐敗。《兵大伯陳振武的月譜》寫一個逃荒的轎夫短工，為了吃飯當上了「兵大伯」（當地人對軍人的敬稱），一度大發橫財，後被裹脅著當了叛兵，橫財被團丁截走，走投無路，還是想去當兵，因為當兵至少有三個好處：不愁吃穿，有處撒氣，找錢容易。《失運以後的兵》的主人公張占春、李得勝，原本是靠當長工吃飯的本分農民，不幸被過路軍隊強迫拉夫，後被補了兵額，染上了種種兵痞習氣。他們所在的軍隊，因魚肉鄉里、貪婪無度，激起了各鄉的聯合反抗，不得已而「移防」，在「移防」處又受重創，隊伍潰散，張、李二人無隊可歸，夥同幾個濫兵搶劫小店，逃出民團的包圍後命運如何，難以蠡測。後來被茅盾選入《中國新文學大系》小說一集的《編輯室的風波》，場景從鄉鎮移到省城，但主旨還是抨擊軍閥統治，以作者被拘的切身經歷為素材，寫出了鐵幕下的種種醜態。《對門》將諷刺的鋒芒指向了軍官的「後院」，寫軍官生活的驕奢淫逸與殘忍暴戾。旅長只是聽憑進門不到兩個月的三太太說二太太與一個勤務兵「不對相」，就不動聲色地把二太太叫上同去逛廟，趁二太太拜泥菩薩的工夫，向那雲髻高聳的後腦上開了一槍。然後，也給了那個勤務兵同樣的待遇，這才算了卻了自己的心事。一九三六年，沙汀在短篇小說《在祠堂裏》也有類似的描寫，一個軍閥部隊的連長發現太太竟敢另有自由愛情的追求，毒打不足以出氣，甚至其他軍官極力慫恿的破相並許配給叫化子也嫌不夠解恨，拖到城外讓士兵輪姦，又同他的絕對占有欲發生衝突，最後把她釘進一口白木棺材裏，活埋進墳墓。兩個女人，相同的命運，體現出兩代巴蜀作家對四川軍閥統治的寫實與憤怒；連慘死的地點都有相似之處，一個是廟宇，一個是祠堂，象徵著男權社會裏女性的悲劇性地位。當然，《在祠堂裏》寫連長太太運筆更為集中，「把夜間的各種幽凄的音響，注入了一個四川女性的悲劇裏，在字裏行間造成一種淒厲的氛圍氣」[8]，顯示出沙汀小說敘事結構的緊湊和語調的峻急。《對門》的敘事空間則更大，語調也顯得從容、舒展，並呈現出悲劇與喜劇雜糅的複調。二太太的慘死只是一個序曲，

8 周立波，〈一九三六年的小說創作——豐饒的一年間〉，《光明》第二卷第二號。

三太太才是悲喜劇的主角，她在得寵賣俏坐轎騎馬風光一陣之後，由於四太太及候補的五太太進了門，她與排長的床笫私情又被旅長撞見，便一落千丈，被剪斷頭髮，逐出旅長家門；後來聽說旅長戰敗身亡，她帶人回來搬東西，結果被旅部留守處的兵弁抓走，最終是被亂刀戳死，還是被贖出後因傷重而死，抑或氣不過上吊自殺，成為疑案。作品以二太太的慘死與三太太命運的大起大落，加強了對軍閥荒淫性與殘暴性的揭露與抨擊。作品的別致之處還在於，設置了石太太這個人物，來觀察對門旅長的家庭風波。三十六歲的孀婦石太太，先是對對門的闊綽與放浪懷有豔羨嫉妒，等到目睹了一連串的慘劇之後，變得審慎懷疑起來。這一反轉，把讀者對女性悲劇命運的同情擴展及對女性個性意識與生存狀態的思考，使意義空間變得更為開闊起來。作為現代小說的前驅者，李劼人確實顯出了獨特超拔之處。

第二節　「小說的近代《華陽國志》」

一九三三年，李劼人應民生實業公司總經理、老友盧作孚之約，擔任民生機器修理廠廠長。他雄心勃勃，擬花三年工夫擴充為一個製造廠，能造川江行駛的中型輪船，能一次修理兩艘大型輪船，能製造小型抽水機和製配木炭汽車。他任職兩年，打下了堅實的基礎，但由於未能很快收益，遭到投資方的抨擊，說他有意使公司損失。他於一九三五年五月堅決辭職回到成都，立志以寫小說為業。

早在一九二五年一面教書、一面寫短篇小說時，李劼人就打算像巴爾札克的《人間喜劇》、左拉的《盧貢——馬卡爾家族史》一樣，「把幾十年來所生活過、所切感過、所體驗過，在我看來意義非常重大，當得起歷史轉捩點的這一段社會現象，用幾部有連續性的長篇小說，一段落一段落地把它反映出來」[9]。此時，他擬定了具體的寫作計畫，以一九一一年辛亥革命為中點，前後各分三小段。到一九三七年，辛亥革命前的三個階段的歷史描寫基本完成，即《死水微瀾》（上海中華書局一九三六年七月初版）、《暴風雨前》（上海中華書局一九三六年一二月初版）、《大波》（上、中、下卷，上海中華書局一九三七年一月、四月、七月）。一九三七年五月，正在日本的郭沫若一氣讀完三部曲中已出版的大部分（當時他尚未讀到《大波》中、下卷），於六月七日寫成熱情洋溢的長文〈中國左拉之待望〉，稱讚李劼人小說，「規模之宏大已經相當地足以驚人，而各個時代的主流及其遞嬗，地方上的風土氣韻，各個階層的人物之生活樣式、心理狀態、言語口吻，無論是男的的還是女的的、老的的、少的的，都虧他研究得那樣透闢，描寫得那樣自然。他那一枝令人羨慕的筆，自由自在地，寫去寫來，寫來寫去，時而渾厚，時而細膩，時而浩浩蕩蕩，時而曲曲折折，寫人恰如其人，寫景恰如其景，不矜持，不炫異，不惜力，不偷巧，以正確的事實為骨幹，憑藉著各種各樣的典型人物，把過去了的時代，活鮮鮮地形象化了出來」。因此，他「想稱頌劼人的小說為『小說的近代史』，至少是『小說的近代《華陽國志》』」，並據此認為「偉大的作品，中國已經是有了的」[10]。由於抗日戰爭的爆發，辛亥革命之後的三小段未能寫出，已出的三部曲也未能像郭沫若所期待的那樣，引起多大的反響。

李劼人是一個做事十分認真的人，在中學時即因講究精緻而有「精公」的雅號，對待創作從來一絲不苟，一九五四年十一月起，應作家出版社之約，他動手修改三部曲。《死水微瀾》一九五五年新版，只是在一九三六年初版本的基礎上做了少許字詞及注釋方面的修訂。《暴風雨前》更動較大，「抽去幾章，補

---

9 李劼人，《死水微瀾・前記》。
10 《中國文藝》第一卷第二期（一九三七年六月十五日）。

寫幾章，另外修改的也有四分之一」[11]。《大波》篇幅最長，初版本中的問題最多，改動也最大，有些地方等於重寫。改寫得很苦，總共廢掉三次重寫的幾十萬字，第四次重寫的才算是定稿。上、中、下三卷的格局改為四部，第四部直到他病倒的前一天，寫了十二萬字，大約還有三十萬字沒有寫完。儘管改寫本有些人物的性格失去了原有的豐富性，諸如開會之類的社會場景的描寫在藝術性上仍有欠缺，但由於作者又下了大量的資料調查功夫，加上歷史認識的深化等緣故，從整體看來，歷史的視野更為廣闊，對歷史的反映更為真實，對歷史脈絡的把握也更為準確[12]。

三部曲的歷史品格，首先表現在社會場景的真實描繪上。《死水微瀾》以成都近郊天回鎮興順號女主人蔡大嫂的性愛糾葛為主線，顯示出「庚子事變」前後中國社會的重大變遷。精靈能幹而姿色撩人的鄧么姑，之所以能被父母許配給貌不驚人的興順號蔡掌櫃，除了他有一個鋪底殷實的雜貨鋪與老實本分的性格之外，他那身為袍哥的老表羅歪嘴的聲名勢力，更把蔡傻子抬高了幾倍。羅歪嘴擔當哥老會本碼頭舵把子朱大爺的大管事，「能夠走官府，進衙門，給人家包打贏官司，包收濫賬」，「縱橫八九十里，只要以羅五爺一張名片，盡可吃通」。憑藉羅歪嘴的護法力量，鎮上那些饞涎欲滴的登徒子誰也不敢對蔡大嫂輕舉妄動。哥老會，四川俗稱「袍哥」，清初以「反清復明」為宗旨的民間祕密結社，會眾有農民、破產農民、失業手工業者、遊民，也有地主，還有在編的軍人及散兵游勇[13]。袍哥繼承了中國的武俠傳統，有行俠仗義、與官府對峙、反抗貪官污吏的一面，在太平天國、義和團與辛亥革命等革命鬥爭中，曾經發揮過積

11　《死水微瀾．前記》。

12　因改寫本不屬於那種習見的因政治形勢的變化而拔高的情況，而是更為接近歷史真實的認真負責的修訂乃至重寫，所以本章在作品分析時所依據的對象均為修訂本。出自初版本的將在注釋中說明。

13　參照隗瀛濤，《四川保路運動史》（四川人民出版社，一九八一年）。

極的作用，但也有其恃強凌弱、敲詐勒索、吃喝嫖賭等消極、落後的一面。羅歪嘴講述的余樹南的事蹟就代表了袍哥的光榮。余樹南十五歲就敢在省城大街，提刀給人報仇，把左手大拇指砍斷。武舉人王立堂做「渾水生意」（打家劫舍）時犯了人命官司，余樹南使了個掉包計，將王立堂放走，而憑自己遠播蜀中的聲名找了個李老九頂替人犯上了縣衙，然後疏通師爺，將李老九保出，一樁人命案化為烏有。然而，鴉片戰爭以來，洋教的勢力仗著洋槍洋砲的威力越來越盛，其勢直逼官府，也令袍哥節節敗退。一個城裏糧戶因五斗穀子的小事將其佃客送到縣裏，一關就是幾個月。佃客有個親戚是碼頭上的兄弟，託羅歪嘴說情，已准保提放。糧戶不服，立遞一呈，連羅歪嘴也告在內。縣大老爺簽差將這糧戶鎖去，正欲用刑，那糧戶卻忽然大喊，自稱他是教民，結果嚇倒了滿堂官卒。後來，即使查明了這人並未奉教，縣官也不敢追究糧戶咆哮公堂、欺騙父母官的罪愆，因為他擔心糧戶當真去奉教，等洋人走來，自己要因此丟掉官帽。如果說這還是袍哥與洋教的間接交鋒，就已經掃了袍哥的臉面的話，那麼等八國聯軍把慈禧太后和光緒皇帝嚇得遠逃西安後，袍哥的臉面才真是掃了個精光。此前，色迷心竅的紳糧顧天成在天回鎮陷入了羅歪嘴布下的迷魂陣，原本用來捐官的和在成都贏來的銀子輸個精光，又遭了一頓毒打。因為牧師的洋藥治癒了重病，更是為了復仇，他奉了天主教。顧天成奉教後，忽然飛來了義和拳殺到京城、且有官軍相助攻打使館的消息，妨礙了他的復仇大計。皇太后電諭叫把這裏的洋人統統殺完，教堂統統毀掉。四川將軍建議以折中的辦法對待電諭，派兵駐紮在教堂周圍，並將洋人接到衙門裏，優禮相待，靜觀局勢發展。顧天成的遭遇恰恰反映了一波三折的形勢發展。他四月初奉教，四月底就被顧么伯通知親族，在祠堂裏告祖，將他攆出祠堂。五月中，義和拳的風聲更緊，他怕被當作二毛子殺掉，跑到城裏藏身，家裏的田地、農莊連同一條水牛全被么伯以充公的名義占了去。就連埋在祖墳埂子外的老婆的棺材，竟也被破土取出，拋在水溝旁邊。等到局勢翻了過來，么伯當面賠禮、認錯，「充公」的財產盡數奉還，又格外奉送五十畝良田，說是給他老婆做祭田，老婆的棺材，也已端端正正葬在祖墳埂子內。另外還賠付了一封老白錠等。縣官為了替教民復仇，不惜捉拿無辜、製造冤案，羅歪嘴等星散逃亡，蔡大嫂與蔡掌櫃也受到連累。先前顧天成只能在花會上趁亂擠擠摸摸的蔡大嫂，終於如願以償地娶進家中。袍哥羅歪嘴的大勢已去與教民顧天成的翻轉發燒，透露出滿清統治搖搖欲墜的態勢，也反映了「庚子事變」給中華民族帶來的嚴重危機。

《暴風雨前》表現的時代為一九〇一年至一九〇九年。義和團雖被鎮壓下去，但華與洋、官與民之間的矛盾仍未得到緩解，反而更趨緊張。成都北門外紅燈教盛極一時，二十幾個鄉下小夥子吶喊著「紅燈教來了」，衝向制臺衙門，但腰刀、寶劍畢竟敵不住官軍的洋槍，以死傷慘敗告終。半個月後，不僅省城的紅燈教煙消火滅，就連石板灘的那個頂負盛名的廖觀音，也被生擒活捉，斬首示眾。由盲目的仇恨與發洋財心理激起的砸搶四聖祠教堂的行動，只是帶來了酷烈的清算。時代在向前發展，紅燈教之類的造反已經漸漸地失去了歷史的光榮，取而代之的是一浪高過一浪的新潮。大批有志青年赴海外留學，歸國後，開創報紙與出版業，興辦新式教育，開啟民智，為宦者也順應時潮推行新政，如開辦勸業場，實行警察制度、衛生管理等，連令官老爺頭疼的諮議局，也在光緒皇帝與慈禧太后相跟著歸天之後，終於設立了起來。革命黨人奔走呼號，激烈無畏，但不免有幼稚、浮躁之處。涪州一個黨人一支手槍，就敢喊攏一百多個船夫，撲進城去。敘永試做炸彈失敗，險些被官府發現。江安縣預定放火為號的戴氏父女被告發，起義失敗，革命黨人慘遭殺害。成都起義拖延既久，走漏風聲，起義未遂。然而，在這群山環抱之中的四川盆地，水已不再是巨石只能激起幾絲漣漪的死水，山也不再是沉睡不起的醉漢，官吏昏庸，營伍腐敗，人有思亂之心，官無防禦之術，一種腐朽僵化的社會制度到了崩潰的邊緣，只待時機到來，便會掀起滔天大波。確如作品裏的王中立所感歎：世道大變，好看的戲文，怕還在後頭。《死水微瀾》裏，變法維新與義和團還只是作為遠景來處理，到了《暴風雨前》，政治性的人物與事件便走上了前臺，黨人的起義雖然相繼失敗，但革命黨人的激烈言詞與震天動地的爆炸聲已經預示出山雨欲來風滿樓的緊張態勢。

《大波》接下來描寫了辛亥時期川江上下的歷史巨瀾：保路同志會宣告成立，罷市罷課，省諮議局正副議長蒲殿俊、羅綸等六人被拘，四川總督衙門前發生槍殺和平請願群眾的「開紅山」血案，革命黨人發「水電報」傳播消息，同志軍、學生軍揭竿而起，龍泉驛兵變，三渡水陳錦江部慘遭屠殺，重慶反正，湖北新軍起義殺死欽命接替總督大任的端方，趙爾豐假獨立，東校場點兵發餉銀時巡防軍譁變，洗劫省城，少壯派川籍軍官尹昌衡趁機奪權，改組軍政府，自任都督，成立四川軍政府……四川從保路風潮初興到同志軍風起雲湧，再到革命結出果實的歷史進程，及其對武昌首義所起的契機作用，被真實清晰地再現出來。在這一歷史演進中，立憲黨人、革命黨人等各種政治力量的矛盾衝突與相依相生，革命黨與袍哥對軍事力量的滲透與爭取，同志軍、團防、義軍，陸軍、巡防軍等多種軍事力量的分化、重組、聯合或衝突，官場上的爾虞我詐、勾心鬥角，滿清官吏在四面楚歌之際的垂死掙扎，各種社會關係犬牙交錯的複雜局面，不同社會力量在歷史舞臺的登場表現，都得到相當充分的展示。

歷史在這裏，呈現出接近原生相的豐富性，也就是說，沒有為教科書式的揭示必然性而忽略偶然性的事件，而是如實地表現出當社會怨憤積累到一定程度，只要一點火星的偶然迸發就能引起燎原大火。彭縣風潮的發生，其導火索緣於營務處總辦的女兒田小姐的妖冶招搖。田小姐是兩任總督太太的乾女兒，又是兩個總督公子的相好。她在把一個制臺衙門攪成一塘渾水後，尊乾媽之命嫁給一個光桿候補知縣，於是那候補知縣被派到彭縣得了個經徵局局長的肥差。風流成性的田小姐在彭縣土地會看戲時，故意在看臺上扭來扭去，被一些人當作監視戶（妓女），要她陪酒燒鴉片，局長命局丁開槍，激怒百姓，上千人衝進經徵局，見人就打，見東西就搶，搶不走的砸得稀爛。新繁縣知縣余慎在步出衙門要上街巡查時，忽聞一聲震耳爆響，循聲逮到一個約莫十二歲的又髒又爛的放爆竹惡作劇的娃娃，知縣不願在一個調皮娃娃面前失去威風，命人用刑，打得皮開肉綻，一個當地袍哥的舵把子挺身而出，知縣要把他拿進衙門去重辦，結果激起民變，百姓跟著袍哥一起動手，打跑了官吏，索性抬出了同志軍的招牌，趁勢招兵買馬，霸占了城池。敘事者評論說：「新繁縣的亂子，幾乎同好多州縣的亂子一樣，都是由於一二樁小事情鬧起來的。」作品在偶然性事件的生動描寫中，揭示了從保路到革命的歷史必然性，也寫出了個體由於共同或相近的利益要求，怎樣由自發無為的行動匯成洶湧澎湃的時代激流。作品中的人物王文炳對立憲派召開的市民大會的感受，就是一個象徵：「大家坐在一堂，你一言，我一語，三下兩下，人的話就變成了一股風。風一起，人的感情就潮動了。風是越來越大，潮是越動越高。於是潮頭一捲，……連自己也不知不覺隨波逐流起來。」

保路風潮有旗幟鮮明的進擊，也有不無狡黠的策略，譬如所謂「郭烈士」跳井的「壯舉」，就是「借雞下蛋」式的變形張揚。四川提法使江毓昌開辦了一所法官養成所，各州縣遵命保送人員竟達千餘人，引起司法學堂方面的抗議，向諮議局彈劾。新任提法使周善培要搞甄別考試，三十二歲的秀才郭煥文因擔心自己被篩選下來而憂心忡忡，再加上在周善培點名接見時，他從門旁缺口爬進去，受到周善培一頓尖酸刻薄的譏刺，便患上了被迫害狂，不管白天黑夜，老是找同鄉重複他的執見：賣國的奸臣盛宣懷與賣川的奸臣周善培勾結起來，就只為了害他一個人。他一連兩三天沒吃過東西，兩三夜沒上床睡過覺，在考試前一夜鬧得格外厲害，跑遍每個同鄉的房間，嘴裏不停地吵著。兩天後在井裏發現了他的屍體。為了擴大宣傳的聲勢，學生在傳單上說他是為了愛國而死，還煞有介事地編出一段烈士殉難的動人故事：「郭君聞盛宣懷賣路事，憤極大病。二十八夜，出大廳哭且呼曰：『吾輩今處亡國時代，幸我蜀同志諸君具熱忱，力爭破約保路！但恐龍頭蛇尾，吾當先死，以堅諸同志之志！』」此計果然奏效，使原本對國事川事不感興趣的一些市民被深深打動，也都情緒亢奮地投身到風潮中去。

作品沒有一味渲染革命的勢如破竹，而是尊重歷史，還原歷史，真實地表現革命過程中的波折與盲目。如龍泉驛兵變，一般記載說是出於夏之時有計畫的領導，而據作者的深入調查與研究，認為「也只是因緣湊合，並非出於夏之時的預定計畫」[14]。於是描寫了這一人物不期然而然地被推上了英雄位置的歷史實情，以及他在緊要關頭的惶惑與振作。立憲黨人與革命黨人在推進中國近代化的進程中，有矛盾衝突，也有攜手共進，不少歷史著作與文學作品在突出革命黨人作用的同時，往往貶低立憲黨人的影響，李劼人在《大波》裏，本著歷史主義的態度，如實反映兩種力量在歷史上的作用。肯定了立憲黨人順應民心、體察民意、發動並領導保路運動的功績，也對其幼稚與軟弱有所批判，如東校場發餉銀激起兵變，就與立憲黨人有著直接的關聯。對四川革命黨人也沒有去刻意拔高，而是既寫出他們的勇敢無畏精神，又寫出他們的「一盤散沙」與準備不足、倉促上陣。

《大波》充分揭示了從保路風潮到辛亥革命的正義性，也沒有迴避革命過程中常常不甘缺席的殘酷性。譬如陳錦江遇害事件，有些回憶錄和歷史著作把這件事說成是同志軍的戰績，宣揚「伏兵一起突出，清軍投江和被擊斃者八九十人，軍官全被打死，無一倖存」，「革命聲威從此大振」[15]。李劼人則在下了一番扎扎實實的調查功夫之後，再現出歷史的真實。六十八標督隊官陳錦江率領陸軍第十七鎮第三十四協第六十七標第一營第二隊一百三十餘名官兵，和四百多名腳夫，運送四十萬顆子彈，前往崇慶州接濟被同志軍圍困的官軍，渡過一條大河之後，剛要整隊前行，便傳來了一片驚人的過山號聲與倒海翻江的呼嘯聲。陳錦江急忙亮出自己的革命黨身份，向襲來的同志軍提出「和平交涉」，對方要其投降，陳錦江以保全全

14 〈《大波》第三部書後〉。
15 轉引自李士文，《李劼人的生平和創作》（四川省社會科學院出版社，一九八六年），頁二四〇。

隊生命、然後一道攻打趙爾豐為條件，率隊繳械投降。同志軍首領孫澤沛卻為了獲取武器裝備與炫耀「戰果」而背信棄義，並且在明知陳錦江的革命黨人身份的情況下，大開殺戒。作品渲染了三渡水河岸邊那幅殘酷的景象：「三株老黃桷樹的四周，幾乎遍地都是用馬刀，用腰刀，用各種刀，斫得血骨令當的死屍。絕大多數的死屍都被剝光衣服，有的尚穿著黃咔嘰布的軍褲，有的卻是把褲腳拽到腿彎上的大褲管藍布褲。而且都是用各種找得到的繩子——麻的、棕的、裹腿布一破兩開扭成的，把兩隻手臂結結實實反剪在背上。就這樣，也看得出臨死時的那種掙扎鬥爭痕跡。因為每個死屍都不是一刀喪命的，從致命的腦殼、肚腹、兩脇、腰眼這些地方，無一具死屍不可數出十幾處刀傷，或者梭鏢戳的窟窿。因此，流的血也多，到處都看得出一窪一窪尚未凝結的鮮紅的人血。」瘋狂的殺戮之中，五十多名挑子彈匣和挑行李的精壯民夫一併罹難。甚至同志軍中的馮繼祖，也被殺得眼紅的自家人兩刀斫死。新軍中的革命黨人姜登選等，奉命進攻新津，本想虛應其事，以佯攻援助同志軍，但因陳錦江及所部遇害激起義憤，猛烈攻擊，攻陷了新津城，使同志軍遭受了本來可以避免的損失。敘事者以陳部橫遭屠戮的慘象與新津的戰局，揭露孫澤沛的兇狠殘暴與目光短淺尚嫌不夠，還藉學生彭家騏之口，直指「草莽英雄」之流的要害說：「孫澤沛、吳慶熙這般袍哥，到底不是革命黨。所以這般人要是得了勢，當然不會有啥子文明舉動的。」

初版本對武裝起義的評價偏於冷靜：「全川的亂事，誠然以爭路事件做了火藥，以七月十五日逮捕蒲、羅事件做了信管，但是在新津攻下的前後，變亂性質業已漸漸變為與爭路與蒲、羅不大有關的匪亂……及至武昌舉義，自太陽曆十月十日、太陰曆七月十九之後，革命消息傳將進來，四川亂事的性質，又為之一變。這一變就太複雜了，仔細分析起來：正宗革命者，占十分之一；不滿現狀而想藉此打破，另外來一個的，占十分之一；趁火打劫，學一套成則為王、敗則為寇的舊把戲的，占十分之二；一切不顧，只是為反對趙爾豐，並無別的宗旨的，占十分之二；純粹是土匪，其志只在打家劫舍，而無絲毫別的妄念的，占十分之三；天性喜歡混亂，唯恐天下太平，而於人於己全無半點好處的，又占十分之一。」新版本對這種略嫌消極性的分析做了消滅，但對革命的複雜局面的分析性描寫仍有保留與發展，反映了當時客觀存在的假革命之名、行利己之實的情形。那邊同志軍正與官府的巡防軍苦戰之際，卻也有「一些流氓痞子便趁機而起，公然宣稱為同志軍借糧借餉，挨家挨戶地搜米派款，一次未了，二次又來，把一般二簸簸糧戶嚇得都朝省城內搬。」有些鄉鎮先前潛伏的袍哥公開亮相，奪得了當地的事權，一時間地方秩序大亂，「賭博不消說是公開了；看看快要禁絕的鴉片煙，也把紅燈煙館恢復起來；本已隱藏了的私娼，也公然打扮得妖妖嬈嬈招搖過市」。即便是同志軍，也是魚龍混雜，周興武就不是真正的同志軍，而是棒老二。他本是威遠一帶出名的渾水袍哥大爺，平日就派出弟兄四處搶劫，提起他來，無論是住家人戶，還是行商坐賈，抑或地方紳糧，各個害怕。七月十五以後，他忽然打出同志軍旗號，人們希望他改邪歸正，反對趙爾豐。於是，大家都盡力支持他，出錢出糧出人。可是，隊伍擴大、錢糧備足之後，他卻不肯同趙爾豐的巡防軍打仗，甚至更其明目張膽地幹著他那打家劫舍、橫不講理的勾當。忠於趙爾豐的巡防軍趁著蒲都督發放餉銀之機，驟然兵變。半天一夜的暴動，使得成都面貌全非。十一營巡防軍帶頭譁變，四營才由雅洲開到不久的邊防軍繼起譁變，跟著譁變的還有幾營陸軍、千餘名武裝巡警、治安警察。消防隊、衙門差役和散住在各廟宇、各公共場所的同志軍，也有不少人捲入了這場風暴。一夥遊手好閒、掌紅吃黑、茶坊出、酒館進、打條騙人、專撿魋頭的流痞和哥老會的弟兄，也像嗅到腥氣的蒼蠅，成群結隊地湧到藩庫，前去「沾光」的還有難以數計的窮苦人，男女老少，甚至連一些疲癃殘疾和臥病在床的男女，也帶起寧可不要命的架勢，拖著兩腿爬了起來。暴動後首先遭殃的，是幾家新式銀行及三十七家銀號、捐號和票號。遭殃最烈的，是藩庫與鹽庫，被搶得精光，分別損失五百多萬元、二百萬元，連同各銀行、銀號、捐號、票號，公私共損失的現金，達八百多萬元，還不計入十餘家金號的金葉子、金條子、金錠子，以及正待鎔鑄的若干袋沙金。遭殃輕重不等的，還有十多條繁華街道上的商家。接著從繁華街道擴展到尋常街道，從商號擴展到大公館、大住宅，及至搶到當鋪，才算登峰造極。與搶者有積怨的公館，損失更慘，能拿走的，一件不留，不能拿走的，如穿衣鏡、楠木傢俱等，便用石頭砸碎，用馬刀斫破，連壁上懸掛的時賢字畫，也撕成碎片。藩庫和十來家當鋪的火光照紅了天空。作品描寫了半天整夜的兵變與洗劫給這個歷史上素有富庶安樂之稱的錦官城的慘樣，其意義遠遠超出了對譁變軍隊及其背後的腐敗官僚集團的抨擊，而且寓含著對歷史根源與現實基礎十分深厚的盲目暴亂的清算。作者於一九四九年著手寫的《說成都》中，痛心而又憤懣地評述了張獻忠的屠城史，其意旨與《大波》相同，都是反對美其名曰「亂中制勝」、「以亂達治」的破壞性與劫掠性的暴亂。三部曲所展示的社會場景，不是經過意識形態化了的歷史，而是作者親身經歷過的、並且以歷史理性與個人思考燭照過的歷史。

三部曲也不是一般政治史的演義，而是在歷史長卷中包含著《清明上河圖》式的風俗場景。作者在談到《大波》的創作時這樣說道：「你寫政治上的變革，你能不寫生活上、思想上的變革麼？你寫生活上、思想上的脈動，你又能不寫當時政治、經濟的脈動麼？必須盡力寫出時代的全貌，別人也才能由你的筆，瞭解到當時歷史的真實。」[16]的確，作者是把風俗場景作為時代全貌的有機組成部分來予以描寫的。在作品裏，由風土人情構成的風俗場景提供了歷史事件發生的背景。譬如，正是由於描寫了群山環抱、交通不便的自然環境，才能夠使人理解川人何以對修路抱有那麼大的熱情與執著精神，四川的哥老會何以那樣山頭林立，總督的兵馬何以調動不靈。再如，由於山高皇帝遠，吏治更加腐敗，哥老會才有深厚的群眾基礎，以致形成如此強大的勢力，敢於同官府分庭抗禮，保路風潮一起，更是一呼百應，頓成翻江倒海之勢。

---

16 〈《大波》第二部書後〉。

風俗場景的變換也是歷史變遷的標誌。成都的皇城，唐代本為節度使府，前後蜀闢為宮室苑圃，宋元廢圮荒蕪，明代為蜀王的藩王府，張獻忠闢為大西國皇宮，清康熙年間，改建成考試的貢院，清末光緒三十一年廢止科舉，成為一個百戲雜陳、無奇不有的場所，後藉此來開辦學堂，再後成為慶祝革命成功的會場，人山人海，好不熱鬧。一部皇城沿革史，彷彿千餘年歷史的縮影。成都的戲園開始於一九〇六年吳碧澄設於忠烈祠北街的詠袁茶社（可園），此前只有逢年過節由會館主辦的連臺本戲[17]。因而，《暴風雨前》只有江南會館裏的名旦演出與新泰厚票號的堂會，《大波》則寫到戲園裏的「京班」、「川班」的演出，既顯示出新政的一點業績，也通過人物的活動及其感受反映出新的氣象——戲園已成為編織情網的好去處。

婚喪嫁娶的儀式，是民俗的一個視窗，既能窺見地方特色，又能看出時代的演進。蔡大嫂與顧天成、王四姑兒與伍平的婚禮，均為虛寫。郝又三與葉文婉的婚禮則是實寫，從婚期前兩天的過禮、回禮，到婚日頭一晚男家熱鬧的花宵，再到迎娶之日的花轎迎親、拜堂、撒帳，揭蓋頭、老長親傳授性知識、謝客、婚宴、鬧房，寫出了二十世紀初四川官紳之家婚禮的熱鬧與繁瑣、禮數與野蠻。到了辛亥年間，周宏道與龍么妹的婚禮，則除了不得不安慰龍老太太，新娘子坐了花轎、花轎前後打著飛鳳旗、飛龍旗、紅日照與黑油掌扇之外，其他全是新式：介紹人演說、來賓致詞、新郎演說等等，免去了那些繁文縟節，一派新氣象，而且法政學堂監督帶來了人們關注的時政消息，人們的話題很快從私人空間轉向了社會生活，顯示了社會變革對日常生活的激蕩。

---

17 參見艾蘆，〈「過去的成都活在他的筆下」——李劼人三部曲的地方色彩與生活情調〉，收入於成都市文聯編研室編《李劼人作品的思想與藝術》（中國文聯出版公司，一九八九年）。

士風也是社會的一面鏡子，過去唯科舉是正途，戊戌維新後留學成為一批有志青年的選擇，郝又三沒有跟上出國留學的潮流，大有落魄之感，後來進了成都的新學堂，才算彌補了一點落伍之憾。考試作文，從前講古雅、方正，現在講時髦、趨新，田伯行告訴老友郝又三作文的祕訣是：「不管啥子題，你只顧說下些大話，搬用些新名詞，總之，要做得蓬勃，打著《新民叢報》的調子，……隨便引幾句英儒某某有言曰、法儒某某有言曰，哪怕你就不通，就狗屁胡說，也夠把看卷子的先生們麻著了！」這些看起來滑稽可笑的「祕訣」，卻是維新時代替換「子曰」之類作為走進新門檻的切實有效的敲門磚。其實，何止二十世紀初期，這種唯洋是聽的學風在整個二十世紀不是盛行了許多年嗎？至今尚未絕跡。文風的荒唐，折射出民族文化的窘境與民族自信心的缺失。

世風的種種變化反映出時代的遞嬗。先前，女學生走在街上看見有趣事情，不當心開口笑一笑，立刻就謠言蜂起。小姐逛廟會被男人看時，窘得不知如何是好。隨著社會風氣的逐漸開放，女學生的一顰一笑不再成為謠言緊盯不放的目標，郝家小姐逛廟會再有人看時，也變得鎮定自若起來。革命黨人尤鐵民到郝家避難，香芸小姐大有相見恨晚之意。龍么妹為了牢牢地拴住留學生周宏道，沒等結婚便與意中人共效于飛之樂，讓她那多情的姐姐在訕笑中好不羨慕。四川遠離中原，自古以來禮教的鉗制相對弛緩，但像三部曲裏羅歪嘴與蔡大嫂、郝又三、吳金廷與伍大嫂、黃太太與楚用等那樣開放，到底得益於西風的東漸。

日常生活起居，如照明的工具從菜油燈到洋油燈，留影的方式從畫像到照相，也傳達出歷史進步的信息。再如作息時間，往昔成都人以總督衙門頭門外的醒炮、起更炮等炮聲為準則，反映了專制統治對社會生活無孔不入的滲透；一九〇五年開辦警察後取消夜禁，機器局上下工的汽笛開始成為相當標準的報時，待保路風潮起來後，放炮報時完全取消。百姓日常生活減少了一些整齊劃一、刻板沉悶，多了一些個性色彩、自由活潑。

風俗場景除了社會意義與歷史價值之外，也自有其豐富的文化意義與審美價值。如吃，城市裏有官紳之家名目典雅的豐盛宴席，鄉鎮上有趕場日子紅紅火火的紅鍋飯鋪，四城門外有專門賣給一般窮人乞丐的「十二象」；為了慶祝成都獨立，皇城被允許人們進去參觀的短短幾天，成都人就把那裏變成了小吃的天堂：涼粉擔子、蕎麵擔子、抄手擔子、蒸蒸糕擔子、豆腐酪擔子、雞絲油花擔子、馬蹄糕擔子、素麵甜水麵擔子，茶湯攤子、雞酒攤子、油茶攤子、燒臘鹵菜攤子、蒜羊血攤子、蝦羹湯湯、雞絲豆花攤子、牛舌酥鍋塊攤子，此外還有賣各種零食的籃子，瓜子、花生自不必說，另有糖酥核桃、橘子青果、糖炒板栗、黃豆米酥芝麻糕、白糖蒸饃、三河場薑糖、熟油辣子大頭菜、紅油萵筍片等等，獨立後人們的興奮心情可見一斑，也表現出成都小吃文化的強大生命力。再如衣與行，清末官服，新娘子妝，當時時興衣著的衣料、色彩、款式，出行所乘的拐子轎等，又如生育送至親好友報喜的紅蛋，小殮、大殮、成服、葬禮，中元祀祖燒袱子，正月牌坊燈，青羊宮花會等民俗活動，以及鄉鎮的豬市、米市、家禽市、家畜市、沿街擺設雜貨攤的小市，等等，都具有史料價值與審美價值。作者尤其對幾乎每一條街都有的茶鋪格外青睞，描寫了大小不等、布局相異、家什茶具、吃茶方式各有千秋的種種茶鋪，並不避冗贅地介紹了茶鋪的多種功能：一是各業交易的市場；二是集會和評理的場所；三是普遍地作為中等以下人家的客廳或休息室。坐在茶鋪裏，可以無拘無束地暢談，也可以借那個地方剃頭、修臉、打髮辮，還可以聽隔座閒談，消磨時光。同為四川作家的沙汀也寫到過茶館，如《在其香居茶館裏》，主要是把茶館作為人物活動的場景，雖說反映了川人的生活方式，但在對茶館本身的文化意味的揭示與品味上，不如李劼人來得這樣深入而醇厚。李劼人對四川的風土人情懷有簡直超乎血緣關係之上的親情。成都平原的秋夜景色與冬日景色的描寫，洋溢出濃郁的鄉情。青羊宮等名勝古蹟的描寫，流露出作者對四川的摯愛與熟稔。寫同志軍四處蜂起之際，他都忘不了忙裏偷閒寫上一筆麻婆豆腐的來歷。作者寫三部曲，不僅是為了記下歷史的軌跡，而且是為了慰藉鄉情。他對家鄉的一切，始終抱有濃厚的興趣。一九四九年初夏動筆、一九六〇年前後定稿、約十六七萬字的《說成都》，是其巴蜀情結的進一步對象化。一九八一年，巴金在一封信中稱讚李劼人：「只有他才是成都的歷史家，過去的成都活在他的筆下。」[18]

風俗包容著豐富的心理內涵。當保路風潮乍起時，同志會通知每家須在門首顯著處供奉先皇牌位，後來幾百個平民百姓聚到總督衙門口去請願，每個人都拿著一片黃紙——各家貼在鋪門上的先皇牌位。這一帶有地方色彩的奇特舉措，暴露出民眾心理深層還保留著怎樣的愚昧。當初滿清統治者以殺頭（「留髮不留頭，留頭不留髮」）為要脅，在製造了無數因不從滿俗而人頭落地的慘劇之後，使男人留起了辮子（四川俗稱帽根兒）。這種習俗一旦形成，便與保守、因襲的傳統心理發生了粘合作用，變得相當固著，留學生歸國以後為了生活的方便與生存的安全，不得不裝上了假辮子。辛亥革命發生之後，一部分學生率先剪去了帽根兒，還要受到一般民眾的驚異甚至嘲笑。就連對革命拍手稱快的製傘鋪主傅隆盛，儘管知道帽根兒早晚都要剪，但「覺得在自己身上生長了六十幾年的東西，一下把它去掉，雖然不癢不痛，但心上總有點不大自在」，所以還是「想等大家都剪掉了，再剪不遲」。為了能進皇城開會，聰明的傅隆盛想出了一個萬全之策——拿簪子把帽根兒別在腦頂上，用帽子一扣。這很像《阿Q正傳》裏未莊人的「聰明」之舉，也許他們的動機並不完全相同，[19]但保守這一點則別無二致。社會的進步從來都是伴隨著風俗的演化與心理的變革，並且後者往往更為艱難與緩慢，因而李劼人在大幅度地展開社會場景與風俗場景的同時，也探入了幽深曲折的心理場景。

18　謝揚青，〈巴金同志的一封信〉，《成都晚報》一九八五年五月二十三日。
19　趙秀才大概主要是為了留後路，趙司晨、趙白眼與阿Q、小D則大半是模仿，而傅隆盛恐怕更是緣於保守。

社會心態所反映的國民性弊端是作者關注的重要方面。在作品中，人們樂於相信並傳播紅燈教廖觀音法力無邊的現代神話，然而一旦廖觀音被抓，人們卻期待著照大清律例與世俗相傳的活剮：將女犯人脫得精赤條條，一絲不掛，反剪著手，跨坐在一頭毛驢背上；然後以破鑼、破鼓，押送到東門外蓮花池，綁在一座高臺的獨木樁上；先割掉兩隻奶子，然後照額頭一刀，將頭皮割破剝下，蓋住兩眼，然後從兩膀、兩腿一塊一塊地肉割，割到九十九刀，才當心一刀致死。等到用刑那天，果然是人山人海，人潮相激相蕩。眼看著年輕女人赤著上身，露出半段粉白的肉，兩隻大奶子挺在胸前。在看客們的呼喊中人頭落地，看客的心理得到了極大的滿足。這場面很容易使人想到魯迅的《藥》、《示眾》、《阿Q正傳》及王魯彥的《柚子》等篇裏所描寫的斬首或槍斃的場面，而且更為慘烈。喜歡圍觀而不論是非，說重了是殘忍，至少也是無聊。專制統治嚴重壓抑了人的個性發展與創造性的發揮，卻大批量地孳生無聊的社會心態。成都下蓮池的人們，哪怕各人有自己的正經事待做，但只要一聽見誰家出了一樁豆大的事，大家總必趕快把手上的事丟下，呼朋喚友，一起跑去，「一以表示他們被髮攖冠的熱忱，一以滿足他們探奇好異的心理」。何況伍家新媳婦過門還不到一月，就同婆婆如此吵起，加以婆婆的一張利嘴，簡直把新媳婦半個多月的性生活，巨細無遺地全盤抖落出來。所以，擁在門前的一般姑姑、嫂嫂們，各個都在臉上擺出了一副衷心歡樂的笑容，少年男子也趁機合不攏嘴地連向女人們擠眼睛、歪嘴。這幅「觀戰圖」，生動地再現出那時的四川乃至中國日常生活中隨處可見的無聊圍觀。

作品也觸及了無特操與缺乏愛國心的文化心態。顧天成當初皈依洋教，並非出於多麼崇高的信仰要求，而是出於報仇雪恨的個人動機。蔡大嫂先前對洋教恨之入骨、義憤填膺，後來為了生存嫁給顧天成，絲毫不顧忌新夫正是她所痛恨過的洋教的教民。底層社會的人們如此，郝達三等紳士也是首鼠兩端，先前慷慨激昂地咒罵洋人，稱許義和團的威風，頌揚電諭殺洋人、毀教堂的太后聖明，一旦形勢翻轉過來，便痛罵起敢犯教案的愚民來了。衣食無慮的郝家姑太太聽到八國聯軍打進了北京城的消息，非但不恐懼氣憤，竟然大笑起來，視之莫若麻腳瘟之嚴重，照樣打她們的牌。至於皇后和皇帝都向山西逃跑了，覺得更「與我們啥相干」。就連一度參加過學生軍並負傷的楚用，當他傷好以後，對社會事物也失去了曾有的熱情，而是沉浸在個人的感情生活之中。作者在不同的社會階層都發現了無特操與缺乏愛國心的文化心態，冷靜的表現中蘊涵著無言的憤慨與焦灼的期待。

作品還對兩性心理世界做了深入的挖掘，如通過羅歪嘴表現男性的占有欲和多變性，通過郝又三表現男性在婚姻道德感、社會責任感與本能占有欲、感情冒險欲之間的徘徊，通過蔡大嫂、伍太太等人的生存方式揭示女性的依附心理，通過黃太太的大膽宣言——「你男人可以有三妻四妾，女人為啥不可以多有幾個相好的」——來顯示女性的個性覺醒。對性心理的微妙處，作品多有生動傳神的表現。如《死水微瀾》裏，羅歪嘴最初與蔡大嫂接觸時，以保護神自居，待到看出這位表弟媳婦的氣概真不大像鄉壩裏的婆娘們時，雖然在意識上仍保持著居高臨下的姿態，但從不經意的動作中已經透露出別樣的心思。羅歪嘴「無意之間，一眼落在她那解開外衣襟而露出的一件汗衣上，粉紅布的，還是新嫁娘時候穿的喜衣，雖是已洗褪了一色，但仍嬌豔地襯著那一隻渾圓飽滿的奶子，和半邊雪白粉細的胸脯。他忙把眼光移到幾根生意蔥蘢，正在牽蔓的豆角藤上去」。他「不經意地伸手將豆角葉子摘了一片，在指頭上揉著」，一片被揉爛了，又摘第二片。心頭仍舊在想著：「這婆娘！……這婆娘！……」在這裏，豆角葉子就成了蔡大嫂的替代物，揉葉子的動作帶上了隱喻的意義。再如郝達三娶姨太太時，太太難過了一陣，但恰巧這時，在外冶遊的小叔子尊三回到家來。太太要他幫她管家，倒也風平浪靜。後來尊三要往外跑，太太大為惱怒，罵他沒良心。後來，為了留住他，強把自己的丫頭春秀嫁給了尊三，但看見春秀，太太就氣不打一處來。又如伍大嫂給魏三爺當了乾女兒之後，每每會無中生有地歎氣，問她，說是想丈夫伍平，還是年輕喪夫、寡居多年的伍太婆深知兒媳歎氣的真正原因，是三爺年紀偏大了的緣故。為了生計，她半是慫恿半是默許地看著兒媳走上了「半開門」的生涯。黃太太比丈夫小將近二十歲，不知不覺地對丈夫的表侄——比她年輕八歲的楚用——產生了一絲微妙的感情。她以長輩的身份格外關注這個誠懇樸實的小夥子，雖然表面上尊規守矩，但心裏未嘗不有些亂了方寸。在戲園看戲時，黃太太向楚用的微笑點頭引起服務女賓的一個老媽子的誤會，來獻殷勤，願意為黃太太傳遞紀念品，黃太太悄悄地把這故事告訴給楚用，讓他笑得滿臉通紅，她也未嘗不從中獲得快感。她幾日不見楚用，就擔心楚用被下流痞子勾引下水，於是想把自己的三妹說給楚用為妻，潛意識裏是想把他拴在自己的身邊。剛剛還在為楚用沒跟她打招呼就外出而憤怒，可是當她似乎無意中發現了楚用藏在枕頭底下的寶物竟是她的繡有蘭花的抽紗編花白洋紗手巾時，她為自己已經年過俗念中花兒盛開的季節卻能得到青年男子的青睞而興奮與自豪，她在意識表層想教訓他幾句，內心深處卻不願傷了人家的一片感情，當小夥子突然進來看見了她手裏握著的手巾時，她便打破了一切心理障礙，品嘗了衝破禁忌後的欣悅。而後，為此而品味忽晴忽雨、又甜又辣的情好滋味。當得知楚用受傷的消息時，像挨了悶棒一樣，許多天沒露出過笑臉。派人接回楚用，她那觸電一樣的感覺，對他不告而辭的嗔怪，問他是否想家的一語雙關的探詢，思念難耐的心理溢於言表。楚家來信要楚用回鄉結婚，她開始勸楚用回鄉成親的一番話語，乍聽起來是反語，但其實是其內心深處的另一方面。她在道德層面，深知自己與表侄的戀情的悖倫性與危險性，何嘗不想真的藉此一刀兩斷。但接下來的嗔怪就表露出更為強烈的愛情一面，經過一夜的輾轉反側，她終於拿定了主意，要楚用回去結婚，但須遵守兩個條件：一是保守他倆之間的祕密，即使對妻子也絕對不能洩露；二是成親幾天之後必須趕回成都來。這的確是一個萬全之策，既可繼續發展侄嬸戀情，又不至於露出蛛絲馬跡。大家少婦既要紅杏出牆品嘗禁果又要維持婚姻保住臉面的複雜心理，寫得深致細膩，曲盡其妙。

三部曲以近一百四十萬言的篇幅，在社會場景、風俗場景與心理場景的交織中，全面地展示了十九世紀末到二十世紀初四川的歷史風貌，就其宏大的規模、真切的寫實與豐富的內涵而言，確實當得起郭沫若所稱讚的「小說的近代《華陽國志》」[20]。

第三節　歷史小說與川味敘事的獨創性

抗戰爆發以後，李劼人積極投身於抗日救亡運動，擔任中華全國文藝界抗敵協會成都分會常務理事。一九四七年創作長篇小說《天魔舞》。新中國成立以後，他改變了早年曾表示不再入仕的決心，出任成都市副市長等職。一九五四年加入中國作家協會。原擬在《大波》完稿後，還要寫一部反映五四前後知識分子動態的長篇小說《急湍之下》，並改寫《天魔舞》，但這位老作家於一九六二年十二月日因壞血性腸炎在成都去世，壯志未酬。終其一生，從二十一歲發表小說處女作，到七十一歲擱筆辭世，斷斷續續半個世紀的創作生涯中，共發表了四種長篇小說、一部中篇小說、百餘篇短篇小說，共約二百餘萬言；各種著譯近六百萬字。由於社會動盪不安，所寫又多為歷史題材，也由於作者不拉圈子、不事張揚的樸厚性格，他的作品在很長時間裏沒有得到應有的評價[21]。而實際上，李劼人富於獨創性的歷史小說與川味敘事，在二十

20　《華陽國志》，東晉常璩撰，十二卷，附錄一卷。包括巴、漢中、蜀、南中等十二志。記遠古到東晉穆帝永和三年（西元三四七年）期間巴蜀史事。作者係系蜀郡江原（今四川崇慶）人，對蜀事見聞親切，所述蜀漢事蹟及蜀中晉代史事較詳。

21　從《死水微瀾》初版的一九三六年到一九八一年間，專題評論只有一篇，即羊路由的〈談李劼人的《死水微瀾》〉，發表於《草地》一九五六年十二月號。內地出版的文學史著作連李劼人的名字都未曾談及。大約從一九八二年起才有文學史著作把李劼人寫了進去。一九八

世紀小說史上應占有一席重要的地位。

中國本來不乏史傳文學傳統，《左傳》、《戰國策》、《史記》、《漢書》等，雖為史書，但有許多文學筆法，如《左傳》記敘歷史事件與描寫戰爭場面的善於剪裁，《戰國策》刻畫人物的婉妙生動與文筆的清新流麗，尤其是《史記》中的部分篇章，簡直可以當作出色的歷史小說來讀，它所創造的紀傳體，可以視為英雄傳奇小說的直接源頭。就史傳敘事傳統而言，中國的小說與史乘有著淵源關係。《西京雜記》序言中說，此書是「以裨《漢書》之闕」的，劉知幾也主張小說應該「自成一家，而能與正史參行」[22]。這種小說補史的觀念雖有功利化之嫌，但也從一個側面反映了小說與歷史的淵源關係。能為歷史「補闕」、「參行」的「小說」，在當時還只是那種半史半文、亦史亦文的作品。作為一種獨立文體的歷史小說，肇始於宋代講史話本，其基本面貌，從《新編五代史平話》、《宣和遺事》等便可窺見一斑。元末明初的《三國志演義》是第一部文體成熟的歷史演義小說，而後有《徐文長批評隋唐演義》、《兩漢開國中興傳志》、《三寶太監西洋記通俗演義》、《東周列國志》、《說唐演義全傳》等。近人蔡東藩自一九一六年起，十年間陸續推出《中國歷代通俗演義》[23]，共十一種，以六百萬言敘述漢代至民國初年的兩千餘年歷史。其規模與跨度均不可謂不大，但內容偏重於政治史，敘述方式和語體帶有較多的傳統痕跡，性格描寫與人性探尋明顯不足，與文學的現代性尚有相當的距離。現代小說登場以後，目光主要集中在現實題材上，一時無暇在歷史題材上做大文章。李劼人的《死水微瀾》要算是第一部現代長篇歷史小說，到二十世

八年由人民文學出版社出版的楊義《中國現代小說史》第二卷為李劼人立了一節。一九八三年春，在成都召開首屆「李劼人創作學術討論會」。海外倒是早有較為熱烈的反響（請參照李士文《李劼人的生平和創作》）。

22 《史通・雜述》。

23 《中國歷代通俗演義》，會文堂書局，一九一六年後陸續出版，一九三五年改印，總書名為《歷朝通俗演義》。

紀七十年代為止，《死水微瀾》、《暴風雨前》、《大波》三部曲仍是現代文學史上規模最大的歷史小說。李劼人三部曲的文學史意義不止於此，更在於其對歷史小說的創新性價值。

傳統的歷史小說，從類別來看，大致可以分為兩類：一類是以朝代演進更迭的歷史為敘事線索的歷史演義，還有一類是以人物（歷史上實有其人，或傳說中的古代英雄）的經歷為敘事線索的英雄傳奇。歷史演義的主要筆墨放在政治史上，直接描寫宮廷之變、權力更迭、軍事征討、靖邊平亂等重大事件。英雄傳奇的主要旨趣則在於渲染人物經歷的傳奇色彩，歷史背景往往被淡化，這種傾向致使英雄傳奇漸漸淡出歷史小說。《死水微瀾》則開創了以民間生活的風俗畫來反映重大歷史變遷的先河。作品沒有直接寫八國聯軍打進北京的血腥恐怖，也沒有寫慈禧太后與光緒皇帝的倉皇西逃，而是通過蔡大嫂的依傍對象由羅歪嘴向顧天成的轉移，表現本土權威向異域權威的不得已的讓步，從而折射出越益加重的民族危機。《暴風雨前》以半官半紳的郝家為視窗，展示新思潮給社會文化帶來的一系列變化。《大波》雖然有對保路風潮及其走向革命的歷史脈絡的勾勒，但並非單一的政治運動史，而是也以豐富的風俗場景、幽曲的心理場景參與歷史的再現。沙汀注意到三部曲「不是一般的歷史小說。他不去就歷史事件寫歷史事件，而是把歷史事件作為人物活動的條件和背景，多方面地展示整個社會生活，表現各階層人物在歷史轉折關頭的地位、心理、反應」[24]。李劼人三部曲的這一新穎的歷史敘事，得益於西方文學的影響。司各特的歷史小說，在選擇題材時就常常避開重大政治事件，而擅長於以風土人情的細膩描寫和社會生活與私生活的廣闊展開來反映歷史。巴爾札克對司各特有所揚棄，減少了浪漫的成分，加強了寫實色彩，在《人間喜劇》裏寫出了更為廣闊、更為真切的風俗史。托爾斯泰的《戰爭與和平》弱化了以個人命運為敘事中心的歐洲長篇小說模

24　沙汀，〈為川壩子人民立傳的李劼老〉，收入《李劼人作品的思想與藝術》中。

式，在更為開放的結構框架裏表現歷史的全景[25]。正是在西方文學的啟迪下，李劼人成功地進行了以風俗場景、心理場景與社會場景的交織來表現歷史的嘗試。

與風俗畫的切入點密切相關，李劼人的三部曲不像傳統的歷史小說那樣以少數英雄人物為中心，而是主要以平民形象為載體來再現歷史。蔡大嫂、羅歪嘴、顧天成、伍太太、郝又三、黃太太、楚用等本屬虛構的平實小人物自不必說，即使是在保路運動與辛亥革命中實有其人的風雲人物蒲殿俊、羅綸、夏之時、尹昌衡等，作品也沒有去渲染其英雄色彩，歷史小說不再是傳統式的英雄傳奇，而是顯示出人民群眾參與創造的歷史的本來面目。值得注意的是，《死水微瀾》裏的蔡大嫂、《暴風雨前》裏的伍太太，《大波》裏的黃太太，頗似司各特小說裏的「中間人物」[26]，她們並未直接參與重大歷史事件，只是同參與者有著千絲萬縷的聯繫，但卻在作品中占有重要位置，不僅是聯結多種力量的樞紐，而且是冷眼旁觀歷史變遷的審視者。這種人物設定，未嘗不可以看作是對中心人物型或英雄傳奇型的傳統歷史小說模式的消解。

從寫法的傾向來看，傳統的歷史小說有《東周列國志》為代表的寫實派，也有以《三國志演義》為代表的虛實結合派[27]。寫實派作品主要情節根據史實，自有其所長，但往往過於拘泥，歷史與文學的融會尚欠圓融；而虛實結合派作品雖然能夠自由地馳騁於歷史與文學之間，揮灑自如，引人入勝，但有一些基本的史實卻經不起推敲。正如論者已經注意到的那樣，《三國志演義》其實具有很大的傳奇色彩，歷史細節自

25 參照楊繼興，〈長篇歷史小說傳統形式的突破——論李劼人歷史小說的獨創性及其在文學史上的地位〉，收入《李劼人作品的思想與藝術》中。

26 參照楊繼興，〈長篇歷史小說傳統形式的突破——論李劼人歷史小說的獨創性及其在文學史上的地位〉，收入《李劼人作品的思想與藝術》中。

27 參照寧宗一主編《中國小說學通論》（安徽教育出版社，一九九五年），頁四四九—四八一。

不必說，就連一些重要的歷史事件發生的時間、背景等都與史實有較大的出入。李劼人的三部曲有大膽而別出機杼的藝術虛構，但在寫實性上做了艱辛的努力，真正確立了歷史小說的現代品格。瞭解他的創作過程的老友張秀熟說：「辛亥革命雖然是他的親身經歷，又有直接的聞見，但他為了資料真實，仍盡力搜集檔案、公牘、報章雜誌、府州縣誌、筆記小說、墓誌碑刻和私人詩文。並訪問過許多人，請客送禮，不吝金錢。每修改一次，又要搜集一次，相互核實。」[28]沙汀也曾回憶說，李劼人為了更全面地掌握四川保路運動的情況，「採訪了許多置身事變中心的人物。抗戰期間，他在重慶北岸農村就和楊滄白談過多次，當時飽經風霜、年已老邁、素又多病的楊滄白，有時放了緊急警報，也等閒視之，從不轉移；而他也甘冒敵機轟炸的危險，讓楊滄白乘興暢談下去。此外，他還搜集了不少早年的書畫資料，包括一些家族的族譜、祭文，乃至流水賬等，以及外國傳教士向本國宗教團體介紹四川鄉土民情的信件」[29]。後來在修訂過程中，他又做了大量的訪問當事人與查閱研究文獻資料的工作。有時，為了一個細節就翻閱幾十萬字的文件，拜訪十幾個人，用在書裏，只有一句話。正是在親身經歷與體驗、扎扎實實的調查和研究的基礎之上，作品的歷史真實性才有了確鑿的保證，正面涉及的立憲派召集的重要會議、趙爾豐的各種策畫、學生軍的第一次戰鬥（犀浦之戰）、陳錦江部遇害、龍泉驛陸軍起義、重慶蜀軍政府成立、端方被殺、大漢四川軍政府成立、成都兵變等重要事件的時間、地點與史實基本吻合。官方的告示、呈文等歷史文獻的直錄，使小說具有了實錄性，就連諸如戲園裏的茶價（因在茶社演戲）、當紅的演員與上演的劇目等細節，也具有歷史真實性，成為珍貴的史料。作者還以注釋的形式，為讀者提供了進入作品語境的歷史資料，如職官（道臺、

---

28 張秀熟，《李劼人選集・序》。

29 沙汀，〈為川西壩人民立傳的李劼老〉。

布政使等）、地理（成綿龍茂道等）、經濟活動（官當、簽捐彩票等）、軍隊編制（巡防軍、陸軍）、歷史事件（「東鄉慘案」），等等。這樣看來，文學史家曹聚仁說《三國演義》「看起來便像歷史，其實是小說，而《戰爭與和平》、《大波》，看起來是小說，其實是歷史」[30]，可以說是的當的評價。

李劼人能夠創作出如此規模宏大、面貌一新的歷史小說，首先應該溯源到中國的史家傳統，尤其是巴蜀重史的文化積澱。因地理偏遠且風俗殊異等緣故，巴蜀之地格外注意修撰地方誌，據統計，我國現存歷代方志共八千二百七十三種，按方志所屬省區劃分，四川六百七十二種，位居第一[31]。《華陽國志》就是中國現存的最早講究體例的一部方志。特定的地理環境以及悠久豐厚的史傳傳統，帶給川人一種強烈的「方志意識」[32]。這種文化氛圍潛移默化地涵養了李劼人的歷史興趣。其次，西方文學，尤其是法國左拉、福樓拜等人的自然主義小說、司各特的歷史小說、巴爾札克的《人間喜劇》、托爾斯泰的《戰爭與和平》等，打開了李劼人的藝術視野。李劼人從中外文化、文學中廣博地汲取營養，加上自身富於悟性與才情的鎔鑄、堅持不懈的探索，促成了歷史小說從古代品格向現代品格的轉換。

在小說敘事上，李劼人也頗有建樹，其中最富於獨創性的，就是地方色彩濃郁的川味敘事。敘事結構汲取了擺龍門陣的一些特點。川人擺龍門陣（聊天、講故事）有三個特點，一是講究故事的來龍去脈，二是不時夾進相關的插曲，三是眾人對同一主題或氛圍的參與。李劼人的三部曲裏，從保路風潮的興起到辛亥革命的發生，來龍去脈勾勒得清晰明瞭，其中的不少情節就是在眾人團團圍坐擺龍門陣中講出來的。作品在展開敘事主線時，常有相關的插曲，有的是補敘，有的則是隱喻。後者如《死水微

30 曹聚仁，《小說新語》，頁九〇。
31 參見劉緯毅，《中國地方誌》（新華出版社，一九九一年），頁一七至一八。
32 參照李怡，《現代四川文學的巴蜀文化闡釋》（湖南教育出版社，一九九五年），頁一七五—一七六。

瀾》第四部分裏，羅歪嘴被劉三金一席話搔到了癢處，一晚上沒有睡好，大清早起來，不知不覺地去了興順號。這中間，說到上官房的陝西客人要起身了，就順便寫了一段轎夫抬陝西客人的規矩。表面上看，這與羅歪嘴沒有什麼關聯，實則轎夫的最初強忍著絕不說重，等到走了二十里快要黃昏了，才向客人要求加挑子減重量，同羅歪嘴與蔡大嫂的最初矜持正經、後來終於打得火熱有著內在的相似之處。但擺龍門陣也有一定的限制，轉述能夠以第一人稱的親見加強真實性，但也容易失去生動性，顯得單調枯澀而且重複。為此，作者不時地變換視角，在限知視角與全知視角的交替中推進情節，並且後來較多地將轉述變成直接描寫，效果較好。敘事者有時似在場景之中，有時則像說書人那樣，有一點超越與調侃，如《大波》裏，楚用向黃太太剖白心跡，剛巧黃瀾生進了家門，黃太太趕忙將手足無措的楚用與翌日的事情做好了安排，「楚用尚沒有完全平靜下來，黃太太臉頰上的酒渦業已露出」，敘事者緊接著忍不住做了一個評價：「光這一點，這小夥子就非輸不可！」這種筆法，有點類乎川劇的幫腔，對人物刻畫有一種加強的效果，也是一種氣氛的調侃。

也許與巴蜀自古較之中原要少一些儒家禮教的羈絆有關，抑或那塊土地本來就適於幽默心態的生長，喜幽默、愛諷刺成為川人文化性格的顯著特點。無論是在茶館庭院的龍門陣裏，還是在舞臺上的川劇裏，抑或在川人的日常話語中，這一川味都能撲鼻而來。為巴山蜀水作傳的李劼人，自然而然地把幽默與諷刺作為小說的敘事語調。細分起來，有修辭的詼諧，如《死水微瀾》寫羅歪嘴走進蔡興順夫婦的臥室，「看見床鋪已打疊得整整齊齊，傢俱都已抹得放光，地板也掃得乾乾淨淨；就是櫃桌上的那隻錫燈盞，也放得頗為適宜，她的那隻御用的紅漆洗臉木盆，正放在架子床側面的一張圓凳上」。「御用」一詞，準確地表達出羅歪嘴對蔡大嫂的仰慕與愛戀之意，簡直如同女皇一樣，個中含有一點調侃的意味。再如《大波》裏，黃太太在悅來戲園看戲時，給前來獻殷勤的老媽子開了個玩笑，「逗得那壞東西連屁股上都是笑」。

也有不動聲色的反諷，如《暴風雨前》說王四姑兒使落魄的王大爺深感麻煩，並非因她一天到晚在鄰居家走動，並同著一夥所謂不甚正經的婦女們打得火熱，而是因其脾氣不好，動輒抱怨吃穿不好。後來，伍太婆到王家去相親，四姑兒假裝不曉得，不過舉動之間，終免不了有點忸怩。這在伍太婆眼裏，「偏偏認為是並不曾下流過的姑娘，才能如此」。於是，王四姑兒一頂花轎抬進了伍家，當上了伍大嫂。後來丈夫去當巡防兵，她在丈夫走後三天，「便拜給魏三爺做了他第十七名乾女，而規規矩矩受了乾爹的接濟供養了」。這些地方，用的都是「欲擒故縱」法，表面上是一本正經的肯定，實際上卻具有反諷的意味。

上述的幽默與諷刺，是借助於描敘語言的色彩同描敘對象的實情的強烈反差達成的，而還有一些幽默與諷刺則是通過人物性格的矛盾性與荒謬性來實現的。如《大波》第三部第一章寫華陽縣知縣史九龍正在與姨太太打麻將，手裏一副好牌，不巧一個親信小跟班進來報稱：管監獄的高老爺便衣稟見，報了一遍，不見理睬，不像往日那樣見機退出，而是提高嗓門吆喝道：「回老爺，高老爺來稟見，為的是兵備處總辦王大人親身來到監獄，看老爺過不過去伺候一下！」史九龍聽見是王大人，立刻撲地把牌往桌上一推，大罵小跟班不早稟告。前後的表現構成對比性的諷刺。接下來寫史九龍聽了典獄官高老爺細說詳情後，不由得又氣又笑，氣是因為好牌被攪，笑則是因為在他看來，「這個初出茅廬的鄉壩佬，何事不可為，挑蔥賣蒜，大小也是職業，卻偏偏要來做官」！他「故意輕言細語問道：『王大人真是胡鬧。依你老兄意思，要我兄弟怎樣辦呢？莫非要兄弟坐堂簽差，去把王大人抓來，辦他一個知法犯法，打三十大板取保開釋不成？』」。史九龍以世故的老官僚自居，自以為聰明得意，看著法律界中那夥才出山的新毛猴好笑，其實養成這種老油條的官場才真正荒謬可笑。在現代文學的喜劇風格作家中，李劼人的笑聲顯得清淳流暢，而不像老舍那樣把悲劇作為喜劇的底色，生成一種抑揚頓挫美；也偏重於超越性的審美，而不像張天翼那樣對審醜傾注著冷峭的激情；同是川味的諷刺，又不像沙汀那樣峻急而辛辣，而是透露出一種從容的機智與婉轉的深刻。

李劼人對外國文學的閱讀與翻譯，不能不給他的小說語言留下痕跡，譬如歐化的長句子。長句子在表現特定事物時有一種特殊的韻味，如《死水微瀾》裏，蔡大嫂受傷後，回到娘家養傷，父親進城去探望女婿歸來，擔心地勸坐在院子裏的女兒回堂屋去，「她搖搖頭，直等她父親進房去把雨傘放下，出來，拿了一根帶回的雞骨糖遞與金娃子，拖了一根高板凳坐著，把生牛皮葉子煙盒取出，捲著煙葉時，她才冷冷地、有陽無氣地說了一句：『還是那樣嗎？』似乎是在問他，而眼睛卻又瞅著她的兒子在」。長句子及其緩慢節奏，表現了蔡大嫂對她本來就毫無愛情可言的丈夫的冷漠與斷念。有時長句式加進一些說明性的內容，如《大波》第三部第一章第二段，說到黃瀾生尚在制臺衙門沒有公退，便加進了關於制臺衙門的描述近一百五十個字。稍後括弧內關於楚用學堂的說明性文字更多，竟達三百六十多字。這是一種從外國文學借鑑來的方法，豐富了語境層次與內涵。

然而，從整體上看來，李劼人小說的語言更能見出民族特色，尤其是巴蜀韻味。最突出的特點是選用了不少充滿活力與生趣的四川方言。從方言本身的類別來分，主要有兩種：

一、哥老會術語——其中有些已經進入日常話語，如對識（介紹）、撒豪（恃強仗勢、胡亂行為）、搭手（幫助）、水漲了（風聲緊急或是什麼危險臨頭）、戳到鍋鏟上（碰上硬東西，不但搶不到手，反而有後患）。

二、四川通用的成語、俗語等語彙——如油大（葷腥菜肴）、伸抖（風姿出眾）、蘇氣（稱道一個人態度大方、打扮漂亮，由蘇州氣象簡化而來，與土氣、苕氣、土頭土腦相反）、苕果兒（土氣）、煮屎（說臭話，背地道人是非）、巴適（巴結，合適，適應）、毴皮（傷了面子）、扁毛兒（毛病）、打捶（打架）、角逆（相爭、相罵，也有鬥毆之意）、散談子（開玩笑）、整倒注（整得徹底）、燙毛子（以非遊戲規則把別人的銀錢弄光，又叫整豬，亦與剝狗皮、被人拔了蘿薊纓同義）、裝蟒吃象（假裝糊塗）、不撤火（不畏懼、不怯懦）、開紅山（見人就殺）、地皮風（聳人聽聞、使人茫然奔避的謠言）、袍皮老兒（成都人以前稱呼袍哥的名稱，在口齒間含有一種鄙薄之意）、大天四亮、默道（暗想）、門限漢兒（只在家裏對自己人稱好漢，卻不敢對外人稱豪傑）、瓜瓜（老實人）、言子（方言、土語、諺語、歇後語、某一些術語都叫做言子）、沖殼子與沖天殼子（說大話、誇海口，無中生有）；癩疙疤躲端午，躲得過初五，躲不過十五。

作者在初版本與修訂本中對一些方言加上了簡明扼要的解釋，有的還對方言的字詞音義予以縝密的考證，為川外人提供了理解方言的鑰匙，其實有些方言詞語即使沒有注釋，在特定的語境中也能悟得其意。

方言用於人物語言，自然、貼切，既能見出說話者的川人身份，更能傳達出四川文化背景下的人物性格。方言用於描敘語言，與描寫對象諧調一致，使語境生動、活潑，洋溢著巴蜀文化氛圍。如《死水微瀾》裏，描寫蔡大嫂對鏡梳妝的一段：「於是，把眼眶睜開，將那黑白分明最為羅歪嘴恭維的眼珠，向左右一轉動，覺得仍與平常一樣的呼靈；復偏過頭去，斜窺著鏡中，把翹起的上唇，微微一啟，露出也是羅歪嘴常常恭維的細白齒尖，做弄出一種媚笑，自己覺得還是那麼迷人。再看鏡中人時，委實是自然地在笑，而且眼角上自然而然像微微染了些胭脂似的，眼波更像清水一般，眉頭也活動起來。……心想：『難怪羅哥那樣地癲狂！難怪男人家都喜歡盯著我不轉眼！』但是鏡中人又立刻回復到眼泡浮起微青、臉色慘白微瘦的樣子。她好像警覺了，口裏微微歎道：『還是不能太任性，太胡鬧了！這樣下去，不到一個月，不死，也不成人樣了！死了倒好，不成人樣，他們還能像目前這樣熱我嗎？不見得罷？那才苦哩！』」這段既有描寫語言又有人物自語的文字，用了「呼靈」、「做弄」、「熱」等方言詞，將一個在過度性愛中有所自省的少婦自憐自愛也有幾分擔憂的複雜心理點染得活靈活現。

在現代小說家中，李劼人是選用方言較多的一位。箇中動機，自然有加強鄉土色彩的因素，但更是為了使敘事語言貼近生活，貼近人物。為此，他的選擇視野就遠遠不止於四川方言，四川及外地的鮮活的口語，文言與古代白話小說中有生命力的語彙與句式等，均為廣收博取，融合化用，形成了自然、生動、傳神的語言風格。《死水微瀾》裏，羅歪嘴布下迷魂陣，讓妓女劉三金在好色的顧天成面前走過，又順便向這邊窗子上一望，彷彿是故意送來的一個眼風，張占魁將顧天成引到劉的面前，劉「正拿著一張細毛葛巾在揩手，笑泥了」。一個「泥」字，何等的生動，妓女的形象特點與此時她將顧天成引入圈套的得意心情盡在其中。《暴風雨前》裏，伍家婆媳吵罵，最初點起戰火來的鄰居朱家姆與張嫂前來勸架，年老的朱家姆勸媳婦：「泰山之高，也壓不下公婆。你是媳婦，說完一本《千字文》，總是小輩子，又是才過門的新媳婦，咋好不讓她一步呢？你就讓她多說兩句，人家也不會笑你。……」年輕的張嫂勸伍太婆：「你也是啦！才過門的新媳婦，懂得啥子？就說昏天黑地的貪耍，不做事，也是當新人的本等呀！你做老人的，還該望他們小夫婦老是這樣恩恩愛愛的方對！大家都當過新媳婦，大家都昏過來，新婚新婚，越昏越好。你做老人的，凡事擔待一些，不就算了麼？要教哩，好好地教，何犯著去揭鋪蓋。人就說昏，也是要臉的，年輕人自然氣性大點，讓她吵兩句，不就完了？知道的，誰不說你當老人婆的大量，能容人，盡鬥著吵些醜話，做啥子？」話雖顯得有點嘮叨，但既符合勸架的特定情境，又能見出兩個勸架者不同的角度、傾向和語調。其自然、生動、傳神，完全可以同老舍《離婚》、《駱駝祥子》裏純熟的北京話媲美。饒有意味的是，這兩位小說語言老到而鮮活的作家，心中都裝著自己家鄉的風土人情色彩聲調，也許這正應了朱熹的那句詩：「問渠哪得清如許，為有源頭活水來。」

第五章　市民文學的承傳與嬗變

新文學，無論是精神意蘊還是文體形式，都是作為傳統文學的對立物而誕生與成長起來的，但正如歷史鏈條上的任何一個環節一樣，新文學不可能完全切斷傳統的血脈，事實上，傳統文學不僅作為底蘊悄然參與了新文學的創造，而且其中某些部分也以革故鼎新的姿態獲得了新的生命。也就是說，新文學的發展並非單線條地持續突進，而是在其內部存在著先鋒與後衛、雅文學與通俗文學等相互糾葛的多條線索，它們之間有對立、衝突，也有借鑑、融合。三四十年代，處於先鋒位置的一翼幾次有意識地從傳統中尋找支持，發起了文學大眾化運動與延安文藝座談會以後的新的通俗文學運動；處於後衛位置的另一翼，則更多地依傍傳統，同時也向新潮，或直接向西方汲取養分，創造出亦新亦舊、俗中有雅的市民文學，為廣大市民讀者所喜聞樂見。後者的代表性作家當首推張恨水。無論是就創作量而論，還是從讀者面來說，在二十世紀上半葉的中國文學史上，張恨水恐怕罕有可比者。從一九一八年正式步入文壇，到一九六七年因病去世，他創作的中、長篇小說達一百一十餘部，字數約一千五百萬，還有雜文近五千篇及大量的詩詞，總創作量達三千五百萬字左右。張恨水的小說，以《清明上河圖》般的長卷展現了二十世紀上半葉中國市民社會的生活場景，其新舊錯雜的思想情調恰好反映出社會轉型期市民階層的複雜心態，其古今融會、雅俗兼備的章回小說文體充分顯示出傳統文學進行創造性轉化後的生命活力及其廣闊前景。

第一節　立足於市民趣味

張恨水祖籍安徽潛山。祖父開甲少年習武，十四歲就能「揮舞百斤巨石，如弄彈丸」[1]，後被徵召入伍，駐防江西，官至協鎮。父親張鈺也有一身好武藝，立過軍功，後棄武習文，在江西稅卡上當師爺。一八九五年五月十八日，張鈺喜得長子，寄予厚望，取名心遠。其時，喪權辱國的《馬關條約》剛剛簽訂，甲午慘敗給整個國家、自然也不能不給這個習武之家蒙上陰影。「庚子事變」後不久祖父的去世使得小心遠失去了武功崇拜的對象，父親深知世道已變，靠武功立足的時代已成日漸遙遠的往昔輝煌，他自己習文未成，便希望兒子好好讀書，將來金榜題名。心遠在私塾從《三字經》、《百家姓》、《千字文》讀起，接下來就是四書五經，十四歲以前，他一直在舊式教育裏薰陶。但十一歲時，在搬家的航程中，他從叔叔手裏的《殘唐演義》見識了書本世界除了四書五經那樣枯燥的東西之外，還有小說這樣有趣的天地，從此他步入了小說世界，《三國演義》、《希夷夢》、《西遊記》、《封神演義》、《列國》、《水滸傳》、《五虎平西南》、《紅樓夢》、《野叟曝言》等，一路讀開去。帶有批注的小說，不僅使他大開眼界，而且也教他明白了一點描寫敘事之法。十五歲，插班進入新式學堂，陰霾密布的時事與完全陌生的科學文化給他不少強烈的刺激，他開始「知道這世界不是四書五經上的世界」，「也就另想到小說上的那種風流才

1　張恨水，《劍膽琴心・自序》。

子不適宜於眼前的社會」[2]。思想雖有變遷，文學上的嗜好卻沒有變更，依然日夜讀小說，依然愛讀風花雪月式的詞章。小學畢業後，他考進甲種農業學校，在緊張的課業的壓力下，假期才得暇讀小說，閱讀的範圍除了中國小說之外，也擴展到描寫手法別具一格的翻譯小說，到十七歲時，已經讀了幾百種小說，成了地地道道的小說迷與讓周圍的孩子們著迷的講述者。並且此時的閱讀，已從以往單純的故事消遣，進為文藝的欣賞。這時，新式教育使他成為一個剪了辮子的維新少年，但傳統小說種下的崇尚風流才子、高人隱士的根苗並未挖掉，《花月痕》等作品的回目詞章以及林紓譯作的古文韻味，使他在沒有開始寫作之前就造成了「禮拜六派的胚子」。

辛亥革命後，江西招考留學生的舉措喚起了張鈺的熱情，他為兒子設定了自費出洋留學的路，但未及成行，一場急病就奪去了他的生命，家庭重擔落在了身為長子的張心遠的肩上，出洋留學自然化為泡影。家庭變故改變了他的生活道路，也正是家庭重擔逼出了後來他驚人的創作量。以前全家靠父親的薪俸度日，父親一死，無以糊口，母親帶著六個孩子回潛山老家，靠祖上留下的幾畝薄田糊口。心遠失去了學費來源，只好中止學業，回到家鄉，用舊書來打發苦悶躁急的日子。他的一位在上海警察局當區長的堂兄，覺得心遠窩在家裏可惜，就約他去上海，給他想辦法。適值孫中山辦的蒙藏墾殖學校招生，心遠投考得中，繼續學業，希冀將來以科學來謀生。生活的困窘，使他注意到《小說月報》千字三元的徵稿啟事，利用學潮停課的空擋，他偷偷寫起小說來。三天的工夫，竟寫出字數均為三四千字的兩篇，一篇叫《舊新娘》，一篇叫《桃李劫》，一篇文言，一篇白話，一個是青年男女的婚姻喜劇，一個是孀婦自殺的悲劇，這種語體與風格的雜糅，預示了後來章回小說大家的風貌。小說悄悄寄給《小說月報》，在作者來說，也

2 此處及以下未注明出處的關於創作生涯的敘述均參見張恨水《寫作生涯回憶》（人民文學出版社，一九八二年）。

只是寄出去而已，並不敢抱有被選的幻想，然而四五天後，他出乎意外地接到編輯鄆鐵樵的回信，信上說，稿子很好，意思尤可欽佩，容緩選載。第一次投稿就得到名編輯的首肯，少年習作者喜出望外，告訴了要好的朋友。然而直到十年後《小說月報》由沈雁冰接編著手改革，也始終沒有刊出。第一次投稿漫長的期待，倒也讓初學乍練的習作者有一個隱約的希望。一九一三年討袁失敗後，墾殖學校因係孫中山所辦自然難以生存下去了。張心遠第二次輟學回鄉，用讀書與寫作來解悶，所寫的有詩，有詞，也有模仿《花月痕》套子的白話章回體長篇小說《青衫淚》，寫到十七回，自己覺得太不夠水準，腰斬告終。一九一五年秋，他去漢口投奔兩個本家，給那位本家執編的報紙寫點小稿子做補白，從李後主詞「自是人生長恨水長東」中取「恨水」作為筆名，寄予惜時奮進之意，後來雖用過「哀梨、隨波、布衣、潛山人、天柱山樵」等三十個以上的筆名，但終以張恨水聞名於世。在這期間，他在文明進化團演過戲，寫過演出說明。返鄉後又應一位當過多年記者的朋友之邀外出流浪，在這前後，寫過文言中篇，也寫過長篇遊記，儘管作品丟的丟、壓下的壓下，但練就了一手快筆，為他後來的報人生活打下了基礎。幾度流浪，幾度回鄉，他與未成名時的趙樹理一樣受到鄉人的譏笑，甚至有人說讀書如讀得像他一樣，不如在家看一輩子牛。在朋友的幫助下，他終於找到了蕪湖《皖江報》總編輯的職位。編報之餘，寫了白話小說《真假寶玉》、《小說迷魂遊地府記》，先後在上海《民國日報》刊出，引起上海文壇的注意，被姚民哀收到《小說之霸王》裏面。此時，張恨水的寫作還並不著眼於利，而是為了滿足自己的創作欲和發表欲。

五四運動使他在家鄉再也安住不下去了，他前往北京，想像一些朋友那樣，走半工半讀的路，去北京大學先當旁聽生，然後正式就讀，圓了自己的讀書夢。為了籌措學費與支付家用，他找了兩份新聞工作，在《時事新報》駐京辦事處的工作時間是上午九點到十二點、下午兩點到六點，在《益世報》是晚間十點到早晨六點，能夠自由支配的時間被切得七零八碎，連基本的睡眠都很難保證，上大學就成了飄渺的夢想。他一直在新聞圈子裏輾轉奔波，校對、編副刊、採寫新聞，並先後當過《世界日報》、《朝報》總編輯，成了名副其實的報人。新聞工作練就了一副快筆，又開闊了眼界，為後來他那高產的小說創作積累了生活素材。業餘時間，他曾應約寫了《皖江潮》、《南國相思譜》等小說，發表在南方報紙上。一九二四年四月十二日開始在《世界晚報》副刊《夜光》上連載《春明外史》，原想寫到十三回結束，但一則主人公的故事沒有完結，二則讀者的反響熱烈，每天下午，都有讀者在報館門口排隊，等著連載《春明外史》的《世界晚報》發售，先睹為快。作者大受鼓舞，接著寫了下去，洋洋灑灑，寫了長達近百萬言，直到一九二九年一月二十四日才連載完畢，時近五年。《春明外史》顯示出作者的才華，引起世人的關注。張恨水的才氣有了大展宏圖的機遇，創作激情一發而不可收，加上全家老小從家鄉遷至北京，日用支出與弟、妹的教育費用這一沉重的負擔，也迫使他不能不筆耕糊口。從一九二六年二月起，又在《世界日報》、《益世報》、《晨報》等報上連載《新斬鬼傳》、《京塵幻影錄》、《荊棘山河》、《金粉世家》、《交際明星》、《天上人間》、《滿城風雨》等中長篇小說，最多時同時寫七部小說。文壇傳說張恨水文思如泉，倚馬可待，每天同時寫幾部小說，但據作者自己說，他是一天寫出夠幾天連載的篇幅，這樣交錯著創作，即使如此，六七部小說交錯進行，有條不紊，也足見作者的精力旺盛，才氣與勤勉非同一般。

此前張恨水的小說創作，處於模仿階段，要麼是苦情或香豔的言情（如《梅花劫》、《南國相思譜》），要麼是憤懣的社會暴露與抨擊（如《小說迷魂遊地府記》），而《春明外史》走的則是社會小說與言情小說相結合的路子，既攝取了《儒林外史》、《官場現形記》等諷刺小說、譴責小說廣闊的社會視野與譏刺鋒芒，又吸收了《花月痕》一類言情小說的纏綿筆致與感傷情調。旅居北京的皖中才子楊杏園，先是鍾情於八大胡同的雛妓梨雲，因老鴇作祟開出贖身的天價，使意中人不能及早跳出火坑，有情人難成眷屬，等他因故去天津回京，藏嬌無計、偕老有約、生平認為風塵知己的梨雲，卻已香消玉隕。取代梨雲在楊杏園心目中地位的，是大家庭的庶出女子李冬青，二人詩文往還，情動於衷，楊杏園信誓旦旦，決意非她不娶，無奈李冬青有「先天暗疾，百體不全」，不能婚配，遂把好友史科蓮推薦給楊杏園，自己遠去南方。但由於楊杏園資助過史科蓮，不願落一個「居心示惠」、德行有虧的負擔，再者內心又割捨不下李冬青；史科蓮也誤以為是自己妨礙了楊李的姻緣，遠離北京。陰差陽錯，好夢難圓，楊杏園沉溺於佛學，最後在冬青趕到之際含笑圓寂，了卻一段塵緣。主人公感傷味濃郁的戀愛，對於生活上有些餘裕、而且是在這類傳統的感傷小說中薰陶過的市民讀者群來說，自然是一劑引發同情、慰藉空虛的良藥。但使作品帶有風俗畫特徵、當時乃至後來贏得廣大讀者的，還要屬世情描寫。

「春明」本是唐代都城長安的東三門之一，後人以此泛指京都，所謂「春明外史」，實際上就是京都野史。這部長篇前面還纏綿於主人公的感情糾葛，越往後越側重於世態的描寫。作品以報人楊杏園的所見所聞為線索，描繪了二十世紀一二十年代的社會百態。風俗場景有戲園子裏熱鬧場面背後的把戲：有錢人拋灑金錢捧角走紅，戲子巴結有權有勢有錢者，「拆白黨」混跡其中，尋機詐騙。也有八大胡同等級分明、裝飾各異的妓院，老鴇盤剝的伎倆，嫖客豪橫欺人或者聊解積鬱的行止，妓女無奈苦熬或者麻木度日的生存況味。還有汗臭、油味、煙香五味俱全，抽煙聲、打呼聲、擤鼻涕聲、喁喁細語聲聲入耳，瓜子皮、煙捲頭、鼻涕濃痰滿地狼籍的大煙鋪；眾議員與開窯子的龜奴、私販煙土的小流氓沆瀣一氣的賭場，等等。道德場景光怪陸離：前清遺老們整日價哀歎帝制推翻後人心不古、道德淪喪，而他們自己個個都羅致了不少年輕漂亮的坤角做「乾女兒」，一聽說乾女兒坤角來電話，立刻就鬍子先笑著翹起來。退職將軍冉久衡捧角捧得精力不夠，自有兒子冉伯騏接腳，老子認下的乾女兒，兒子要討了做姨太太，兒子捧戲子囊中羞澀，竟設計盜取老子保險箱裏的金錢珠寶。官僚甄大覺花重金捧女伶餐霞仙子，拋棄了姨太太，等到仙子飛走，姨太太覆水難收，甄大覺竟然與姨太太一樣，拋棄了兩個年幼的女兒，逍遙自在地出京去了。鐵路局長得知一個二等科員與他同嫖一個妓女，一個電話就將其裁掉，可憐的小職員丟了飯碗還不知道哪兒出了錯。男權社會的主人狹邪冶遊、尋歡作樂，作為男權奴僕的女性也就有了變態的報復，或是假扮名門閨秀騙取錢財，或是寂寞難耐的太太與女戲子沉溺於同性戀。文化場景有新聞界的墮落：把輿論當作滿足私欲的工具，敲金報記者柳上惠與坤角「互利互惠」，一從坤角手裏拿到錢，柳上惠便有吹捧文章見報，而且還為坤角捉刀作詩。某報記者利用某部參事三個兒子都與父親的姨太太有染的隱私，擬定十二回回目，先在報上發表，竹槓一敲，五百塊大洋到手。又有文化教育界的逆流：下野的官僚大搞扶乩鬧劇，扶乩的批字盡是強制性的「著汝捐款千元賑災，另捐五百元，為本會服務人員津貼」之類。在位的教育總長竟然主辦刊物反對白話文，給腐敗校長做後臺鎮壓學生風潮；學生僅僅由於自由戀愛，就落得個雙雙被開除學籍的結局。不過，也有些不含褒貶的如實描寫，譬如人體素描課上，女模特與第一次面對裸體女模特時的學生的各種心態、情態的真切刻畫，讓人們看到風氣初開時的一些文化景觀。筆鋒最尖利的要數對政界腐敗風氣的揭露：十六七歲的改良外蒙毛革督辦甄寶蔭，除了談些嫖經、賭經而外，就是談哪位總長的近況如何，哪位闊人的靠山奚似。范統總長花一千元賃個妓女當臨時姨太太參加選美大會。下了臺的財政總長閔克玉為了官復原職，授意姨太太向魏大帥的紅人秦彥禮「運動」，宴請時他託故走開。秦彥禮只因為擅長為主子洗腳，便榮任出納處長要職。衛伯修把自己的妻子與妹妹送到魯大帥的專車上解悶陪樂，作為回報，大帥把他由鐵路上的一個小段長破格提升為副局長。現任巡閱使魯大昌手下幾十萬兵，管轄兩省地盤，靠強行派發公債搜刮民脂民膏，一個月就「發行」三千萬公債；錢來得方便，出手也大方，賞兩個察言觀色會說話的妓女，一出手就是一人四千元，韓總指揮看不過去，為月餉十元的護兵鳴不平，連兩個護兵也叨光每人得了四千元。魯大帥花錢如流水，任官唯鄉親，童謠云：「會說夕縣話，就把洋刀掛。」夕縣只有兩種半人與官無緣，一是仇人，二是未出世者，半種是未解世事的孩子。籌邊使邊防軍營長朱有良仗勢欺人欺到了武功高強者身上，栽了面子，改換門庭投靠魯大帥，一口夕縣話，便弄來個知縣。王化仙靠給大帥算命，算來個管十幾個縣的道尹。內政部長陳伯儒，假造永定河水位上漲、即將淹沒北京的謠言，以美人計討得總理歡心，換來了十五萬元河工款的批覆，扣除分給中間人秦彥禮的兩萬，他還至少可以撈取八萬元的好處。統率數十萬兵馬的督理關孟綱，進京進見總統，動用十八輛汽車，接來四五十個妓女，解開成捆的鈔票開賞。為了把妓女「公平」地分配給前來湊趣的督理、總司令、參謀總長、內閣總長，採取抓鬮的古老辦法。總理章學孟嫖妓，高興時的「花頭」一掏就是五百多元，至於討來做姨太太的價，打算付出一萬兩銀子。為官者橫徵暴斂，巧取豪奪，窮奢極欲，而另一方面，內務部發不出薪水，發代用券，四川甚至有以鴉片代薪水的咄咄怪事。學校因為欠薪過久，以致影響正常授課的，則已見怪不怪。《春明外史》展開的視野相當廣闊，風俗、道德、文化、社會，各種場景相互交錯，構成了一幅二十世紀初軍閥統治下的京城全景圖，就其反映生活的真實性與廣闊性而言，在同時期的文學創作中無可匹敵。其批判鋒芒也十分尖銳，總統、總理、議長、總長等盡現醜態。這在當時殊為難得。須知在作品連載期間的一九二六年，奉系軍閥占領北京，就槍殺了著名報人邵飄萍、林白水，《世界日報》的總編輯成舍我也遭到逮捕，正在連載中的張恨水小說《荊棘山河》，因其對官場的揭露更為直露，被迫腰斬。也許當時皖系、直系、奉系各路軍閥你方唱罷我登場的不安定局面，反倒給了《春明外史》在夾縫中生存的條件，當然，作者的言情線索也是一層巧妙的保護色。

將犀利的揭露與譏刺掩映在纏綿的言情之中，這是作者的敘事策略，也未始不是當時作者雙重人格的表露。在思想層面上，他是一個關心民生疾苦、國家興亡的志士，而在感情層面上，他則是一個風流倜儻的才子。《春明外史》雖然在人物的感情生活方面下了不少功夫，但社會題材占有相當大的比重，作者的感情體驗與描寫功力未能淋漓盡致地發揮出來。《世界日報》在奉系軍閥對北京新聞界大動干戈後，元氣大傷，銷路下跌。在新聞、言論無法自由的時候，軟性的連載小說就成了給報紙救駕的法寶。《金粉世家》應運而生，作者有了一次對感情世界進行集中而深入的描寫的機會。

《金粉世家》從一九二七年二月十四日起在《世界日報》上連載，到一九三二年五月二十二日登完，歷時五年多，長達近百萬言，是張恨水小說中連載時間最長、篇幅最大的一部。如果說《春明外史》是傳統的言情小說與社會小說的融合的話，那麼，《金粉世家》則是言情小說與家庭小說的聯姻。女主人公冷清秋，出身於破落之家，為總理公子金燕西的甜言蜜語和顯赫家世所吸引，動了芳心，嫁了過去。不想結婚之後，金燕西獵豔成癖、放蕩不羈的本來面目暴露，與有豪門背景的前情人白秀珠舊情復燃，又同女戲子勾連往還，打得火熱。極度失望的冷清秋自閉小樓，以佛學來慰藉自己。最後趁著一把火悄然離去。敘事者對冷清秋的不幸婚姻固然懷有同情之心，但對她的愛慕虛榮與輕信、幼稚也不無嗔責之意，對她最後的抉擇自然是給予幾分讚許。敘事者的態度可以說是作者態度的直接投射，因為他在生活中一定看見過許多這類女性的悲劇。《春明外史》的人物性格基本是平面的展示，沒有發展，而這部作品裏的冷清秋前後的性格則有很大的變化。當她從打破的鏡子看到自己被折磨得面黃肌瘦、眼色無光的憔悴而失神落魄的樣子時，痛定思痛，對自己以前貪慕虛榮的思想與百孔千瘡的婚姻有了徹底的反省與覺悟：「那時以為穿好衣服，吃好飲食，住好房屋，以至於坐汽車，多用僕人，這就是幸福。而今樣樣都嘗遍了，又有多大意思？那天真活潑的女同學，起居隨便的小家庭，出外也好，在家也好，心裏不帶一點痕跡，而今看來，那是無拘束的神仙世界了。我當時還只知齊大非偶，怕人家瞧不起。其實自己實為金錢虛榮引誘了，讓一個紈袴子弟去施展他的手腕，已經是自己瞧不起自己了。念了上十年的書，新舊的知識都也有些，結果是賣了自己的身子，來受人家的奚落，我這些書讀得有什麼用處？」當金太太與金家姐妹對她表示同情，要阻攔金燕西胡鬧時，她不像一般女人那樣如遇救星、感激涕零，而是冷靜地表示：「夫婦是由愛情結合，沒有愛情，結合在一處，他也不痛快，我也不痛快，一點意思也沒有。」「我為尊重我自己的人格起見，我也不能再向他去求妥協，成一個寄生蟲。我自信憑我的能耐，還可以找碗飯吃，縱然找不到飯吃，餓死我也願意。」這是一個半新半舊的女性走過彎路後的覺醒，她不再像傳統女性那樣把生命的意義全部寄託在愛情、婚姻上面，而是看到愛情、婚姻嚴重受挫之後的生活道路還很寬廣，她也不再把自己的一切託付給男性，而是相信憑藉自己的能力可以在社會上立足。在女性解放這一點上，《金粉世家》與魯迅的《傷逝》可謂殊途同歸。《傷逝》是截取生活的一個橫斷面，以淒冷的悲劇來暗示女性解放的方向，而《金粉世家》則以雍容舒展的長篇，細膩地展示出人物迷途知返的精神歷程。選材的不同、人物命運的不同，正可見出兩位作者審美眼光的不同：魯迅冷峻而含蓄，張恨水溫煦而明朗。

在《金粉世家》裏，悲劇的直接釀造者金燕西，自然是道德批判的對象，作品通過他把冷清秋弄到手前後的巨大反差，揭露了這個所謂愛情追求者的醜惡嘴臉。但道德批判的鋒芒並不單單指向這一個人物，而且更指向他所賴以產生的家庭制度與男權傳統。正如作者所說，這部作品不像《紅樓夢》那樣把重點放在幾個主角，而是「把重點放在這個『家』上，主角只是做個全文貫串的人物而已」[3]。金燕西的行為並非獨一無二的個案，而是豪門巨族不思進取的紈絝子弟的通病，金家三個公子雖然都是家有豔妻，但無一例外地在外尋花問柳，其實他們的所作所為不過是父親金銓——堂堂國務總理私生活的翻版。金銓道貌岸然地反對兒子納妾，可是他自己納了兩個妾還嫌不夠。金氏父子的所作所為，不只是個人品德的敗壞，而且透露出深遠的社會文化背景。在男權社會裏，兩性地位嚴重不平等，有錢有勢的男人可以無休止地追求性欲、占有欲等本能欲望的滿足，而他們的妻室則只能關在高門深院裏等候男人的恩賜，或者遭受男人的冷

---

3 張恨水，〈寫作生涯回憶〉。

眼甚至欺凌。金家姐妹不是出於血緣關係去支援金燕西，而是反過來聲援外姓人冷清秋，女性的同情心背後掩映著對男權傳統的反抗。冷清秋的傲然對立以及最後不辭而別，連同金氏姐妹的支持，其實是對家庭乃至整個社會男權權威的挑戰。家庭本應是天倫之樂的伊甸園，親情融融的芳草地，但在張恨水筆下的這個金粉世家，夫妻之間、嫡庶之間，甚至母子之間，都充滿了陰謀、欺騙、猜忌、角鬥，溫情脈脈的虛偽面紗被撕得七零八落。大家庭的污濁內幕，及其土崩瓦解前後的巨大反差，既揭穿了舊的家族制度的虛偽性與腐朽性，也帶來了情節上平淡中見奇崛的張力，對讀者有著強烈的吸引力。作者後來回顧說，這部作品「故事輕鬆、熱鬧、傷感，使社會上的小市民層看了之後，頗感到親近有味。尤其是婦女們，最愛看這類小說。我十幾年來，經過東南、西南各省，知道人家常常提到這本書。在若干應酬場上，常有女士們把書中的故事見問。……它始終在那生活穩定的人家，為男女老少所傳看。」四十年代有評論家指出：「作者對於大家庭內幕的熟悉和社會人物的口語之各合其分，使這書處理得很自然而真實。既沒有謾罵小說的謾罵，也沒有『鴛鴦蝴蝶』的肉麻，故事的發展也了無偶然性和誇大之處，使我們明白『齊大非偶』和世家之沒落有其必然的地方。這種種都是以大家庭為題材的許多新文藝作家們所還未能做到的好處。」[4]

二十年代是張恨水的第一個創作高峰期，幾部小說同時在北京各大報上連載，連向來推進新文學甚力的北京《晨報》也推出了他的《天上人間》。但當時戰事不斷，交通阻隔，媒體傳播手段落後，加上作為鴛鴦蝴蝶派與禮拜六派的大本營的上海，自有一批早已成名的作家，與相對穩定的讀者群，所以，張恨水儘管在京津地區已經聲名鵲起，然而在上海還是沒沒無聞。一九二九年五月，閻錫山為了爭取南方輿論

[4] 徐文瀅，〈民國以來的章回小說〉，《萬象》第一年第六期（一九四一年十二月）。

界的支持，邀請上海新聞代表團到北平參觀[5]。代表團中的嚴獨鶴，時任上海第二大報《新聞報》的副刊主編，本人也是通俗小說名家。職業的敏感與審美取向，使他注意到了張恨水的小說。經友人介紹，兩人晤面，他熱情邀請張恨水為《新聞報》寫一部連載小說。張恨水也樂於抓住這個機會，打開在南方的市場，當場應允。於是，一部精心構撰之作《啼笑因緣》，從一九三〇年三月十七日至十一月三十日在《新聞報》副刊《快活林》上連載。「在那幾年，上海洋場章回小說，走著兩條路子，一條是肉感的，一條是武俠而神怪的。」而且「那些長篇運用的對話，並不是純粹的白話」。而《啼笑因緣》與此完全不同，言情而不肉感，纏綿而不感傷，暴露而沒有流於惡俗。「在這小說發表起初的幾天，有人看了很覺眼生，也有人覺得描寫過於瑣碎」，但「載過兩回之後，所有讀《新聞報》的人，都感到了興趣」。豈止是一般的興趣，簡直造就了無數《啼笑因緣》迷。連載期間，作品中人物的命運走向成為人們見面時的話題，許多平素沒有看報習慣的市民也訂起報來，《新聞報》的銷路直線上升，商家的廣告爭相要求登在靠近《啼笑因緣》的版面上。看到此作竟有如許人望，《新聞報》的三位編輯，臨時組織起三友書社，於一九三〇年十二月首先推出單行本，第一版一萬部，第二版一萬五千部，僅到一九四八年底，就已超過二十版。評彈、說書、話劇等藝術門類紛紛予以移植改編。為了爭奪攝製權，明星電影公司和大華電影社還打了一場官司，經名律師章士釗調停，大華社停拍，明星公司賠款十萬元。饒有意味的是，曾任司法總長兼教育總長的章士釗，就是《春明外史》裏支持頑固腐敗校長鎮壓學潮的教育總長金士章的生活原型。章士釗到底是個不失儒家風範的文人，當他卸去能使人扭曲變形的官印後，知識分子的良知與律師的職責讓他做了不少利國利民、也重塑個人形象的好事。《啼笑因緣》廣有人緣，原來主要是為京津讀者所熟悉的張恨水，此

5 一九二八年一月至一九四九年九月，北京改稱北平，本章涉及這段時間時稱北平。

番卻馳名大江南北了。他在述及一九三〇年秋赴上海經歷的〈我的小說過程〉中，不無自得地說：「我這次南來，上至黨國風流，下至風塵少女，一見著面，便問《啼笑因緣》，這不能不使我受寵若驚了。」[6]不過，《啼笑因緣》也曾讓作者吃了一場虛驚。據作者親人回憶，單行本出版前後，有位張將軍派副官赴北平，邀請張恨水即日隨他去奉天作客。張恨水知道推不掉，遂到後院與家人告別，說：《啼笑因緣》出事了，張將軍「認為劉將軍是寫他父親，要我去奉天一談，此去可能是凶多吉少，大家要有個準備，萬一出了事，向朋友告借，舉家南遷。」全家慌做一團，倒是張恨水很鎮靜，拿了幾件換洗的衣服，就同那位副官到了奉天。在當晚洗塵的宴會上，問到了《啼笑因緣》的創作經過，張恨水說沈鳳喜實有模特，劉將軍則是虛擬的人物，並非實有所指。張將軍是一個開明的新派人物，聽了解釋，一笑了之，款待數日，並約當地文藝界、新聞界朋友相會，臨別時還送了一些土特產。從此，一文一武成了好朋友。[7]

《啼笑因緣》大獲成功，原因何在？嚴獨鶴在初版本〈序〉中，將其歸結為：一、能表現個性，不只男主人公，而且三個女主角以及其他配角都有特殊的個性。二、能深合情理，人乃世上應有之人，事乃世上應有之事，絲毫不荒唐，也絲毫不勉強。三、能於細節中傳神，如第三回鳳喜之纏手帕與數磚走路，第六回秀姑之修指甲，第二十二回樊家樹之兩次跌跤，何麗娜之掩窗簾，與家樹之以手指拈菊花乾，俱為神來之筆。四、在結構與布局上，明暗相間、虛實並用。如第五回鳳喜被樊家樹送到女子職業學校補習班上學沒幾天，看到別的同學有什麼，就向樊家樹要什麼，先是要手錶、兩截式的高跟皮鞋，白紡綢圍巾，過了兩天，又要他給買自來水筆、玳瑁邊眼鏡等，顯露出鳳喜貪慕虛榮的性格苗頭，為後來眩惑於劉將軍的

6 張恨水，〈我的小說過程〉，《上海畫報》一九三一年一月二十七日至二月十二日。

7 參見張曉水、張二水、張伍，〈回憶父親張恨水先生〉，《新文學史料》一九八二年第一期；江流，〈潛山懷人〉，《清明》一九八二年第三期。

富貴埋下了伏筆；家樹與秀姑之不能結合，在第十九回看戲，批評十三妹一段，已有了暗示；第二十二回樊、何結合，也不明說，只用桌上一對紅燭作為暗示。沈三玄在坑陷鳳喜的陰謀中的作用、關氏父女「山寺鋤奸」等情節，採用虛寫，「論意境是十分空靈，論文境也省卻了不少的累贅」。《啼笑因緣》的轟動效應，的確如嚴獨鶴所說緣於作品的真實性和作者的藝術功力，但不可忽略的還在於迎合了市民的趣味。沈鳳喜雖然後來半是屈從於軍閥的壓力、半是貪戀其財富，背離了此前恩主般的意中人，但後來的發瘋表面上是被軍閥的凌辱與淫威所嚇，深層則是緣於內心深處承受不了良心的譴責，心理防線崩潰的必然結局。也就是說，沈鳳喜為感情的背叛付出了沉重的代價，反證了樊家樹的魅力。關秀姑內心傾慕樊家樹，卻願意成全意中人的願望，一次又一次地做出自我犧牲，一副俠骨柔腸，儼然救苦救難的南海觀世音菩薩。何麗娜美豔聰穎，光彩奪人，雖然先前奢華放浪，但畢竟能夠迷途知返，而且在三個女性中，在文化意趣上她與樊家樹有著較多的共同語言。幾個佳人圍繞心地善良、英俊瀟灑的青年男子轉，原本是傳統小說慣有的思路，如今拿來用在現代人物身上，感情的糾葛自有其令人牽腸掛肚的吸引力。男性讀者從中得到自詡自不必說，女性讀者也能從他的遭際中對女性的性格、命運引起無限的感喟，年輕的女性讀者或許還能激起一點樂於沉浸其中的婚戀幻想。這部小說不僅有言情的婉轉、細膩、纏綿，也有社會批判的剛直、犀利、強烈。當關壽峰聽到沈鳳喜被劉將軍搶走的消息時，就跳著腳怒吼：「這是什麼世界！北京城裏，大總統住著的地方，都是這樣不講理。若是在別地方，老百姓別過日子了，大街上有的是好看的姑娘，看見了……」而後，關氏父女到底刺殺了劉將軍，出了胸中一口悶氣。在關氏父女身上滲透出武俠小說的俠義精神與奇幻色彩，這一方面是應編者之約，為了滿足上海讀者對武俠的喜好，另一方面也是作者崇拜武功高強的祖父的幼年情結的藉機展示。作者在關壽峰、關秀姑父女身上寫了一些近乎傳說的武俠功夫，譬如關壽峰力舉千鈞的神力與筷夾蒼蠅的敏捷，再如秀姑的輕功，第十五回裏，樊家樹在院子覓月散心，「樹枝上有噗篤噗篤的聲音落到地上」，一株梧桐樹無風自動起來，樹葉和梧桐上的積雨落了滿地，回到屋裏，卻見墨盒上壓著一張字條，寫著「風雨欺人，勸君珍重」，字條誰人所寫，怎樣送來，大有神龍見首不見尾之玄妙。言情、社會與武俠相融互動，構成一個意蘊充盈、趣味豐富的藝術整體，滿足了市民讀者的多重需求。

《啼笑因緣》既投合了市民的趣味，也在一定程度上超越了以往的與當時的言情小說的水平，譬如結尾既不願像《十美圖》那樣把三個女子一起嫁給男主角，也不願寫到擇定一個嫁給樊家樹，因為在作者看來，如果那樣，「便平庸極了。看過之後，讀者除了為其餘二人歎口氣而外，絕不再唸叨書中人的——那有什麼意思呢？宇宙就是缺憾的，留些缺憾，才令人過後思量，如嚼橄欖一樣，津津有味」。因此，面對一部分讀者希望他做續集的主張，他表示不肯大團圓，斬釘截鐵地說：「我是不能續，不必續，也不敢續。」[8]但幾年後，某些人出於商業的動機，推出了幾種《啼笑因緣》的尾巴，尤其是一種《反啼笑因緣》，自始至終，將原故事整個地翻案。「執筆的又全是南方人，根本沒過過黃河。寫出的北平社會，真是也讓人又啼又笑。許多朋友看不下去，而原來出版的書社，見大批後半截買賣，被別人搶了去，也分外眼紅。無論如何，非讓我寫一篇續集不可。」三友書社一再要求作者，既然擋不住他人胡續，何不自己來續。張恨水終於被說動了心，放棄了自己不續的初衷，用了半個多月的工夫，寫了一個短短的續集。「把關氏父女，寫成在關外做義勇軍而殉難，寫到沈鳳喜瘋癲得玉隕香銷，而以樊家樹、何麗娜一個野祭來結束全篇。」續集於一九三三年二月初版，但因其陷入了大團圓的窠臼，藝術價值及其影響要弱得多了。

樊家樹最初捨門第高貴的何小姐不就，而寧願向身份卑微的鼓姬沈鳳喜靠攏，這固然如眾多評論者所說，有他看中沈鳳喜的自然質樸的一面。但實際上，沈鳳喜並不因為身份低賤就多麼地清純，在她的身

---

[8] 張恨水，一九三〇年〈作完《啼笑因緣》後的說話〉。

上，沾染了不少小市民的庸俗氣與小家子氣。樊家樹之所以更樂於接近她，在一定程度上是為了在心理上獲得一種男性的優越感。這多少也是作者個人心理的折射。張恨水自小便從傳統小說裏獲得了才子佳人結縭的婚姻模式，長大成人自然希望找一個才貌雙全的佳人為妻。還是當他在蒙藏墾殖學校讀書時，母親為了給兒子找一個可心的媳婦，親自出馬去女方家中相親，徐氏姑娘看上去清秀端莊，心靈手巧，母親訂下了這門親事。張恨水畢竟受過新式教育，不願接受包辦婚姻，但又不忍讓母親傷心，失學回鄉不久，在母親的操持下，娶進了新娘子。新娘剛進張家門檻，新郎卻跑到了村外一座小山上。主人賓客一起出動，總算找了回來，拜了天地，但蓋頭一掀，眼前的新娘卻並非母親相親時十分中意的人，而是一個當初被掉過包的鄉下醜姑娘，不要說是新郎難以接受，就是母親也品嘗了難言的苦澀。從一九一三年洞房初見，到一九五八徐氏病故，張恨水一直與她保持著名義上的夫妻關係，從未對她產生過愛情。到北京後，張恨水曾經有過兩次不成功的戀愛，《春明外史》裏楊杏園與梨雲、李冬青的戀愛大概融入了作者個人的失意體驗。也許是佳人理想的碰壁，使得已經在北方有些名氣的張恨水竟於一九二六年去貧民習藝所尋找婚姻的對象。他選中的胡秋霞，出身貧苦，被人從四川拐賣到北京給人做丫頭，因不堪虐待逃到貧民習藝所。胡秋霞心地善良，固然給張恨水帶來了感情的慰藉，但畢竟與他內心深處的愛情模式有著不小的距離。他在二十年代的作品裏一再描寫幻美而淒苦的愛情，便與他個人的感情生活不無關聯。《啼笑因緣》裏，沈鳳喜變了心，關秀姑讓了位，作品的結尾暗示了樊家樹與何麗娜的婚姻前景，這也正是作者內心深處的期待，因為單純的居高臨下的心理優勢並不等於愛情。《啼笑因緣》發表後的翌年，經人介紹，張恨水與北京春明女中學生周淑琴喜結連理。新夫人年輕美妍、聰明伶俐，既有知識，又有與張恨水相似的家庭背景，不至於讓他感到樊家樹在何麗娜面前因家世懸殊而產生的心理壓力，他終於找到了期待已久的感覺。從此，作品中浪漫而不無感傷的才子佳人色調才大為減弱。

二十年代本是新文學迅速崛起的時期，在此之際，被新潮派視為舊派小說家的張恨水竟能聲名鵲起，似乎令人費解。但實際上，張恨水的小說，無論是精神意蘊還是文體形式，都已經吸收了不少新的因子，並非舊派小說所能涵蓋。他那半新半舊的思想情調、新舊雜糅的文體形式，恰恰適應了廣大市民讀者的欣賞水平與閱讀期待。市民社會是一個有著巨大潛力的文學富礦與文化市場，可以說市民社會與市民文化造就了張恨水，市民趣味成全了張恨水。

茅盾在論及文學的民族形式時，曾說文學遺產中，「幾乎有百分之九十九是奉詔應制的歌功頌德，或者是『代聖立言』的麻醉劑，或者是『身在山林，心縈魏闕』的自欺欺人之談，或者是攢眉撑眼的無病呻吟」。而「表白了人民大眾的思想情感、喜怒愛憎的作品」，只占百分之一，就是市民文學。[9] 百分比如此劃定是否準確，當然可以商榷，但對市民文學價值的肯定則無庸質疑。市民的歷史可以上溯到戰國時代，而後無論朝代如何更迭，市民階層的規模基本上呈現為上升的趨勢，作為其利益、思想及審美情趣的反映，便漸漸產生了市民文學。尤其是宋代評話以來的白話小說，市民特徵十分突出。而後又有元曲、明代傳奇、明清白話小說，儘管當時不登大雅之堂，但其代表作到後來成為無可爭議的經典。正如市民概念的外延不斷擴大一樣，原初意義上的市民文學與文人文學的界限也日漸模糊，以俗為本色的市民文學吸收了文人文學的文雅成分，形成了開放性的傳統。清末以來，由於社會生活的巨大變化與報刊業的迅速崛起，社會小說、言情小說、武俠小說、偵探小說、歷史小說等多種文類的市民文學，汪洋恣肆般地發展起來，成為廣大市民「解暑消夏的常備飲料」。到了二十世紀二十年代，這種「常備飲料」的市場仍然相當廣闊。說來並不奇怪，因為新式教育的積累還沒有從根本上改變市民讀者群的文化結構，新文學也沒有足夠的力量占領如此之大的文

[9] 茅盾，〈論如何學習文學的民族形式〉，《中國文化》第一卷第五期（一九四〇年七月二十五日）。

學市場。雖然一九〇五年停止科舉後，教育有了新的變化，但無論是自一九〇三年頒布、沿用至一九一一年的「癸卯學制」，還是民國初年頒布、實行至一九二一年的「壬子癸丑學制」，語言文學課程，初小設中國文字（或國文），高小設中國文學（或國文），中學、高等學堂（大學預科）設中國文學、外國語，大學才有專門的外國文學。由於五四新文化運動的推動，教育部不得不接受一九一九年全國教育聯合會和國語統一籌備會的建議，於一九二〇年一月明令公布，全國國民學校一二年級國文教材改為語體文（白話文），並規定至一九二二年止，凡舊時所編的文言教科書一律廢止，改為語體文。[10] 這樣，新文學作品才得以逐漸進入中小學課堂。而在此之前，無緣入學者的文學閱讀幾乎是天然地選擇了市民文學，即使是進過新式學校，文學趣味的培養也來自傳統的「國文」教育與市民文學及林紓翻譯小說的課外閱讀。當時能夠上大學、從外文直接閱讀外國文學的人數，在市民中的比例極小。這樣看來，在二十世紀的頭二十年裏，絕大多數市民的閱讀水平與欣賞趣味還是停留在傳統的市民文學上面。文學革命初期，新文學創作者急於創新，自覺地與傳統文學劃清界限，對於清末民初以來的鴛鴦蝴蝶派與禮拜六派，更是極盡批判廓清之力，所以作品洋味兒較重，養成閱讀現代白話小說習慣的讀者人數還不多；而且新文學中的長篇小說出世晚，數量少，又不甚成熟。與此形成鮮明對比的是，興盛的新聞業需要文學版面，市民讀者群有著強烈的閱讀需求，既然新文學一時不能予以滿足，傳統市民文學的餘脈就自然而然地要承續下去，填補這個巨大的市場空白。

張恨水的文學底子就是由市民文學鑄成的，他深知市民的興奮點所在：可以痛斥貪官污吏，甚至揭露制度弊端，也希冀俠客出山，剷除惡霸，為民復仇，但不主張暴力革命；思想不能抱殘守缺，譬如貞操觀念、婚姻觀念的適度解放，但也不希望激進如挺立潮頭的弄潮兒；同情心不可或缺，又要有一點咀嚼感傷

---

10 參照顧樹森，《中國歷代教育制度》（江蘇人民出版社，一九八一年）。

與賞玩奇巧的餘裕；文體不能脫胎換骨，但對舊模式也要有所變通、有所增益。於是，就有了他那既疏離於新潮、也有別於舊派的小說創作，有了他在市民讀者中的巨大聲望。

第二節　意味的演進

《啼笑因緣》使張恨水在鴛鴦蝴蝶派的發祥地上海打開市場，等於確立了他在中國現代章回小說領域的重要地位。這不僅給他以十足的自信，而且也切實改變了他的生活狀況。《新聞報》要保持與這個「超級名角」的關係自不必說，《紅玫瑰》雜誌等刊物也熱情向他約稿，世界書局老闆以四元千字的價格買下了《春明外史》與《金粉世家》的版權，又以千字八元的價格，約他寫四個每部十萬到二十萬字的長篇小說。合同簽訂，他一下子有了八千元的現款。這是他有生以來收入的最大一筆款項，欣喜之情可想而知。他買下一個包括大小七個小院的大院落，辭去報社之職，在花吐芬芳的家中專心致志從事小說創作。

當張恨水在大江南北的市民讀者中頗為走紅之時，在文壇上，卻有另外一番遭遇：新文學家對張恨水大有圍剿之勢，激進的左翼批評他，自詡中庸而不偏激的《論語》雜誌也挖苦他。即使是對代表張恨水前期最高水準的《啼笑因緣》，也不例外。毛一波認為這部作品「取材不精，人物型有的過於理想（如關氏父女），遭遇偶合之處很多，不合人事的常情」，「是從舊小說的傳統而來的公子小姐故事的老調子」，「它是通俗的大眾的作品，適合一般人的口味，而所謂一般人士也者，還殘留著封建的社會意識之故」[11]。

11　毛一波，〈啼笑因緣的解剖〉，《文藝新聞》一九三一年四月六日。

夏征農認為：《啼笑因緣》雖是「最能把中國複雜的社會錯綜地表現出來的一部著作」，但它「所把握的、所描寫的，卻只是這一社會上的浮雕，消極的，歪曲的，雜亂無章的。於是在整個故事的結構上，也就形成一種『偶然』的湊合，逃不出傳奇小說那種『唱戲脫了節，除非神仙來接』的圈套」。在傳奇性、鋤奸濟弱、欣賞豪華生活與情致纏綿等趣味上迎合了「那些游離不定的市民以及一般有閒者」，但在思想意識上卻帶有近代有產者的基調與某些封建主義的色彩[12]。鄭振鐸也向張恨水當面表達他的意見：章回小說作者在意識方面有所欠缺[13]。

新文學陣營對張恨水的批評雖然不無苛刻之處，但也確實抓住了一些問題，指出了市民趣味與時代要求的矛盾。

其實，這種矛盾早在張恨水的學生時代就播下了種子。學校的新式教育和時代潮流的激蕩，使他成為一個嚮往革命的青年，而傳統文學的薰陶又使他成了才子的崇拜者，養成了欣賞才子佳人情調的審美趨向。步入文壇以後，他雖然沒有正式做過禮拜六派的文章，但禮拜六派的影響在他的文學構成中的確起了一定的作用，譬如才子佳人的情調、辭賦文彩的炫耀，等等。社會風雲起伏激蕩，新文學弄潮兒激流勇進，這些都不能不給張恨水以積極的影響。何況當他在京津地區名震一方時，胡適、錢玄同等新文學前驅者對他竟然視若不見，也不能不給他以強烈的刺激。與《春明外史》、《金粉世家》相比，《啼笑因緣》的才子佳人氣要減弱了許多。即使如此，也還是引來了激烈的批評，他不能不深刻地反省了。「九・一八」事變與「一・二八」事變的爆發，成為他以及一批被視為舊派的作家的小說創作轉變的契機。

12　夏征農，〈讀《啼笑因緣》〉，《文學問答集》（生活書店，一九三五年）。
13　參見張恨水，〈一段旅途的回憶〉，《新華日報》一九四五年六月二十四日。

他們紛紛做起了「國難小說」，譬如有程瞻廬的《疑雲》，徐卓呆的《往那裏逃》和《不櫛的女進士》，顧明道的《為誰犧牲》，黃南丁的《肥大佐》，汪仲賢的《恐怖之窟》，其中最突出的代表是張恨水。「九・一八」事變爆發時，張恨水應嚴獨鶴之約而寫的《太平花》寫到了一半，正在《新聞報》上連載，原苦於中國連年內戰，想以人民流離之苦表現反戰思想，現在外敵入侵，原來的構想就變得不合時宜，於是變內戰之苦到敵對雙方盡釋前嫌，聯合禦侮。在北平《晨報》連載的《滿城風雨》，也由抨擊軍閥內戰轉為反抗外敵侵略，民眾自發組成義勇軍趕走了外寇。為了表達民意，激勵民氣，他在「一・二八」之後的兩個月裏，寫下了短篇小說《九月十八》、《一月二十八》、《最後的敬禮》、《仇敵夫妻》與劇本《熱血之花》，還有筆記《江灣送粥老嫗》、《神槍手》、《大刀隊七百名》及大鼓詞《健兒詞》等作品，彙編成集，取名《彎弓集》，自費出版。雖然《彎弓集》尚屬急就章，題材缺乏切身感受，情調仍有舊痕，藝術上也存在著種種粗糙之處，但它畢竟是張恨水小說意味向切實、深沉、雄渾演進的重要標誌。他在《彎弓集・自序》裏說：「今國難臨頭，必以語言文字，喚醒國人」，「以小說之文，寫國難時之事物，而貢獻於社會，則雖烽煙滿目，山河破碎，固不嫌其為之者矣」。「吾不文，何能作《三國》、《水滸》，然吾固以作小說為業，深知小說之不必以國難而停，更於其間，略盡吾一點鼓勵民氣之意，則亦可稍稍自慰矣。」「今國難小說，尚未多見，以不才之為其先驅，則拋磚引玉，將來有足為民族爭光之小說也出，正未可料。」原來較多地品味個人感情的苦澀，現在放眼於山河破碎的國難，原來只是想讓讀者藉小說來排解苦悶，現在想到要鼓勵民氣，創作意旨的深化，使他「寫任何小說，都想帶點抗禦外侮的意識進去」。載於名編輯周瘦鵑主編的《申報・春秋》副刊上的《東北四連長》，其素材主要取自一位在東北軍當過連長的學生，用以表現在長城外堅持抗戰的下級軍官。《水滸別傳》，寫到梁山招安以後，北宋淪亡。古典新編的弦外之音，引起日本人的注意，向當時北平當局提出抗議，使張恨水不得不離開他生活工作了十幾年的古城。一九三三年五月，國民黨政府與日軍簽訂了喪權辱國的《塘沽協定》，換來了短暫的「安寧」，張恨水才於一九三三年夏末回到北平。

以往的創作，不少都依賴於新聞渠道。為了更切實地瞭解民情，他於一九三四年五月十六日動身，帶著一個工友開始了近兩個月的自費西北行。原想用半年時間，經陝、甘往新疆，回頭走河套，由平綏路回北平。走到蘭州時，朋友多方勸阻，擔心新疆的盛世才翻臉不認人（後來赴疆的進步人士果然遭了盛世才的毒手，證明當時的擔心與防範不是多餘的），而且再向西行，交通極為不便，遂改變了原計畫。儘管以他個人曾有的艱苦生活與新聞記者的廣博閱歷，對貧困並不陌生。但西北的貧困還是出乎意料之外。路上經過的絕大多數縣城不如江南一個村鎮。「大部分的同胞，還不夠人類起碼的生活。」有的人家窮得沒有被子，只好炕上燒沙當被子蓋，十八歲的大姑娘沒褲子穿，只能以沙草圍著過冬。許多人一生只洗三次澡。街上將餓死的人，旁人阻止拿點食物救他，因為這點食物只能延長片時的生命，反而增加將死者的痛苦。人間不可以擬議的慘象，使張恨水受到巨大的震動，種種印象畢生不能磨滅，思想發生了「極大的變遷」，文筆也自然而然地跟著有了很大的轉變。他根據所見所聞，寫成了長篇小說《燕歸來》與《小西天》，反映西北人民在天災人禍的浩劫的深淵裏絕望掙扎的淒慘生活。

一九三五年，日軍大批進關，黑雲壓城，危機日重。張恨水應友人之邀，赴上海，擔任《立報》副刊主編。期滿將歸時，「冀東事變」爆發，日軍扶植漢奸殷汝耕在冀東成立傀儡政權。據說在偽政權擬定的一份捉拿北平文化界抗日人士的黑名單上，張恨水「榜上有名」，家人一天之內連發兩份急電，不得已他打消了北上的念頭。於一九三六年四月八日赴南京創辦《南京人報》，並在自己主編的副刊《南華經》上發表小說《鼓角聲中》與《中原豪俠傳》等作品。堅持到一九三七年十一月初，張恨水赴蕪湖治病，一一月底與從南京疏散出來的家人一起避居故鄉潛山，開始了流亡生活。他與同人傾注了大量心血的《南京人報》，也在十二月初，即南京陷落、日軍進行血腥大屠殺的前幾天，被迫停刊。

張恨水曾經回應四弟牧野的建議，欲帶領潛山的一群青年回家鄉打游擊。為防備戰亂之中被人當作土匪吃掉，他起草了一份呈文，親自送到第六部，卻結結實實碰了釘子，對政府包辦抗戰、防範民眾與「異黨」的嘴臉有了切實的認識。從戎不成，還是拿筆做刀槍。他來到大後方重慶，加盟復刊的《新民報》，擔任主筆兼副刊主編。張恨水不僅是出名的快手，而且非常地勤奮。在戰時艱苦的環境中，他在編報的同時，每天要寫一篇雜文，其中自一九四一年十二月一日起，三年半所作的一千餘篇，約百萬字上下，後來結集為《上下古今談》。有時還寫一些抒情散文，留下了不可多得的一部散文精品《山窗小品》，幾部連載小說也在交錯進行，每天必寫三千字。重慶時期，他的小說幾乎全與抗戰有關，即使是描寫故都南京秦淮河邊歌女受壓而反抗的題材的《秦淮世家》，也「暗射著與漢奸廝拚」的指歸；《水滸新傳》將古典小說新翻楊柳，寫梁山好漢抗擊金兵，也是借古喻今，痛斥賣國奸賊，弘揚不屈的民族精神。作品發表在上海「孤島」，汪精衛和日本人非常地不滿，但寫的是宋代的故事，他們也無可奈何。而在延安，則受到好評。抗戰初期，所作多為直接表現抗戰的題材，如《潛山血》、《前線的安徽，安徽的前線》、《游擊隊》、《衝鋒》（一名《天津衛》）、《敵國的瘋兵》、《大江東去》、《虎賁萬歲》等。其中較為出色的是《大江東去》與《虎賁萬歲》。

《大江東去》的素材一半是人家傳說的事，一半是生活原型自己講述的親身經歷。以南京保衛戰為背景，描寫了抗日軍人的戀愛婚姻。孫志堅上前線之前，把妻子薛冰如託付給好友江洪護送去武漢。南京陷落，孫志堅生死不明，冰如對江洪萌生了愛情並想嫁給他，江洪婉言拒絕。孫志堅逃離虎口與薛冰如重逢，但薛冰如已移情難返，終於離婚。江洪到底不能接受薛冰如的愛情，而是毅然決然地與孫志堅並肩奔赴前線，負心女只能枉自對江空歎。這部抗戰言情小說雖然也有三角，但早期源自傳統言情小說的哀感頑豔卻被剛健大氣所取代，抗日軍人的豪邁胸襟抑制了個人情愫而不顯得硬澀。並且以寫實的筆觸，揭露了日軍攻陷南京後血腥屠殺的罪惡。第十六回裏描寫了令人慘不忍睹的血腥場面：「兩個禽獸般殺人不眨眼的日本兵，殺完人後竟把人頭割下來當球踢；那令人毛骨悚然的一具具屍體，一個個血肉模糊，披髮咬牙，有的沒頭，有的沒有下肢，有的胸膛被挖開，五臟六腑被挖了出來；有的女屍被剝得赤條條的，身上光得像剝皮羊一般；有的屍體泡在水裏，浮腫得像牛皮囊；有的屍體竟被卡車碾過來碾過去。」這是對日本侵略者的強烈控訴，把日本法西斯釘在歷史的審判臺，具有深遠的歷史價值。這部長篇一九四〇年發表於香港，一九四三年重慶新民報社推出初版本，在大後方的銷路僅次於《八十一夢》，在海外亦有影響，美國曾有節譯本在報上連載。

一九四三年十月，代號「虎賁」的常德守軍余程萬部，背水一戰，在日寇重圍之下苦撐十餘日，全師八千餘將士，只有八十三人生還，其以血肉之軀保衛國土的壯烈事蹟，贏得了國人的崇敬。張恨水曾經發表〈余程萬不朽之業〉一文，稱其為永垂史冊的不朽之舉。一九四四年初，事蹟本身與兩位倖存的參謀的再三要求打動了張恨水，他根據兩位參謀的口述與有關材料（《五十七師作戰概要》、《五十七師將士特殊忠勇事蹟》、作戰地圖、私人筆記、相片及報紙記載等）創作了《虎賁萬歲》。這部作品一改他長於暴露的視角，主要正面描寫將士的英勇事蹟。由於作者畢竟缺少戰爭的切身感受，又要追求戰史似的寫實效果，加上對敵方的瞭解甚為有限，所以作為一部戰爭小說還有許多不足之處。然而，當時親身參與正面戰場的作家很少，《虎賁萬歲》（上海百新書店一九四六年七月初版）要算是第一部以一次重大戰役為題材表現正面戰場的長篇小說。

作為戰時陪都的重慶，集中了許多政府機關，按說戰爭的特殊背景應使以往腐敗成風、效率低下的政府有很大的轉變，但實際上，官老爺們卻依然故我，甚至變本加厲地搜刮民脂民膏，大發國難財。重慶成了污穢橫流之地。前方將士英勇抗敵，而後方照樣荒淫揮霍，共產黨一心抗日，而政府當局卻慣於摩擦，製造了一系列的親者痛仇者快的慘案。張恨水對政府多有失望，對現實憂憤交加，他把所見所聞所感所想付諸筆端，創作了一系列揭露大後方黑暗的小說。這方面的作品主要有《八十一夢》、《蜀道難》、《牛馬走》（後出單行本時易名《魍魎世界》）、《第二條路》（即《傲霜花》）、《負販列傳》（即《丹鳳街》）等。

國難當頭，文化人豈能安生？國土淪陷，同胞遭戮受辱。這足以讓人悲憤不已；何況大後方的腐敗加劇了戰爭帶來的動盪、貧困，尤其是嚴重侵蝕了文化人一向賴以自豪、賴以存身的精神領地，更加令人悲愴、困窘、無奈。《傲霜花》就描寫了戰時陪都的一群文化人歧路徬徨的種種行狀與心態。小說一開始就展開了強烈的對比：文化不高的演藝界名角王玉蓮在重慶城坐擁半個樓面四間房，梳妝檯上宛如開了個化妝品展覽會，蝦、蟹、魚、鴨、火腿、海參亦稱「家常小菜」，身上穿的海勃絨大衣價值十萬元；而曾經教過她的老師，通曉英、德、法三種語言的唐子安教授卻住在郊外籬笆牆支起的茅草屋，賴以糊口的只有紅薯糙米粥和乾蘿蔔條，出席訂婚儀式做介紹人，不得不換下舊棉袍，穿上借來的中山服。現實的荒謬並不止於這種知識與貧富成反比的畸形，還在於囤積居奇的不法商人一夜之間就能暴富，奔走於仕途者亦可「柳暗花明」，而堅守文化教育崗位的文化人則只能在困境中煎熬、掙扎。聰明機敏的蘇伴雲棄文從政，從而有了錢亦有了閒去捧女角，繼而榮升處長，更可以將舞臺上的明星娶進家門做太太。精於算計的梁先生棄教經商，連名字都改為發昌，以表洗心革面之志、發財致富之望，果然是生財有道，教書時落魄潦倒的他竟很快辦起了自己的公司。書生氣十足的洪安東經歷了借錢治病、賣書還債等一連串的挫折之後，也終於在給學生上了悲涼的最後一課之後踏入商界。就連自恃清高、熱心於女權運動的華傲霜，尋尋覓覓十幾年，到頭來還是找了個留學歸來的企業老闆做伴侶。「先生將何之？」這是社會現實給文化人提出的嚴峻課題。避苦趨樂是人的本能，當現實中荒謬當道、腐敗公行、道德淪喪之時，人更容易為本能所驅使，捨大義而趨小利，棄未來而顧眼前。華傲霜的「菊殘猶有傲霜枝」之志打了折扣，真正能夠堅守陣地、傳遞人文精神薪火的簡直如鳳毛麟角。但他們的命運又能怎樣呢？就在梁發昌公司開業典禮的那天上午，耿直、倔強的談伯平教授肺病不治而逝。一面是熱烈的慶典，一面是淒冷的死亡，最後一章的這一對比恰與開篇首尾相顧，將對畸形社會的揭露與譏刺貫串到底，強化了文化人歧路徬徨、分化變異的悲劇氛圍。言情本是張恨水的拿手好戲，這部作品裏同樣有幾組三角戀愛關係（蘇伴雲、王玉蓮、華傲霜，潘百城、程小秋、楊曼青），但與他早期作品的三角戀愛膚淺的感傷、做作的纏綿不同，這裏的三角戀愛因染上了較多的社會色彩而切實、沉重起來，戀愛不再成為人物心理與人物關係的綱，而只是作為一條副線，豐富、深化了悲劇主題的表現。文化人是人文精神的開掘者與重要承傳者，但在政治昏暗之時，他們往往會成為犧牲品，張恨水寫出了文化人的這種悲劇屬性，應該說是深刻的發現。不僅同他在二三十年代描寫的才子型知識分子相比，要深刻得多，而且與其他作家同時期的同類題材比較，也不見得遜色。

在張恨水表現大後方生活的作品中，最值得注意的是《八十一夢》。這部長篇一九三九年十二月一日至一九四一年四月二十五日在《新民報・最後關頭》副刊連載，一九四二年三月由重慶新民報社印行初版本。作者在初版本〈自序〉中說，「取材於《儒林外史》與《西遊》、《封神》之間」，以「使人讀之啟齒一哂」，「排解後方人士之苦悶」。荒誕的藝術手法誠然可以讓人在笑聲中排解苦悶，但笑過之後諷刺的辣味足以讓人頭腦清醒。正如〈楔子〉末尾的詩中所說：「盧生自說邯鄲夢，未必槐蔭沒是非。」《新民報》總經理陳銘德在單行本〈序言〉中闡釋說，這些夢包含了作者在抗戰司令臺下的「憤慨、感觸，還有說不出的情緒」，「是抗戰聲中砭石，也是建國途上的南針」。是否「南針」或可探討，但稱為「砭石」則當之無愧。作品中古今錯雜、荒誕不經的神鬼世界其實正是現實生活的折射，從變形的魔鏡中分明可以領略重慶的一片烏煙瘴氣，可以看到形形色色丑類的卑鄙嘴臉，也可以體認到習焉不察的國民性弊病。抗戰時期的諷刺小說，在視野之寬廣、鋒芒之尖銳、手法之奇特等方面，《八十一夢》都堪稱第一。

囤積居奇是抗戰時期大後方人民最敏感的問題之一，有權者「近水樓臺先得月」，其他人是「八仙過海各顯其能」。黎民百姓深惡痛絕的這種畸形現象，不止一次變形地甚至直接地出現在《八十一夢》中。已故警察署督辦豬八戒將走私貨的洋商標撕去，換上土產品商標，囤積起來，等待時機賺取更大的利潤。比起縣公署科長鄧進才也加入了這一行列，從漢口撤退時買了兩箱子西藥入川，大大地發了一筆國難財。王老虎、錢老豹來，鄧進才實在是小巫見大巫。王老虎囤米為主，五金、棉紗、化妝品等相容並蓄，日進萬元。錢老豹更是囤積有方、進項無量，在眾多流亡者只能在號稱「國難房」的茅草房裏躲風避雨時，他家卻能在深山大谷裏蓋起最新式的七層洋樓，正應了那玉石牌坊上刻著的對聯：「卻攬萬山歸掌中，不流滴水到人間」，橫眉：「無天日處」。一語著實罵得痛快。正是由於他們昧著良心巧取豪奪，才過著窮奢極欲的生活。黎民百姓食不果腹，而豪門貴族則動用民航飛機空運香蕉、碭山梨、美國橘子、海鮮、桂魚、北平填鴨、廣東新豐雞，而且富公館日用品免稅。豪門得勢，哈巴狗、翻毛雞都可以乘上空中電車，從錢眼車站上車，直入雲霄。難怪車站門將「順治通寶」改成了「孔道通天」。正所謂一人得道，雞犬登天。這一描寫很容易讓當時的讀者想到一則激起民憤的醜聞：太平洋戰爭爆發後，許多知名人士困在香港，一時難以脫身，而當朝權貴孔祥熙的太太卻帶著雞犬箱籠乘機飛回重慶。

〈第三十六夢　天堂之遊〉裏的天堂，正如敘事者所悟，也不過說著好聽，其實這裏是什麼怪物都有。豬督辦不僅囤積居奇，對女色也是貪得無厭，除了高老莊那位夫人之外，又討了幾位新夫人，有的是瑤池裏出來的花得厲害的董雙成的姐妹班，有的是路過南海討來的慣於鋪張的海派。路上來來往往的與汽車裏坐著的人，有的人頭獸身，有的人身而牛頭、象頭、豬頭、獐頭、猴頭，雖然西裝革履，但那舉止上各現出原形來。西門慶雖是現出肥頭胖腦、狐頭蛇眼的本相，但是十家大銀行的董事與行長，獨資或合資開了一百二十家公司，家居有豪華公館，出行有高級汽車，威風得了不得。潘金蓮跳下車來，直奔了站在路當中指揮交通的警察，伸出玉臂，向警察臉上一個巴掌劈去，左腮猛可的吃她一掌，打得臉向右一偏。這有些湊近她的左手，她索性抬起左手來，又給他右腮一巴掌。兩耳巴之後，她也沒有說一個字，板著臉扭轉身來，上車揚長而去。天堂裏人浮於事，機構疊床架屋，盂蘭大會之外，另設局面小些的支會，每一個支會裏都有一個分會長，有十二個副分會長，每個會長之下，有九十六組，每組一個組長，一百二十四個副組長。遊歷者（敘事者）感歎「好一個膨大的組織」，善財童子道：「也沒有多大的組織，不過容納一兩萬辦事人員而已。」「超度一兩千鬼魂，天下倒要動員一兩萬天兵天將，十個人伺候一個孤魂野鬼，未免太周到了。」於此還不夠數，還要聘請五百名顧問。報應司煞有介事地設立了科律斟酌委員會，散仙恰合三十六天罡數，每位一年只攤到辦大半件案子，乾薪卻要拿七千二百兩銀子。天堂裏沒有王法可言，十四五歲的龍女菩薩，只因為茶房偷看了她幾眼，她便龍顏大怒，闖到機關裏召來文武天官，調遣身披甲胄、手拿斧鉞的天兵，配以七八輛紅漆的救火車，響聲震地、雲霧遮天地殺奔酒樓。生前正直、死後被冊封為九天司命府灶神的郝三，本應善惡分明，但面對如此跋扈的龍女，亦無可奈何。正如另一言官所做的灶神自嘲所說：「沒法勤勞沒法貪，半條冷凳坐言官。明知有膽能驚世，只恐無鄉可掛冠。　多拍蒼蠅原痛快，一逢老虎便寒酸。吾儕巨筆今還在，寫幅招牌大家看。」天堂裏標語漫滿天飛，但與實際無涉。大幅標語上寫著「一滴汽油一滴脂膏」，但官僚與闊商照樣把汽車開得滿世界跑。

作品的鋒芒也指向種種國民性弊端。如此慘烈悲壯的抗戰，竟沒有改變某些人國家意識淡薄而私心重重的病態精神，自私的房東為了多賺取一點高房租，竟然希望抗戰的勝利晚些到來。有的人崇洋媚外到了自輕自賤、令人作嘔的程度，糖果必是外國的好，闊人不用外國貨就會咳嗽，藥商兼全島公墓督辦每當心口疼時，必得外國人打他，才百病皆除、通體舒泰。渾談國裏渾談成風，以致誤國。每天要聚擾千百人在一處渾談一氣，談者無所不談，不知所談，聽者渾渾噩噩，不知所聽。凌雲大廈奠基已有百年，設計委員會已換了幾代人，大廈還是一個泥坑。討伐軍大兵壓境，下了最後通牒，直到最後五分鐘，才派出代表要求延遲期限，因其同胞在城裏正在開會。延緩的一個小時過去，衝進城裏，看見議政堂裏外上下七十二所會場，每所會場書桌、沙發、煙、茶、瓜子、花生俱全，還有提醒「請勿打瞌睡」的字條與「睡眠者超過半數方可使用」的大鼓。他們高談闊論，議而不決，直到亡國滅種。最後一批人被困死在一片林子裏，與屍首一起留下的是「臨渴掘井討論委員會」的條幅與「求水設計委員會小組會議」的紙條，這一描寫與老舍《貓城記》中被關在囚籠裏的最後兩個貓人還在「窩裏鬥」有異曲同工之妙。

作品在抨擊社會醜惡與文化弊端時，或隱或顯地總是以一股正氣作為參照。正氣有時由敘事者直接出面闡揚，有時則通過古往今來的各色人物來表現。〈第十五夢　退回去了廿年〉，假託民國八年，衙門裏家天下，總長家的大少爺兼差三十六個，上由國務院，下到直隸省統稅局，他都掛上一個名。小姐去上海吃喜酒，竟堂而皇之地掛專車。李錄事正擔心惹惱了科長的紅人影響自己的飯碗，不想自己為二小姐拉胡琴反倒升任祕書，敘事者撿了鑽戒還給主人二少爺，也被總長提拔為薦任祕書。沒想到回到家裏，挨了祖父厲聲訓斥：「我家屢世清白，人號義門，你今天做了裙帶衣冠，辱沒先人，辜負師傅，不自愧死，得意洋洋……」孫悟空被妖魔的黃霧所困，伯夷、叔齊道：「此霧是金銀銅氣所煉，平常的人，一觸就會昏迷。其實要破這妖霧也很容易，只要人有一股寧可餓死也不委屈的精神，這霧就不靈。」伯夷、叔齊先後在幾個夢裏出現，似乎就是為了體現這種精神。素以克己奉公著稱的墨子也一再被敘事者請出來匡正世風，當歡迎上天進寶的四海龍王的諂媚標語貼到了墨子門上時，墨子憤然道：「四海龍王不過有幾個錢，並不見得有什麼能耐。你們這樣下身份去歡迎他，叫他笑你天上人不開眼，只認得有錢的財主。我不能下這身份，我也不歡迎他的錢。我墨翟處心救世，赴湯蹈火，在所不辭，什麼四海龍王，我不管那門賬！」可謂鐵骨錚錚，正氣凜然。

抗戰之前，內戰頻仍，生靈塗炭，張恨水就曾寫過反對內戰的作品。抗戰爆發以後，各派力量本應齊心協力共同抗擊日本侵略者，但事實上，國民黨當局抵抗不力，摩擦有術，挖空心思防共反共，製造了「平江慘案」[14]、「確江慘案」[15]、山西「十二月事變」等一系列事件。「平江慘案」發生後，張恨水收到中共駐重慶代表成員之一的董必武寄給他的一份訃告，悲憤難平，寫了一副輓聯：「抗戰無慚君且死，同情有淚我何言」，翌日由《新華日報》刊出。一九四一年一月七日發生了更為慘烈的「皖南事變」，新四軍九千餘人遭國民黨軍八萬餘人伏擊，新四軍僅千餘人突圍，大部分壯烈犧牲，軍長葉挺負傷被俘，副軍長項英犧牲。這些事件發生在《八十一夢》寫作之前或連載期間，給張恨水以強烈的刺激。只是由於言論統制嚴厲，加上他的中間派身份，不便直接撰文抨擊，但他在《八十一夢》中，〈第五十八夢　上下古今〉藉古人之口抨擊兄弟鬩於牆的行為，顯然寄予了他的現實痛楚與焦慮。〈第二十四夢　一場未完的戲〉裏，在申太太與她所生養的兒子眼中，庶出的兒子是個危險的異類，他的存在就是她們的一塊心病，至於他在店裏辛勤苦幹，與櫃上的徒弟、挑水的司務都成了好朋友，更是成了籠絡人心、培植黨羽、分庭抗禮、直至篡家奪權的罪狀，於是，必欲置之死地而後快。本為看戲人的敘事者，對嫡子排擠異母兄弟而把

14　一九三九年六月十二日，國民黨第二十七集團軍派兵包圍新四軍設在平江嘉義的通訊處慘殺新四軍參議塗正坤、八路軍少校副官羅梓銘等六人。

15　一九三九年十一月十一日，國民黨特務和部隊一千八百餘人，圍攻河南確山縣竹溝鎮新四軍第八團留守處，慘殺抗日受傷的新四軍幹部、戰士和家屬二百餘人。

家私讓給母舅吞蝕的事情忿忿不平：「打蒼蠅餵斑鳩，這種人豈不是愚蠢透頂？」待到後來申太太一打死相威脅，逼庶子改姓遠行時，臺下的看客氣憤不過，大聲喊起來：「不要屈服呀！」引發了臺下的火種一起爆發，使欺人太甚的戲演不下去了。這一戲外戲曲折地表達出作者對政府當局排除異己、製造「摩擦」的憤怒，也預示出不得人心之舉的必然結局。

賄賂公行、貪污叢生的腐敗現象在夢中反覆出現。〈第四十八夢　在鍾馗帳下〉所寫的阿堵關，守關官卒，無一不索要賄賂，名目冠冕堂皇，無非為的是敲詐勒索。所謂私貨嚴厲檢查處，實則賄賂嚴厲索要處，總稽核連錢帶物，多多益善。主將錢維重更是刮地三尺，鑽進了錢眼裏，就連抓他也是憑了以毒攻毒的辦法：到劉海大仙那裏借了一串大金錢，擺在大路上，錢維重正帶著千百輛車子，滿載金珠，要到美洲新大陸去做黃金大王，看見路上金錢光芒萬道，不肯放過，便鑽進錢眼裏，這才被像牽狗一樣牽來了。忠實新村裏熱心社會事業的金不取，嘴巴上信誓旦旦，說「盜取該款分毫，絕非人類」，但那一筆捐款都盡數裝入自己的腰包。高喊「打倒老朽分子」、「掃蕩貪污分子」的年輕人，一旦自己掌權，比「老朽」有過之而無不及，連本村人進村都要收取入村稅。〈第七十七夢　北平之冬〉藉時光倒轉回五四時代把矛頭指向新貴：「不但將來，現在就有我們的大批同志，向政界裏拚命的鑽。我雖不知道民國二十年三十年將來是個什麼局面，可是我敢預言，『五四』運動時代的學生代表，那日子必定有大批的做上了特任官與簡任官。今日之喊打倒腐敗官僚者，那時……」作品裏寫道，「牆角警察崗棚子裏有人哈哈大笑道：『你們可漏了！』我被那笑聲驚醒。」作者在夢境的王國裏天馬行空，看似自由，其實在言論鉗制嚴厲的司令臺下，他難免不懸著一顆心，夢境不止一次被嚇醒。〈第五十八夢　上下古今〉裏，敘事者正和蘇東坡談得痛快，「忽然竹林裏有人大聲喝道：『你們譭謗君父聖賢，還說得意，一起抓去辦了。』隨了這一聲喝，青天白日，罩下一層不可張目的霧煙，我也就不得再起古人而問之了。」《八十一夢》只做了十四個，果然做不下去了。在報上陸續連載時，被揭發、被譴責的一撮人，就感到臉上無光，很不好過。他們不但不反躬自省，痛改前非；反倒老羞成怒，要和作者為難，即使對一個受市民大眾青睞的中間色彩的作家，也不能再容忍下去了。只是因為小說究竟是小說，沒有指名道姓，因而沒有人願意出頭自認罵名。但又不甘甘休，便暗裏施放「霧煙」。先是檢查來往書信，尋找「赤化」的證據，繼而授意新聞檢查所，予以檢扣，後來祭起「不利於團結抗戰」這頂大帽子，勒令停刊這部小說，均未能奏效。終於，一個擔任政府要職的人物出面了，他以安徽同鄉的身份把張恨水請到豪華的家裏，酒肉招待，勸了一宿，先是慷慨激昂地談抗戰，繼而痛罵豪門貴族，稱讚《八十一夢》寫得好、罵得對，希望他就此打住，恰倒好處。最後，問他是否有意到貴州息烽一帶休息兩年。張恨水自然知道，息烽一帶有一座國民黨關押政治犯的集中營（楊虎城將軍就曾在那裏羈留），在這方面，當局是「言必信、行必果」的，只好答應「算了」，於是，《八十一夢》只做了十四個便告結束。

《八十一夢》的中止在張恨水的小說生涯中絕非第一次。「七．七」事變之前，他曾應舊友之邀為《中央日報》寫《風雪之夜》，結果因為表現的是抗日義勇軍題材，未及寫完，便接到了「奉命停刊」的消息。《前線的安徽，安徽的前線》，因寫了游擊隊的抗日活動而遭到腰斬的厄運。現在的《八十一夢》連光怪陸離的夢也給一個悶棍打飛了。作者在最後給《八十一夢》加的〈楔子〉中，說夢本上被小孩子淋了些殘湯剩汁，添了一點油腥氣，「這就刺激了老鼠的特殊嗅覺器官，誤認這一本空虛無所可求的夢稿，也可以是咀嚼的東西，到了晚上，直鑽進我的故紙堆中把牠的牙與爪，切切實實將這本子磨勘一頓。等我發覺了時候，捧在手上一看，確是一捧稀破爛糟的紙渣」。不過，「耗子大王，雖有始皇之威，而我也就是伏生之未死，能拿出尚書於餘燼呢」。把書中所敘之夢說成是鼠齒下的殘渣，這一俏皮的解釋是對當局的諷刺，再加上秦始皇焚書之典的引入，強化了對當局扼殺言論自由的控訴和鞭撻。讀者對這部作品產生了強烈的共鳴，尚在連載期間，就不斷給作者寄信，稱讚寫得對、罵得好，希望再寫得深刻些，再罵得痛快些。單行本由新民報社出版後，成為大後方最暢銷的小說，稍後延安也加以翻印。宇文宙在《新華日報》發表評論，充分肯定了《八十一夢》對種種社會腐敗風氣與精神痼疾的揭露與諷刺，並特別提醒讀者注意在整個牛鬼蛇神世界中「『孤軍作戰』的崇高的靈魂」[16]。周恩來在應邀到新民報講解當前形勢時，也稱讚說：「同反動派做鬥爭，可以從正面鬥，也可以從側面鬥，我覺得用小說體裁揭露黑暗勢力，就是一個好辦法，也不會弄到開天窗。恨水先生寫的《八十一夢》，不是就起了一定作用嗎？」[17]不過，到了一九五七年八月，上海文化出版社出版橫排版時，刪除了〈一場未完的戲〉、〈上下古今〉、〈追〉、〈北平之冬〉、〈回到了南京〉、〈尾聲〉等篇，個中原因，有的大概是因為政權的更迭，不便再提南京政府的正統地位，有的恐怕是緣於《八十一夢》的辛辣諷刺具有跨時空的意義。

三十年代中期以後，張恨水的小說無論是思想情調還是文體形式，都發生了深刻的變化，日益引起文壇的關注與敬重。一九三八年三月二十七日，中華全國文藝界抗敵協會在漢口成立，遠在重慶的張恨水當選為第一屆理事，成為理事中的唯一一位章回小說家。一九四四年五月十六日，在他五十歲生日之際，中華全國文藝界抗敵協會、新聞協會、重慶《新民報》等單位聯合發起祝壽活動。這在當時，是一種殊榮，享受這一殊榮的只有郭沫若、茅盾等幾位文學宿將。老舍發表文章，稱讚張恨水的勤奮、毅力，用自己實實在在的創作而「並不用裝飾與習氣給自己提出金字招牌」，他「最重氣節，最富正義感，最愛惜羽毛」，「是個真正的文人」[18]。《新華日報》發表短評，說張恨水的章回小說同舊型的章回小說有著明顯的

16 宇文宙，〈夢與現實——讀張恨水先生著《八十一夢》〉，《新華日報》一九四二年九月二十一日。
17 轉引自張占國　魏守忠編《張恨水研究資料》（天津人民出版社，一九八六年），頁六。
18 老舍，〈一點點認識〉，《新民報晚刊》一九四四年五月十六日。

分水界，他的題材最接近於現實，「由於恨水先生的正義感與豐富的熱情，他的作品也無不以同情弱小、反抗強暴為主要的『題母』」[19]。《新華日報》社長潘梓年親自撰文，稱讚張恨水是一個有識力、有修養、有明確立場——堅主抗戰、堅主團結、堅主民主——的「自強不息、精進不已的作家」[20]。

張恨水的確當得起「精進不已」的讚語。早期帶有一點文人自戀色彩的膚淺的感傷，被貼近時代脈搏、反映大眾呼聲的深沉感情與理性思索所取代；對市民趣味的單純迎合，變為對市民趣味的引導與改造。在抨擊腐朽社會的方面，他已從後衛的位置進到了前鋒的位置。在《八十一夢》裏，敘事者曾經預想到，抗戰勝利後船票飛漲，普通的流亡者要回鄉並不容易；捷足先登的復員者，開始了對女子、房子之類的新一輪搶奪。抗戰勝利後的情形果然讓敏感的作家不幸而言中。他繼續沿著《八十一夢》、《牛馬走》的路向，創作了《巴山夜雨》、《紙醉金迷》等一系列小說，其中表現抗戰後國民黨腐敗越演越烈的《五子登科》最為突出。中央特派的接收大員金子原，明知漢奸心懷叵測，但還是樂於上鉤，房子、金子、女子、車子、票子，來者不拒，照單全收，而且貪得無厭，做起了走私金條的生意，敗露後攜情婦帶鉅款逃之夭夭。作品通過一個接受大員的貪婪無恥、荒淫腐敗，揭露了國民黨政權腐朽不堪的本質特徵，以反諷的喜劇傳達出國民黨統治行將土崩瓦解的聲訊。

社會批判儘管激烈，但張恨水寧願保持獨立作家的姿態。他的激烈，與其說是出於政治立場，毋寧說是發自作家對社會變遷與時代氛圍的敏感，出於知識分子的良知和情繫人民的感情傾向。一九四二年，在《新民報》的一次編輯會議上，張恨水與張友鸞曾經共同提出了「居中偏左，遇礁即避」的辦報方針，

---

19 轉引自張友鸞，〈章回小說大家張恨水〉，《新文學史料》一九八二年第一期。
20 潘梓年，〈精進不已——祝恨水先生創作三十週年〉，重慶《新民報》一九四四年五月十六日。

其實這也是張恨水創作的指導原則。在這一原則下，他對國民黨政府做過尖銳的批評，對共產黨堅持抗戰的方針做過正義的辯護。內戰爆發後，他一方面寫出了《五子登科》等多部長篇小說，對國民黨官僚政客的種種腐敗進行犀利的揭露與抨擊；另一方面，發表文章，認為中共不放棄武力失掉了民心。他與其他民主派、中間派一樣，試圖在共產黨與國民黨的武力對抗之外尋求第三條道路。但第三條道路如遠古蜀道之難，難於上青天。國民黨當局不斷施加壓力，報社內部權力之爭也令他苦惱，一九四八年一二，他辭去了北平《新民報》的所有職務，結束了他長達三十年之久的報人生涯。報人生活的快節奏，固然催生了他的一些製作有嫌粗糙的作品，但無疑地也給他的小說帶來了迥異於學者作家創作的特點，譬如視野較寬，信息量豐富，創作量較大，現實感強，風格貼近市民讀者，等等。一九四九年一月三十一日，北平宣布和平解放。三月二日至四日，《新民報》發表了題為〈北平新民報——在國特統治下被迫害的一頁〉的署名文章，認為張恨水在主持《新民報》期間，向國民黨當局做了嚴重的妥協，是國民黨特務迫害進步人士的幫兇，文章行文尖刻，對張恨水刺激很大。六月，張恨水高血壓加重，導致半身不遂，帶著病體走進了新中國的歷程。新政府並沒有忘記這位廣有人緣、且曾經「偏左」的作家，周恩來總理派人看望他，對他的生活做了妥善的安排，聘他為文化部的顧問，後來又聘他為中央文史館館員。重慶談判時曾經向張恨水贈送過延安小米、紅棗和毛呢布料的毛澤東，一九五六年也曾關注過他的創作。他病體有所好轉後，堅持創作，但能夠發表的小說已不再涉足現實題材，只是《梁山伯與祝英臺》、《孔雀東南飛》等歷史或傳說題材，在藝術上已屬落日餘暉了。另外也寫一些散文，不過，不知是一場大病奪去了他的創造力，還是他無法適應新的環境，意義和意趣都大為減色，比起重慶時期的玲瓏剔透的《山窗小品》與縱橫捭闔的雜文《上下古今談》來，簡直有天壤之別。「文革」爆發，幸好張恨水近年來已不再活躍，加上有幸得到有關部門與街道上的好心人的保護，比起三十年代的左翼作家與新中國成立以來走上文壇的新作家來，他要算是比較安寧的了。一九六七年，農曆正月初七，張恨水因腦溢血突發而逝世，這位曾經讓無數讀者著迷的多產作家，在大江南北武鬥的槍砲聲與奪權的喧囂聲中，悄無聲息地走完了七十二年的生命歷程。

第三節　融合與創新

張恨水在二十世紀小說史上是個特殊的存在。他在深受讀者歡迎之後許久才被文壇不情願地認可，因為他的成名照出了新文學弄潮兒的尷尬。無論是在文學革命中披荊斬棘的前驅者，還是思想激進的左翼，抑或以性靈自由與英式幽默作招牌的論語派，還有追趕西方新潮的現代派，都曾不約而同地對張恨水表示不屑一顧。這也難怪，在一個幾乎一切都在劇烈變動的時代裏，一般創作者嘔心瀝血想要出新尚且唯恐不及，而張恨水卻對古已有之的章回體情有獨鍾，並且奇蹟般地贏得了讀者的青睞。這不能不激起文壇夾雜著嫉妒的憤怒，以輕蔑表達的不滿。但一味地指責張恨水守舊與讀者層次不高，顯然改變不了文學市場上張恨水走紅的現狀，也背離了張恨水的創作個性。事實上，張恨水小說已經不是傳統意義上的章回體，而是一種融合古今、兼取中外、雜糅雅俗的現代章回體。三十年代初，《申報》編輯周瘦鵑失去了《自由談》副刊的陣地，另闢《春秋》副刊，為了穩定老讀者，爭取新讀者，要發連載章回小說，他設定的標準是既要通俗，又要有幾分雅致，既要保留一點傳統風格，更要不脫離時代，他想來想去，終於找到了最佳人選張恨水。不同階層、不同年齡、不同審美趣味的讀者中，都有許多張恨水小說迷，其中一個重要的原因就在於張恨水小說文體的多元性：戀舊的讀者看得到傳統的框架、熟悉的手法，趨新的讀者能發現傳統的點化、富於靈性的創新。

在非新即舊、舊即應該淘汰的兩極性思維占主導地位的文化氛圍裏，張恨水文體的多元性價值要被認可，並非易事。五四文學革命時期，為了清理出一塊基地，建立新文學大廈，新文學陣營對傳統的東西採取了激進的批判態度。在被視為新文學綱領性文獻的《人的文學》裏，周作人在意義的層面上，把《西遊記》列入迷信的鬼神書類，把《聊齋志異》列入妖怪書類，把《水滸傳》列入強盜書類，認為它們「妨礙人性的生長，破壞人類的平和」，應該予以排斥。儘管事實上現代小說、散文、詩歌等文體的建立都有傳統文學在起作用，但前驅者不願承認這一點。並且，對於留戀傳統的一群，大有視為不開化的落伍者的感覺。張恨水就曾這樣回顧自己當年的情形：「在『五四』的時候，幾個知己的朋友，曾以我寫章回小說感到不快，勸我改寫新體，我未加深辯。自《春明外史》發行，略引起了新興文藝家的注意。《啼笑因緣》出，簡直認為是個奇蹟，大家有這樣一個感想：丟進了毛廁的章回小說，還有這樣問世的可能嗎？這時，有些前輩，頗認為我對文化運動起反動作用。而前進的青年，簡直要掃除這棵花圃中的臭草。但是，我依然未加深辯。」他解釋自己緘默不語、堅持不懈的緣由：「我覺得章回小說，不盡是可遺棄的東西，不然，《紅樓》、《水滸》，何以成為世界名著呢？自然，章回小說，有其弱點存在，但這個缺點，不是無可挽救的（挽救的當然不是我）；而新派小說，雖一切前進，而文法上的組織，非習慣讀中國書，說中國話的普通民眾所能接受。正如雅頌之詩，高則高矣，美則美矣，而匹夫匹婦對之莫名其妙。我們沒有理由遺棄這一班人，也無法把西洋文法組織的文字，硬灌入這一班人的腦袋，竊不自量，我願為這班人工作。有人說，中國舊章回小說，浩如煙海，盡夠這班人享受的了，何勞你再去多事？但這有兩個問題：那浩如煙海的東西，他不是現代的反映，那班人需要一點寫現代事物的小說，他們從何覓取呢？大家若都鄙棄章回小說而不為，讓這班人永遠去看俠客口中吐白光、才子中狀元、佳人後花園私訂終身的故事，拿筆桿的人，似乎要負一點責任。我非大言不慚，能負這個責任，可是不妨拋磚引玉，來試一試。」[21]如果說他剛剛嘗試小說創作時還有些懵懵懂懂，只是興之所至的話，那麼從《春明外史》開始，他就有意識地對中國小說的傳統予以繼承並進行革新了。

從文類來看，自《春明外史》開始，他的創作裏很少有單一的新聞小說、社會小說、言情小說、武俠小說、家庭小說，而通常是幾種融為一體，較多的是以社會為經、以言情為緯的社會言情小說。把社會小說與言情小說融為一體，在張恨水之前，就已經有一些小說家做了種種嘗試，譬如《孽海花》、《廣陵潮》等，但張恨水更為自覺、更為成功，二者有交叉，也有對比[22]，互應互動，自有一種重新整合的審美效應。在社會風雲與感情漣漪的交織中，他還注意將人物生活舞臺的風俗引入情境，這不僅有助於性格的刻畫與情節的推進，而且平添一種風俗小說的韻味。譬如《啼笑因緣》裏的北京天橋，就給讀者留下鮮明的印象，以致「讀過這部小說的南方人，到北京來必訪天橋」[23]。張恨水把自己十分熟悉的中國古典小說作為創作的重要資源，對古典題材採取「新翻楊柳」的寫法，為現代小說提供了一種新的文類。《新斬鬼傳》翻用的是清代康熙年間煙霞散人《斬鬼傳》鍾馗打鬼的題材，讓鍾馗在推翻帝制、建立共和的背景下，斬殺新時代的種種鬼怪：鴉片鬼、狠心鬼、玄學鬼、空心鬼、不通鬼、大話鬼、道學鬼、勢利鬼、頑固鬼、沒臉鬼等等，以神怪小說的方式批判現實社會。雖然不無詞氣浮躁、遊戲淺薄之處，但體式新穎別致，且鋒芒犀利，非一般程式化、娘娘腔的章回小說可比。《水滸新傳》借用《水滸傳》的人物，上承七十回本，寫梁山好漢抗金，慷慨悲愴，壯懷激烈，敘事在歷史地理方面有所考據，不失其真，人物有所生發，故事有所創設，力

21　張恨水，〈總答謝〉，重慶《新民報》一九四四年五月二十日至二十二日。
22　參照袁進，《張恨水評傳》（湖南文藝出版社，一九八八年），頁九八。
23　張友鸞，〈章回小說大家張恨水〉，《新文學史料》一九八二年第一期。

求與原著神形皆似。現代小說史上，歷史小說頗有不少，但像這樣的新翻楊柳之作卻是張恨水的獨創。可見傳統文學是個富礦，可以進行多方面的開採，關鍵在於是否具備獨到的眼光、敏悟的靈性與扎實的功力。

中國古代文學寶庫中有一批寓言小說，神魔題材的有《西遊記》，夢幻題材的有《枕中記》、《南柯夢》、《鏡花緣》等等。其豐富的想像力與奇異的天地給張恨水打下了深刻的烙印。早在嘗試創作階段，他的《真假寶玉》，就讓《紅樓夢》中的寶玉下凡，同當時舞臺上扮演寶玉的演員查天影、歐陽予倩、梅蘭芳等人進行對比，對名角說長道短。《小說迷魂遊地府記》寫夢魂出殼，遊逛地府，藉地府言人間事，抨擊北洋軍閥。寫於三十年代前半期的《祕密谷》，似乎是從陶淵明的〈桃花源記〉受到啟迪，描寫兩個現代人到天柱山探險，在一處「仙境」中遇到避居山中、不知山外滄桑的明朝遺民後代。「仙人」並非心如古潭，一遇外來刺激，便挖空心思爭奪皇座，可是待到出山，連謀生都成了困難。作品以現代探險和古代奇遇的融合，象徵地勾勒與批判了夜郎自大的士大夫心態與窩裏鬥的國民性，「大概可以當作一個閉關鎖國的古老民族生存境遇的寓言來讀」[24]。到了四十年代的《八十一夢》，古今錯雜、人神鬼交流的藝術天地更是廣闊無涯。時空顛倒，陰陽交匯，現實世界與幻想世界打通，人能上天堂「攬勝」，也可下地獄遊歷，不同朝代的歷史人物伯夷、叔齊、墨子、子路、魯仲連、司馬懿，文學人物李師師、梁山好漢、牛魔王，可以齊聚一堂，古人的亡魂能夠復活，張士誠大談元末風雲，蘇東坡褒貶宋代人物……夢魂上天入地，出入古今，荒誕出人意表，意緒卻緊貼現實。《八十一夢》與老舍的《貓城記》、張天翼的《鬼土日記》等寓言體諷刺小說，都屬於以怪誕折射現實的奇書。《鬼土日記》透露出左翼的政治眼光與青春的銳氣，筆鋒尖利，文化諷刺尤見靈性，而制度諷刺有嫌直露；《貓城記》結構宏大，一氣貫通，嬉笑怒罵皆

24 楊義，〈張恨水：文學奇觀和文學史困惑〉，楊義主編，《張恨水名作欣賞》（中國和平出版社，一九九六年），頁八。

成文章，但由於創作心境的危亡焦慮及投射進作品裏的悲劇結局，作者擅長的幽默未能盡情發揮。這兩部作品從意旨到文體明顯受到《格列弗遊記》等西方寓言體小說的影響，或多或少帶有點洋味。比較起來，《八十一夢》由於以單個夢為單元，各夢互不相涉，因而結構相對緊湊，描寫的自由度更大；又因作者熟諳且喜愛古典，所以借助古典資源的地方較多，在整個情境氛圍上有濃郁的民族色彩與歷史韻味。

在二十世紀上半葉的中國小說史上，恐怕沒有哪一位新文學作家在文體上保持的傳統色彩會比張恨水多。章回小說的基本體式，回目的精警俏皮，白描的質樸自然，意象敘事的含蓄幽邃，都被張恨水繼承下來，譬如評論者常常引以為例的樊家樹與沈鳳喜連袂彈唱〈霸王別姬〉突然琴弦崩斷，就彷彿《紅樓夢》黛玉葬花的預言敘事，《金粉世家》甚至連人物設置及有些細節描寫等，也能看出《紅樓夢》的痕跡。但傳統的章回體存在著種種弊病，諸如回目的過分雕琢，濫用典故，陳言套語，敘事拖遝板滯，每回雙峰並峙結構的程式化，詩歌辭賦在整體結構中顯得冗贅，只是為了顯示作者的「才氣」，或者表達某種並不高明甚至迂腐的觀念，等等，也曾成為張恨水的負擔，他的前期創作中就或多或少留有一些舊痕，尤其是第一部長篇《春明外史》，上述弱點幾乎都能找得到。然而，隨著自身創作經驗教訓的積累，加上外面文學新潮的刺激與感召不斷加強，他的革新意識越來越自覺，創新的步子越來越大。

一九四四年五月，他在答謝友人賀壽的盛意時，就對自己的創作做過這樣的總結：「關於改良方面，我自始就增加一部分風景的描寫與心理的描寫。有時，也特地寫些小動作。實不相瞞，這是得自西洋小說。所有章回小說的老套，我是一向取逐漸淘汰手法，那意思也是試試看。在近十年來，除了文法上的組織，我簡直不用舊章回小說的套子了。嚴格的說，也許這成了姜子牙騎的『四不象』。」[25]中國傳統小說的

25　張恨水，〈總答謝——並自我檢討〉。

景物描寫，一則量少，二則程式化，三則往往文氣十足，夾雜在白話敘事中甚不諧調，總的來看，尚無獨立的品格。張恨水對景物的重視顯然超過了前人，不僅社會言情小說中有大段的寫景，而且就連寓言體的《八十一夢》也不乏景物描寫。景物描寫有時與人物心理或情節發展密切相關，如《春明外史》第二十二回楊杏園給梨雲送殯時的雪景描寫，越發暗得緊了的天色，飄飄蕩蕩越來越大的雪花，收拾未盡的蘆在風中的瑟瑟響聲，杠夫足下的踏雪聲，加重了淒慘的氣氛。有時則貌似疏離，實則有一種電影的「空鏡頭」效果，又似書法的「飛白」，還像樂曲中的休止符，對於人物刻畫與情節推進而言，屬於不寫之寫，似斷還續。如《八十一夢》第八夢開頭的月景描寫，深藍色的夜幕上，猶如鏡子一樣的月盤，給山面上輕輕塗了一層薄粉，山谷裏閃爍的燈光彷彿有點詩意。表面上看，這與後面的「生財之道」沒有必然的聯繫，實際上，則如詩歌中的起興，讓「我」聯想到李白低頭思故鄉的詩句，喚起鄉愁，從而與後面所要譏刺的大發國難財形成鮮明的對照。景物描寫盡力追求個性化，同是寫月景，此時此地之月不同於彼時彼地之月，極少重複之處；而且也用白話寫景，力避套語，與寫人、敘述故事的語調諧調一致。傳統小說的心理描寫長於通過人物的言語和動作顯現，有時也借助夢境展開。張恨水小說繼承了這些長處，動感強，夢境出入自然，同時也學習西方文學的手法，引入了人物的內心獨白與敘事者的心理剖析。《金粉世家》第九十回冷清秋望月傷神，想到嫦娥偷吃後羿的靈藥飛升廣寒宮的傳說與古人詠嫦娥的詩，感慨無限。這裏，人物的內心活動、敘事者的插入剖析與自然景物交織互滲，構成一個月光一樣清澈而幽邃的審美意境。風景描寫與心理描寫分量的加重與方式的變革，無疑為章回小說大大拓展了藝術空間。

在敘事結構與敘事手法上，張恨水對傳統的套路和新潮的樣式廣收博採、重新鎔鑄。鑑於《儒林外史》、《官場現形記》類似短篇的連綴，缺少貫通的人物與情節，他在幾十萬字乃至近百萬言的長篇裏，安排一個貫串始終的主角，借主角的眼光與經歷展示社會面貌、民俗風情與社會心態，情節直接或間接地有所勾連，結構顯得圓融而舒展。但像《八十一夢》，由於寓言體諷刺的需要，在某種程度上是對傳統的復歸，十四個夢之間雖然沒有直接的關聯，但是，夢這一象喻形式相同，構思的奇警怪誕相通，而且夢的諷刺、憤懣、抨擊的意緒一脈貫通，彷彿一個個相對獨立的珠子串成了一串，倒也渾然一體。傳統章回體小說的內部結構，由於對偶式思維及其在回目上的表現——對仗的聯句——的制約，一般每回都是雙峰並峙，張恨水也曾搬用過這一程式，但後來漸漸弱化對偶性，以致不少作品乾脆每回只設一個高潮，以便集中描寫，在簡練中求得了深入。作為章回小說門面的回目，自然也不是墨守成規，一九三五年在上海《立報》發表的《藝術之宮》，就已經不用對仗的回目了。抗戰期間的《衝鋒》、《八十一夢》、《牛馬走》，抗戰勝利後發表的《巴山夜雨》、《紙醉金迷》等，作品的章題，更為自然、俗白、自由，從單字到八、九個字，長短不等，自有一種參差之美。至於中後期有些小說仍用對仗的回目，機智俏皮依舊，但已少了早期的雕琢氣。章回題目的自然簡潔正是結構自由舒展的反映。張恨水閱讀過大量的包括小說、傳記等在內的傳統史傳文學，對前人運用得出色的敘事方法——諸如白描、意象、渲染、穿插、剪裁等等，仔細揣摩，可謂爛熟於心。同時，他也注意吸收西方文學的長處，他還是個電影迷，對電影蒙太奇等頗感興趣。他逐漸把傳統的與新潮的、中國的與西方的、文學的與其他藝術門類的敘事手法熔為一爐，既有細針密縷，也有大刀闊斧，敘事方式走向多樣化，削減了一些傳統章回體敘事的粘滯、拖遝、緩慢、呆板。到了四十年代，他的小說敘事的現代性相當明顯，有的作品可以說進入了先鋒的行列。《八十一夢》的〈第十夢　狗頭國一瞥〉裏，錯覺被巧妙地加以運用，譬如：聽萬士通介紹這島是世界上叫化子最多的一個國家，小巷子是叫化子所走的，我順著這條巷子向前走，「不到十丈遠，就見兩具叫化子屍體躺在地上，有一具屍體，用草席蓋了半截。另一具赤身露體，皮膚變成了灰黑，骨頭根根由皮裏撐出來。我正驚異著，只管向前走，遠遠看到一片大海，直接天腳。有幾隻懸海盜旗子的帆船，在水上出沒。那些逃跑了的叫化子不見了，由近而遠，直到海灘，都是大大小小窮苦的屍骨堆，我仔細看時，又不是屍骨，有的是人家花園的圍牆，牆角下的石頭刻了裸體人像，有的是汽車間車門上的石刻。我所看的窮人屍骨，是我眼睛看錯了，實在是富強人家牆基上的石刻。這雕琢功夫真好，個個都有精彩的表演姿勢，我正賞鑑著，不料那些石刻，一起活動著，大喊一聲，向我撲來。」由於先前朋友的介紹與確實看見了屍骨，所以敘事者產生了錯覺，然而剛剛定下神來認定眼前不過是石刻，卻突然活動起來，喊叫著撲來。似真似幻，亦真亦假，情境怪誕，意象跳宕，很像新感覺派的筆法，自有一種奇異的閱讀效果。

傳統章回體多取全知全能的視角，敘事者無論是隱藏在背後，還是直接出面提醒列位看官，都彷佛高居雲端的智者，視角缺少變化。張恨水的章回體小說有全知全能的視角，也有故意給讀者留下想像空間的限制性視角，有第一人稱的遊歷者視角，還有化為主人公的體驗視角，多種視角交織並用，活躍了敘事氛圍，拓展了敘事空間。他的小說語言，前後期變化也比較明顯。《春明外史》等作品，插入了不少文言的詩歌辭賦，又沿用一些套語，文氣外露，典雅有餘，且提煉不夠，有嫌冗贅；後期作品，摒棄了炫耀文采與抒發感情的文言詩賦，增加了一些現代口語的平易自然，但仍是保持了傳統章回小說的基本語調。張恨水與老舍同樣繼承了《紅樓夢》與《兒女英雄傳》等所代表的白話傳統，比較起來，老舍的語言是提純了的口語，更為質樸自然，也更為精練純淨；張恨水的語言則是改造了的書面白話，俗中有雅，自成格調。

張恨水對章回小說的革新，即使在激進的左翼文壇上，也並非沒有慧眼識珠者。在《啼笑因緣》受到左翼激烈批評之時，茅盾就曾在將其思想意識判定為「半封建」的同時，認為在寫作技巧方面，自有其長處，在通俗教育方面，也還不失為一個可利用的工具[26]。抗戰爆發以後，為了動員民眾、激勵民氣，充分發

26 參見張恨水，〈一段旅途的回憶〉，《新華日報》一九四五年六月二四日。

掘民族形式的潛力成為文學界面臨的重要課題。一九三八年夏，茅盾在論及大眾化與利用舊形式問題時，對於新文學否定了舊形式的說法予以反駁，他說：「二十年來舊形式只被新文學作者所否定，還沒有被新文學所否定，更其沒有被大眾所否定。這是我們新文學作者的『恥辱』，應該有勇氣來承認的。」「新文學作者所當引以為懼的，倒是新文學的老停滯在狹小的圈子裏。所以大眾化是當前最大的任務。事實已經指明出來，要完成大眾化，就不能把利用舊形式這一課題一腳踢開完全不理！一腳踢開是最便當不過的，然而大眾也就不來理你。」[27]這一認識，包含著新文學發展中的深刻教訓，是對此前新文學陣營對待傳統形式的偏頗態度的反省與清算，也隱含著對後衛性的作家繼承並改造傳統形式的肯定。正是在抗戰急需弘揚民族精神與激勵民氣的背景下，文壇掀起了文學大眾化的熱潮，連老舍這樣的新文學大家也用起了鼓詞等民間文學形式，張恨水終於有了被整個文壇重新認識的契機，贏得了應有的尊重與實事求是的評價。一位論者的如下話語就頗有代表性：「做文藝批評的人，一方面感覺恨水小說在社會上的力量，同時又感到這些舊形式新寫法的小說不像新文藝那麼簡單，可以用一套格式和一種固定的標準來批判。你不能一口咬定他是哪一派的作家，也不能籠統地斷定他的小說是哪一類。這種情形，時常窘倒我們做批評的人。」「在恨水的小說中，我們可以看到有些不變的東西，也有些時常變動的東西。他的小說技巧，綜合中國的舊的寫法和新的戲劇作風；他的小說形式，是一般人最易接受的語文和體裁；這些都是很少變動的，也是作品魅力之所在。」「恨水創作之可敬，就在乎他能利用他的技巧跟著時代，不斷地創造新的內容。他以『鴛鴦蝴蝶』成名，卻能夠斷然捨去使他成名的舊路，描寫新的東西。這實在需要極大的勇氣。」[28]張恨水對傳

27 茅盾，〈大眾化與利用舊形式〉，《文藝陣地》第一卷第四期（一九三八年六月一日）。
28 沙汀，〈恨水的創作表現〉，《新民報晚刊》副刊《西方夜談》一九四四年五月十六日。

統章回小說的革新精神與成果越來越被更多的人所認識、所欣賞、所追蹤。張愛玲就曾說過，喜歡看張恨水的小說[29]，她那雅俗兼備的文體的確得到一點張恨水的「真傳」。當然，張愛玲知識背景中的西方一翼顯然要比張恨水廣闊，加上女性的敏感與她特出的悟性，使其小說文體不似張恨水那樣粗獷弘放，而是顯得圓潤精緻。不少作家從傳統章回小說中汲取養分，如司馬文森描寫華僑創業史的長篇小說《南洋淘金記》，故事大中套小，環環相扣，情節波瀾起伏，敘事插入評議，傳奇性與社會性熔為一爐，明顯看得出章回傳統的影響。直接用章回體表現新內容的作品在各地均能見到。如在華南，有谷斯範描寫太湖游擊隊的長篇《新水滸》，黃谷柳表現農民抗租鬥爭的中篇《劉半仙遇險記》；在華北，有馬烽、西戎的《呂梁英雄傳》，孔厥、袁靜的《新兒女英雄傳》等。這些作品對章回體的傳統，在繼承中或多或少都有些革新，用語、句法、結構等，都少了些濫調套語，多了些來自生活的鮮活之氣。對章回體傳統的揚棄、創新一向予以關注的茅盾，在認真比較了一些作家的章回體作品之後說：「三十年來，運用章回體而能善為揚棄，使章回體延續了新生命的，應當首推張恨水先生。」[30]

隨著歷史的發展，市民階層以及其他讀者群的知識構成、文化視野、審美情趣等都會發生深刻的變化，對於後來人來說，也許張恨水小說顯得文氣嫌重，不甚精練，節奏緩慢，但作為曾經贏得廣大讀者喜愛的文學作品，將成為文學史研究的典型現象。張恨水以他對傳統文學的綿綿深情與對廣大市民讀者的拳拳之愛，為章回體小說的現代化轉化傾注了幾十年的心血，其執著精神與豐碩成果，在二十世紀中國小說史上書寫了不可磨滅的一頁。研究張恨水現象，不僅有助於「真正理解中國小說在二十世紀轉型過程中沉重的

29 張愛玲，〈論寫作〉，《雜誌》月刊第十三卷第一期（一九四四年四月）。
30 茅盾，〈關於呂梁英雄傳〉，《中華論壇》第二卷第一期（一九四六年八月二十二日）。

失落感，以及突破舊程式的艱難步伐」[31]，而且可以激勵今人乃至後人在多元化的世界文化格局中，自覺地繼承與弘揚民族文化的優秀傳統，自主地實行傳統的現代化轉化，為人類文明做出中華民族應有的貢獻。

31　楊義，〈張恨水：文學奇觀和文學史困惑〉，《張恨水名作欣賞》，頁二。

第六章　湘西山水的野性與靈氣

新文學的第一、二代作家，絕大多數都是城市文明的產兒，或是曾經留學異邦，直接沐浴過歐風美雨，或是在國內接受過正規的新式教育，間接地汲取異域文學養分。沈從文沒有這樣幸運，他只在閉塞的湘西上過小學，直到五四新文化運動落潮時，他才驚奇地發現原來山外竟然還有這樣一個廣闊而新奇的世界。他可以算是自學成才的作家，卻是現代文學史上屈指可數的高產作家之一，作品結集出版的就約有八十多部，其中短篇小說一百五十篇以上，中長篇小說十部左右。他的獨特之處不只在於他的特殊經歷與驚人的創作量，更在於，他以「鄉下人」的眼光打量世間萬象，以湘西山水的野性與靈氣創造出中國現代文學史上獨一無二的「湘西世界」。中國現代文學史上，有東北作家群筆下的關東曠野，粗獷雄強裏蘊蓄著亡國的憤懣與被奴役的屈辱；有沙汀、艾蕪、李劼人等四川鄉土作家筆下的巴山蜀水，崇峻與明麗中交織著歷史的沉重與現實的陰鬱。沈從文對湘西世界的傾心描繪，頗似福克納對約克納帕塔法的專注開掘，但他不是像福克納一樣清算那塊土地上精神遺產的不良影響，而是恰恰相反，不僅要為向來被人誤解的故鄉正名，更是要藉此為民族精神的發現與重構而盡力。其自由而自許的精神傲骨與波詭雲譎的文體實驗，在當時令人耳目一新，對後世亦有多方啟迪。

沈從文的獨特風姿，可以從大時代、從整個中國社會找到諸多原因，但最深遠、最基本的成因則應追溯到他身心成長的搖籃——湘西。

第一節　生命與精神的搖籃——湘西

湘西，與鄂、川、黔三省毗鄰，漢屬武陵郡，唐屬黔中道，明設五寨與竿子坪長官司，清為乾州、鳳凰、永靖等廳及永順府地，民國改永順、鳳凰等縣。武陵山、雪峰山與大婁山脈將湘西切成一個封閉的世界，沅江、澧水等水流貫其間，才使其內部血脈流通。地理環境限制了它與山外世界的交流，莽山急流養育的文化自成一格，在封建王朝的正史裏稱此地為「武陵蠻」、「五溪蠻」。幾千年來，中央政權與地方勢力、漢族與苗、瑤、土家等少數民族、漢文化與本地文化之間，演成了制御與反抗循環、鎮壓與招撫交替、同化與獨立並存的血淚歷史。歷代中央政權的駐軍屯田，不僅留下了作為行政中心的城堡與大量的屯、碉堡、營汛等防禦工事，而且也與前來尋找商機的商人、流配或逃亡的囚犯等一道，不斷擴大了漢人群體，與少數民族五方雜處，相依共生。崇山峻嶺、急流險灘的自然環境，匪患兵禍、殺伐不斷的社會動盪，養成了粗獷、強悍的民風，生死難料的戎馬生涯反倒成為出人頭地的「康莊大道」。

沈從文的家鄉就在這樣一個湘西的小城鎮箄（又稱鳳凰，今屬湖南省湘西苗族土家族自治州鳳凰縣）。祖父沈宏富，出身貧寒，入伍前曾常常進城賣馬草，後參加曾國藩、左宗棠、胡林翼、彭玉麟統率的湘軍，因在與太平軍作戰中建有軍功，二十六歲時官居貴州提督，三十歲左右因傷病逝於家中，沒有後嗣。為使香火有繼，祖母做主替當時也無子嗣的小叔沈宏芳從貴州境內娶來一位姓劉的苗族姑娘做二房，生下兩個兒子，次子沈宗嗣過繼給沈宏富，後來成為沈從文的父親。照當地歷史舊習，苗民或與苗民所生之子沒有社會地位，不能參預文武科舉，所以為沈家留下兩個後嗣之後，劉姓二房妻子就被遠嫁他鄉，不知所終。為了瞞天過海說她是漢人，還為這位苗族女性造了一座假墳。沈從文小時曾在鄉下那個假墳前磕過頭，直到一九二二年離開湘西時，才從父親口中明白了事情的真相。這無疑加深了他對苗族命運的切身感受，為後來描寫苗族的淒苦與美麗增加了感情積澱。沈宗嗣本來具有繼承父業的資質，但生不逢時，一九〇〇年，大沽口失陷於八國聯軍的堅船利砲之下，守將羅榮光提督自盡殉職，身為裨將的沈宗嗣敗歸家鄉。民國成立後，他在競選長沙議會代表時失利，負氣進京，參與刺殺袁世凱的密謀，事洩逃亡東北、內蒙等地，後被長子接回家鄉，在地方軍隊裏做軍醫。自幼養成的將軍夢，到頭來終結於一個徒有其名的上校虛銜上。沈從文的母親黃英，土家族，出身於一個思想開明的貢生之家，讀書識字，見多識廣，凡事並不墨守成規，對新生事物抱有勇於接受的熱情。從沈從文的成長歷程和富於感悟的特徵來看，從母親接受的影響要超過父親。

一九〇二年十二月二十八日，沈從文就誕生在這樣一個湘西這樣一個家庭之中，初名沈岳煥。他四歲起跟著母親認字，六歲時單獨上了私塾。他自小聰慧、敏感，加上六歲時出疹子大傷元氣，身體羸弱，父親見狀曾想讓他學唱京戲，當一個譚鑫培那樣的名角。無奈他生性好動，上學尚且跟著同伴想方設法翹課出去玩耍，更何談下苦功學戲。他後來在《從文自傳》中說：「我最先所學，同時拿來致用的，也就是根據各種經驗來製作各種謊話。我的心總得為一種新鮮聲音、新鮮顏色、新鮮氣味而跳。我得認識本人生活以外的生活。我的智慧應當從直接生活上吸收消化，卻不須從一本好書、一句好話上學來。似乎就只這樣一個原因，我在學塾中，翹課紀錄點數，在當時便比任何一人都高。」關在空屋、跪一根香（時間）、不許哭、不許吃飯、打板子等種種懲罰無濟於事，他倒是在罰跪時展開想像的翅膀，想到河中的鱖魚被釣起離水以後撥刺的情形，想到天上飛滿風箏的情形，想到空山中歌呼的黃鸝，想到樹木上纍纍的果實。懲罰結束，他照樣出去到處看新奇、解疑惑，能夠辨析各種氣味，諸如死蛇的氣味、腐草的氣味、屠戶身上的氣味、燒碗處土窯被雨以後放出的氣味；各種聲音，如蝙蝠的聲音、黃牛當屠戶把刀劃進牠的喉中時歎息的聲音、藏在田塍土穴中大黃喉蛇的鳴聲、黑暗中魚在水面撥刺的微聲等等。這些，當時入了少年的夜夢，後來進入了文學創作的五彩之夢。「二十年後我『不安於當前事務，卻傾心於現世光色，對於一切成例與觀念皆十分懷疑，卻常常為人生遠景而凝眸』，這分性格的形成，便應當溯源於小時在私塾中翹課習慣。」其實，翹課未必是因，毋寧可以說是果，刻板陳舊的教育不能吸引孩子，他們自然要飛向外面的世界。況且，湘西人文環境所特有的獷悍不羈，加上耽於幻想、追求新鮮這種易於產生文學創作的個性，更是助長了這個少年的野性。進新式小學後，環境改變了，玩心依舊，只是翹課變成了請假。下水游泳，上山採菜，認識了許多鳥雀、樹木、花草、草藥。對於書本知識的忽略，使他後來在北京投考大學時大吃苦頭，不過，翹課的玩耍漫遊也給他以接觸社會與自然的許多機會，為他後來準確而生動地描寫湘西積累了寶貴的感性材料與心靈體驗。包括他與乞丐擲骰子賭博，從那方面所學到的下流野語和賭博術語，也給作品增加了生命的原生相與生活的豐富色彩。

讀完高小，適逢湘人蔡鍔領導的討袁戰爭引起了鳳凰軍事建設的改革之風，軍官團、將弁學校、學兵營、教導隊等紛紛成立。新的氣象使鳳凰人的從戎尚武之風在沈岳煥身上發生了立竿見影的效應。這個十四歲的少年參加了預備兵的技術班訓練。但連考三次都不及格，不能正式入伍。一九一七年九月初，母親託一個軍官帶他去辰州，踏上了對他後來產生了重大影響的軍旅之路。在地方軍隊，他先後當過補充兵、衛兵、班長、司書、文件收發員、書記等。隨著部隊的移防、「剿匪」，他的視野大大擴展，熟悉了鳳凰以外的湘西世界，親歷了地方軍隊濫殺無辜的殘暴，目睹了湘西政治的荒謬與污濁，感受到生命的強悍與脆弱。所謂清鄉，不過是軍隊籌餉吃飯的藉口，剿匪不過是地頭蛇挾嫌報復的招牌，刀下鬼多是無處訴冤的冤魂。他在芷江的鄉下四個月看殺人一千，在懷化鎮一年多看殺人七百。肆意殺人者也遭到報復，他所在的部隊開往川東去就食，激起民憤，在湖北來鳳小縣城，在當地「神兵」與民眾的凌晨奇襲中，自司令部高級官佐至普通士兵三千多人全軍覆沒。只有司令帶一團人先過湘境布防以及包括沈岳煥在內的幾個老弱病殘者留在後方留守部，才得以倖免於難。殺戮的殘酷，他並不陌生。還是在翹課玩耍時，他就從牢獄的殺人處走過，見過被野狗撕碎了的屍身，甚至自己也敢拾起一塊小石頭敲打一下污穢的頭顱。辛亥革命鳳凰城造反者起義失敗，他在道尹衙門門口真正看到了人頭如山，平地上、鹿角上、轅門上以及繳獲的雲梯上，到處是血污的人頭。這只是殺戮的開始，鄉下人一批一批地抓來砍頭，一個月之內殺了幾千人。孩童也變得殘忍起來，拿數死屍來比眼力，或看著被抓來的鄉下人閉了眼睛在神前擲筊賭生死。從前是官府濫殺無辜，現在到了民國，旗幟雖換，骨子裏還有許多相似之處。自己所在的軍隊濫殺無辜，自己親眼看見無辜者是怎樣被酷刑拷打，在什麼狀態下被砍下頭，更讓他刻骨銘心。他看透了所謂各派力量之間的角逐，看見了邪惡是怎樣打著「正義」的招牌踐踏正義，貪欲者是怎樣高舉「為公」的旗子中飽私囊。這些見聞使他逐漸形成了對政治的偏見，終其一生對政治抱有敬而遠之的態度。

地方軍隊的高級官佐裏，不乏見過世面的知識分子，給他以文化的薰陶，他與別人合訂一份《申報》，開始瞭解山外的世界。一位軍法長教他學作古詩，並根據《論語》裏「煥乎其有文章」的出典，為他表字崇文，他後來自己改為從文，雖曾用過「休芸芸」等筆名，但終以「從文」名世。就在那場導致包括軍法長在內的三千多官兵喪生、部隊解體之後，沈從文回家，一度又出來做過警察所辦事員、收稅員。為了生計，後來還是以其寫得一手好字的特長再度從軍。保定軍官學校出身的湘西統領官陳渠珍，堪稱儒將，藏有百來軸自宋及明清的舊畫，與幾十件銅器及古瓷，還有十來箱書籍與規模浩大的《四部叢刊》，一大批碑帖。這些均由擔任書記的沈從文管理。沈從文從中獲益匪淺，不少文史知識與後來從事古代藝術品研究的基礎都是在這一時期打下的。學習使他多了一份思考，在行伍老朋友眼裏變得古怪起來。統領官受新潮影響，大力改革湘西軍政，辦校、開工廠、辦報館。報紙首先印行的是大部分由統領官起草的各種文件，沈從文因其熟悉統領官的筆記，被暫時調去任校對。

沈從文小時就讀了《紅樓夢》、《西遊記》、《三國演義》、《水滸》、《封神演義》、《聊齋志異》、《今古奇觀》、《隋唐演義》、《東周列國志》、《七俠五義》等古典小說。第一次「卸甲」時，在曾任國務總理的熊希齡的沅州老宅裏，又曾讀過《史記》、《漢書》、《天方夜譚》與林譯小說《賊史》、《冰雪姻緣》、《塊肉餘生述》等。給統領官當書記，讀的也是古典。但來到報館，眼前則打開了一個新的天地。從印刷工頭那裏，他第一次見到新文化刊物，第一次看到新文學作品，很快，他就被新文學深深地吸引住了，不僅喜歡新文學自由清新的文體，也明白了人活在社會上，「應當為現在的別人去設想，為未來的人類去設想，應當如何去思索生活，且應當如何去為大多數人犧牲，為自己一點點理想受苦，不能隨便馬虎過日子，不能委屈過日子」[1]。他還身體力行，用十天的薪餉買了郵票寄給上海《民國日報・覺悟》，請求轉交「工讀團」，以表捐款興學之心。這些思想與舉止，在二十年代初的大城市知識青年來說，已不稀罕，但在身處閉塞的湘西、一直以當兵吃飯為業的青年軍人來說，則具有不同尋常的意義。新文化已經向他昭示出一個全新的人生方向，他已無法沿著湘西前輩的從軍發達的舊路走下去了。

內心世界的劇烈變化，使他在一場熱病中被擊倒，大病四十天。病好之後，一位好友的溺水而死，更加促使他對未來的思考，「我想我得進一個學校，去學些我不明白的問題，得向些新地方，去看些、聽些

1　《從文自傳・一個轉機》。

使我耳目一新的世界」[2]。他終於下定決心，告別了生於斯、長於斯的湘西，告別了前後五年的軍旅生涯，踏上了陌生的行程。

第二節　鄉下人闖進文學殿堂

一九二二年夏，沈從文來到心嚮往之的北京。最初的願望是上學，至於職業想等畢業以後再去考慮。但以他小學畢業的學歷，即使有著怎樣的聰穎與相當的舊學根底，要一下子跨進大學校門，也並非易事。他投考過私立學校，成績不佳。考燕京大學也是名落孫山，成績差得校方連兩元報名費都退回給他。總算考上了中法大學，卻因交不起學費而作罷。後來倒是去北京大學當過一段旁聽生，領過國文講義，聽過日語課，也聽過歷史、哲學。求學艱難，謀職也屢屢碰壁。為了謀生，他在印刷廠做過工。在最為困窘時，他甚至跟著招兵的小旗走到了招兵站。但他到底忘不了自己軍旅生涯中親歷的血腥與無奈，在按手印前決然離去。他寧可餓著肚子，挨著房東的白眼，也要尋找一條適於自己、益於人類的道路。虧得有朋友的接濟，和自己忍饑受寒的韌性，他才能在北京熬過那段外人難以想像的艱辛日子。

寫作，對於他來說，首先是生存之道，為了賺稿費吃飯，其次才是精神寄託，是他的理想所在。他的新文學「發蒙」較晚，又是來自閉塞的湘西，不像文化發達的浙江、福建、安徽等地的文學青年那樣有文壇同鄉的提攜，要進文壇談何容易。郁達夫接到他困窘之中的訴苦信後，去他住的旅館看望他，解下自

2 《從文自傳·一個轉機》。

己的羊毛圍巾披到這個正在饑寒交迫中苦苦掙扎的青年的身上，然後邀他出去吃飯，還把付過飯錢找回的幾塊錢全都送給了他。這份恩情，讓他終生不忘。他曾經給不少報刊投稿，都是泥牛入海。甚至一家副刊的名編輯，在編輯部一次會上搬出一大摞沈從文的未用稿件，把它連成一長段，譏諷說這是某某大作家的作品，說罷將其扭成一團，扔進字紙簍。一九二四年十一月，劉勉己、瞿世英執編《晨報副刊》，沈從文在上面發表了現在所知的第一篇作品〈一封未曾付郵的信〉。不久，徐志摩參與編輯工作，尤其是一九二五年十月，徐志摩出任《晨報副刊》主編，詩人慧眼識真珠，從沈從文那些粗糙但不無清新與靈氣的作品裏，看出他的創作潛力與發展前景，更多地發表他的作品。徐志摩還帶著沈從文出席在聞一多家中舉辦的詩歌朗誦會，把他的作品引進《現代評論》雜誌。說來奇怪，《現代評論》諸家大都留學英美，回國後多在大學任教，可以說西洋紳士派頭十足，但並沒有將滿身土氣的沈從文拒諸門外，反而是越來越欣賞有加，這恐怕並非偶然之故，或僅僅是出於對一個文學青年的同情。沈從文帶有野性色彩的自由主義立場與審美追求確實與他們同氣相求。後來他們一直保持很好的友誼。但也許因為這一緣故，當時正與現代評論派論戰的魯迅，便對沈從文產生了誤解。當然，不滿的產生，根本上緣於他們之間在思想、藝術觀念方面的差異[3]，另外或許與沈從文和已經同魯迅鬧翻了的周作人過於接近有關。[4]

除了《晨報副刊》與《現代評論》給沈從文提供了版面之外，與沈從文處境相似、抱負相同的胡也頻，在他與朋友編輯、苦苦支撐的《京報．民眾文藝》副刊上，也發表了沈從文的來稿，並親自登門拜訪。患難之交，結成了深厚的友誼。他還把沈從文的稿子通過周作人介紹給《語絲》雜誌。從一九二六年起，

3 參見《魯迅全集》第十一卷，魯迅一九二五年七月十二日、七月二十日致錢玄同。
4 參見［美］金介甫，符家欽譯，《沈從文傳》（時事出版社，一九九〇年），頁八四。

這個自稱鄉下人的湘西青年的作品，還登上了《小說月報》、《東方雜誌》、《世界日報》等重要報刊。沈從文終於從作品的發表確認了自己的能力，堅定了走文學道路的信念，創作熱情高漲，創作並發表的作品多了起來，截至一九二七年底，發表散文、小說、詩歌、戲劇作品一百七十餘篇，逐漸為文壇所知。一位北京大學教授讀了他的《遙夜——五》，大為感動，著文予以稱許，並與梁任公一道為他介紹了一份工作。據現在所知，他發表的第一篇小說是《三貝先生家訓》，載《晨報副刊》一九二五年第三十七期。一九二六年十一月，他的第一個作品集《鴨子》（散文、小說、戲劇、詩歌合集）由北新書局出版。一九二七年九月，他的第一個短篇小說集《蜜柑》由新月書店出版。輯錄其一九二七年底以前作品的集子，還有《入伍後》（小說戲劇集，北新書局，一九二八年二月）、《老實人》（現代書局，一九二八年七月）。

沈從文的初期小說，從題材上可以劃分為兩大類：一類是都市圖景，一類是鄉土回憶。都市圖景中，有對空虛、庸俗、無聊的市民生活的輕哂，如《晨》、《嵐生和嵐生太太》、《蜜柑》等；也有從鄉下來到城市的青年在底層社會艱難掙扎生活的描寫，個中頗能見出作者的真實處境與真切心態，如《篁君日記》、《老實人》等。比較起來，還是鄉土回憶更能見出沈從文的創作潛力與風格特色。鄉土回憶有充滿童趣的兒時生活（《瑞龍》、《往事》、《獵野豬的故事》），也有對舊式教育的控訴（《福生》、《在私塾》、《我的小學教育》），還有孩童遊戲見出的剽悍民風，孩子眼裏的奇峻明麗的自然風光。值得注意的是，行伍生活的回憶中，雖然也有對舊軍隊腐敗與殘忍現象的揭露（《入伍後》、《堂兄》），但與眾不同的是他對軍隊生活竟有別樣的描寫，譬如《連長》裏主人公與駐地女人的露水夫妻感情，《哨兵》裏鬼的幻象所產生的恐怖氛圍，等等。《在別一國度裏》，更是把筆觸深入到山大王的奇異世界。作品主要由山大王石道義與商人孀婦宋伯娘、小姐與守備隊書記官太太的往返信件構成，通過帶有逼親色彩的「求親」，刻畫了一個心存仁義、後來接受招安的山大王形象。他在給看著他長大的宋伯娘的信中表白道：「你侄男道義存心愛國，要殺貪官污吏，趕打洋鬼子，恢復全國損失了的一切地盤財物」；宋伯母指責他撕了楊禿子的「票」，他解釋說本已放還，但因為楊禿子告密導致兩個弟兄被省軍捉去，先扳斷腳桿，後砍頭示眾，又開膛破腹取膽而食，山中的伙夫實在氣不過，才給了他胳膊上一刀。後來山大王與省軍談妥條件，得以招安，終於成全了他與宋家小姐的姻緣。最後小姐在給同學的信中，訴說自己得到了「一個女人所能得到的愛」，「還得了一些別的人不能得到的愛」。當時的土匪題材一般都是寫匪患害民，而這一篇卻刻畫了義匪形象，可謂別開生面。

這些「早期作品寫的都是真事，那時還不會虛構」[5]。層面較為單一，要麼是風土人情的展示，要麼是主體心境的直抒，要麼是表象化的諷刺，缺少理性的穿透力與藝術的蘊藉，多數彷彿粗加工的毛坯，甚至給人一種材料浪費的惋惜。但顯示出作者感情的真摯與捕捉事象的敏感。不管怎樣，只有小學學歷的沈從文畢竟闖進了文壇，這實在是一個奇蹟。湘西風土養育了他，湘西人的韌性與靈性圓了他的文學夢。

無論是都市圖景，還是鄉土回憶，都能見出後來日見成熟的創作個性的端倪。城市人的奢靡、虛偽與鄉下人的貧困、樸厚，構成一種鮮明的對照。沈從文以鄉下人自居，對鄉土的眷戀與自許大於遺憾與鞭撻，對都市的厭惡與嘲笑壓倒了驚詫與欣羨。他不怕鐵硬的殘酷而恐懼溫柔的誘惑，對都市的憎惡、逃避中隱含著幾分自憐與自戀。他似乎要通過都市圖景的描繪來戰勝自卑，通過鄉土回憶來尋找心靈的慰藉，確立人格與創作的自信。這使他受到五四鄉土文學影響的創作迥異於一般的鄉土文學。

在成名之前的苦苦奮鬥中，沈從文在生活上與精神上都得到了一些朋友的慷慨幫助。朋友中，不乏共產主義信仰者，他們希望他一道投身政治革命。已經置身於南方革命洪流中的董秋斯給他寫信，明確表達這

[5] 轉引自凌宇，《沈從文傳》（北京十月文藝出版社，一九八八年），頁二一九。

一希望。不料這封信被警察局截獲，把他審問了一番，還到他的住處搜查了幾次。本來，沈從文就對政治敬而遠之，「清黨」後的白色恐怖，更是讓他感到震悚，他不願像那些在「清黨」中殉難的朋友一樣為一種政治信仰獻身，也不願做新的專制者鞏固地盤的祭品。三十六計走為上，他於一九二八年初奔赴上海。

第三節　在湘西世界獲得創作自由

五四新文化運動退潮後，許多文學青年像五四前後奔赴北京一樣，向上海聚集。恰好胡也頻和丁玲也於一九二八年春來到上海。這三個好朋友一道創辦《紅黑》、《人間》兩種雜誌，忙得不亦樂乎。一九二八年八月，沈從文被胡適聘為上海中國公學講師。一九三一年秋，應楊振聲之邀赴山東青島大學任副教授。一九三二年秋，又應楊振聲之邀回到離別四年多的北京，參加中小學教材編選委員會的工作。以一個小學畢業的學歷，躋身於大學講壇與中小學教材編選委員會的席位，這體現了聘任者不拘一格選人才的伯樂精神，也從側面反映出沈從文的創作業績與文壇影響。

經歷了百轉千折的磨難之後，沈從文終於到了柳暗花明又一村的境界。一九三三年九月，沈從文在經過四年的苦戀之後，終於和他的意中人——在中國公學教過的學生張兆和——結為伉儷。同月，他開始主編天津《大公報．文藝》副刊。出於對藝術的執著追求，也緣於自己最初尋找文學門徑的切身體驗，他對文學青年格外扶持。在他的扶助下，蕭乾等文學青年很快登上文壇，成為耀眼的新星。在《大公報．文藝》周圍，聚集了一批志趣相投的作家。一九三三年十月，他發表〈文學者的態度〉一文，引起了熱鬧一時的京派與海派的論爭。但沈從文對論爭不甚關注，他把熱情主要投放到創作上來。在他看來，最能代表作家的，不是怎樣動聽的宣言，而是實實在在的作品。他以湘西世界的出色描繪成為京派的重要作家。

從一九二八年到抗戰爆發，是他的創作高峰期，相繼出版了《阿麗思中國遊記》、《篁君日記》、《雨後及其他》、《神巫之愛》、《旅店及其他》、《沈從文甲集》、《沈從文子集》、《龍朱》、《一個女演員的生活》、《虎雛》、《月下小景》、《邊城》、《八駿圖》、《新與舊》等小說，《記胡也頻》、《從文自傳》、《湘西散記》等散文，共三十多種集子，有代表性的作品大都作於這一時期。

早期抒寫自我的主題線索，在他抵達上海之後有所延伸，如《不死日記》（一九二八）、《一個天才的通信》（一九二九）等，但到了三十年代，這一線索漸漸弱化，描寫外部世界的題材占了壓倒多數。上下兩卷的寓言體長篇小說《阿麗思中國遊記》（一九二八），借用英國作家卡羅爾的童話《阿麗思漫遊奇境記》的寓言體形式，通過主人公阿麗思與兔子儺喜先生的中國遊歷，表現出半殖民地半封建社會裏民族的屈辱與人民的苦難，也把諷刺鋒芒指向了中國社會與文化的弊端。諸如：外國人倚仗在華擁有治外法權，肆意殺害中國人；外國把專制拿到中國來用，公然在公園門前寫上「華人與狗不准入內」，把輕蔑侮辱強加給中國人；工人為反抗壓迫而罷工，列強竟兵艦橫陳江上，派陸戰隊上岸遊行示威；外國人「投資」中國內戰，中國人拿內戰當作賭博，「賭博」有術，而對外則一味「禮讓」；官員求神保佑，隨意斬殺學生；軍隊懼怕外國人，對手無寸鐵的百姓則恃強凌弱，敲詐勒索；統治者實行民族壓迫，迫使苗人當作奴隸買賣；面子重於一切；不講衛生，隨地吐痰；軍隊殺人遊街，掛人頭，民眾只知道看熱鬧，等等。抨擊與諷刺的幅度之大、力度之強，在沈從文來說，可以說是達到了極致，與同時期其他作家的創作比較，也相當可觀。但這畢竟是他第一次寫長篇，又是中國現代文學史上的第一部寓言體長篇小說，駕馭起來明顯力不從心。多敘述與解說，而極少描寫；只有觀念的傳達與感情的宣洩，而無角色的個性化；諧謔固然有諷刺效果，但到底有欠深刻。然而，這部作品蘊藏著作者創作風格的不少信息密碼。這就是早期已經有所顯露、後來越益發展的都市與鄉下的對立。在這裏，整個都市是批判譏刺的對象，而暗喻湘西的鄉下雖然也有暴力的恣肆與壓迫的殘忍，但底層社會的人們身上，則表現出與城市萎靡卑瑣截然不同的精神風貌，諸如謙虛直率、精壯老實、尚武強悍，等等。

都市圖景與鄉下回憶的對比色彩更加鮮明。都市圖景裏面雖然也有底層社會的苦難，如《腐爛》、《夜的空洞》等，但只是節奏匆促的掃描；刻畫得較為充分的是上層社會的腐化墮落或空虛脆弱。譬如《紳士的太太》寫豪門貴宅裏的腐化：「廢物公館」大少爺與父親的三姨太暗渡陳倉；在家中夫妻鬥法的紳士太太發現了這個祕密，為之打掩護，換來了一塊精緻的美國鬧錶，而且獲得了大少爺對她動手動腳與一起看春宮畫、一起去祕密俱樂部賭博的越軌的快感，因而回到家中沒有像往常一樣對丈夫刨根問底；她的丈夫與其他女人廝混後剛剛回來，從隔壁浴室的流水聲回味起白日裏飯店浴室的景象，他見太太如此寬容不禁竊喜；後來，大少爺要與別的小姐訂婚，三姨太太與紳士太太得知消息，不禁同病相憐，無限悵惘。再如《八駿圖》，道貌岸然的正人君子心裏各懷鬼胎，專門喜歡對別人說三道四而自詡與戀人情真意篤的教授，也終於敵不過海灘上一個女性的倩影，改變了與未婚妻約定的歸期，藉故勾留下來。這些都市圖景的描寫，雖然較之作者的早期作品有所進步，但與同時代作家的同類作品相比，並沒有多少超越之處。

沈從文常常揶揄甚至譏刺城市知識分子與生活優裕的太太、姨太太，這是因為他喜歡以鄉下人的視角打量城市人的言行舉止與價值標準。他在為蕭乾的《籬下集》所作的〈題記〉中說：「在都市住上十年，我還是個鄉下人。第一件事，我就永遠不習慣城裏人所習慣的道德的愉快、倫理的愉快。」「我崇拜朝氣，歡喜自由，讚美膽量大的、精力強的。一個人行為或精神上有朝氣，不在小利小害上打算計較，不拘拘於物質攫取與人世毀譽；他能硬起脊樑，筆直走他要走的道路，……我愛這種人也尊敬這種人。……至於怕事、偷懶、不結實、缺少相當主見、凡事投機取巧媚世悅俗的人呢，我不習慣同這種人要好，他們給我的『同情』，還不如另一種人給我『反對』有用。這種『城裏人』彷彿細膩，其實庸俗；彷彿和平，其實陰險；彷彿清高，其實鬼祟。」[6]當他在精神境界裏俯視城裏人時，其實他的心中，是有一個理想的模式在做參照系的，這個模式不是一般的鄉下圖景，而是養育他長大成人並且永遠活躍在他內心深處的湘西世界。

使沈從文找到創作自由、確立藝術個性、創造文學輝煌的，正是這個湘西世界。在這裏，人的自然生命力得到肯定與張揚。女性的豐乳肥臀，成為美的象徵，「白臉長身見人善作媚笑」，被當作可愛女性的典型特徵反覆提及。《蕭蕭》表現的抱郎妻現象，還有對「有悖婦德者」以沉潭或發賣加以懲處的習俗，都是不人道的。蕭蕭十二歲嫁給不到三歲的丈夫，顯然是一樁荒唐的婚姻。三年後，花狗唱亂了蕭蕭的心，蕭蕭遂了花狗的意，生命的自然律動對不人道的婚姻提出了抗爭。作品的特出之處在於，沒有為了加強批判力量而渲染悲劇結局，而是出人意料地給蕭蕭留下一條生路：伯父不忍把蕭蕭沉潭，生了個團頭大眼的兒子之後，也不將蕭蕭另嫁。不在乎傳統倫理向來注重的子嗣血緣的純潔性與妻子的貞操，而是看重「團頭大眼的兒子」，這正反映了湘西人對自然生命力的重視。

對自然生命力的崇尚，在一定程度上消解了倫理價值與社會價值。《第一次做男人的那個人》，沒有像一般作品那樣對嫖妓的男子做道德評價，或對產生妓女現象的複雜背景進行社會批判，而是如實地描寫了男主人公的第一次性生活給他作為一個男人在心理與生理上帶來的種種新奇體驗——「女人是救了他，使他證實了生活的真與情欲的美」。他的癡情與厚道感動了賣笑女子，向他真誠地表示愛意。然而，男子想到自己生活的漂泊不定、時時擔心到餓死，便躊躇、沉默起來。人性的自然層面的歡欣，一旦轉到社會

---

[6] 在天津《大公報・文藝》第一二八期發表時題為〈《蕭乾小說集》題記〉，收入蕭乾小說集《籬下集》時，改為〈《籬下集題記》〉。

層面，就染上了憂鬱色彩。《柏子》的水手柏子，沒有文化人那麼多的感傷。他像他的許多同行一樣，在水上辛苦勞作一個月，回到停靠的碼頭，把風裏、浪裏賺來的幾個銅錢與積蓄了一個月的精力，一起送給吊腳樓上的意中人。他們從不曾要人憐憫，也不知道可憐自己，從來不為此後悔，而是樂於沉浸在快樂的回憶之中，以為他的所得抵得過一個月的一切勞苦，抵得過船隻來去路上的風雨太陽，抵得過打牌輸錢的損失。在沈從文的許多作品裏，水手與妓女，其形式有別的「水上生意」的社會涵義被悄然省略掉了，作品張揚的是生命的力量，二者的歡會成為生命力蓬勃旺盛的象徵，《柏子》就潑墨般地渲染了水手柏子公牛般的雄強與妓女的熱烈及其恣意縱情的歡會。如果說《柏子》一類的作品，是把底層社會——尤其是女性的社會悲劇化為張揚生命力的正劇的話，那麼，《參軍》對生命原欲的表現，則出之以喜劇式的速寫。在這篇小說裏，先是有命令說部隊馬上要開拔，隨後又取消了開拔的命令，身穿舊中校服的老參軍屢屢去騷擾弁兵與相好女人的「告別式」，表面上說是擔心弁兵過勞或「算賬」中止而落病，實際上恰恰反映了這位已屆天命之年的老軍官身心深處湧動的原欲。《道師與道場》裏，恪守經義的師兄在師弟的鼓動與策畫下，終於陶醉於美酒與溫柔鄉中。這兩篇作品以諧謔的方式肯定了生命的自然律動。

本色天然，適性得意，才有了敢想敢愛、敢作敢為的湘西性格，而不是像城裏人那樣拿張作致，矯揉造作。在沈從文的小說裏，不只「花帕族的女人，在戀愛上的野心等於白臉族男子打仗的勇敢」，大膽地向神巫求愛（《神巫之愛》），一般女兒家，只要是稟賦了崇山麗水的野性與靈氣，都樂於綻開蓓蕾承領性愛的甘霖。《雨後》裏「春江水暖鴨先知」的少女，見景生情，以「我也總有一天要枯的」言詞挑逗少年四狗「撒野」，在雨後清新的氛圍中，兩個人合成了一個，「四狗給她一些氣力，一些強硬，一些溫柔，她用這些東西把自己陶醉，醉到不知人事」。作品以細膩的筆觸渲染少男少女生命體驗的難以言傳的快意，又插入敘事者的言說——「四狗幸好不認字，不然這一對，當更不知道在這樣天氣下找應當找的快樂了」，這分明表現出對壓抑人性的所謂文化的否定，對自然生命力的崇尚。即使是妓女，在敢恨敢愛的人格上也予以肯定。《邊城》就這樣寫道：「便是做妓女，也永遠那麼渾厚，遇不相熟的人，做生意時得先交錢，再關門撒野，人既相熟後，錢便在可有可無之間了。妓女多靠四川商人維持生活，但恩情所結，則多在水手方面。感情好的，互相咬著嘴唇、咬著頸脖發了誓，約好了『分手後各人皆不許胡鬧』，四十天或五十天，在船上浮著的那一個，同留在岸上的這一個，便皆呆著打發這一堆日子，盡把自己的心緊緊縛定遠遠的一個人。尤其是婦人感情真摯，癡到無可形容，男子過了約定時間不回來，做夢時，就總常常夢船攏了岸，一個人搖搖盪盪的從船跳板到了岸上，直向身邊跑來。或日中有了疑心，則夢裏比見男子在桅上向另一方面唱歌，卻不理會自己。性格弱一點的，接著就在夢裏吞鴉片煙，性格強一點兒的便手執菜刀，直向那水手奔去。……」

柔情似水的女子尚且如此，天性剛烈的男性更加強悍不羈。《說故事人的故事》的男主人公——弁兵頭目，因為傾慕夭妹的膽識與美麗，同這個被囚的女大王密謀一道上山，並且竟敢賺進並非本部的川軍獄中，大天白日做了「那呆事情」，結果被本部師長下令槍斃。讓人稱奇的是這個弁目惹了天大的禍並不害怕，也不後悔，敘事者冷靜的敘述中隱含了對這個響噹噹的硬漢的讚佩。《虎雛》的小主人公原是軍官的小護兵，因其聰明伶俐，被長官的兄長留在上海，要他讀書，希望他另走一條更宜於他的生活道路。無奈野性已經鑄成，一旦有外因觸及，立刻野性復發。他與一個進城的馬弁上街，情急之中殺了人，只好逃之夭夭，讓有意培養他的文化人大失所望，倒是印證了小護兵上司先前的預見。敘事者沒有去追索導致虎雛殺人的起因，那樣或許可以為自己所喜愛的人物做道德的開脫；也沒有進行簡單的道德批判，而是在表現野性的難以馴服時，給予一種悟解之後的認同。《建議》的男主人公是一個年輕、有力、不懶惰的工人。在一次受兩個流氓欺負時，得到一個軍人的幫助，從此兩人結為好友。軍人建議殺死倒賣軍火的私販子，攫取其不義之財，他不甚情願地答應下來。不料狡猾的私販子改變了接頭地點，使他們的計畫落了空。當他掃興回去的時候，路遇牧師，酒後的牧師以居高臨下的姿態絮絮叨叨地對他傳教，還在推扯之中發現了他帶著打劫的小錘，揭穿了他的預謀。工人沒有實現的犯罪欲望一下子有了對象，在醉意與憤怒等複雜情緒夾雜中殺死了牧師。作品沒有在貧富之差、土洋之異等方面挖掘犯罪根源，而是著力表現人的原欲的執著與強悍，一旦發動起來，就很難控制。對這種「出格」的性格的表現，蘇雪林的一段評論不無道理：沈從文的理想「是想藉文字的力量，把野蠻人的血液注射到老邁龍鍾頹廢腐敗的中華民族身體裏去，使他興奮起來；年輕起來，好在二十世紀舞臺上與別個民族爭生存權利。」「沈從文雖然也是這老大民族中間的一分子，但他屬於生活力較強的湖南民族，又生長湘西地方，比我們多帶一分蠻野氣質。他很想將這分蠻野氣質當作火炬，引燃整個民族青春之焰。所以他把『雄強』、『獷悍』整天掛在嘴邊。他愛寫湘西民族的下等階級，從他們齷齪、卑鄙、粗暴、淫亂的性格中，酗酒、賭博、打架、爭吵、偷竊、劫掠的行為中，發現他們也有一顆同我們一樣的鮮紅熱烈的心，也有一種同我們一樣的人性，哪怕是炒人心肝吃的劊子手、割負心情婦舌頭來下酒的軍官、謀財害命的工人、擄人勒索的綁票匪，也有他的天真可愛處。」[7]

正是在崇尚人的自然生命力的前提下，愛的力量得到了充分的張揚。《龍朱》的白耳族王子龍朱，美麗強壯像獅子，溫和謙馴如小羊，成為當地美與愛的象徵。他鍥而不捨地追求理想的愛情，終於如願以償，找到了最美麗的花帕族姑娘。故事情節相當簡單，但主僕關係的設定及其展開，對歌求偶的風俗描寫，營構了一個伊甸園般的愛情樂園，每一支歌都像是一串豐滿晶瑩的甜蜜葡萄。後來，沈從文把龍朱與虎雛用作自己的兩個兒子的名字，可見他對筆下人物的喜愛之深。《神巫之愛》在帶有神祕色彩的巫風氛

---

[7] 蘇雪林，〈沈從文論〉，《文學》第三卷第三號。

圍中，表現出愛的巨大力量。面對花兒一樣的花帕青裙的美貌女子，神巫毫不動心。他之所以拋棄了無數聰明若冰雪、溫柔如棉絮、精緻似美玉的女子的熱情，緣自一種奇怪的念頭：「他不願意把自己身心給某一女人，意思就是想使所有世間好女人都有對他長遠傾心的機會。他認清楚神巫的職分，應當屬於眾人，所以他把他自己愛情的門緊閉，獨身下來，盡眾女人愛他。」這其實是一種以壓抑人性為代價的神性之愛。但他畢竟是有著七情六欲的人，一個長髮白衣少女的秀媚通靈的美目流盼，終於使他神性迷亂，春心萌動。在經歷一番挫折之後，他到底越窗來到白衣少女的寢室，顫抖著走近人性之愛。

愛使人勇敢，使人癡迷，有時也使人迷狂得做出悖情之舉。沈從文就寫了幾種奇特的變態之愛，從反向表現了愛的力量。《都市一婦人》的女主人公相貌俏麗，氣質優雅，然而幾度婚戀均不遂人意：初戀的科長狂熱過後不願承擔生活的責任，小小爭執之後便拂袖而去；中年的總長娶她做姨太太，妻妾爭寵的日子沒過多久，總長就遇刺身亡；跌落風塵之後，牽連上人命官司，幸被擔任法庭審判主席的老將軍憐香惜玉，納為祕密別室，但不幸的是不久老將軍就死於政治事變。於是她厭倦了愛情生活，把熱情投入到老兵俱樂部的工作當中去。不料，一個年輕上尉再次燃起了她的情欲之火，很快便被她俘擄到石榴裙下。曾經飽嘗愛情苦果的女人，為了永久獨占上尉的感情世界，竟然用有毒的草藥將上尉弄成雙目失明，只是一次意外的翻船事故才結束了這場病態之愛的悲劇。作品藉一個熟悉上尉夫婦的人物之口說：「一個有了愛的人，什麼都做得出，至於這個女人，她做這件事，是更合理而近情的！」敘事者感歎大多數女子「把氣派較大、生活較寬、性格較強，都看成一種罪惡」，而她們自身「不是極平庸，就是極下賤，沒有什麼靈魂，也沒有什麼個性」。「那個婦人如一個光華炫目的流星，本體已向不可知的一個方向流去毀滅多日了，在我眼前只那一瞥，保留到我的印象上，就似乎比許多女人活到世界上還更真實一點。」在敘事者的心目中，追求愛情的熾烈淡化了手段的殘忍。《醫生》描寫了一樁奇遇：醫生被劫持到一個山洞，處於執迷狀態的劫持者，許是相信了人死七日可以復活的傳說，執意要他把一個分明已經死去兩天的美麗女人救活。女人那一身式樣十分古怪的衣服，還有衣服上的許多黃土，給人留下了許多疑點，果然，後來劫持者承認是從墳裏將她掘出、揹來。死者因何而死，劫持者為何將她揹到山洞裏來？都是解不開的謎團。但從劫持者劫持醫生的鹵莽匆迫、相信能夠起死回生的執著癡迷與採摘許多美麗的山花供奉在洞中女人身邊的虔誠體貼，似乎可以揣測與愛有關。《三個男人與一個女人的故事》與此篇雖無直接的聯繫，但從主題意旨及情節順序來看，不妨可以看作它的前篇。三個地位卑微的男人，一個是豆腐鋪小老闆，一個是軍隊的傷殘號兵，一個是作為敘事者的小班長。他們不約而同地愛上了商會會長的千金小姐，這裏沒有多角戀愛的糾葛，而是刻畫了他們共同的淒苦的單相思。明知無望，還是癡心不改。小姐無緣接近，只好以接近小姐的愛犬作為慰情的慰藉與彌補。不料，這個花季少女不知何故吞金自殺，誠然這是人間的不幸，也確曾給三個默默的愛戀者帶來心靈上的撞擊。但對於他們來說，未始不是一種不無快意的解脫，因為他們無須為將來哪個有福之人娶走小姐而嫉妒並憤怒了。事情並沒有結束，小姐下葬以後，三人之中起碼有兩人關注起小姐的墓穴來了。可是等號兵去墓地準備實施計畫時，竟發現已經人去墓空。接著又發現豆腐鋪小老闆已經不知去向。後來有人說「這少女屍骸有人在去墳墓半里的石洞裏發現，赤光著個身子睡在洞中石床上，地下身上各處撒滿了藍色野菊花」。這種事情在現實生活中無疑被視為醜惡之事，向來為倫理道德所不容，作者的散文裏，就真實地記敘了作為小說原型的盜屍者被處以極刑的悲慘結局。小說是根據生活中的實事創作的，但在小說裏，作者無論如何不忍保留這樣的結局，如果那樣就變成了一則駭人聽聞的事件的複述，或者類似於古代的《十洲記》、《搜神記》、《世說新語》裏的奇聞逸事了。作者所要表現的不是神魔的奇幻怪譎，而是人間的真率執著，不是清雅之士的雅語清言、風流韻事，而是底層社會因百般壓抑而屈折變形的生命原欲。經過沈從文的魔筆點化，使作品在奇異的愛的光焰照耀下，化腐朽為神奇，變醜陋為美麗，還悖德以人情味，將現實合理性寄寓在怪誕之中：活著時由於身份地位的巨大差異無緣相愛，只有死後才能用背倫的方式得以親近，這正是底層社會的無涯苦惱。於是，讀者由詫異轉成理解，將厭惡化為同情了。

在沈從文的湘西世界裏，與葳蕤蓬勃的自然生命力相映生輝的，是一個人性的理想王國。《會明》裏的老兵會明，從國民軍討袁時即任伙夫，等到全連戰死的戰死，高升的高升，這個天真如小狗、忠厚馴良如母牛的老兵，依然身上纏裹著那面象徵著連隊榮譽的旗子，誠信著多年前蔡鍔將軍的愛國思想，在伙夫的職位上按照規矩做著粗重骯髒的雜務。成千成百馬弁、流氓都做了大官，而他在別人看來只長進了他的呆處。「他正像一株極容易生長的大葉楊，生到這世界地面上，一切的風雨寒暑，不能摧殘它，卻反而促成它的堅實長大。」他單純得可愛，聽說要有戰事，寧可早戰，也不願五黃六月開戰，因為那時無論誰戰死，都會腫脹、糜爛得不忍目睹。一旦議和的局勢成熟，他便為一連人沒有一個人腐爛而慶幸，並且陶醉於母雞與雞雛的安寧世界之中。《燈》裏的老司務長也有一顆單純善良的赤子之心，懷戀未經督辦省長之類敗壞時的好人、好風俗，痛恨專門欺壓百姓的土匪、軍閥，奉行忠誠正直的傳統道德，對昔日長官的少爺無微不至地予以關切，猶如一個一個十八世紀的老管家。沐浴過血雨腥風的行伍中人尚且如此，在青山綠水中長大的鄉間少男少女更是這樣。《三三》裏的少女三三，一派清水出芙蓉的清新之氣，她被那個到鄉間養病的城市青年的虛幻身影喚起了朦朧的愛情，對絕無希望的事情抱有隱隱的希望，一旦養病者病逝，她還要默默咀嚼著淡淡的哀愁。《月下小景》裏的少女被寨主的兒子儺佑溫柔纏綿的歌聲與超人壯麗華美的四肢所征服，在萬物成熟的金秋，兩個年輕美麗的生命忘記了當地的魔鬼習俗，自然而然地融為一體，可當他們從愛情的迷醉中清醒過來，意識到按照女子本族的規矩——女子同第一個男子戀愛，卻只許同第二個男子結婚，否則將受到石磨捆身、墜入深潭或地眼的嚴酷處罰。「沒有船舶不能過河，沒有愛情如何過這一生？」一未曾出過大山的年輕人，以為人世間已經沒有他們的出路，於是毅然決然地嚥下了梧桐子大小的毒藥，在業已枯萎了的野花鋪就的石床上看著明月隱入雲中。《媚金．豹子．與那羊》描述了又一個為愛殉身的淒美故事：白臉苗最美麗風流的女子媚金，與鳳凰族相貌極美又頂有一切美德的年輕男子豹子，因唱歌而心心相印，相約夜裏在寶石洞裏相會，實現人生最甜美的融合。媚金吃過晚飯，換過內衣，身上擦香油，臉上擦官粉，早早去了寶石洞。她用乾麥稈草鋪好了石床，安置好了為豹子準備的酒葫蘆與繡花荷包，解開首巾，拆鬆髮髻，在黑暗中等待年輕壯美的情人快快到來。媚金在等待中輕輕地唱著一切的歌，娛悅自己。她用歌去稱讚山中豹子的武勇與人中豹子的美麗，又用歌形容到自己此時的心情與豹子的心情。媚金頗有屈原《九歌》裏山鬼的癡情及幽怨，又比山鬼剛烈。當她看見天已快亮而情人未到，便以為他失信而感到受辱，忿然自殺。等到豹子終於趕到寶石洞，解釋他原來是為了找到一隻象徵著純潔的純白小羊耽擱了時間，媚金這才得到了安慰。癡情而剛烈的媚金又是柔和而寬容的，她得知真情後勸豹子趁天未大明遠走高飛，但豹子不肯聽從媚金的勸告，拔出媚金胸脯上的刀子扎進了自己的胸脯。如此癡情與剛烈、重信而自尊，難怪會留下一個動人的傳說。

《邊城》（上海生活書店，一九三四年十月初版）更是一幅純淨無瑕的至美人性的長軸。湘西小城茶峒，依山憑水，風俗淳樸，人們重義輕利，守信自約，「即便是娼妓，也常常較之講道德知羞恥的城市中人還更可信任」。掌水碼頭的船總順順，當過軍隊的什長，卻毫無霸道之氣，明事明理，正直平和，豪放豁達，對有難求助的，莫不盡力幫助。在城外溪邊碧溪擺渡的爺爺和翠翠，更是深得山之厚重水之清澈。爺爺古道熱腸，吃了茶峒人供給的口糧之外，絕不肯再收過渡人的錢，過渡人硬塞，能退回的便退回，退不回去的就用來買茶葉和草煙，招待過渡人。翠翠的家世就是一曲美麗清純的戀歌。老船夫的女兒與茶峒屯戍軍士在熱戀中孕育了愛情的種子，當時最好的出路是一同向下游出走，但一個離不開孤獨的父親，一個也慮及毀損軍人的名譽，軍士以為一同去生既無法聚首，一同去死當無人可以阻攔，便首先服毒殉情。姑娘待到女兒出世，也吃了許多冷水追隨情人幽魂。青山綠水養育的翠翠，心靈如同她那一對眸子一樣明澈，天真活潑，從不想到殘忍事情，從不發愁，從不動氣，儼然一個無憂無慮的小天使。順順家的大老與儺送兄弟二人都愛上了翠翠，大老託人前來說媒，可翠翠喜歡的卻是儺送。兄弟二人無法定奪，只好以當地求愛傳統的唱歌來決定。大老自知不是對手，憮然出船，不幸溺水身亡。傷於失兄之痛的儺送心中有了芥蒂，埋怨老船夫朴訥不痛快，也駕船遠遊。一個暴風雨之夜，白塔倒塌了，渡船漂走了，爺爺也在雷雨將息時悄然去世，只有爺爺的朋友、好心的老馬兵前來為翠翠作伴。圮坍了的白塔重新修好了，可是那個在月下唱歌，使翠翠在睡夢裏為歌聲把靈魂輕輕浮起的儺送，還會回來嗎，卻是個未知數，留下一個淡淡憂傷的尾音。邊城簡直是桃花源的翻版，這裏沒有一個惡人，連在一般作品裏被寫成兇神惡煞般的戍軍長官，在這裏也是一派溫和面貌，端午節賽龍舟時，為了與民同樂，在水中放入三十隻雄性鴨子，任人捉取。這裏也沒有是非之爭，大老溺水身亡，是個偶然事故，對於一個情場失意者來說，又未始不是一種解脫；爺爺悄然而逝，彷彿是回歸自然，敘事者沒有醞造悲劇氣氛。整篇作品猶如一片白丁香，在淡雅的色調中散發出一股不甚濃烈但足以醉人的幽香。

作者的家鄉人情固然質樸，但歷經千百年來的政治風雨摧折，尤其是在二十世紀以來「近代文明」的步步緊逼之下，何嘗如此清澄、安寧。在現實生活中，以船總的地位，或許要有幾多蠻橫霸道也說不定。《邊城》創作期間，因為探望母親，沈從文回了一次湘西，在他的散文以及部分小說中，分明留下了「清黨」大開殺戒、稅吏敲詐等負面的印記。但在這部作品裏，他顯然是對生活進行了提純，濾掉了一切雜質，按照理想的樣子完成了一幅桃花源般的圖畫。這不是寫實，而是有感於社會爾虞我詐、人性蛻變，特意創造一個參照物，給人們以靈魂的慰藉與引導。一九三三年，報刊上展開了關於「民族文學」、「農民文學」的討論，他寫這部小說，意在提出一個自己的構圖。一九三六年，他這樣回顧說：「這作品原本近於一個小房子的設計，用料少，占地少，希望他既經濟而又不缺少空氣和陽光。我要表現的本是一種『人生的形式』，一種『優美，健康，自然而又不悖乎人性的人生形式』。我主意不在領導讀者去桃源旅行，卻想借重桃源上行七百里路酉水流域一個小城小市中幾個愚夫俗子，被一件普通人事牽連在一處時，各人應有的一分哀樂，為人類『愛』字做一度恰如其分的說明。……只看他表現得對不對，合理不合理。若處置題材表現人物一切都無問題，那麼，這種世界雖消滅了，自然還能夠生存在我那故事中。這種世界即或根本沒有，也無礙於故事的真實。」「這世界上或有想在沙基或水面上建造崇樓傑閣的人，那可不是我。我只想造希臘小廟。選山地做基礎，用堅硬石頭堆砌它。精緻，結實，勻稱，形體雖小而不纖巧，是我理想的建築。這神廟供奉的是『人性』。」[8]這些話道出了《邊城》乃至整個湘西系列人性畫卷的創作動機。

他曾把創作分為兩種，一種是「為大眾苦悶而有所寫作的」，一種是「為這個民族理智與德性而來有所寫作的」[9]，他說對前者表示尊敬，對後者則是愛。的確，他自己就大致屬於後者。《龍朱》的故事情節展開之前，敘事者告白說：為了消解城市道德虛偽庸懦的大毒，追回熱情、勇敢與誠實的高貴品格，重新建立起信仰與自信，從悲慟與消沉中解脫出來，他才來追懷百年以前另一時代的白耳族王子。這不僅是《龍朱》一篇作品，而且是整個湘西系列的指歸所在。他對審美效應的期待，既不是政治功利性的，也不是苦悶宣洩性的，而是審美的愉悅和「向善」的引導。他所說的「向善」，不屬於一般的「做好人」的理想，而是「讀者從作品中接觸了另外一種人生，從這種人生景象中有所啟示，對『人生』或『生命』能做

8 沈從文，〈從文小說習作選・代序〉。
9 沈從文，〈鳳子・題記〉。

更深一層的理解」[10]。其實，這也正是京派的理論前驅周作人所倡言的：「藝術是獨立的，卻又原來是人性的。」[11]毫無疑問，沈從文的創作最能代表京派的精神指歸與藝術傾向。

沈從文描寫湘西的桃花源景象時，通常時代是模糊的，時空有一種懸浮感。而一旦回到實有的時空，則難免要觸及種種腐惡與痛苦，「靜穆」就不能貫徹到底了。《七個野人與最後一個迎春節》裏，北溪村的七個男子要做化外之民，他們寧可過簡單而平和的日子，保持本族直率慷慨的性格，也不願接受官府的統治，讓道義與習俗被外來文化所傳染……這七個硬漢反抗無效，只好搬到山洞去住。又一個迎春節來臨，北溪村人紛紛跑到山洞去聚會過傳統的狂歡節，忘形地笑鬧跳擲。然而，第三天，有七十個持槍帶刀的軍人，由一個統兵官用指揮刀調度，圍住野人洞，砍下七顆頭顱帶回北溪，掛在稅關門前大樹上，罪名是圖謀傾覆政府，有造反心。凡到洞中吃酒的，自首則酌量罰款，自首不速察出者，抄家，本人充軍，兒女發官媒賣作奴隸。這簡直就是一部血腥的邊民馴服史了。

如果說這還只是已被北溪人遺忘了的陳年舊事的話，那麼，現實中的血腥更是讓人驚心動魄。《我的教育》裏，已被殺戮麻木了的軍人，以看殺人為樂趣，拿攀上塔去撥示眾的人頭的眼睛為遊戲。《黔小景》路上無名人頭屍身，少年挑著不知名主、不知何故被砍下的人頭進城。《還鄉》表現了人們因「清黨」而引起的恐懼。《失業》通過一個譯電員的內部透視，揭露出所謂清鄉剿匪不過是軍隊濫殺無辜、搜刮民財的藉口。《新與舊》從歷史的進步與倒退的視角，描寫了當局為了鎮壓共產黨，竟用起了早已廢止的砍頭刑罰。可見，在沈從文的文學世界裏，不僅存在著都市與鄉下的對比圖景，而且湘西也不是清一色

10　沈從文，《短篇小說》。
11　周作人，〈自己的園地〉，《晨報副鐫》一九二二年一月二十二日。

的桃花源，只要他從人性小廟探出頭來，就無法迴避戕害人性的暴虐殘忍。

民風樸厚也不意味著忠厚、馴順的一成不變。《丈夫》寫了一種湘西特殊的風俗：生計艱難的鄉下，不亟亟於生養孩子的婦人，到城市做船上「生意」，把一部分收入送給留在鄉下誠實耐勞種田為生的丈夫，丈夫的名分不失，利益存在。由於當地的經濟、環境與文化心理等因素，這種情況並不與道德衝突，年輕而強健的丈夫，什麼時候想及在船上做「生意」的媳婦，便像走親戚一樣進城探親。到了晚上，倘若媳婦仍有「生意」要做，丈夫只好四處去聽戲、喝茶、看景，到睡覺時回來，若是媳婦還須在前艙陪客，他只能悄悄地躲在後艙「和平」地睡覺。窮鄉僻壤，多少人、多少代都是這樣過來的。如今這位老七的男人，到碼頭來探親。本應是主人的身份，到了老七的生意船上，卻是個十足的怯生生的客。老七上岸，他要替老七看船，替老七接待地頭蛇水保，聽人家吩咐：「告她晚上不要接客，我要來。」開始他卑屈地認同、迎合，稍後則咀嚼出了屈辱，心頭增加了憤怒。晚上，眼見兩個喝醉的大兵上船胡鬧，又無奈地聽任巡官上船詳細地「考察」老七，丈夫起碼的尊嚴——人的自尊、男人的自尊、丈夫的自尊終於覺醒了、震怒了，他一早起來就要走路，沉默地一句話不說，老七一而再地拿錢，也無法啟開丈夫的口，錢竟給撒到了地上，男兒有淚不輕彈，堂堂男子漢竟然用手掌摀著臉孔，像小孩子那樣莫名其妙地哭了起來。終於夫婦一道回轉鄉下去了。《貴生》裏年輕能幹的主人公，眼看著自己的意中人被有錢的老鄉紳娶進家門，去用處女的童貞之血沖滌賭博的晦氣，忠厚善良、忍讓馴順的性格也發生了一百八十度的大轉彎，一怒之下，放火焚燒了女方的與他自家的房屋。丈夫對傳統由認同到反叛，貴生對命運由順從到抗爭，屬於人性雕像的另一面，其中隱含著作者對湘西獷悍性格的呼喚。

沈從文在建構一個野性力量與人性溫情經緯相織的湘西世界時，沒有忘記養育如此人文精神的大自然，崇山峻嶺、急流險灘、清澄小溪、奇妙山洞、林木花草、飛禽走獸、風雨雷電、豐富物產，等等，有著寫意與工筆兼備的描寫；對於這塊土地上凝結著山水靈氣與人文精神的民俗，則寄予更為熱心的關注，諸如娶抱郎婦、唱情歌結對子的搖馬郎、跳儺、謝土儀式、美女為神巫獻身、迎春節狂歡、端午節龍舟競渡等等，都描繪了一幅幅原汁原味的湘西風俗畫。正是這地理與人文、歷史與現實、自然與靈魂的多方面開掘，展示出一個蘊涵豐富的湘西世界。

別具一格的湘西世界的創造，奠定了沈從文在文壇的地位。一九三四年，《人間世》雜誌向國內知名作家徵詢「一九三四年我愛讀的書籍」，周作人與老舍都以《從文自傳》作答[12]。愛德格・斯諾編譯《活的中國》，第一次向西方讀者介紹中國新文學成就，就收入了沈從文的《柏子》。他在《編者・序言》裏，還把《邊城》列為「傑作」，稱許沈從文與巴金「對現代中國文學的發展都有過巨大貢獻」[13]。二十年代曾對沈從文產生過誤解的魯迅，在一九三三年二月對斯諾談到新文學代表作家時，也撇開三十年代仍然存在的思想分歧，把沈從文譽為最好的作家之一[14]。即使在「盧溝橋事變」之後的戰爭背景下，沈從文已有一些作品表明自己的抗戰姿態，在日本仍有沈從文作品的日文翻譯，如日本第一書店一九三八年一月版古濱修一譯《新支那作家集・夜哨線》，收有《會明》、《顧問官》；同年三月，日本《中國文學月報》刊出梅村良譯《生存》；東京改造社一九三八年一月版松枝茂夫譯小說集《邊城》，收《邊城》、《丈夫》、《夫婦》、《燈》等九篇小說；日本白水社一九三九年十二月版土井彥一郎譯《西湖之夜：白話文學二十講》，收有《牛》；同年，日本伊藤書店版松枝茂夫譯《蠶》（「中國文學研究會・支那現代文學叢刊」

12 《人間世》第十九期（一九三五年一月）。
13 《新文學史料》一九七八年第一期。
14 尼姆・威爾士，〈《現代中國文學運動》〉，《新文學史料》一九七八年第一期。此段三個評價材料，參見凌宇，《沈從文傳》，頁三〇二－三〇三。

第二輯）收有《山道中》；日本小學館一九四二年九月版大島覺譯《湖南的士兵》（兩部）第一部收《從文自傳》中〈一個老戰兵〉之後各章，第二部收《記丁玲》的第一部分[15]。

第四節　桃花源的變遷

日本侵略者飛機的轟炸，使沈從文難以再在舊都北平描繪他的湘西桃花源勝境了。一九三七年八月，經與夫人張兆和商定，他先期同楊振聲、朱光潛等一道離平南行。在戰火紛飛中，經天津、煙臺、濟南、南京、武漢、長沙等地，沈從文輾轉來到大後方昆明。在編教科書工作告一段落之後，於一九三八年九月起任西南聯大師範學院國文學系副教授，一九四三年八月升任教授。

在戰時緊張艱難的生活中，沈從文一方面為培養人才傾注了大量的心血，同時也沒有放棄文學創作，自然，創作量較抗戰前有所減少。只是他那迴避政治、疏離集團的執拗性格，並沒有多少改變，即使在如火如荼的抗戰宣傳高潮中也頑強地表現出來。一九三九年一月，他發表〈一般或特殊〉，對一些作家積極從政、從事一般的抗日文化宣傳工作而忽略或放棄了創作的現象提出質疑，認為「『文化人』只是一般化的種種努力，和戰爭的通俗宣傳」，「固然值得重視」，「不過社會真正的進步，也許還是一些在工作上具特殊性的專門家，在態度上是無言者的作家，各盡所能來完成的」[16]。他的意見被認定為「反對作家從

15　參照吳世勇編《沈從文年譜》（天津人民出版社，二〇〇六年），頁二〇四、二〇五、二一二、二二三、二三九、二四七。
16　沈從文，〈一般或特殊〉，《今日評論》第一卷第四期（一九三九年一月）。

政」，受到了激烈的批評。但這個鄉下人仍然堅持創作要與政治保持一定距離的觀點與實踐。沈從文疏離政治的態度，不能簡單地歸結為英美紳士派自由主義的影響，而是有著深刻的背景。多少年來，從封建朝廷到民國政府對湘西的政策，都程度不同地傷害了少數民族的利益與感情，民族的精神創傷不可能不給身上湧動著苗族血液的沈從文以深刻的影響；加上早年，他在湘西看見各派力量為了爭奪地盤，不惜生靈塗炭，到北京之初看見各派軍閥走馬燈似地在北京進出，所以他向來對政治敬而遠之。一九三四年十二月二十五日，他在給施蟄存的信中說：「中國似乎還需要一群能埋頭寫小說的人，目前同政治離得稍遠一點，有主張也把主張放在作品裏，不放在作品以外的東西上，這種作品所主張的、所解釋的，一定比雜論影響來得大來得遠。」[17]

沈從文對抗戰文藝中的公式化、概念化的作品不以為然，並不意味著他不熱心抗戰。除了撰寫短文激勵民氣並分析抗戰中的具體問題之外，在小說中也自然地表現抗戰生活。《王嫂》寫一個農婦在十八歲的女兒產後兩天大流血而死去之後，越加珍愛唯一的兒子。為了生計，十二歲的兒子在城西區茶葉局當差，在日軍飛機轟炸中死裏逃生。母親為此而後怕，當她聽到兒子說要去參軍時，不禁十分擔心，悄悄地買了些香紙，到北門外去燒化，為心肝寶貝的未來祈禱。作品沒有慷慨激昂的口號，平淡的描寫中見得出戰爭給普通百姓帶來的復仇激憤與恐慌陰影。《鄉城》描寫了一個服務團的宣傳活動：八十多個男女青年來到一個縣城，演戲、貼標語、街頭演講、代出征家屬寫信，熱情可嘉，但其宣傳的形式卻與民眾不無隔膜——不知收信人部隊番號，也不知駐防地點，因而無法付郵的信，抽象、生硬、口號化，鄉下人看不懂，也用不著，而且接待事宜還給縣公署與百姓平添不少忙碌。作者冷靜的描寫帶有一點嘲諷，婉轉地批評了

---

17 沈從文，《新廢郵存底・五》。

戰時宣傳工作中的形式主義。《陌生的地方和陌生的人》，是總題為《芸廬紀事》的一組小說中的第一篇，作品寫中央政治學校的學生由於言語及整個文化的隔膜，以獵奇的眼光審視湘西，同向來熱心公務、為發生爭執的學生與商人排難解紛的沅陵抗屬大先生發生了衝突，竟至於要動手開打，幸而當地駐防的團長路過解圍，團長還對倚仗「中央」之勢欺人的學生進行了批評。商人說得更為直截了當：「同志可不要多心，我們湘西人都心直，一根腸子筆直到底，歡喜朋友。可不要隨便動手，我們地方正有一師人在前線作戰。」一師人在前線作戰，這是湘西人的驕傲，也是作為湘西人的作者的自豪。

《動靜》不僅描述了抗戰給內地小山城帶來的種種新氣象，諸如兵役法實施、壯丁訓練普及、和尚尼姑與「經營最古職業某種婦女」也參與社會服務、傷兵醫院、募捐、懲治漢奸，等等；而且濃墨重彩地渲染了湘西軍人的愛國情懷與犧牲精神。先是借助醫生向學生的介紹側寫英雄團長：

你們成天看報，不是都知道滬杭路上有一個興登堡防線嗎？他就是在那道防線打仗的一個軍官。他是個團長，有一千五百人歸他指揮。一共三師人在那方面，他守的是鐵道線正面。大家各自躲在鋼骨水泥做成的國防工事裏，挖好了機關槍眼兒，冷冷靜靜的打。敵人八十架飛機從早到晚輪流來炸，一直炸了八天。試想想，炸了八天！大砲整天地轟，附近土地翻起了泥土同耕過一樣。一個旅部的工事，一天中就有八百點砲彈落到附近三百公尺裏土地上！想想看，這仗怎麼打！八天中白天守在工事裏，晚上出擊夜襲，飯也不好好的吃過一頓。到後來，一千五百名士兵和所有下級軍官傷亡快盡了，只剩下一百二十個人，還掩護友軍撤退，才突圍衝出。他腰腿受了重傷，回到後方來調養。年紀還只大你們幾歲，騎馬打槍，樣樣在行，極有意思的！這是你們做人的榜樣！

繼而刻畫團長對戰爭的心理體驗與理性認識，以及不耐靜養的寂寞愍悶，不待痊癒、假滿就想著返回前方。最後描寫團長重返戰場的堅定從容。「師部來了急電，限這個少壯軍官五天內率領那兩連傷癒兵士，向常德集中，並接收常澧師管區四營壯丁，作為本團補充。」年輕的新婦擔心他「腿還不好，走路時木木的」，團長回答說：「他們要人，大家都正在拚命，我這樣住下去算什麼生活！」團長回鄉療傷，毫不招搖，不想讓人知道他是誰；七個隨身弁兵，即使傷好後，也從不叫他們到家中服務。如今奉命歸隊，團長待之如兄弟般體貼入微。總部意欲由團長率兩連傷癒弟兄開到長沙去，編作榮譽大隊，做個模範，屆時說不定還有各界給團長獻旗。而團長想的卻是：「這戰爭去結束日子還長，我們並不是為一種空洞名分去打仗的。國家不預備抗戰，做軍人的忍受羞辱，不作聲。國家預備打了，做軍人的，唯一可做的事就是好好打下去，忍受犧牲，還是不用作聲。放在我們面前的是事實，不是榮譽！」沒有豪言壯語，但一如湘西山水一樣質樸的筆調呈現出愛國將領的英雄情懷。團長這一人物以作者的胞弟、在淞滬會戰負傷的沈荃為模特，親情融於描寫之中，平添親切自然之感。

《動靜》裏，最初，年輕學生把回鄉療傷的英雄團長誤解為無所事事的大少爺、「荒淫無恥的代表」，後來得知其英雄事蹟，便出於好奇心和崇敬之情前來拜訪，恭請簽名，邀請講演，請教問題，但由於在對戰爭的看法上存在著務實與浪漫的差異，學生便生出了反感，與團長疏遠起來。師部來急電召團長率傷癒兵士歸隊，團長義無反顧地告別親人重返前線，學生又商議舉辦歡送儀式。學生的浪漫與浮躁越加襯托出湘西軍人的犧牲精神與務實風格。在沈從文的世界裏，湘西是永恆的，在現實的矛盾糾葛中，他總是站在湘西一邊。

多年以來錯綜複雜的湘西社會矛盾——民與官、地方與中央、苗族等少數民族與漢族的矛盾，引發了一九三六年初的苗民起義，蔣介石調兵遣將，進剿起義軍。抗戰爆發後，中央政府在進剿屢屢失利之後不得不放棄武力解決湘西問題的方略。苗族起義軍接受改編，開赴抗日前線，取得了著名的「湘北大捷」。但由於地理環境的隔絕，多年來宣傳上的偏差，外界對湘西積年形成的誤解一時難以消除，湘西在一些人腦子裏仍是「匪區」，湘西人仍被視為「土匪」。為了消除誤解，讓世人真正瞭解湘西與湘西人，也為了使鄉親們打開視野，認識山外的廣闊世界，使地方安定下來，團結抗日，沈從文有意識地繼續他對湘西世界的描繪。只是先前桃花源般的牧歌風格與夢幻色彩，已經被希望與憂鬱雜糅的變奏曲風格與現實色彩所取代了。總題《湘西》的散文先於一九三八年下半年在報上連載，後於一九三九年八月由長沙商務印書館結集出版。較之抗戰前的《湘西散記》，《湘西》的重點不再是描寫湘西的風土人情，尤其是生機勃勃的野性，而是從苗民問題的歷史與現狀、自然風物與出產、生產方式與生活方式的演進、源遠流長的巫文化與遊俠風、女性的生存狀態、近代以來的文化建樹等方面，全面展示了湘西的歷史與近代以來的巨大變遷。

一九三八年著手創作的長篇小說《長河》，與《湘西》屬於異軌同奔之作，同《邊城》相比，風貌迥然有別。《邊城》為了重新燃起年輕人的自尊心與自信心，復原並放大了湘西人的淳厚、正直與熱情，營構出一個桃花源式的意境；《長河》則由《邊城》的單一的直線描寫改為「常」與「變」的雙曲線錯綜。「常」，就是通過自然風光、民間傳說、別致民俗、樸厚民風與民間打情罵俏的生活場景等，表現湘西的可愛之處。但「人事上的調和」、「牧歌的諧趣」，在近代以來都市文明的衝擊下，發生了巨大的變遷。「農村社會所保有那點正直樸素人情美，幾幾乎快要消失無餘，代替而來的卻是近二十年實際社會培養成功的一種唯實唯利庸俗人生觀」[18]。時代畫面由詩意的朦朧變為現實的清晰，少有人為矛盾的寧靜、清澄變為人間惡魔興妖作怪的渾濁、淆亂，湘西子弟從戎為榮的生活道路有了變化，女性的生存方式也出現了新

---

18 沈從文，《長河・題記》。

的信息。人物的樸訥被賦予一點愚鈍的色彩，由讚歎變為喜劇的哂笑。老水手們對「新生活運動」的誤解雖有幾分可笑，但也並非毫無來由，因為伴隨著中央軍進湘的新生活運動喚起了湘西人疊印著血腥與痛楚的歷史記憶，後來事態的發展證明了他們的擔心並非多餘。在大的風暴到來之前，《邊城》未曾出現過的地頭蛇在這裏開始興風作浪了：保安隊長倚勢霸蠻，以砍光橘子園相要脅，強要長順「賣」一船橘子給他，說是要送禮，實則用來牟利；並且，他還對天真無邪的俊俏少女夭夭動起了邪念。世道的變化，使不知有漢遑論魏晉的超然為現實的焦慮與激憤所取代，作品中藉人物之口，甚至對委員長「說得倒好聽，說了永遠不兌現」的「嘉政」頗有微詞。單純得帶點愚鈍的老水手彷彿預感到大風暴的襲來，感歎說：「好看的總不會長久，好碗容易打破，好花容易凍死。」的確，達摩克利斯劍懸在楓樹坳、呂家坪乃至整個湘西的頭上，隨時都可能掉落下來，造成血腥悲劇。作者的敘事語調也發生了變化，《邊城》裏的從容不迫與悠然自得，變為匆促與惶恐起來。《長河》原擬寫四卷，最後苗族起義軍走上前線，蔣介石企圖假日軍之手消滅這支生力軍，揭示苗族乃至整個湘西的悲劇命運。但這樣一種構思，在當時的背景下，顯然是難以完成的。第一卷最先在香港發表時，就被刪節了一部分，一九四一年重寫分章發表時，又有部分章節不准刊載。到預備在桂林印行送審時，被檢查處認為「思想不妥」，全部扣壓。幸得朋友輾轉交涉，逕送重慶複審，重加刪節，過了一年才發還付印，即一九四三年九月由桂林開明書店出版的刪節本，全文的面世則已到了一九四八年八月。

抗戰勝利後，沈從文迴避戰火紛飛的現實題材，仍然回到記憶中的湘西世界尋找心靈的安慰與藝術的自由，但題材與筆調都發生了變化。在以少年回憶的視角表現山區兩族血腥世仇的《雪晴》（未完，現存四章：〈赤魘〉、〈雪晴〉、〈巧秀和冬生〉、〈傳奇不奇〉）中，寫了巧秀與她母親命運的截然不同：母親當年因拒絕族長之子的親事而自己選擇了情人，遭到了沉潭的厄運；而女兒巧秀則與情人逃婚成功，雖然後來情人捲入了一場因劫物而引發的武力對抗，不幸慘死，但巧秀終於倖免於難。第四章〈傳奇不奇〉裏，田家兩兄弟帶著一幫人馬劫了煙幫，本來不過是想按照當地的習俗換幾條槍，不料因激生變，最後慘遭剿滅。作者在描寫強悍性格與血腥場面時，粗獷依舊，但顯而易見的是，初期創作的超然靜觀甚至不無寒意的欣賞，已經被一種深沉的悲愴所取代。篇末寫道：帶隊剿匪的滿大隊長所在的「滿家莊子在新年裏，村子中有人牽羊擔酒送匾，把大門原有的那塊『樂善好施』移入二門，新換上的是『安良除暴』。上匾這一天，滿老太太卻藉故吃齋，和巧秀守在碾坊裏碾米」。這一章寫於一九四七年十月，想必當時內戰的硝煙影響了作者對於暴力題材的敘事語調。

值得注意的是，沈從文在四十年代的小說創作中，對大自然給予了更多的注意，甚至出現了《虹橋》、《赤魘》、《雪晴》那樣以自然之美為主要描寫對象的作品。《虹橋》裏，與馱馬幫同行的幾個大學畢業生，在莽山中，發現了壯美奇幻的景色：遠處「兩百里外雪峰插入雲中，在太陽下如一片綠玉，綠玉一旁還鑲了片珊瑚紅、靺鞨紫」；近處「有一截被天風割斷了的虹，沒有頭，不見尾，只直杪杪的如一個彩色藥杵、一匹懸空的錦綺，它的存在和變化，都無可形容描繪」；「還有那左側邊一列黛色石坎，上面石竹科的花朵，粉紅的、深藍的、鴿桃灰的、貝殼紫的，完全如天衣上一條花邊，在午後陽光下閃耀。陽光所及處，這條花邊就若在慢慢的燃燒起來，放出銀綠和銀紅相混的火焰……」在語言與畫筆都無法傳達出其神韻的自然面前，他們不禁為之傾倒，甚至於有點頹唐，「覺得一切意見一切成就都失去了意義」。對大自然近乎崇拜的描寫與讚頌，既是湘西本色的復原與拓展，也可以說透露出一點作者心目中的人性與社會的桃花源夢破滅的信息。

愛情描寫也呈現出新的風姿。抗戰前，沈從文的愛情描寫自由揮灑，如《雨後》男女主人公為自然景色所感召、在山野中行魚水之歡的野性張揚；又如《月下小景》裏青年男女陰差陽錯為愛情而殞命的淒美清絕；再如《八駿圖》對文人學者表面上一本正經、內心裏渴望出軌的幽默反諷。抗戰全面爆發之後，沈從文的愛情描寫則變得幽曲深沉起來。如《看虹錄》，男主人公夜半時分，在回家的途中，為梅花清香所吸引，走向那個凝眸許久的「空虛」，含蓄地調情，溫婉地回應，在詩與火的交融中度過了生命燃燒的二十分鐘。男主人公絲毫沒有越軌的不安與愧悔，反而沉浸於對那富於象徵色彩的「圖案」的熱切嚮往與甜蜜回味。「神在我們生命裏」——男主人公在那個小小庭院素樸房間裏所讀奇書第一頁的題詞，是這首性愛小夜曲的主題，未始不是作者的心聲。再如《摘星錄》，女主人公的情感體驗寫得委婉曲折，作者對其耽於幻想的愛情不無婉諷之意，或許在作者看來，真正的愛情應該是帶有冒險性的生命體驗，一味地渴望完美，而在現實中徬徨無定、首鼠兩端，收穫的只能是失望。沈從文擔心這樣的作品，「照近二十年社會習慣看來，很可能會得到些不必要的褒貶」，在為後來未見出版的《看虹摘星錄》所寫的〈後記〉中，引用他在另外作品中說過的話來自辯：「我不大明白真與不真在文學上的區別，也不能分辨他在人我情感上的區別。文學藝術只有美或惡劣，道德的成見與商業價值無從摻雜其間。精衛銜石、杜鵑啼血，事即不真實，卻無妨於後人對於這種高尚情操的嚮往。」「我永遠只想到很少幾個有會於心的讀者，能從我作品上見到我對於生命的偶然，用文字所做的種種構圖與設計。我這本小書最好的讀者，應當是批評家劉西渭先生和音樂家馬思聰先生，他們或者能超越世俗所要求的倫理道德價值，從篇章中看到一種『用人心人事作曲』的大膽嘗試。……這其間沒有鄉愿的『教訓』，沒有腐儒的『思想』，有的只是一點屬於人性的真誠情感，浸透了矜持的憂鬱和輕微瘋狂，由此而發生種種衝突，這衝突表面平靜內部卻十分激烈，因之裝飾人性的禮貌與文雅，和平或蘊藉，即如何在衝突中鬆弛其束縛，逐漸失去平衡，必在完全失去平衡之後，方可望重新得到平衡。」「另外合乎理想的讀者，當是一位醫生、一個性心理分析專家，或一個教授，如陳雪屏先生，因為也許可以作為他要『知道』或『得到』的一分『情感發炎』的過程紀錄。吾人的生命力，是在一個無形無質的『社會』壓抑下，常常變成為各種方式，浸潤氾濫於一切社會制度、政治思想，和文學藝術組織上，形成歷史過去而又決定人生未來。這種生命力到某種情形下，無可歸納挹注時，直接游離成為可哀的欲念，轉入夢境，找尋排洩，因之天堂地獄，無不在望，從挫折消耗過程中，一個人或發狂而自殺，或又因之重新得到調整，見出穩定。」[19]沈從文意在揭示人性的真實與生命的力量，以期實現身心健康乃至社會穩定，然而，這一努力在血火交迸的時代顯得過於「抽象」、「虛空」，難得遇到知音，反倒引來了激烈的道德批判與政治討伐。

在政治思想上，沈從文自始至終都是一個帶有濃郁湘西色彩的自由主義者——獨立不羈，剛正不阿、堅韌不拔。早在二十年代，他的一些友人慘死在政黨鬥爭的屠刀下，他曾在作品中表達過憤懣之情。三十年代，好友胡也頻、丁玲先後被捕，他輾轉滬、寧等地，積極進行營救工作，還寫了短文〈丁玲女士被捕〉、〈丁玲女士失蹤〉與長篇傳記《記胡也頻》、《記丁玲》等，揭露並抗議當局捕殺左翼作家的罪惡。三四十年代，沈從文作品被當局查禁的有近三十種。一九三七年十二月，沈從文從熟人那裏得知，延安欲邀請茅盾、巴金、老舍、曹禺、沈從文、蕭乾等十位作家去延安，願意提供寫作的方便。沈從文思量再三，還是選擇了去雲南大後方。一九四六年，內戰硝煙再起，沈從文深為生靈塗炭、國力消耗而憂慮。一九四七年，他從親友的來信中得知，辛亥革命之後曾經參加過「靖國」、「護法」，在抗戰的淞滬會戰、南昌保衛戰、長沙會戰等重要戰役中表現出色的湘西的「筸軍」，被引入內戰的戰火之中，有五千之眾的「甲種師」在萊蕪戰役中全軍覆滅。前不久他在文章中所說的「燒到後來，很可能什麼都會變成一堆灰，剩下些寡婦孤兒」[20]，竟在他所摯愛的家鄉不幸而言中。這位湘西作家越加痛楚，站在自由主義立場上發表了一些言論。由此，引來了一系列激烈的批判。郭沫若在一九四八年五月香港生活書店出版的《大眾文藝叢刊》第

19 〈《看虹摘星錄》後記〉，天津《大公報》一九四五年十二月八日、十二月十日。
20 沈從文，〈從現實學習〉，《大公報》一九四六年十一月三日。

一輯發表署名文章〈斥反動文藝〉，點名批判沈從文，稱其為「一直是有意識地作為反動派而活動著」。事實上，沈從文從來也沒有依附過、反而在作品中或隱晦或鮮明地抨擊過國民黨當局，北平解放前夕，他斷然拒絕去臺灣。然而，在他所執教的北京大學，進步學生從教學樓上掛下了批判沈從文的大標語。新時代對他的排斥，並不只是表現在激進學生的舉動，而且更讓他沒有想到的是，全國第一次文學藝術工作者代表大會一九四九年七月在北平召開，天南海北的作家濟濟一堂，他這個近在咫尺的三十年代以來享譽文壇的作家，竟然被排除在外。沈從文陷入巨大的困惑與焦慮之中，倔強的性格竟然變得脆弱起來，病態的迷亂之中，他想回到他生命與精神的搖籃湘西去，迷亂之中，他竟用小刀劃破了血管，幸而被及時發現，送往醫院。

病癒出院後，他被安排進中央革命大學學習了十個月。結業後，工作關係從北京大學調到歷史博物館，從事文物工作。早在二十年代初，在湘西地方軍隊時，沈從文就曾替長官整理過古籍與舊畫及陶器等文物。初到北京，買固然沒有錢，但少不了去地攤和古董店櫥窗外去欣賞。後來做了大學教授後，財力與時間上有了一點餘裕，養成了收藏文物的癖好。所以，新時代來臨，選擇文物工作倒也圓了他的文物夢，他從文學世界來到文物世界，這也是桃花源的一種異地變遷。中華人民共和國成立以後，他的工作成績主要體現在這一方面：他先後編著的有《中國絲綢圖案》、《唐宋銅鏡》、《明錦》、《龍鳳藝術》、《戰國漆器》，尤其是一九八一年問世的《中國古代服飾研究》，更是見出深厚的功力與出色的眼光。只是他早已得心應手的文學，卻不得不放下了。一九五三年，全國第二次文學藝術工作者代表大會召開，沈從文以美術組的成員與會。據說毛澤東在這次會上曾希望他還寫點小說。可是也就是在這一年，上海開明書店寫信通知沈從文，由於他的作品已經陳舊過時，已將他的開明版作品紙型悉數銷毀。饒有意味的是，臺灣也在相當長的時期裏查禁了沈從文的作品。在大陸，改革開放時代到來之前，只有一九五七年十月，人民文學出版社印行了他的一個舊作選本。他在這本《沈從文小說選集》的〈題記〉裏表示，「希望過些日子，還能夠重新拿起手中的筆，和大家一道來謳歌人民在覺醒中、在勝利中，為建設祖國、建設家鄉、保衛世界和平所貢獻的勞力，和表現的堅固信心及充沛熱情。我的生命和我手中這枝筆，也必然會因此重新回復活潑而年輕！」一九六一年，他與十幾位年輕作家一道登上井岡山，曾想住上三年，以妻子家中一位革命烈士為模特寫一部長篇小說，然而住了三個月，看看計畫難以完成，只好走下山來。

「文革」中，沈從文難逃厄運，被抄家，分配打掃廁所，後去湖北咸寧五七幹校看菜園子，一九七一年獲准回京，一九七八年調中國社會科學院歷史研究所工作。一九八〇年，這位作品早已蜚聲海外的湘西籍作家第一次走出國門，赴美國訪問、講學。一九八二年至一九八五年，十二卷本《沈從文文集》[21]在廣州、香港同時推出。從七八十年代之交開始，這位已經四十餘年沒有小說新作的小說家，四十年以前的小說作品越來越被人們提起並看重。一九八八年五月十日，沈從文走完了他那坎坷的一生，但他那生機蓬勃、天籟流韻的文學世界，為中國現代文學史留下了一片永恆的綠色。

第五節　追求天籟之美

沈從文最初幾年的小說，結構散漫，許多都沒有故事情節，甚至沒有中心人物，這或許與他接觸新文學較晚有關，但主要的原因恐怕在於他那湘、沅一樣自由奔放的個性氣質。若不然，就無法理解為什麼他的小說創作進入成熟期以後，仍然保留了鮮明的散文化特點。如果說開始還渾然不覺的話，那麼，經過一

---

21 邵華強、凌宇編，由廣州花城出版社、香港三聯書店分別推出。

段時間的摸索之後，他對自己的創作個性有了較為清醒的體認，自由揮灑的散文化體式就成為沈從文小說創作的自覺追求，因而成為其小說的一個重要特色。

他在一九二九年夏所寫的《石子船・後記》中說：「從這一小本集子上看，可以得一結論，就是文章更近於小品散文，於描寫雖同樣盡力，於結構更疏忽了。照一般說法，短篇小說的必需條件，所謂『事物的中心』、『人物的中心』，『提高』或『拉緊』，我全沒有顧全到。也像是有意這樣做，我只平平的寫去，到要完了就止。……我還沒有寫過一篇一般人所謂小說的小說，是因為我願意在章法外接受失敗，不想在章法內得到成功。」這一觀點，頗似中國傳統畫論的「大體須有，定體則無」，「至人無法非無法也，無法而法乃為至法」。不拘泥於成規定式，就有了自由開放的小說體式。

他的不少小說，或許可以稱為遊歷體，諸如《我的教育》、《入伍後》、《還鄉》等，沒有一個中心故事，而是通過人物（許多場合是「我」）的一段經歷，信馬由韁地展開敘述，表現人生的一段際遇或社會的一種風貌或一種情緒。有些小說，或可叫做攝影小說，由一個個鏡頭組成，如《腐爛》，無家可歸的孩子在街頭流浪，賣淫求生的婦女悽悽惶惶地找不見主顧，這樣一些底層社會的生活場景，雖然沒有一個中心人物或事件貫串，但控訴社會「腐爛」的意緒將它們連成一體，猶如一張張攝自不同角落的照片，構成一個主題圖片展覽。有的小說鋪敘一個事件，其取材的角度與行文的筆法，很像樸實的敘事散文。有的小說描繪一個美麗的景致，其富於象徵性的意境與含蓄蘊藉的詩味，宛如空靈的散文詩，可以稱之為詩性小說或意境小說。有的作品多種體式並用，日記、書信自不必說，山歌、新詩等也大段大段地信手拈來，雜糅其中。

有的作品構成頗為單純，只是一個生活場景的速寫，或是一個人物的剪影，幾與散文無異。即使是中、長篇小說，也用了不少散文筆法。《鳳子》第一卷，作品的結構沿著人物的足跡展開。第一至第四章，寫一個在北京生活有年的湘西青年來到青島後的見聞感興及其與紳士朋友的結識；從第五章開始，進入以紳士朋友為二十年前的故事主人公的湘西敘事。先是以地方誌的筆法描繪了湘西的歷史、地理面貌，接著通過身為工程師的旅行者的所見所聞，描寫湘西富饒的物產、秀麗的山光水色、優美的對歌文化與熱情質樸而強悍剛勇的人性民風；尤其是第十章〈神之再現〉，以潑墨般的激情與工筆劃的細膩描敘了當地跳儺的一種——謝土儀式：大火燒亮夜空，大鍋開水沸騰，豬羊開膛破腹，巫師紅袍加身，牛角呼號，歌聲動地，法事完畢後又有娛神戲劇，神祇、人間，無不歡娛……這部作品，彷彿一幅散點透視的湘西《清明上河圖》，沒有通常意義上的故事情節，散文體式即是其結構。散文體最大的長處是自由靈活，但用來組織長篇小說的確有一定的難度，沈從文的長篇小說幾乎沒有一種完成預定計畫，中、短篇小說藝術成就也大於長篇小說，便與這一點有關。

不遵循通常的小說範式並非缺乏文體意識，事實上，沈從文追求的是文體的自由性，他在多種體式上做了大膽的探索與嘗試，為中國現代小說的文體建設拓展了道路，豐富了文體樣式。《阿麗思中國遊記》是現代文學史上最早的寓言體長篇小說，後來才有張天翼的《鬼土日記》（一九三一年）、老舍的《貓城記》（一九三三年）。儘管前後是否有直接的影響關係，現在還不能斷定，而且《阿麗思中國遊記》還相當粗糙，但敢為天下先的勇氣則應予以肯定。《龍朱》，從對歌求愛的題材、主奴互襯的人物設置、富於形象比喻的語彙、略帶誇飾的語調等方面，都頗似山地流傳有年的民間故事。《媚金·豹子·與那羊》陰差陽錯的誤解，纏綿悱惻的情感，淒美悲愴的結局，頗有一點傳奇小說的韻致。《神巫之愛》氤氳著古代荊楚之地的巫風，白衣女子口不能言而美目代之，姐妹酷似，並頭而眠，撲朔迷離，神祕怪誕，語言雖為白話，但氣氛彷彿《聊齋志異》。短篇小說集《月下小景》，除了頭一篇同題小說之外，其餘八題十則都取材於《真誥》、《法苑珠林》、《雲笈七籤》等書，其演繹佛經的教訓意味，生動情節，傳奇色彩，活脫脫唐代「敷衍佛經」的變文體的現代版；各篇之間，貫之以旅館圍火夜談的形式，敘事者與聽講者之間相互交流，這種形式又有點與薄伽丘《十日談》的韻味，所以作者自己又給這個集子起了一個別名《新十日談》。《第四》等篇，前面有一個或長或短的楔子，很像宋代的「說話」。小說體式上的「轉益多師是吾師」，融會古今，多方探究，根源於作家崇尚自由的個性，也是為了配合他在大學的文學課教學。他在《月下小景‧題記》中說：「我因為教小說史，對於六朝志怪、唐人傳奇、宋人白話小說，在形體結構方面如何發生長成加以注意。」可以說，沈從文小說體式的多樣化及其與傳統文體的聯繫，在現代文學史上鮮有可比者。

雖然不願接受既定的小說程式，但沈從文在敘事藝術上卻是十分講究的。他在一九三五年寫的〈論技巧〉一文中，就對「數年來技巧二字被侮辱、被蔑視」的狀況表示不滿，提醒人們「莫輕視技巧」。他在自己的創作中精心營構，力求出新。遊歷體、故事體、話本體、民間傳說體等，看似隨意，其實在舒展流暢的敘事中自有作者的一番苦心。有的作品敘事結構更是顯出匠心獨運。《大小阮》採取雙曲線的形式，對照刻畫了性格與命運都截然不同的阮氏叔侄，形成一種對比的張力：小阮自大學時代起就投身革命，後在北伐戰爭、南昌暴動、廣州起義中浴血奮戰，最後因組織唐山工人罷工而被捕，在獄中的絕食鬥爭中犧牲；大阮則卑污苟且，利欲薰心，私吞小阮寄存在他那裏的一筆革命經費，在捧戲子、玩娼妓的荒唐之後，找了一個南京政府的三等要人的千金，「百事遂心」地混跡人間。《新與舊》則以前後對比的方式表現了新時代裏專制兇殘的舊影。光緒年間，戰兵楊金標是當地最優秀的劊子手，獨傳拐子刀法屢屢贏得看客的喝彩；轉眼到了民國，朝廷改稱政府，斬首被槍斃所取代，楊金標變成了一個把守城門上門下鎖的老士兵，他的光榮時代已經過去。但是，到了民國十八年，當局屠殺共產黨又讓他的故技派上了用場，然而，當他仍按舊例在砍完人頭後去城隍廟「自首」結案時，畢竟時代不同了，知道典故的老廟祝早已死去，他的循例「自首」竟被當作發瘋，捉住痛打一頓，五花大綁起來吊在廊柱上。歷史與現實的強烈反差，使老戰兵無論如何不能理解，他終於帶著困惑死去。

在敘事方法上，豐富多樣，靈活機動。有的作品是單一的主觀視角，通篇是人物的傾訴，有的則是冷眼的旁觀，有的還設置了幾個敘事者與多重視角。譬如《醫生》先是第三人稱敘事，敘述醫生失蹤七天後，紳士與教會為醫生遺產分配調解妥當，準備開追悼會，藉此表現人間的虛偽與冷漠；繼而轉換成第一人稱敘事，由醫生現身說法，表現出事件的蹊蹺與氛圍的奇詭怪異。《第四》裏，第一個敘事者是個穿針引線者，一個旁觀者，一個故事主人公的對話者；第二個敘事者即故事的主角，講述了他的戀愛故事。二重敘事者的設置，給了作者一個評價主人公的機會，對於不堪一擊的浪漫過後的了無痕跡，寄予了心裏被蝕空的感覺。《媚金．豹子．與那羊》也有多重視角：一重是乾脆對媚金故事的省略；一重是說豹子真的失約，苦等一夜的媚金冷死在洞中，豹子睡至天明才記起，趕到洞中，見情人的慘狀，當即自殺在媚金身旁；還有一重，說豹子此後常聽見媚金的歌，因尋不到唱歌人，所以自殺；最後才是後面展開描寫的一種。多重視角表現出多重意緒，隱喻著當今社會媚金的缺席或對男性的批判或對男性的懲罰，多種選擇的可能性給讀者提供了較大的想像與思考空間，也以其多樣性接近了生活的原生態。這一點好似日本芥川龍之介的名篇《藪中》。在描寫手法上，傳統的白描，運用得得心應手；新潮的意識流，也大膽汲取，為我所用。作於一九二八年冬的《夜》，意識流的手法就已經用得相當熟練了，恰好刻畫出舞女晝夜顛倒的特殊生活及無所寄託的淒苦心境。

敘事方法富於變化，有的先設懸念，隨後漸次解扣，如《醫生》，主人公在眾人為他準備召開追悼會時突然歸來，然後由他自述山洞奇遇。有的從容展開，結尾突起波瀾，如《虎雛》裏的小兵不告而辭、《夜》裏的隱居老人開房示人以婦人死屍等。這一手法用得最有代表性的是《牛》，前面以擬人手法深致地刻畫牛的心理，又加之以人與牛的對話，大牛伯對牛的珍愛（傷牛之後的痛悔、為牛治病的焦慮、牛傷癒合之後的喜悅，他甚至還夢見牛有了幾個夥伴，期待到十二月大概就有希望）鋪寫得淋漓盡致，到結尾處，突然一轉：「到了十二月，蕩裏所有的牛全被衙門徵發到一個不可知的地方去了，大牛伯只有成天到保正家去探信一件事可做。順眼無意中望到棄在自己屋角的木榔槌，就後悔為什麼不重重的一下把那畜生的腳打斷。」結尾的意外一轉，頗有美國小說家歐・亨利的奇智機巧。

敘事風格絢麗多姿，有時簡澹數言，自然渺遠，頗有晉宋筆記小說風致；有時枝蔓旁生，信筆揮灑，好似宋代話本；有時敘事插入議論，不乏雋思妙語，或風趣幽默，入情解頤，或鞭辟入裏，一針見血，借鑑了隨筆雜錄的筆法。鏡頭遠推時，以幾百座碉堡、營汛烘托出蒼茫悲愴的湘西歷史；鏡頭近拉時，看得見吊腳樓上女子的一顰一笑。敘事節奏是快是慢，敘事密度是緊是疏，全看描述的對象。《我的教育》為了表現湘西地方軍隊生活的無聊，有三節，分別只有高度重複的一行文字：

二十

今天落雨，打牌的就在營裏打牌，非常熱鬧。

二十一

又落雨，打牌的也還是打牌。

二十二

還是落雨。

蘊藉豐滿的意象敘事，融合了西方象徵主義與傳統的意象等東西方敘事智慧。譬如《燈》裏面隱喻著古樸的人情美的燈，《媚金・豹子・與那羊》裏象徵著純潔愛情的小白羊，《建設》裏面暗喻工人殺人的日落後那一片怕人的血紅，《邊城》裏象徵著古樸民風的白塔與渡船。他曾經在課堂上教給學生說，創作要「用各種官能向自然捕捉各種聲音、顏色同氣味，向社會中注意各種人事。脫去一切陳腐的拘束，學會把一枝筆運用自然，在執筆時且如何訓練一個人的耳朵、鼻子、眼睛，在現實裏以至於在回憶同想像裏馳騁，來產生一個作品」[22]。這段話強調了自由精神的重要，同時也涉及到通感的運用。沈從文在自己的創作中，就常常五官並用，營構出能夠產生聲、色、氣、味等多重複合感覺的審美情境。

一九四一年七月初稿、一九四三年三月重寫的《看虹錄》可以說達到了沈從文小說意象敘事的極致。《看虹錄》，標題就是一組充滿著張力的意象：天上的彩虹絢麗妍美，似真似幻，敘事者是在虛構中神往，心旌搖盪，還是確乎美夢成真，渾然不覺？小小庭院，素樸房間，融融火爐，芳馥梅花，布置了愛情的舞臺。「白臉長眉，微笑中帶來了些春天的嘘息。」窗簾上的粉彩花馬，「彷彿奔躍於房中人眼下」，窗簾上的一群小花馬，「用各種姿勢馳騁」，奔躍的花馬意象，反覆出現，「馬似乎奔躍於廣漠無際一片青蕪中消失了」。雙腿如「美麗的小白楊樹」，「導人想像走近天堂。天堂中景象素樸而離奇，一片青草，芊綿綠蕪，寂靜無聲」，「元人素景」、珍貴雕刻、百合花，「白楊路」微妙去處一再出現，反覆渲染。男主人公所寫的雪中獵鹿，女主人公的忘我閱讀，讀書與讀人交融，獵鹿和魚水之歡相諧，猶如莊生夢蝶，物我不分。然而，那美人、那性愛，即便再美侖美奐，也不過是二十四點鐘內生命的一種形式，正如天上的彩虹，美得驚豔，最終卻要消散；亦如書頁化為一片藍色火焰，在空虛中消失。作品結尾，當似乎有個人質疑敘事者「為什麼這樣自苦」時，敘事者回答說：「我在寫青鳳，《聊齋》上那個青鳳，要她在我筆下復活。」在《聊齋》的世界中，多情而矜持的青鳳歷經磨難之後，終於能夠與愛慕者耿去病長久相依，而在《看虹錄》的敘事者這裏，青鳳即便能夠復活一時，但青鳳式的大團圓卻永遠是一個可望不可即的夢幻。青鳳意象的出現，透露出作者難以磨滅的希冀與現實生活中的無奈。小說以色彩鮮明的意象推

22　沈從文〈《幽僻的陳莊》題記〉，《水星》第一卷第六期。

進敘述，輔之以多層次的心理話語，揭示出生命的律動之美與社會文化所賦予的悲涼感。

沈從文把小說看成「用文字很恰當記錄下來的人事」，認為作品成功的條件，完全從這種「恰當」產生，「文字要恰當，描寫要恰當，全篇分配更要恰當」[23]。採取何種文體，構建怎樣的結構，運用哪些敘事手法，控制在多大的篇幅，等等，都取決於對於表現對象的「恰當」，也就是內容與形式、神韻與文體和諧圓融的藝術「天籟」。

語體的選擇也是這樣。因為他所寫的小說，多數是水邊的故事，以船上、水上作為背景，以水邊船上所見過的人物作為主人公，所以文字風格流動著湘西之水的韻律。這源於家鄉自然與人文環境的耳濡目染，也出自審美境界的自覺追求。人物對話頗多湘西人慣用的語彙、比喻、巧妙的對比、機智的「頂針」等話語方式。如《鳳子》裏，總爺說山裏女人的美麗多情：「好看草木不通咬爛手掌，好看女人可得咬爛年輕人心肝。」一個少婦說自己的年輕丈夫無意中被人殺死：「流星太捷，他去的不是正路，虹霓極美，可惜他性命不長！」客店女主人勸慰說：「一切皆屬無常：誰見過月亮長圓？誰能要星子永遠放光？好花終究會謝，記憶永遠不老。」《長河》裏，老水手嘲笑年輕水手長壽：「你這個人眼眶子好大，一隻下水船面對面也看不明白。你是整天看水鴨子打架，還是眼睛落了個毛毛蟲，癢蘇蘇的不管事？」剛從常德大碼頭回來的船主說起「新生活運動」，末了說了句笑話：「大家左邊走，不是左傾了嗎？」在這聯想豐富的話語中，隱含了對當局曾以「左傾」的罪名殺害上萬年輕學生的冷嘲。老水手誤會了船主的笑話，反駁道：「哪裏的話。」船主用起了湘西人愛用的「頂針」句式：「老夥計，哪裏畫？壁上掛；唐伯虎畫的。這事你不信，人家還親眼見過！」這些話語，質樸而生動，充滿了濃郁的生活氣息和湘西人的靈性。描敘語言

23　沈從文，〈短篇小說〉，《國文月刊》第十八期。

也稟賦了順勢而下、跌宕多姿的水的性格。寫到三三、翠翠等少女時，短句較多，語調輕靈活潑，如山泉汩汩，小溪潺潺；寫到野性十足的虎雛、弁目時，則多用長句，語調變得凝重、蒼涼起來。《龍朱》、《月下小景》等，描寫苗族美麗的愛情傳說，所以描敘語言多用比喻，如：「女孩子一張小小的尖尖的白臉，似乎被月光漂過的大理石，又似乎月光本身。一頭黑髮，如同用冬天的黑夜作為材料，由盤踞在山洞中的女妖親手紡成的細紗。眼睛，鼻子，耳朵，同那一張產生幸福的泉源的小口，以及頰邊微妙圓形的小渦，如本地人所說的藏吻之巢窩，無一處不見得是神所著意成就的工作。」這種誇張的語調，濃豔的色彩，在一般的小說裏本來有所忌諱，但用在這裏，則顯得恰如其分。《新與舊》裏，描寫光緒年間場面時，語彙、句式、語調頗近話本：「馳馬盡馬匹入跑道後，縱轡奔馳，真個是來去如風。人在馬上顯本事，便用長矛殺球，或回身射箭百步穿楊，看本領如何，博取彩聲和嘲笑。」後面寫到民國，時代有了變化，描敘的語調也隨之變化，程式化的古雅為自由化的清新所取代。當他進入都市題材的諷刺描寫時，語言色彩顯得單一，節奏變得緩慢，語調也流於平直。而一旦回到他的湘西桃花源，則頓然活潑靈動起來，《邊城》讓人久久難忘，就與詩一樣的描寫有關：「若溯流而上，則三丈五丈的深潭皆清澈見底。深潭為白日所映照，河底小小白石子，有花紋的瑪瑙石子，全看得明明白白。水中游魚來去，全如浮在空氣裏。兩岸多高山，山中多可以造紙的細竹，長年作深翠顏色，逼人眼目。近水人家多在桃杏花裏，春天時只須注意，凡有桃花處必有人家，凡有人家處必可沽酒。夏天則曬晾在日光下耀目的紫花布衣褲，可以作為人家所在的旗幟。秋冬來時，房屋在懸崖上的，濱水的，無不朗然如目。黃泥的牆，烏黑的瓦，位置則永遠那麼妥帖，且與四圍環境極其調和，使人迎面得到的印象，實在非常愉快。……」遠與近、動與靜、自然與人生，和諧之美足以使仙女下凡不思復歸，難怪讀者會神往傾心了。多彩而純淨的語言、自由而精妙的結構，恰與古樸而浪漫的內涵融為一體，生成一種詩性的氛圍。在現代詩性小說的發展中，沈從文書寫了洋溢著湘西靈氣的一頁。

沈從文把自己的創作視為一種使情感「凝聚成為淵潭，平鋪成為湖泊」的體操，一種「扭曲文字試驗它的韌性，重摔文字試驗它的硬性」[24]的體操。對於紛紜複雜的社會生活、千差萬別的人物性格、變幻無窮的心理世界與氣象萬千的自然景象，他從民間汲取養分，向西方有所借鑑，積極融會，勇於創新，嘗試以多種話語方式適應表現對象。儘管他的一些作品還存在著冗贅、蕪雜等問題，儘管在語言的純熟圓融方面他不如老舍，在人物話語的生活化、性格化方面也稍遜於張天翼，但在語言的探索性與多樣化方面，沈從文則自有其所長。正是由於沈從文對敘事藝術的高度重視與執著努力及其突出成就，三十年代起就有的「文體家」[25]之譽，他是當之無愧的。

獨特的意義指向與文體形式，使沈從文小說在審美效應上也別具一格。早在一九三五年，批評家劉西渭就曾指出：「有些人的作品叫我們看，想，瞭解；然而沈從文先生一類的小說，是叫我們感覺，想，回味；……他熱情地崇拜美。在他藝術的製作裏，他表現一段具體的生命，而這生命是美化了的，經過他的熱情再現的。」「他能把醜惡的材料提煉成一篇無瑕的玉石。他有美的感覺，可以從亂石堆發現可能的美麗。這也就是為什麼，他的小說具有一種特殊的空氣，現今中國任何作家所缺乏的一種舒適的呼吸。」[26]這種以發現美與創造美為天職的小說，在血火交迸的三四十年代，的確是個「異類」，但是，既然社會與人生對文學的需求是多樣的，而審美又是文學的本性，那麼，沈從文小說在三四十年代的能夠立足以及四十年後的出土重光，就不難理解了。歸根結底，人們還是由衷地欣賞美，喜歡「舒適的呼吸」。

24 沈從文，《廢郵存底・情緒的體操》。
25 參見蘇雪林，〈沈從文論〉，《文學》第三卷第三號（一九三四年九月一日）。
26 劉西渭，〈邊城——沈從文作〉，收《咀華集》（文化生活出版社，一九三六年）。

第七章　水深火熱中的掙扎與追求

一九二七年十二月十日出刊的《小說月報》第十八卷第十二號，以頭條位置刊出丁玲的處女作《夢珂》，翌年二月至七月，署名「丁玲」的小說《莎菲女士的日記》、《暑假中》與《阿毛姑娘》，同樣在這家重要的文學期刊上以頭條位置陸續刊出。丁玲的這些作品，「好似在這死寂的文壇上，拋下一顆炸彈一樣，大家都不免為她的天才所震驚了」[1]。敏感的編輯家與出版家紛紛詢問這位「新進的一鳴驚人的女作家」的情況，一些陷入時代轉換期苦悶的青年讀者給作者寫信，傾吐抑鬱的心聲。丁玲初登文壇的不同凡響，與整個文壇的女性創作背景有關。五四時期，包含個性解放與女性解放在內的新文化啟蒙運動高漲，女性的身心才智得到一次大解放，陳衡哲、冰心、廬隱、馮沅君、凌叔華、蘇雪林、石評梅等一批有才華的女作家迅速崛起，其綽約多姿的創作成為新文學的一道亮麗的風景。啟蒙運動落潮後，尤其是一九二七年政治風雲突變之後，一則知識女性參與社會活動的渠道多樣化，有的沉潛入書齋，有的投身於革命，二則女性所擅長的個性解放題材和溫婉陰柔的風格一時受到衝擊，所以女性創作一度走向低谷。後來雖有蕭紅、白朗、葛琴、草明、張愛玲、蘇青等女作家次第登場，但由於時間跨度在二十年上下之長，而且由於

1　毅真，〈幾位當代中國女小說家〉，《婦女雜誌》第十六卷第七期（一九三〇年七月一日）。

戰爭形成的地域切分等緣故，在三四十年代沒有再現五四時期那種短短幾年之間女作家群星燦爛的局面。丁玲在女性創作的低谷中驟然闖進文壇，便格外引人注目。

然而，丁玲的作品之所以能讓當時執編《小說月報》的名作家葉聖陶從眾多自然來稿中慧眼識珠，並且一經問世便產生轟動效應，最重要的是作品本身所具有的衝力與魅力。人們看到的是一位潑辣勇敢、一掃溫柔羞怯之風的男權傳統挑戰者：她不像冰心那樣用理想的彩虹襯出現實的晦暗，而是徑直表現鬱悶氛圍中年輕女性的痛苦掙扎，她不僅描寫傳統社會同女性命運的對立，而且更揭示了覺醒女性內心世界的多重糾葛；她也不像廬隱那樣揮灑熱淚叫出女性的悲哀，而是用藝術的利刃剖析著悲哀的根源，進而發出粗獷的戰叫。在她身上，彷彿秉承了幾千年女性世界的全部苦痛記憶與難以泯滅的解放希冀，於是，她不僅在風雲驟變之際大膽地袒露與咀嚼著女性的體驗，而且即使在匯入社會革命大潮之後，仍然難以忘懷女性解放的歷史使命，敢於發出鋒鏑作響的激烈言詞。她那別致而執著的女性視角與潑辣而深細的獨特文筆，在現代文學史上別具一格，僅僅如此便足以在文學史上占有一席之地，但丁玲在二十世紀中國文學史上的意義，除此之外，還在於她在個性文學向革命文學轉變中所具有的代表作用，以及她那命運多舛的生涯所具有的中國現代知識分子命運的典型性。

第一節　黑暗中的女性的叛逆絕叫

在葉聖陶的幫助下，丁玲最初發表的四篇小說結集為《在黑暗中》，一九二八年十月由上海開明書店初版發行。關於這部集子，有的論者看到的是「黑暗」。太陽社批評家錢杏邨在寫於一九二八年十二月的書評中說：「從《在黑暗中》所表現的看去，作者的腳尖已不僅是踏入了社會的門限，對於社會已有了相當的瞭解，並且是觸著社會的經濟困厄的現實關鍵，把握到現代人中心的苦悶。」「但是，作者不曾指出社會何以如此的黑暗，生活何以這樣的乏味，以及何以生不如死的基本原理，而說明社會的痼疾的起源來。」[2]這一評價代表了早期左翼陣營社會學批評的視角與觀點，不能說其眼光不敏銳、其要求不正確，但是，它沒有注意到作品所表現出來的女性的生存環境與生存感受以及女性獨特的話語方式，而女性色彩恰恰是這部集子迥別於其他表現「黑暗」的作品的突出特徵。

《夢珂》描繪了一個心性高潔的年輕女性在男權社會裏奔突抗爭的跌跌撞撞的軌跡。男性在這篇作品裏都扮演著負面的角色：夢珂的父親——前清太守，年輕時聲色犬馬，揮霍遊蕩之後又變得萎靡易怒，在喝酒、罵人中漸漸蒼老。在她求學的上海學校裏，紅鼻子先生師德淪喪欺侮女模特，夢珂打抱不平，反而當眾受到侮蔑。她帶著對校風的失望與憤慨而退學，寄居在姑姑家。留法歸來的二表哥曉淞的溫存體貼曾讓夢珂春心萌動，但他背地裏卻甘心摟抱一個娼妓似的妖嬈婦人，讓夢珂大為傷心。圖畫教員澹明那邊與楊小姐打得火熱，這邊卻常常當著她說出許多猥褻的話，又給夢珂寫來一封不得體的信，像是寫給一個已同他定情過的風騷的女人。她跳出曉淞、澹明玩耍戀愛遊戲的圈子，走向社會，要去尋找一片女性可以自由飛翔的清澄的空間。然而在男權傳統壁壘森嚴的社會，這只能是一個不切實際的幻想。她去圓月劇社報考演員，被人家像查驗商品一樣審視、評議之後，又飽領了男女演員或導演間的粗鄙的俏皮話，或是那大腿上被扭後發出的細小的叫聲，以及種種互相傳遞的眼光，等到試鏡頭時竟致驚駭暈倒。後來她終於走紅了，但她付出了自尊嚴重受挫、屈辱隱忍不發的代價。夢珂所遭逢的「黑暗」，並非階級壓迫、分配不公

[2] 錢杏邨，〈《在黑暗中》——關於丁玲創作的考察〉，《海風週報》第一號（一九二九年一月一日）。

之類的一般意義上的黑暗，而是男權傳統對女性的司空見慣的壓迫。主人公的不斷出走，正是對傳統的抗爭，而她的終於隱忍不發，也正見出傳統的強大。

如果說夢珂的抗爭終究有幾分軟弱的話，那麼莎菲女士的反抗則剛烈得令人感到靈魂震撼了，以致自問世之日起，就在獲得肯定的同時，也遭受了形形色色的誤解。就連與丁玲有過刻骨銘心的感情經歷、而後始終保持純潔而深厚的友誼的馮雪峰，三十年代初也竟然把《莎菲女士的日記》視為描寫「青年知識女子的苦悶的、無恥的、厭倦的不健康的心理狀態」。其中「任情的反映了作者自己的離社會的、絕望的、個人主義的無政府的傾向」。[3] 到了五十年代的「反右」運動中，這部作品更是成了「反黨分子」與「右派」有源可溯的「罪證」，受到不容辯解的強勢圍剿，此時連馮雪峰也在劫難逃。拋開無限上綱、羅織罪名的政治陷害不說，即使是正常狀態下的否定性批評，也多有南轅北轍的誤解。

《莎菲女士的日記》究竟何罪之有？它不過是一個女大學生愛情心理的真實剖白。正處韶光華年的莎菲女士，內心燃燒著愛的渴求與被愛的希冀。女性的生理特徵決定了女性在性愛中通常更注重心理體驗，少女階段還表現出熱中於感情投入而排斥性愛行為的「美人魚性」。一則由於上述心理機制，二則由於幾千年女人要依靠男人過活的歷史原因，女性在性愛對象的擇取上表現得相當猶豫，內心矛盾和身心衝突較之男性更為複雜、更為隱祕、更為持久。葦弟對她倒是一往情深，但他那溫存有餘而剛性不足的性格，他那帶有女性色彩的言談舉止，那樸拙近乎愚笨的童貞，那因癡情而生的女人式的嫉妒，如何能夠征服莎菲的心？輕視、至少是無法喜歡女性化的男人，這是一般女性的通例。更何況莎菲是一個女性味十足、要尋找真正男子漢的人。莎菲的真誠在於：對葦弟，她不愛就是不愛，沒有用甜言蜜語去欺騙，也沒有虛於委

---

[3] 何丹仁（馮雪峰），〈關於新的小說的誕生——評丁玲的《水》〉，《北斗》第二卷第一期（一九三二年一月二十日）。

蛇用憐憫取代愛情。自然，當她尚在孤獨與苦悶中煎熬時，葦弟的到來仍不失為一種異性的慰藉，而且葦弟的眼淚也使莎菲感受到強者似的驕傲與征服者的快意。南洋人凌吉士的出現改變了莎菲的心理優勢，那頎長的身軀，白嫩的面龐，薄薄的小嘴唇，柔軟的頭髮，還有那一種說不出、捉不到的豐儀，使她第一次感覺到男性的美，身心深處湧起了欲奪與被奪的衝動。但距離接近後，她卻發現這個南洋人誘人豐儀下掩飾的竟是卑劣的靈魂。他所需要的，只是金錢和會應酬的年輕太太與穿著標致的白胖兒子，他的愛情不過是拿金錢去妓院買來的肉感享受。這與莎菲美麗的憧憬相去多麼遙遠，然而她一時還無法割捨對那白臉龐、紅嘴唇的渴求與依戀。她身邊有兩個追求者，一個可靠而不可愛，一個可愛而不可靠，並且那可愛也因了靈魂的卑污而大打折扣。這就難怪莎菲徬徨猶疑了。這本屬人之常情，何謂「玩弄男性」？個性被五四春風喚醒，尚未投身於社會解放大潮，社會苦悶與性苦悶交相作用，加之肺病的病理機制及其心理影響，愛情就成為她的唯一寄託。愛情之箭一旦無的可放，豈不要煩惱絲纏成亂麻團？最後為了從自然欲求與精神欲求的衝突中解脫出來，她決計搭車南下求學，去開始新的尋覓。

這篇作品以女性的真切體驗細緻入微地剖露女主人公的心曲，筆致潑辣而真率，作者的女性立場，也較之五四作家更為鮮明。茅盾說，《莎菲女士的日記》的發表，使人們「更深切地認識到一位新起的女作家，在謝冰心女士沉默了的那時，以一種新的姿態出現於文壇。在《莎菲女士的日記》中所顯示的作家丁玲女士是滿帶著『五四』以來時代的烙印的：如果謝冰心女士作品的中心是對於母愛和自然的頌讚，那麼，初期的丁玲的作品全然和這『幽雅』的情緒沒有關涉，她的莎菲女士是心靈上負著時代苦悶的創傷的青年女性的叛逆的絕叫者。莎菲女士是一位個人主義者、舊禮教的叛逆者。她要求一些熱烈的痛快的生活；她熱愛著而又蔑視她的怯弱的矛盾的灰色的求愛者，然而在遊戲式的戀愛過程中，她終於從靦腆拘束的心理擺脫，從被動的地位到主動的，在一度吻了那青年學生的富於誘惑性的紅唇以後，她就一腳踢開了這位不值得戀愛的卑瑣的青年。這是大膽的描寫，至少在中國那時的女性作家中是大膽的。莎菲女士是『五四』以後解放的青年女子在性愛上的矛盾心理的代表者」[4]！

在《暑假中》裏，丁玲對女性的關注深入到了性變態的隱祕角落。一般說來，性愛的對象應該指向異性，但在人間生活實際中，由於社會的或自然的、外在的或內在的、強迫的或不知不覺的、單一的或多重的原因，女性同性戀與男性同性戀一樣也是無庸諱言地客觀存在。植根於遺傳的原發性的狀況姑且不論，就出於後天原因的繼發性情形而言，包辦婚姻，多妻制，寡婦再嫁禁忌，嚴重的性別歧視，戰爭、勞役、漁獵使男性長期外出不歸或傷亡過重造成的男女比例嚴重失調等社會原因，少女心理未能與性成熟一道向成年女性順利過渡等心理原因，都可能使女性的性本能極度壓抑、性心理發生扭曲，以致走向同性戀。古往今來，在文學題材中，女性同性戀較之男性同性戀要少得多，並且敘事態度也有明顯差別。甚至到了二十世紀上半葉，在一些新文學作品裏，也仍然是一張「男尊女卑」面孔：敘及男性同性戀，給予充分的理解，甚或不無欣賞的因子；說到女性同性戀，則是顯而易見的鄙夷或居高臨下的憐憫。女作家本來就不多，筆涉女性同性戀的更是屈指可數。廬隱在《海濱故人》裏若隱若現地有所表現，作為一種時代的負效應浸透了苦汁。丁玲對於同性戀的表現則較之廬隱更大膽、直露，並且取一種平等的敘事視角與自然的敘事態度。夢珂對勻珍、莎菲對劍如、珊珊對麗嘉（《韋護》），是一種深深的追慕與依戀，它由少女之間的友情發展而來，但較之一般的女性友情要專注而執著，帶有一點精神戀愛色彩。作者對此絲毫沒有側目之意，反而給予善意的理解，甚至寬厚的肯定。《暑假中》描寫了一群剛剛走出校門不久的年輕姑娘的暑假生活，雖是速寫似的簡練明快，但卻真實地展現出女性生活的另一面。她們正值韶光華年，身心奔湧著

4 茅盾，〈女作家丁玲〉，《文藝月報》第二號（一九三三年七月十五日）。

愛與被愛的渴求，但環境是閉塞的縣城，男女社交尚未完全公開，心靈又未除盡傳統的陰影，不能無畏地去爭取異性之愛，於是便有了鬱鬱的苦悶，苦悶無以排解之時，便有了向同性尋求慰藉的傾向。春芝與德珍相好，不料德珍竟有了男友，春芝的譏諷、怨艾以及禁止的命令都無濟於事，反而把德珍更快地推向了與明哥的婚姻。春芝越發傷感，向眾人哭訴，甚至說出了從前兩人在枕頭邊發過的誓言。雖說留下訣別信後春芝又返回，兩個人又親熱得當著人非常隨便地在一個碗裏吃起麵來，但大雁失侶的哀痛直到春芝又找到一位相好的女友才得以慰藉。承淑與嘉瑛兩情甚篤，以至於志清批評一些女性獨身主義者「摟抱住女友，互相給予一些含情的不正經的眼光，狎暱的聲音，做得沒有一絲不同於一對新婚夫婦所做的」，承淑聞此謾罵譏彈之語不僅臉紅，心裏承認：「你當面在罵我呀！」同性戀人，如同異性情侶，時情時雨，並且稍有疏忽，便有第三者插足。嘉瑛外出打牌散心的空擋，先前教訓承淑的志清，在苦悶至極時，現在也從承淑身上「找到另外一種可以混去時日的方法」，從此不再孤獨，而嘉瑛卻感到了無邊的寂寞。無論是相諧的歡樂，還是失侶的惆悵，在丁玲筆下都猶如山澗小溪，跳宕清澈。丁玲在為女兒國寫真時，並沒有忽略社會背景。作品藉志清之口批評她們母校的風氣——「只要進了武陵女子師範學院兩個月，便學會了許多家庭、在別的學校三年也學不到的一些課本以外的知識，忘了進學校是為了什麼，一天到晚只顛倒於接吻呀，擁抱呀，寫一封信悄悄丟在別人的床頭呀，還有那些怨恨、眼淚，以至於那些不雅的動手動腳都全學會了。」這實際上提出了一個新式教育所面臨的問題：僅僅開辦女學還不夠，必須切實關心少女的身心健康。作品還寫出：婚姻不自由，被父母嫁給她們自己所不情願的商人或軍官的前景，加重了少女們的心靈陰影，使她們因恐懼那種前景而易於尋求變態滿足。作者以心理剖析與背景追溯取代了簡單化的道德批判，委婉的批評掩映在溫馨的關愛之中，並通過德珍終於去異性愛中尋找福樂預示出女兒家私生活的前景。對於少女世界的同性戀的這種處理方法，與男作家的道德貶抑和獵奇窺祕迥然有別，充分顯示出作者的女性立場。這篇作品並非無源之水，作者在桃源女子師範預科讀書時，同學大都是來自沅水上游的山地女兒，她們單純而熱情，生命力旺盛，由於家鄉風俗的影響，加上遠離青年男子的寂寞，還有集體宿舍居住的擁擠等緣故，同學之間不知不覺地瀰漫起同性戀的風氣。女孩子們當時是「不識廬山真面目，只緣身在廬山中」，《暑假中》為她們寫真，不啻於立起了一面鏡子，難怪年輕的女讀者讀到此篇感到強烈的震撼。

《阿毛姑娘》的視野從以往的城市知識女性轉向了農村女性，從未婚女性轉向了已婚女性。從敘事表層來看，作品描寫了村婦阿毛嚮往城市生活而不得、最後自殺身亡的故事，敘事者對阿毛的愛慕虛榮、想入非非頗有譏刺。但在深層還潛藏著一個探尋女性命運與生存狀態的精神結構。照傳統眼光看來，阿毛之死，似乎不值。成千上萬農村婦女都在鄉下的苦日子裏煎熬，為何單單你不耐煎熬，且以死相抗呢？然而換一個角度來看，阿毛嚮往城市所代表的工業文明，希冀改變自身貧困的生活面貌，何過之有？男人盡可以做金榜題名、仕途得意、財運亨通、遠走高飛、壯志凌雲的夢，天性比男人更富於幻想的女人，為什麼不可以做一做鯤鵬展翅的夢呢？「心比天高，命比紙薄」，不過是男權傳統斬斷女人幻想翅膀的利斧。愛慕虛榮本是人之自尊的屈折反映，男女皆有，為何偏要作為一種惡名強加在女人頭上？若說阿毛的過失，那是她曾有的把自己的命運繫於丈夫身上的因襲思想，一旦無望，便頹唐、慵懶起來。但這是幾千年的生活模式與心理積澱，豈是阿毛一人之過？假如時代進步到阿毛可以勞動致富，足以同城市女人在穿衣、美容、休閒等方面一比高低，而不至於因自己是鄉下女人而羞慚，假如社會開放到阿毛可以自由擇取模特職業，以便為自己尋找到一塊不須依賴丈夫的立足之地，而不是僅僅因為表達了要去當模特的願望就遭到婆婆與丈夫的毒打與公公的咒罵，假如丈夫瞭解女人天生愛做夢的稟賦，能夠體會妻子隱祕的心理，而不是簡單認定一切都是妻子的不對，用冷淡、蔑視甚至拳腳折磨妻子的身心，她還會冒雨跑到山上癡望、癡想嗎？她還會苦惱得發呆、發病直至吃火柴辭別人世嗎？作品表層譏刺的是阿毛，深層的鋒芒直指扼殺女性生機的傳統社會。

《阿毛姑娘》之後，丁玲又創作了女性題材的《自殺日記》、《慶雲里中的一間小房裏》、《歲暮》、《小火輪上》、《日》等短篇小說，分別收入《自殺日記》（上海光華書局一九二九年五月初版）、《一個女人》（上海中華書局一九三〇年四月初版）兩個集子。至此，丁玲以鮮明的創作個性確立了她在文壇上的獨特地位。她是五四以來表現女性題材最為集中、最為自覺、也最為深切的作家。她所描寫的幾乎全是女性題材，在她的筆下，有知識女性在愛情生活與事業選擇中的徬徨歧路與焦灼不安，也有鄉下婦女朦朧的個性覺醒與盲目抗爭，有女孩兒寄人籬下的受挫敏感，也有誤入同性戀之後的可笑執迷與痛苦掙扎，還有風塵女子被銷蝕了自尊與正常生活願望的自得其樂的墮落。在她布置的舞臺上，女性是不容替代的主角，始終位於動作衝突、敘述推進的中心位置，即使是傳統文學裏男性當仁不讓的性愛主角，也每每讓位於女性。她所表現的黑暗並非一般意義上的社會黑暗，而是男權傳統造成的女性生存困境與心靈陰影。她旗幟鮮明地站在女性立場上，為女性寫真，為女性辯護。最讓五四一代女作家「甘拜下風」的，是她以女性的身份與筆觸，大膽、率直地寫出了女性的性欲渴求與性感體驗以及女性複雜多變的幽曲心理。外出旅行的一對情侶「夜夜同衾共枕，擁抱睡眠」卻「秋毫無犯」之類的事情，在馮沅君小說《旅行》裏予以正面的描寫，而在丁玲筆下，則受到莎菲的譏刺。阿毛姑娘性興奮的發燒感覺與主動撩撥，甚至慶雲里的妓女性本能的恣意活躍也得到真切的表現。這在有的評論者眼裏，屬於世紀末病態情緒的反映，殊不知其實也是女性對男性的性愛主動權與性欲張揚權的一種抗爭。

如此一個高張女性旗幟、如此率直表現女性世界的丁玲，來自何方？

她原名蔣禕，字冰之。一九〇四年十月十二日生於武陵（今湖南常德）外祖母家，不久回到父系蔣氏聚族而居的安福（今湖南臨澧）黑鬍子沖。傳說蔣家是明末起義軍領袖李自成兵敗逃亡、隱姓埋名時留下的後裔，有人還據此尋找丁玲富於叛逆精神的血統淵源。另有一種說法認為，安福蔣家始祖可追溯到受封於湖廣、賜以蔣姓的周公之三子伯禽，到二十世紀初已有兩千餘年的歷史，丁玲屬於第九十一世。當她降生時，蔣家這個曾經世代為官的豪門望族已經敗象俱現。酒色銷蝕了大戶子弟的生命活力與生存本領，外面有個風吹草動，儘管家中藏著許多條槍，主人們卻全都躲在屋子裏，沒有一個敢出來應對的。有的傾家蕩產之後，竟致淪為土匪。她的父親蔣保黔，秀才出身，且留日學過法律，頗有一點維新思想，鼓勵妻子放腳，在大家族的內部衝突中，敢於站在妻子一邊，自學醫術，不吝救助窮人，因而頗有人望，在災年吃大戶的風潮中，竟能安然無恙。但他身上紈絝子弟風氣頗濃，嚮往維新，卻不務正業，喜歡排場，邀朋喚友，宴飲遊樂，恣意揮霍，又染上了吸食鴉片的惡習，不久便敗光了家產，三十二歲便死於肺炎，拋下了一大堆的債務和妻子兒女。早逝的父親沒有給女兒留下什麼直接的記憶，即使有，恐怕也會是他因重男輕女而對女兒的不喜歡。其實，這也不是父親個人的罪過。當丁玲十四歲時，弟弟不幸染病夭折，盲眼的姨媽不知外甥女就在身邊，她用來勸慰丁玲母親的話也是：「要是冰之死了也好，怎麼是外甥死了呢？」在這樣一種氛圍裏長大，丁玲從小就激起了自強的志氣。七歲時，隨母親入常德女子師範學校讀幼稚班，後又輾轉長沙、桃源讀小學、師範預科、女子中學，一九二一年夏，為抗議校方無理解聘進步教師陳啟民先生，毅然退學，與楊開慧等七名女同學轉入長沙岳雲男子中學，開創湖南男女同校的先河。在五四運動影響下，她跟著王劍虹等高班同學一道積極參加遊行、講演、剪辮子等學生運動，還發表過兩首白話小詩。十八歲時，終於同舅父家的大表哥解除了幼時由家長包辦的婚約。她還在報上發表了揭露舅父劣紳行徑的文章，顯示了反叛封建禮教的鋒芒。而後，她與熱心婦女解放的王劍虹結伴赴上海，入陳獨秀、李達等共產黨人創辦的平民女子學校讀書。在這裏，她廢姓改名，從此以丁玲行世。丁，取其筆劃簡單，玲，緣自翻開字典的隨意指認，自由放達的個性於此可見一斑。為了證明自己能夠在社會上立足的能力，她與王劍虹退學在上海、南京等地邊找工作邊自修，經瞿秋白的熱心介紹，她們又去上海大學，聽沈雁冰、瞿秋白等名師的授課。瞿秋白與王劍虹的戀愛由丁玲熱心促成，但她沒有想到從此她就失去了最知心的女友，她北上京師同女友的告別竟因王劍虹的病逝而成永別。

赴京求學並不順利。美術學校未能考中，拜師學畫，中途擱淺，欲赴法留學，因經濟來源不足等原因未能如願。給魯迅寫信，被誤以為男人冒充，沒有回音。丁玲失望地告別北京，回到常德母親身邊，尋求母愛的慰藉。不料，只見過幾次就對她一往情深的詩人胡也頻，從北京追至常德。胡也頻，福州人，熱情、敏感、自信、倔強。十五歲在金銀首飾鋪當學徒時，因被誤認為偷了一對金戒指而大受凌辱，真相大白之後老闆沒有一絲一毫的道歉。一氣之下，他索性真的拿了一副很重的金釧遠離福州。但他的弟弟因此而被另一家金鋪辭退，生活無著，被迫當兵，不久在軍閥混戰中為陳炯明當了砲灰。胡也頻先是在上海讀了一年多中學，繼而去天津大沽口海軍學校學輪機，兩年後學校停辦，又去北京投考官費大學，沒有成功。他在四處流浪、飽嘗世態炎涼之後，走上了文學之路。胡也頻的激情打動了丁玲，她與他連袂北上。丁玲是個要自由的人，那時不願用戀愛或婚姻羈絆住自己。本擬到北京後即分手，但遭到友人的誤解與異議，倔強的丁玲一生氣，索性與胡也頻同居，兩個流浪者相濡以沫，共度艱辛。先是胡也頻辦刊、寫稿，丁玲對也頻與朋友們的作品提出一些切中肯綮的意見，繼而丁玲也嘗試著寫一點小說樣的片段。她一度燃起了當電影明星的熱望，跑到上海，可是尚未正式涉足影壇，僅僅是在報名、試鏡頭過程中所看見的演藝界風氣，就讓她望而生畏，打消了當明星的夢想。但這明星夢破滅的生活經歷與心靈震盪，成為她後來創作的積澱。她在北京執政府門前目睹過「三・一八」慘案的鮮血淋漓，一年後又耳聞了「四・一二」大屠殺的血腥慘劇，回想起多年來在個性解放、女性解放的道路上的顛簸，眼觀布滿天空的陰霾，個性苦悶、性別苦悶與社會苦悶糾葛在一起，她的創作靈感陡然爆發，早經醞釀的《夢珂》終於完成，從此一發而不可收，《莎菲女士的日記》等相繼問世。

作家人格的成長與風格的形成，通常與其少小生活的文化氛圍有著密切的關聯。丁玲的故鄉湖南，是一個近代以來領革新風氣之先的地方，女性解放運動的興起較早。史稱「戊戌六君子」之一的湖南瀏陽人譚嗣同，勇敢地向封建綱常名教的一切網羅挑戰，他那包括倡導女性解放在內的詞鋒犀利的言論，在湖南乃至全國產生了巨大的影響。他主張創辦女學堂，親身參加女學堂的籌備工作，並與梁啟超等人發起創辦「上海不纏足會」，與唐才常等人創設「湖南不纏足會」，親自起草〈湖南不纏足會嫁娶章程〉，其妻子李閏出任「中國女學會」的倡辦董事。在近代以來的戒纏足、興女學、廢婢妾娼妓、反清革命、反帝愛國、參政議政、經濟獨立與人格獨立等諸方面，湖南女性都發揮了生力軍的作用。五四運動中，長沙周南女校的學生們上街宣傳抵制日貨，推銷國貨，涵德女校發表通電，要求參加巴黎和會的中國專使「嚴拒簽字，寧玉碎，不瓦全」[5]。在二十年代初的湖南議員選舉中，省、縣兩級均有女性入選，其中湘潭縣竟有七人當選。新民學會於一九一八年成立，向警予、陶毅、蔡暢等十九位女性相繼入會。她們主辦的《女界鐘》週刊，在湖南婦女中有著廣泛的影響。向警予等還創立了「湖南女子留法勤工儉學會」，年底，向警予、蔡暢和她五十四歲的母親葛健豪等六位湖南女性赴法留學，這在當時堪稱讓人驚羨或者詆毀的壯舉。長沙女子繆伯英，在長沙、北京求學期間，就開始了女性解放與社會解放道路的探究，一九二一年，成為中國共產黨的第一名女黨員。丁玲從小就深受這樣一種女性解放氛圍的浸染，尤其是母親的身體力行，還有母親的摯友、後來擔任中共中央婦女部部長的向警予，更是給予她以切近的榜樣力量，使她從少女時代

---

5 《五四愛國運動資料》（科學出版社，一九五九年），頁一〇七。

起就嚮往著女性的自尊自強自立。在她讀書、求索的行程中，自身經歷了亢奮與頹唐更迭、明澈與迷惘交織的心路歷程，身邊的王劍虹等女友的性格與遭際也給她留下了深刻的印象，而這一切都加強了她對新時代女性使命的體認。因而她的作品一出手就有如此鮮明的女性色彩，有如此強烈的個性特徵。朝夕相處的胡也頻以及熟悉她的朋友對她刮目相看，其文學才華與精神銳氣更是震驚文壇，一位敢於抒寫並善於刻畫女性的生存狀態與心理狀態的女性作家，從此進入了二十世紀中國小說史，無論歷史風雲怎樣變幻莫測，誰也無法抹殺丁玲的獨特光彩。

第二節　追求光明的代價

丁玲嶄露頭角之後，曾想與胡也頻東渡日本留學，為此遂有馮雪峰受託來教日語。但僅憑兩個初出茅廬的青年作家的稿費，要實現留學的願望，談何容易！夢幻很快自消自滅。五四高潮過後，文學中心南移上海。為了謀求文學上的更大發展，一九二八年春，丁玲與胡也頻從北京來到上海。他們與沈從文一起創辦《紅黑》月刊和紅黑出版社，「紅黑」，取自湘西土話，有「橫豎」、「左右」之意，表達了他們橫豎也要堅持下去的執著精神，也未始不寄寓著光明與黑暗的搏鬥之意。年輕人把出版發行想得過於簡單，以為憑著他們的熱情、才華與苦幹就可以很快闖出一片天地，實際上卻要複雜得多，書刊銷路不錯，可是錢卻收不回來，資金入不敷出，周轉不靈，不久便以刊物停刊、出版社關門告終。為了償還開辦出版社的債務，胡也頻於一九三〇年二月去濟南省立高中任教。四月，丁玲亦赴濟南。在社會底層掙扎多年的胡也頻，與左翼思潮心有靈犀一點通，此時他已是濟南高中最激烈的人物，宣傳馬克思主義，宣傳魯迅與馮雪峰翻譯的普羅文藝理論，宣傳普羅文學，深受學生歡迎，但為此遭到省政府的通緝。在同情革命的校長的資助下，丁玲與胡也頻離開濟南回到上海。濟南之行，加速了這對伉儷作家走向革命陣營的步履，一九三〇年五月，他們剛回到上海，就在潘漢年的介紹下加入了左聯。

從一九三〇年一月至五月在《小說月報》連載的長篇小說《韋護》，顯示了丁玲從個性主義文學走向革命文學的軌跡。韋護，本是疾惡如仇、不平則鳴、下凡懲惡的韋陀菩薩的名字，瞿秋白用來作為自己的一個別名。以此為題的這部作品，就是取材於作者的摯友王劍虹與瞿秋白的戀愛。瞿秋白為革命如逝水東流不捨晝夜，忙得竟連病重的愛人也顧不上照看，以致痛失愛侶。作品的結局要比生活原型幸運得多，男主人公韋護只是為了革命不得不忍痛割愛，遠走高飛，女主人公麗嘉最後表示要讓自己這顆沉溺於愛情的「迷亂的心」澄明起來，撐持著「好好做點事業出來」。一向以表現覺醒女性的個性追求與其挫折、苦悶的女作家，也開始正面描寫革命者形象，文壇風氣的轉變可見一斑。儘管這部作品同當時流行的革命與戀愛衝突的浪漫諦克作品有些相近，但由於對人物原型的感情之深、觀察之細，小說倒也不失真摯之氣。男主人公並非特殊材料鑄成的天生的革命家，他曾「以流浪和極端感傷虛度了他的青春」，後來由於時代新潮的推動，他才由對社會主義的研究興味轉向革命行動，當遇見美麗而個性卓特的麗嘉時，他又情不自禁地墜入愛河。後來，在同志們的一再批評下，在革命的迫切召喚下，他才不得不鐵石心腸地告別愛人。在這部作品裏，作者並未完全放棄她所擅長的女性筆致。以往丁玲表現的多是愛情的苦澀，此篇則把戀愛的過程——從乍見心有所動，到矜持傲物的推拒再到不可遏止的衝動及難捨難分的熱戀——描寫得委婉細膩，個中的甜蜜咀嚼得津津有味，自然，文中並不吝於含蓄而大膽的性感描寫，譬如：「麗嘉常為一些愛情的動作，羞得伏在他身上不敢抬一下頭，但卻因為愛情將她營養得更嬌媚、更惹人了。」曾經對《在黑暗中》提出過尖銳批評的錢杏邨，對《韋護》多有褒詞，除了肯定思想上的發展之外，又指出：「在描寫技術方面，不但全部創作的局面的開擴，令讀者無絲毫侷促的感覺；就是那種非常大膽的、性欲的、熱戀的描寫，也是特殊的優秀；此外，如她所獨有的特殊的作風，語句的謹嚴的結構，用字的清新適當……一切在小說的描寫的技術方面，我認為她是在所有的女作家中最發展的一個。」[6]

寫於一九三〇年六月的《一九三〇年春上海》（一），其女主人公美琳比麗嘉大大跨進了一步。她從過去的那種為了愛情可以捐棄一切的理想幻影中解脫出來，意識到「她還要別的！她要在社會上占一個地位，她要同其他的人，許許多多的人發生關係。她不能只關在一間房子裏，為一個人工作後之娛樂」，她發現了丈夫子彬的不少弱點，不能忍受只給她物質滿足、不允許她有精神自由的新式家庭專制，於是毅然投身到火熱的社會運動中去。同美琳代表了女性的社會意識的覺醒相反，《一九三〇年春上海》（二）的女主人公瑪麗仍然沉溺於兩性之愛的小圈子不能自拔，望微因熱心革命而對她有所冷落，她乾脆出走，當望微被捕時，她卻正在由一個漂亮青年攬著逛商店。如果說《韋護》裏敘事者對麗嘉還是滿懷同情的話，那麼此篇中敘事者對瑪麗則是明顯地帶有批評之意了。結尾處望微對瑪麗的理解與祝福表現出男性的寬宏大量，相形之下，瑪麗越發顯得委瑣蒼白。在這裏，探討女性出路的熱情已經超越了單純為女性辯護的激情。如果不是生活突然發生了巨大的變故，也許丁玲還會繼續寫一些這樣的作品，但風雲突變，使她的創作發生了明顯的變化。

胡也頻於一九三〇年十一月加入中國共產黨，他那熱情與耿直的天性使他在政治生活中亦十分執著。當時，共產國際代表米夫在中共四中全會上，排斥瞿秋白等一批在國內堅持艱苦鬥爭的同志，強行將王明拉上領導崗位。這一做法，在會上會下都引起了強烈的反對。一九三一年一月十七日，五十餘位共產黨人

---

6 錢謙吾，〈丁玲〉，《現代中國女作家》（北新書局，一九三一年）。

在上海租界內東方旅社集會，商討同米夫、王明抗爭的對策。公共租界捕房與上海市警察局同時接到匿名告密電話（後來有人說是叛徒告密，有人說是王明借刀殺人，清除黨內反對派，此為一樁歷史疑案），雙方組成聯合行動隊，大肆搜捕，胡也頻、何孟雄等與會者全部被捕。多方營救無效，一九三一年二月七日夜，二十四位共產黨人在上海龍華警備司令部被祕密殺害，胡也頻身中三槍，左聯的戰友柔石、殷夫、馮鏗、李求實等同時遇難，史稱「左聯五烈士」。

早在一九二三年前後，丁玲就與瞿秋白、向警予等傑出的共產黨人有過相當多的接觸，但當時一則看不慣個別共產黨人誇誇其談的做派，二則也擔心自己崇尚自由的個性受到組織的約束，所以直到她加入了左聯也沒有考慮加入共產黨的事情，在政治上仍然保持著一定的距離。胡也頻的慘遭殺害，悲愴、義憤與復仇的怒火把丁玲迅速推到政治革命的第一線。她把只有幾個月大的兒子送回湖南，託付給慈祥的母親，隻身返回上海，向黨組織要求去蘇區，沿著胡也頻沒有走完的道路勇往直前。但當時左翼文學刊物《萌芽》、《拓荒者》、《世界文化》、《文化鬥爭》、《巴爾底山》等相繼被查封，急需創辦一個新的刊物，占領陣地。黨組織希望在讀者中頗有號召力的丁玲承擔這項任務。丁玲不負期望，在魯迅、瞿秋白、馮雪峰等人的大力支持下，她擔任主編的《北斗》於一九三一年九月二十日在上海創刊。創刊號上刊出魯迅為她選出的珂勒惠支的版畫《犧牲》，上面是一位母親悲哀地獻出她的兒子，在魯迅想著的是對柔石等的紀念，在丁玲也未始不寄託著自己對胡也頻的追思與不怕犧牲的無畏精神。《北斗》出至一九三二年七月第二卷第四期，被國民黨政府查禁，總計出八期。在現代文學期刊中，它的歷史不算很長，但在左聯刊物中，則要算堅持得較久而且容量豐厚、建樹斐然的了。它的作者隊伍，左翼之外，也有葉聖陶、冰心、陳衡哲、徐志摩、戴望舒、凌叔華、沈從文、杜衡等左翼的朋友或與左翼不無衝突的自由派作家。作品既有時代精神強烈的沉雄之作，又有淡淡的感傷、甜蜜的吟唱、安謐的小憩、幽雅的情趣。《北斗》還注意培養文學新人，葛琴、文君（楊之華）、耶林、白葦等的處女作，均由《北斗》推出，艾青正式發表的第一首詩作〈東方部的會合〉也刊於《北斗》。

丁玲忘我地投身於左翼文學運動，上街遊行、貼標語、到大學去講演。一九三二年三月，在白色恐怖嚴酷的形勢下，她與田漢、葉以群、劉風斯同批加入中國共產黨，在南京路大三元飯店觥籌交錯的掩護下，她舉杯宣誓道：「我只是一個同路人的作家是不滿足的，我要當一顆革命的螺絲釘！」[7]同年秋，她接任左聯黨團書記，為左聯工作負起更多的責任。這一期間她的創作，告別了她所擅長的個性題材與愛情題材，單純的革命題材中充溢著復仇的義憤與鬥爭的激情。《從夜晚到天亮》，女主人公為「巨大的不安」而深夜奔走，正是作者在胡也頻被捕當夜親身經歷的再現，她看見F夫人給孩子買小衫引起的感情波瀾以及用寫作來強壓痛苦的描寫，也正是作者在愛人遇難後心靈軌跡的寫實。《某夜》直接刻畫熱情的詩人與戰友在殉難之夜的悲壯情懷與凜然舉止。《田家沖》描寫老爺家的三小姐因有革命傾向而被父親送到鄉下佃戶家，本來是要佃戶看管住小姐，但小姐反而做起發動農民的工作來。這一時期丁玲描寫革命題材的代表作，當首推寫於一九三一年夏的《水》。這部取材於剛剛發生的南方大水災的作品，得到了左翼文壇的激賞。馮雪峰在對丁玲最初幾篇作品做出苛刻、偏激的評價的同時，稱讚《水》標誌了新的小說的誕生，並分析了這篇作品受歡迎的原因：第一，作者取用了重大的現時的題材；第二，對階級鬥爭有正確的理解；第三，有了新的描寫方法，即「不是一個或二個的主人公，而是一大群的大眾，不是個人的心理的分析，而是集體的行動的開展」。他充分肯定《水》「最先著眼到大眾自己的力量」，「相信大眾是會轉變的」。茅盾也認為：「這是一九三一年大水災後農村加速度革命化在文藝上的表現。雖然只是一個短篇小

7 轉引自周良沛，《丁玲傳》（北京十月文藝出版社，一九九三年），頁二四五。

說，而且多用了一些觀念的描寫，可是這篇小說的意義是很重大的。不論在丁玲個人，或文壇全體，這都表示了過去的『革命與戀愛』的公式已經被清算！」[8]

實際上，《水》的藝術價值遠不止於此。中國文化講究「天人合一」，確有順乎自然的一面，但主要還是天為人用，以人意來解釋天，把天看作是人的對象化。這種觀念影響到文學，較少正視自然力量——尤其是正面表現自然破壞力的作品。到了現代，劇烈而複雜的社會動盪，更是沖淡了作家對自然的應有的關注。從一九一五年至一九四九年，自然災害頻仍，被史家列入近代十大災荒的就有一九一五年珠江流域大洪水、一九二〇年北方五省大旱災和甘肅大地震、一九二八年至一九三〇年西北、華北大饑荒、一九三一年江淮流域大水災、一九三八年的花園口決口事件、一九四二年至一九四三年的中原大旱災。[9]一九三一年的大水災，百年罕見，受災省份有二十三個，面積超過英國全境，其中受災最重的地方，是鄂、湘、皖、蘇、贛、浙、豫、魯等八省。武漢三鎮浸於水中達一個月之久，湖南從四月下旬開始即遭洪災，延及八月，湘、資、沅、澧同時暴漲，江水倒灌，湖潦四漫，農民頑強抗爭，無濟於事，垸倒堤潰，水鄉淪為澤國，全省平均田地淹水最深時達十一點七英尺。據不完全統計，重災區八省被災三百八十六個縣，淹田一點六六六億畝，災民五千三百一十一萬人，死亡四十二萬。[10]其損失程度遠遠超過同年爆發的蔣、馮、閻大戰。但表現軍閥混戰帶來的災難的作品比比皆是，描寫旱災的作品又偏重於對封建迷信的批判與對地主盤剝的揭露，而正面表現自然災害本身以及人民同災害抗爭的作品則猶如鳳毛麟角。

8　茅盾，〈女作家丁玲〉，《文藝月報》第二號（一九三三年七月十五日）。

9　李文海、程歗、劉仰東、夏明方，《中國近代十大災荒》（上海人民出版社，一九九四年）。本章所引災荒史料均引自此著。

10　參見《中國近代十大災荒》。

丁玲的《水》雖然後半部分也走了大多數作品的老路，把筆鋒從自然災害轉向人為災害，從抗擊天災轉向階級鬥爭，但其前半部分，則是對自然力量與人們同自然災害頑強抗爭的出色描寫。作品開篇處，當地人和一些倉促搬來的親戚，從風中聽到了一些使人不安的聲音，儘管有人說大話要把做鬼漲水的菩薩打下來，但從堤上下來的人不相信救得了什麼。強壯的、充實的農民、平素天不怕地不怕、綽號叫張飛的大漢子三爺，也在一些女人面前說怕，無形添重了人們心裏的負擔。「模模糊糊一片望不見頭的大水，吼著流來，又流去」——人物的敘述還有一種間離的效果，而當敘事者直接展開描寫時，則有驚心動魄之感：「飛速的伸著長腳的水，在夜晚看不清顏色，成了不見底的黑色巨流，響著雷樣的吼聲，兇猛的衝了來。」敘事者通過搶險現場農民的殊死搏鬥、動物的反應以及遠處的感應來渲染洪水造成的恐怖氣氛：「在那些不知道疲倦的強壯的農人身上，加重了絕望，加重了徹天徹地的號叫，那使鬼神也不忍聽，也要流出眼淚來的號叫。時間在這裏停住，空間緊壓了下來，甚至那些無人管的畜群，那些不能睡，拍翼四方飛走的禽鳥，都預感著將要開演的慘劇而發狂，不知所以的喧鬧起來了！」「圍著這幾十里的遠處，漸漸高上去的地方，四方幾百里地的人，也從深夜裏驚醒起來，在黑暗裏，呆呆的透視著這方，傾聽著斷斷續續從風裏送去的這方的慘叫。」半圓的月亮，也參與了敘事：「像切開了的瓜，吐著怕人的紅色，照著水，照著曠野，照著唏唏的響的稻田，照著茅屋的牆垣，照著那些在死的邊緣上掙扎著的人群，在這些上面，反映著黯澹的陳舊的血的顏色。」洪水滔天的可怕狀態，管湧的危害及其表徵，洪水給人們帶來的原始性恐怖，鄰村潰堤緩解了這邊的危勢所引起的慶幸與同命相憐的悲哀，危機時刻男子漢保護妻子兒女的豪情，農民捨家財顧眾生的慷慨胸襟，拚性命保堤垸的無畏精神，回天無力的無奈，等等，都得到了生動而準確的表現。較之丁玲此前的創作，不只是題材轉移了，人物眾多了，藝術空間擴大了，有社會矛盾，有農民對當權者的反抗，也有自然災害，有人對「天」的抗爭；藝術手法也豐富了，除了直接的心理刻畫之外，還有大量的、多層次的氛圍描寫，自然貼切而意蘊豐富的意象描寫，等等。

在丁玲來說，《水》是她一方面走出自己以往所擅長的知識女性圈子、另一方面打破左翼文學的公式化傾向的嘗試。但是，作為一個有個性的作家，她既不會固守於一定的畛域，也不會完全捨棄自己之所長。她是在女性解放新潮的沐浴下成長起來的，她關於女性的已有作品，還遠遠未能表達出她對女性的體驗、觀察與思考。當她想在文學上做出更大的成績時，便又回到自己積累最豐厚的生活積澱中去。她早就想寫寫自己的母親了。母親余曼貞，一八七八年生於湖南常德的一個書香門第，幼年得與兄弟同在家塾中讀書。後來嫁給一個富於才華但身體多病、意志消沉、喜歡揮霍、沒有什麼出息的大家子弟，因而度過了十年寂寞惆悵、毫無希望的婚姻生活。丈夫早逝，給她留下了無限困難和悲苦，但也使她獲得了走向解放之路的契機。丈夫屍骨未寒，大伯子與小叔子便到靈堂來討「債」。她罄盡所有，還清了「債務」，帶著幼小的兒女，回到娘家。而立之年始上女子師範，為了生活，在湖南省立第一女子師範學校未及畢業，便輾轉桃源、常德等地任教，經歷了喪子之痛後頑強地重新振作起來，積極投入婦女解放運動和平民教育事業，直到一九二七年軍閥何鍵血腥屠殺，她才不得已停止了社會活動。她不僅是丁玲最切近的女性解放的榜樣，而且也是女兒尋求光明的強有力的後盾。她支持女兒外出求學直至參加革命，胡也頻犧牲後，她含辛茹苦為烈士撫孤多年。丁玲把兒子送到母親身邊不久，恰巧左聯戰友樓適夷為他所在的《大陸新聞》約長篇連載稿子，丁玲對母親題材的構想便有了付諸筆端的契機。

《母親》帶有很強的人物傳記色彩，連主人公的名字都取的是丁玲母親的真名曼貞，只是把姓由余改為于，夫姓由蔣改為江。作品不是一般意義上地表現母親的慈愛、寬厚等等，而是著意描寫辛亥革命前後一位母親在女性解放道路上的艱辛跋涉。傳統社會的性別歧視與壓迫，在作品裏得到多方面的揭示。曼貞比弟弟大一歲，小時候什麼都不弱於他。可是後來，弟弟讀書了，而她只能關在房子裏學繡鞋上的花，弟弟成了有思想、有學問、有事業的人，而她只能在屏風後羡慕弟弟的成功，自己則不得不賣田還債，維持生計。弟弟在外瀟灑地幹事業，而年輕聰穎的弟媳則只能在家帶四個孩子，掙得一個「賢慧」的好名。弟媳還只是不能出去上學，曼貞的大姐、三姐更要忍受丈夫納妾的屈辱。曼貞以年輕寡婦的身份去上學，碰到了重重阻力：大姐擔心江家不肯放，也唯恐為此玷污了她的名聲；向來同情、支持曼貞的女僕么媽，也不贊同她的選擇。在這種氛圍中，曼貞的選擇才更見出開風氣之先的意義。丁玲以往的小說，也許與多為短篇體制有關，人物性格大都是平面展示或深層剖析，而少有長度可觀的發展。《母親》則描寫了主人公性格的成長史。曼貞剛出場時，還沉浸在喪夫的悲悽之中，是要將幼小的兒女帶大的責任感使她的忍耐力增強起來。女學的開辦喚起了她壓抑多年的求學欲望，女先生的開導堅定了她的信心，她終於勇敢地邁出了上學的第一步，艱難地放腳，堅毅地上體育課，在女性解放的道路上一步一個腳印地向前邁進，並進而對社會革命也產生了興趣。作品以曼貞的生活與性格的發展軌跡為線索，也細緻生動地表現了湘地的人情世故，展示了女學初興時的新奇景象，還渲染了辛亥革命之前山雨欲來風滿樓的時代氛圍。作者從重大社會題材回到自己熟悉的女性題材與故鄉環境，從群像的速寫回到個性的刻畫，創作心態平靜，筆致更加圓潤，心理剖析與歷史敘述、人物刻畫與環境描寫融為一體，敘事語調由此前的匆迫、躁動一變而為沖淡、平和，結構也由高度濃縮而變得舒展自如，章法筆意頗有《紅樓夢》的韻致。《母親》原擬寫成三十萬字的三部曲，從宣統末年一直寫到三十年代初普遍於農村的土地騷動。作品在《大陸新聞》上連載不到二十天，刊物即告停刊，但後來又有良友公司約稿，丁玲遂續寫下去。本來這是一部已經顯示出藝術創新、可以預見為傑作的作品，然而丁玲生活中的又一次重大變故打斷了她的創作計畫，大體上只完成了原計畫的三分之一即就此擱筆，她的生涯也由此染上了濃厚的悲劇色彩。

還是在一九三一年夏天，由於美國進步記者史沫特萊的來訪，丁玲結識了當時擔任史沫特萊的翻譯和私人祕書的馮達。馮達，中共黨員，左翼社會科學聯盟盟員，為了革命，辭去工資優厚的職業，為黨從事新聞工作，對待工作認真負責、刻苦耐勞。他以對丁玲的理解、敬重與溫和的性格，為丁玲做一些他以為應該做的事情，常常來看她，講一點國內外的紅色新聞，有時還陪她外出看朋友、買東西、訪問水災後逃離災區的難民。這對於胡也頻犧牲後面臨著生活、創作與心理等多重壓力的丁玲來說，無疑不失為切實的慰藉。於是，當稻穀成熟的季節來臨，馮達便順乎自然地走進了丁玲的私人生活。兩個人的結合，不僅有助於改變丁玲寂寞孤淒的生活，而且對她創作《水》與《母親》也提供了一定的條件。然而，成也蕭何，敗也蕭何，一年多以後，竟因他在政治上的幼稚，給丁玲帶來了大禍。他們在崑山花園路的住宅是黨的祕密機關，因而對周圍的異動十分敏感。一九三三年五月十三日，馮達去看《真話報》通訊員時發現異常，回家時未能甩掉「尾巴」。鑑於此，五月十四早晨，他和丁玲約定，中午十二點以前都一定回家，到時候若有一個沒回來，另一個就要立即離開家，並且設法通知組織和有關同志。兩人分手後，各自出去做自己的工作，丁玲十一點半回到家時，見馮達尚未回來，便清理東西，準備按事先的約定一過十二點即離去。不巧，此時，丁玲入黨儀式的主持人潘梓年來到。聽了丁玲說的情況，他並不怎麼著急。十三點左右，去《真話報》同志那裏打探情況被特務抓住的馮達，為了證實自己是有家有口的普通市民，以為丁玲已經離開，便帶著特務回家，結果竟陷丁玲、潘梓年於敵手。幾個小時以後，不知有變的中共江蘇省委宣傳部長應修人來到丁宅，遭遇留守的特務，在英勇搏鬥中墜樓犧牲。但以前有過聯繫的同志，的確沒有人因馮達的被捕而受到牽連。

丁玲失蹤，引起了強烈的反響。五月二十四日起，上海《大美晚報》等媒體紛紛報導失蹤消息及各種猜測。左聯在《中國論壇》第二卷第七期（一九三三年六月十九日）發表宣言，強烈譴責當局的白色恐怖。蔡元培、楊銓、胡越之、鄒韜奮、林語堂、葉聖陶、郁達夫、陳望道、柳亞子、胡秋原、沈從文、杜衡、施蟄存等三十八人聯名致電政府呼籲「揆法衡情，量予釋放，或移交法院，從寬處理」[11]，文化界組成「丁潘營救委員會」，中國民權保障同盟組織了「丁潘保障委員會」，宋慶齡親自致電南京行政院長汪精衛設法援助，胡適也過問此事。巴比塞、羅曼・羅蘭、久古里等國際友人從世界各地發來快電聲援。另外，租界捕房也因在「自己的」地界上被抓走了人，「治外法權」受到侵犯，感到大丟面子，提出抗議。北方左聯為之出版《文學雜誌》紀念專號，《現代》雜誌在第三卷第三期（一九三三年七月一日）刊出「話題中之丁玲女士」一組四張照片，寄託急切的關注。一九三三年六月，現代書局為之出版短篇小說集《夜會》，收入《某夜》、《法網》等近期作品，上海良友圖書印刷公司出版未完長篇小說《母親》。丁玲被綁架以後，魯迅一直予以深切的關注。六月下旬，盛傳丁玲已在南京遇害，魯迅於六月二十八日作〈悼丁君〉：「如磐夜氣壓重樓，剪柳春風導九秋。瑤瑟凝塵清怨絕，可憐無女耀高丘。」後來知道死難消息不確，但謠諑紛紜，魯迅堅信並稱許丁玲的品格，為表示自己的態度，遂將這首詩交《濤聲》週刊發表。「高丘」，典出屈原《離騷》，原句為：「朝吾將濟於白水兮，登閬風而緤馬。忽反顧以流涕兮，哀高丘之無女。」「高丘」本指天國附近，藉以表示一種理想境界，原詩謂理想境界亦有炎涼，難免讓人感傷。魯迅則借這一典故表達自己對左翼陣營失去丁玲這樣一位巾幗鬥士的悲憤。丁玲對魯迅懷有由衷的感激與深深的認同，後來當她在西安驚悉魯迅不幸去世的噩耗時，就以「耀高丘」為名給許廣平發去了一封唁函。

丁玲被祕密綁架後，很快押解到南京。即使如同中統特務頭子徐恩曾所說，他們是去破壞共產黨機關的，抓丁玲只是個「意外收穫」，但既然把人抓了進來，就不會將她無條件釋放；既然引起了強烈的社會反響，也不敢貿然殺害，又不便依照司法程式進行審理，另外還心存僥倖，期盼丁玲能像有的人那樣，

11 引自張惟夫編著《關於丁玲女士》（立達書局，一九三三年）。

「轉向」成為御用文人[12]，國民黨雖然權柄在握，可是真正屬於他們的像樣作家畢竟沒有幾個。於是，當局一面對外封鎖消息，拒不承認綁架之事，一面先後派出包括原中共特科重要成員顧順章等在內的叛徒進行誘降，徐恩曾也親自出馬，提出條件進行說服，全都被丁玲斷然拒絕。作為共產黨員，如今身陷敵手，出逃不成；作為作家，創作的靈感被冰封雪凍；作為一個女人，特務在外面用小報謠言誣衊她、戕害她。為此，她曾想到過以死抗爭。但活著痛苦，死也不易，她用撕開的連衣裙編成的繩子自縊，留下了遺書，當她墜在生死之間時，卻被幽禁一處的馮達救了下來。為了早日離開魔掌，回到黨的懷抱，丁玲寫了一個申明書：「回家養母，不參加社會活動，未經什麼審訊。」特務要把她押送回鄉，她則堅持要就地釋放，以防不測，雙方互不讓步，「回家」終未成行。

幽禁後期，外界多少知道一點她的消息，友人鼓勵她重新拿起筆來，以證明創作生命並沒有完結。她在極度的不安和焦躁中寫下了《松子》、《一月二十三日》、《陳伯祥》、《團聚》等作品，在京津報刊上發表。這些作品題材或是底層社會的不幸，或是貧富之間的強烈對比，或是殷實之家破產後的苦境，其中流貫著漂流異鄉、無家可歸的悽惶，透露出作者在幽禁之中的陰鬱心緒。《松子》是不可多得的短篇佳構。眼前即景與往事回溯穿插自然，環境描寫與人物刻畫水乳交融，那稍閃即逝的小火花意象，主人公松子受辱而又無告的悽傷心境，正是作者心境的折射。本無過失的松子卻因妹妹遭狼而被父母詛咒、不得不沒入無止境的黑暗中去，這一結局彷彿預示了後來丁玲的遭際。一九三六年秋，在滬待赴陝北期間，應趙家璧之約，她將這些作品及被綁架前寫的《莎菲日記第二部》、《不算情書》、《楊媽的日記》等彙輯為《意外集》，交良友圖書印刷公司於一九三六年十一月出版。一九三六年，幽禁有所放鬆，丁玲尋機先

12　參照周芬娜，《丁玲與中共文學》（臺北成文出版社有限公司，一九七〇年），頁七九—八四。

後去京、滬兩地，尋找黨組織。一九三六年九月，在友人與同志的幫助下，終於擺脫幽禁，經上海奔赴西安。馮達與丁玲從此天各一方，後來馮達輾轉廣州、重慶，又去美國生活過一個時期，晚年回臺北定居，一九九〇年病逝。他在後半生中，遠離政治，但對在政治風波中沉浮漂流的丁玲始終懷著敬意與愧疚。丁玲在西安等待赴陝北時，遇見了曾任左聯黨團書記、時任中共地下情報工作負責人的潘漢年。潘漢年建議丁玲去法國為紅軍募捐。對於這項工作，丁玲作為剛剛脫離魔掌的著名女作家，的確具備最有利的條件。另外，潘漢年熟悉黨內鬥爭的內幕，這一建議未始不含有對丁玲的擔心與關切。但此時的丁玲，恨不能立刻投入到三年多來朝思暮想的「母親」的懷抱。一九三六年十一月初，丁玲終於喬裝打扮踏上了渴盼而未知的投奔陝北的征程。

第三節　興奮與沉思

一九三六年十一月中旬，丁玲終於來到了她夢魂縈繞的蘇區。作為一個逃出魔掌回到母親懷抱的戰士，一個蜚聲海內外的知名女作家，一個從大城市來到大西北的知識分子，丁玲受到了熱烈的歡迎，中共領導人張聞天、毛澤東、周恩來、博古等親自到住處去看望她，還參加了中宣部召開的歡迎會。

丁玲以高漲的革命激情投入了全新的生活。她隨前方政治部的負責人奔赴前線，從彭德懷、任弼時等紅軍將士身上看到了偉大的人格力量與英雄豪氣。在前線，她從彭德懷手裏接到毛澤東用電報發來的〈臨江仙〉詞：「壁上紅旗飄落照，西風漫捲孤城。保安人物一時新，洞中開宴會，招待出牢人。　纖筆一枝誰與似？三千毛瑟精兵。陣圖開向隴山東。昨日文小姐，今日武將軍。」這首詞反映出紅軍長征勝利後毛澤東的自信與喜悅之情，也表現出中共領導人在爭奪江山時對知識分子的急需和看重。丁玲自然受到極大的鼓舞。從前線回來後，擔任中央警衛團政治部副主任，後又調去主持中國文藝協會工作。「盧溝橋事變」爆發後，她率領西北戰地服務團開赴山西等抗日前線，進行抗日文藝宣傳。回延安後，入馬列學院學習，參與主持陝甘寧邊區文藝協會日常工作，並抽空下鄉深入生活。新的生活給她提供了豐富的創作素材，題材新穎的散文、小說等作品陸續推出。她來到陝北後的第一篇小說《一顆未出膛的槍彈》（一九三七年四月作），就是從彭德懷的談話中獲取的素材與靈感，作品禮讚了小紅軍戰士的愛國主義情懷與視死如歸的無畏品格。這段時間，她的小說視野有所拓展，但一些作品仍能見出丁玲所擅長的女性視角，譬如《淚眼模糊中的信念》（後改題為《新的信念》）和《我在霞村的時候》，與同時期其他作家的創作相比，就別具特色。

這兩篇作品有一個共同之處，就是對傳統貞操觀念的挑戰。傳統的封建貞操觀對女性的摧殘，不僅在於一般情況下以片面的貞操要求扼殺女性的生命活力與愛情追求，而且還在於對特殊情況下遭受暴力蹂躪的女性又雪上加霜地施以心靈上的折磨。古往今來，不知有多少女性在慘遭強暴之後不堪失貞的輕蔑含恨而死。三十年代沙汀在小說《獸道》裏就描寫了一個悲慘的故事：媳婦產後尚未滿月，就被一群軍閥軍隊的大兵野獸一般輪姦，結果含恨上吊自殺。婆婆投告無門，又公然受辱，不久，連唯一可以給她一點安慰的孫兒也夭折了，羞憤與悲痛交加，終於使她變成了瘋婦。二十世紀中葉，日本帝國主義侵略中國，給中華民族帶來了巨大的災難，中國女性尤其不幸。據第二次世界大戰結束之後遠東國際軍事法庭對日本主要戰犯進行審判的〈遠東國際軍事法庭判決書〉指出，僅南京一地，在被日軍占領後的最初幾個星期之內，「全城中無論幼年的少女或老年的婦人，多數都被姦污了」。神州大地，凡被侵略者鐵蹄踐踏之處，被糟蹋者無計其數。抗戰作品涉及這類事件時，絕大多數都只是作為控訴日寇的背景材料，未做深入的發掘。

最初以熱切關注女性命運、擅長表現女性心靈的姿態登上文壇的丁玲，在抗戰中驚奇地發現了女性貞操觀念的變化，努力發掘並表現女性在戰爭殘酷環境中煥發出的新的生機。

《新的信念》裏的陳奶奶，憑著本能的生命意志，在野狗的貪欲地跟隨下，終於掙扎著回到了自己的家。她恢復了知覺，恢復了記憶。她一生看見的罪惡也沒有鬼子打進村這十天來的多。她目睹一位中國姑娘被三個鬼子蹂躪致死的慘象，甚至眼睜睜看著十三歲的孫女被兩個鬼子糟蹋得只剩下一口氣，看著孫子活活被刺死，就連年將花甲的她自身也沒有逃脫遭受凌辱的厄運。農家婦女哪裏能夠承受如此重創，以至於她的心理、性格都發生了巨大的變化。過去不愛饒舌的老太婆，現在變得喋喋不休起來，從前羞於在人前啟齒的話題，如今竟敢在大眾面前滔滔不絕了。然而，如同鳳凰涅槃一樣，身陷魔窟的厄運竟使這位白髮婦女的貞操觀發生了根本的變化。她的憤怒激情與復仇欲望完全壓倒了羞恥之心，不無變態的痛苦宣洩是對她女性自尊的最好慰藉與重新修復，她終於確立了新的信念、新的人格，成為一位出色的抗戰宣傳員。

傳統的貞操觀自有一套特殊的邏輯：在男女兩性上，貞操幾乎全是針對女性而設的道德要求；在女性世界裏，貞操的要求處女強於已婚者，寡婦嚴於有夫者。西柳村的陳奶奶的女性尊嚴終於被家人乃至村裏村外的民眾所重新認可，固然因為侵略者的大規模暴行激起了民眾整體性的義憤，也因為陳奶奶沒有被苦難所壓倒，而是以仇恨向羞恥感挑戰，但箇中還有一個微妙的原因，這就是她已年將花甲。倘若被強暴的厄運在一定範圍內不是落在眾人頭上而只是落在個別人頭上，這一個體又是待字閨中的處女，情況也許就會變得複雜起來，因為傳統貞操觀實在是根深柢固，並非一場戰爭的腥風血雨就能蕩滌淨盡。《我在霞村的時候》裏的貞貞，在人們的嘁嘁嚓嚓聲中走來。她的身上盯滿了形形色色的目光，這不僅因為她是一個十八歲的姑娘，更因為她是從日本人那裏回來的，她被掠到「慰勞所」一年多了。她經受了太多的折磨，如今跛著腳回來治病。她回到了生於斯、長於斯的故土，回到了父老鄉親的身邊，被魔鬼劫走到地獄去的女兒回到了人間，應該多麼值得慶幸，應該受到怎樣熱烈的歡迎！然而，迎接貞貞的是什麼呢？慈母是悲憫與羞恥交織的哭泣，宣傳科的女同志是「我們女人真作孽呀」的慨歎，還有人是看西洋景般的好奇，最讓貞貞難以承受的是冷酷的蔑視與惡毒的詛咒，而那蔑視與詛咒不外乎什麼「不要臉面」、「缺德」「比破鞋還不如」、「怎麼好意思見人」、「這種破銅爛鐵，還搭臭架子」之類，連貞貞的二嬸也認同了傳統的邏輯——「小老闆的那頭親事，還不吹了，誰還肯要鬼子用過的女人！」「那一些婦女們，因為有了她才發生對自己的崇敬，才看出自己的聖潔來，因為自己沒有被敵人強姦而驕傲了。」被野獸強暴，尤其是被強行當作群獸的洩欲工具，這已是被強暴者的極大不幸，是女性的莫大恥辱。但這不幸與恥辱豈是個人所獨有，實應由整個民族來承受。然而，拿他人的不幸來賞玩的國民劣根性與片面而荒謬的貞操觀相互滲透，形成了一種可怕之物，令人不寒而慄。敘事者眼裏的那兩個很有些歷史的黑如牆壁的糧食簍子，還有劃在那死寂的鉛色的天上的幾株枯枝，似乎就是這種東西的象徵。偌大一個霞村，真正能夠理解並尊重貞貞的又有幾人？就連貞貞自己不是也難以完全擺脫封建貞操觀的束縛？的確，貞貞具有堅韌的個性，當父母包辦要她捨棄傾心相戀的磨房小夥計夏大寶而嫁給素不相識的米鋪小老闆時，她跑到天主教堂去要當「姑姑」。鬼子蹂躪了她的身體，卻征服不了她的意志，她利用身在敵營的條件為我方搜集、遞送情報，她以自己的痛苦與屈辱為代價向敵人復仇。血與火的洗禮也使這位山村姑娘的靈魂得到了昇華，對自身的生存價值有了不同尋常的體認，甚至對命運有了一種超然的態度。她面對輕視而自信如故，面對詫異而不顯拘束，身染病患而精神樂觀，潑辣而不粗野，曠達而不誇飾。然而，她最後拒絕夏大寶求婚的重要原因之一，竟是認為自己「是一個不乾淨的人了。既然已經有了缺憾，就不想再有福氣」。由此可見，傳統貞操觀的根子何等之深。敘事者讚美貞貞的灑脫、明朗、愉快，另一方面也為她身上傳統的陰影而感到惋惜。敘事者希望看見貞貞的光明前途，其中自然希冀貞貞乃至整個女性世界從封建貞操觀的桎梏下徹底解放出來。

如果說對貞操問題的別具慧眼的關注出自丁玲的性別立場與時代意識的話，那麼持之以恆的關心與雪恥復仇的強化，則可以說同她被綁架的經歷相關。中國文化有一種道德偏執，崇尚殺身成仁，被俘彷彿是一種不光彩的事情，若是活著從敵人魔掌下出來，就更有了被懷疑、指責的把柄。還是在丁玲被幽禁時，就已經有了種種與傳統觀念相關的揣測、傳言。丁玲滿懷激情奔赴延安之後，流言仍在暗中湧動。就連當時擔任中共情報工作主要負責人的康生也口出惡言。一次，中央黨校集會的場合，一些同志以為丁玲到了黨校，歡迎她唱歌，康生走到臺上說，丁玲是沒有資格到黨校來的。[13]丁玲知道此事後，自然感到十分委屈與憤慨，她找到毛澤東，「責問康生有什麼根據說她是『叛徒』，她要求黨中央審查她在南京的這段歷史，給她做出書面結論。毛澤東聽了丁玲的陳述，對她說：『我相信你是一個忠實的共產黨員，可是要做書面結論，你得找中央組織部長陳雲同志。』」經過一番認真、嚴格的審查，一九四一年元旦，中組部將陳雲、李富春審定簽名的審查結論通知了丁玲本人。結論認為，丁玲「自首的傳說不能憑信」，「丁玲同志仍然是一個對革命忠實的共產黨員」。丁玲此前動筆、見到這一結論後才寫成的《我在霞村的時候》，自然投入了她的痛苦、擔憂、憤激、掙扎與自信。貞節問題伴隨了丁玲大半生，有人在政治上做文章，有人從生活上找罅隙，甚至到了八九十年代閒言碎語仍未絕跡，有的竟出自權威人士。由此也可以見出丁玲《我在霞村的時候》的意義是深遠的。貞節問題成為丁玲的一個情意結，「文革」後復出，丁玲一再以無怨無悔來表白自己在政治上的忠貞不渝，一方面固然表現出她政治信念的堅定不移和個性品格的一以貫之，另一方面也折射出一點對貞操泛化的恐懼。丁玲創造了貞貞，是一種超越，但貞貞活在丁玲心中，她不可能完全走出貞貞的世界。

---

13 參照周良沛，《丁玲傳》（北京十月文藝出版社，一九九三年），頁四二五。

來到邊區幾年之後，丁玲在欣喜地發現了一個未曾見過的嶄新世界的同時，也逐漸地看到了由貧困、閉塞與小農經濟等形成的保守、落後的因襲力量，因而她在熱情禮讚新世界的同時，也開始以批判的眼光剔抉著舊物。《我在霞村的時候》、《夜》、《在醫院中時》（後改題為《在醫院中》）等篇就滲透著批判的眼光。《夜》裏的婦聯委員侯桂英，不喜歡小她五歲的丈夫青聯主任，曾提出過離婚，她喜歡鄉指導員何華明，白天見了，她總是笑眼相望，晚上何華明起來餵牲口，她也跟過來搭訕。何華明厭惡比自己年長一輪而且保守、落後的妻子，分明感受到了侯桂英的青春活力與柔情蜜意，他為侯桂英的魅力而「討厭她，恨她，有時就恨不得抓過來把她撕開，把她壓碎」。在那半個月亮倒掛山頂上邊的夜晚，當侯桂英第三次還是第四次來到他身邊，牙齒輕輕地咬著嘴唇望著他時，他感到了一種強烈的意劫，他本可以無所畏懼地去做那件侯桂英熱切期待、他也內心渴求的事情，可以讓一個和諧幸福的婚姻取代早已無愛可言的家庭，然而他忽然被「另一個東西」牢牢攫住，冷酷地推開了侯桂英，頭也不回地回到老婆身邊。那「另一個東西」是什麼？是因為身為幹部，怕受批評，還是所謂男子漢的家庭責任感？也許二者兼而有之，但更為深層的恐怕還是根深柢固的封建倫理觀。這是一個強烈的反諷，本來最受貞操觀桎梏的是女性，但現在女性覺醒了、解放了，而男性卻萎靡不振、龜縮回去。半個月亮爬上來，光輝熠熠的是女性，而男性還在用種種名目掩飾著人性的陰影，沉入半睡眠狀態之中。這篇小說題名為《夜》，不僅取自結構上高潮所處的場景，更象徵著主人公心靈的昏昧晦暗。作者情不自禁地褒揚了女性，而批評了男性的世故與保守。

《在醫院中》的批判鋒芒觸及面更寬，也更為尖銳。曾經沐浴過「八・一三」戰火的產科學校畢業生陸萍，一如當時許多進步青年所做的那樣，滿懷憧憬地輾轉來到延安，上抗日軍政大學，還入了黨。當她準備將來在自己喜歡的工作中施展才華時，卻被派到一所新開辦的醫院，從事她本來希望擺脫的醫務工作。在這裏，她遇到了未曾預料到的困境。作為承受過五四精神雨露與經過現代醫學訓練的知識分子，她的個性意志與科學見解，遇到了長官意志與保守、愚昧的小農經濟氛圍的強大阻力。醫院院長是個外行，管理工作混亂，多數醫務人員責任感欠缺，陸萍以足夠的熱情與很少的世故，指出她所見到的一些不合理的事情，可是非但問題得不到解決，她還受到種種誤解、非議。在一次手術中，由於管理部門不聽她的建議，致使她與幾個同事中了一氧化碳，身體大傷元氣。她不但得不到應有的同情，反而成為背後流言與會上指責的眾矢之的，出於負責精神的愛提意見，引來了「小資產階級意識，知識分子的英雄主義、自由主義等等的帽子」。作為一個自尊、自信、自立的新時代女性，她敏銳地感受到男權傳統的無形壓力，也為女同胞的種種弱點而痛心。管理科長自不必說，一副居高臨下的男性眼光，而缺少男子漢應有的負責精神，就連院長也「以一種對女同志並不需要尊敬和客氣的態度接見陸萍，像看一張買草料的收據那樣懶洋洋的神氣讀了她的介紹信，又盯著她瞪了一眼：『唔，很好！留在這裏吧。』」。外科醫生鄭鵬能夠在工作之餘傾聽一點她的直抒胸臆，而在工作上則以男性權威將她的合理建議拒諸門外。無論是不加掩飾的輕蔑，還是無意流露的驕傲，它們形成一種合力，要摧垮陸萍的自信心。女人的世界，除了好友黎涯之外，幾乎都有明顯的瑕疵。張醫生的老婆與總務處長的老婆，對看護工作既沒有興趣，也沒有認識，更缺乏看護技能。她們出來工作，彷彿是為了減輕可能被丈夫拋棄的恐慌，而不是什麼為了工作。十足的架子、粗鄙的言詞，同徒有其名的工作一樣，不過是為了掩飾依賴型心理的軟弱與內在的空虛。淳厚質樸的村婦視野有限得可憐，在她們眼裏，女人來到醫院必是來養娃娃的。化驗員林莎與文化教員張芳子倒是有些文化教養，但未用到正地方，一個柔媚而傲慢，逗人的眼光好似在等著什麼愛撫，另一個溫柔得沒有骨頭，來者不拒卻很少朋友。現代科學文化只是把她們引上了職業女性的道路，她們自身卻沒有獨立人格的自覺。女性的空虛、狹隘與柔弱，一方面是男權治下的產物，另一方面也反過來強化了男權中心的既定秩序。置身於這樣一個環境裏，陸萍是孤獨、苦悶的。這種孤獨苦悶較之夢珂、莎菲更為深刻，莎菲們是苦於找不到出路，盲目亂撞，陸萍則是明明看到了輝煌的前景，踏上了正確的道路，卻苦於荊棘叢生，步履維艱。作品第一節的環境描寫是耐人尋味的：「白天的陽光，照射在那些夜晚凍了的牛馬糞堆上，散發出一股難聞的氣味。」陸萍的搏擊對象——小農經濟意識與男權傳統相輔相成的精神氛圍，正像這種難以捕捉而又無處不在的「難聞的氣味」，令搏擊者困惑、疲憊。陸萍的遭際不僅反映出邊區男權傳統依然存在，女性解放的道路任重而道遠，而且揭露了保守落後的小農經濟意識是如何妨礙著革命事業的發展。

揭露與批評邊區的事實上存在的陰暗面，並不是丁玲的個人行為。這在一九四一年左右已經成為一種風氣。艾思奇在題為〈光明〉的散文裏寫道：「光明的世界不是完全無缺的天國世界，光明是發源於對世界的缺陷的鬥爭。不斷地打破腐朽的障礙而向前進，不斷地粉碎舊的外殼而發展新的生命，世界就是這樣才發生燦爛的光輝。」「青年朋友們，不要憑自己的幻夢來估量光明的內容，不要把它看成宗教迷信裏的那種絕對和平的天堂世界，在光明裏包含著永久的戰鬥。這裏面有衝突的，有扎礫，有痛苦。」「你如果僅只為著這樣的幻想接近光明，那當你一接近的時候，就會要使你失望、幻滅。因為你會發現，在任何光明裏，總有著一些黑暗的成分，雖然這黑暗是終於要被消熔了的。」[14]正如後來的文學史家所說，艾思奇的這些話語「乃是來到延安的文化人真實的心理經驗的表達，涵蓋了他們對延安的現實由希望到失望再到正視的過程。這種感受和認識承認了『光明中的黑暗』的合理性，同時也以激情和審美的形式確立了批判黑暗的合法性」[15]。哲學家的表述具有辯證意味，語氣和緩，而丁玲的《在醫院中》已是辣氣撲鼻，雜文更是鋒芒畢露，這固然與文學家的感悟方式和表達方式相關，另一方面恐怕也是她那湘妹子的潑辣稟賦所致。

---

14 艾思奇，《光明》，載《中國文化》第二卷第六期（一九四二年五月二十日）。
15 李書磊，《一九四二：走向民間》（山東教育出版社，一九九八年），頁二〇〇。

一九四一年四月十六日，《解放日報》創刊，丁玲被調去任文藝副刊主編。開始，副刊一般只登小說、詩、翻譯作品，有幾分老成持重。為了活躍版面，更為了活躍精神生活，文藝副刊除了增加一些有關美術、音樂、戲劇的作品，還漸漸登起雜文來。最初的雜文鋒芒是指向日偽及國統區的專制、腐敗現象的。一九四一年十月二十三日，丁玲在自己主編的文藝副刊上發表〈我們需要雜文〉，指出：「即使在進步的地方，有了初步的民主，然而這裏更需要督促、監督，中國的幾千年來的根深柢固的封建惡習，是不容易剷除的，而所謂進步的地方，又非從天而降，它與中國的舊社會是相聯結著的。」為了清除封建惡習，推進社會進步，她不僅大聲呼籲、而且動手舉起雜文這一匕首投槍式的武器。一九四二年三月九日，她在文藝副刊發表〈三八節有感〉。這篇雜文眼光敏銳，詞鋒犀利，從延安女性的種種苦惱指斥殘存的封建社會的男權陰影，表現出丁玲向來的女性立場與潑辣文風，並且其意義已經超出了女性解放的範疇，涉及到光明與陰影、個人與集體、歌頌與批評等社會與文藝的重要問題，因而當時就激起了強烈的反響。丁玲的大聲疾呼與衝鋒陷陣很快帶動起一個雜文高潮，《解放日報》文藝副刊與《穀雨》等報刊相繼發表蕭軍的〈紀念魯迅：要用真正的業績〉、〈也算試筆〉、〈論同志之「愛」與「耐」〉，羅烽的〈囂張錄〉、〈還是雜文時代〉，王實味的〈野百合花〉、〈政治家、藝術家〉，艾青的〈瞭解作家，尊重作家〉、〈坪上散步〉，煥南（謝覺哉）的〈一得書〉，等等。

這些作家滿以為只要直面現實、有的放矢、發乎真情地指出太陽上的黑子，一定會使陽光更加燦爛、更加持久。但政治家與藝術家對問題的認識是有差異的，尤其是在當時的戰爭背景下，藝術家的「女媧補天」被當作「共工怒觸不周山」，引來了整風運動中的激烈反擊乃至後來的「歷史清算」。對王實味的批判逐步升級，由文藝批評而思想批判，進而定為「托派」、「國民黨特務」，並且株連潘芳、宗錚與成全、王里兩對夫婦定為「五人反黨集團」。一九四二年十月二十三日，王實味被開除黨籍，年底被關押，一九四三年四月一日被正式逮捕，一九四七年三月被中央社會部人員押解撤離延安，同年七月一日晚在山西興縣被祕密處決。丁玲則要幸運得多。雖然在高幹整風會上幾位發言者都把〈三八節有感〉與〈野百合花〉相提並論，但作為整風的發起者、這次高幹會的主持人毛澤東，在總結中把丁玲與王實味明確區分開來，保了丁玲。一九四二年六月，丁玲在以當時的激烈調子批判王實味的同時，做了懇切的自我批評，總算過了整風這一關。也正是由於有了最高領導人的保護，在一九四三年的「審查幹部」風波[16]中，她也幸運地安然度過。一九四四年六月，因報告文學《田保霖》表現出「新寫作作風」，丁玲受到毛澤東的肯定與便宴款待。但從一九四一年十一月十五日《在醫院中》發表，到一九四七年五月十五日《太陽照在桑乾河上》第二十四章〈果園〉單章發表[17]之前，小說家丁玲沒有小說問世。

第四節　輝煌與劫難

抗戰勝利後，由於形勢的需要，大批幹部從延安派往各個解放區。經中共中央辦公廳批准，丁玲與楊朔、陳明等人組成延安文藝通訊團，前往東北。一九四五年十月動身，經綏德、米脂、佳縣東渡黃河，又從興縣經岢嵐、神池等地步行到天鎮，乘火車到張家口。因內戰打響，去東北的交通已經切斷，遂改變計畫，就近參加籌備華北文化藝術界聯合會、主編《晉察冀日報》文藝副刊與《長城》雜誌等工作。一九

16　「審幹」亦稱「搶救運動」，把大約一萬五千名投奔延安的知識分子（約占投奔延安的知識分子的四分之一）打成國民黨特務，有人不堪折磨而自殺殞命，後全部平反。

17　發表於華北《時代青年》第四卷第一期時，改題為〈果樹園〉。

四六年七月，參加晉察冀中央局組織的土改工作隊，先到懷來縣的辛莊、東八里等村，後到涿鹿縣溫泉屯，發動群眾，進行以剝奪地主土地、實現耕者有其田為主要目標的土地改革鬥爭。在延安時，她就曾想寫一部描寫農民的長篇小說，但由於生活體驗不夠，一直未能動筆。這次潛入生活底層，與農民一道在短短的一個多月左右，就奪得了土改鬥爭的初步勝利，丁玲對農村複雜的階級關係、農民的生存狀態與複雜心態瞭解得也更深刻了。由於戰事的變化，他們從涿鹿轉向阜平。在轉移的路上，丁玲的心中，始終縈繞著懷來、涿鹿兩縣特別是溫泉屯的人們，她滿懷自信地對戰友們說：「我的小說已經構成了，我現在需要的只是一張桌子、一疊紙、一枝筆了。」一九四六年十一月初，丁玲在阜平的紅土山村開始了長篇小說《太陽照在桑乾河上》的創作，後來遷到抬頭灣村繼續寫作。「原計畫分三個階段寫，第一段是鬥爭，第二段是分地，第三段是參軍。」[18]寫到一九四七年夏秋之際，第一階段基本寫完，但作品中涉及的有些問題她一時吃不準。剛好全國土地會議召開，頒布了《中國土地法大綱》。九月間，丁玲在參加邊區土地工作會議期間，把小說初稿帶給華北地區文藝界的負責人周揚徵求意見。當她急切地期待而尚未聽到回音時，在一次會議上，卻從一位高級領導人那裏聽到了沒有點名對象的批評意見：「我們有些作家，有『地富思想，看農民家就怎麼怎麼髒，寫地主家的女孩子卻很漂亮，還很同情一些地主、富農。」[19]丁玲感到這些批評是衝著她來的，為此她感到困惑與委屈，會議結束後，她暫停創作，決定再下農村，去生活中尋求答案。她到石家莊郊區的宋村，參加土改四個月。她發現「前年的那次分地和參軍，工作做得很不徹底，粗枝大葉，馬虎潦草，固然由於當時的戰爭環境變化，但那些作風實不足為法。」於是，在一九四八年四月

18　丁玲，〈序《桑乾河上》〉。
19　丁玲，〈序《桑乾河上》〉。

返回華北聯大後的再度寫作中，她大大壓縮了最初的創作計畫，將第二階段的「分地」扼要移在第一階段「鬥爭」的後面。來自上層的意見，她也不能不顧忌，把黑妮的身份由地主家的女兒改成侄女，去掉了一些關於她的描寫，但整體構思與敘事態度都沒有改變。到一九四八年六月十五日，她寫了〈序《桑乾河上》〉，斷斷續續寫了一年多的這部書稿算是告竣。

在去西柏坡的途中，丁玲與毛澤東邂逅。毛澤東表示願意讀她的文章，這使她大受鼓舞，第二天便把書稿送給毛澤東的政治祕書胡喬木，請他在政治上把把關，若政策上沒有問題，希望出版。當有關領導意見尚未統一時，恰好在一次陪同毛澤東散步時，胡喬木、艾思奇與蕭三這三位黨內大秀才交換了看法，並向毛澤東做了彙報，毛澤東對丁玲表示了肯定。[20]於是，這部長篇小說終於能夠面世。

《太陽照在桑乾河上》於一九四八年九月由光華書店初版印行五千冊，很快就在海內外引起了熱烈的反響。初版發行的同月，哈爾濱《文學戰線》第一卷第三期予以選載，並為這本書舉辦座談會，隨後，《小說》第三卷第二期發表許傑的評論《論〈桑乾河上〉》，《光明日報》、《進步日報》、《人民日報》等報刊紛紛發表有關消息。丁玲把這部新作帶到匈牙利世界民主婦聯第二次代表會議上，引起了蘇聯方面的重視，俄文譯本於一九四九年在《旗》雜誌連載並由莫斯科外國文學出版社出版單行本，而後，保加利亞文版、羅馬尼亞文版、匈牙利文版、波蘭文版、捷克文版、丹麥文版、朝文版、日文版、德文版、英文版、巴西文版等二十餘種外文版相繼推出。一九四九年五月，《太陽照在桑乾河上》易名《桑乾河上》，由新華書店在北京出版，一九五〇年十一月出版校改本，恢復原名，一九五二年由人民文學出版社出版修訂本，至一九五四年九月，修訂本印數累計近三十萬冊。一九五二年，《太陽照在桑乾河上》榮獲

20 參見錢理群，《一九四八：天地玄黃》（山東教育出版社，一九九八年），頁一九五。

蘇聯一九五一年度史達林文學獎二等獎。此時，丁玲小說在海內外的影響達到了輝煌的頂點。《太陽照在桑乾河上》問世以後，文壇予以高度的評價。陳湧認為，作品「比較宏大繁複的結構，是和農村土地鬥爭的規模和它的複雜的性質相適應的」[21]。馮雪峰說：「這一部藝術上具有創造性的作品，是一部相當輝煌地反映了土地改革的、帶來了一定高度的真實性的、史詩似的作品；同時，這是我們社會主義現實主義的最初的比較顯著的一個勝利。」[22]評論家的高度評價與廣大讀者的喜愛，固然與剛剛從解放戰爭與土地改革中步入新中國的政治形勢有著相當大的關係，但這部小說能在同類作品中尤受推重，也的確緣自其獨特的精神意蘊和藝術魅力。

作品開篇從顧湧趕著親家胡泰的膠皮大車回村切入，後面以胡泰前來取車作為鬥爭高潮的收束，這種結構安排是饒有深意的，它顯示了農村階級關係的複雜性與土地改革的複雜性。作品這樣敘述顧湧的奮鬥史、發家史：「從十四歲就跟著哥哥來到了暖水屯，顧湧那時是個攔羊的孩子，哥哥替人攬長工。兄弟倆受了四十八年的苦，把血汗灑在荒瘠的土地上，把希望放在那上面，一年一年的過去。他們經過了一個朝代又一個朝代，被殘酷的歷史剝蝕著，但他們由於不氣餒的勤苦，慢慢的有了些土地，而且在土地上抬起頭來了。因為家屬的繁殖，不得不貪婪的去占有土地，又由於勞動力多，全家十六口人，無分男女老幼，都要到地裏去，大家征服土地，於是土地的面積一天天推廣，一直到不能不臨時雇上一些短工。於是窮下來的一些人把紅契送到他家裏去，地主家的敗家子在一場賭博之後也要把紅契送給他。」顧湧這樣的農民，靠自己的辛勤勞動，攢了一點家產，生活稍有餘裕。在貧寒的農民眼裏，他們是奮鬥的目標；在財大

21 陳湧，〈丁玲的《太陽照在桑乾河上》〉，《人民文學》第二卷第五期（一九五〇年九月一日）。
22 馮雪峰，〈《太陽照在桑乾河上》在我們文學發展上的意義〉，《文藝報》十號（一九五二年五月二十五日）。

氣粗的鄉霸手下，他們是勒索的對象。無論從農村經濟發展與整個社會進步來看，還是就一般情理而言，顧湧都不應被列為鬥爭的對象。但在土改初期，一部分幹部急於調動農民的土改積極性，寧左勿右，主張不分青紅皂白見富就分。貧苦農民翻身的欲求一旦被喚醒，也極易與指導者的偏激觀念及簡單化方法上下呼應。在這種形勢下，一部分富裕一點的中農，也被錯誤地當作富農對待。顧湧那膠皮大車帶回來的恐懼不安並非杞人憂天。果然，在擔任青聯副主任的兒子的鼓動下與親家胡泰獻地之後仍留下兩部車情況的感召下，顧湧決定主動獻地了，可是就在頭一天晚上，暖水屯的幹部們和評地委員已經又開了一次會，把全村的莊戶重劃了一次階級，有人想把顧湧訂成地主，有人說他應該是富裕中農，從剝削關係上看，只能評他是富裕中農，但結果，馬馬虎虎把他劃成了富農，決定拿他一部分地。後事如何，因為作品匆匆作結，未曾寫到，但非拿不可與主動獻地給顧湧心靈的震動與命運的影響顯然大有差異。既然劃定為富農，在後來的幾十年裏，其本人與妻子兒女乃至孫子一代命運如何也就可想而知。作者通過對顧湧成分的錯劃表現了農村階級關係的複雜性與土改運動初期的粗糙性，描敘之中對顧湧寄予了理解與同情，也對寧左勿右的思想傾向與偏激做法給予了婉轉的批評。農村階級的劃分，是一件十分複雜的事情。同樣擁有幾十畝土地，有的是肥得流油的沃土，有的則是沒有人要的荒瘠之地；有的家庭人口多，日子仍是過得緊緊巴巴，有的人口少，則可過得富裕一些；有的是勞動致富，有的則是巧取豪奪。這些複雜性，除了通過顧湧這樣的典型人物直接表現之外，也通過農民的眼光間接地透露出來。但正是這一點，在作品尚未問世時，卻引起了所謂「富農路線」的非難，後來更是成為「替富農階級翻案」的不可饒恕的罪狀。

土地改革的鬥爭對象主要是地主階級，要從他們手裏強行剝奪土地與「浮財」（房屋、傢俱、農具、衣物、首飾、家禽、糧食、薪柴等等）。面對這場翻天覆地的革命，本來就是形形色色的地主必然會有千差萬別的反映。《太陽照在桑乾河上》對於地主的描寫，顯示出敘事者對階級關係的洞察力與刻畫人物的分寸感。在這裏，地主不是鐵板一塊的階級，而是個性迥異、地位作用均有不同的活生生的個體。孟家溝的陳武是這一帶有名的「胡髭」，橫行霸道，無惡不作，犯有命案，所以群眾易於發動。暖水屯的情況則要複雜得多。許有武被鬥後，全家老少逃之夭夭。抗戰期間，江世榮曾經當過偽甲長，抗戰勝利後，農民因為不願誤工又推舉他出任村長，無論是偽甲長還是村長，他都是一個受制於人的窩囊角色。李子俊開始躲在果樹園裏，搶在農民分勝利果實之前偷偷地發賣果子，後來風聲一緊，便溜之乎也，留下老婆在家裏應對。佃戶去他家拿紅契，李子俊老婆匍匐身子，淚流滿面，連連磕頭，一通告饒的軟話連同三個年幼的孩子的下跪和哭聲，使那群雄赳赳走來的佃戶頹然而返。侯殿魁是個很會利用宗教的人，在村子裏設過一貫道，同時又以虔誠的佛教信徒自居，但他念念有詞的因果報應不是為了自律，而是為了讓佃戶規規矩矩作佃，不起反抗之心。他的傳道，果然奏效，春上挨鬥，賠了一百石小米，折成四十畝地，分給二十幾家人，佃戶侯忠全就偷偷地把一畝半地的紅契給他送了回去。夏秋之際，土改工作組進村，他便常常眯著眼睛注意觀察風吹草動，當他發現局勢危險——若不是縣裏有話，錢文貴必被打死——時，便給自己的佃戶挨家送地契，跪下哭著求饒，乞求平安渡過這道難關。錢文貴雖說唯讀過兩年私塾，可精明過人，狡詐多端，是村子上八大「尖」裏面的第一個「尖」。表面佯裝好人，暗地裏惡毒使壞。不僅欺詐、壓迫窮人，害得劉滿父兄死的死、瘋的瘋，而且對富人也百般敲詐。土改的第一個回合被他逃過，土地一分為三，成分劃了個中農。土改工作組進村以後，他利用自己的「抗屬」身份，又指使擔任村治安員的女婿，以及心術不正的任教員，製造輿論，轉移目標，還試圖借用「美人計」與賄賂，再次逃避鬥爭。當然，最終他終於被掐了「尖」。這裏值得注意的是，錢文貴的典型意義已經超越了地主階級，而是見出了政治生活中的一種風派的特徵。這種人，特別善於查看風向，東風硬了跟東風，西風硬了隨西風，你有政策，他有對策，只要能維護並擴大自己的利益，什麼激進的言詞都說得出，什麼離奇的伎倆都會使。其實，何止於地主階級，何止於土改中，即使在革命隊伍裏，在漫長的歷史長河中，歷來都不乏此輩。時至今日，半個世紀已經過去，土改焚燒地契的滾滾濃煙早已散去，但錢文貴似的人物在現實生活裏，我們並不陌生。然而，就把錢文貴送子參軍作為陰謀來處理而言，這部作品的如此處理本身是無可非議的；只是若從文學史的角度來看，這種藝術處理在三四十年代以後的幾十年裏不是個別現象，而是一種帶有共同性、普遍性的傾向，這在今天看起來恐怕難免令人產生概念化之疑。也許當時作者所寫確有一些現實依據，但同樣不應否認的是，從二十年代的北伐戰爭到四十年代的解放戰爭，總是有不少開明地主從大義出發支持子女走上革命道路，也有不少年輕人背叛他所出身的剝削階級，毅然投身革命，直至為民族解放與人民革命事業獻出了寶貴的生命。而在褊狹的、僵化的觀念看來，出身決定一切，大凡出身剝削階級家庭而投身革命者，總有階級異己分子之嫌。歷史上，從三十年代蘇區的清查「ＡＢ團」，到四十年代延安的「審幹」，再到下半個世紀一而再、再而三的運動，總是有忠貞不二的革命者成為這種觀念的犧牲品。歷史留下了鮮血淋漓的教訓，讓我們在觸及這類問題時不能不深長思之。

從二十年代開始，左翼作家便著意發掘農民身上的革命性，延安文藝座談會後，這更是成了革命作家的自覺追求。丁玲在這部作品裏，充分揭示了農民的革命潛力與翻身解放的巨大熱情，但沒有把農民寫成完美無缺的英雄豪傑，而是真實地表現了他們身上的由於幾千年小農經濟積澱下來的軟弱、偏激、狹隘、自私等等弱點。對於一向在村裏趾高氣揚的地主，農民要麼不敢鬥，要鬥就往死裏鬥。土改要拿地主「開刀」了，連富裕一點的女孩們上識字班都受到嘲弄，顧順身為青聯副主任竟也受到冷遇，就連貧苦農民錢文虎，也因為與錢文貴同宗而受到民兵隊長張正國的斥責與擠兌。在這樣的背景下，「鬥倒富農鬥中農」這一謠言的產生也就不奇怪了。農民出身的暖水屯黨支部書記張裕民深知百姓的弱點，「他總覺得老百姓的心裏可糊塗著呢，常常就說不通他們，他們常常動搖，常常會認賊作父，只看見眼前的利益，有一點不滿足，就罵幹部」。而確有一些擔任幹部的農民，到了分配利益的時候，很想來個近水樓臺先得月，分點好地。這些描寫，觸及了農民的精神創傷，這在當時是需要一點獨到的眼光與勇氣的，後來，她果然為此付出了沉重的代價。

革命是專制社會人民的節日，作品生動地描繪了農民參加鬥爭大會的情景。「人們像潮水一樣湧進了許有武院子，先進去的便揀了一個好地方蹲著，後來的人又把他推開了。」本來是通知農會會員開會，但全村男女老少都趕來了，院子盛不下，只好隨機應變，改為群眾大會，會場挪到戲臺那裏。人們又湧向戲臺那邊。來參加大會的不僅是亟盼翻身的貧苦農民，也有半是喜悅半是擔憂的中等富裕農民。「這裏面有些人穿得比較整齊，露出一副極慎重的樣子。偶然有一兩個戴紳士草帽的買賣人，他們擠在人中間，和人開著玩笑。還有擦了薄薄一層粉的女人，頭髮上的油光照人，衣服剪裁合身，扭扭捏捏的三三兩兩的擠在一團，站在靠後邊。……還有，因為孩子太多，無法出來的女人也抱著一個，牽著一個，蹣跚的走來。」在表現革命的狂歡節性質的同時，作者也注意到政策的體現。譬如，在群眾大會召開之前，縣宣傳部長章品臨走時就提醒村幹部，開鬥爭大會，「人千萬別打死」，「死人不經過法院是不對的」；而對章品主張從獻地的富農手裏「要拿好地」，「只要老百姓樂意怎樣，就能怎樣」，表面上是肯定性的敘述，實際上隱含著委婉的批評。

心理描寫是丁玲的長項，這部表現農村巨大變革的社會題材作品，同樣展示了較大的心理空間。這裏有貧苦農民最初的顧慮與後來的翻身喜悅，也有富裕一點的農民最初的擔憂與後來的寬慰，還有地主的仇恨、恐懼及報復欲望。第三十七章〈果樹園鬧騰起來了〉，農民採摘地主果園裏的果子時的歡愉、戲謔，李子俊老婆看見自家果子被摘時的失落、屈辱與仇恨，都刻畫得剔骨見髓，已經成為論者屢屢引證的經典片段。作品裏人物眾多，其中性格刻畫最成功、給人烙印最深的要數李子俊老婆；錢文貴的侄女黑妮著墨不多，但給人留下了楚楚動人的印象。這裏，多少能夠見出作者素以女性描寫見長的獨到功夫。

由於丁玲親身參加了土改運動，對生活有著真切而深刻的體驗，加上她的藝術功力，作品在結構藝術與語言藝術等方面，較之她以前的創作有了明顯的超越。《韋護》的緊張由心理衝突形成，《母親》猶如洞庭漣漪，徐緩輕盈。而《太陽照在桑乾河上》情節緊張，富有張力，錢文貴的豪橫先是側面烘托，給人以懸念，後面穿插著一一透露，在控訴時達到頂端，恰與作品的情緒發展協調一致。但由於寫作環境動盪不安，先是碰到文藝界領導層的壓力，隨後又趕上戰事變化，藝術表現對象的生活與作家自身的生活都行色匆匆，導致創作計畫變更，藝術結構呈現出不均衡狀態，前四十四章較為從容，第四十五章至第五十一章稍嫌急促，最後七章甚至近乎草率，像是報告文學。在語言上，丁玲從三十年代左聯時期起，就開始了向文藝大眾化的努力，經延安時期的刻苦磨礪，此時達到了她的小說語言大眾化、生活化的高峰。不僅人物對話與心理話語符合人物性格，而且描敘語言所選用的語彙質樸、自然，語句大都簡短，語調純樸沉實。儘管尚有種種遺憾，但在當時表現土改的作品中，無疑是一部具有代表性的作品，而且在丁玲的創作生涯上，也是一座新的高峰。榮獲史達林獎，即使排除政治功利的因素，在當時也是當之無愧的。

新中國成立後，丁玲先後擔任中華全國文學藝術工作者聯合會（文聯）常委、中華全國文學工作者協會（作協前身）副主席、黨組書記、中共中央宣傳部文藝處長、《文藝報》主編、《人民文學》主編、中央文學研究所（後改稱中國作家協會文學講習所）所長等職務，為推動文學發展、培養文學新人付出了大量的心血。作為一位以小說創作走上文壇的作家，她始終放不下小說，為此，辭去了一些行政職務，於一九五四年開手創作《太陽照在桑乾河上》的姐妹篇《在嚴寒的日子裏》。

但「天有不測風雲」，一九五五年，當年介紹丁玲與胡也頻加入左聯、後來又建議丁玲去法國的潘漢年，以涉嫌「內奸」的「罪名」被逮捕，在獄中關押長達二十餘年，直到「文革」中病逝。丁玲的左聯戰友胡風由文藝思想問題逐步升級，最後定為反革命罪，鋃鐺入獄。同年秋天，丁玲也在毫不知情的情況下，被突然打入「丁（丁玲）、陳（陳企霞）」反黨集團。她向中共中央提出申訴，請求辨正。一九五七年，正當看到希望的時候，整風運動風雲突變，轉為迅雷不及掩耳的反右運動。延安時期曾經保丁玲過關的毛澤東主席，這一次不但沒有再如她所期望的那樣來保護她，反而親手參與了一篇給丁玲定案的文章的定稿[23]。〈三八節有感〉、《在醫院中》等延安時期的作品與早年的《莎菲女士的日記》等被連根清算。丁玲被定為「丁玲、馮雪峰右派反黨集團」主要成員，開除黨籍，撤銷一切職務，取消原級別。一九四二年在延安與她結縭的丈夫、劇作家陳明受到株連，也被定為右派。一九五八年，丁玲夫婦下放至黑龍江省北大荒農場「勞動改造」。後來，在農場領導的同情與支持下，丁玲能夠做一點職工文化教員等文化工作，還有了繼續寫作《在嚴寒的日子裏》的可能。一九七〇年四月，丁玲夫婦被分別押離北大荒，在秦城監獄單人牢房裏關押達五年之久。一九七五年釋放出獄後，被安置到山西省長治市郊區老頂山嶂頭村。在北大荒續寫的《在嚴寒的日子裏》手稿已被洗劫一空，丁玲頑強地重新續寫。

一九七九年，經中央組織部批准，丁玲赴京治病。一九七九年三月，新作《牛棚小品》公開發表，這是丁玲闊別文壇二十年後首次公開發表創作。一九八〇年，經中共中央批准，改正了一九五五年的「丁、陳反黨集團」錯案和一九五七年的「丁玲、馮雪峰右派反黨集團」的錯案，正式恢復黨籍，恢復工作。一九八四年，徹底平反。丁玲對黨毫無怨言，她把幾十年的冤案歸結為宗派主義。這一點頗像自沉汨羅江的屈原，他把自己的不幸歸結為小人的作祟，儘管他鬱鬱不得志，但仍然忠貞不二，無怨無悔。「指九天以

23 周揚，〈文藝戰線上的一場大辯論〉，《文藝報》第五期（一九五八年）。關於毛澤東參與此文定稿事，參見韋君宜，《思痛錄》（北京十月文藝出版社，一九九八年），頁一九〇。

為正兮，夫唯靈修之故也。」「亦余心之所善兮，雖九死其猶未悔。」屈原在《離騷》裏的這一吟誦，彷彿早已代丁玲道出了心聲。

丁玲於一九八六年三月四日辭別了風雪人間。她晚年奮力重寫的《在嚴寒的日子裏》，到底未能完成。無論是一九五六年的初稿，還是一九七九年的修改稿，這部未完之作都已失去了《太陽照在桑乾河上》那樣的生活的鮮靈氣與獨到的眼光。這也許是作者未能寫下去的一個重要原因。作為一個小說家，《太陽照在桑乾河上》成為丁玲未能逾越的高峰，她晚年的出色創作，是回憶三十年代幽禁生活的長篇回憶錄《魍魎世界》，從中可以見出小說家出色的文筆，也能窺見這位一生追求理想世界的巾幗鬥士豐富的內心世界。當年，丁玲在幽禁中去北京尋找黨的關係時，李達[24]曾勸她說：「以後你千萬別再搞政治了，就埋頭寫文章，你是有才華的。」[25]然而正如深知丁玲的瞿秋白所說，她是「飛蛾撲火，非死不止」。丁玲是從「芳草鮮美、落英繽紛」的武陵山走來，她的身上彷彿注入了五柳先生對理想境界的無限憧憬，她從追求女性解放到追求社會解放，「雖九死其猶未悔」。小說的輝煌鑄成於此，未盡如願的遺憾也關乎其中。

在水深火熱中奮力掙扎與執著追求，貫串了丁玲的坎坷生涯與文學世界。水與火，同這位多才多難的女作家確有不解之緣。若把丁玲小說放在中國文學的象喻系統裏來看，其女性視角與女性體驗可以歸入水的流脈。但它顯然不是靜如處子的深山幽潭，也不是清泠澄澈的山澗小溪，而是彷彿從地熱田噴湧出來的激流，蒸騰著熱浪，飛轉著旋渦，急切地撲向遙遠的海洋。其熾烈的激情與豪放的風格，又分明有幾分火的品性。水與火的交織，構成了丁玲小說的藝術個性，也折射出中國現代文學史的基本色調。

---

24 李達（一八九〇至一九六六），參與創建中國共產黨，在黨的「一大」上當選為黨中央宣傳主任，一九二三年因與陳獨秀在黨的獨立性等重大問題上發生分歧而脫離黨組織，但一如既往地堅持研究與宣傳馬克思主義。

25 丁玲，《魍魎世界　風雪人間：丁玲的回憶》（人民文學出版社，一九八九年），頁九一。

第八章　冷峭的審醜

二十世紀二十年代後半期至三十年代前半期，具有左翼傾向的文學新人的活躍，是一個重要的文學現象。蔣光慈、柔石、胡也頻、丁玲、魏金枝、葉紫、歐陽山、草明、葛琴、樓適夷、孫席珍、謝冰瑩、沙汀、艾蕪、周文、蔣牧良、吳組緗等作家，以相同的激情與相異的個性致力於時代風雲與社會心態的描繪，小說創作風格多樣、異彩紛呈。其中張天翼冷峭的審醜自成一格，在視閾、視角、結構、語言與敘事態度等方面，對現代小說——尤其是短篇小說的文體建設功不可沒。一九三六年，當他的自選集《畸人集》由良友圖書印刷公司初版後，就有論者說，三年來，短篇小說方面貢獻最大的要數張天翼。[1]幾十年後，文學史家在梳理現代小說史時，也稱張天翼是三十年代「最富才華的短篇小說家」[2]。

1　汪華，〈評《畸人集》〉，《國聞週報》第十三卷第三十期（一九三六年八月三日）。
2　夏志清，劉紹銘等譯，《中國現代小說史》（美國耶魯大學，一九六一年英文版；香港友聯出版社，一九七九年中文版）。此處所引第九章為水晶譯。

第一節　「從空虛到充實」

一九〇六年九月二十六日，張天翼生於江蘇南京，原名張元定，號一之，小字漢弟。先後在南京、杭州上小學、中學，由於學校守舊，他的白話文學修養最初來自父母的講故事與自己的課外閱讀。中學時迷上了林琴南的翻譯小說，讀了許多偵探故事，受其影響，開始練習寫作，一九二二年四月起，以筆名「張無諍」在《禮拜六》、《星期》等刊物發表小說《新詩》、《怪癖》、《苦衷》等哀情、滑稽、偵探小說，一九二三年發表的偵探小說《鐵錨印》（徐常雲偵探故事之一）還曾受到論者的好評[3]。但由於時代的影響，這時他已開始反省自己的文學嘗試，寫了紀念「五・九國恥」的嚴肅的社會題材小說與嘲諷裝出一副正人君子面孔的大人物的諷刺小說。一九二六年夏，考入北京大學預科。新的氛圍孕育著一個文壇新人。一九二六年十二月二十三日，他以「張天翼」這個新筆名在《晨報副刊》發表《黑的顫動》。筆名取自《莊子・逍遙遊》：「北冥有魚，其名曰鯤。鯤之大，不知其幾千里也；化而為鳥，其名為鵬。鵬之背，不知其幾千里也；怒而飛，其翼若垂天之雲。」這大概寄託了他在北伐戰爭高潮的鼓舞下要展翅奮飛的遠大志向。在這前後，他開始信仰馬克思主義。雖有高遠的志向，但具體的路徑卻並不十分清楚。想搞科學，可是數理基礎較差；興趣在文學，可是又覺得它對於現實生活的作用不大；人生、革命、戀愛等世

3　朱雅在〈我之偵探小說雜評〉中說：「新進作家中是當推張無諍先生所作之《徐常雲偵探案》為首。雖情節略嫌草率，然彼年未滿念稔能為此不背人情之偵探作品，已是令人咋舌而傾佩不止矣。」載《半月》第二卷第十九期。

界上的許多問題，不知如何解決，一時思想很苦悶。一九二七年夏，因對所學課程失望而退學，離京南歸，在不斷地變換職業藉以謀生之餘堅持寫作。《黑的顫動》之後，他又於一九二七年九月、一九二八年八月先後發表短篇小說《走向新的路》、《黑的微笑》。這三篇作品既沒有曲折的故事，也沒有鮮明的人物，而是通過夜與幻覺中的黑東西等意象，竭力渲染一種恐怖與絕望的氛圍，其精神意旨與表現形式都帶有濃厚的象徵主義色彩。從精神意蘊來說，既是社會心態動盪不安的反映，更是作者對未來生活徬徨歧路的苦悶心境的流露；從藝術形式來看，則是作者對林譯小說與「禮拜六派」影響的清算，標誌著他告別早期創作的幼稚，步入新文學的探索征程。但這三篇作品究竟過於個人化與玄虛化了，超前的象徵主義嘗試較之早期對「禮拜六派」的幼稚模仿確有飛躍性的進步，顯示出這位文學青年的藝術感悟力與創造性的潛力，然而同社會主潮與小說主潮仍有一段不小的距離，而且他的性格氣質與藝術修養也沒有充分體現出來。

他在為生活而四處奔波的同時，也在艱苦地探尋著適於自己個性的文學路徑。一九二八年十一月寫成的短篇小說《三天半的夢》，以書信體的第一人稱講述了敘事者回鄉三天半的經歷與感受，雖然顯得有幾分拙稚，但畢竟是他用現實主義方法表現現實生活的可貴嘗試。這樣的作品，在當時已算不上怎樣的出色，所以寄給一些刊物屢屢碰壁，並不奇怪。鍥而不捨的張天翼將小說寄給他所景仰的魯迅，也許是作者對文學的那份執著打動了魯迅，抑或是敘事者對家鄉既戀又恨的複雜感情喚起了魯迅的共鳴，當然魯迅也會從質樸而節制的敘事中看出了作者的創作潛力，於是他幸運地得到了魯迅熱心的指導與扶助，一九二九年四月，這篇作品在魯迅與郁達夫主編的《奔流》月刊第一卷第十號上刊出。而後，《報復》、《從空虛到充實》、《搬家後》等小說，也經魯迅編發在他主編的《萌芽》月刊上。張天翼由此得到極大的鼓舞，加之看到許多青年在文學的影響下傾向革命，便徹底拋棄了文學無用的虛幻感，腳踏實地地走上了創作生涯的新階段。

與丁玲、張愛玲等一鳴驚人的作家相比，張天翼的成名來得要遲緩、曲折一點。《三天半的夢》只是一次新的嘗試，接下來的《報復》，則在對早期詼諧風格的復歸中表現出對人物性格的諷刺鋒芒。與黃先生發生過性關係的卜小姐轉而與黃的朋友訂了婚，黃先生因嫉妒而惱怒，在卜小姐來找他請求不要從中破壞時，他軟硬兼施，一方面貶低朋友，拿前景黯淡來恫嚇對方，一方面曲意稱愛，騙取好感，將其留宿，「女的是一種報酬，男的是一個報復」。這篇作品的性格諷刺雖然還有嫌膚淺，但畢竟超越了早期單純的逗笑。《從空虛到充實》（後收入《畸人集》時改名為《荊野先生》）沿著這一路向繼續發展。主人公荊野先生病態地敏感，懷疑一切，在無聊頹廢中度日。只因他與革命者戈平同鄉，就被抓進監獄，失去自由後的自我反省與戈平被砍七刀遇害的慘劇，使他痛下決心，要從空虛踏出，走向充實，要跟上時代的步伐，為人類做點事。被保出獄後，他信誓旦旦地離京赴滬，去開始新的人生。但半年後傳來的消息，有的說他依然故我，消沉頹廢，有的說他離開上海去南方苦鬥，有的說他找了個美差，討了漂亮太太，生活更加安逸。互相矛盾的消息，哪個才是確切的，熟知他的朋友說都是可能的。這篇作品雖然有嫌散漫，人物刻畫的力度不夠，但就諷刺的社會意義而言，比《報復》前進了一步。此時更能顯示其諷刺才能、堪稱其代表作的，還要說是一九三〇年應歐陽山等友人之約而作、連載於南京《幼稚》週刊的寓言體長篇小說《鬼土日記》。

在此之前，同類作品已有沈從文的《阿麗思中國遊記》，比較起來，《鬼土日記》篇幅不及沈著長，但就諷刺的力度與對寓言體小說的貢獻而言，較之前者要略勝一籌。敘事者以韓士謙為名，假託自己學會了「走險」，靈魂出殼去鬼土社會遊歷一番。鬼土社會「平民政治」的選舉制度，由出恭的蹲式與坐式主張的不同而分為蹲社與坐社，他們分別代表棉紡業資本和石油業資本，其成敗最終取決於銀行團的意向。這一構想頗有以西方制度為背景的《格列弗遊記》的影響痕跡，在中國讀者看來會有點隔。但大多數政治諷刺則有強烈的現實針對性，譬如：當權者對持不同政見者的血腥鎮壓，一個散發反對金錢政治傳單的嫌疑者，被用剝豬玀法淩遲處死。高壓統治不僅殘忍，而且荒唐，一個上流人因為掛在牆上的要人相片被風吹落地下，被以大不敬的罪名逮捕，關在看守所裏，未等開庭審判就下毒殺死，假稱因病身故，蒙混視聽。如此法西斯封建專制，比起官僚的荒淫無恥，更令人髮指。等級社會，一人當官，雞犬升天，闊人的兒子夭折，竟能舉行國葬。與沉重的社會政治諷刺比起來，文化諷刺要顯得輕鬆幽默一些。盲目尋扯西方的皮毛，又錯綜著東方劣習的洋時髦——頹廢派文學家司馬吸毒以神經衰弱為現代人的標誌，終於通過九年半的喝酒加吸食鴉片的「努力」，成就了「現代人」，不敢洗澡，害怕身體健康失去了「現代人」的資格；極度象徵派文學專家黑靈靈先生在日常生活中的話語，是晦澀難懂的詩語：「鉛筆的靈魂浸在窈窕的牛屎堆裏了」，「洗臉手巾的香紋路已經刻在壁虎肺上了」；和合介紹處也罷，「信義」介紹處也罷，小姐坐候郎君，貌似自由與浪漫，骨子裏還是封建買賣婚姻的老古董，學歷、官階、家產、家庭背景、高額的訂婚押金或金剛鑽訂婚戒指與結婚費用或名貴舞衣，談婚論嫁可以講價打折；婚儀上，門口鋪了些罌粟花瓣，婚禮儀仗隊架起鴉片煙槍，從這下面通過的新郎雙手捧著一個鴉片煙燈，新娘手裏捧一束綢做的罌粟花，還有一瓶酒精。偽科學打著學術的幌子招搖撞騙，或為專制統治提供「科學」根據，歷史學家胡編亂造騙取名利，天才學者文教授著作等身，不過是《電子論》與《《麻衣相法》詳注》、《哲學大綱》與《烹調術大全》、《《粉妝樓》考證》與《〈太極圖說〉辨》的大雜燴。新聞媒體報導名人愛犬洗澡不厭其詳，而工廠倒塌一椽工人死傷慘重卻寥寥數語，一筆帶過。敘事者在正式展開日記之前的〈關於《鬼土日記》的一封信〉裏，提醒讀者說：「先生，你剛讀這日記時，你也許會感到鬼土社會裏的人和事，有點不近情，或是說有點可笑。是的，就是我，剛一到那邊時，也覺得他滑稽、矛盾，一個畸形的社會。一眼看去，他們的社會和我們的陽世社會是不同的。但先生，我要請你觀察一下，觀察之後，你會發現一樁事，就是：鬼土社會和陽世社會雖然看去似乎是不同，但不同的只是表面，只是形式，而其實這兩個社會的一切一切，無論人，無論事，都是建立在同一原則之上的。」其實，何須特別提醒，身處專制淫威酷烈、古今中外文化雜糅的時代，讀者自會產生認知與感情上的呼應。但中國民族性格務實，審美趣味向來以中和為美，這就限制了悲劇與喜劇的發展，也制約了奇幻式作品的發達。政府的高壓統治，也不會容許人們在媒體上自由地展開對諷刺指向的討論。所以，《鬼土日記》的出現，並未立時引起怎樣強烈的反響。只是在上海正午書局於一九三一年七月出版單行本後，左聯刊物《文藝新聞》與《北斗》發表過兩篇評論。其中董龍（瞿秋白）的〈畫狗罷〉[4]，認為題材的處理有嫌簡單化，在虛構的「鬼話」方面，作者給自己留有的「自由」也過大。這篇文章與其作為文學評論，毋寧當作雜文來看更為適宜，因為它沒有把握住《鬼土日記》的諷刺意旨與藝術神韻，倒是借題發揮，為作家指出了描畫形形色色的政治鬼、文化鬼及禽獸世界的廣闊視野。

使張天翼真正引起左翼乃至整個文壇重視的作品，應該說是一九三一年三月一日在《文學生活》第一卷第二號發表的短篇小說《二十一個》。以往筆涉軍閥隊伍的現代文學作品，大都把軍閥隊伍視為一個整體，竭力表現其蹂躪百姓的醜惡性、殘忍性。這篇作品則別具隻眼，看到軍閥與士兵的根本性對立，士兵其實也是軍閥戰爭的受害者，在一場血肉橫飛的廝殺之後，士兵終於不堪長官的摧殘，奮起反抗，打死了執行連長命令——繳一個敢於頂嘴的士兵的武器——的班長，打跑了連長，連敵方的傷兵也聯合起來，一道尋求生路。這一獨特的視角與明快冷峭的敘事風格，令人耳目一新。左聯負責人馮乃超以「李易水」為筆名，發表〈新人張天翼的作品〉[5]，對張天翼作為創造新形式的文壇「新人」的價值予以肯定：摒除了感

4 《北斗》創刊號（一九三一年九月二十日）。
5 《北斗》創刊號（一九三一年九月二十日）。

傷主義的敘事態度，對大眾語彙汲取較多的鮮活的語言、性格諷刺，等等，預見將「有廣闊的天空展現在作者的面前」。左聯的熱情鼓勵與其宗旨本身，對張天翼產生了很大的吸引力，他於「九・一八」事變後加入左聯，參加左聯所屬的「文藝大眾化研究會」的活動與《十字街頭》等左聯刊物的編輯工作。張天翼雖然身在左聯，但他的創作欲望比政治熱情來得強烈與執著，主要精力放在文學創作上面，對左翼作家的流行寫法也並不認同。一九三一年十一月，他在給朋友的信中寫道：「所謂普羅文學者我以為現在還談不到。但將來許會有的。現在各國文壇都在吶喊著，這似乎是社會原因，所謂『空喊和力禁，兩俱無益』。不知你以為如何。可是現在這種文學其實還沒到存在的時期，現在者，只是工具文學而已。」[6]張天翼把一篇作品的篇名《從空虛到充實》作為自己的第一部小說集的書名，其中包含了創作上的希望。他之所以能夠受到文壇推重與讀者歡迎，就在於他以充實的力作對扭轉文壇上的「左傾幼稚病」、建樹左翼文學豐碑做出了實實在在的貢獻。

二十年代末到三十年代初，由於社會風雲驟變，文壇上個性解放的狂飆突進嚴重受挫，出現了一個散漫低迷的時期。左翼文壇，「革命加戀愛」的公式化作品盛行一時；左翼之外，流行一類描寫身邊瑣事、其中不乏丫鬟、少爺或表兄、表妹戀愛的苦情小說。而廣闊的社會生活，則由於文學觀念僵化與作者缺乏生活體驗等緣故，沒有得到應有的反映。張天翼既然認準了文學並非遊戲之物，他便不願再凌空蹈虛，恰恰他的豐富閱歷使他具備了寫實的生活基礎。他所出身的湖南湘鄉張氏家族，是一個破落了的世家望族，同宗裏不乏高官顯貴，但由於父親的耿介，自家的家境並不寬裕，他從小跟著父親到處流寓，接觸的社會層面較多，尤其熟悉社會底層的生活，認識不少車夫、女工、學徒、僕役、小商人、小手工業者、

6 《天翼的信》，原載漢口《人間世》第一期（一九三六年三月十六日）。

小學教師、機器工人、碼頭工人、流浪漢、兵油子、失業者等。為了謀生，他先後做過家庭教師、大學教師、記者、編輯、文書、錄事、賬簿抄寫員、圖書管理員等多種職業，還以張一之、張煥之的名字，先後在南京國民黨參謀本部、南京政府軍事委員會第二廳擔任過文職小職員，積累了豐厚的生活素材。正是因為有了這一基礎，他的題材視野才較一般知識分子作家要廣闊，他的讀者也比他的一些作家朋友的讀者職業更雜。也正因為生活底子豐厚，而且體悟出自己長於審醜的創作個性，所以他的小說從題材到人物再到語言多有濃郁的生活氣息，峭拔冷峻的藝術表現也別具一格，《二十一個》、《脊背與奶子》、《包氏父子》、《笑》、《清明時節》、《善女人》、《砥柱》、《陸保田》等力作深受讀者歡迎，顯示了左翼文學的實績。張天翼是一個勤勉而多產的作家。從一九三一年一月他的第一個短篇小說集《從空虛到充實》問世，到抗戰爆發前夕，他結集出版的中短篇小說集有《小彼得》、《蜜蜂》、《脊背與奶子》、《反攻》、《移行》、《團圓》、《清明時節》、《萬仞約》、《追》、《春風》、《三兄弟》等十二個，長篇小說有《鬼土日記》、《齒輪》、《一年》、《洋涇浜奇俠》、《在城市裏》等五部，此外還有《大林和小林》、《禿禿大王》等童話作品，成為十分活躍的文壇新銳。魯迅在向國外介紹中國現代作家時，多次推介張天翼[7]。

[7] 一九三二年，為日本人增田涉選編的《世界幽默全集》推薦《皮帶》、《稀鬆的戀愛故事》。
一九三三年，為左聯的朝鮮同志編譯世界語世界文學選集推薦《仇恨》。
一九三四年，與茅盾一起致美國人伊羅生信，向他擬編譯的中國現代小說集《草鞋腳》推薦《一件尋常事》、《最後列車》、《二十一個》。
一九三六年，美國愛德格·斯諾等，在魯迅幫助下，編譯現代中國短篇小說選《活的中國》，其中選入《移行》。斯諾前妻海倫·福斯特在作為該書附錄的〈現代中國文學運動〉文中，引述魯迅當年與斯諾的談話中所說：「自從新文學運動開始以來，茅盾、丁玲女士、郭沫若、張天翼、郁達夫、沈從文和田軍大概是所出現的最好的作家。」「最優秀的左翼作家有茅盾、丁玲女士、沙汀、柔石、郭沫若、張天翼、田軍、葉紫、艾蕪和周文。田軍（真名蕭軍）的妻子蕭紅是最有前途的女作家……。」載《新文學史料》一九七八年第一輯。

但張天翼並非超人，在創作走向充實以後的一段時間裏，利用俏皮話討巧等膚淺的油滑還偶或舊病復發。即使是他不以為然的「工具文學」，他也難以完全避開不作，況且為了糊口，他也不能不趕寫一點應時之作。除《鬼土日記》之外的長篇小說大都屬於這類作品。一九三二年九月三十日出版的《齒輪》（署名「鐵池翰」），表現的是當時最能喚起讀者愛國激情的題材：「九・一八」以後的學生愛國運動與淞滬「一・二八」戰爭，但既沒有曲折的情節，也沒有活生生的人物，只有幾個模糊不清的角色的吶喊。《洋涇浜奇俠》（一九三三年五月一日至一九三四年三月一日《現代》雜誌連載，一九三六年上海新鐘書局初版）的男主人公史兆昌是個「八字腳文化之子」：嗜讀武俠小說，想通過練武學道修煉成劍仙，削盡世界上的歹人與「邪教」（他把那些「不信菩薩的、不尊聖賢之道的、廢孔的、沒上下尊卑之分的、提倡公妻的」統統視為「邪教」），並打回東三省。目標本已新舊參差、正謬錯雜，途徑更是令人生笑：他把摩登愛國歌舞團扮演「救國女俠」的歌女何曼麗認作自己的「十三妹」，把幾個江湖騙子奉為精通神術的太極真人及其弟子，捐出存款造煉丹臺，幻想奇蹟救國，以半尺小劍欲抵現代裝備的侵略者，結果中了敵人的流彈，被送進了醫院。作品對封建文化與殖民地文化左右開弓，譏刺所謂「武術救國」、「戲劇救國」、「募捐救國」、「絕食救國」等華而不實的「愛國」方策，意旨誠然不錯，但多有模仿《堂吉訶德》的痕跡，而缺乏《堂吉訶德》的精神深度與諷刺韻味，流於膚淺的滑稽。作品連載後，不止一位論者對此提出批評。[8]作者自己後來也自省說：「這部書是完全失敗的東西：油滑，人物沒有處理好，時代背景也沒充分把握住。」[9]

8 王淑明，〈《洋涇濱奇俠》〉，載《現代》第五卷第一期（一九三四年五月一日）。胡繩祖，〈「健康的笑」是不是？〉，《文學》第四卷第二期（一九三五年二月一日）。

9 張天翼，〈關於批評〉，天津《大公報・文藝副刊》一九三七年五月九日。

空虛與充實這對矛盾，不僅存在於張天翼個人的創作之中，而且也存在於三十年代整個左翼陣營的文學創作裏。歷史證明，作家只有沉入生活中去，從切實的生活體驗與深刻的心靈感受出發進行藝術創造，才能充分發揮並不斷發展自己的創作個性，創造出藝術佳作；否則，即使是才華橫溢的作家，也難免會流於粗製濫造。

第二節　華威先生「出國」前後

戰爭的爆發，給張天翼的小說帶來了產生轟動性影響的契機，也給他的身體與小說生涯帶來了要害性的打擊。一九三七年七月二十八日，上海市文藝界救亡協會成立，張天翼為發起人之一，八月二十四日，《救亡日報》出版，他為編委會委員，回應夏衍發起的集體編寫抗戰演義小說的倡議，與沙汀、艾蕪等合著《盧溝橋演義》。九月，與作家朋友蔣牧良等乘汽車離滬，經南昌至長沙。冬天，回湘鄉老家小住，其間，有感而發，寫了短篇小說《譚九先生的工作》。譚九先生自詡是大學畢了業還肯留在家鄉替地方上做點事的唯一一位。平日裏為家鄉到底做了什麼貢獻不得而知，抗戰爆發，他覺得到了大顯身手的機會。他看不起師範生，自以為他才配當知識分子，才有權主持鎮上的抗戰工作。可是，他的所謂工作，不過是想趁機抓權，任用私人，包辦「抗戰」，謀取私利。民眾教育館來人開展抗戰宣傳活動，他造謠生事，企圖讓他們的演出塌臺。學校的老師們吸收地方紳士譚十一太公參加工作，而他則誣之以「土豪劣紳」的罪名，百般阻撓。而事實上，譚九先生不肯糶穀救急，人家譚十一太公卻應農民的請求，糶起穀來。在譚九先生大罵「土豪劣紳」的時候，譚十一太公正熱心地做了不少切切實實的抗戰工作。當聽說學校的老師欲在壁報上批判囤積居奇現象時，譚九先生做賊心虛，打上門去質問。作為受過現代社會科學教育的法學院畢業生，他在嘴上抨擊百姓愚昧迷信，而在實際上，他出門之前，每每找來黃曆，看是否「宜於出行」。私欲未能得逞，他便大罵「娘賣腸子的這個瘟地方」。《譚九先生的工作》是一篇簡練明快的小說，但由於戰爭的爆發，打亂了出版業的正常秩序，刊物銳減，一時不大容易找到合適的刊物，加之也許是作者自己覺得正值抗戰熱潮高漲，這樣的諷刺似乎不合時宜，所以，這篇作品直到一九四三年一月與《華威先生》、《「新生」》結集為《速寫三篇》，由重慶文化生活出版社初版，始與讀者見面。

一九三八年初，張天翼返回長沙，一面在遷到長沙的北平民國學院任教，一面參加抗日統一戰線工作。他在長沙又看到有一些人作風浮躁、名利心過重，較之譚九先生有過之而無不及，面目可憎而又可笑，於是，他寫了短篇小說《華威先生》，於一九三八年四月十六日在茅盾主編的《文藝陣地》第一卷第一期上發表。

《華威先生》可以看作《譚九先生的工作》的續篇，不過比起譚九先生來，華威先生要走運得多，甚至可以說是鴻運高照了。譚九先生處心積慮要在什麼會裏占個位置，無奈總是處於邊緣的位置，而華威先生則春風得意，身上掛滿了各式各樣的頭銜。於是，「忙」就成了他的突出特徵。總想和親戚暢暢快快地談一次，可總是沒有時間。忙得「恨不得取消晚上睡覺的制度」，而他究竟在忙些什麼呢？請客或赴宴之外，更是馬不停蹄地穿梭往來於各種會議——難民救濟會、通俗文藝研究會、文化界抗敵總會、工人抗戰工作協會、傷兵工作團等團體的會議，每個會議都要遲到，都不肯等到會議結束就要早退，而且短暫的逗留時間裏總要發表一番千篇一律的高論：第一工作要努力，第二應該認清領導中心，歸結起來，就是要在他所擔任要職的中心領導下開展工作。原來，他的所謂忙，是醉翁之意不在酒，而在於緊緊抓住領導權。難怪婦女界有人組織了一個戰時保嬰會，沒有去找他，他要設法把負責人找來，以能不能擔保會內沒有漢奸、是不是非法團體為要脅，為自己在戰時保嬰會裏補上了一個委員的缺。幾個青年不去給他的講演捧場，竟然出席他所不知的日本問題座談會，更是讓他大發雷霆，破口大罵。心術不正，抗戰的招牌卻是冠冕堂皇，架子也搭得十足：「他永遠挾著他的公文皮包。並且永遠帶著他那根老粗老粗的黑油油的手杖。左手無名指上帶著他的結婚戒指。拿著雪茄的時候就叫這根無名指微微地彎著，而小指翹得高高的，構成一朵蘭花的圖樣。」他的包車在全城跑得頂快，開會遲到，「他在門口下車的時候總得順便把踏鈴踏它一下：叮！」然後，擺出一副莊嚴的態度，邁著從容的步子入場。「他在門口稍微停了一會兒，讓大家好把他看個清楚，彷彿要喚起同志們的一種信任心……」如此華威先生，實在是華而不實，徒有其威（位）。

抗戰初期，文學創作多為對民族精神的正面弘揚與對侵略者暴行的血淚控訴，《華威先生》則以冷峻的目光、明快的節奏，刻畫出這樣一個栩栩如生的抗戰官僚形象。這篇作品，對社會而言，可以啟迪抗戰陣營及時「整理內務」，革除弊端，以利抗戰；對文壇而言，開闢了抗戰文學的又一個路向。因此，它一問世，就引起了熱烈的反響。《文藝陣地》編者收到不少讀者的來信，表示對華威先生感到很大的興味。文壇上頗多讚揚之聲，而且相跟著出現一批諷刺與暴露後方痼弊的作品，譬如：沙汀的《防空——在「勘察加」的一角》、《聯保主任的消遣》、《在其香居茶館裏》、《公道》、《模範縣長》，周文的《救亡者》，黃藥眠的《陳國瑞先生的一群》，黑丁的《癰》，碧野的《燈籠哨》，等等，抗戰文學展開了更寬廣的視野。但另一面，也出現了對諷刺與暴露的異論，甚至責難。譬如，有的論者指摘《華威先生》「太謔畫化」，對於讀者「害多而益少」，「不寫為妥」[10]。有的論者在肯定華威先生形象塑造成功的同時，又說作品「在使人笑了之後，卻顯出了一點冷酷，或是漠視」，而這會影響抗戰的「嚴肅與信心」，他希望

10 轉引自茅盾，〈八月的感想——抗戰文藝一年的回顧〉，《文藝陣地》第一卷第九期（一九三八年八月十六日）。

張天翼的作品「要更多些溫暖，忠厚與刻毒是不相容的」[11]。這一批評，顯然忽略了作家的創作個性，倘若沒有一點「刻毒」而「更多些溫暖」，那就不是張天翼而成了老舍。關於諷刺與暴露，能不能用於抗戰陣營內部，文壇上展開了一場持續兩年之久、而後餘波綿長的論爭。當初編發《華威先生》的茅盾，在一九三八年六月下旬至九月初，先後發表三篇文章，為諷刺與暴露的合理性做辯護。〈論加強批評工作〉一文中指出：「抗戰的現實是光明與黑暗的交錯——一方面有血淋淋的英勇的鬥爭，同時另一方面又有荒淫無恥、自私卑劣。人民大眾是目擊這種種的，而且又是身受那些荒淫無恥、自私卑劣的蹂躪的。消滅這些荒淫無恥、自私卑劣，便是『爭取』最後勝利之首先第一的要件。目前的文藝工作必須完成這一政治任務。」文中還列舉了到處簇長的新生的劣點，如「新的人民欺騙者，新的『抗戰官』，新的『發國難財』的主戰派，新的『賣狗皮膏藥』的宣傳家」[12]，等等。稍後，在回顧抗戰爆發一年來的文藝時，茅盾具體談到《華威先生》，稱華威先生是「舊時代的渣滓而尚不甘渣滓自安的腳色」，肯定了華威先生這一典型的創作導向意義：「而且更引起了青年作家對於隱伏在光明中的醜惡的研究和搜索——這也是最近半年來文壇的新趨向。」「這絕不是不好的趨向（有人以為這是作家的悲觀主義的流露，我則以為不然）。這正表示了作家對於現實能夠更深入去觀察。……一個只能看到表面的人，就不會認出那些隱藏在抗戰旗影下的大小醜惡。所謂『深入生活的核心』，當然所包甚廣，然而抉摘那些隱伏在紅潤的皮層下的毒瘤，也是其中之一事。……我們實在應當加強我們的抉摘醜惡的工作！」[13]第三篇文章進一步明確地為暴露與諷刺正名，並列舉出應該予以暴露與諷刺的對象，指出深刻的暴露與諷刺作品其實源自對於美善的強烈執著，同

11 李育中，〈幽默、嚴肅和愛〉，《救亡日報》一九三八年五月三十日。
12 茅盾，〈論加強批評工作〉，《抗戰文藝》第二卷第一期（一九三八年七月十六日）。
13 茅盾，〈八月的感想——抗戰文藝一年的回顧〉。

悲觀者的「只能詛咒，只在生活中找尋醜惡」[14]不可同日而語。

《華威先生》的「出國」，使得關於暴露與諷刺的論爭又起波瀾。一九三八年十二月，日本改造社出版的《文藝》第六卷第十二期刊出增田涉所譯的《華威先生》。增田涉是魯迅三十年代的摯友，無論是生活中的苦惱，還是戰鬥中的憤懣，魯迅都樂於同他交流。他曾經翻譯過魯迅的《中國小說史略》。一九三二年，他選編《世界幽默全集》時，魯迅曾經向他推薦張天翼的短篇小說集《小彼得》。戰時翻譯《華威先生》，在譯者來說動機是否超出了文學，不敢妄斷，但刊物在發表譯文時所加的編者按，卻把華威先生當作中國抗日工作者的代表，把作品對極少數抗戰官僚的批評看成對抗戰的意見。這顯然是不顧事實的曲解，是居心叵測的妄用。消息傳到中國，引起了一場「華威先生出國」的風波。林林在肯定這篇作品對於中國人的現實意義和典型意義的同時，又認為華威先生這種可鄙的人物出現在日本讀者的面前，「會使他們更把中國人瞧不起，符合著法西斯主義的宣傳，而增加他們侵略的信念。一句話：我們是『滅自己的威風，展他們的志氣』了」。「有些可資敵做反宣傳的資料，像《華威先生》這樣，不但不該出洋，並且最好也不要在香港這地帶露面。」[15]另一論者也認為，暴露黑暗「足以引起一般人的失望、悲觀、灰心、喪氣」，「於抗戰無益而反倒有害」[16]。如果只是來自文壇的擔心倒也罷了，國民黨當局以為有隙可乘，把華威先生的「出國」當作話柄，說這樣的作品替敵人做了宣傳，藉此對抗戰陣營內部的暴露與諷刺施加壓力。張天翼不能不為自己，也為內部的暴露與諷刺而辯護，他於一九三九年三月公開發表了一封反批評的信。信中說：「一個人如果滿身是病，虛弱到極點，有許多局部之病痛遂指不勝指。但如果他已病好，一

14 茅盾，〈暴露與諷刺〉，《文藝陣地》第一卷第十二期（一九三八年十月一日）。
15 林林，〈談《華威先生》到日本〉，一九三九年二月二十二日。
16 何容，〈關於暴露黑暗〉，《文藝月刊・戰時特刊》第三卷第七期（一九三九年七月十六日）。

天天健康起來，則即使在腿上長個小瘡，也會使他不安，而要開刀搽藥，把它診好。而『華威先生』正是這樣的小瘡。這種病痛之所以能指出，這就是說明我們民族之健康，說明了我們的進步，唯其一天天健康，一天天進步，『華威先生』這種人物才被我們指得出，拿來『示眾』。」「日本人的發現『華威先生』，想要拿這一個人物來證明我們全民族都是這樣洩氣的傢伙，而向他們本國人宣傳，那是白費力，因為效果適得其反。」「敵人拿《華威先生》之類搬過去，意果在得到一種輕蔑的快意者，這快意之下卻是拿他們垂死的恐怖打底子的。」[17]王西彥、樓適夷、冷楓、沙介寧、周行、吳組緗、田仲濟、謝介亭、鄭知權、盧鴻基、野黎（羅蓀）等人，也相繼在《文藝陣地》、《救亡日報》、《新蜀報》、《力報》、《七月》、《抗戰文藝》等報刊上發表文章，支持張天翼的創作與觀點。《新蜀報》還在「從三年來的文藝作品看抗戰勝利的前途」的討論會上，重點討論《華威先生》的評價問題，充分肯定了《華威先生》的藝術成就與積極意義。老舍的劇本《殘霧》上演之後，又有人「大搖其頭，以為其中所暴露的會搖動人民的抗戰信心，甚至認為破壞抗戰」。吳組緗再次撰文，題為〈一味頌揚是不夠的〉[18]，援引美國潘興將軍的《我在歐戰中的經歷》與蘇聯蕭洛霍夫的《被開墾的處女地》，為包括《華威先生》、《殘霧》在內的具有暴露意義的作品辯護：「照出那些幢幢的鬼影，使之無法藏形；指出那些瘡病之所在，使人們知所洗治，正是今日文藝最重要的任務之一。因為這各方面的種種黑暗與病根正窒息著民族的生機，正阻礙著勝利的前途。那些掩著瘡病，唯恐被人瞧見的手，都是長著剛毛的魔手，必得拋開它，扔到魔鬼那邊去。對於那些蒙著眼睛兩腳不著地的理想主義的樂觀家，必得把真正的現實送在他面前，請他看個明白。」

---

17 張天翼，〈關於《華威先生》赴日——作者的意見〉，桂林版《救亡日報》副刊《文化崗位》一九三九年三月十五日。

18 重慶《新蜀報》副刊《蜀道》第二十二期（一九四〇年一月二十二日）。

華威先生的典型意義十分深遠。他不只活躍在抗戰初期，而且「生命力」相當頑韌。抗戰將要結束時，蔣星煜發表文章指出，華威先生「由自卑情緒而進入自高情緒」的心理軌跡，「慣長用消極來代替積極，用逃避來代替接受」的處世哲學，以虛張聲勢來掩飾內心怯弱的病態性格，與阿Q頗有異曲同工之妙。「在廣大的中國土地上，華威先生之多，猶如恆河沙數，而在日常生活之中，我們更不斷地接觸得到，抗戰以前有，直到抗戰第八年的今天仍舊在活躍著。華威先生的時代還沒有死去！」「華威先生是中國國民精神病狀的凝結和綜合」，官場上這樣的人比比皆是，比華威先生地位顯赫者大有人在。其實何止三四十年代，半個世紀之後，人們在現實生活中還能到處看見華威先生的身影。典型人物生命力的久長，是作家的光榮，而國民性格弱點的頑固，則是民族精神的恥辱。

當年關於營壘內部的諷刺與暴露的討論，其意義已經超出了《華威先生》的評價，也超出了國統區這一地域和抗日戰爭這一歷史時期。相對於國統區的作家而言，延安作家在諷刺國民黨長於摩擦與壓制民主等方面自然沒有什麼顧忌。但大約從一九四一年開始，延安作家的諷刺鋒芒變得不再迴避邊區現實了。丁玲率先發表文章，倡導對社會上和文壇上的不良現象展開批評，而且她身體力行，寫她本來並不擅長的雜文，帶起了一個雜文熱潮。一九四一年四月，中央青年委員會的幹部辦起了壁報《輕騎隊》，專發對於延安各種不良現象的批評稿件。美術家也不甘落後，於一九四二年二月十五日推出了「諷刺畫展」，「作品共七十餘幅，內容為對延安新社會中所殘存的某些弱點，做廉正之指出」[19]。執筆者張諤、華君武、蔡若虹以此來表達對新社會的熱愛，參觀者十分踴躍，最初的展地竟因觀者擁擠而將門擠倒，不得不換了個較大的展室，原訂三天的展期後來變為時間延長十倍以上的巡迴展出。畫家江豐在評論中使用了與張天翼自辯

19　《解放日報》一九四二年二月十三日。

文章中相同的比喻：「諷刺猶如醫生手中的一把挑刺膿瘡的小刀，它是治病的工具。當刀刺入膿瘡，果然有些痛，可是不來這一手，膿血繼續會在瘡內作怪，擴大腐爛的面積。」[20]《解放日報》在「小言論」欄目也以同一比喻對諷刺畫展予以肯定。但同時也有不同的聲音，後來，中央軍委主席毛澤東把三位畫家請到棗園，表述了他從政治家角度出發的意見。一九四二年五月，毛澤東在延安文藝工作座談會上的講話中，把他對歌頌與暴露的看法做了理論化的表述：「對於革命的文藝家，暴露的對象，只能是侵略者、剝削者、壓迫者及其在人民中所遺留的惡劣影響，而不能是人民大眾。」「諷刺是永遠需要的。但是有幾種諷刺：有對付敵人的，有對付同盟者的，有對付自己隊伍的，態度各有不同。」這一觀點對於《華威先生》那樣的作品，自然是個有利的支持，但對於延安的文藝工作者而言，則不那麼容易把握，事實上，延安整風運動之後，「對付自己隊伍」的諷刺就鋒芒銳減了。內部的諷刺與暴露的是與非、分寸感，是二十世紀中國文學的未盡話題。

對諷刺與暴露的抑制，不利於各種弊端的克服自不必說，文學的多樣性也會受到削弱，就作家個體來說，首當其衝的就是長於諷刺的作家。在圍繞《華威先生》展開的論爭中，雖然張天翼得到了多數人的肯定，但他並沒有接著創作同類作品。一九三八年十一月一日發表在《文藝陣地》第二卷第二期的短篇小說《「新生」》，諷刺筆法要比《華威先生》細膩。主人公李逸漠先生從家鄉流亡到大後方，立志要為抗戰做貢獻，開始自己的新生。他在一所中學的高中部教圖畫，起初還有一點熱情，但很快地那種火熱的憤怒就變成了一種陰森森的東西，變成了一種跟憂鬱摻合起來的東西。於是，抗戰宣傳活動他敬而遠之，倒是樂於去同那個迂腐、卑瑣甚至有點投降派論調的章老先生對酌，以此打發孤寂的日子。「新生」只是他心

20 江豐，〈關於「諷刺畫展」〉，《解放日報》一九四二年二月十五日。

血來潮時的幻想。顯而易見，諷刺鋒芒所向已由「抗戰官僚」變為身在江湖的知識分子了。諷刺知識分子從來不犯什麼忌諱，因此沒有像《華威先生》那樣引起轟動性的效應。令人遺憾的是，《「新生」》竟成了張天翼的小說終筆之作。

一九四二年一月，他的長篇童話《金鴨帝國》在雜誌上開始連載。同年秋，由於戰時生活艱苦，長期積勞成疾，肺結核病突發，從此輟筆多年。患病期間，湖南、廣東、桂林、重慶、延安等地先後發起募捐，老朋友與熱心的讀者給予他精神上的安慰與切實的幫助，他漸漸有所恢復，一九四八年重新操筆，創作寓言。一九五〇年病情好轉，先後擔任中央文學研究所副主任、《人民文學》主編、中國作家協會書記處書記等職，為寫反映知識分子的長篇小說，還於一九五八年五月至八月專門去住在北京大學體驗生活。但在反右運動之後，以他所擅長的審醜能有多大作為，可想而知。結果，小說只是草擬了一些片段，並反覆改寫了幾個開頭，終於不了了之。四十年代開始，他在研究古典小說名著上下了不少功夫，可惜並未能把研究的心得化為自己的小說新作。新中國成立以來，他為數不多的創作都是童話等兒童文學，這固然因為他童心未泯，且十分關心兒童，另一方面或許也是無奈中的聰明選擇。即使如此，「文革」中，他也免不了挨批、受審、下放到「五七」幹校勞動改造。他拖著病體艱難地熬過劫波，在看到自己的審醜作品終於重見天日之後，於一九八五年病逝。對於在新中國長大的讀者來說，失去了童話作家張天翼，而對於瞭解三十年代文學的人們來說，則失去了一位審醜奇才。其實，張天翼作為小說家，到一九三八年冬，就過早地走完了他的小說創作生涯。

第三節　審醜圖的藝術建構

張天翼筆下也有苦難，也有慘痛，也有悲壯，但這些都不是他的主要審美指向，他的著眼點與其說是審美，毋寧說是審醜，即以醜惡鄙俗的社會文化弊端與病態人格為對象的藝術觀照。三十年代，有位論者曾經注意到這一現象：「在張天翼的小說裏有一點我們應該注意的：他所描寫的全是中國人性格中劣性的人物。我沒有找到一個具有偉大性格的描寫。」但這位論者並沒有認識到審醜的重要意義與張天翼的個性價值，而是感慨地說：「中國人雖然在現在的世界上已公認為一個沒落的民族，但我相信民族性中間還有幾點值得稱讚的性格——尤其在天真純樸的老百姓裏面，和後進可畏的年輕人裏面。即使劣性多於好的性格，文學的使命卻是創造偉大的性格來感化人群的，我覺得現代的作家們在暴露罪惡和劣性之外，應該創造偉大可敬的性格來感化一班劣性的國人。」為此，他「希望極有能力的作家如張天翼應該開始向這方面去努力」[21]。殊不知文學自古以來就有審美與審醜的雙重功能，由於社會的需求與作家的個性等緣故，永遠也無須擔心文學殿堂會成為審醜的一統天下，事實上執著於審醜的只是少數作家，他們對社會文化陰影的揭露只會促進民族性格在不斷反省中更新，推動社會文化逐漸消除弊端向著新的好的方面演進。如果強求一律地要求長於審醜的作家也去加入「創造偉大可敬的性格」的行列，就會失去生龍活虎的張天翼，擴而言之，將會削弱文學的批判功能，縮小文學的表現天地。倒是茅盾於一九三四年肯定性地指出了張天翼的

21 顧仲彝，〈張天翼的短篇小說〉，《新中華》第三卷第七期（一九三五年四月十日）。

特點：「他是在找那些社會意義極濃厚的題材，而且他是在找尋要點來加以刺攻。」[22]

張天翼何嘗不知丑類在人群中只占少數，何嘗不知生活中有很多莊嚴與美麗值得歌頌，有許多悽愴與慘痛值得悲憫，但他偏偏生成了一雙冷峻犀利的眼睛，具備了一副能使醜陋窮形盡相的手筆，個性使他自然而然地選擇了審醜的視角。在他的視閾裏，有社會政治的腐敗，諸如虛假民主掩飾下的爭權奪利、上流社會的荒淫墮落、賣國者反成「大英雄」的鬧劇、保安隊通匪養匪充匪的荒唐；也有種種文化的弊端，諸如「八字腳文化」與「小白臉文化」雜糅的光怪陸離的現象，五花八門唯獨沒有教育的學校；更多的是形形色色醜惡的或病態的人物，諸如心狠手辣的土豪、賣國獲利的漢奸，接受賄賂而從輕報災的調查委員、出爾反爾的善人、吝嗇成癖的佃主、蠻不講理的潑婦、為了「賣文章」不打自招的老節婦、藉抗戰中飽私囊的投機者、懷柔政策失敗而本性暴露的老太爺、招搖撞騙的騙子、心理變態的母親、為了謀取美差不惜讓妻子去以色情籠絡省長令弟的丈夫、白色恐怖下的膽怯者、尋找刺激的無聊文人、五四後的退嬰者，等等。張天翼不是像啄木鳥一樣盯住一個地方不停地敲擊，而是彷彿凌空翱翔的雄鷹，目光敏銳，視野廣闊，喙爪尖利，一經發現地面上的蛇鼠，立即俯衝而下，克敵制勝。

正因為要審醜，所以，在別的作家那裏通常要迴避的一些污言穢物，在張天翼筆下並不忌諱，有時甚至還要恣意張揚，以期達到一種特殊的效果。先來看頗為有的論者所詬病[23]的粗話。其實，粗話並非篇篇皆有，也不是僅僅作為身份與生活氛圍的表徵，它的運用，主要是出自性格刻畫與主題表現的需要。粗話出自強勢者嘴裏時，表現的是其淫威，譬如《小賬》裏老闆對小夥計的一連串的叱罵。出自底層社會時，則

22　茅盾，〈《文學季刊》第二期內的創作〉，《文學》第三卷第一期（一九三四年七月一日）。
23　慎吾，〈關於張天翼的小說〉，天津《益世報》副刊《文學週刊》第三十八期（一九三三年八月二十六日）。

大半是一種宣洩。譬如《團圓》裏面，大根動輒就罵「操你妹子的哥哥」，前前後後竟有十六七次之多，這也難怪，從前在奉天兵工廠做活的父親，「九・一八」後跑到南方，一年多音信杳無，五個孩子無以糊口，無奈的母親只好賣身維持生計，有時候外人當著孩子的面戲弄母親，有時候叫他們到外面去待那麼兩三個鐘頭才開門放他們回家，有時候把母親拖出去整晚整晚地不回家，有時候她病在床上也給拉起來。初識世事的大根，在家咀嚼著恥辱，在外承受著嘲罵，幼小的心靈承受著多麼大的痛苦，在這種境遇中，污言穢語就成了他發洩屈辱與憤懣的火山口。粗話出自某些人口中，還有其他深層涵義。譬如《善女人》裏的長生奶奶，一提起兒媳來，就稱為「爛污屄」。丈夫長生活著時，儘管賣了豆漿的錢不是推輸了牌九就是喝了老酒，煩躁起來只會拿她的身子來發洩，但那畢竟也是一點安慰。丈夫一死，她把感情寄託在兒子身上，可是當兒子阿大娶了媳婦之後，生活沒有變好，感情卻大為失落，她便把不滿發洩在兒媳身上，一個「狐狸精」的雅號遠遠不夠解恨，於是「爛污屄」便寄託了她對兒媳的嫉恨與生活困苦的怨艾以及種種遺憾與不滿，這一稱謂全篇中竟用了二十幾次之多，就連兒子也叨光被她稱為「婊子兒子」。正是這些穢語連同她通過尼姑庵老師太向兒子放高利貸的行為一道，深刻地揭示出這個母親的變態心理。粗話的運用，具有多重功能，除了有助於表現生活的原生態與揭示人物的性格心理之外，未始不也作為作者憤懣情緒的一種宣洩。

再來看一些容易使讀者引起不快反應的穢物與不雅的動作，諸如鼻涕、眼屎、帶血的痰、頭上招蒼蠅的癬瘡、懶懶地冒著熱氣的大便，還有拈臭蟲，搓泥捲，搓完腳丫把手拿到鼻孔邊嗅等。的確如張天翼自己所說，他「愛注意人家一些不相干的事」[24]。甚至一些穢物，竟用典雅的美麗的東西來比附，可見審醜意識之強。如：牆角上十幾家男人撒尿的痕跡，竟用掛了幾百年的舊字畫來比喻；頭紅得彷彿塗過胭脂、

[24] 張天翼，〈論缺點——習作雜談之四〉，《力報》半月刊（邵陽版）第一卷第四期（一九三九年六月一日）。

身子綠得發光的大頭蒼蠅，用美麗可愛的豔裝女人作比，等等。作家絕非有什麼嗜痂之癖，而是用這些東西來為整體藝術構思服務。《講理》寫店鋪門口的大便之有礙觀瞻，正反襯出女主人公的蠻不講理，其霸道也正同懶懶地冒熱氣的東西彼此映襯。《砥柱》裏的搓腳嗜臭的粗俗之舉也正折射出假道學先生的淫邪品行。《移行》裏，小胡吐血的慘狀與淡綠色的帶著血絲的痰及其帶來的滿屋臭味得到渲染，桑華由革命者變成享樂者的「移行」才有了依據，真實可信。《蜜月生活》裏，盜狗墓時，「一股衝鼻子的臭味兒打扳開的縫裏往外迸」，才越發顯出乞兒們無家可歸、無以為食的可憐。《小賬》裏，夥計們往老闆的飯菜裏吐唾沫，放鴨腸裏的黃灰色的東西，用來洩憤。這些小夥計走又無以為生，不走就要承受老闆的盤剝、凌辱甚至毒打，除了做一點這樣粗俗的惡作劇，他們又拿什麼來出一口胸中的悶氣呢？《仇恨》裏，傷兵把粘著肉的灰布硬拉下來，「傷口像茶杯口那麼大小。成千累萬的蛆在這紅色的洞口裏爬著，全都吃得白白胖胖的，身上浴著膿血。紫紅的血，淡黃的膿，給搗成了一片。灰布剛一解開，這些白胖的蛆蟲害怕似地亂竄亂奔起來。有幾條爬出傷口，把脊背一鞠一鞠地爬上武大郎的手，他手上就給彎彎曲曲畫了一條紅線。有幾條鞠得不小心，摔到了地上，在滾燙的黃土裏掙扎著……」。遭受兵禍而流離失所的難民，本來恨恨地要活埋三個傷兵，可是當他們知道了傷兵原來也是種地的，出於無奈才去當兵吃糧，如今又是如此受罪，終於化干戈為玉帛，仇恨歸於和解。在這裏，傷口的描寫推動了情節的發展，深化了主題的表現。寫醜是為了讓人們加強對醜惡、醜陋的警醒，最終消除醜惡與醜陋，而絕非「故意的以醜惡的東西來做駭人聽聞的刺激的工具」[25]。張天翼的小說，不避甚至有意渲染病態、醜陋、粗鄙、傖俗等偏於暗色的事物，與唐代詩人賈島有幾分相像。賈島「愛深夜過於愛黃昏，愛冬過於愛秋」，「甚至愛貧、病、醜和恐

[25] 慎吾，〈關於張天翼的小說〉，天津《益世報》副刊《文學週刊》第三十八期（一九三三年八月二十六日）。

怖」[26]，很有一點審醜的意味。張天翼對晚清《官場現形記》、《二十年目睹之怪現狀》所代表的譴責小說更是有著明顯的繼承，不僅其視角、語調，而且拿妻子當巴結權貴的工具的題材，也能找到影響的痕跡。另外，從張天翼的小說裏，還能多少看出一點法國波特賴爾的影響。

筆鋒觸及醜陋污穢，張天翼確有一種不同尋常的冷峻的敘事態度。對於心狠手辣的惡霸，有時作者施予的是寒氣逼人的直接揭露。譬如三太爺（《三太爺與桂生》），躲過在北伐戰爭的高潮中興起的農民運動，回過頭來對曾經在農運中活躍過的本家佃戶桂生伺機報復，先是想讓桂生為他販運鴉片，以圖借刀殺人，後來農民聯合起來不許加租，三太爺便迫不及待地殺一儆百，硬是捏造一個姐弟通姦的罪名，利用宗族的權威，把桂生與其姐姐一道活埋。作品採用一個當年恰在陳府上伺候三太爺的下人的敘述角度，既從內裏揭破三太爺的殺人隱祕，又對桂生的慘死保持有距離的敘述：「抬來了，一塊藍大布封著他倆的嘴。……一抬進陳家，三太爺便叫給衣服褲都剝了，兩口子便光著屁股。……一剝了衣服褲就好像是真通了姦似的……他們什麼時候去捉的，怎麼個捉法，連我也說不上。」「埋的時候我跑過去瞧的，兩口子用布蒙住嘴。叫不出，只用鼻子喊，像是裹在被裏叫出的聲音。……招弟好像暈了過去，不動。桂生先是掙扎，一鏟土倒下去，又掙扎，像你踹了一腳的蚯蚓一樣。他臉上一股哭樣子，額上、鼻子上都是皺紋，或者有點像恨，似乎正在肚子裏咒娘。……再一大堆土下去，只見土動了。……這樣就動也不動了……」用墨不多，而且坑殺無辜的慘烈為敘述者冷眼旁觀的冷靜所沖淡，然而筆鋒如刃，刀刀見血，三太爺的陰險狠毒原形畢現。再如《笑》裏的九爺，手裏掌握著幾十個打手和民團，稱霸地方，叫膽敢衝撞他九爺的發新吃了「王法」，為了報復，也為了滿足永遠填不飽的欲壑，他一面以對發新嚴辦來威脅，一面以從寬發

26 聞一多，《唐詩雜論》。

落做誘餌，終於占有了發新嫂，之後又拿一塊假銀圓給發新嫂，逼使她出於生計不得不來換銀圓，趁機當眾再次調戲和羞辱她。這篇作品題名為《笑》，實際上絕然引不起善良讀者的笑意，相反，九爺三次逼迫屈辱與淒苦的發新嫂強顏作笑，鄉鎮惡霸的歹毒與豪橫只能引起讀者的憤怒。最後，發新嫂忍無可忍，飛起一把茶壺打向九爺，這是人物憤怒情緒的總爆發，也是作者激憤情緒的大宣洩。

這樣的作品讓讀者打戰，作者寫起來也像法官審判一個心狠手辣的歹徒一樣要強壓住心中的激憤。在更多的作品裏，富於喜劇才華的張天翼把對醜惡的激憤化為犀利的諷刺。《脊背與奶子》裏，身為族紳的長太爺，早就覬覦在他看來如同「芡實粉、蒸雞蛋」一樣的同族任三嫂，言語挑逗、動手動腳，都遭到痛斥，不能奏效，於是，以懲治她「淫奔」為由把她從「野老公」那裏抓了回來，假其丈夫任三之手，剝了她的衣服，打一百筋條，藉機看她只隔一層衣服的高高突出的奶子。繼而又以催債為由，讓任三拿妻子應召伺候抵債。任三嫂用計逃脫，與意中人遠走高飛。長太爺吃了任三嫂重重一拳，臉上青腫起來。「長太爺要整頓風氣，要給任家族上掙點家聲，任三倒放她走！……」「長太爺是頂講老規矩的。」「繆白眼說是氣腫的，族上出了這種事，長太爺自然生氣呀。」這些不明真相者或拍馬屁者的話，從表面上看，是對長太爺的恭維，實際上則被作者用來作為反諷。反諷是張天翼的常用手法。譬如：《保鏢》裏的向連長，剛一登場時，對逃避追捕的農會朋友是何等的講義氣，引見內人，稱兄道弟，詛咒不從命令的下屬，痛罵反革命，還有汾酒栗子雞——好一派知己、同志的情誼，然而，武裝護送，竟送到土豪楊財神手裏，一個反轉，暴露出向鐵皮——當年投機革命，如今絞殺革命——狡黠、殘忍、無恥的本來面目。《成業恆》裏的主人公本來一心反共，卻因同一利益集團內部的爭鬥，反被當作共產黨嫌疑抓了起來，於是，他只能在獄中恨恨不平了。他越是恨恨不平，就越是暴露出專制社會的荒謬與反動陣營的污濁，從而給讀者帶來輕蔑與解恨的笑意。《砥柱》的男主人公黃宜庵當過秀才又學過法政，是聞名四方的道德君子，為了巴結權貴，要拿十六歲的女兒去同易總辦結親家且不去說，在船上，一副道貌岸然的樣子，不准女兒與敞開衣襟餵孩子的少婦交談，又怕女兒聽到了隔壁淫邪的對話，不停地教訓天真無邪的女兒，恨恨地要把隔壁船艙裏傷風敗俗的傢伙鎖到牢裏。實際上，只有他這樣的做過「別人想都想不到的祕密花頭」的「此中老手」，才聽得懂風月場裏的種種行話暗語。當他氣勢洶洶地去警告隔壁大放淫詞者時，誰知竟是一群深知其底細的經學研究會的老相識，「在戲臺上玩魔術的——自然只玩給別人看，難道對自己夥計還玩這一套麼？」於是，黃老先生的正經事，只是讓女兒離開船艙，到那個敞開胸襟餵孩子的少婦那裏去，而他自己則加入經學研究會的談陣，以其「經驗」的豐富成為話題的中心。理學先生黃宜庵先前的假正經，在「膩膩的發抖的笑聲」中抖落得片羽皆無。這真是絕妙的反諷，給人帶來恥笑、嘲笑的快感。

張天翼的諷刺，除了對少數幾個人物（譬如《包氏父子》裏望子成龍的老包）帶有一點溫煦的同情以外，大都屬於冷嘲。對長太爺、成業恆、黃宜庵之流固然毫不手軟，以犀利的鋒芒顯現其可鄙可笑的醜惡嘴臉，對一些有著某種性格弱點的灰色人物也不饒過，讓他們在尖刻的笑聲中露出狼狽相。譬如《陸寶田》裏自輕自賤巴結鑽營的同名主人公，掛上代表軍官身份的斜皮帶前後患得患失的鄧炳生（《皮帶》），失戀後想要從婢女那裏尋找安慰結果碰了一鼻子灰的江震先生（《找尋刺激的人》），受託照顧朋友妹妹、開始如同父親照應子女、後來則陷入情網不能自拔的有婦之夫老柏（《溫柔製造者》），等等。作者彷彿煉就一雙火眼金睛的孫行者，對妖魔鬼怪的本來面目以及形形色色人物的自私、虛偽、矯情、軟弱等弱點洞若觀火，或猛下金箍棒，讓妖孽原形畢現，或縱情大笑，令灰色人物難以自安。

張天翼的諷刺與老舍的幽默形成鮮明的對照。老舍也有諷刺，但更富於幽默，其幽默像中秋之月，秋天的淒冷初上，而夏日的熱情猶存，她默默地注視著你，伴隨著你，對你無聲地微笑，那成熟的金黃色透露出幾分溫馨，幾分柔和，叫你寬慰，叫你自省。張天翼也有幽默，但最具本色的還是諷刺，其諷刺猶如盛夏驕陽，早在冬日裏鬱積起來的憤懣，春天激發起來的活力，一起噴射出來，其光芒熾烈、熱辣、直截、眩目，彷彿要在頃刻之間燒盡一切腐朽，其勇氣、其力度、其勢頭都那麼咄咄逼人。月色呈陰柔之美，那正是老舍小說的基本色調。他也去觀照仁人志士、智者勇者，但總是霧裏看花，朦朦朧朧；他也去投射急風暴雨、大波大瀾，但往往失之纖弱，甚至當他潑墨般描繪丑類時，也顯得有些輕微；只有當他矚目於灰色人物與灰色世態時，才最大限度地顯示出他的敏感、力度與準確性。張天翼則不是如水月色般去浸透、溶解，而是通過聚光鏡射出一束強光，集中在某一點，深入其骨髓。泥濘、雜草，自然不在話下，就是惡沼、頑石，也只管徑直照去，照散其迷霧，燒穿其肺腑。強光聚焦，在某一點上集中突破，大力渲染，自有強烈效應，但也未免單一。除了《包氏父子》等少數幾篇帶有複調之外，張天翼的小說大部分色調較為單純，譬如：《中秋》只見葵大爺的吝嗇、刻毒，《皮帶》只見鄧炳生的虛榮，《一九二四－三四》只見某君的虛偽……色調單純的長處是人物性格特徵突出，短處是不耐咀嚼，陸寶田與老舍《離婚》裏的老李、老張都是小科員，但前者的文化韻味顯然不如後者富贍。

冷嘲的骨子裏是疾惡如仇的少年憤激。這種感情類型的形成與家庭影響有著密切的聯繫。張天翼所出身的大家族，有高官顯貴，有紈絝子弟，他從這些人身上就見識過兇悍卑劣與矯情虛偽。他受其父親影響，從小就養成了疾惡如仇的性格。父親張通模，性情耿直，潔身自好，有名士風，光緒年間中舉，又參加清末「經濟特科」考試，被選為江蘇江寧知事，不應。後做教員、職員，亦靠賣字謀生。他思想開明，知識淵博，性喜詼諧，「愛說諷刺話」。二姐也「愛說彎曲的笑話，愛形容人，往往挖到別人心底裏去。可是一嚴肅就嚴肅得了不得」[27]。這都給張天翼不小的影響。一方面，他個性耿直，凡事不願違心屈從，上美術學校，

---

[27] 張天翼，〈我的幼年生活〉，《文學雜誌》月刊第一卷第二號（一九三三年五月十五日）。

因學費較貴，又對課程不滿，遂毅然輟學，北京大學很多人都欲進其門而不得，而他卻因對所學課程失望而斷然退學。生活中，志同道合者傾心相交，道不同者則不相為謀，即使登門造訪，竟能置之不理。另一方面，他活潑俏皮，善於發現可笑之處，言談話語，手舞足蹈，都能令人發笑。這種性格使他自然而然地接近吳敬梓、魯迅與果戈理、契訶夫、狄更斯等長於諷刺的作家，並與之相交融，逐漸形成了冷峭的創作個性。

憤激的感情特徵，冷峻的敘事態度，決定了張天翼小說敘事結構的明快與敘事語言的峭拔。他在《創作的故事》[28]中把自己的創作經驗總結為：直接而不彎曲、質樸自然而非雅馴、簡練而非冗贅。的確，他的小說重人物不重故事，喜以對話推進情節，「故事進展簡單明快，寫對話和敘述一句一行，鮮明跳動，筆姿活潑」。描敘「多是淡筆勾勒，重點皴染，抓住幾個瑣屑專案反附刻畫」[29]。如《華威先生》簡直找不出可以婉轉起伏的故事，只是通過主人公匆匆趕赴幾個會議的相似的表演，就把一個抗戰官僚的形象描繪得栩栩如生了。《笑》以九爺三次強迫發新嫂笑的細節為情節發展的關節，反覆渲染，層層遞進，凸顯出九爺的殘忍狡黠與發新嫂的屈辱淒涼。《砥柱》多次描寫黃宜庵的搓腳動作，如果說開始還只是表現了這一人物的嗜臭之癖的話，那麼後來，當他再三看到胖女人餵孩子時露出的豐滿的奶子，又瞥見一個中年男人「拿著一本小書在看著：蹺著一條腿子，把一隻手在褲襠裏搔著什麼」，隔壁又飄來「三開門」之類的淫褻語，他便加快了搓腳的頻率，兩手都在狠命地對付腳丫，竟至於把腳搓得發燙，「身上什麼地方」的「熱氣」與腳趾縫的癢相互作用，想到地下打個滾，於是，「腿子沒命地屈了起來，兩手伸過去拚命擦著腳丫，好像在趕做什麼工作——一下緊接著一下，連嗅嗅的工夫都沒有」。這時的搓腳，在黃宜庵來說，已經變成了淫褻欲望的

28 載魯迅等著，《創作的經驗》（上海天馬書店，一九三三年）。
29 吳福輝記錄整理〈吳組緗談張天翼〉，載《張天翼研究資料》。

發散了。搓腳動作的反覆描寫，刻畫出假道學的真面目。張天翼小說敘事用筆經濟，少有景物描寫，偶有勾勒，必與人物心理密切相關。譬如《脊背與奶子》，長太爺自以為得計，樂顛顛地去接任三嫂，「他覺得一切的景物都可愛起來，那些乾枯的瘦樹彷彿很苗條。前面那灰白色的山似乎在對他笑。墳堆像任三嫂的奶子」。眼中景實為心中景，竟能把墳堆看作奶子，十足見出長太爺急不可耐的淫褻心理，也預示了這個族紳的麻姑爬背夢想的破滅。借景寫心，堪稱妙筆。更多的心理描寫，則直接切入，少用鋪墊、解釋。有時為了簡捷起見，敘事者的全能視角與人物的視角交互運用，譬如《笑》裏寫九爺一隻手抓住了發新嫂的肩膀，「接著一條冰冷的舌子舐到了她腮巴上——鑿刀似的。」這種感覺分明是發新嫂的感覺，但敘事者沒有用「她感到」之類的說明語，筆勢俐落，文氣逼促，恰與情境吻合。這種敘事方式，能夠鎔鑄精練的短篇小說，而對長篇小說來說，則有欠曲折性與連綿性。張天翼的長篇小說結構大都鬆散，便與此有關。

自小跟隨父親四處漂流的生活經歷，使張天翼接觸到許多地區新鮮生動、色彩各異的語言。當他從事小說創作時，就顯露出語言敏感性與豐富性的特長。敘述語言從生活中多有採擷，不僅有大量活生生的語彙，而且還有包括句式、語調等在內的語言習慣，加以鍛造，形成一種簡勁雄健的色彩，頗有一點江西詩派似的瘦硬峭拔，但遠比江西詩派接近自然，硬而不「險」，且有幾分俏皮，自成一種風姿。至於人物語言，更為口語化、性格化。文學史家夏志清稱許他能「用喜劇或者戲劇性的精確，來模擬每一社會階層的語言習慣。就方言的廣度和準確性而論，張天翼在現代中國小說中，是首屈一指的。就他和當時中國小說的關係而言，張天翼採取了海明威式精細大膽的外科手法，切除了白話語彙的平鋪直敘、繁瑣和籠統等等病害」[30]。

[30] 夏志清，劉紹銘等譯，《中國現代小說史》（中文本）（香港友聯出版社，一九七九年），此章為水晶譯。

簡捷明快的敘事方式與自然而峭拔的語言，為張天翼的審醜圖的描繪提供了恰如其分的構架與筆墨，也顯示出白話文學在移植外來影響於民族土壤、融會經典傳統與民間活力的一條路徑。張天翼的小說生涯不長，但其冷峭的審醜則富於生命力，它總能給人以震撼、警醒與超越性的快感。社會的健康發展，永遠也離不開冷峭的目光。

第九章　呼蘭河的女兒

由於地理與歷史的「邊地」位置，五四新文學在東北地區的迴響，顯然要比中原、南方、特別是沿海地區遜色得多。但「九・一八」事變給東北人民帶來了巨大的屈辱和壓迫，這一特殊的歷史境遇刺激起東北文學創作的空前繁榮，將其推向歷史的前臺。在上海，李輝英率先發表短篇小說《最後一課》（一九三二年一月）、長篇小說《萬寶山》（一九三三年三月）等，向讀者透露出東北人民失卻家園的義憤與痛苦。在關外的黑土地上，由於中國共產黨人的策畫與推動，漸漸形成了以哈爾濱為中心的東北左翼文學運動。金劍嘯（巴來）、舒群（黑人）、羅烽（洛虹）、姜椿芳、蕭軍（三郎）、蕭紅（悄吟）、鄧立（梁山丁）、白朗（弋白）等人，先後以《哈爾濱新報・新潮》副刊、《大同報・夜哨》副刊、《國際協報・文藝》週刊與該報的《國際公園》副刊等為陣地，發表作品，表現東北人民的生活，透露出反日情緒。這時，他們的影響還只限於東北地區，而蕭軍的《八月的鄉村》（一九三五年八月）與蕭紅的《生死場》（一九三五年十二月）在上海的出版，則在上海乃至整個中國文壇上，引起了不小的驚奇與震動。生活在和平幻想中的人們，深為東北同胞在侵略者的鐵蹄下面的掙扎與反抗所震悚，也為蒼涼而雄強的黑土地文學風格所感奮。東北作家群開始以群體的卓異風采出現於全國讀者面前。抗戰爆發前後，羅烽、白朗、舒群、駱賓基等東北作家相繼入關南下，早在一九三三年就已寫成《科爾沁旗草原》的端木蕻良，也從京津地區來到上海，使東北作家群的聲勢更為壯大，成為文壇上一支充滿活力的生力軍。在東北作家群中，蕭紅無疑是引人注目的一位。這不僅因為她較早地表現了抗日題材，也不僅因為她才華橫溢卻英年早逝的悲愴命運，而且更因為她那如詩如畫的女性敘事在中國現代小說史上留下了沉雄而清麗的一頁。

第一節　曠野的呼喊

蕭紅，一九一一年六月一日，即農曆端午節，生於黑龍江省呼蘭縣城。她的祖上於清乾隆年間從山東莘縣到關外謀生，兩代後發跡成為擁有土地數百垧、兼營燒鍋（釀酒）、油坊和雜貨鋪的地主。到蕭紅的祖父一代，這個東北大戶已經是走下坡路了。祖父張維禎從阿城遷到呼蘭。其過繼子，即蕭紅的父親張庭舉，畢業於齊齊哈爾黑龍江省立優級師範學堂，曾任農業學堂教員、小學校長、呼蘭縣通俗出版社社長、教育局長、巴彥縣教育局督學、黑龍江省教育廳祕書等職。按說生於這樣一個帶有維新色彩的家庭，應該沐浴著開明自由的氛圍，但事實上卻要複雜得多。蕭紅一出生，生日就被推後了三天，因為據迷信的說法，端午節出生的孩子是不吉祥的。她的乳名叫榮華，學名張秀環，因與二姨姜玉環名字中有一字相同，遂由外祖父改名為張迺瑩。後來發表作品曾用筆名「悄吟、玲玲、田娣」，出版《生死場》始用「蕭紅」。

一九一九年八月，生母姜玉蘭因肺病去世，不久，不滿一歲的三弟被送人，生母的百日忌剛過，父親便娶新妻進門。這些給蕭紅的童年生活帶來了很大的影響。一九二〇年，蕭紅入呼蘭縣立第二初高兩級小學校女生部讀書，一九二四年秋轉入縣立第一初高兩級小學校女生部上高小。這年，由父親做主，這個年僅十四歲的高小生，被許配給省防軍第一路幫統王廷蘭的次子王恩甲為未婚妻。伯父給她講解弔古戰場的古文時，文章本身的魅力與伯父的聲咽，使她感受到戰爭的殘忍與痛苦，哭了起來。此時，她那顆敏感的心只是為古人傷感，還不知道現實中的封建餘威和戰爭惡魔將給她的命運帶來什麼樣的摧折。

一九二六年，高小畢業時，由於父親的反對，她未能如期升入中學。她同父親苦鬥了一年，後來以出家當尼姑相要脅，才迫使父親讓步，一九二七年秋季，她到哈爾濱入東省特別區立女子第一中學校。在反日愛國學生運動中，蕭紅結識了哈爾濱法政大學學生陸振舜，二人之間產生了愛慕之情，蕭紅向父親提出解除舊婚約，遭到拒絕。張、王兩家為蕭紅履行婚約做準備，陸振舜則希望與她一道去北平讀書。為了實現自由戀愛的願望，陸振舜先行從法政大學退學，到北平進中國大學。蕭紅初中畢業後，從家裏悄悄出走，到北平與陸振舜會合，入女師大附中高中一年級讀書。由於陸家斷絕經濟供給，二人生計無著，只好於一九三一年初妥協回家。為防蕭紅再度出走，父親把她送回祖居地阿城縣福昌號屯，過著軟禁式的生活。不過這段時間讓她有了瞭解農村底層社會的機會，為她後來的創作積累了素材與感受。秋季，蕭紅同情災年農民的苦衷，勸阻伯父加租，竟遭致伯父的一頓打。在姑母與小嬸的同情與幫助下，她於十月初從福昌號屯逃到哈爾濱。可是，向親友求借也不是長久之計，無奈之中，她竟去找了因她逃婚已經解除了婚約的王家，結果碰了釘子。前未婚夫王恩甲乘人之危，假稱以後帶蕭紅去北平讀書，換取了蕭紅的信任，帶她到東興旅館同居。蕭紅發現他並不兌現諾言後，毅然出走，結果被王恩甲追至北平，以公開同居關係、告發一位幫助蕭紅的朋友與她「私通」相要脅，斷了蕭紅在北平的求學之路。蕭紅隻身返回哈爾濱，到女二中正在讀書的堂妹處求助，得以在高一插班讀書。但很快她便發現自己懷了身孕，萬般無奈，她又回到了東興旅館。不久，適逢王父王廷蘭因追隨馬占山抗日而被日偽暗探抓獲，為國捐軀。王恩甲稱回家料理喪事離去（後不知所終），把身無分文而有孕在身的蕭紅扔在旅館裏抵債。旅館老闆見蕭紅還不起積欠了七個月的食宿費四百多元，便動起了要賣她抵債的歹意。情急之中，蕭紅投書給哈爾濱《國際協報》

副刊求援。編輯裴馨園與作者舒群去旅館探訪，見其情狀果然淒苦，回來與常給副刊投稿的幾位作者商討救助辦法。七月十二日，裴馨園讓住在他家裏、幫他編副刊的作者蕭軍帶著信與書去旅館探望蕭紅。一個是亟盼救星的敏感才女，一個是俠腸義膽的豪爽漢子，兩個年輕人在患難中相識相知，翌日晚，便踏上了性愛的旅程。一場罕見的洪水沖決松花江堤，旅館被淹，老闆自顧不暇，蕭紅趁機逃離東興旅館，與蕭軍共度艱難跋涉的生活。

蕭軍，原名劉鴻霖，一九〇七年五月二十三日出生於遼寧省義縣沈家臺鎮下碾盤溝村一個細木工之家。蕭軍只有六個月時，母親因遭受丈夫毒打而服毒自殺。失去母愛的不幸經歷，使蕭軍從小就養成了挑戰權威、反抗束縛、嚮往自由的性情。六歲上私塾，忍受不了刻板無聊的學習，提出退學，遭到父親痛打。上小學後，也不時翹課，下河摸魚。十歲時隨父去長春，讀三年級時，因大罵一個無端責罰學生的體操教員又不肯認錯而被學校開除。十八歲時投身吉林陸軍三十四團騎兵營當了騎兵，曾任文書見習上士。兩年後的一九二七年秋，為逃避陳腐生活的誘惑，他赴瀋陽投考東北陸軍講武堂所屬的「東北憲兵教練處」。受訓八個月後，被分配到哈爾濱實習三個月。憲兵所擁有的種種特權，使他再次逃避，辭職赴瀋陽插入東北陸軍講武堂第九期預科，次年轉入講武堂砲兵科。一九三〇年春，畢業之前的野外實習期間，出於正義感為同學打抱不平，與中校隊長發生爭執，激憤之中要用鐵鍬將其劈死，雖因阻攔而未能如願，但蕭軍因此而被關進「重禁閉室」，繼而受到開除的嚴厲處分。此後，他在遼寧昌圖駐軍當過準尉見習官，又回到東北憲兵教練處任少尉軍事及武術助教。「九・一八」事變爆發後，他向上級建議把東北憲兵教練處的二百餘名官兵拉出去打游擊，這在當局主張不抵抗的政策下自然碰了釘子。部隊撤走時，他留下來前往吉林省舒蘭縣一個在軍隊中任職的朋友處，計畫將他的部隊組成抗日義勇軍，遭到失敗，他與朋友被迫離開，潛逃回哈爾濱。還是在瀋陽砲兵科學習時，他就曾以「酡顏三郎」的筆名在《盛京時報》發表處女作《懦……》，揭露舊式軍隊裏虐殺士兵的黑暗。這次回到哈爾濱時，正值共產黨人發起並推動左翼文學運動。他以報國無門的滿腔激憤與反抗生涯的深切體驗，積極投身其間，用「三郎」做筆名發表文學創作。

蕭紅本來就具有很高的藝術天賦，當初蕭軍去旅館看望她時，就是先被她的小詩和鉛筆素描所打動，才有了後來的感情發展。現在，她與蕭軍一道生活，在蕭軍與朋友的影響與鼓勵下，很快就融匯到以哈爾濱為中心的東北左翼文學運動中去。她的最早發表的處女作，據現在所知，是一九三三年五月六日至十七日連載於長春《大同報》副刊《大同俱樂部》的散文〈棄兒〉，這篇作品描述了作者從逃出大水包圍中的旅館到生下一女嬰送人的親身經歷。一九三三年十月，她與蕭軍以哈爾濱五畫印刷社名義，在當時已是中共黨員的好友舒群的慷慨資助下，自費出版了署名「三郎、悄吟」的合集《跋涉》。這部合集收蕭軍、蕭紅作品各六篇。蕭紅的第一篇小說《王阿嫂的死》即在其中。哈爾濱時期的蕭紅作品，有的表現青年為爭取自由而備受煎熬的困窘生活，帶有濃郁的自我色彩；有的描寫農村社會底層——尤其是女性的悲苦命運；有的表現底層社會不堪欺凌與壓迫，奮起反抗，有的篇章還筆涉義勇軍的題材。《跋涉》的出版與其他散篇的發表使蕭紅成為東北地區聞名的女作家，這無疑堅定了她走文學道路的信心。但她與蕭軍那尚嫌拙稚的作品所顯示出的咄咄鋒芒，已經觸到了日偽當局的痛處。送到書店發賣的《跋涉》被查禁沒收。不知是不是鴛鴦蝴蝶派文人有意放風要趕他們走，一時間傳言日本憲兵隊要逮捕兩個作者，這在當時恐怕不是沒有可能，朋友們勸他們去異地避難，中共地下組織為了保護愛國作家，也動員他們進關。不久，他們接到了先期流亡到青島的舒群的來信，於一九三四年六月應邀前往青島，踏上了流亡之路。

一九三四年九月九日，蕭紅在青島寫完她在哈爾濱就已動筆並發表了兩章的中篇小說《麥場》，即出版時經胡風建議改了名的《生死場》。在曾經於上海內山書店見過魯迅的一位朋友的鼓勵下，蕭軍給魯迅寫信求教，很快就得到了答應看看悄吟作品的回信。蕭軍蕭紅寄上《麥場》謄寫稿與《跋涉》，還有他們的一幅合照。不久，青島等地的中共地下組織遭到嚴重破壞，舒群夫婦等被捕。一九三四年十月、十一月之交，蕭軍帶上他剛剛完成的《八月的鄉村》，與蕭紅一道又踏上了奔向上海的流亡之路。在魯迅的關心與扶持下，二蕭開始在上海的《太白》、《文學》等雜誌發表作品，《八月的鄉村》與《生死場》在經歷一番波折之後，也終於和葉紫的小說集《豐收》一起編入「奴隸叢書」，以上海容光書局的名義自費出版。一經面世，立即以其血火交迸的題材與粗獷沉雄的風格引起了巨大的反響。

由於地理、氣候、生態、物產等自然條件和某種社會歷史原因，東北地區較之中原地區，進入農耕文明較晚，生產方式與生活方式相對滯後，文化處於邊緣位置。其生活景況，史書中只有一些簡略的記載；在文學領域，除了口口相傳的史詩與民間傳說之外，只有極少由於各種緣故（出使、駐紮、劫掠、流放、逃亡、逃荒等）出關的文化人寫的一點筆記、詩詞之類，描述了東北的大炕、跳神等生活、文化習俗，至於東北人民生活整體性的真實面目則始終沒有得到應有的反映。對於關內的許多讀者來說，關外是那樣的遙遠而陌生：是逃荒者賴以謀生的荒原野嶺，是沒有文化的蠻荒之地，是民間傳說裏的大蛇環護人參、靈芝的神奇世界。東北作家群的出現打破了這種局面。

《生死場》以簡潔明快的構圖和女性富於實感與質感的筆觸，描繪出東北人民在「九．一八」前後的生存狀態。這裏的底層社會，在層層壓榨之下，就連身體也打上了扭曲變形的烙印。麻面婆，是天花肆虐的見證，她的丈夫二里半是個跛子，兒子只有「羅圈腿」的綽號，而不知其是否有正式的名字。在這裏，生活是如此貧困艱辛，以至於「農家無論是菜棵，或是一株茅草也要超過人的價值」。難怪金枝只因摘了未熟的青柿子就遭到了母親的怒罵踢打。世間最溫馨的母愛也被貧困而粗糙的生活所消解，「母親們對於孩子們永遠和對敵人一般。當孩子（在酷冷的冬天）把爹爹的棉帽偷著戴起跑出去的時候，媽媽追在後面打罵著奪回來，媽媽們摧殘孩子永久瘋狂著」。平兒偷穿爹爹的大氈靴子，被母親王婆像山間的野獸要獵食小獸一般兇暴地奪回，母親手裏提著靴子，而讓兒子赤腳走在雪地上，如同走在火上一般不能停留。貧困滋生愚昧，二者交相作用，使人的價值受到蔑視甚至踐踏。婦女的生育非但被消解了人類繁衍的莊嚴，如同狗、豬等家畜的生產，而且不如動物那樣自然落地，反而成為一個刑罰的日子：五姑姑的姐姐光著身子趴在土炕上，像一條魚一樣，難產痛苦得臉色灰白、轉黃，家人開始為她準備葬衣，丈夫像歷次她生產時一樣怒罵，舉起大盆向她拋去。孩子終於落地，不過當即死去。金枝臨產前照樣做著往常一樣的繁重活計，而且被丈夫朦朧地發洩著性欲的本能。這裏麻面婆在哭鬧聲中生下的孩子在土炕上啼哭，那邊李二嬸子小產，一時閉住了氣。生得如此痛苦、低賤，生命就已不當一回事。成業一怒之下竟然摔死剛剛滿月的小金枝。王婆的三歲的女兒從草堆上掉下來跌死在鐵犁上，當母親的開始並不當作一回事。「這莊上的誰家養小孩，一遇到孩子不能養下來，我就去拿著鉤子，也許用那個掘菜的刀子，把孩子從娘的肚裏硬攪出來。孩子死，不算一回事……起先我心也覺得發顫，可是我一看見麥田在我眼前時，我一點都不後悔，我一滴眼淚都沒淌下。」後來，看見人家的孩子長起來了，她才感到了難過，從此，也不把什麼看重了。當她聞知與第一個丈夫生的兒子當鬍子被槍斃的消息後，悲憤難以自禁，服毒自殺。人們對待死亡比對待生育更為草率、粗暴，王婆尚未斷氣，人們就張羅著要把她抬進棺材，丈夫趙三也好像為了她的死等待得不耐煩似的，睏倦得倚著牆瞌睡。等王婆嘴裏流出黑血，終於大吼兩聲，人們說是「死屍還魂」，趙三用扁擔壓過去，扎實地刀一般地切在她的腰間，血從口腔直噴。大家恨不能立刻把她下葬，以便了結一樁「活計」。終於把她裝進棺材，只是王婆命大，竟然死裏逃生，活了過來。

在《生死場》痛苦的呻吟與呼喊中，女性的聲音最為悽楚、尖銳。打漁村最美麗的女人月英，溫柔而多情，「每個人接觸她的眼光，好比落到綿絨中那樣愉快和溫暖」。可是，當她患了癱病，請神、燒香、去土地廟討藥無濟於事之後，丈夫就對她失去了愛心與耐心，動輒大罵，還嘴分辯，還要動打，最後不再管她。「晚上他從城裏賣完青菜回來，燒飯自己吃，吃完便睡下，一夜睡到天明，坐在一邊那個受罪的女人一夜呼喚到天明。宛如一個人和一個鬼安放在一起，彼此不相關聯。」月英被枕頭四面圍住，一年沒能倒下睡過；被磚頭倚住，瘦空了的骨盆淹浸在排泄物裏，臀下生了一些小蛆蟲，整個下體已經失去了感覺。「她的眼睛，白眼珠完全變綠，整齊的一排前齒也完全變綠，她的頭髮燒焦了似的，緊貼住頭皮。她像一頭患病的貓兒，孤獨而無望。」幾天後，月英被葬在荒山下。只有王婆和五姑姑這些女人們前來看望。王婆服毒自殺後，當要把她釘在棺材裏時，村中的女人們坐在棺材邊號啕大哭，有哭孩子的，有哭自己丈夫的，有哭自己命苦的，不管有什麼冤屈都到這裏來送。這哭聲，正是女性對人間不平、對政權、族權、神權、男權等重重桎梏的控訴。女性的痛苦何止於此，當國土淪陷、民族遭殃時，女性更是首當其衝，日本人來了以後，半夜三更假裝搜查，為的就是捉女人，十幾歲的小姑娘也不放過。在太陽旗招搖的「王道樂土」上，女性成為獸性發洩的對象，搶去姦，姦完殺。金枝為了逃避這種災難，到城裏去靠縫窮謀生。然而，在亂世之中，一個孤寡的年輕女人到底沒能逃出同胞中的野性男人「憐憫」的圈套，她勇敢地闖進都市，羞憤又把她趕回了鄉村。她從前恨男人，日本人來了恨小日本子，城裏受辱的經歷又使她恨起了中國人——自然是那些不敢去同侵略者拚搏、卻躲在城裏欺侮女人的國人。金枝的恨與眾婦人守在王婆的棺材旁痛哭一樣，分明隱含著女性對男權的憤懣。

作品不只表現出底層社會生存的艱難與痛苦，也表現了東北人民「對於生的堅強，對於死的掙扎」[1]。先前，在同地主加租的抗爭中，趙三的打退堂鼓，暴露出農民的怯懦與狹隘。當時，敢於鋌而走險的農民只是極少數。日本侵略者的瘋狂劫掠、肆意踐踏與殘暴殺戮，則激起了廣大人民的極大憤慨與殊死反抗。

---

1 魯迅，《生死場・序》。

「紅鬍子」把槍口對準了日寇，「人民革命軍」揭竿而起，老實巴交的農民積極回應，王婆的女兒拿起了槍，為國殉難，早年組織過反對加租的「鐮刀會」的李青山帶著寡婦們、亡家的獨身漢與年輕人盟誓上山，抗日救國。先前在阻止地主加租的回合中敗下陣來的趙三，此時也重新振作起來，把兒子送上抗日第一線，他表示自己也絕不當亡國奴，哪怕埋在墳裏，也要把中國旗子插在墳頂。就連一向把老羊當作命根子的二里半，當妻兒被殺之後，也終於把羊託付給村民，自己跛著腳，去投奔抗日義勇軍。

《生死場》從結構來說，前後不勻稱，前面豐潤細膩，後面則顯得粗礪一些，但那真真切切、鮮血淋漓的生存寫實，那「用鋼戟向晴空一揮似的筆觸」[2]，在當時具有強烈的感染力；還有魯迅在序中所稱讚的「女性作者的細緻的觀察和越軌的筆致，又增加了不少明麗和新鮮」，都讓讀者耳目一新。曾經親知出版過程與作品反響的許廣平，後來這樣回顧說：「作為東北人民向征服者抗議的里程碑的作品，是如眾所知的《八月的鄉村》和《生死場》。這兩部作品的出現，無疑地給上海文壇一個不少的新奇與驚動，因為是那麼雄厚和堅定，是血淋淋的現實縮影。」[3]

《生死場》的熱烈反響，激發起蕭紅的創作激情，她又創作了《橋》、《手》、《牛車上》、《黃河》與《曠野的呼喊》等作品，結集出版了散文小說集《橋》，小說集《牛車上》、《曠野的呼喊》，散文集《商市街》、《蕭紅散文》、《回憶魯迅先生》等。這些集子裏的小說，基本上是《生死場》的思路的延展，即曠野的呼喊，其中交織著兩個旋律：一是黑土地上底層社會生存的艱難，尤其是女性的淒苦，一是國人的失土之痛與抗日激情。

2 胡風，〈《生死場》讀後記〉。
3 景宋，〈追憶蕭紅〉，《文藝復興》第一卷第六期（一九四六年七月一日）。

第二節　為呼蘭河作傳

與創作上的成功的喜悅相伴，感情上的危機竟意想不到地悄悄襲來。愛情是需要精心呵護並不斷發展的，即使是患難之交也不例外。性格粗獷的蕭軍，總是以蕭紅的保護神自居，在奔波、忙碌、緊張、興奮的生活中，無意地忽略了蕭紅的存在價值，對她患有頭痛、貧血、胃病、月事不調等病的身體也沒有給予更多的關愛，他甚至在酒酣耳熱之際當著朋友的面奚落蕭紅那風格別具的創作，偶或還藉著酒力對蕭紅動過拳頭。

蕭紅自小就有極強的個性，在艱難的跋涉中，同心協力共渡難關掩飾了兩人個性的差異，現在踏上了成功的臺階，性格的矛盾便容易暴露出來。她一面默默地忙於家務，一面嘔心瀝血地創作，一旦得不到應有的理解與尊重，自然深感受到傷害。尤其是她發現蕭軍寫給另外一個年輕女性的詩時，不禁萬分傷感。據許廣平對蕭紅的回憶：「有一個時期，煩悶、失望、哀愁籠罩了她整個的生命力。」「蕭紅先生無法擺脫她的傷感，每每整天的耽擱在我們寓裏。為了減輕魯迅先生整天陪客的辛勞，不得不由我獨自和她在客室談話，因而對魯迅先生的照料就不能兼顧，往往弄得我不知所措。」[4]蕭紅在痛苦中寫下了以《苦杯》為題的組詩，其中有：「往日的愛人，／為我遮蔽暴風雨，／而今變成暴風雨！／讓我怎樣抵擋？」「我幼時有個暴虐的父親，／他和我的父親一樣了！／父親是我的敵人，／而他不是，／我又怎樣來對待他呢？

---

4 景宋，〈追憶蕭紅〉。

／他說他是我同一戰線上的夥伴。」「說什麼愛情！／說什麼受難者共同走盡患難的路程！／都成了昨夜的夢，／昨夜的明燈。」[5] 為了排遣心中難耐的鬱悶，修復感情裂痕，兩人決定分開一年，蕭軍去青島，而蕭紅則於一九三六年七月東渡日本。魯迅的逝世給蕭紅帶來深刻的心靈撞擊，加重了她的海外寂寞，她於一九三七年一月提前歸國。但她與蕭軍之間的感情裂痕並沒有得到預想中的彌合。她曾不告而別，到一家私人畫院去學畫，幾天後被蕭軍和朋友們找回，不久，又悄然離滬，去北平散心。抗戰爆發後，蕭紅精神振奮起來，積極投入創辦《七月》雜誌等抗戰救亡活動。一九三七年九月末，她與蕭軍等從上海撤到武漢，一九三八年一月，又應李公樸之邀，與蕭軍、艾青、田間、端木蕻良、聶紺弩、塞克等去山西臨汾民族革命大學，擔任文藝指導。日軍逼近臨汾，二蕭之間的裂痕由於去向等問題上的分歧而繼續擴大，終致無法修復，勞燕分飛。蕭軍準備遠走新疆，途經蘭州時與王德芬結為伉儷，後來在半個世紀的歷史風波中，相濡以沫，白頭偕老。蕭紅則與端木蕻良彼此產生了好感，二人連袂南下，於一九三八年五月下旬，在漢口大同酒家舉行了婚禮。敵機轟炸武漢，端木與蕭紅先後離開漢口前往重慶，蕭紅在毗鄰重慶的江津生下一男嬰，當即夭折。大後方的艱難生活，使蕭紅產後虛弱的身體一直沒有得到很好恢復，創作大受影響。越來越頻繁的敵機轟炸攪得蕭紅與端木蕻良無法靜心創作，於是，他們於一九四〇年春一道飛抵香港。

流亡異鄉之後，呼蘭河始終縈繞在蕭紅心中。她那些出色的小說幾乎都是取材於家鄉的土地。《生死場》自不必說，《橋》、《手》、《牛車上》也是，即使在東京寂寞難耐的日子裏，所作短篇小說《家族以外的人》寫的還是呼蘭河人物，呼蘭河成為她在流亡生涯中安慰孤寂靈魂的一塊永恆的綠洲。全面抗戰的爆發，激起了東北流亡青年的濃烈鄉情，那時蕭紅與蕭軍在一起，兩個人不時為了誰的家鄉好而爭執不

---

5 《蕭紅自集詩稿》，蕭紅生前不曾刊出，載《中國現代文學研究叢刊》一九八〇年第三輯。

休，由此觸發了她為家鄉作傳的最初動機。大約是在一九三七年冬，蕭紅在漢口開始動筆寫起了《呼蘭河傳》，到香港以後，生活獲得了暫時的安定，漂泊海外的寂寞也化為創作的動力，蕭紅繼續寫她的第一部長篇小說《呼蘭河傳》，全篇於一九四〇年十二月二十日完成，一九四〇年九月一日至十二月二十七日，在香港《星島日報》副刊上連載，一九四一年五月由遷至桂林的上海雜誌公司印行初版本。

《呼蘭河傳》以童年與成年二重視角觀照童年印象中的呼蘭河。不過，與其說是童年回憶，莫如說是如歌行板地寫出了一部呼蘭河的文化傳記。

第二章集中描寫了呼蘭河的精神上的「盛舉」：跳大神、唱秧歌、放河燈、野臺子戲、四月十八娘娘廟大會……大神穿著奇怪的衣裳、圍著紅色的裙子，哆嗦，打顫，下神，打鼓，亂跳，大鬧，等到殺了雞，便送神歸山，打馬回朝。大神那雲山霧罩的話語，混合著鼓聲的唱詞與旋律，讓那些平素沒有什麼文化娛樂活動的農民得到一種藝術審美的享樂，於無意識中滿足了祖祖輩輩積澱下來的原始宗教感情需求。難怪農民對此懷有那麼大的熱情，「只要一打起鼓來，就男女老幼，都往這跳神的人家跑，若是夏天，就屋裏屋外都擠滿了人。還有些女人，拉著孩子，哭天叫地地從牆頭上跳過來，跳過來看跳神的」。但這種準宗教活動的效應是多方面的。那混合著鼓聲的詞調，給人一種冷森森的感覺，讓人越聽越悲涼。「聽了這種鼓聲，往往終夜而不能眠的人也有。」「若趕上一個下雨的夜，就特別淒涼，寡婦可以落淚，鰥夫就要起來徬徨。那鼓聲就好像故意招惹那般不幸的人，打得有急有慢，好像一個迷路的人在夜裏訴說著他的迷惘，又好像不幸的老人在回想著他幸福的短短的幼年，又好像慈愛的母親送著她的兒子遠行。又好像是生離死別，萬分地難捨。」然而，人們照樣為那鼓聲而慌忙地爬牆的爬牆，登門的登門，「看看這一家的大神，顯的是什麼本領，穿的是什麼衣裳，聽聽她唱的是什麼腔調，看看她的衣裳漂亮不漂亮」。還有七月十五盂蘭會，和尚、道士吹著笙、管、笛、簫，穿著拼金大紅緞子的褊衫，在河沿上打起場子做道場。呼蘭河上，白菜燈、西瓜燈、蓮花燈，無以數計的河燈，金乎乎、亮通通地從河面上擁擁擠擠地浮向下游。岸上有千萬人的觀眾，姑娘媳婦，尤其是「孩子們，拍手叫絕，跳腳歡迎。燈光照著河水幽幽地發亮，水上跳躍著天空的月亮。真是人生何世，會有這樣好的景況」。為豐收還願等原因而舉辦的野臺子戲，在滿足人們的娛樂願望的同時，也成為說親、相親與走親戚的上好機緣。這些民俗文化活動，在代代相傳的過程中，已經消弱了它本來所有的人與神、人與鬼交涉的宗教意義，人的生趣浮到表面上來，占據了重要位置。當蕭紅繪聲繪色地描寫其熱烈的場面與民間生趣時，看得出她對鄉土文化的那份如醉如癡的依戀。

文化風俗的描寫，寄託了作者的綿綿鄉情，也寓含了拳拳的愛國情懷。但她對呼蘭河的感情是複雜的，有依戀與陶醉，也有反思與批判，在描寫家鄉的風土人情的審美層面時，童心復萌，喜愛與自豪溢於言表，而一旦觸及精神文化的病態層面，則以國民性批判的五四新文學傳統予以理性的透視，痛切而冷峻。在整部作品中，文化審視甚至比風俗描寫占有更多的比重。第一章開篇所寫的能把大地凍裂的嚴寒彷彿是文化弊端的象徵。接下來反覆渲染的東二道街上的大泥坑，是小城人精神面貌的一面鏡子。大泥坑不下雨泥漿如粥，下雨成河，翻車陷馬，行人落水，淹死過狗，悶死過貓狗雞鴨，如此大坑，人們說拆掉兩邊院牆的有，說沿著牆根栽樹的也有，可就是沒有人主張用土把泥坑填平。人們寧願按著老樣子生活，忍受接二連三的麻煩，也不願從根本上改變現狀。人們的保守與麻木可見一斑。在這個很多人窮得連一塊豆腐都買不起、孩子為此立志長大以後開豆腐房的貧困地方，人們的同情心也並不富有。一群狗咬叫化子，主僕看見和聽見無動於衷。冰天雪地裏，賣饅頭老人跌倒在地，路過的人非但不去安慰與照拂，反而會撿來饅頭一邊吃著一邊走去。王家大姑娘未出嫁時，人們誇她大辮子、大眼睛長得好看，臉紅得像一盆火似的，膀大腰圓的帶點福相，「這姑娘將來是個興家立業的好手」！可是等她嫁給了一無所有的磨倌馮歪嘴子，並且生了個兒子，輿論立馬發生了一百八十度的大轉彎，同院住的，街坊鄰居，有閒的老太太、出苦力的長工，異口同聲地說王大姑娘這樣壞、那樣壞，一看就知道不是好東西。連她的長相、髮式都成了不是：眼睛長得不好，辮子也太長，力氣又太大，「男人要長個粗壯，女子要長個秀氣。沒見過一個姑娘長得和一個扛大個似的」。一時間，作傳、作論、作日記的，應有盡有，還有人為了取得宣傳的材料，冰天雪地地守在窗戶外邊，偷聽消息，捕風捉影，散布嬰兒凍死、馮歪嘴子上吊自刎的謠言，招來幾十個來看子虛烏有的熱鬧的看客。

如果說王大姑娘等人的際遇還只是反映出冷漠、勢利與無定性等國民性弱點的話，那麼，第五章中，給小團圓媳婦的「治病」則更是表現出文化「吃人」的殘忍性一面。小團圓媳婦過門時是一個多麼健康活潑的女孩兒，然而一進了婆家的門就被加上了神權、男權與種種禮教規矩的桎梏。長得高彷佛是見不得人的事情，明明是十二歲的年齡，卻被告知要對人說是十四歲，即使如此，也還是被人懷疑是瞞了歲數。發乎天性的開朗活潑與坐得筆直、走得風快也成為罪過，被視為不知羞，沒有媳婦樣子，於是婆婆給她下馬威，用各種方法折磨她，用烙紅的烙鐵烙她的腳心，還把她吊在房樑上，讓她叔公公用皮鞭子抽她，抽得昏死過去。折磨成病，婆婆說她有病，於是，跳神趕鬼，抽帖占卜，還用些光怪陸離的偏方，並且竟然當著眾人之面，將她脫光了身子洗所謂熱水澡，實則用滾熱的水澆燙，結果，連著澆燙三遍，不久就奪走了這個少女的活潑潑的生命。小團圓媳婦的慘死，是對封建禮教和愚昧迷信的揭露，也是對男權的控訴。婆婆所代表的，正是男權的眼光與力量；最後直接導致小團圓媳婦之死的「洗澡」，其實也是為了滿足大神不便明言的觀裸癖。小團圓媳婦之死與《生死場》裏的月英之死，都是對男權的控訴與批判，這是蕭紅的一貫立場。作為一個女性作家，蕭紅從創作一開始就具有的女權主義色彩，在《呼蘭河傳》中得到繼承與發展。第二章在寫到唱大戲每每成為訂親的場合時，訴說在弊端叢生的指腹為親中，女性尤其處於劣勢，作者為之鳴不平，情不自禁地插入了關於女權的議論：「節婦坊上為什麼沒寫著讚美女子跳井跳得勇敢的讚詞？那是修節婦坊的人故意給刪去的，因為修節婦坊的，多半是男人，他家裏也有一個女人。他怕是寫上了，將來他打他女人的時候，他的女人也去跳井。女人也跳下井，留下一大群孩子可怎麼辦？於是一律不寫。只寫，溫文爾雅，孝敬公婆……」四月十八娘娘廟大會，求子求孫的燒香人，本應先到娘娘廟燒香，卻先老爺廟後娘娘廟。作者從這裏看出性別歧視的陰影，譏刺地嘲弄說這是因為「人們都以為陰間也是一樣的重男輕女，所以不敢倒反天干」。寫到塑像男的兇猛、女的溫順時，戲謔中飽含沉重地解釋道：「那就是讓你一見生畏，不但磕頭，而且要心服。就是磕完了頭站起再看著，也絕不會後悔，不會後悔這頭是向一個平庸無奇的人白白磕了。至於塑像的人塑起女子來為什麼要那麼溫順，那就告訴人，溫順的就是老實的，老實的就是好欺負的，告訴人快來欺負她們吧。」字裏行間透射出強烈的女權主義意緒。

當觸及社會貧困、審視文化弊端及感歎逝水流年時，作品流露出憂鬱蒼涼的語調。第四章通篇描寫的院子裏的荒涼，便是這種語調的集中體現。夜風颳得滿院子蒿草成群結隊的響，朽木爛柴舊磚散泥、破缸及缸裏似魚非魚似蟲非蟲的活物、破缸外的潮蟲、豬槽底上的蘑菇、槽旁生鏽的犁頭、耗子成群的糧倉、風中作響的房子、院子裏那些房客與佃農——他們不知道光明在哪裏，可是實實在在地感到寒涼就在他們身上……作品的尾聲以一連串的「了」字敘述小城的變故：「老主人死了，小主人逃荒去了。那園裏的蝴蝶、螞蚱、蜻蜓，也許還是年年仍舊，也許現在完全荒涼了。」語調裏滲透出無限的感傷與懷戀。這種蒼涼的語調，與張愛玲的小說頗有些相似之處，但張愛玲專揀人性的陰暗面揭露，抓住人性弱點不遺餘力地嘲弄，而蕭紅在《呼蘭河傳》裏，能在荒涼中找到童趣，能在冷漠中尋覓親情，能在疲憊中發現堅韌。譬如馮歪嘴子雖然遭受了喪妻的巨大痛苦與人間冷漠的咬齧，但他不向厄運屈服，仍然執著地把希望寄託在孩子身上，頑韌地拉扯著兩個孩子艱難度日，敘事者對於這個帶有西緒弗斯色彩的人物不是給予嘲笑，而是寄予同情和欽敬。張愛玲雖然運筆於炎熱的滬港之間，但其作品裏的蒼涼卻是透徹骨髓的冰冷；蕭紅雖然追憶的是冰天雪地的北國，但活躍其間的童趣、親情與人物性格中的可愛之處，卻多少消解了一些自然與社會的酷寒。溫馨與蒼涼、熱情與冷峻構成了《呼蘭河傳》的複式語調。

《呼蘭河傳》的創作正值抗戰期間，蕭紅沒有像她的成名作《生死場》及其他作品一樣，去直接表現抗戰內容，這曾經引起不少人的不滿與非議。就連對這部作品頗為欣賞的茅盾，也批評說：「如果讓我們在《呼蘭河傳》找作者思想的弱點，那麼，問題恐怕不在於作者所寫的人物都缺乏積極性，而在於作者寫這些人物的夢魘似的生活時給人們以這樣一個印象：除了因為愚昧保守而自食其果，這些人物的生活原也悠然自得其樂，在這裏，我們看不見封建的剝削和壓迫，也看不見日本帝國主義那種血腥的侵略。而這兩重的鐵枷，在呼蘭河人民生活的比重上，該也不會輕於他們自身的愚昧保守罷？」[6] 單從抽象的時代性來說，這種意見不無道理。但實際上，作家創作是一個十分複雜的現象。就作家的創作個性來說，蕭紅本來不是一個以政治性見長的作家，甚至對社會性也不像很多作家那樣關注，她更傾向於而且最擅長的是文化視角的生存狀態的表現。「九・一八」的喪土之痛，加上後來《跋涉》被禁，激發起強烈的民族義憤，才有由低沉走向亢奮的《生死場》。《生死場》的轟動效應與抗日題材有關，但最成功的部分還要數「九・一八」事變之前的描寫。一到後來日本入侵以後的描寫，則如同提綱或速寫一般，運筆匆促，線條粗放而有幾分凌亂，在當時的特定背景下確有震撼人心的力度，但遠遠談不上豐滿與潤澤。在創作《呼蘭河傳》的前後，蕭紅未始沒有表現抗日的作品，譬如發表於一九三九年的《黃河》、《曠野的呼喊》、《朦朧的期待》等小說，以及一九四一年九月發表的〈給流亡異地的東北同胞書〉等，就充滿了強烈的愛國激情。但在《呼蘭河傳》裏，她則專注於老化與清新雜糅、疲塌與頑韌並存的鄉土文化的追憶與解剖，她是以一種特殊的方式來表達自

---

6 茅盾，〈論蕭紅的《呼蘭河傳》〉，《文藝生活》一九四六年十二月號。

己對時代的態度。作品有意淡化了社會背景，這對於時代性來說，或許是一種犧牲，但對於文學來說，無疑是一種有意義的犧牲。並不熟悉戰地生活的蕭紅，得心應手地創作一部意蘊飽滿、風格別具的《呼蘭河傳》，顯然比勉為其難地寫一部戰爭題材的作品要好得多。時代從來都是多元的，應該允許作家有多種表現與各自的姿態。事實上，暫時「躲開」主潮的喧鬧，按照自己的創作個性去埋頭創作，這並非蕭紅一個人的覺悟與舉措。抗戰進入相持階段以後，抗戰之初的亢奮為此時的沉思所取代，不少作家都轉向了大後方生活或國民性反思的作品。譬如沙汀，一九三九年從抗日民主根據地回到家鄉四川，就為的是發揮自己之所長，寫出扎實厚重的作品。他於一九四三年推出的長篇小說《淘金記》描寫的是川西鄉鎮「上流社會」爾虞我詐的惡鬥，展示人性的邪惡與社會的毒瘤。一九四五年問世的《困獸記》寫的是知識分子在大後方報國受壓、感情生活也是危機重重的生存狀態。這些作品的主旨都不是抗戰與揭露封建剝削，但無疑是成功之作。相反，即使是名作家，在抗戰期間表現抗戰題材的急就章，諸如茅盾的《第一階段的故事》、老舍的《火葬》、巴金的《火》三部曲等，激情可嘉可感，但在藝術上卻相當粗糙，與他們的藝術水準不相匹配。茅盾抗戰時期的小說佳作，當首推江南風情濃郁的《霜葉紅似二月花》，這部長篇小說表現的是五四前後的歷史風貌，而不是抗戰的現實生活。老舍表現抗戰的成功之作是完成於抗戰結束之後的《四世同堂》，這恐怕主要是因為他回到了自己最有把握的北京熱土與他所擅長的國民性批判題材。巴金抗戰時期最好的小說，是並非抗戰題材的《憩園》，當他回到自己熟悉的巴山蜀水與人生人性探索的園地，他才能運斤成風。沈從文於一九四三年推出的長篇小說《長河》，也是同「主潮」保持相當距離的成功之作。在這一背景中來看蕭紅的所謂「消極」[7]，實在不能說是消極的退隱，而應該說是順應了藝術規律的積極的進取。

---

[7] 轉引自茅盾，〈論蕭紅的《呼蘭河傳》〉。

第三節　如詩如畫的小說敘事

蕭紅是一位個性很強的作家，出於自己的創作個性，也為了追求藝術的生命力，她既不殫於疏離主流意識，也樂於突破一般的小說模式。她曾表示不相信那套「小說有一定的寫法，一定要具備幾種東西，一定寫得像巴爾札克或契訶夫的作品那樣」的小說學，她認為：「有各式各樣的作者，有各式各樣的小說。」[8]蕭紅的小說通常被看作散文體小說，確有一定的道理，因其重敘事而不重人物，重場面而不重情節。但同其他作家的散文體小說比較起來，蕭紅的小說又是別具一格。她的筆觸更為細膩，感覺的即時性與場面的跳躍性更強，畫面感鮮明，詩的韻味醇厚。茅盾在〈論蕭紅的《呼蘭河傳》〉一文中，說「它是一篇敘事詩，一幅多彩的風土畫，一串淒婉的歌謠」。其實，何止一部《呼蘭河傳》，如詩如畫可以說是蕭紅小說整體上最為突出的敘事特徵。

也許同女性感覺的纖細和對美術的愛好有關，蕭紅對自然景物與社會生活有著異常敏銳的畫面感，並擁有出色的意象營構能力。她的第一篇小說《王阿嫂的死》，開篇寫到：「草葉和菜葉都蒙蓋上灰白色的霜，山上黃了葉子的樹，在等候太陽。太陽出來了，又走進朝霞去。野甸上的花花草草，在飄送著秋天零落淒迷的香氣。」這簡直是畫的彩筆、詩的韻致，東北的深秋景色，被點染得鮮明動人而富於象徵意味，白霜黃葉為後來主人公的淒慘命運透露出一點信息。她的最後一個短篇小說《小城三月》的尾聲，捕

8 聶紺弩，〈《蕭紅選集》序〉，《蕭紅選集》（人民文學出版社，一九五八年）。

捉到富於地方特色的春天景象——「街上有提著筐子賣蒲公英的了，也有賣小根蒜的了。更有些孩子們，他們按著時節去折了那剛發芽的柳條，正好可以擰成哨子，就含在嘴裏滿街地吹。」正是在這樣一幅春意盎然的圖景中，翠姨墳頭草籽發芽所顯出的淡淡青色，在常常從上面跑過的白色山羊的腳下，顯得格外的淒涼。她的作品中有時像電影的「空鏡頭」一樣，插入一點景物描寫，表面上看起來，與本來就很淡化的情節沒有什麼直接的關聯，但其實具有表達意緒的功能。如《呼蘭河傳》第一章第八節裏，有一段關於火燒雲的出色描繪：大白狗變大紅狗，紅公雞變金公雞，紅堂堂，金洞洞，半紫半黃，半灰半百合色，葡萄灰，大黃梨，紫茄子，還有些說也說不上來的，見也未曾見過的顏色，駿馬奔騰，蒼狗疾跑，獅子威武雄踞，猴子靈活多動，其逼真的形態與絢麗的色彩好似丹青高手的彩繪，其瞬息即逝的變化又遠非靜止的畫面可比，其藝術性足可與茅盾、巴金、老舍、沈從文等人一流的自然描寫相媲美。奇幻的自然景色描寫，插入晚飯後的農家生活場景的描敘之中，切入化出自然天成，「空鏡頭」意蘊豐滿，寄託著作者懷戀故鄉的拳拳遊子情。

在蕭紅小說裏，畫面常常作為敘事的基本要素，如同構成神經組織的神經節或更小的神經元。她的許多作品都是靠一個一個鏡頭感很強的畫面（自然景物、生活場景、人物特寫等）剪輯而成的。有的作品還設置一個中心意象，全篇圍繞著中心意象展開描寫，構成一種帶有象徵色彩的藝術空間。譬如《橋》裏的那條水溝，貧婦黃良子的喪子悲劇和在此前後的焦慮痛苦，都與它密切相關。在這裏，水溝象喻著階級之間難以逾越的鴻溝，建造了新橋，黃良子的兒子反倒落水而亡，這是對命運不公的血淚控訴。又如《手》裏那雙染上了顏色的手，女主人公王亞明固然英語不地道，學習吃些力，但她受到從同學到校役再到女校長的歧視，直至不待考試就被打發回家，根源就在於她那雙染坊匠女兒的手。讀過這篇小說之後，也許主人公的名字很快就會被忘卻，簡單的情節也留不下多少印象，但那雙藍的、黑的，又好像紫的、從指甲一直變色到手腕以上的手，卻會深深地印在讀者的腦海裏。再如《曠野的呼喊》裏的風，那種東北原野上早春的大風──不知從哪裏來，帶來了人聲、狗叫聲，使一切都喧嘩起來，吼叫起來，吹翻牆囤頭上的泥土，拔脫屋頂的草路邊的樹，颳得滿天混沌，地動山搖，其聲勢給人以強烈的印象，它是意蘊寬廣的象徵，隱喻著日本侵略者帶來的巨大災難，和由此激起的中華民族的憤怒反抗。有了大風這一主體意象的描寫，這個短篇才有了活力，有了氣勢。除了善於利用自然物象營構意象之外，蕭紅還以其敏銳的感悟與超拔的聯想，每每在事物的聯繫中創造出別致的意象。如《生死場》裏，五姑姑的姐姐難產，家裏人「為她開始預備葬衣，在恐怖的燭光裏四下翻尋衣裳，全家為了死的黑影所騷動」。「恐怖彷彿是僵屍，直伸在家屋。」這個意象，貼切而新異，強化了作品所要渲染的恐怖氛圍。

畫面感強而情節性弱，貌似單純、散漫，實際上蕭紅很講究結構藝術，她的小說代表作大都有一個精緻的結構。《橋》開頭是孩子要找母親吃奶而哭，結尾是母親因不幸喪子而哭。《手》從女主人公帶著一雙有顏色的手初來學校寫起，結尾寫她被校方打發回家，在碎玻璃一樣閃光刺眼的雪地上離去，來與去，黑與百，構成強烈的對比。《曠野的呼喊》以「風撒歡了」開篇，以「地平線在混沌裏完全消融，風便做了一切的主宰」結尾。《小城三月》從三月的原野新綠寫起，以姑娘們忙著換春裝，「只是不見載著翠姨的馬車來」結尾，同是春天，卻已物是人非、生死迴異，不能不讓讀者倍感悲涼。無論是短篇，還是中長篇，畫面之間、片段或單元之間，有跳躍，有穿插，但並非硬性的鑲嵌，而是有著內在的關聯。譬如《生死場》，從表面上看，沒有貫串始終的情節，也沒有統領全局的中心人物，實際上卻有一條忽隱忽現、欲斷還續的內在脈絡。第一章〈麥場〉，寫農民對家畜的珍愛（因為這裏的窮苦農民沒有自己的土地，所以家畜即是他們最貴重的家產），主要是男人的世界；第二章〈菜圃〉，接下來寫女人與性愛；第三章〈老馬走進屠場〉，寫農民的困境，與第一章的愛家畜形成對比性的銜接；第四章〈荒山〉，寫女人們苦中作樂的生趣與月英之死顯露出來的女性的生存危機，與第二章隔章銜接，又作為農民對困境的自然反應，寫了農民準備反抗加租及其半途而廢；第五章〈羊群〉，承接上一章的脈絡，寫農民趙三父子無奈的生計及其挫折；第六章〈刑罰的日子〉，寫女性的生育痛苦；第七章〈罪惡的五月節〉，以王婆的服毒與小金枝的慘死將女性的悽楚命運推向極致；第八章〈蚊蟲繁忙著〉，寫王婆死而復生的頹唐與對女兒復仇的希望；第九章〈傳染病〉，寫病魔的襲擊與農民對「洋鬼子」的恐怖，為後面日本侵略者的出場做了鋪墊；經過第十章〈十年〉的過渡之後，第十一、十二兩章寫「王道」旗幟下的暴行；第十三章〈你要死滅嗎？〉寫東北人民的奮起抗日；第十四章〈到都市去〉，寫未走上抗日第一線的女性的生計；第十五章〈失敗的黃色藥包〉，寫義勇軍的受挫與其重新選擇；第十六章〈尼姑〉，寫進城受辱的金枝要做尼姑而不能，寓示除了反抗別無出路；第十七章〈不健全的腿〉，寫農民走上正確的抗日道路。由上可知，各章之間，或是直接承繼，或是隔章相銜，彷彿詩詞歌賦不同的押韻方式，整體上一脈貫通。全書的末尾，連自私、怯懦的二里半也割捨下心愛的老羊，奔赴抗日前線，與作品開篇處同一人物為尋找走失的老羊時的惶急與暴躁，恰成一個鮮明的對比，在結構上見得出首尾相顧的匠心。整體上如此，每一章也有其內在的脈絡。如第七章，王婆服毒——亂墳崗子掘墓坑——插入關於墳場的詠歎——述說農民活著的艱難——趙三進城——棺材鋪場景——裝殮後的王婆——王婆女兒的悲哀——「死屍還魂」的對策與反應——送葬——王婆死而復生——二里半對悲劇的麻木——小金枝被暴怒的父親成業摔死——成業的墳場印象。場景的跳躍與插入，不但沒有削弱反而強化了死亡的氛圍。

使得敘事結構一脈貫通，也是引導讀者易於進入作品情境的重要因素，是詩的情思與詩的韻律。蕭紅不像廬隱那樣宣洩式地直抒胸臆，而是把深情摯意隱藏在意象、意境之中，冷靜的敘事中蕩漾著激情彈奏出來的詩的韻律，猶如雄壯磅礴或陰柔哀婉的音樂。《呼蘭河傳》就像一部旋律富於起伏變化的交響曲。第一章寫艱難而卑瑣、循環往復而缺少變化的生存狀態，語調沉重、蒼涼；第二章寫精神上的盛舉，語調轉為歡快、活潑；第三章沉浸於自己在老祖父的庇蔭下，在後園裏的快樂童年，語調洋溢著童趣；第四章從場景、物什到院子裏的窮人及人際關係，渲染家的荒涼，語調轉向低沉；第五章順著這樣的調式繼續發展，寫小團圓媳婦的慘劇，語調至為悽楚、悲愴，達到全篇悲劇的高潮；但作者顯然並不是要把這部作品處理成一部悲劇，所以在接下來的第六章中，刻畫了有二伯的性格，這個自尊與卑怯兼備、正直與狡黠雜糅的人物，給作品染上了一點喜劇色彩，對前一章給讀者帶來的嚴重壓抑多少是一點削減，讓讀者能獲得一點情緒上的紓解；第七章寫馮歪嘴子與王大姑娘的喜與悲，鄰人的冷酷，最後馮歪嘴子執著的生命意志給全篇一個希望，明暗交錯的語調終於以一絲明朗收束；尾聲在對家鄉的無限眷戀中結束。連同尾聲在內的八個部分，可以按照語調大致分為四個板塊，呈現為蒼涼——歡欣——淒苦——沉重中的解放（希望），這很像由快板、慢板、小步舞曲或詼諧曲、快板四個樂章構成的奏鳴曲。第一章也如奏鳴曲式的結構，第一節猶如呈示部，圍繞著一個大坑，相繼呈現出生存狀態、國民性批判與文化景觀等三條主題線索，三者之間形成相依相生、對比互稱的關係；從第二節到第八節，彷彿展開部，通過王寡婦喪子、染缸房淹死學徒、造紙房有一個私生子餓死、紮彩鋪的生意等各種偶發事件或日常生活的描寫，充分發揮呈示部各主題中具有特徵的因素；第九節好像再現部，以自然景物的流轉象徵呼蘭河生活的循環往復，基本上是呈示部的再現，使整章形成一個統一、完整的調式，也為後面奠定了旋律色調的基礎。

一九二〇年，周作人在翻譯庫普林的小說《晚間的來客》時，提出了「抒情詩的小說」[9]這一概念。魯迅最早在這種詩化小說的創作上獲得了成功，而後，廢名、沈從文等作家也有這方面的佳績。蕭紅受到

9 周作人，《晚間的來客・譯者後記》，《新青年》第七卷第五號。

前驅者的影響，再早還可以追溯到童年時代祖父給予她的詩教。文學影響與大自然的薰陶，使這個呼蘭河的女兒養成了詩意的眼神和詩性的才能。她能從自然景色與生活場景中發現詩意，加以詩性的藝術表現。意象的捕捉、意境的營造自不必說，詩歌辭賦的技巧也得到得心應手的運用。譬如《呼蘭河傳》第四章，以複遝的手法寫荒涼的意境。「荒涼」是這一章的「詩眼」，第一節以滿院的蒿草在颳風和下雨乃至晴天時的種種徵象來指認「荒涼」。接下來的幾節中，均以「我家是荒涼的」或「我家的院子是很荒涼的」起句，後面便以院子裏的破房及其住戶種種景況鋪展這種荒涼，最後的第五節以蜻蜓和蝴蝶在蒿草中的喧鬧強化了荒涼寂寞的意境。小說的敘事語言，汲取了詩歌的凝練、節奏感與韻律感。詩性語言的韻味很難予以傳神的評價，姑且徵引《呼蘭河傳》第一章第九節的一段文字，以見其詩性本色：

烏鴉一飛過，這一天才真正地過去了。

因為大昴星升起來了，大昴星好像銅球似的亮晶晶的了。

天河和月亮也都上來了。

蝙蝠也飛起來了。

是凡跟著太陽一起來的，現在都回去了。人睡了，豬、馬、牛、羊也都睡了，燕子和蝴蝶也都不飛了。就連房根底下的牽牛花，也一朵沒有開的。含苞的含苞，捲縮的捲縮。含苞的準備著歡迎那早晨又要來的太陽，那捲縮的，因為它已經在昨天歡迎過了，它要落去了。

隨著月亮上來的星夜，大昴星也不過是月亮的一個馬前卒，讓它先跑到一步就是了。

夜一來蛤蟆就叫，在河溝裏叫，在窪地裏叫。蟲子也叫，在院心草棵子裏，在城外的大田上，有的叫在人家的花盆裏，有的叫在人家的墳頭上。

作者在這裏彷彿不是寫小說，而是寫散文詩。難得的是這種詩的情思詩的意境詩的語言不只於個別片段，而是蕭紅小說到處可見的敘事常態。蕭紅小說的詩性，與其說是自覺的追求，毋寧說是創作個性的自然顯現。要論及中國現代詩性小說的發展，蕭紅無疑占據著重要的位置。

蕭紅小說的魅力，不僅在於如詩如畫，而且在於多樣筆墨，有《生死場》、《曠野的呼喊》式的簡勁、雄健、熱烈，也有《呼蘭河傳》、《小城三月》式的細膩、柔婉、冷峻，還有《馬伯樂》式的幽默、詼諧、犀利。其實，早在《生死場》裏就有一點緣於生活的詼諧，只不過被慘烈所淹沒。《呼蘭河傳》裏，幽默與反諷有了明顯的發展。在《馬伯樂》裏，作者的諷刺幽默才能有了充分的展現。馬伯樂是一個精神上的十不全，柔弱、卑怯、懶惰、顢頇、笨拙、說話繞彎、擅長悲哀、不負責任，偶或有點「理想」，但一遇困難便逃，結果一事無成。正如作品中另一人物批評他的那樣：「頭一天是一盆通紅的炭火，第二天是灰紅的炭火，第三天就變成死灰了。」中學畢業後，一直賦閒在家，無所事事。他曾去上海想讀大學，沒考上，只旁聽，父親不給費用，便乖乖地回來當少爺。為了吃現成飯，寧可住在家裏聽父親的訓斥。他想當作家，書與稿紙買回來不少，但作品永遠存在於想像中。到上海開書店，不務正業，呼朋喚友，吃吃喝喝，三個月過去，耗盡了兩千元本錢，一本書也沒出來，只好關門大吉。抗戰爆發，他的所有心思全放在逃難上，從青島逃到上海，又從上海逃到漢口，鬧了一場自討沒趣的單相思，唯一的工作是在一部抗戰影片中扮演了一個過場性的小丑角。這一角色倒彷彿是他的象徵。馬伯樂讓人很容易想起現代小說史上的一系列灰色人物，如葉紹鈞筆下的潘先生（《潘先生在難中》），老舍筆下的老馬（《二馬》）、牛天賜（《牛天賜傳》），蘆焚（師陀）筆下的陳世德（《無望村的館主》）等。《馬伯樂》的諷刺在性格層面以外，還旁刺了抗戰中文化人的虛浮，這一方面，恐怕帶有一點作家自辯的意味，因為有人把她「蟄居」在香港搞創作視為「消極」。這部作品筆姿灑脫，酣暢淋漓，呈現出蕭紅小說的又一種風格，也顯示出這位才女身上不可估量的創作潛力。自然，作品也不是沒有缺陷，主人公缺少一點老馬、牛天賜身上的那種文化底蘊，諷刺也存在著漫畫化的苗頭，有的地方過分誇張，如說主人公腿瘦得好像鶴腳那般長，脖頸和長頸鹿似的，老遠地伸出去，等等，影響了作品的力度。

長篇小說《馬伯樂》醞釀於一九三九年的重慶，於一九四〇年春在香港動筆，與《呼蘭河傳》的創作交錯著進行，年底完成第一部，於一九四一年一月由大時代書局出版，第二部九章在端木蕻良主編的《時代文學》上連載至一九四一年十一月，因病重輟筆，未能完篇，成了蕭紅小說的絕筆。

蕭紅早在哈爾濱時，被王氏欺騙同居懷有身孕，妊娠中的焦慮與生產前後的困頓，使她身體的元氣大受虧損。以後四處流亡，體質一直不是很好。到香港以後，總算可以安靜地寫作了，但緊張的工作又使她的身體日漸衰弱，經常頭痛、咳嗽、心悸、氣促、失眠，於一九四一年夏入瑪麗醫院治療，初冬出院。一九四一年十二月八日，太平洋戰爭爆發，日軍進攻香港，十二月二十五日香港淪陷。蕭紅因病未能同其他文化界進步人士一道在中共南方局的安排下離港，備受戰火驚擾，病情加重，住進當時最大的一家私人醫院。醫生誤診為喉頭腫瘤，錯做手術，導致病情惡化，蕭紅先後住進條件較好的瑪麗醫院與法國醫院，但由於日軍強行徵用醫院而被迫遷出，住進設在聖士提反女校的臨時醫療站，失去了治療的最後機會。一九四二年一月二十二日上午，蕭紅帶著對生命的無限留戀和對日寇的強烈憤恨，永遠閉上了眼睛。端木蕻良把她的骨灰分裝在兩個掛釉的陶罐裏，一個葬在面向大海的淺水灣，墓前立下了一塊由他親筆書寫的「蕭紅之墓」的木牌，另一個葬在蕭紅長辭人世之地聖士提反女校面向東北方向坡上的一棵小樹下。一九五七年，由於淺水灣要搞開發建設，蕭紅的一份骨灰遷回大陸，重新安葬在廣州東郊銀河公墓。

蕭紅去世時，年僅三十一歲。噩耗傳出，文壇震驚，延安、重慶等地先後舉行追悼會，悼念這位才華橫溢的呼蘭河的女兒。蕭紅的悟性與才華，經過血與火的鎔鑄，創造出剛健與柔婉相融的文學，並且顯示出令人矚望的發展前景。一九三六年初，魯迅在與美國作家愛德格‧斯諾的談話中就曾說：「蕭紅是最有前途的女作家，看來她有可能接替丁玲女士，正如丁玲接替了冰心女士。」[10]據許廣平回憶：「每逢和朋友談起，總聽到魯迅先生的推薦，認為在寫作前途上看起來，蕭紅先生是更有希望的。」[11]胡風也曾在蕭軍面前誇獎蕭紅：「她在創作才能上可比你高，她寫的都是生活，她的人物是從生活裏提煉出來的，活的。不管是悲是喜都能使我們產生共鳴，好像我們都很熟悉似的。而你可能寫得比她的深刻，但常常是沒有她的動人。你是以用功和刻苦，達到藝術的高度，而她可是憑個人的天才和感覺在創作……」[12]然而，令人痛惜的是日本軍國主義發動的侵略戰爭奪去了蕭紅年輕的生命，使呼蘭河懷抱裏的一條流光溢彩的清溪猝然斷流。

還有一點讓人遺憾的是，蕭紅去世半個多世紀以來，一直不斷地有人在蕭紅的感情生活上大做文章，而對本來最應關注的蕭紅的創作個性與文學成就反倒有所怠慢。兩性之間的感情，是十分纖細、微妙、複雜的，甜蜜還是苦澀，此時與彼時會有千變萬化，怎能以一時的感受代替整體的評價？結合或是分手，是當事人自己的基本權利，別人無權說三道四。然而在中國這樣一個倫理色彩濃郁的社會裏，蕭紅在世時，就承受了來自各方面的壓力，斯人長逝，世俗之見還是不放過她，或妄加猜測，或評頭品足，表面上是為故人鳴不平，殊不知正是對故人的不尊重。如果蕭紅真是九泉之下有知，豈不要越加傷感！

10 轉引自葛浩文，《蕭紅評傳》，頁六六。
11 景宋，〈追憶蕭紅〉，《文藝復興》第一卷第六期（一九四六年七月一日）。
12 胡風，〈悼蕭紅〉，收入人民文學出版社、三聯書店香港分店聯合編輯出版的中國現代作家選集《蕭紅》中，為〈代序〉。

第十章　黑土地之子

一九三二年初至一九三四年，東北作家群在哈爾濱初成氣候時，遠在京津的端木蕻良尚處於這個群體之外。一九三五年，蕭軍、蕭紅有幸得到魯迅的扶助，因《八月的鄉村》與《生死場》問世而名聲大振，而此時的端木蕻良在文壇上還是默默無聞。然而，從一九三六年八月起，端木蕻良這個名字在《文學》、《作家》與《中流》等影響較大的刊物上頻頻出現，其意緒飽滿、表現別致的作品給人留下了深刻的印象。周立波在《一九三六年小說創作的回顧》裏，把端木蕻良列為重要的文學新人，他說：「因為塞外的抗戰，以及內地農村的破敗和騷動，在今年的文藝領土上，特別產生了許多新的收穫。像端木蕻良、荒煤、舒群、宋之的、羅烽、姚雪垠、王西彥、吳奚如、劉白羽等，都有很高的成就。端木蕻良的《遙遠的風沙》和《鴜鷺湖的憂鬱》，荒煤的《長江上》，舒群的《沒有祖國的孩子》，宋之的的《□□□紀念堂》，羅烽的《獄》等，在藝術的成就上和反映時代的深度和闊度上，都逾越了我們的文學的一般的水準。憑著這些新的力量的活動，一九三六年造成了文學上的一個新的世代。」[1]端木蕻良的確不負評論家的好評，也沒有辜負魯迅、茅盾、鄭振鐸、王統照等文壇耆宿的熱情關注，以其勤勉的創作與鮮明的個性活躍在抗戰前後的文壇上，成為東北作

1　周立波，〈一九三六年小說創作的回顧〉，《光明》第二卷第二期（一九三七年）。

家群的重要一員。隨著時光的流逝，一些當年走紅一時的作品已漸漸為人們所淡忘，而端木蕻良小說——來自黑土地的歌吟，卻依然魅力不減，它那獨標一幟的藝術個性與多重價值，值得咀嚼，也禁得起回味。

第一節　黑土地的憂鬱和憤怒

一九三六年八月一日出刊的《文學》七卷二期上，發表了端木蕻良的小說《鷥鷺湖的憂鬱》。「一輪紅橙橙的月亮，像哭腫了的眼睛似的，升到光輝的銅色的霧裏。這霧便熱鬱地閃著赤光，彷彿是透明的塵土，昏眩的籠在湖面。」作品開篇就勾織出一幅由月亮與霧構成的憂鬱畫面，這正是小說主題意蘊的象徵。二十三歲的來寶和十六歲的瑪瑙，本來正是應該享受青春歡娛和馳騁美麗幻想的韶光華年，可是，在國土被蠶食的多事之秋，在土地制度的束縛之下，他們在受雇於地主看青的秋夜，卻不得不咀嚼著失土之痛與生活艱辛。生活如此粘滯沉重，連痛打偷青賊的刺激也不肯給他們。第一次抓住的竟是瑪瑙那多病的父親，他的腰是駝到無可再駝的程度，剛一交手，就慘叫著沉重地倒地，喉嚨被痰壅塞著，被看青人認出來後，掙扎地站起來，憤然地空手而去。接下來是生活無助的母女，母親向率先發現了她的來寶哥獻出肉體與自尊作為代價，換取羸弱的女兒偷青的片刻。被隱隱約約的語聲驚醒的瑪瑙，先是感到茫然的不能索解，只是下意識地襲來一股羞辱與不可知的恐怖，當他知道內情後，對小女孩一家苦境的同情完全取代了看青的職責，他一聲不響地從她無力的手裏將鐮刀莽撞地奪下來，替她割起來。作品以刪節號作結，寫不盡的大概是那月亮與霧所象徵的無邊憂鬱，抑或還有那遠遠的雞聲所隱喻的要打破這沉沉暗夜的內心希冀。

步入上海文壇的第一篇作品，展示出端木蕻良的藝術才華，也猶如其主體心態與創作風貌的一副剪影。黑土地的憂鬱，在端木蕻良的小說中表現得那樣深沉，那樣執著。《爺爺為什麼不吃高粱米粥》、《鄉愁》等述說著流亡者的失土之痛，《萬歲錢》等描寫了社會底層生存無依的絕境。但端木蕻良的憂鬱並非浮泛的感傷與居高臨下的哀憐，而是浸透著發自肺腑的憤懣，伴隨著對苦難根源的追索、抗爭與對未來出路的探究，憂鬱至極，便燃燒起復仇的騰騰烈焰。《憎恨》裏，圓子一家在地主孫大絕後的壓榨下家破人亡，所以，當孫家的大賬房麻算盤豪橫地將朱老全趕出家門，鳩占鵲巢地在他家的熱炕上與另一佃戶的妻子淫樂時，圓子火燒麻算盤的復仇行為就可以理解了。趕來救火的鄉民，寧可救朱老全的愛犬「老虎」，也不願去救麻算盤，農民的憤怒可見一斑。《遙遠的風沙》裏，接受義勇軍改編的土匪「二當家的」煤黑子，儘管匪氣十足——唱淫邪小調，誇口一次連砍十隻手，劫到五副金鐲子，逼迫房東煎雞蛋、炒豆，強姦房東奶奶，搶回義勇軍按紀律付給房東的鈔票，但是，當面對共同的敵人——奴才的狗子時，他卻能與義勇軍隊長一道掩護戰友突圍，同敵人殊死搏鬥，直至獻出自己的生命。作品在生死瞬間的險境中刻畫了人物的複雜性格，揭示出面對民族共同敵人時不同力量的協同一致。文學史家楊義稱《遙遠的風沙》「是一篇奇峭悲壯的『塞外行』」[2]，的確，我們透過遙遠的邊塞風沙，可以感受到粗礪剛勇的原始的生命強力，感受到「風蕭蕭兮易水寒，壯士一去兮不復還」的豪邁氣概。《渾河的急流》把視野投向了山野林莽中的普通百姓，但發掘民族反抗侵凌的主旨則別無二致，而且還向歷史追溯不屈不撓的傳統。「滿洲國」皇帝迎娶東洋皇妃，限令獵戶按期進貢狐皮，否則將以「反滿嫌疑」治罪。山民終於奮起反抗了，復仇的風吹滿了山巒，癡情的山姑水芹子寧可心愛的情人金聲走上生死難卜的前線，也不願看見纏綿於愛情而踟躕不前的情人身影。渾河的水翻騰著流去，洶湧奔騰的是復仇的激情。

2 楊義，《中國現代小說史》第三卷（人民文學出版社，一九九一年），頁二七八。

深沉的憂鬱、激憤的復仇，都源自對黑土地眷戀的執著。一九四四年，端木蕻良這樣談到自己與土地的關係：

在人類的歷史上，給我印象最深的是土地。彷彿我生下來的第一眼，我便看見了她而且永遠記起了她。……

土地傳給我一種生命的固執。土地的沉鬱的憂鬱性，猛烈的傳染了我。使我愛好沉厚和真實。使我也像土地一樣負載了許多東西。當野草在西風裏蕭蕭作響的時候，我踽踽的在路上走，感到土地泛溢出一種熟識的熱度，在我們腳底。土地使我有一種力量，也使我有一種悲傷。……我活著好像是專門為了寫出土地的歷史而來的。[3]

端木蕻良心中念念不忘的土地，就是他生於斯、長於斯的家鄉——科爾沁旗草原。一九一二年九月二十五日，中秋之夜，他出生於遼寧省昌圖縣鷟鷺樹鄉蘇家屯旗人曹姓地主家庭，原名曹漢文，乳名蘭柱，後在南開中學讀書時，因仰慕屈原（本名為「平」），自己改名曹京平。昌圖位於科爾沁旗草原。據史料載，蒙古分六盟，哲里木為六盟之一，科爾沁旗又為哲里木四部之一。科爾沁草原是忽必烈的領地，他把這塊草原封給自己的孫子科爾沁，草原遂以科爾沁命名，下分三旗，昌圖即為左翼後旗，太平天國前後，曾屬於僧格林沁王公。十八世紀中葉以前，這裏屬遊牧地，但清代康、雍年間，清廷貴族與地主豪強競相兼併土地，被迫破產的關內大批農民，為了生存，踏上了闖關東的險途。一七七五年（乾隆四十年）起，

3 端木蕻良，〈我的創作經驗〉，《萬象》月刊第四年第五期（一九四四年十一月號）。

清廷為了緩和矛盾，禁令漸開，准許漢人開荒。端木蕻良的先人就是在這一背景下從祖籍河北遷徙到此，逐漸發跡為當地巨室的，端木蕻良的曾祖父曹泰擁有二千多坰（合五千多公頃）良田，並進入滿清王朝的特權階層，屬漢八旗裏的正白旗。但近代以來，帝國主義列強侵凌的魔爪深深地抓傷了這塊富庶的土地，連幾代為官、高門大院、僕婢甚眾、良田千坰的曹家也未能倖免。一九〇四至一九〇五年日俄戰爭前後，昌圖因地處交通要道，飽受日、俄兩國軍隊侵掠、蹂躪，據一九〇八年編撰的《昌圖鄉土志》稱：「日俄之戰，人民流離失所者何止數千人，死傷道路者何止數千人！」俄軍就曾將曹家祖宅據為指揮部，將曹家祖塋叢林作為屯兵點，敗走前將曹家洗劫一空，使逃難在外的曹家不得不另覓居所。[4] 日本戰勝俄國之後，步步緊逼地要當亞洲霸主，加重對中國的軍事威逼與經濟蠶食，加劇了東北社會的動盪不安。端木蕻良出生一個月左右，全家人就為了逃避當地土匪的頻繁騷擾，離開了鴜鷺樹，移居昌圖縣城。

端木蕻良的父親曹仲元，不再像祖先那樣對土地抱有極大的熱情，而是很想做武官，可惜沒有機緣，只能把拉弓射箭、騎馬打槍當作業餘愛好，再就是照幾張戎裝相片。他對外面的新鮮事物頗感興趣，思想開放，贊同維新，愛讀時新報刊圖書。他讀到一篇南開中學學生寫的文章，十分欣賞，便決定把自己的幾個兒子送到天津去讀南開中學。一九二三年秋，父親賣掉八十畝土地，送端木蕻良隨二哥曹漢奇赴天津讀書。儘管端木蕻良第一次報考南開中學落榜，只好上了美國美伊美教會辦的匯文中學，但天津畢竟遠非昌圖可比，而且他與哥哥同住在南開壽康里，南開的文化氛圍給他以切實的薰陶。他能讀到當天的《晨報》等報紙，也讀到了魯迅的小說、郭沫若的《女神》、葉紹鈞的《火災》等新文學作品與托爾斯泰的《復活》等譯作，還看到了《城市之光》、《淘金記》等外國電影，大開眼界。但好景不長，一九二四年，由

4 科爾沁旗史料參照孫一寒，〈《科爾沁旗草原》情節與歷史的真實〉，紀念端木蕻良文學生涯七十週年國際研討會論文。

於第二次直奉戰爭的影響與日本資本的擠壓，父親的信託交易所倒閉，家裏無力支付學費，端木蕻良只得輟學回鄉，先是在家自修，又上了一年本縣的南學堂（中學）。父親在傾斜的市場競爭中屢受挫折，積勞成疾，終於在四十九歲的壯年因白喉併發丹毒症而病故。經歷了喪父的不幸之後，端木蕻良於一九二八年再次跟著二哥上天津，這次如願以償，考入南開中學，插班三年級。從此，端木蕻良徹底離開了養育他的科爾沁旗草原。

但鄉土的慘痛歷史已經深深地刻在端木蕻良的心底，他把憂憤化為動力，學習刻苦，並熱心社會活動。當選為南開義塾校長，擔任美術學會會長、南開校刊《南開雙週》編輯，在《南開雙週》上發表多篇文章，參與組織文藝聯誼會、新人社等社團，在新人社的社刊《新人》[5]第二期上發表了他的第一篇小說《水生》[6]。上高中時，他和同窗因受高爾基的《我的大學》的影響，一度離開南開，到北京自學，練習寫作。「九・一八」事變尖銳地刺痛了熱血兒女的心，回到南開的端木蕻良，與同學們組織起抗日團體「刻苦團」，很快發展成「抗日救國團」。由於端木蕻良和同學們當眾批評了前來「開導」的訓導長和天津市市長，並把他們趕走，結果端木蕻良被校方祕密除名。不久，他因參與南下示威的籌備工作，被抓了起來，拘留數日後才被哥哥花錢保出。一九三七年三月發表的短篇小說《被撞破了的臉孔》，就融入了這次坐牢的體驗。一九三二年三月，日本一手操縱的偽滿洲國政權在新京（長春）宣告成立，端木蕻良懷著極大義憤自願參加了在綏遠抗日的孫殿英部隊。這一從戎經歷，成為他後來的《遙遠的風沙》、《螺螄谷》、《柳條邊外》、《大江》等小說的創作素材。但幾個月後，孫殿英要參加軍閥混戰，他才失望地藉

5 第一期名為《人間》。
6 本章關於端木蕻良的生平，對孔海立《憂鬱的東北人端木蕻良》（上海書店出版社，一九九九年）多有參照。

口到圖書館查找資料而離隊。回到北京後，在哥哥的激將下，他同時考取燕京大學物理系與清華大學歷史系，最後上了清華大學。

國土淪陷，家鄉阻隔，而請纓無路，報國無門，端木蕻良怎能不悲憤填膺、意緒難平？新式教育使他朝著新人的方向成長，他的思想感情，已與傳統的世家子弟有了天壤之別，他對土地的歷史與現狀的審視滲透了社會科學的眼光，他對臉朝土地、背朝天的農民懷有深深的同情，這種同情不僅源於他敏感的天性與新文化的薰陶，而且源於他對土地制度下地主的稱王稱霸與農民的當牛作馬的瞭解，尤其是他所摯愛的母親的特殊身世給他打下的深深烙印。他的母親是當地一個佃農的女兒，因為美麗而善良，被大戶曹家強娶為妾，後雖因大房去世而扶正，但搶婚的屈辱和對於丈夫在外浪蕩的無奈，則給她造成了畢生未能消泯的傷痛。她曾不止一次地囑咐少年時的端木蕻良，要他長大以後寫出母親的遭遇。承傳自母系的對於高門深宅的憎惡，對於父系發家史罪惡的痛恨，對於底層社會的悲憫，對於鄉土受蹂躪、國土被宰割的憂憤，匯集在端木蕻良的胸中，萬端沉鬱都凝結在廣袤的科爾沁旗草原。

在端木蕻良的文學生涯中，他把最初的藝術靈性與最旺盛的創造力獻給了科爾沁旗草原。早在十二歲時，在家鄉自修期間，端木蕻良寫的第一篇小說習作《真龍外傳》，就是以科爾沁旗草原上的一個耳背的長工的悲慘遭遇為題材的。[7] 現在，他身在關內，而關外那遼闊蒼茫的科爾沁旗草原卻無時無刻不活躍在他的心中。一九三二年夏，他加入北方「左聯」，與方殷、臧雲遠等一同編輯北方左聯的《科學新聞》週刊，並在上面發表文章。進清華大學後，在緊張的課業學習與革命文藝活動中，他進行描寫科爾沁旗草原的嘗試，首先寫出母親被搶成婚的不幸命運的片段，以《母親》為題，作為短篇小說，於一九三二年十二

7　據李興武《端木蕻良年譜》，載《東北現代文學史料》第七輯（一九八二年），頁一四六。

月發表在《清華週刊》三十八卷十二期上。一九三三年八月初，北平「左聯」組織遭到破壞，他不得已跑到天津二哥家避難，從此告別了學生生活。鬱悶難耐之中，魯迅的來信啟動了他的創作靈感，從八月到十二月，他以潑墨般的激情展開了黑土地長卷的描繪，僅僅四個月，就完成了三十餘萬字的長篇小說《科爾沁旗草原》。

科爾沁旗草原，積澱著多麼深厚的歷史記憶，糾葛著多麼錯綜的現實矛盾，浸透著多少希望與絕望，蒸騰著多少惶惑與憤懣。作為「左聯」成員，他不能不注意到地主階級與貧苦農民的矛盾與衝突；作為研讀過現代社會科學理論的知識分子，他還揭示了自然經濟向市場經濟過渡的歷史必然性與自然經濟走向崩潰的慘澹象；作為流亡關內的東北青年，他也描寫了故鄉人民在早年的俄軍與現今的日寇踐踏下的屈辱與反抗。但是，與同時代作家相比，在表現階級矛盾的尖銳程度方面，他顯然不如葉紫、茅盾等人，在表現東北抗日鬥爭的嚴酷性方面，他也沒有超越蕭軍等人。他的獨特視角在於：努力發掘科爾沁旗草原所蘊涵的巨大張力。

在這部作品裏，科爾沁旗草原本來具有頂天立地的品格，擁有「中國所唯一儲藏的原始的力」，正是它的肥沃、神祕與偉力，召喚著逃荒者歷盡千難萬險，到此開闢出新的家園。然而，「一個看不見的用時間的筆蘸著被損害者的血寫下的無字天書——制度」，給原始的廣袤碧野染上了斑斑血淚，給單純的自然力強加上層層疊疊的社會網絡。自然與社會、歷史與現實、人間的愛與憎，形成了錯綜複雜的巨大張力。這塊土地既是人物活動的舞臺，又是參與歷史變遷、見證時代演進的重要角色，人間的生生死死、恩恩怨怨，社會的潮起潮落、風雲變幻，都與這塊土地發生了深刻的關聯。土地，意味著權力，所以才有丁四爺勾結知府除掉另一個土地所有者北天王的陰謀，才有呂存義為了減少地租而讓兒媳婦在熱炕上侍奉丁大爺的醜劇，才有丁小爺先軟後硬、逼搶佃戶女兒成親的「喜事」，才有佃戶們聯合「推地」（退佃）的抗爭，才有佃戶殺死泰發堂大管事的暴舉。土地擁有多色調的營養，賦予人以靈性或質樸，也賦予人以狡猾或愚鈍，賦予大山以剛烈粗獷，也賦予丁寧以優柔寡斷，賦予佃戶以欲進還退的徬徨躑躅。土地產生財富，產生權威，也滋生出腐朽，反撥出叛逆。地主階級的剝削與壓迫逼得貧苦農民鋌而走險，外國的強勢經濟與軍事力量的侵入，加劇了社會矛盾，粉碎了早期墾殖者在這塊土地上安居樂業的夢想，連丁小爺那樣的既得利益者也不再像長輩一樣毫無保留地信賴土地，而是在自然經濟露出破綻時走向投機，至於丁小爺的兒子丁寧，則更是遠離家鄉，背離祖傳的生活方式，要去尋找一條新的道路。平展的原野起伏著動盪的波浪，沉靜的大地發出了喧囂的聲響，「大地焦躁地冒著熱氣，一刻也不耐地等待著，等待著一個更洪大的巨響」。篇末老北風領導的義勇軍就可以見出這「巨響」的端倪，而後在《渾河的急流》、《大地的海》與《大江》等作品裏，我們都可以看到大地多重張力引起的「巨響」的壯劇。

值得注意的是，端木蕻良對於社會矛盾所引發的激變，持有一種分析的態度。在發端於二十年代後期的革命文學中，從蔣光慈到丁玲、葉紫、周立波等，群眾暴動題材幾乎沒有例外地都予以肯定性的描寫，盡力張揚其合理性、正義性，渲染其宏偉場面與不可抵禦的力量。但《科爾沁旗草原》最後一章對暴亂的描寫則表現出獨到的眼光：一方面揭示了暴亂的必然性、合理性，另一方面也如實地暴露了暴亂的盲目性、野蠻性與破壞性。「九・一八」，日本侵略者的鐵蹄踐踏了全東北，「義匪」老北風樹起了「天下第一義勇軍」的三尖狼牙旗，召喚不願做奴隸的人們去向侵略者討還土地。而與此同時，土匪天狗卻趁機作亂，鬧翻了古榆城。暴亂之際，人們的欲望無限擴張，魚龍混雜，泥沙俱下，「紅鬍、無賴、游桿子、閒人……還有，一切的從前出入在醜惡的夾縫的，晝伏夜出的，躲避在人生的暗角的，被人踹在腳底板底下喘息的，專門靠破壞別人的幸福、所有、存在來求生存的，都如復甦的春草，在暗無天日的大地鑽出」。「大家都絕對的不能想到自己企望的無恥或是回頭去幻想一下自己所造出來的結果是如何的悲慘，他們並不，他們這時的思想是沒有感覺的，要勉強說有，那就是一種單純的快樂，一種從來所沒敢想過的，所沒敢染指的祕密的快樂……」這是何等深刻的揭示。果然，我們看到了盲目報復、瘋狂攫取的描寫。攻打大戶的槍聲一響，街上的閒漢便嘯聚著去李老財家搶錢，一會兒又想起王家有個好姑娘，搶足了錢的便奔向王家。就連丁家護院的砲手也出現了倒戈者，劉老二從背後一槍放倒了他的同行程喜春，不論是出於積怨的宣洩，還是想趁機渾水摸魚，總不是發自什麼階級覺悟，為窮苦人向大戶復仇。縣衙裏，綁在抱柱上的商務會長和腰棧大老闆被澆上了洋油，堵住了嘴巴，點了天燈，當然燒毀的還有縣衙的前廳以及街上的店鋪，喪命的也遠不止兜售嗎啡的日本掌櫃、平日裏作威作福的闊老，也有為丁家看守富聚銀號的郭掌櫃，更有花容月貌的富家小姐、本本分分的普通市民、趁火打劫的閒人無賴……中國歷史上，每一次大規模的農民起義，每一次改朝換代，都要伴隨著沖天大火，伴隨著要搗毀一切的大破壞。對相沿成習的盲目破壞，富於歷史責任感的作家理當做出自己的判斷與藝術表現。這種近乎反主流的獨到眼光，大概也是導致端木蕻良多年受到「冷處理」的一個原因。但真正富於真理性的眼光終究會被廣大讀者認同，歷史的發展證明了這一點。

端木蕻良對科爾沁旗草原懷有揮灑不盡的憂鬱，為肥沃土地的飽受蹂躪，為底層社會的悲慘命運，也為憤怒爆發的本身，還為大地之子的種種弱點。作者在描繪土地歷史與現實的同時，揭示了各色各樣的草原之子的複雜的精神世界。善良的靈子對未來抱有不切實際的幻想；農民們在要求減租鬥爭中的欲進還退、踟躕徬徨；自詡甚高的「新人」丁寧，一方面同情弱勢者，另一方面又為了維護自家利益不肯讓步，一方面嚮往理想的人格，另一方面又恣意任性，做出對弱小女子極不負責任的事情來。丁寧對草原的現狀與未來充滿了憂鬱，在這個人物身上，又何嘗不寄託著作者對這類「新人」性格及其前途的憂鬱。

《科爾沁旗草原》深厚的歷史容量與複雜的精神涵蘊，不僅在三十年代十分突出，而且在整個二十世紀中國小說史上也是特異的存在。就其對歷史追本溯源的濃厚興趣、講述英雄傳奇的熱情、對重大歷史事件或與此密切相關的時代主題的關注、場面的宏闊與氣勢的雄壯而言，的確稱得上是一部史詩性作品。它從關於逃荒的古遠的傳說切入，接下來追溯帶有傳奇色彩與血腥氣味的丁府發家史；歷史追溯與現實描寫中，涉及到沙俄入侵與「九・一八」事變等重大歷史事件以及土地自然經濟破產的重大經濟變革；塑造了硬漢大山的剛烈性格與「義匪」老北風的傳奇式形象；縱觀幾百年歷史變遷，鳥瞰大草原風波激蕩，大到中華民族危亡臨頭，小至少女心理漣漪輕漾，縱橫捭闔，起伏跌宕，場面廓大，氣勢恢弘。一九三三年，看到《科爾沁旗草原》原稿的鄭振鐸情不自禁地稱讚說：「這將是中國十幾年來最長的一部小說；且在質上，也極好」，「出版後，預計必可驚動一世耳目」[8]！雖然這部長篇小說歷經磨難，直到一九三九年才得以問世，戰火紛飛使其轟動效應要稍遜於抗戰之前，但其藝術價值並未因晚出而失色，而是頗受批評界與讀者的好評。當年的評論家稱許它是「直立起來的《科爾沁旗草原》」[9]。後來的文學史家讚揚它「是一部沖激著文學規矩繩墨，在縱橫運墨之間顯得藝術元氣酣暢淋漓的巨構」[10]。

端木蕻良對這部作品感情投入得太多太急，以致作品完成之後竟大病了一場，不能繼續去完成他的三部曲計畫。他對出版形勢的估計也過於樂觀，個性又十分執著，不肯為了儘早出版而做修改，於是，這部「巨構」和它的作者就不能不忍受寂寞的煎熬。「八・一三」戰火中，已經交付上海閘北華美印刷廠排版印刷的小說原稿，險遭大火，幸虧開明書店的徐調孚從大火中將原稿搶救出來。直到一九三九年五月，這部得到過鄭振鐸、茅盾的熱情關切的作品，又經過夏丏尊、葉聖陶的努力，終於由開明書店重新排版印成。

8　轉引自端木蕻良，〈致魯迅（一九三六年月十八日）〉，載《魯迅研究資料》第五輯（天津人民出版社，一九八〇年）。

9　黃伯昂（巴人），〈直立起來的《科爾沁旗草原》〉，載《文學集林》第二集《望——》。

10　楊義，《中國現代小說史》第三卷（人民文學出版社，一九九一年）。

一九三五年，他創作了一部二十五萬字的長篇小說《集體的咆哮》，不幸原稿遺失。「一二・九」運動爆發，他再也無法在家中寂寞地讀書寫作了。他在參加了一九三五年十二月十六日的學運第二次大遊行之後，趕赴當時的文化中心——上海。當他向《作家》雜誌投寄長篇小說《大地的海》遭到冷遇後，他再次給魯迅寫信，並附上了《大地的海》的兩個章節，得到魯迅的關切。經魯迅推薦，他的短篇小說《爺爺為什麼不吃高粱米粥》在《作家》上發表。此前，他的《鷥鷺湖的憂鬱》，經鄭振鐸推薦，在《文學》雜誌上發表，第一次署名「端木蕻良」。端木，取其複姓，少有人用；蕻良，本為紅粱，意即家鄉的紅高粱，但當時「紅」字犯忌，遂改作諧音的「蕻」字，《文學》編輯王統照覺得「端木蕻粱」不大像個名字，就把「粱」改為「良」，從此，文學新人端木蕻良脫穎而出，並以這一筆名行世。三十年代他所創作的中短篇小說結集為《憎恨》（上海文化生活出版社一九三七年六月初版）、《風陵渡》（上海雜誌公司一九三九年十二月初版）與《江南風景》（重慶大時代書局一九四〇年五月初版）三個集子，長篇小說《大地的海》與《大江》也於一九三七年、一九三九年先後連載。這些作品最重要的主題就是表現東北黑土地乃至整個神州大地上沉重得無法負載的憂鬱和終於爆發的憤怒。這是作者的真切感受，也是民族危亡之際的時代呼聲。

第二節　時代激流中的文化審視與心靈顫音

端木蕻良的小說裏可以見出強烈的社會使命感與深邃的歷史穿透力，但從個人氣質來看，他更富於藝術情趣與文化品味，這種氣質在他晚年的《曹雪芹》創作中，得到了淋漓盡致的發揮，即使在他三四十年代的創作中，也有充沛豐盈的表現。《科爾沁旗草原》，在深刻地表現土地的歷史與現實所包容的巨大張力之時，也盡力發掘黑土地所蘊涵的文化魅力。逃難的路上，鄉下戲子仍斷不了用寬敞的嗓子唱民間小調：「內四方呵，外四方，／哎嗳哎嗳——喲——／關東城的景致，數著瀋陽……小鳥雀呵，落樹梢，／白蓮花呀，水上漂，／哼，哎嗳喲——／大姑娘的嬌嬌，全仗著方頭三寸高……」這小調，與復甦的生命活力同在，儘管沙啞的嗓子透露出哀涼，但畢竟是艱辛的慰藉、苦悶的排遣。水災之後的瘟疫死死地追逐著逃難的人們，瘟神固然可怕，更為可怕的還是人的精神的崩潰，一個老婦因炒米被搶而發瘋死去，又一個女人因喪子而發瘋，人們的神經更脆弱了……正當此時，精明的丁半仙借助古老的宗教儀式，運用傳統的按摩療法與心理療法為瘋者施療，贏得了眾人的信賴，奠定了他在逃荒者中的地位，又用相看陰宅的舉措與神祕的遺囑奠定了一個東北大地主的成功的開頭。丁四太爺繼承了先人的精明，策畫了一場帶有原始薩滿教巫風的跳大神，編造出胡仙保佑的神話，藉以掩飾他與官府勾結、瓜分北天王家產的罪惡。原始宗教儀式，最初是人們無法把握自身命運時的一種精神寄託，逐漸演為積澱深厚的文化形態，它在民眾心理中有一種默認的權威。作為個人的信仰選擇，一個現代作家可以否認它的權威價值，但作為對時代的審美觀照，一個富於現實感與歷史感的作家，則不能不承認它在生活中的實際地位。端木蕻良在《科爾沁旗草原》裏，就通過幾次原始性的宗教儀式的描寫，展示出薩滿教對民眾精神的統攝力。長篇小說《大江》第一章的大部分篇幅，更加細膩地描寫了東北地區跳大神的場景。從作品的整體結構來說，這段描寫屬於人物的文化背景與出場鋪墊，大神跳得越歡，看客越是著迷，主人公鐵嶺打了大神一個嘴巴的舉動就越是能凸顯出他那「毀仙謗道」、敢作敢為的大無畏性格。但這大段描寫顯然不只具有背景作用，由於觀察的細緻入微，描寫的生動傳神，它已具備了相對獨立的民間藝術與宗教文化價值。從中可以得知大神的接續傳承的原委，可以感受跳神的神祕氛圍與「神詞」的特殊韻味，可以領略大神跳神的「風采」與機巧，可以瞭解普通百姓對跳神的敬畏、執信與欣賞的複雜心理。以筆者的孤陋寡聞，還沒有從別處見到過這樣栩栩如生的跳大神描寫。如果讀者對主人公鐵嶺的頑韌性格與傳奇經歷不再抱有興趣，那麼，即使為了瞭解東北民俗，研究薩滿教，這部作品也值得一讀，因為其中蘊涵著濃郁的文化韻味。

無論是社會矛盾叢集、民族危機加劇的抗戰之前，還是血火交迸、生死搏鬥的「七・七」事變之後，端木蕻良在熱切關注社會問題與民族命運的時候，始終帶有一重文化審視的眼光。文化審視不止於切近原生態的表現，也不單是鄉情脈脈的欣賞，更有鞭辟入裏的批判。《科爾沁旗草原》裏丁寧性格的分析性刻畫自不必說，佃戶要求「推地」時的先亢奮後怯懦的表現，也包含了作者的批判意緒。《被撞破了的臉孔》在揭露監獄黑暗的同時，也刻畫了豪橫者外強中乾的性格。短篇小說《生命的笑話》（一名《可塑性的》，一九三七年）、《嘴唇》（一九三八年）與長篇小說《新都花絮》（一九四〇年）等，主旨都在於人格批判，譏刺了狹隘、缺乏決斷、愛慕虛榮、貪圖安逸等人格弱點。中篇小說《江南風景》在戰爭的背景下，描寫了愛國知識分子伍老先生殫精竭慮研製飛燈、志在滅敵的形象，與此對照，鞭撻了怯懦、自私、愚昧、顢頇的國民性弊端。寫於一九四二年十一月的短篇小說《雕鶚堡》，清澄婉麗的敘事隱含著犀利的批判鋒芒。在這篇作品裏，小山懸崖上的那對雕鶚不知傳了多少代，誰也不去理會牠們。可是，一向備受人們輕蔑的孩子石龍對牠們發生了興趣，有一天他突然爬上山去，要把雕鶚捉下來，結果發生了失手跌下斷崖的慘劇。作品以含蓄婉曲的筆觸表現出封閉社會的人間冷漠。只因為石龍來歷不明——有人說他是私生子，有人說他是外鄉人——村裏人就輕蔑他、嘲弄他，從來沒有人和他正正經經談過話，對他視若不見，甚或把他同山上的雕鶚聯繫起來，所以他才發了狠心要除掉雕鶚，要讓人們看到他的存在。女孩代代請他幫助揹柴，激起了他的自尊心，於是他去實現捉雕鶚的夙願。然而，這一行動並沒有得到人們的激賞，甚至悲劇也沒有得到起碼的同情，村子裏最美、名聲最好的代代，也因為曾經關切地喊他下來，竟成了人們嘲笑的對象。這篇作品的題材表面上看起來不過是頑童的莽撞冒險，作家卻從中發掘出國民性批判的主題，這一發掘無疑是深刻的，讓人稱奇的還在於作家把意味深長的批判寄寓在清麗淒美的藝術描寫之中，這的確是需要獨到的眼力與功夫。饒有意味的是，在這篇小說中，有兩處描寫了唱情歌、山歌的情景。情歌、山歌表現出通常的民間諧趣，也呈現出獨特的東北風情，看似閒筆，其實不閒，一是風土人情本身就具有獨立的審美價值，二是作為國民性批判主題的襯托，人們調笑得越是風趣、歡快，就越是反襯出對石龍的冷漠與殘忍。

一九三八年十二月一日，梁實秋在重慶《中央日報》副刊《平明》上署名發表〈編者的話〉，提出自己的約稿意見：「於抗戰有關的材料，我們最為歡迎，但是與抗戰無關的材料，只要真實流暢，也是好的，不必勉強把抗戰截搭上去。」由於二三十年代之交文藝論爭的宿怨，以及對所謂「不負責的攻擊別人說幾句自以為俏皮的雜感文」的否定，梁實秋的觀點招來了猛烈的批判，為此，他於一九三九年三月三十一日在《中央日報》發表〈梁實秋告辭〉，以退為進，以守為攻，堅持他一以貫之的自由主義文學立場。儘管延續一年半之久的論爭中，批評性的意見占壓倒優勢，但文學史的發展證明，梁實秋的觀點的確不無道理。過了抗戰初期的奔走呼號、嘶聲吶喊的亢奮期之後，作家的筆觸變得凝重起來，題材天地更為廣闊，在正面謳歌民族精神的同時，也有對於社會陰暗面的揭露，在如火如荼的抗戰題材之外，也有五四時期的國民性批判主題的延伸與拓展，在悲慨雄壯的時代主旋律之外，也不乏抒寫個人情懷的輕盈婉轉的小夜曲。端木蕻良的小說就是一個典型的範例。

一九三七年夏，在《七月》雜誌的籌備會上，端木蕻良與蕭紅結識。在戰亂顛沛與並肩戰鬥中，兩人的感情逐漸由同鄉之情與戰友之情轉變為纏綿的愛情。一九三八年五月，端木蕻良與蕭紅在漢口結婚，開始了攜手並行的新生活。同為東北流亡作家，都有出色的藝術天賦，兩人彼此傾慕，在戰亂的奔波中，得到莫大的精神安慰，創作上也是相互激勵，比翼齊飛。蕭紅寫完《回憶魯迅先生》，由端木蕻良替她撰寫〈後記〉。端木蕻良為戴望舒主持的《星島日報》副刊《星座》寫連載小說《大江》，由蕭紅手書題名，因病有「供不應求」之虞時，蕭紅自告奮勇代筆。蕭紅的《呼蘭河傳》與《馬伯樂》的定名，都吸收了端木蕻良的意見。蕭紅的新作《小城三月》，作者自題的篇名與端木蕻良描繪的封面畫十分協調，恰如二人之間琴瑟相諧的關係。然而，戰爭的陰影把不幸降臨在這對伉儷作家身上。一九四一年十二月八日，太平洋戰爭爆發，十二月二十五日，香港淪陷，患病的蕭紅在戰亂中飽受顛簸之苦，病情加重，又被誤診。蕭紅治病心切，在端木蕻良堅決不同意的情況下，她自己簽字，聽任醫生做了本不應做的手術，終於在一九四二年一月二十二日長逝於日寇鐵蹄下的香港。端木蕻良告別了香港這個讓他痛失愛侶、傷心至極的地方，前往文化人薈萃的桂林。

蕭紅的逝世，給端木蕻良帶來了巨大的精神打擊。他在小說創作中留下了抒寫個人隱曲的軌跡。一九四二年七月十五日，他窮一日之力，《初吻》一氣呵成。作品以第一人稱的視角，敘述了「我」（蘭柱）的一段少年經歷：第一次無意中接觸靈姨乳房的奇異感受，夜夢裏與靈姨的親暱，對靈姨的無名的渴求以至於生病，聽靈姨說蘭柱父親因為又喜歡了別人而用馬棒打她之後，撲到她懷裏莫名其妙地大哭。往事的追憶從表層看，婉曲地表現了少年微妙的性心理，也側面地反映了貧寒女子的不幸命運，但其深層則是作者藉此表達自身愛情慘遭扼殺的哀痛。時間僅隔一個多月，端木蕻良就又創作了一篇二萬餘字的《早春》。作品的背景同樣放在科爾沁旗草原，作為大家子弟的「我」，在明媚的春光裏偷偷地跑出去跟著金枝姐到野地裏挖野菜，登山崖摘美麗的小黃花，然而等到姑姑家瘋玩一個月歸來，金枝姐已經遠走荒僻的異鄉，那朵當時聯結著他與金枝姐兩顆赤子之心的黃花也早已不知去向。「我」陷入了深深的懺悔與強烈的自責：

我的心總以為世界是不動的，金枝姐就像放在一個祕密的銀匣子裏似的，什麼時候去打開就可以打開的，等我看完了紅紅綠綠的玻璃匣子，再去打開那銀匣子也不遲……但是太遲了，什麼都嫌太遲了……我的心充滿了憂鬱，充滿了悸痛，充滿了悲哀……為什麼我那樣有關係的事，我處理得這樣草率，而且，為什麼我那樣認真的事，那麼容易就忘記，為什麼那麼密切的事，我又突然的看得那麼冷淡，……為什麼我在可能把握一切的時候，彷彿故意似的，我失去了機會，等她真的失去，我又要死要活的從頭追悔？

後來有的論者把主人公的懺悔與自責同作者等同起來，這要麼是對藝術規律的忽略，要麼是對作者的誤解。自從蕭紅病逝，這種不瞭解實情、以訛傳訛的誤解就一直糾纏著端木蕻良，刺傷著他敏感的心，也在一定程度上影響了對端木蕻良的研究與評價。事實上，端木蕻良與蕭紅伉儷情深，在蕭紅的救治及後事上，端木蕻良可以說是盡心盡力。失去蕭紅之後，他孤獨地度過了長達十八年的單身生活，才又擇偶成家。對蕭紅的思念，伴隨著他的後半生。八十年代，他在夫人鍾耀群的陪伴下，拖著病體，去武漢尋訪當年與蕭紅舉行結婚典禮的酒樓，參觀呼蘭縣蕭紅故居，像孩子一樣躺在蕭紅出生的炕上留影，赴廣州祭掃蕭紅墓，像當年他為蕭紅揩拭臉上的淚水一樣揩拭蕭紅相片上的塵土。正因為哀痛之深、思念之切，才有《早春》裏主人公痛徹骨髓的自責，反過來說，《早春》裏推至極端的心理剖析與感情渲染正是作家心態的藝術變形。端木蕻良並不掩飾此篇作品與個人情思的內在關聯，小說正文之前，就引了蕭紅的「那早晨的露珠是不是還落在花盆架上」，作為題詞。鴛鴦失侶，已是一重痛苦，被人們甚至包括自己的朋友所誤解，更是雪上加霜。正因為如此，他才又回到自己所熟稔、所親近的科爾沁旗草原去，尋找心理慰藉，用苛責主人公的方式，宣洩難以言傳的悲憤。

從一九四二年十一月至一九四三年，端木蕻良創作了五篇愛情題材小說。《步飛煙》如副題所示，是古代故事的新編。多才多藝的女主人公步飛煙，被粗魯、好色、嫉妒成性的武公業買至家中為妾，充作蹂躪的對象。鄰人趙公子仰慕步飛煙，二人賦詩傳情，終於得以歡會。不幸隱情發露，步飛煙被鞭打至死，但她死而無悔，生命的最後一刻，掠下自己的一縷頭髮要丫鬟交給趙公子留念。《紅夜》的主人公也遭受了嚴酷的懲罰，在這個奇異的地方，男孩子與女孩子的愛情本來是可以誇耀的，但因為在祭神之夜「尋快活」，便觸犯了神威與眾怒，結果，這個村裏最美麗的女孩子與最英俊的男孩子一起被丟到山洞裏去。愛情是美麗的，但結局要麼是傳說中的變成石人，要麼是現實生活中的慘遭懲罰。這種題材的選擇與表現視角，多少可以見出作者的隱衷，若瞭解了端木歷經戰亂轉徙仍把蕭紅的一縷遺髮保留下來，就更能體味他當時的創作心態。在五篇作品中，有三篇是希臘神話題材。《蝴蝶夢》裏，美麗、飄逸的菠茜珂因受愛神阿弗洛諦德的嫉恨，愛情屢遭波折，連自己的親姐妹都對她幸災樂禍。但她用勤懇代替了傷感，用誠信代替了懷疑，用堅強戰勝了怯懦，用個性戰勝了馴順，終於贏得了永恆的愛情。「過去死了，菠茜珂才從夢境裏走到真實。」這分明是作者的自我勉勵，表達出他要戰勝傷感、戰勝流言的意向。《女神》是一篇散文體小說，通篇是對女神的傾訴：回憶女神給他留下的甜蜜的親吻與撫摩，花心滾落下來的露珠一樣的聲音，轉述月神亞諦默斯與牧羊人安迭密恩的愛情故事，嗔怪比月神更美的女神為什麼只是夜裏才來造訪，於是自己只能急切地盼望每個夜晚早點兒降臨……愛的追憶是那樣的纏綿悱惻，愛的渴求是那樣的急切熱烈，為愛而生的苦惱、擔憂、恐懼與希望，一切都是那樣的感人肺腑。女神有知，一定不會辜負傾訴者的一片癡情。《琴》裏面，達芬妮與愛普羅相互愛慕，但達芬妮出於羞怯而逃避，求河神保護，河神將其變成一棵月桂樹，愛普羅只能以月桂樹葉做一個花環，戴在頭上，以此來表達對達芬妮的紀念。這三篇小說都取材於汪倜然所作《希臘神話ＡＢＣ》，但個中顯然包蘊了作者個人的刻骨銘心的愛情經歷與心理感受。

在以往的三四十年代小說史研究中，這一類作品受到了不應有的忽略，這多少有一點像《紅夜》所寫，在莊嚴的時刻容不得個人生命的歡娛。其實，歷史的洪流是由無數個體的水滴匯成的，為民族解放而殊死抗戰的大時代，固然大需特需征鼓撻伐、金戈鐵馬，也並非沒有兒女情長、花前月下，固然急需大江東去般的豪放雄壯，也並非容不得小橋流水似的清麗婉轉。端木蕻良的愛情題材小說，就文學史而言，豐富了抗戰文學的內涵與形式；就作家的創作個性而言，顯示了他的富贍才情、多種筆墨：他不僅可以用粗獷雄渾的筆調來描寫歷史的滄桑巨變與時代大潮的波瀾起伏，而且能夠用清麗婉轉的筆觸來書寫幽曲的個人情懷。

端木蕻良是黑土地之子，當他的筆觸一回到科爾沁旗草原與自己的心靈世界時，他總能獲得成功；而每當他強迫自己去表現某種先驗的主題時，則註定要品嘗失敗的苦果。《新都花絮》較之草原系列作品遠為遜色，《科爾沁旗草原》第二部、《大時代》、《幾號門牌》、《上海潮》等作品未能寫完，除了戰爭的原因之外，也與他的「主題先行」有關。丁寧在《科爾沁旗草原》裏是活生生的，後來作者要把他寫成「買辦資產階級」，違背了「新人」的性格邏輯，作品怎麼能寫得下去呢？

以端木蕻良的才氣與功力，他本可以寫出更多的小說，但四十年代後期，由於戰爭的緣故，他的小說創作量大為減少。到了五十年代以後，一系列的政治運動攪得他不得安生，小說創作成為一種奢望。直到進入改革開放的新時期，他才精神振奮、青春煥發，在夫人的協助下，於一九八〇年、一九八五年先後推出了長篇小說《曹雪芹》上、中卷。這一長卷，在歷史風雲與心理世界的交織中展開描寫，縱橫捭闔，遊刃有餘，顯示了文壇宿將歷史觀察的深邃、人性體悟的深切與敘事功力的老到。令人痛惜的是，天不假年，與病魔頑強抗爭多年的端木蕻良，終於在一九九六年十月五日長辭人世，把《曹雪芹》下卷的創作重擔留給了他的夫人鍾耀群，把一份獨特的文學遺產留給了二十世紀中國小說史，也把折磨了他後半生的是是非非的議論留在了人間。遵照端木蕻良的遺囑，他的骨灰分四處安置：一、科爾沁旗草原——故鄉昌圖；二、香港聖士提反女校校園舊址（蕭紅骨灰安葬處之一）；三、北京西山櫻桃溝（傳說是曹雪芹待過的地方）；四、留在北京寓所，陪伴家人。

第三節　文體建樹：結構、意象、語言

端木蕻良在二十世紀中國小說史上的意義，不僅在於他與其他東北流亡作家一道，為救亡文學吹響了啟程的號角，也在於他以富於個性的歌喉唱出了大地的壯歌與自己的衷曲，並且，還有一點不應忽略的，就是他對現代小說文體建設做出的獨創性貢獻。

在敘事結構上，端木蕻良的短篇小說誠然有其構思精巧之美，但長篇小說恢弘的史詩性結構則更具獨創性與建設性。尤其是《科爾沁旗草原》，你可以指出它結構上的種種不足，譬如：小爺的線索似乎過於玄妙，自然經濟的崩潰缺乏具象的描寫，春兄、水水以及那個以豬頂租的佃戶的不幸結局的補敘有嫌突兀，原有的第三章——洪荒時代的關東草原的鳥瞰圖——刪去以後，丁寧對草原的依戀少了依託，等等；然而，整部作品具有未經砍伐的東北原始森林般的野莽蒼鬱，有因雷劈火燒而不規則倒地的殘木朽木，更有巍然挺拔、直衝雲天的蒼然老松，有循跡可查的野獸蹤影，也有來無影去無蹤的神祕飛禽，而這正是本色的史詩風味。應該說，史詩性追求是中國現代小說進入三十年代以後走向整體性成熟的一個標誌。從文體發展來看，新文學第一個十年，前驅者急於披荊斬棘、開疆拓土，最便當也最易見出成效的文體自然是中短篇。到了第二個十年，隨著現代小說創作經驗的積累與外國文學譯介的擴大，步入長篇小說領域的作者漸次多了起來。從主體心態來看，經歷過五四時期高亢的吶喊與啟蒙落潮後的悵惘，心境相對平靜下

來，可以比較從容地考察社會歷史、咀嚼心靈體驗、鎔鑄鴻篇巨製。長篇小說為史詩性提供了文體框架，史詩性為長篇小說增加了精神力度。茅盾的《子夜》等作品都可以視為帶有史詩意味的成功之作。但從意境的巨集闊幽深與結構的大開大合以及氣勢的雄渾粗獷來看，《科爾沁旗草原》顯然更具史詩風采。為什麼端木蕻良初出茅廬就選擇了這樣一種史詩結構呢？究其原因，一個是如同不少論者指出的那樣，是受到巴爾札克、托爾斯泰的影響。再一個是同東北人的尋根情結有關。東北地區由於特殊的地理位置、氣候條件以及複雜的歷史原因，開發得比較晚，或者說從遊牧文化到農耕文化的轉變比較晚，而農耕文明的開拓者不少是來自關內的逃難者、冒險者。當年，他們為了逃生或實現發財的夢想，千里迢迢，歷盡艱辛，終於在這片廣袤的黑土地上站住了腳跟，繁衍子孫。但那遙遠的鄉愁一直縈繞不去，成為自我折磨的一塊心病，也作為自我安慰的一劑良藥，大凡老輩的東北人，都知道自己的老家是在山東或河南或其他什麼地方，有的還能講述一段故園的或者逃荒的或者開拓的故事。十九世紀以來，東北人飽嘗沙俄掠奪之苦，又慘遭日本宰割之痛，率先品味著亡國的苦澀。歷史與現實都強化了東北人的尋根情結。「我生長在科爾沁旗草原上，草原的血液，總在我血管裏流動著。」[11]草原的蒼茫肥沃，民風的粗獷豪放，歷史記憶的悠遠沉痛，現實生活的陰霾籠罩，從小受到這樣一種自然環境與社會文化氛圍的薰陶，加之特殊的家庭背景——一方面出身於具有代表性的移民大戶，另一方面母親當年被強逼成親而生出無涯怨憤，囑託他寫出父家的罪惡，這些自然有助於養成端木蕻良的史詩興味。

如果說史詩性指稱藝術構架的廣度與氣勢的力度的話，那麼，端木蕻良的小說在結構上還呈示出一種多層面的複調性，用作家自己的話說就是富於「潛流」。他在〈《早期作品選集》前記〉裏說：「我聽

[11] 端木蕻良，〈書窗留語——關於《科爾沁旗草原》〉，《端木蕻良近作》（花城出版社，一九八三年）。

音樂，總喜歡聽有伴奏的旋律，音域較寬的音樂。閱讀文藝創作，也總喜歡那些富有弦外之音的作品。我也喜歡追求在作品裏，有著『潛流』的東西。」的確，我們在端木蕻良小說裏時常可以感受到這種「潛流」。《科爾沁旗草原》就有多重旋律：一重是丁家的發跡衰敗史，一重是丁寧的心靈史，在這背後還掩映著近代以來的民族屈辱史、黑土地經濟結構變遷史，交織著底層社會的苦難史反抗史。自然、社會與文化，控訴與剖析，抨擊與讚美，多重旋律，每一個都值得認真展開，每一個都能產生動人的效果。但端木蕻良把它們巧妙地交織在一起，匯成一部多重主題、多樂章的交響曲，從而產生多元複合的審美效應，讓人既感受自然的魅力，又領略歷史的滄桑，既認識社會的眾生相，又品味文化的意蘊，既咀嚼重濁的苦澀，又激發遙遠的希冀。即使是較之《科爾沁旗草原》要單純得多的《新都花絮》，在對嬌弱自私的都市之花的諷刺性刻畫的表層之下，暗裏也隱含著對時政與達官貴人的政治諷刺。作品中的「潛流」，有時浮上敘事表層，與主調交織並進，有時則如沙中流水，潛行無聲。無論哪種情形，都拓展了藝術空間，加強了審美張力。

與時空大跨度、樣態多層面相應，端木蕻良在小說結構中借用了蒙太奇等電影語言。特寫、近景、中景、遠景，長鏡頭、短鏡頭，鏡頭的推、拉、搖、定格、閃回、切換，等等，在他的作品裏都有信手拈來的運用。譬如《科爾沁旗草原》第五章裏，丁寧與太太對話中由春兄語及蘇大姨，立刻在丁寧的腦海裏閃回出蘇大姨不幸的一生，等等。這種手法在新感覺派那裏運用的較多，也許與他們所表現的大都是都市生活有關，動感較強而給人以眩目感。比較起來，在端木蕻良這裏，鏡頭的切換較為自然，儘量照顧其相對的完整性，文脈曲折而流暢。

在敘事中，誠然有突兀的插曲，有迂迴的補敘，但更有構思精巧的對襯敘事。體現在人物設定上，如《科爾沁旗草原》裏的草原之子就有丁寧與大山，一個優柔寡斷，一個剛烈果決，一個敏感細膩，一個粗獷豪放，兩個人的道路也有不同。《大地的海》裏有來頭與虎頭，《大江》裏有鐵嶺與李三麻子，等等，他們或迥然不同，或相異互補。體現在場面描寫上，如《科爾沁旗草原》，把三十三孀勾引丁寧作愛與二十三孀病痛之中的痛苦掙扎對照起來展開描寫，三十三孀在這邊越是狂亂地、邪速地、毫無顧忌地揉搓、絮語、浪笑、呻吟，僅僅一架書畫集錦的隔扇那邊，二十三孀的病痛、窘迫、憤怒就越顯嚴重，反過來，二十三孀越是難堪、絕望，就越見出三十三孀的放蕩無恥。而三十三孀與二十三孀又同是封建社會男權治下的犧牲品，丈夫把她們娶入家門，膩了之後便獨自外出浪蕩，將她們置於這種守活寡的境地，於是才導致她們一個誘惑族侄亂倫發洩、一個煎熬成疾油盡燈枯的不幸結局。二人表現的形式有別，而作為被損害、被壓迫者的命運則並無二致。第十九章把靈子之死與古城暴亂對照起來描寫則更有一番深意。侍女靈子與少爺丁寧發生了性關係，不管在丁寧來說，是出於對草原少女清純之氣的喜愛，還是出於一時煩憂的發洩，無論如何，靈子都是無辜的，她有權利享受愛的甜蜜，也有理由憧憬玫瑰色的未來。然而，她的懷孕觸怒了太太，不僅因為她僭越身份「勾引壞了」少爺，而且她的幸福簡直等於給太太喪夫之痛的傷口上撒上了大把大把的鹽。太太威逼靈子喝下已經調好的濃釅的鴉片，其殘忍、刻毒令人髮指。太太的言詞越是刻毒，強逼靈子服毒的淫威越是猙獰，靈子服毒後的症狀越是慘烈，對人生越是留戀，後面暴民復仇的瘋狂就越是有了合理性的前提。

另外，在端木蕻良小說的敘事結構上，還有頗具大氣的寫實與寫意的參差交錯。單純地寫實，歷史的追溯會受到局限，而且容易流於沉悶；參之以寫意，則可以開拓敘事空間，啟動藝術氣韻。在刻畫人物心理、敘述生活細節、描寫現場氛圍時，端木蕻良常用工筆細描，而述及歷史變遷，昭示時代走向，塑造英雄形象，則往往用潑墨般的大寫意。這樣，寫實與寫意交織，細膩與粗獷相濟，構成一種疏密相間的空間布局美與抑揚頓挫的韻律美。無論是對稱敘事，還是虛實互補，都看得出中國傳統對偶美學的底蘊在起作用。中國傳統陰陽互補的「二元」思維方式的原型，滲透到文學創作的原理裏，很早就形成了源遠流長的「對偶美學」[12]。熟諳中國古代文學的端木蕻良，在小說創作中，繼承了對偶美學的傳統，把剛與柔、虛與實、悲與喜、雅與俗、動與靜、離與聚等巧妙地交織起來，構成了互映互動的對偶關係，在整體不拘泥於繩墨的前提下，敘事結構內部則構成相對的整飭。這也正如蒼茫的原始森林，自然總是造化出相對整飭的松林、白樺林、灌木叢以及林間草坪，高低錯落有致，色彩相映成趣，在整體上的放達不羈之中自有一種秩序美。

不止一位評論家、文學史家指出過端木蕻良小說的詩性特徵[13]。像《女神》那種抒情散文式的小說自不必說，值得注意的是，在敘事性較強的小說中，端木蕻良也善於營造一種抒情境界，將其與事件的敘述、人物的刻畫一樣納入敘事結構。有些作品，譬如中篇小說《柳條邊外》，開頭與結尾有大段大段的景物描寫，表面上看起來與人物、事件沒有直接關係，其實，一方面作為人物活動的自然背景——家園如此可愛，才越發容不得侵略者踐踏；另一方面，景語皆情語，清新美麗的自然是主人公也是敘事者的感情寄託。有此景語，敘事結構豐滿圓潤；捨此景語，敘事則顯得瘦削乾枯。有些作品，在刻畫人物、描敘事件時，敘事者情之所至地展開抒情式描寫，甚至更有情不自禁的禮讚，其語言激情飽滿，富於韻律，詩意盎然。譬如，《科爾沁旗草原》述及丁寧對草原的感情以及對未來的憧憬，特別是第十八章寫到他馳馬離開草原時，敘事者與主人公渾然一體，儼然一個抒情詩人。對於草原風暴的描寫，對於草原未來的預示，對於大山與老北風的刻畫，對於如同路上的馬蘭花一般美麗而受到踐踏的水水、春兄、靈子等少女不幸命運

12 浦安迪，《中國敘事學》（北京大學出版社，一九九六年），頁四八。
13 楊義，《中國現代小說史》第三卷（人民文學出版社，一九九〇年）第五章第一節題為「端木蕻良：土地與人的行吟詩人」，第一部分的小題為「現代小說界的邊塞詩風」。

的描敘，也都洋溢著濃濃的詩情。評論家巴人在這部小說發表不久，就滿懷共鳴的激動說道：「這在我們讀了，覺得像讀了一首無盡長的敘事詩。作者的澎湃的熱情與草原的蒼莽而深厚的潛力，交響出一首『中國的進行曲』。音樂的調子，彩色的風姿，充滿了每一篇幅。我們的作者，有一副包容這整個草原的胸壑。傾聽著它的啜泣、怒吼、歌唱、哀叫，還傾聽著它衰老的歎息、新生的血崩……我們作者是個小說家嗎？不，他是拜倫式的詩人。」[14]中國的敘事文學有著悠久的抒情傳統，敘述、描寫中的情感色彩姑且不論，浮現在文體表層的抒情結構就有多種形態。譬如，「三言二拍」、《三國演義》、《水滸傳》等小說中，有「詩曰」、「詞曰」，都明確地表示敘事者的感情態度。又如寄慨萬千的意象、象徵等等。五四時期，郁達夫、廬隱等主觀抒情派的小說，更是常常以抒情浸透敘事，在抒情中展開敘事。端木蕻良繼承並發揚了從古代到五四、從文言到白話的敘事文學的抒情傳統，抒情境界成為整個敘事結構的有機組成部分。在端木蕻良這裏，不僅感情世界、人物形象，而且對於土地、江河這種自然對象，亦能在敘事構架中展開舒展自如的抒情描寫。當然，這時的土地、江河在作家的筆下，已不是單純的自然物，而是包蘊自然力量與社會內涵的意象了。

精心營構意象並充分發揮其敘事功能，是端木蕻良小說的又一個顯著特色。他從自然、社會、文化等廣闊的天地採擷具有特色的事象，加以富於智慧火花與藝術靈性的鎔鑄，在作品的語境中，形成了鮮明生動而意味深長的豐富意象。他所創造的意象，若按來源屬性來分，大致可分為：自然意象，如草原、土地、大江、大山、烏雲、月亮、雕鶚等；社會文化意象，如債券、護心佛、萬歲錢、跳大神等。諸多意象中，有單獨的意象，也有複合的意象群。《鴛鴦湖的憂鬱》裏與月亮相伴的就有霧。《大地的海》裏，大

---

14 黃伯昂，〈直立起來的《科爾沁旗草原》〉。

地與海構成一對相依相生的意象共同體，「海」上有風、有浪，土地有情、有生命，海的波濤洶湧就是農民的坎坷命運，土地的受人宰割就是農民的生命與心靈被宰割。《科爾沁旗草原》裏的草原，在作品所顯示的情境中並非實有，而是存在於主人公心中的一個複合意象，其中有少年的記憶與嚮往，也有現在的希冀與幻想。它蒼茫、雄壯，具有雄邁的、超人的、蘊蓄的、強固的暴力與野性，它可以醫治精神貧困，可以養育一代新人，雖被現存制度破壞了偉力，但終究會恢復生機，重新站立起來。

端木蕻良小說的抒情境界相當一部分是由意象來承當的，但意象的功能顯然不止於抒情。《大江》的開篇，對於大江綿長的歷史、曲折的身姿、豐富的自然涵容與沉重的人文負載，以散文詩般的語言做了激情澎湃的描寫，堪稱一個雄渾蒼茫的意象。有論者批評這一節文字有贅疣之嫌，這其實是對端木蕻良意象敘事特點的誤解。這裏的大江，作為主人公乃至民族性格與命運的象徵，既是敘事者激情的寄託，又是象喻主人公性格與命運的「引跋結構」，或者也可以說是一種意象化的預言敘事。在古代小說中，頗多此類先例。如「三言二拍」裏，許多作品在故事正體之前，都有一個性質與正體類似的小故事，這是話本的遺痕，在正式開講之前，先來一個引子，一則等人落座安靜下來，二則給聽眾一個提示。《紅樓夢》、《儒林外史》等作品則是以一個神話寓言或理想人物的傳記開篇，作為整部作品的象徵或暗喻。《大江》開頭的意象正是繼承了古代小說的這種傳統。

預言敘事，不止於放在開頭，也可以置於中間等其他位置。《科爾沁旗草原》第十七章裏，丁寧在經歷了佃戶要「四八推地」、父親罹難、土匪天狗襲擊、表妹春兄慘遭不幸等事件之後，心情異常苦悶、頹唐，一種噬人的暴怒攫住了他的全身，他想毀滅一切，包括他自己，想在一種奇異的反常行為裏，得到恣縱，得到宣洩。他在痛苦地掙扎，一面竭力遏止並矯正頹廢情緒的恣縱，一面在無意識中模糊地想把一個每日接觸的熟悉的靈子作為自己狂亂的對象。他狂暴地自持著，不讓自己逾規。但「這時候，萬籟俱靜，只偶爾有一隻蝙蝠出現在頭頂上，沙沙地鼓風作響」。敘事者沒有敘寫丁寧回屋之後怎樣，但那隻蝙蝠其實就已經預示了他對靈子的作亂。在第十九章裏，讀者就看到了由此而來的悲劇。蝙蝠，晝伏夜出，面目醜陋，且個別種類吸食其他動物的血，在中國人的意念裏，性屬陰，每每與鬼類、醜惡、陰險相連，古代小說與民間傳說中即有牠們吸食人血的可怕描述。敘事者在此擇取蝙蝠來做象徵，表層是寫環境氛圍，實際上隱喻了人物性格的陰暗面及其後果，實在是收到了簡練、含蓄而尖銳、別致的審美效果。第十六章裏，春兄罹難前，也有一隻蝙蝠從眼前飛過去，那是春兄厄運的預示。

意象不僅能夠用作預言，而且可以用來做補敘，以蘊藉婉妙的形式起到直接刻畫或平面敘述所難以奏效的強化敘事作用。譬如：《科爾沁旗草原》裏，丁府少奶奶的笛聲，是霧樣的飄忽，「好像一個病弱的女人，踏著什麼也不是的東西，猶疑地脈脈地走來，閃爍地游絲似的拂過來」。關於少奶奶的描寫並不多，這笛聲便傳達出這個被丁師長（後又升任軍長）扔在老家的年輕女性的孤淒命運。再如，丁寧被三十三嬸誘惑上鉤之後回到自家，他懊惱、痛苦、慚愧。一個清晨，在丁寧的視野裏，作品有一段朝顏的人格化描寫，「她」回思昨夜那纖薄的風的挑逗，反省自己的半推半就，這分明是人物的對象化，對此前誘惑之夜丁寧的被動姿態做了一點接近真實的修正，是對象同一而焦點有別的補敘。這一補敘不僅豐富了人物性格，增強了可信度，而且饒有意味的是，在意象化的補敘裏，性別發生了倒置，被誘惑者在生活中是男性，而在意象中被雌性化，這一變化隱含了敘事者對於人物性格中柔弱一面的委婉的諷刺。

正如意象在詩詞中充當「詩眼」一樣，在端木蕻良小說裏，意象也常常成為「文眼」。有的起到一種伏脈作用。如《科爾沁旗草原》裏的小護心佛，本是春兄的愛物，當靈子發現它並認明是誰的東西之時，恐懼得把它放在一個經年也不能翻一翻的箱子的最下層，唯恐自己落得物主同樣的結局。然而，很快便厄運臨頭，太太逼她喝下鴉片。她在垂死掙扎中，終於把那個小護心佛翻出來抱在懷裏，感到一種說不出的妥帖——小護心佛成了女性悲劇命運的象徵，又成為兩個女性相類命運的連線。然而，她在昏昏沉沉之中到底把那個金質的東西廢然丟掉，又預示著她在第二部裏的死而復生。有的意象承擔著結穴功能，即凝聚著作品的主旨。如《雕鶚堡》裏的雕鶚，便象徵著人間的冷漠，石龍想去除掉牠，反而葬身於牠的眼下，足以見出國民性改造的艱難。再如《鴛鷺湖的憂鬱》裏的月亮，已不單單是時間流動的標記，更是作品意境的象徵。在不知民間疾苦的閒雅詩人眼裏，霧中橙月，也許會引發一番月朦朧、鳥朦朧的詩情，可在兩個貧苦看青人的眼裏，則是「主災」的不祥之兆。月亮升起來了，但它賦予湖面的，不是清晰明澈，而是「一道無端的絕望的悲戚」。當瑪瑙一覺醒來，「月亮像一個炙熱的火球，微微的動盪，在西天的天幕上」。它是那邊來寶躁動噴薄的性欲，還是隨即瑪瑙出奇的難受？最後，「月還是紅憧憧的，可是已經透著萎靡的蒼白」。一切都顛倒了，本來美麗的月亮變得蒼白失色，看青人不能自已地違背了自己的職守。在作品裏，月亮以意象的身份參與了敘事，它一方面作為情境與人物的象徵，另一方面也作為敘事流程中的間隔，似停未停，似斷猶續，增強了敘事的節奏感。

意象的精心營構，強化了小說的敘事功能，拓展了藝術空間與意義空間，與此同時，也加強了藝術表現力，豐富了文體魅力，富於線條感與色彩感的繪畫美即是其魅力之一。其實，端木蕻良長於營造意象，正與他的藝術修養有關。他小時喜歡畫些中國畫和版畫，還搞過剪紙、剪影，練過素描等等，三四十年代為刊物畫過插圖。至於古典文學，更是有著相當深厚的造詣，中國文學藝術源遠流長的意象傳統無疑為他的意象敘事提供了堅實的底蘊。晚年有人請他談談寫作，他就提出了「意象現實主義」，並且溯源溯到《紅樓夢》[15]，這正是他文學生涯的經驗之談。

[15] 參照林斤瀾，〈他坐在什麼地方〉，《北京文學》一九九七年三期。

如同他所創造的意象自然純樸一樣，敘事語言也是一派清新自然而富於審美韻味，這是端木蕻良對現代小說史的又一建樹。現代小說雖然上承古代白話小說的傳統，但在形式上借鑑更多的還是外國小說。所以，在相當長一段時間內，小說語言的歐化味十足，人物語言的性格化較弱，工人農民的話帶有濃厚的學生腔。為了解決這一問題，讓文學更加緊密地貼近大眾、更加準確地表現民族生活與民族精神，三十年代初，「左聯」就把文學大眾化當作一項重要工作，一九四〇年前後，文壇上又開展了「民族形式」的討論，其中一個重要的內容就是語言問題。但是，由於一般作家多受外國文學影響（直接閱讀外文或通過翻譯作品），加之急於表現時代之所需、急於化解心中之塊壘，文體創新相對滯後，小說語言的個性化、大眾化程度較之理想狀態尚有相當的差距。在這種背景下，端木蕻良小說語言方面的成就便顯得尤為突出。

閱讀端木蕻良的小說，可以感受到生活原生態的生動性，這一審美效應，就有語言之功。作品表現的生活面廣闊，讓人稱奇的是端木蕻良竟能將巫覡的神辭、土匪的黑話、賭徒的賭經等特殊階層的語彙運用得十分內行，能將民歌小調等富於風土人情的民間文學傳達出原汁原味。當然，最見鮮活之氣的還要說是人物的話語。人物的對話及自言自語等，總能顯示出人物的身份、教養、心境：農民的質樸，山姑的清純，地主的豪橫，老管家的謙卑，土匪的暴戾，媒婆的巧舌如簧，法師的見風駛舵，得志時的興奮、失意後的頹唐等等。不僅如此，而且言談話語之中性格特徵畢現。譬如《科爾沁旗草原》裏，三奶家一群懷著閨怨的女性，當丁寧到來時，她們的話語就見得出各自的性格。同是被丈夫拋棄在家的女人，三十三嬸與二十三嬸形成鮮明的對照。三十三嬸的話語誇張、巴結、綿裏藏針、「葷」味外溢，話語和眼睛、形體、步態一樣膨脹著一種祈求的越軌的焦切，凸顯出潑辣、嫉妒、占有欲旺盛、進攻性強的性格；而二十三嬸的話語則顯出一個病弱之身的失望、退縮、哀怨的心態和軟弱無告、靦腆馴順的性格。不僅是人物語言，而且描寫敘述語言也運用了不少地方色彩與生活韻味濃郁的語彙，標識地方風物的名詞自不必說，更有一些東北味兒十足、生活味兒濃厚的動詞、形容詞與表述方式，信手拈來，自在天然，平添一股生動感與鄉土情。譬如，寫大神跳神：腰裏帶的四個鉤子上各掛一桶水，「全身像一窩風輪起來」；「大仙總是兇兇妖妖地亂砍亂跳」。寫丁大爺對佃戶的不滿：「呂存義那鬼東西，偏一點眼色也沒有，夾七夾八地磨豆腐」，「跟我賤忒忒的多難堪，你越是這樣的，我越不給你順碴兒」；寫佃戶的失望：「滿腔的希望，便都簌簌的落了葉了……」，「像挨了一擊一樣，全身縮了半截」。寫景：「大地像放大鏡下的戲盤似的，雕刻著盤旋的壟溝，算盤子似的在馬蹄底下旋」；「大地靜悄悄的一聲不響，只有幾隻老鴰悄悄的飛來，偷吃遺在地上的種糧」。……當用這些故鄉的語彙與話語方式敘事狀物時，想必作者會從中體味到鄉情的慰藉，也自然向讀者傳達出懷鄉愛國之情。到了七十年代，一位海外華人還在文學接受的對比中表達自己的感受：「長年來被禁錮於虛幻的河山的影像之間，當我們能觸到真正發自吾土吾民的聲息時，那感慨是格外沉重的，而這也正是端木蕻良的小說叫我們懷念與感動的原因。」[16]鄭振鐸早在一九三三年十二月十八日讀畢《科爾沁旗草原》之後，抑制不住內心喜悅而給端木蕻良的信中，就稱讚說：「這樣的大著作，實在是使我喜而不寐的！對話方面，尤為自然而漂亮，人物的描狀也極深刻。近來提倡『大眾語』，這部小說裏的人物所說的話，才是真正的大眾語呢！」[17]運用大眾語的成功，得益於端木蕻良對生活語言的學習。他說：「語言應該在生活裏向下摘。就如要吃新美的葡萄，要親手來向架上去摘一樣，玻璃做的葡萄一顆比一顆圓潤，但是不可以吃的。」[18]這正是他的切身體驗。其實，端木蕻良在家鄉生活的時間並不算很長，

16 〔加拿大〕施本華，〈論端木蕻良的小說〉，載《明報月刊》一一四期（一九七二年）。
17 引自端木蕻良，〈致魯迅〉，載《魯迅研究資料》第五輯（天津人民出版社，一九八〇）。
18 端木蕻良，〈我的創作經驗〉，載《萬象》第四年第五期（一九四四年十一月號）。

他的小說中那些活生生的語言，固然得益於少年時代的語言積累，更來自他後來出於自覺的文體意識對生活源泉的努力汲取。他的母親善講故事，語言豐富，就常常被他奉為創作的「顧問」。

向生活尋找清新自然的語彙與表述方式，並不意味著一味的「土」。四十年代，身處陝、甘、寧邊區的丁玲、歐陽山等作家，為了克服自己文學語言的歐化傾向，曾經刻意地運用陝西方言，追求「土」味，結果「土」味是有了，然而過於粗糙，美感大打折扣；而且方言過多，也造成了外地讀者的閱讀障礙。這是文學大眾化、民族化道路上值得汲取的教訓。端木蕻良的小說語言之所以既新鮮自然，又富於韻味，是因為他對生活語言予以篩選、提煉，又吸收中國古典語言的精練、典雅與外國語言富於變化的複雜句式，追求話語形式的多樣性與變化性。他在談到自己的創作經驗時，就曾說過：「對於造字上，我避免用沒有變化的句子，對句，或者老大一串拖長的句子……對於字彙我注意多音節和少音節的混合運用。有時故意用一兩句不順的句子，雜在全文裏。」[19]的確，在端木蕻良的小說中，不同來源、不同色調的語彙與話語方式巧妙地熔為一爐，變化多端，隨物賦形。他充分調動語言的敘事功能，使之展現出雄健與冷豔、粗獷與細膩、溫婉與率直、綿密與簡潔、歌讚與譏刺等多種風采，形成一種參差美與動態美。端木蕻良小說的語言成就早就為評論界所注意，《科爾沁旗草原》初版剛一問世，巴人就予以這樣的評價：「我們在作者的筆下，是聽到了東北同胞的唱片裏奏出來的聲音。我們的作者正是製造語言的唱片的能手。使沒有到過東北的我們，也宛如聽到了他們的謦欬、嬉笑、怒罵、詛咒、歎息——各種各樣的語音，使我們感到有點疏遠，但又覺得非常親切。巫婆的哭唱、爺們的嘮叨、媳婦們的調笑與控訴、家奴們的恭維與裝腔、農民的商量與扯淡，甚至如孔二老婆的放潑、天狗的謔浪——這一切，真如繪音繪聲。沒有一個老作家、新作

19　端木蕻良，〈我的創作經驗〉。

家，能像我們的作家那樣地操縱自如的安排這語言藝術了——是多麼潑辣，而且有生氣呵。我想，由於它，中國的新文學，將如元曲之於中國過去文學，確定了方言給予文學的新生命。」[20]新文學的語言革新與元代確有相似之處，但要更為複雜，它不僅要使俗白的民間話語進入典雅的象牙之塔，而且要在本土話語中嫁接上異域新枝，創造出雅俗互濟、中外交融的現代文學語體，以表現中國的歷史進程。端木蕻良，這位來自東北黑土地的行吟詩人，他以一曲悠揚而頓挫、沉鬱而激昂、雄渾而婉曲的動人歌吟，匯入了二十世紀中國文學的宏偉樂章。

20 黃伯昂，〈直立起來的《科爾沁旗草原》〉。

第十一章　憤怒與痛苦

全面抗戰爆發以後，民族存亡問題已成燃眉之急，戰時生活的動盪不安、作家隊伍的遷徙顛簸、文學陣地的壓縮轉移等因素，使文學格局發生了急劇的變化。三十年代中期活躍一時的京派，其平和淡遠雋永的風格受到嚴峻的挑戰，流派的勢頭及其影響都大為減弱。在海派中異軍突起的新感覺派，其現代都市題材與小說技法實驗，在血與火的戰爭背景下頓失異彩。激進的左翼作家投身於全民族的抗日救亡大潮之中，其文學姿態也發生了種種變異。從盧溝橋點燃抗日怒火，到第一面五星紅旗在天安門廣場冉冉升起，流派色彩最為鮮明、堅持時間最為長久、成就與影響也十分突出的文學流派，當推七月派。

七月派因《七月》雜誌得名。《七月》最初為週刊，一九三七年九月十一日在上海創刊，九月二十五日出至第三期停刊。同年十月十六日在武漢復刊，改為半月刊。一九三八年七月十六日出至第三集第六期再度停刊。一九三九年七月在重慶復刊，為月刊，出至一九四一年九月第七集第一、二期合刊終刊，前後共出三十五期。刊物雖然三起三落，但主編者胡風與刊物的主要撰稿人艾青、蕭軍、蕭紅、馮乃超、田間、紺弩、辛人、吳奚如、曹白、端木蕻良、東平、彭柏山、賈植芳、阿壟、路翎、葛琴、劉白羽、魯藜、冀汸、天藍、白莎、莊湧、孫鈿、蘇金傘、鄒荻帆、方然、彭燕郊、綠原、牛漢、賀敬之、杜谷等，由於文藝觀念、創作傾向等大致相同，而且韌性十足，形成了一個強有力的七月派。一九四五年一月在重慶創刊的

《希望》月刊，幾經波折，出至第二卷第四期，一九四六年十月十八日在上海終刊，共出八期。《希望》仍由胡風主編，主要撰稿人與《七月》多有重疊，文學觀念、藝術風格與《七月》一脈相承。另外，胡風主編的《七月詩叢》、《七月文叢》與《七月新叢》等叢書，還有七月派成員編輯的成都的《呼吸》、北平的《泥土》以及《螞蟻小集》、《荒雞小集》諸刊，也是集結七月派隊伍、顯示七月派實績的載體。

七月派以強烈的主觀戰鬥精神向現實突進，體驗、擁抱並表現廣闊的社會生活與複雜的精神世界。記載侵略者暴行與受難者血淚及抗日戰績的紀實文學，剛健雄放、質樸深沉的詩歌，最早見出七月派的創作實績。隨著抗戰形勢的發展與作家閱歷的擴大，小說的創作量逐漸增加，而且越來越走向成熟，顯示出七月派「直面血肉人生的峻急」、「搓揉人物有缺陷的心靈的強悍」[1]的獨特風采。七月派最早引人注目的小說家是原名丘譚月又名丘席珍的東平（一九一〇至一九四一），這個身材瘦小的廣東海豐人，血管裏流動著剛勇不羈的血液，少年時代他參加過彭湃領導的海陸豐農民暴動，後來當過漁夫、攤販、水手，又經長兄引薦擔任十九路軍翁照垣旅文書，親歷過上海「一‧二八」戰役、熱河抗戰與福建倒戈反蔣事件。一九三二年在上海時，東平結識胡風，在左聯刊物《文學月報》發表小說處女作《通訊員》，而後又有《多嘴的賽娥》、《紅花地之防禦》等篇。《七月》上的第一篇小說《暴風雨的一天》，即出自東平手筆，後來他又為《七月》奉獻出《第七連》[2]、《一個連長的戰鬥遭遇》等力作，另有未完長篇《茅山下》。東平小說敢於逼視血淚斑斑的人生原生相，擅長捕捉人物的心理起伏，樂於刻畫雄強粗獷的性格，筆鋒遒勁、沉鬱，可以說東平是能夠代表七月派小說的氣勢與本色的急先鋒。一九四一年六月，日軍「掃蕩」蘇北鹽

1 參見楊義《中國現代小說史》第三卷（人民文學出版社，一九九〇年）。
2 此篇在《七月》發表時文體說明為「陣地特寫」，後因胡風用作東平小說集的名字，一般以小說視之，楊義《中國現代小說史》即如此。

阜地區，時任魯迅藝術學院華中分院教導主任的東平，率「魯藝」二隊的二百餘人突圍受挫。負傷的東平眼看戰友和學生犧牲，悲慨萬分，強烈的道德感使他開槍自殺，其悲壯的歸宿竟與他幾年前的小說《通訊員》主人公的結局重疊吻合，於此也可見出這位血性男兒的生命本色對文學創作的真實投射，其實這也正是七月派的一個重要特色。七月派重要的小說作家還有彭柏山、冀汸等。比前幾位走進《七月》陣營稍晚，但創作量更大[3]、氣勢更為凌厲、格局更為弘闊、因而最能代表七月派小說風骨的還要說是路翎。

第一節　發掘底層社會的原始強力

路翎這個名字的首次亮相，是在一九四〇年五月出刊的《七月》第五集第三期上，他的短篇小說《「要塞」退出以後——一個年輕「經紀人」底遭遇》，被列為「新作家五人小說集」的首篇。主人公沈三寶，大學畢業後曾經當過「經紀人」，後投身於抗日洪流之中。這個性格有幾分謙卑柔弱的學生官，經商所養成的凡事總要計算成本的「經紀人」，對自己的前程有過惶惑，對面臨的險境有過怯懦，甚至對自己的選擇有過悔意，但一旦情勢所逼，也能戰鬥，甚至能做出出人意料的事情來。在要塞尚未完工便奉命撤退的途中，遭遇了日寇騎兵，金主任要他「掩蔽好，不要動」，這命令反而激起他強烈的自信，產生一種奇蹟般的興奮，他開槍擊中三個敵人。對於那個半死裏還開槍射擊的敵人，金主任主張由其自生自滅，

[3] 從一九三九年至一九五四年，路翎創作的小說有長篇三種、中篇四部、短篇集六部，約三百萬字；此外，還有大量的劇本、詩歌、散文和評論等。

而沈三寶在一度產生了一絲憐憫之後，又回去將其擊斃。沈三寶副官的行為動因，與其說是對敵人的仇恨與性格的勇敢，毋寧說是對於某種權力意志的阻抗。如果當時金主任要他衝上去，「或許不會給沈三寶一種確信而反要引起他的懷疑」；如果金主任主張擊斃傷兵，也許沈三寶會由其自生自滅。當在如何處理撤退時帶出的皮包的問題上有了不同意見，金主任拔出手槍時，沈三寶卻在對方放下手槍的一瞬間，開槍打死了金主任。僅僅懷疑金主任是漢奸，就開槍擊斃，顯然不是理智的行為。但沈三寶本來就不是一個理智型的人，而是神經質的性格，他的行為不是出於審慎的思考，而是出於許久以來對金主任辱罵他的復仇情緒的積累，或許還有一種因素在起作用——想要擺脫控制、爭取逃逸的自由，總之，其動機的內核是對權威的反叛。他本人意識不到這樣做的結局，也不能給他自己的行動有所解釋。所以，當後來同自己隊伍上的人相遇時，他絲毫沒有為自己開脫，反而若無其事地離去，結果死在自己人的槍下。這篇作品結構鬆散，描寫蕪雜，人物性格缺乏必要的刻畫，藝術上的幼稚顯而易見。作者對此深有自知之明，在成名之後出版的短篇小說集中從未收入此篇。但值得注意的是，在特定的情境中，人物情感變異突兀，心理空間錯雜迷茫，敘事筆觸不無剛健遒勁之處，卻也見出作者別致的眼光與獨特的筆力。作者格外關注心理的突變與意外的舉動，給作品帶上了一點命運難以把握的蒼涼感和陰鬱色彩。這個在後來一直得以保持並有較大發展的特點，一方面與作者敏感、易於衝動的氣質密切相關，另一方面也有著社會背景的投影，正是生死未卜的戰爭環境，造成了普泛性的焦慮、惶惑、恐懼等心態，使人容易發生茫然失措的突兀變異。

從一九四一年四月起，路翎在《七月》雜誌相繼發表《家》、《何紹德被捕了》、《黑色子孫之一》、《祖父底職業》等，同期創作的小說還有《棺材》、《卸煤臺下》、《穀》等篇，這些後來收入短篇集《青春的祝福》（列入希望社《七月新叢》，上海生活書店一九四五年七月渝初版）的作品，大都取材於他所熟悉的礦區生活，作者的藝術才華得以施展開來，創作個性得到長足的發展。作品雖然觸及了日本侵略者給中國人民帶來的巨大災難，但區別於其他作家相類題材的特點，也是給讀者留下深刻烙印之處，還要說是在抗日戰爭的大背景下，對某種強力性格的刻畫，尤其是表現其憤怒的情緒。《家》在對比中刻畫了兩種截然不同的人格：賣了土地吃房租的劉耀庭自私卑鄙，將他人寄存的十袋洋灰麵據為己有，自家的房子失火時，他最先想到和搶出來的是錢包與賬簿。而鍋爐工人金仁高則恰恰與之相反，空襲警報響起之後，他首先想到的是鍋爐房的安全；火災之中，金仁高與河南人奮不顧身撲火，從火中救出劉耀庭的妻子。敘事者的著眼點並不在一般的道德裁判，而是在於突出人物的陰鬱和憤怒的情緒。開篇所寫「在運煤車廂後面高高地凝視著前面的車頭而被煤煙所朦朧的客車，在鐵道底每一個轉彎的處所就暴躁地撞響著，彷彿它急於要衝到那些低矮而烏黑的煤車底長串前面去」，簡直就是主人公與敘事者情緒的象徵。作品裏多次用野獸來比喻主人公，「憤怒」成為反覆出現的描述人物性格的關鍵字。場景的描寫多與情緒相諧，呈現出緊張與力度交織的氛圍。譬如：「這裏是鍋爐房，四張方方的大紅嘴吞著煤。火焰在爐肚裏轟轟地咬嚼著，撕打著，抱住了黑色的煤末，爐子底鐵門打開的時候，血底紅色就噴在工人的頭髮上、手臂上。」敘及兩個工人在事故中受傷後，緊接著一段「空鏡頭」的景物描寫：「風大了起來，它蹂躪了大片的麥田；桑樹底手掌舞著，彷彿想抓回什麼被風帶去的東西。——風帶著桑樹底咒罵掊擊到廠房的高牆壁上；在高高的煙囪上，它擾亂著煙，彷彿一個流氓揪著女人底黑髮。火星在煙囪口爆裂了。風唱著歌。」「電燈，淒迷地在風裏幌閃。黑暗的曠野暴亂了，它從溫柔的夢裏猝然醒來，幻想著，在風裏哀號。」在這裏，景物被人性化、情緒化，生動地承載起主人公與敘事者的巨大的鬱悶和憤怒，給讀者以強烈的感染。

如果說《「要塞」退出以後》，還僅僅顯示出心理描寫的蒼茫空間的話，那麼，《家》則開啟了路翎刻畫強力性格的線索。《黑色子孫之一》以否定的形式來加強對強力性格的肯定力度。在卑怯委瑣的金承德的反襯下，石二的硬氣、堅韌、大度與目光高遠，顯得更為突出。《何紹德被捕了》的主人公，從傷兵醫院出來以後未再歸隊，來到礦上謀生。這裏，抗戰中傷癒未歸隊的是非問題被有意忽略，敘事者注重展示的是主人公何紹德的獨特性格：他「比一切這樣的人在靈魂裏有著更多的憤怒」，「貧苦就首先使他底憤怒燃燒」，戰爭的血與火的洗禮更強化了他的陰鬱、激憤的性格。他為人仗義，在自身命運多舛的情況下，為當了逃兵的舊友介紹工作，此事成為他後來遭難的起因；他性情剛硬，敢於惱怒地面對礦長對他身世的查問，敢於追求自己所愛的女人——儘管後來才知道對方並不愛他，敢於同包工頭楊承倫鬧翻，後來為此付出了沉重的代價，被楊承倫告發給宋連附。當他發現楊承倫是告發他的罪魁禍首時，像一頭憤怒的獸，追上楊承倫，用堅硬的拳頭砸去，然後坦然地走向宋連附。一個粗獷豪邁、頂天立地的人格，在憤怒之火中熠熠生輝。

創作於一九四二年四月的中篇小說《饑餓的郭素娥》（列入希望社《七月新叢》，桂林南天出版社一九四三年三月初版），是標誌著路翎向底層社會發掘原始強力的藝術探索成功的代表作。標題如此命名便相當別致，用作定語的「饑餓」道出了女主人公的生存狀態與心理狀態。郭素娥的確是在饑餓中煎熬著的：一是無以果腹的饑餓，二是生命力旺盛的年輕女性的性饑渴，三是希望得到理解、同情乃至與意中人同舟共濟的精神饑渴。郭素娥最初的背井離鄉，就是緣於一次持續的可怕的饑饉。這個強悍而美麗的農家姑娘，在孤苦伶仃的漂流中餓昏在觀音泥的小土窟旁邊，才成為大她二十四歲的鴉片鬼劉壽春的妻子。當劉壽春的田產被鴉片吸光以後，郭素娥為了糊口，在廠區擺起了香煙攤子。與此同時，早就厭倦了鴉片鬼的郭素娥，也把帶著赤裸裸的欲望與期許的淫蕩的目光投向了礦區的工人，選擇了強壯粗獷的機器工人張振山。因為饑餓的威脅，她甚至不怕張振山會看低她（把她混同於山下的妓女），對張振山的「你要錢嗎？」的粗暴問題，給予肯定性的直率回答。但郭素娥的希冀絕不止於滿足食色這些基本的生命本能，她內心燃燒著精神的饑渴，真心地希望張振山把她帶到山外的世界去，從此擺脫鴉片鬼的折磨，共度自由的人生。然而，張振山對待郭素娥，開始時只是圖得一時的歡會、性欲的滿足，對這個同樣強悍的女人斫折他性格中的惡毒的光輝，則感到不能容忍，對於女人的命運，莫不關心，更沒有要和這個女人維持較長久的關係的願望。直到他因為痛打了兩個侮辱郭素娥的礦山高級職員，受到扣除全部包工錢的嚴厲懲罰，一怒之下要離開礦山時，才下決心帶郭素娥一道遠走高飛。可是，當他與工友們飲酒話別後去找郭素娥，為時已晚。就在郭素娥希望張振山不知不覺地走近她，向她伸出允諾的手臂時，她等來的卻是劉壽春串通保長及無賴黃毛布下的一個險惡的陰謀。劉壽春帶人把她強行抓走，威逼著要把她賣給一個以生理病態摧殘死四個妻子的紳糧，見其不從便殘忍地加以折磨，用燒紅的火鐽烙她的下體，無賴黃毛還趁火打劫、施以強暴。在暴虐的摧殘下，郭素娥終於在三天後慘叫著死去。郭素娥為擺脫「饑餓」付出了生命的代價，她的命運是淒慘的，然而她的性格卻是異常強悍、執著的。她敢於表達自己的赤裸裸的欲望和期許，敢於同命運做頑強的抗爭，她的希冀與掙扎，不止於來自生命本能，而且帶有個性解放的色彩，當鴉片鬼要她跪下來束手就擒時，她以一種充滿不可侵犯的尊嚴的聲音叫道：「哪個敢動我！」「我是女人，不准動我！」並奮力反抗，將大碗猛力砸向劉壽春。被抓進張飛廟後殿後，她像復仇的女神一樣，撲在那個助紂為虐的陰鷙、猥小的老寡婦的頸子上，扼住其脆弱的喉管。儘管最終無法改變悲劇命運，但這種敢想敢做、敢愛敢恨、希冀與復仇意志異常頑強的女人性格，卻放射出永恆的光輝，這樣的女性形象在現代文學史上實屬罕見。關於這一人物，作者自己有過這樣的表白：「郭素娥，不是內在地壓碎在舊社會裏的女人，我企圖『浪費』地尋求的，是人民的原始的強力，個性的積極解放。但我也許迷惑於強悍，蒙住了古國的根本的一面，像在魯迅先生的作品裏所顯現的。我只是竭力擾動，想在作品裏『革』生活的『命』。」[4]路翎何嘗不知道現實生活中到處可見的國民性弱點，但他這一階段的創作旨趣在於發掘底層社

4 轉引自胡風，《饑餓的郭素娥・序》。

會的原始強力，便不能不有所忽略，有所側重，「迷惑於強悍」實在是有意為之、樂於為之。路翎以這一姿態進入文壇，有著多重原因。從個人來說，他在年輕的生涯中飽嘗了專制統治與因襲勢力及戰亂帶來的種種痛苦，胸中積蓄了難耐的憤懣，急需痛快淋漓的宣洩和強力性格的慰藉；從社會來說，抗戰前期尤其需要鼓舞民氣，振奮鬥志，底層社會粗獷、雄強、剛烈甚至帶有野性的原始強力，正是一種反抗精神的動力源。

郭素娥的性格，烈火一樣熾烈，金剛石一樣堅硬，不僅使邪惡勢力無法讓她屈服，也使一般男性世界相形見絀。郭素娥的父親當年遭遇強盜，竟然為了保住幾件金飾而丟下女兒，親情為物欲所吞噬，其令人鄙夷自不必說。機器工人張振山，誠然帶有野獸一般的野性，敢於爭取自己之所愛，也有一點見多識廣的眼界，但比起郭素娥來，強力中少了一點寬廣的胸襟與博大的愛心，多了一點蠻勇、刻毒、狹隘與自私，他的勇氣不過是敢於痛打調戲郭素娥的職員，向意想中的情敵魏海清動武撒氣，至多也只是放火燒光劉壽春的破爛茅屋，他到底沒有像郭素娥所希冀的那樣，去不顧一切地拯救她。郭素娥臨死前，還在癡想著張振山在等她，殊不知張振山已把身處絕境的郭素娥轉託給他明知無能為力的魏海清，自己卻尋找他所謂的出路去了。張振山實在擔當不起朋友對他的「敢做敢為」的稱譽。魏海清淳厚而呆板，善良而怯懦，執拗而乏力，因而既不能贏得火辣性格的郭素娥的好感，也無法拯救郭素娥於危難之中，只能絕望地眼睜睜地看著群魔將郭素娥攫走。魏海清的滿腔怒火，直到郭素娥慘死之後許久才發洩出來，向淪為乞丐、糾纏不休的劉壽春擊上一拳，在張飛廟遇到黃毛，憤然揭露其罪惡，但終因身單力薄，慘死在黃毛劈頭打來的火鐮之下。黃毛參與迫害郭素娥時，灼人致死的也是這把火鐮，魏海清無緣同郭素娥結成良緣，卻在同一兇器之下命喪黃泉，這種地府「姻緣」不能不讓人悲憤慨歎。不過，郭素娥的命運與性格確實對魏海清產生了巨大的影響。在魏海清生命的最後半年裏，他的性格發生了變異，「說話很少，聲調每每陰沉得像一個懷疑一切的人」，特異的溫柔時常為神經質的憤怒所取代，偶爾的笑聲「是被扼住的，令人難堪的。在笑過之後，他的眼睛裏就流露出悔恨和盲目的憤怒來」。這個一向刻板、自斂的人，開始寬縱他的兒子小沖。小沖果如父願，上了礦山，向著父親所希望的橫暴、狡黠方面發展。原始強力猶如曠野上的野草，深深地植根於生命的大地，不管經受多少次雷擊火燒、踐踏齧咬，總會在一年一度的春風吹拂下煥發生機。胡風肯定地說：「在路翎君這裏，新文學裏面原已存在了的某些人物得到了不同的面貌，而現實人生早已向新文學要求分配坐位的另一些人物，終於帶著活的意欲登場了。向時代的步調突進，路翎君替新文學的主題開拓了疆土。」[5] 邵荃麟也稱讚說：「這本書裏卻充滿著一種那麼強烈的生命力，一種人類靈魂裏的呼聲，這種呼聲似乎是深沉而微弱的，然而卻叫出了多世紀來在舊傳統磨難下的中國人的痛苦、苦悶與原始的反抗，而且也暗示了新的覺醒的最初過程。」[6] 郭素娥和圍繞著她的顯現出原始強力的群像，的確當得起這樣的讚譽。

《饑餓的郭素娥》不僅顯示出作者發掘原始強力的深度與把握性格起伏的功夫，而且在尋找與內容相諧的藝術形式上，也做出了積極的努力，獲得了可喜的成功。其表現手法雄渾、大氣，正如胡風在〈序〉中所指出：「他不能用只夠現出故事經過的繡像畫的線條，也不能用只把主要特徵的神氣透出的炭畫的線條，而是追求油畫式的，複雜的色彩和複雜的線條融合在一起的，能夠表現出每一條筋肉的表情，每一個動作是潛力的深度和立體。」整部作品有一個以礦山為中心的象喻結構。礦山，在這裏不止是人物的背景，也象徵著痛苦、憤怒與復仇意志的蓄積和爆發。郭素娥來到礦山，才獲得了抗爭的勇氣、幽會的歡快

5 胡風，《饑餓的郭素娥・序》。
6 邵荃麟，〈《饑餓的郭素娥》〉，《青年文藝》第一卷第六期（一九四四年）。

和美麗的憧憬，一旦被抓離礦山，便走向了毀滅。張振山在礦山是怎樣的狂放、激烈，離開了礦山，則意味著對責任的逃避，暴露出他性格中強悍慷慨的另一面——怯懦、自私。五里場上正月裏民間的舞龍，象喻著鄉土的原始生命力，魏海清回到鄉鎮的舞龍隊伍裏，才抖落掉頹唐之氣，煥發出青春活力，於是才有稍後向黃毛復仇的壯舉。張飛廟積滿灰塵的後殿，那布滿蜘蛛網和垂掛著烏黑的煙塵絮的頂板，正對著神座背的厚笨而腐朽但又被牢牢頂住的後門，具有濃烈的象徵氛圍，郭素娥慘死在那裏，只是千百年來邪惡勢力和虛偽禮教合謀殺人的一個例證。低沉的天穹，強勁的山風等有意味的「景語」皆為「情語」自不必說，另外有一些別致的不露痕跡的暗喻，也頗見作者的奇思妙悟。如第五章裏，緊接著「劉壽春裏在破棉絮裏，沒有起來」的描寫是：「她在土坪右端的殘廢的樹椿上坐下。」把枯樹椿寫成「殘廢」樹椿，是對劉壽春的暗喻。又如：寫郭素娥在聽了劉壽春的陰毒話語後，痛斥劉「不是人」，並隨手抓起一個碗向他砸去，「她是一瞬間變得那樣狠毒，像一條憤怒起來的，骯髒、負著傷痕的美麗的蛇」。把女人視為蛇，是歷史久遠的帶有貶義的傳統意象，可是在這裏反其意而用之，賦予蛇以憤怒的人格，則是作者的新創。「張振山和郭素娥偷情的新聞，像饑餓的烏鴉一樣，從多嘴的楊福成的嘴裏出來，翔遍了礦區的每一個角落，尋找牠的食糧。」看了這個比喻，讓人想不出還有什麼別的比喻會比這一個更貼切。而且烏鴉的「饑餓」也暗喻著冷漠、愚昧、樂於窺探隱私等國民性弱點，它與郭素娥的饑餓疊印在一起，豐富了作品的蘊涵。

《饑餓的郭素娥》對複雜性格的準確把握及與此相諧的敘事功力，很難讓人相信作者創作這部中篇時只有十九歲。這位年輕的作家，一九二三年一月二十三日生於蘇州倉米巷三十五號，[7]從母姓，起名徐嗣

---

7 關於路翎的出生地、筆名的由來等生平資料與出獄後的創作及其生父死因等，均參照朱珩青《路翎》（中國華僑出版社，一九九七年）。

興。生父趙振寰，是一位畢業於河北保定醫學院的外科醫生，入贅徐家，在岳母娘家蔣園掛牌行醫。趙振寰多才多藝，吹拉彈唱，無所不能，擅長講故事。由於當時蘇州人多信中醫，西醫外科少有用武之地，掙不來錢，加之上門女婿的微妙地位，他幾度要回保定開業，而終未成行。一九二五年春夏之交，趙振寰不幸故去，蔣氏族譜記載為「自戕」。不久，母親徐菊英攜一子一女搬去了南京，再嫁湖北漢川人張濟東。繼父雖然讀過大學，但家道中落，沒有什麼背景可以依靠，時逢社會連年動盪，加之性格耿直而有些急躁，只能在小職員的生涯中輾轉顛簸。外面兵荒馬亂，流氓特務在光天化日之下行兇作惡，警察欺壓無辜的平民，貪官污吏招搖過市，自家時因繼父的失業恐慌而難以安寧，生計困窘，這些都給徐嗣興幼小的心靈罩上了灰暗的沉重的陰影，培育了一種淒涼、孤獨的心境，使他有些敏感多思、少年老成。後來，這種心境幾乎伴隨了他的一生，也自然滲透到他的創作中去。三歲時，即由母親開始進行啟蒙教育，四歲考入南京蓮花橋小學幼稚園高級班，半年後，升入小學，十二歲入江寧中學。抗戰爆發後，他隨家人逃難，先到漢口、漢川，一九三八年經宜昌到重慶，被分配到四川省國立二中學習，下半年跳級升入高中二年級。由於他在課堂上看課外書，並課餘為民營的《大聲日報》編輯副刊《哨兵》，引起了校方的不滿，又同一個思想反動的國文教員發生衝突，於是被學校以「左傾」的罪名開除學籍。他本人對要求學生循規蹈矩的學校生活也沒有什麼留戀，從此告別了學生生涯，樂得直接投身於社會生活中去。但社會生活比學校生活更為複雜、艱難，他開始像繼父一樣為生計而到處求職，參加過三民主義青年團宣傳隊，任過育才學校「小先生」、國民政府經濟部礦冶研究所會計科辦事員、國民黨中央政治學校圖書館助理員等職。與繼父所不同的是，他在求職謀生的同時，走上了奇崛瑰麗的文學生涯。

大約在七八歲時，他就接觸了《西遊記》、《水滸》、《薛仁貴征東》、《楊家將》、《封神榜演義》等連環圖畫書，還有《七俠五義》和《福爾摩斯查理探案》等小說。而後，閱讀面不斷擴大，《浮士德》、《堂吉訶德》、《茶花女》、《俠隱記》、《巴黎聖母院》、《戰爭與和平》、《復活》、《窮人》、《羅亭》、《貴族之家》和希臘悲劇等翻譯文學，《西遊記》、《紅樓夢》、《三國演義》等古代小說，《吶喊》、《寄小讀者》、《子夜》、《家》、《趙子曰》、《貓城記》等現代作品，還有當時出版的文學雜誌，都納入視野。敏悟的性情與大量的閱讀，為他的寫作打下了扎實的基礎。小學時，作文便常常得到老師的表揚，有一篇投到北平一家雜誌的散文得以發表，得了兩角錢的稿費。十四歲時，散文〈古城上〉刊於趙清閣主編的《彈花》文藝半月刊預刊上。一九三八年，這位年僅十五歲的少年作者，以「徐烽、莎虹」等筆名，在重慶《時事新報》等報刊發表散文等作品二十餘篇，控訴日軍侵略罪行的散文〈一片血痕與淚跡〉，在《彈花》發表時，「編後記」稱許是「充實兼有力的作品」。以飛行員抗戰為題材的《空戰日記》，大概是他的小說處女作。一九三九年一月至二月，分五期在《大聲日報》副刊《哨兵》連載的《朦朧的期待》，獲《哨兵》文藝社一等獎，得獎金五元。

他後來之所以把「路翎」作為筆名，緣於一段以傷感告終的初戀。初戀對象叫李露玲，將李露玲從他身邊帶走的朋友筆名叫「彤翎」，為了紀念這兩位曾經給他帶來初戀與友誼也給他帶來心靈創痛的友人，遂有「路翎」這一後來得以傳世的筆名。初戀的挫折從某種程度上加快了這位文學青年走向文壇的步履，但對於路翎的文學生涯來說，最重要的人還要說是胡風。一九三九年，路翎因向《七月》投稿而和胡風通信，後來成為志同道合的患難之交。胡風，這位詩人、評論家，不僅以其鐵骨錚錚的人格與強調「體驗」的現實主義文藝觀影響著這個在孤獨中孜孜求索的文學青年，而且在路翎作品的醞釀、寫作、發表乃至評論、宣傳等方面，給予文壇上少見的有力而切實的扶助。路翎的許多小說初發於胡風主編的《七月》、《希望》等刊物上，《饑餓的郭素娥》、《財主底兒女們》、《青春的祝福》、《求愛》等小說及《雲雀》等劇本，都是經胡風之手推出。胡風還先後為路翎的作品寫過六篇序、跋和評論。確如路翎自己所說，胡風是他的「導師和友人，並且是實際的扶助者」[8]。正是在這位難得的師友的關心、指導與扶助下，路翎能夠很快地在文壇占有一席之地，並留下了一條閃光的軌跡。

第二節　苦吟知識分子的心靈史詩

還是在一九四〇年時，路翎就根據外祖母哥哥家鬧財產糾紛的故事為素材，動手創作他的第一部長篇小說《財主的兒子》，一九四一年完成，全篇二十萬字。寫好後照例寄給遠在香港的胡風，不料太平洋戰爭爆發，原稿遺失在戰亂中。一九四二年，路翎到中央政治學校圖書館任助理員，有了一段相對安靜的空間與較為充裕的時間。在胡風的鼓勵下，他開始重寫這部長篇。此時，他重讀了早在少年時代就曾讀過的托爾斯泰的《戰爭與和平》，又讀了羅曼・羅蘭的《約翰・克里斯朵夫》，這兩種名著宏大的構架與氣勢，尤其是後者對主人公為了美好理想而向社會上的消極勢力展開不妥協的鬥爭的精神歷程的刻畫，對他的這部長篇的創作產生了深刻的影響。有了第一稿的試練，加上隨著時間的推移和閱歷的擴大，第二稿便有了遠為宏大的規模與沉實厚重的分量。第一部於一九四三年十一月寫完，一九四五年十一月由南天出版社在重慶出版，第二部於一九四四年五月完成，一九四八年二月由希望社在上海出版。

這部寫於抗戰期間的長篇小說，人物活動的舞臺始終籠罩著戰爭的氛圍。開篇從一九三二年發生於上海的「一・二八」戰爭切入，最後在抗戰最艱難的時期收束。戰爭成為人物性格變化的熔爐、情節推進的

8 路翎，《財主底兒女們・題記》。

動力，戰爭的苦難成為作品縈繞不斷的背景音樂。對侵略者罪惡的控訴，是這一樂曲中的悲憤樂章。關於「一•二八」戰爭，還只是借助人物關於某個老女人在上海的馬路上被日本飛機扔下的炸彈炸傷，很快死去等轉述，和傷兵醫院裏呼喚母親的慘厲聲，動物的、痛苦的呻吟聲，濃濁的藥品與血污的混合氣味，僵直的屍體，來表現戰爭的恐怖。到了「盧溝橋事變」之後，作者便潑墨般地描寫戰爭的災難了。最慘烈的一幕是南京的陷落。失陷以後，這座古城新都各處都有屠殺和強姦。日軍做著殺人競賽，集體屠殺手無寸鐵的平民百姓和放下武器的中國軍人，光是在明故宮裏一次就以機關槍射殺了四百個中國兵。野獸一樣的日本軍人，衝進教堂，衝進教會學校，強姦餓了三天的婦女們。侵略者還使出了毒辣而卑鄙的攻心術，用坦克車裝了糖果，分散給中國孩子。這部作品對於戰爭罪惡的描寫，不只在於較早地揭露了日軍在南京犯下的滔天罪行，而且在於揭示出戰爭扭曲人性，使本來應該報效國家、血染戰場的中國軍人裏面出現了與其天職相悖的事情。南京光華門爭奪戰最激烈的時候，市民首先失去了信心，數萬人向挹江門逃亡，其次是軍隊失去了信心，於是出現了一九三七年十二月十二日的慘痛的、可怖的局面：砲火和相互的踐踏時常使這些人們裏面倒下一些。洶湧的人流在箱籠、車輛和屍體的礁石上衝擊。「在礁石四圍形成可怕的漩渦，捲去倒下的不幸者。」更可怕的是軍人加入了逃難的激流，開始是散兵「徒然地用手榴彈和刺刀開闢道路」，等到軍隊宣布撤退時，「那些瘋狂的兵，是用他們底武器攻擊人群，在血底河流、屍體底山丘上面咆哮，那些輛剩餘的戰車是從人們的身體上顛簸著馳了過去……」。戰車的行為激起了可怕的憤怒，於是一顆手榴彈準確地從城牆上扔到戰車裏面，使戰車和它所壓死的那些人一樣再也不能動彈。「江邊的情形，是和城內的情形同樣可怕。為爭奪僅有的船隻，軍隊互相開火。」一隻負載過多的囤船，因為人們繼續從江裏向上爬，並且互相惡鬥的緣故，竟致覆沒。死神臨頭，道德約束變得極其脆弱，惡魔性隨時都可能登場。自暴自棄的潰兵縱火、搶劫，強姦村姑農婦，濫殺黎民百姓。這血腥的真實描寫令人痛楚、悲哀，也引發讀者對戰爭的深思。

作品以抗戰為背景，自然有對抗日軍人的愛國主義精神與鐵的紀律的熱情弘揚，如在抗擊敵機的戰鬥中英勇負傷、終致殉國的艦長汪卓倫，下令槍決搶劫老婦錢財的潰兵而後被報復殺害的團長等；也有對當局者腐敗無能、前方指揮嚴重失策、後方闊老醉生夢死的尖銳批評。然而，這部作品的重心顯然不在戰爭本身，而是在於知識分子的生存狀態與精神歷程。正如胡風在〈序〉中所說：「在這部不但是自戰爭以來，而且是自新文學運動以來的，規模最宏大的，可以堂皇地冠以史詩的名稱的長篇小說裏面，作者路翎所追求的是以青年知識分子為輻射中心點的現代中國歷史底動態。然而，路翎所要的並不是歷史事變底紀錄，而是歷史事變下面的精神世界底洶湧的波瀾和它們底來根去向，是那些火辣辣的心靈在歷史運命這個無情的審判者前面搏鬥的經驗。」

在這部標題上兒女並舉的作品裏，女兒們所占的比重要輕得多。蔣淑珍、蔣淑媛、蔣秀菊秉承了一點講究排場的貴族氣，要麼是丈夫的附庸，滿足於不無溫情但又庸庸碌碌的主婦生活，要麼有了新派女子的派頭，追逐著留洋鍍金、交際活絡的風光。蔣淑華比她們質樸、善良，然而柔弱多病，因短壽而無所作為。倒是庶出的阿芳，由於從小跟著處於姨太太卑賤地位的母親生活，沒有染上少爺小姐脾氣，能夠吃苦耐勞，靠自己的勤勉，踏踏實實地度自己的人生。其他女性，無論是狂熱地追求虛榮與享樂的王桂英、高韻，還是冷峻地對待愛情與事業的萬同華姐妹，都是配角。作者不吝筆墨、著力刻畫的主人公，是氣質相同而個性迥異的蔣蔚祖、蔣少祖、蔣純祖三兄弟。

蘇州富戶蔣捷三的這三個兒子代表了知識分子的三條不同的道路。長子蔣蔚祖是父親的掌上明珠，聰穎乖巧，完全按照因襲的傳統圭臬長大，舉止溫文爾雅，通曉詩琴書畫，但其「年輕而美麗」的外貌下掩飾著柔弱畏怯的性格，缺乏男子漢的血性與新時代的朝氣。使其性格缺陷暴露無遺、命運發生驟然跌落的，是他的妻子金素痕。金素痕出身於一個東山再起的破落戶家庭，秉承了其父金小川舊式訟師的狡黠與陰毒。她為了財產踏入蔣家高門深院，利用蔣家對長子的器重，從蔣家貪得無厭、不擇手段地索取金錢，弄走了大部分古玩珠寶，並因此結識了一個年輕的珠寶商人，過著放蕩的生活。私情暴露、矛盾激化後，金素痕挾蔣蔚祖以與蔣家對陣，甚至趁亂搶走地契。傳統詩教薰陶下長大的蔣蔚祖，在陰狠無賴、狡詐善變的金素痕面前，顯得越發孱弱無能。他對妻子的荒唐徒有憤怒，熱亂、痛苦瀕於瘋狂，但只能任其胡為，無可奈何；妻子對他巧言撫慰，他便安靜下來，繼續維持病態的婚姻生活。一俟極不情願地確認了妻子的放蕩時，他氣憤得窒息，頹然倒地，終致發瘋。他在蘇州、南京之間幾番顛簸，備受磨難，竟致淪為乞丐，幹起了替出殯人家扛二十四孝的下賤生業，最後跳江自殺，完結了這個豪門闊少的一生。蔣蔚祖的性格，是豪門嬌寵與傳統詩教嫁接結出的酸澀果實，其悲劇性折射出柔弱型傳統知識分子在欲望高漲的現代社會所面臨的尷尬乃至絕境。饒有意味的是，逼瘋丈夫、氣死公公、導致簪纓之家傾圮敗落的金素痕，已不是傳統意義上的善妒易怒的「河東獅子吼」，而是洋味與蠻性集於一身的現代女性，她讀過法政學校，敢同人多勢眾的夫家對簿公堂，敢向父親爭取自己的權利，懂得經營之道，追求現代享樂。在這樣一個女性面前，早年曾因打了前任縣長一記耳光而聞名南京的公公一敗塗地，柔弱的蔣蔚祖更是被玩弄於股掌之上，父子二人都是在她的凱旋門下命喪黃泉。與傳統框架內截然不同的力量對比及其結局，不僅隱喻著封建家族制度與封建禮教體系的崩潰，而且以醜惡本性的張狂嘲弄了文雅的無能，反證了原始強力的獷悍。

次子少祖，是蔣家第一個叛逆的兒子。他先是拒絕父親給他安排的路，逃到上海去讀書，大學畢業後辦報，接著遠渡重洋去日本留學。他一直在傳統與新潮之間徬徨：領略著叛逆的快感，卻毫不難為情地向姐姐們要錢；不滿意家裏選定的親事，卻與自己並不愛的人結婚；一方面不得不敷衍家庭生活，另一方面又要偷嘗婚外戀的禁果，可是等到情人王桂英生了孩子，他卻不敢對其負責。他需要激烈、自由和超拔的個人英雄主義，可是傳統文化中的中庸到底對他發生了作用，他的性格中既有剛性的一面，也有柔性的一面，開始時懷著毅然決裂的激情離家求學，後來卻常常表現出首鼠兩端的狀態。當他看到上海學生勇敢地開著火車去南京請願的壯景時，為青年的精神所打動，消解了一點孤單與冷漠，喚醒了他那已經沉睡了的青春激情，靈魂得到了一次淨化。但在抗戰爆發以後，他卻和往昔激進的舊友分道揚鑣，退嬰到保守的陣營。對待各種社會問題，年輕時代的苦悶和煩惱，讓位於優美的自我感激。生活態度與生存方式上，勤勉為怠惰所取代。文化興趣，從曾經嚮往過的歐洲文化，回到傳統文化上來，甚至有幾分迷戀。他曾經擔心自己與青年隔離下去，會走上官僚的道路，後來卻果真當上了參政員；然而這個近乎榮譽性的頭銜，並沒有使他完全失去知識分子的自由思考。

蔣少祖這一人物的豐滿性與深刻性，不僅在於其性格本身的複雜性，而且在於他的某些思考，具有一定的真理性價值。他「反對中國人底固步自封和淺薄的、半瓢水的歐化，頌揚獨立自主的精神，說明非工業和科學不足以拯救中國」。他希望中國能建立民主的、近代化的、強大的國家，這個新的國家能尊重往昔的文化。他寫文章為陳獨秀辯護，認為陳獨秀是文化的戰士和有良心的學者。他反思自己所受西歐的自由主義、頹廢主義以及個性解放等的影響，確乎使他的生命經歷了生命所必需的一個階段，現在達到了新的認識：「解放了的個性，應當更尊重生存底價值，並應該懂得別人底個性，和別人底生存底價值。……人應該懂得尊重社會秩序底必要：只有在社會秩序裏，人才能完成個性解放。」他不滿於有人搬進花花綠綠的洋貨來，當作創造新文化，主張批判地接受文化遺產，實現學術思想中國化，走中國自己的道路。當表侄陸明棟離家出走投身於抗戰工作之後，蔣少祖用來安慰表姐的話卻是：「比砲火更危險的，將是政治底冷酷無情的機構！在幼稚的幻想破滅以後，年輕人或許會呻喚著逃回家來的——假若他還能活著的話！」當看見自己的弟弟和外甥女走在遊行隊伍裏時，他覺得他心裏有無限的憂愁：「也許在七年以後，有另外一個人走到街邊，而走在目前的這個隊伍裏的這些男女，卻在生活裏磨滅了，或在政治底冷酷的風暴裏滅亡了，於是他想起了這些人，這些時代底驕兒，想起往昔的，不可復返的熱情和戀愛，覺得是這些故人，這些悲慘的靈魂，這些平凡的不幸者，這些中國底痛苦的人民在他底眼前通過！把虛榮和戀愛留下來罷。讓粉飾和欺騙長存吧！讓他們玩弄權力像玩火，讓他們在各種新的方式裏去享受榮華富貴吧！讓這些新的玩世方法叫做新的社會吧！而讓失望的母親、無父的孤兒、沉默的犧牲伴著真正的中國，伴著我！」關於人民，他想道：「人民是一個抽象的字眼……假借人民底名義，各種勢力在鬥爭，每一種勢力都要吸收青年。」這些思考，無論是在作品所表現的時代裏，還是在後來相當長的時期內，都曾被視為保守、落伍甚至反動，但實際上，偏頗之中隱含著部分真理，歷史演進的某些實情的確被矜持、靜觀甚至顯得冷漠的蔣少祖不幸而言中：抗戰中，有些進步青年就被國民黨當局以培養幹部的名義訓練成特務，用來對付積極抗戰的共產黨；延安也曾發生過將千里迢迢投奔革命聖地的青年疑為「特務」的「搶救運動」；抗戰勝利後，「五子登科」，腐敗公行，貪官污吏大行其道，黎民百姓仍然掙扎在水深火熱之中……敘事者的敘事態度是矛盾的，既有對人物的認同，也有審慎的懷疑。無論當時及後來的讀者是否認同人物的思考結果，人物思考本身所顯示的相對於主流意識形態的知識分子的自由姿態、文化保守主義的相對價值，對於現代知識分子的角色定位與生存方式不無借鑑意義。

三子蔣純祖是蔣家兒女在叛逆道路上走得最果決、最執著、最艱辛，也最遠的一個。在第一部第三章裏，他在蔣淑媛的生日宴會上剛出場時，還是一個有著這個年齡通常都有的夢幻般戀愛的少年，但他那「興奮而粗野的」動作，「懷著一種敵意」的明亮眼睛，「惱怒地皺著眉頭盼顧」的動作，擺脫眾人之後的狂喜的神情，追求悖倫的愛情目標（表外甥女）的癡迷，非常憂鬱和極度歡欣的急劇交替，已經看得出蔣氏子嗣的精神特徵與他所獨有的性格端倪。蔣純祖再次出場時，是在車站與已經瘋了的長兄蔣蔚祖不期邂逅。他明明知道全家都在尋找蔣蔚祖，可他只是匆匆地給了長兄一點錢，便繼續他去看同學的行程。在長兄急需親情的幫助時，他的表現是那樣的冷淡寡情，顯然他還是一個不諳世事而且有點冷酷的少年。等到戰爭打響，他的那早熟而幼稚、狂熱而冷漠的性格，才有了一個考驗與鍛鍊的機會。他「渴望從這孤獨、悲涼和毀滅底極底裏得到榮譽和無所不容的愛情」，打破現實生活所給他的苦悶與憎惡，走出尖銳地折磨他以致想到自殺的絕望。他在暗戀無果後迅速地狂熱起來，掙脫過去的陰暗和苦悶，不顧家人的勸阻，毅然奔赴戰雲密布的上海，投向民族解放戰爭熱潮。他先是在上海戰線後方工作，上海失陷後，被捲入了逃亡的行列，經南京而走向了那片給他的人格以錘鍊與重構的曠野。

在這部作品中，曠野的最早出現，是在蔣家的忠僕馮家貴孤單而淒涼的死之後，馮家貴被埋在積雪覆蓋的曠野，墳墓裏埋葬的豈止馮家貴，還有這個忠僕所效忠的舊式大家庭。曠野是個多義的象徵物，蔣少祖從中感受到的是巨大的空虛和濃烈的淒涼，他想要做的是拚命逃離曠野。而對於蔣純祖來說，曠野則意味著人格的熔爐、力量的源泉、靈魂的綠洲、生命的歸宿。在走進曠野之前，蔣純祖經受的一次嚴重的靈魂撞擊，不過是父親去世後金素痕為爭遺產的大鬧靈堂。那時，一個女人的撒潑就能使他變得有些神經質，「覺得到處有火焰，幽暗的、絕望的火焰」，直到走出靈堂，來到黎明的花園，在自然的安慰下才恢復到清醒狀態。更為酷烈的靈魂撞擊，則是他在曠野上逃難的險途。曠野危機四伏，讓人恐懼不安，也容易使人蠻勇異常、孤注一擲；曠野沒有秩序，讓人領略高度的自由，也容易使人野性復萌，失去對善良的自然信念；人在曠野上跋涉，容易產生無人響應的孤獨與失望，相互集結得更緊，也戒備得更兇。在曠野，他目睹了潰兵獸性大發、燒殺搶掠、強姦婦女的惡行，感受到人性中的邪惡的可鄙可怕，他見識了善惡之間的殊死搏鬥與善惡之間的奇妙轉化。他曾經是那樣的幼稚膚淺，當工人朱谷良把手槍對準再次強姦婦女的潰兵石華貴時，他竟然為石華貴的眼淚所打動，用自己的胸膛擋住了手槍，結果使朱谷良反被石華貴殺害。儘管後來蔣純祖巧施計謀，刺激起另外幾個良心發現的潰兵的仇恨，炸死了罪惡的石華貴，替高尚寬厚、光明正大的朱谷良復了仇，但他的心靈上，卻留下了不可磨滅的創傷。在曠野，他也見到了優秀的中國軍人是怎樣的忠於祖國、恪守軍紀，真正的男子漢是怎樣的慷慨仗義、俠骨柔腸，親身體驗那種超越血緣關係之上的人間真情是怎樣的溫馨感人。如此曠野，使他對人性的認識變得複雜起來，對自我的體認清醒一些，個性從幼稚走向成熟，愛心與冷酷結伴成長，信念與懷疑一併增強。

在踏入曠野之前，蔣純祖「像一切具有強暴的、未經琢磨的感情的青年一樣，在感情爆發的時候，覺得自己是雄偉的人物，在實際的人類關係中，或在各種冷淡的、強有力的權威下，卻常常軟弱、恐懼、逃避、順從」。而走出曠野之後，他的軟弱、恐懼、逃避、順從則消泯將盡，成為「由冷酷的自我意志而找到了自己所渴望的，成為被當代認為比瘋人還要危險的激烈人物」，在「因襲的那些牆壁和羅網中，指望將來，追求光榮」，同各種惡劣的環境做拚死的搏鬥。在劇社裏，他敢於向權威性的核心組織抗爭；在鄉下擔任石橋小學校長時，他不惜冒犯整個石橋場的富裕階層，採取激烈的措施，將本來繳得起學費而未在規定的一個星期內繳來的四十幾個富裕學生，開除了學籍。

那個充滿了危機與血腥、燃燒著愛與仇的曠野，成為蔣純祖滋潤靈魂的清泉。無論是在戀愛中受了挫折，還是在工作中遇到困境，每逢他陷於痛苦與困惑時，他都要情不自禁地追憶曠野。當他不敢接受外甥女傅鍾芬的戀愛挑戰、處於痛苦而混亂的孤獨中時，曠野的回憶給他以激勵。當他吻了傅鍾芬之後，陷於激情與倫理的衝突時，曠野又變成一面照見他自私狹隘的鏡子：在青春的甜蜜裏，他夢見曠野，曠野上春夜的急雨，朱谷良剛強的瘦臉，一條染著血污的褲子，同時聽見音樂，在莊嚴中有憤怒的、譴責的歌聲。他終於醒了過來，在朱谷良面前感受到了自責。他在單相思的對象黃杏清面前感到自己卑微時，「渴望孤獨的、曠野的道路；這個曠野當已不是先前的曠野，這個曠野，是為貝多芬底偉大的心靈照耀著的，一切精神界底流浪者底永劫的曠野」。當他對武漢戰役之前一些市民虛榮、放蕩的生活感到不滿時，在與蔣少祖發生意見衝突時，他都渴望回到曠野去。他認定自己在這個時代，註定要在荒野中漂流，在荒涼的曠野上，有他的墳墓。在作品的結尾，他終於如願以償，拚盡生命的最後一點力量回到曠野，永遠地偎依於曠野的懷抱。

作品在寫到蔣純祖們在曠野上奔波時，有這樣一句敘事旁白：「和產生冷酷的人生哲學同時，這一片曠野便一次又一次地產生了使徒。」的確，蔣純祖生涯中的曠野，有如聖經裏的曠野，蔣純祖也有著使徒一樣的熱情、使徒一樣的磨難、使徒一樣的結局。在《舊約》裏，當以色列人走出埃及要尋找新的生路時，在曠野中漂流了四十年。曠野多有邪鬼，摩西的姐姐就死在這裏。但摩西杖擊磐石出水也在這裏，從這裏出發，以色列人找到了生存之地迦南地。曠野又是耶穌被魔鬼試探[9]的地方、使徒約翰傳道備受磨難的地方。蔣純祖的熱情與孤獨很像使徒。他與好友辦學，為培育新人而嘔心瀝血，但卻不僅受到地方豪紳勢力的攻擊，而且也不為一般民眾所理解。他曾經竭力幫助女學生李秀珍擺脫被母親以二千元的代價把她的第一夜賣給一個少爺的厄運，為此他蒙受了謠言的攻訐。然而，後來李秀珍竟然由屈從母命到陶然自得於富家生活。最後，蔣純祖們所辦的石橋小學被人縱火燒去了一半，蔣純祖的朋友為了復仇，以同樣的方式點著了中心小學，結果，傳來了兇險的消息，他們不得不落荒而逃。這也很像《聖經》裏所寫的那無人響應的「曠野的呼喊」[10]。摩西派人探尋迦南地，而多數要回埃及，只有兩人力陳迦南地肥美，會眾卻要用石頭砸死他們。

9　據《聖經》，魔鬼要耶穌在禁食四十天後把石頭變成食物、讓他在聖城的殿頂上跳下去，又拿世上的萬國和萬國的榮華來誘惑他。

10　據《聖經》，施洗約翰在猶大曠野上傳道的時候，呼喊著：「天國近了，你們應當悔改。」

蔣純祖面臨的困境，不只在於鄉場上處於強勢的封建勢力，處處同他作對；也不只在於他所鍾愛的人民身上戴著重重枷鎖，有著被奴役的創傷，並不能真正理解他的高尚追求；而且還在於嚴酷的現實與狂燥的性情交相作用，使他的精神世界充滿了尖銳的矛盾，歷史理性與現實感受、道德意志與生命本能時時發生衝突，雷鳴電閃，瞬息萬變，心境始終無法得到片刻的安寧。他在愛人民的信仰與愛自己的安慰中劇烈地顛簸，在自詡自足與自怨自責中痛苦地徘徊。他本以為自己在鄉場上可以大有作為，然而現實卻使他覺得，蹲在這個石橋場，他的才能和雄心會被埋沒掉；他又用理性斥責這種感覺是最卑劣的東西，是虛榮、墮落、妥協和對都市生活的迷戀，然而他沒有辦法排除鄉場的現實給他帶來的痛苦、厭惡與消沉。他為自己的高遠理想、犧牲精神與頑強意志而驕傲，同時又為曾有的放蕩、肉欲、不道德而懺悔，他面對冥想中的「克力」嚴厲地解剖自己「是卑劣的種族底卑劣底子民……我來自昏疲而縱欲的江南，販賣自私的痛苦和兒女心腸」，希冀走向道德的愛情生活。他在經歷了幾次不成熟的戀愛之後，終於選定了冷靜、嚴肅、磊落、誠實、勤勞、克己、謙虛的石橋小學同事萬同華作為意中人。可是，他剛向萬同華表白了愛情，隨後便「模糊地覺得一切發展得過於迅速」，「模糊地覺得悔恨」。他的戀愛不是平湖秋月裏的扁舟蕩漾，而是在熱情與冷淡、信賴與懷疑、追求與退縮、幸福與苦惱等重重風浪中的劇烈顛簸。他那反覆無常的性格與生活環境的酷烈，最終導致了戀愛的悲劇。陷入絕望的萬同華，在兄長的強迫下，心灰意冷地嫁給了一個縣政府的科長。蔣純祖在生命的最後時刻，與萬同華相見，任何表白都無法削減悲劇的灰暗色調。二人生死訣別的那個荒野中的寺院，倒不失為這幕愛情悲劇與其男主角命運的象徵。

蔣純祖始終是一個特立獨行的孤獨者，這就難免要與規則、與集團發生衝突，「八・一三」之前，他就曾因不守「他們底紀律」而被學校開除。他熱情地投入從事抗戰宣傳的演劇隊後，感到了種種不適。「在集團底紀律和他衝突的時候，他便毫無疑問地無視這個紀律；在遇到批評的時候，他覺得只是他底內心才是最高的命令、最大的光榮，和最善的存在。」「他最初畏懼這個集團，現在，熟悉了它，朦朧地知道了它底缺點，就以反叛為榮。」在他看來，年輕的人們，為了急於獲得團體乃至社會的認同，從而一勞永逸地解脫自身無所歸屬的痛苦，便在熱烈的想像裏，和陰冷的、不自知的妒忌裏，造出對最高命令的無瑕的忠誠來，並且陶醉其中，抓住時代的教條，以打擊別人作為自身純潔和忠貞的證明，這種投機逢迎表面上可以拯救自己，但最終會毀掉自己。只有拒絕投機逢迎，堅信自己的內心，才能真正拯救自我，在社會上有所作為。蔣純祖所在的演劇隊裏，有一個影響最大的帶著神祕色彩的小集團存在。他們一致的行動、權威的態度和神祕的作風，具有一種巨大的力量，喚起人們的豔羨與嫉妒，也給人一種威壓。蔣純祖覺得音樂與戲劇工作沒有受到應有的重視，而且他雖然名為音樂工作的負責人，可是實際上在隊裏，甚至在音樂工作上面，他卻是一個無足輕重的人。於是他陰沉地逃避這個環境，有時又以極度的驕傲、發怒和故意喧囂來盲目地反抗這個環境。他與高韻的戀愛更加激起了人們的不滿，小集團的成員逐一找他談話，批評他太憂鬱、太幻想、太軟弱。接著，一次例行的工作檢討會變成了對蔣純祖的批判會，變成了對這個敢於堅持個性的青年的一場殘酷打擊。權威者批判他「在工作和生活裏面，帶了小資產階級個人主義的根深柢固的毒素，並且把這種毒素散布到各方面來」。大帽子一頂一頂朝他扣下來——「要另外組織座談會，這是機會主義底陰謀」，「表現了取消主義的、極其反動的傾向」，「侮蔑革命，不管他主觀意志上如何，客觀上他必然要反革命」，「我們要清算這些內部底敵人，這些渣滓」，等等。這些大話、套話、無限上綱等話語形式，以及有備而來、集體圍攻的鬥爭方式，把私憤掩藏在冠冕堂皇的招牌下的伎倆，等等，也許路翎當年在三民主義青年團宣傳隊裏從事抗日宣傳的經歷中曾經有所領教，若干年後這些東西大為流行，讓路翎乃至全民族吃盡了苦頭。殘酷的歷史驗證了作家藝術感覺的敏銳性與深邃性。在作品裏，沉默的、怕羞的蔣純祖，在憤怒的激情裏面，成了優美的雄辯家。他回擊說，有苦悶不是什麼見不得人的事，革命運動正是從人民大眾的苦悶裏爆發出來的；有幻想並非罪過，只有最卑劣的幻想才會害怕別人知道；拿別人的缺點養肥自己的所謂批判，為了尋找批判材料而接近同志的做法，都是出自卑劣的動機。蔣純祖的反擊擲地有聲，終於渡過了這一難關。當然，這也因為核心組織的成員並不都是扣帽子的「健將」。在劇烈的鬥爭中經受過千錘百鍊、冒過多次生命危險的堅貞的沈白靜，如其名字所顯示的那樣，沉穩而不偏激，純潔而不卑污，冷靜而不浮躁，他對圍攻同志的場面感到憎惡，對惡意的批判進行了抨擊，對蔣純祖也給予了中肯的批評。「檢討會」在雷雨止歇後的清澄之夜裏結束，繁星在天空中閃耀，一切生命在恬靜地呼吸，這種意境表現出敘事者的一種態度。

在敘事者的眼裏，蔣純祖並不是如論敵所批判的那樣，是一個絕對自私的極端個人主義者，實際上，他不過是有感於中國文化的缺憾，從個人主義有所借取，注重個人的價值與尊嚴，強調個性的自由意志，勇於爭取並捍衛個人的權利，追求個性的自由而全面的發展。面對機械的、獨斷的教條和那些短視的、自以為前進的官僚們，他敢於否認人是歷史的奴隸和生活的奴隸，敢於反抗束縛個性的桎梏；面對卑污的環境，他無所畏懼，義無反顧地進行決絕的抗爭。但同時他也主張「人人應該相愛，人們不應該為個人而仇恨；不應該有『天下人』（寧可我負天下人，而絕不讓天下人負我）的觀點，而應該有歷史的觀點；不應該有個人英雄主義的觀點，而應該有人類的觀點」。他也走向了鄉間，把人的啟蒙與個性的啟蒙帶到中國最底層的民眾，試圖改變鄉民的平庸、迂腐、保守，扭轉他們習以為常的偶像崇拜與圭臬奴從，希冀他們走向「人底完成」。當然，他始終沒有全面地瞭解大眾，只看到幾千年奴役留下的精神創傷，而沒有發現並引導大眾中間潛在的巨大力量。蔣純祖是現代文學史上少有的複雜性格的典型。清醒與迷亂，真實與虛偽，高傲與謙遜，悲天憫人與孤獨自私，善良、卑怯、快樂與嫉妒、憤怒、痛苦，緊緊纏繞在一起。他的憤怒與痛苦，絕非單單敏感的個性氣質所致，更能代表青年知識分子在那個特定年代的心路歷程，體現出這一群體對人民的命運和民族的出路的嚴重關注和深刻憂慮。他所遭遇的困境，譬如生活裏面的麻木的保守主義、權威場裏面的教條主義、集團體制對個性自由的壓抑，他面對這些困境時的勇敢姿態與深邃思考及性格局限，也都具有典型意義。在民族解放戰爭的環境中，強調個性解放，表面看起來有點「不識時務」，實際上路翎所理解的個性解放，是在血與火的背景下主體精神的噴發與人格的重建，是走向民族解放的時代大潮的個性解放。他所追求的不止於知識分子的個性解放，而且擴及廣大民眾的個性解放。個性解放不止於在同封建勢力的鬥爭中進行，而且在嚴厲的自我解剖中推進。這一藝術視野與境界無疑是對五四傳統的繼承與發展。

《財主底兒女們》以近八十萬言的巨幅畫面，對現代知識分子的生活道路與心靈歷程做了廣闊而深刻的描寫，其容量與力度在現代文學史上十分突出，曾有評論家稱其為「『五四』以來中國知識分子的感情和意志的百科全書」[11]，的確不無道理。而若從心路歷程的律動、意象意境的創造等方面來看，毋寧說它更是一部心靈史詩。在這一點上，它與《離騷》[12]頗有幾分相似之處。

《離騷》的抒情主人公出身高貴（「帝高陽之苗裔」），賦予嘉名（名正則，字靈均），追求自修美德，希冀為君盡忠，無奈得不到理解，反被群小嫉恨進讒。他明知耿直不能討好，但寧可在孤獨、痛苦中煎熬，也不肯同乎流俗、屈節卑躬。為了慰藉孤苦的靈魂，他上天入地，尋找意中人，但所求的宓妃、簡狄、有虞氏二姚，或徒有美貌而品德不佳，或恐他人已捷足先登，或媒人拙弱而閒言稱雄，難以如願。無論怎樣受挫，他都矢志不移，最終志向難酬，他便決意「從彭咸之所居」。《財主底兒女們》雖然時代

11　魯芋，〈蔣純祖的勝利——《財主底兒女們》讀後〉，《螞蟻小集》之四（一九四八年十一月）。

12　關於《離騷》的心靈史詩品性，參見《楊義文存》第七卷《楚辭詩學》第一章（人民出版社，一九九八年）。

迥異，文體有別，抒情主人公的忠誠對象「靈修」（君主）被敘事主人公的忠誠對象「人民」所取代，但《離騷》裏的那種「長太息以掩涕兮，哀民生之多艱」的博愛情懷，「博謇而好修兮，紛獨有此姱節」的特立獨行，「豈余身之憚殃兮，恐皇輿之敗績」的社會憂患，「荃不察余之中情兮」的人生挫折，「亦余心之所善兮，雖九死其猶未悔」的精神昇華，在自足與煩惱、遠行與顧念中徬徨的自我裂變的精神困境，「忽反顧以流涕兮，哀高丘之無女」的失望惆悵，「路曼曼其修遠兮，吾將上下而求索」的執著精神，對「時俗之流從」與「溷濁而嫉賢」之世態的厭惡、憤怒與無奈，在這部現代小說裏都能找得到，詩中「溘死以流亡」的預設結局，到小說裏則變成悲壯的現實。

心路歷程如此相似，象喻體系也頗多相同之處。譬如，《離騷》設置了雙重精神家園，一個是自然形態的，存在於蘭皋椒丘、荷衣蓮裳之中，另一個是神話形態的，存在於崑崙神話系統。《財主底兒女們》也有兩個精神家園，一個屬於蔣純祖的曠野，另一個是屬於蔣家其他人的蘇州花園。曠野本身也有多重性，既是蔣純祖人格重構的熔爐，又是他「從彭咸之所居」的歸宿，並且曠野的意義大大超越了蔣純祖個人的生命歷程，堪稱整部作品的中心象徵——寓含著人與人之間、男性與女性之間、暴力與非暴力之間、個人與集團之間緊張對峙、激烈衝突的關係。又如，《離騷》所求之女，並非共效于飛之樂的配偶，而是指心有靈犀一點通的美人，著眼點在心靈的溝通。《財主底兒女們》的「求愛」，也是尋找心靈安慰的寄託，亂倫禁忌註定了蔣純祖對表外甥女與親外甥女之愛的夭折；高韻雖然妖冶熱烈，曾經給過他以性的滿足，但其畢竟淺薄浮華，如同宓妃一樣遊樂無度，並非可以比翼齊飛的佳偶；黃杏清清麗可人，卻彷彿簡狄已有人捷足先登；萬同華堪稱同道，也因為陰差陽錯，終於未能結為連理。求愛一再受挫，恰恰與理想的落空同步共振。再如，《離騷》的抒情主人公在困惑之際向靈氛、巫咸兩個神巫求卦占卜，請求指點迷津。《財主底兒女們》裏面，設置了一個由蔣純祖虛擬出來的「克力」，當困頓之際，他便向「克力」傾訴心聲，尋求支持。「克力」是誰，敘事者在旁白中說：「她大概是一個美麗的、智慧的、純潔的、最善的女子，像吉訶德先生底達茜尼亞一樣。」在我們看來，她又像從教徒在萬能的、永恆的耶和華面前自謙的「客旅」（意即匆匆的過客，臨時的寄居者）演化而來，是自身人格理想的對象化。但從其具有神祕色彩，並能與主人公對話的功能來看，她的原型恐怕可以上溯到《離騷》裏的靈氛與巫咸。

《財主底兒女們》具有心靈史詩的品性，然而，其閱讀效果並不是像《離騷》那樣，雖九曲回腸但一氣貫通，而是在給讀者以強烈的震撼的同時，也留下了枯寒瘦硬晦澀的感覺。箇中原因何在？大概主角的換位是原因之一。第一部的主角蔣少祖及蔣蔚祖，要麼在第一部裏生涯就已經走到了盡頭，要麼在第二部裏將第一主角的位置讓位給蔣純祖，第一主角的轉換較之那些由一個主角貫通始終的作品，的確顯得不是那麼集中與連貫。丁字型結構恐怕也對讀者的審美造成了一定的阻塞效果。第一部基本上是橫剖面，人物群像的刻畫圍繞著蔣家解體這一中心事件進行；第二部以縱剖面表現年輕一代在血火交迸之時代的嬗變，蔣純祖成為濃墨重彩地予以刻畫的對象。沒有第一部的鋪墊，嬗變就缺乏對比的基礎；沒有第二部的延伸，就只能是巴金《家》的另外一種版本。這樣看來，前後的敘事語境是相通的。但從橫斷面到縱斷面的陡然轉換，使先前給讀者以很大閱讀期待的敘事線索戛然中斷，如潑辣兇蠻、狡詐陰險的金素痕在蔣家的破敗中起到了至關重要的作用，但自從她被找上門來的蔣蔚祖驚走以後，只是後來在南京的碼頭上匆匆露了一面，從此便杳無音訊。現實人物變得像《離騷》裏的神話形象一樣，招之即來，揮之即去。讀者剛才還在為大家庭的崩坍而百感交集、為人物的走向而懸念，到了第二部，眼前的景象砉然一變，熟悉的難覓蹤影，陌生的予以特寫般的描繪，這對於一直接受環環相扣、有頭有尾的小說傳統影響的讀者來說，實在是一種審美習慣的挑戰。然而，《財主底兒女們》讓人覺得難讀的根本原因，還是在於其心靈史詩的品性本身。本來，有些通常被小說家作為吸引讀者的趣味線的幾種因素，譬如大家庭崩潰時的財產紛爭、險象環生的冒險經歷、狡詐的陰謀與多角的愛情等等，在這部小說中都能找得到。但路翎卻沒有注意去開發其歷險的或肉感的刺激功能與趣味功能，而是只要其擔當起表現心靈歷程的功能。也就是說，作者的擅長與作品的主旨，不是向讀者講述引人入勝的故事，而是要吟誦曲折而磅礡的心靈史詩。從敘事比重來看，敘述大於描寫，人物的內心獨白和敘事者對於人物心理的旁白占據了相當大的篇幅[13]。從敘事內容及敘事節奏來看，彷彿人人都被狂熱而混亂的激情所驅使，憤怒與痛苦的情緒成為心理舞臺上的主角；人物心理起伏跌宕，幅度大，節奏快，變化突兀，不要說讀者難以預測人物的舉動，就是人物自身也往往是此刻不知他自己馬上會做出什麼駭人聽聞的事情，恰似氣象複雜的山區，剛才還是藍天白雲、風和日麗，轉瞬之間就可能變得烏雲滿天、雷鳴電閃。這對於在中庸、中和文化背景下的國人來說，接受起來總有相當大的阻力。在具體的描寫中，往往以詩為文，無論是主人公與虛擬中的神性形象「克力」對話，抑或是描寫夢境或半夢半醒的狀態，還是直接刻畫意識與無意識錯雜交織的心理狀態，敘事者多用詩性的筆觸，將敘事節奏打亂，造成閱讀上的阻隔。譬如第十五章裏，蔣純祖去看望同樣逃離出來的石橋小學同事張春田，酒後深談，使他在夜裏不能睡眠。作品這樣描寫人物似睡非睡、似醒未醒的心理活動：

他是燃燒著，在失眠中，在昏迷、焦灼和奇異的清醒中，他向自己用聲音、色彩、言語描寫這個壯大而龐雜的時代，他在曠野裏奔走，他在江流上飛騰，他在寺院裏向和尚們冷笑，他在山嶺上看見那些蠻荒的人民。在他底周圍幽密而昏熱地響著奇異的音樂，他心裏充滿了混亂的激情。在黑暗中，他在床上翻滾，覺得自己是在漂浮在波濤洶湧的大海上。他心裏忽然甜蜜，忽然痛苦，他忽然充滿了力

---

13 參照趙園，〈蔣純祖論〉，收入《艱難的選擇》（上海文藝出版社，一九八六年）。

> 量，體會到地面上的一切青春、詩歌、歡樂，覺得可以完成一切，忽然又墮進深刻的頹唐，恐怖地經歷到失墮和沉沒——他迅速地沉沒，在他底的身上，一切都迸裂、潰散；他底手折斷了。他底胸膛破裂了。在深淵裏他沉沉地下墜，他所失去的肢體和血肉變成了飛舞的火花；他下墜好像行將熄滅的火把。

在這段心理描寫中，「他是燃燒著」——誇張的修辭，「在昏迷、焦灼和奇異的清醒中」——模糊且矛盾的敘述，還有語詞的複遝、排比句的運用等，都是典型的詩歌表現手法。詩性的敘事既有《離騷》的憂憤，也有韓孟詩派（韓愈、孟郊、賈島等）的深險怪僻，從語彙到意境更容易讓人想到路翎深受其影響的魯迅的散文詩集《野草》。「當我沉默著的時候，我覺得充實；我將開口，同時感到空虛。」以此詩句開篇的《野草・題辭》，還有《影的告別》、《墓碣文》、《希望》、《過客》與《死後》等篇，簡直就像是預先為蔣純祖的精神狀態做出的傳神寫照，其精神內蘊、其文體風格，都極為相似。《死火》裏運用矛盾的語詞構成特殊意象，如已使手指焦灼的冷氣等，恐怕是《財主底兒女們》裏的酷寒灼燒、燦爛的冷笑等險怪的意象的重要源頭。

以詩為文，有其所長，也自有其所短。缺少節制的詩情，帶來了一點浮躁之氣，削弱了作品本來應有的深沉；詩性描寫的隨意插入，多多少少影響了敘事的整體感。這也許與作者當時的創作積累及寫作的匆促有關，這部長篇的第一稿動筆時，作者年僅十七歲，十九歲時重寫，到二十一歲便拿出了如此煌煌巨著，實屬難得，同時，年輕人未及沉澱的激憤，技巧的尚未完全成熟、語言的缺少打磨功夫，自然就帶來了生澀與粗礪，使得內涵本來就十分苦澀的作品越增其文體的晦澀。

第三節　拓展小說藝術的表現天地

《財主底兒女們》第二部寫完之後，雖然出版尚須時日，但路翎畢竟從這一持續幾年的艱苦勞作中解放出來，感到幾許輕鬆。一九四四年八月十五日，他與一年前便已確定了愛情關係的余明英結婚，開始了新的生活。余明英比路翎年長一歲，高一時輟學就業，時任中央通訊社電臺報務員。她心地善良，性格堅韌，成為路翎苦難生涯的忠實伴侶。但命運之神並不與愛情之神連袂同行，抗戰勝利後，路翎因所在機關被遣散而失業，回到南京，多次應聘未能成功。後來還是在繼父的幫助下找到一份辦事員的工作，又因創作成就顯著而被中央大學聘為兼職講師，講授「小說寫作」。但時事艱難，他再度失業，為生計輾轉奔波，連溫飽都難有保障。然而，他在文學道路上卻堅忍不拔地探索、前行，取得了新的成績。一九四六年至一九四九年，他創作了長篇小說《燃燒的荒地》（上海聯營書店一九五一年五月再版）、中篇小說《嘉陵江畔的傳奇》（連載於一九四六年九月八日至十一月十一日上海《聯合晚報・夕拾》專欄）與《蝸牛在荊棘上》（上海新新出版社一九四六年三月），出版了短篇小說集《求愛》（上海海燕書店一九四六年十二月）、《在鐵鏈中》（上海海燕書店一九四九年八月），這一時期創作的另外一些短篇小說，於一九五二年一月結集為《平原》由上海聯營書店出版。此外，還有劇本《雲雀》上演並出版。

《饑餓的郭素娥》前後，路翎小說的主題最有個性的是對社會底層原始強力的發掘。《財主底兒女們》，主要是表現知識分子在大時代裏的心路歷程。比起前面的作品，這一時期的創作，題材範圍有所擴大，除了繼續描寫工人、農民承受的種種壓迫與剝削和發掘社會底層蘊藏的原始強力之外，也有對原始強力負面性的消解與更新[14]，還表現了工人、農民及知識分子各色人等的日常生活場景、喜怒哀樂及愛情問題上的首鼠兩端等精神弱點，其主要筆墨則放在別樣的審醜上來，即對社會丑類的刻畫與對人民精神奴役的創傷的剖析。從發掘底層社會的原始強力，到苦吟知識分子的心靈史詩，再到別樣的審醜，題材與主題重心的轉移，同路翎的生活經歷、人生閱歷與精神軌跡有著密切的關聯。

路翎生於亂世，長於憂患，耳聞目睹過當權者以及流氓、地痞、特務、兵痞等欺凌弱小的許多慘劇，他自己也曾有過多次受欺負的切身體驗。七歲時，他得知反省院裏關的都是志向高遠的革命者，就與小夥伴一起向反省院緊關的大門砸石頭和泥巴，結果受到關進去半個小時的懲罰。八歲時，他罵學校的教務員和上邊來的督學「不愛國」，冒犯了「虎威」，致使他的算術、音樂、體育課被扣了分數，並因此留級半年。十歲時，曾和欺侮水果攤小販與電影院觀眾的特務衝突於街頭。十五歲讀高二時，因編報紙副刊和在課堂上看課外書，又與一個思想反動的國文教員發生衝突，被校方以思想左傾的罪名開除學籍。參加青年劇社宣傳工作，被三青團方面視為思想太左傾，不得不離去。在經濟部礦冶研究所做辦事員時，他因為常談論蘇聯衛國戰爭，又愛與工人接觸，被礦冶研究所庶務室的一個流氓成性的庶務員懷恨在心。一次，那個庶務員藉故攻擊路翎，並大打出手，將他打得頭破血流。路翎憤而辭職。世道混濁，豺狼當道，使路翎從小便養成了淒涼、孤獨的心境，同時也使他憤世嫉俗，勇於抨擊。進入文壇之初，正值抗戰最艱難的階段，他以發掘底層社會的原始強力的粗獷歌喉，匯入中華民族抗戰大合唱。緊接著，他把一部雄渾壯闊的

---

14 譬如《王炳全底道路》，主人公王炳全被有錢的姑父張紹庭設圈套代其兒子當了壯丁，兩年後因病被隊伍遺棄，幸而活了下來，流浪做工幾年後回到故鄉。他發現原以為死去了的妻子還活著，但已經改嫁，幼女玉娃兒不幸夭折。憤怒的王炳全決意向仇人張紹庭復仇，並且也不放過改嫁的妻子左德珍與她現在的丈夫吳仁貴，渴望著妻子的痛苦和毀滅。但他終於從原始的報復狂熱中解脫出來，與左德珍和吳仁貴取得了和解之後遠走他鄉。吳仁貴也竭力壓抑因妻子左德珍對前夫仍有感情而產生的原始性的嫉妒，恢復了對妻子的苦難中的愛情。

知識分子心路歷程的交響曲，獻給正在戰火中重鑄靈魂的知識分子群體。抗戰勝利在望之際，尤其是勝利之後重返南京，耳聞目睹的社會腐敗與根深柢固的國民性弱點，在他的視野裏凸顯出來，他要集中筆力對社會醜惡與靈魂醜陋進行一番清理了。

由於路翎的生活閱歷與性格特點，他很少涉筆上層社會的腐敗，而是把社會抨擊的重點放在橫行鄉鎮的惡霸地痞上面。在他看來，惡霸地痞是舊時代的社會毒瘤，是黑暗社會的出濃血的潰傷，是貪官污吏乃至整個反動統治的支柱和基礎之一[15]。割除這一毒瘤，便能動搖舊社會的基礎。早在《饑餓的郭素娥》裏，他就曾描寫過大煙鬼劉壽春的陰毒與無賴黃毛的邪惡，在《青春的祝福》集子裏，也曾寫下了劉耀庭、楊承倫貪婪或卑鄙的包工頭等形象。到了這一時期，流氓形象描寫得更多，也更集中、更細膩。我們可以看到利用少年的幼小無知進行盤剝的警察、強占並奴役婦女的包工頭、狡詐陰險的鄉鎮惡霸、為虎作倀的鄉保隊長，還有那個對所買草鞋無限滿足的少女用輕蔑予以精神摧殘、受挫後便想把少女的哥哥抓走賣壯丁的王保長，等等。《一個商人怎樣餵飽了一群官吏》裏面，上面派下來查辦黑市與走私的劉視察，十足的道貌岸然的偽君子，嘴上訓斥送禮者，實際上禮金、禮品照單全收，此外，還以冠冕堂皇的抓走私為由，敲詐了商人張德興一頓兩萬四千元的酒飯，最後張德興因實在無法還債，絕望得自縊身亡。《王興發夫婦》裏，去抓壯丁的楊隊副，再三恬不知恥地以「痞子」自居，威脅、恫嚇農婦：「我這些人嘛，你問問看，都是出名的痞子！」

在中國現代小說世界裏，作家對於社會黑暗面有著不同的指認與個性化的描寫方式。張天翼、沙汀也善於刻畫地痞流氓，但所不同的是，張天翼寫丑類不避污言穢語，甚至不放過容易引起不快反應的穢物與

15 路翎，《燃燒的荒地・新版自序》（作家出版社，一九八七年）。

不雅的動作，以冷峭的態度與犀利的冷嘲，將丑類的畫皮剝盡；沙汀長於以諷刺喜劇的手法與個性化的語言刻畫川西鄉鎮的地頭蛇；路翎的筆觸則少了幾分俏皮靈動，帶著憤激與凝重，像「探求著正面人物」一樣，「也探求著反面人物」[16]，一如既往地深入到人物的內心世界，從多側面、多層次揭示其心理隱微與性格起伏，戳穿其種種偽裝，揭露出陰毒與霸道的丑類原形。

長篇小說《燃燒的荒地》是路翎表現流氓式人物的代表作。主人公郭子龍，是一個兵痞式的流氓與無用的感傷主義者的奇妙混合的怪物。他出身於富戶，當過軍閥部隊的營長，山地的強悍風習、袍哥的英雄主義和軍閥隊伍的痞氣融為一體，成為一個心狠手辣、胡作非為的「英雄」。他狂妄、放蕩、狡黠、狠毒，當年因伐木倒賣被截而殺人外逃，父親為他吃了官司，從此家運中落。在軍隊裏，他私販鴉片、倒賣軍火、發洋財、搶女人，因分贓不均率部兵變，被俘後逃逸，回到家鄉農村碼頭要稱王稱霸。他與地頭蛇相互勾結、相互利用，又相互對峙、相互傾軋，盤剝和愚弄老實巴交的農民，欺凌和玩弄孤苦無依的寡婦，終於激起了農民激烈的反抗。這個人物的複雜性，在於他的性格中，不僅有貪婪、粗暴、冷酷、邪僻、卑劣，而且有落魄者與厭世者的感傷、倦怠、苦惱，外強中乾、虛張聲勢的孱弱，孤家寡人窮途末路的淒涼。他是強盜、兵痞和野獸，又是頹廢而纖弱的少爺、失意而受到嘲弄的「大糞營長」，前者使他不擇手段地攫取、毫無人性地害人，後者又使他不計後果地糜費，甚至有時產生些微感傷與悔恨，這樣一個「英雄」，雖憑藉流氓的痞氣得意一時，但最終既壓不住地頭蛇，無法在鄉間立足，費盡心機弄回來的家產又被查封，也不能保持他對於窮苦人的心理優勢，想冒充策畫殺惡霸的英雄這點可憐的虛榮也無法滿足，只能失去了一切矜持，像乞丐一樣地啜泣，最後在酒後「革命」的臆想中死去。

---

16 《燃燒的荒地・新版自序》。

《燃燒的荒地》在刻畫流氓、惡霸形象的同時，也描寫了國民性的愚昧。譬如，何秀英想要再嫁時，遇到了來自婆家與鄰人的強大阻力；鄉人是非不分地喜歡看熱鬧，欣賞不幸者的痛苦，甚至把激怒之中推倒拚命反對他與何秀英自由結合的何母的張老二送到鎮公所，眾人的此舉為後來張母死去與何秀英被郭子龍玷污起到了推波助瀾的作用。作品裏寫道：一般的男人都抵抗不了社會的仇視，「他們的負擔看來是太重，他們的心情太複雜，在他們看來堅強的雙肩下面，多半是藏著一個軟弱、曖昧的靈魂，在苦痛中他們變成了麻木的和冷酷的」。但這部作品最後還是表現出了國民性有所更新的希望，何秀英除了被惑於郭子龍一時之外，總是處於頑強的反抗狀態，這一點頗似郭素娥。張老二在經歷了謙卑的奴從、卑屈的忍讓與漠然的認命之後，人格的尊嚴終於覺醒起來，敢於當面痛斥郭子龍的「害人害己」，最後斧劈笑面虎吳順廣，為自己也為所有受過吳順廣欺凌的人復了仇，為此付出了生命的代價亦無所畏懼。直到被綁赴刑場的路上，他還叮囑何秀英「報仇」。張老二的被殺，激起了民眾的覺悟。當局要把屍體示眾三天，但是，第二天它就被亂石溝的工人們幫同著何秀英在深夜裏抬走、埋掉了。這部作品完成於一九四八年五月，其時，作者已經隱隱聽到了人民革命的凱歌聲，他的作品的格調漸漸多了一些亮色。

對底層社會精神奴役創傷的剖析，是這個時期路翎小說審醜的另一重要主題。胡風在《財主底兒女們・序》裏，把魯迅精神理解為「生根在人民底要求裏面，一下鞭子一個抽搐的對於過去的襲擊，一個步子一印血痕的向著未來的突進」。「對於過去的襲擊」，即包含對國民性弱點的批判。路翎對胡風的這一闡釋理解得很深，一九四八年五月二十日，他在《雲雀・後記》裏，就把同舊的精神負擔的格鬥視為人民解放鬥爭的重要內容，而且認為它比軍事鬥爭和政治鬥爭要長遠得多。從四十年代初開始，他就在小說創作中對這一主題進行積極的探索，表現出對魯迅所代表的五四啟蒙精神的執著。《饑餓的郭素娥》對魏海清的怯弱有所批判，後來讓其性格發生轉機，一則自身憤激起來，替死去的郭素娥也為自己未能實現的愛情而復仇，二則培養兒子朝著雄強獷悍的方向發展。《財主底兒女們》也曾在都市與鄉村的不同場景中，批判過國民性的自私、狹隘、麻木、愚昧。此後，路翎小說中批判國民性弊病的分量大大加重。如《瞎子》寫一個鄉下進城的盲人，帶著一串鐵器農具上車，繩子斷了，鐵器散落車上，車站售票員與乘客沒有一個出來幫忙，反倒怨恨、奚落、訓斥，最後將盲人拖下車去。《新奇的娛樂》寫一個盲人遇到等車的長隊，明眼的人們把盲人走冤枉路當作笑料，唯有一個好心的青年給盲人讓路，卻遭致眾人的不滿。喧鬧的場景中透射出寒氣入骨的冷漠。《小兄弟》寫王家小二、小三兩個少年，一個十二三歲，一個八九歲，替母親看酸梅湯攤子時，被警察的威勢所震懾，當警察表示要喝酸梅湯時，爭相為警察刨冰，連警察都「被這兩個小孩底甜蜜的對話弄得很苦惱了，生怕會失去了他底尊嚴」。兄弟倆深以能為警察刨冰為榮，興奮、賣力、忘我地刨冰，在警察面前逞能、獻媚，小三手被鉋子割破的疼痛和恐懼，已被競爭的心和渴望為警察而犧牲一切的「英雄的感情」所壓倒。「兩兄弟互相叫罵著、譏笑著，各個都懷著英雄的心願和天真的愛情，把一整塊冰都拿來獻給這可怕而可愛的警察。」一塊起碼要賣兩千塊錢的冰讓他們連送帶糟蹋地全弄光了。警察喝得心滿意足，象徵性地丟下幾百塊錢，小兄弟卻追上來還錢，表示一個錢也不要，以此表達他們的「赤誠的心，希望得到這警察底寵愛」。母親回來追問，王小二寧可挨打，也不願說出真相。「他也不怨恨那警察，他差不多仍然是在愛著那警察——他心裏倒是覺得很快樂的。」這篇作品固然抨擊了警察利用小孩的幼稚無知占便宜的狡黠與貪婪，但主要的還是批判強權下的奴性，連不知世事艱難與人性歹毒的孩子都是如此，可見奴性的普遍與「深入人心」的可怕。《屈辱》裏的父親，看見兒子受到老闆無理的斥罵，激憤地上前去理論，結果說出口的卻是謙卑之詞，可見等級制度造成的奴性已經浸入骨髓，使得人們難以正確表達真實的個性意志，甚至根本就失去了應有的個性意志。《羅大斗底一生》的主人公羅大斗，有一個抽鴉片的父親，和一個拿兒子當作洩憤對象的母親，他在父親的嬌縱下和母親的惡毒的鞭笞咒罵下長大，養成了一副病態性格，他一生的目的在於求得有勢力者的好感，在欺凌弱者的遊戲中獲得快感。父親吞鴉片而死後，羅大斗很快便進了黃魚場的光棍們的圈子，開始了狂熱地追求「榮譽」的生涯。但其追求也著實可憐復可笑，偷剪刀，主人追上來詢問，拒不認賬；挨了欺負便訴苦、哭泣，繼之以吹牛，頗似阿Q的精神勝利法。然而精神勝利法到底不過是精神勝利而已，實際上，卻擺脫不了受歧視、挨欺負的處境。母親為兒子訂了一門親事，不料那訂親的對象周家大妹七年前就已被賣給一個紳糧家當丫頭，事情敗露，前去接親的羅大斗媳婦沒娶到，反倒挨了一頓痛打。等到他後來終於在一座破廟裏和周家大妹有了肌膚之親的機會，但僅僅過去半個月，他便對周家大妹冷淡、橫暴起來，斥罵，竟至於動手打。而當周家大妹主人來捉時，羅大斗卻只是對著人家磕頭。他挨了一頓毒打後被送去當壯丁，最後頭撞石頭慘死，完結了屈辱而痛苦的一生。羅大斗的一生，與其說是命運的悲劇，毋寧說是性格的喜劇。路翎通過這一扭曲了的性格，抨擊了懼強凌弱的病態人格及其形成的社會文化背景。

國民性批判的主題，在近代即由梁啟超等人提出，五四時期有了大幅度的展開，進入新文學的第二個十年以後，由於社會矛盾與民族危機的加劇，這一主題不再像五四時期那樣突出，但仍為一些作家所繼承並發展，路翎無疑是重要的一位。他筆下的羅大斗就與阿Q、鼻涕阿二、牛天賜、小包等人物同屬一個形象系列，其心態、行止等更是與阿Q頗有相似之處。但值得注意的是，魯迅、許欽文、老舍、張天翼等作家往往將沉痛與批評寄予幽默之中，路翎的敘事態度則迥然有別，他的筆下很少幽默，而痛苦與憤怒卻是常常溢於字裏行間。《國民大會》裏，縣長等官吏們，為了表功，特意請來省主席，不料失去五個兒子的老農婦偏偏已被一連串的抓壯丁刺激得精神異變，將大大小小的官老爺們搞得狼狽不堪。這種題材若在老舍、張天翼手裏，定會出之以溫和的幽默或熱辣的諷刺，而在路翎筆下，則冷峻得寒氣逼人。張天翼會超越於世相之上，而路翎則是深入到世相之中，他彷佛是舞臺上的一個角色，與劇中人一道呼吸、一同感受著痛苦與歡樂。路翎是主觀性很強的作家，他在小說中奇妙地把擁抱生活的激情與生活真實融為一體。憤怒與痛苦既是路翎的敘事態度，也是其小說的重要題材，他不僅著力表現覺醒者、反抗者的憤怒與痛苦，也挖掘了麻木者、怯懦者的憤怒與痛苦，還刻畫出邪惡者的別樣的憤怒與痛苦。

強烈的憤怒與痛苦，自然會在文體形式上表現出來。情緒性強烈、對比性鮮明的修辭比比皆是，用以直接或間接地表現心理內容的繁複。譬如：「這個早晨是如此的痛苦和美麗」；「年輕而有力的陽光」；「因羞辱而倔強」；「甜蜜而痛苦」；「甜暢的、哀憐的心」；「強烈的快樂混合著恐怖」；「恐怖而幸福的感覺」；「驚慌、發顫、悲傷而幸福」；再如「笑」，除了常見的「甜蜜的笑」、「溫和的笑」、「幸福的笑」、「羞怯的笑」之外，就有「獰惡的笑」、「卑怯的笑」、「慘澹的笑」、「慘痛的微笑」、「淒涼的微笑」、「悽楚的微笑」、「譏刺的痛苦的笑」、「昏迷的輕蔑的笑容」、「絕望的、輕蔑的笑容」、「冷酷的、敵意的笑容」，「恐懼地笑著」、「昏迷地笑著」、「冷淡地微笑著」、「愁悶地笑著」、「愁慘地笑著」、「痛苦地、恐懼地笑著」、「憂愁地、恍惚地微笑」、「疲乏地、渙散地笑著」、「生動地、悲傷地笑著」、「困惑地、輕蔑地笑了一笑」、「淒涼地、溫柔地笑了一笑」等等，強調憤怒與痛苦等複雜情緒的修辭表現。為了表現激烈而複雜的情緒，路翎還愛用狀態修辭等附加成分與複合句式，因而句子往往偏長，帶有較為濃郁的歐化色彩。譬如《饑餓的郭素娥》這樣描寫女主人公與意中人的幽會：

> 現在，郭素娥熱切地把她的鼻子埋在這男人的強壯的，濡著汗液的胸膛裏，狂嗅著從男人的膈肢窩裏噴出來的酸辣而悶苦的熱氣。她的赤裸的腿蜷曲地在對方的多毛的腿邊，抽搐著；她的心房一瞬間沉在一種半睡眠的夢幻的安寧裏，一瞬間又狂熱地搏動，使她的身體顫抖，彷彿她只有在這一瞬間才得到生活，——彷彿她的生活以前是沒有想到會被激發的黑暗的昏睡，以後則是不可避免的破裂與熄滅似的。……

> 張振山彎過硬手去搔著背脊，煩躁地沉默著皺起眼睛從側面望著激動的郭素娥，——望著她的在灰綠的微光裏急劇顫動著的、赤裸的胸，她的在空中惱恨地像要撕碎障礙著她的幸福的東西似的，激烈地抓撲著的白色的手，和她的埋在暗影裏，漾著潮濕的光波的眼睛。……他狡猾而譏刺地望著，一面用手指擰著光滑的唇皮。但是當他把手伸向女人的胸膛去的時候，他就惱怒起來，半途掣回手，握成一個威脅的拳頭。他為什麼要屈服在這小屋子裏呢？他為什麼要讓一個女人批評他，並且告訴他，他應該怎樣做，貶抑他的性格的惡毒的光輝呢？

人物狂熱的激情瞬息萬變，一個熱情衝撞甚至抵消另一個熱情，一個念頭替代甚至反叛另一個念頭，這種心理狀態憑藉路翎敏感而不羈的筆觸真實地呈現出來，就使得作品常常像開春時節的黃河，由於上游與中、下游的溫差較大，上、中、下游的冰凌開始融化的時間與速度均有不同，河道不暢，上游的冰凌爭搶著、衝撞著、擠壓著、轟鳴著、咆哮著，洶湧地奔向下游。場面壯觀，氣勢磅礴，然而有時也會形成冰壩，迫使冰凌擠出河道，沖決河堤，毀壞村莊與農田。這種心理容量巨大、推進速度急劇、變化節奏突兀的敘事方式，確有一種逼真的原生相與強烈的震撼力，但有時也造成語調的阻塞粘滯與結構的枝蔓旁生，給人以晦澀、蕪雜之感，易於使人產生閱讀的疲勞乃至心理阻抗。

一九四四年秋天可以看作路翎小說創作的一個轉捩點。經過此前百餘萬字的短篇、中篇、長篇小說的創作實踐的磨練，路翎的藝術感覺，在保持其敏銳性的同時，少了幾分粗礪，變得較為細膩，文筆在保持其雄健的同時，少了幾分恣肆，變得較為洗練，結構能力也有所提高，少了幾分不羈，多了一點精緻。《求愛》所收作品，有不少是場面單純而韻味淳厚的速寫式小說。列為第一篇的《王家老太婆和她的小豬》，開篇以江流「粗野的喊聲」打破冬夜江邊小鎮的「完全寂靜」，引出從密集著破爛矮棚子的小巷子傳來的「一個尖銳的、嘹亮的、充滿著表情的聲音。這聲音有時憤怒，有時焦急，有時教誨，有時愛撫，和它同時響著的，是篾條底清脆的敲打聲，和一隻豬尖銳而粗野的呼叫」。在這與急迫的風雨做著追逐的聲音中，王家老太婆登場了。這個失去了兒女的花甲老人，把自己的幸福未來寄託在這隻靠借貸買來的小豬上面。然而，小豬在風雨之夜跑出，作品就在這追趕中展開描寫，人與豬的「對話」，雙方的「心理」刻畫，寫得委婉生動，絲絲入扣。最後王老太婆跌倒在地，在美麗的幻覺中完結了悲苦的生命，小豬卻悄悄跑了過來，挨著牠的主人在泥濘中睡了下來。老太婆本來希望這ㄇ小豬能使她得到一套屍衣、幾張紙錢，誰知這樣一點卑微的願望都不能實現，但比起那個只知道指責、催債的保長來，小豬反倒顯得有一點人情味。這一結尾實在是意味深長。《灘上》篇幅更短，只有千餘字，像一幅刀法明快的剪影，描寫縴夫趙青雲用拉縴與歌聲來紓解妻子病倒不起的鬱悶與哀痛，強制性的自我壓抑更顯出年輕縴夫喪妻之痛的深重。

《在鐵鏈中》與《平原》兩個集子，在藝術結構上顯然下了一些剪裁功夫，藝術手法豐富、圓潤起來，描寫與敘述、旁白的銜接走向平滑，敘事脈絡變得較為舒展。譬如《王興發夫婦》，開篇描寫了一幅美麗清新的山野景色：「黎明底金紅色的神奇的光輝，最初是在山峰底右邊伸展了出來，以後是在山峰底頂上鋪張著；它好像是因什麼一種力量而顫動著。一片白光在這金紅的、沉醉的光輝裏逐漸地加強了它底效果，它使它從什麼樣的一種夢境裏甦醒了；最後它就完全地滲透了出來，幾乎是突然地，太陽升起來了。……一道細小的，峻急的溪流，它底兩岸的小樹和竹叢在陽光裏甦醒，愉快地抖動著，發出聲音來，彷彿輕微的歎息；它底急奔著的水流，蒙在那種可愛的光影裏，美麗地閃耀著……」這個六月清晨的山野景色越美，和平的農家生活場景越快樂，突兀而至的楊隊副們強抓壯丁的行動就越發顯得兇暴、荒謬、恐怖，令人憎惡。「說做活路就做活路，說挑鵝石塊就挑鵝石塊，說聲繳捐，立馬就拿跟你！」如此一個安分守己的四十五歲的農民，在分明賣掉包穀、繳過五千元壯丁費之後，卻突然被抓了壯丁，難怪他要奮起反抗了。他在目睹妻子在暴雨中墜下高坡受傷之後，又聽說已經抓走母豬的楊隊副們，還要拆掉房子、賣掉青苗，便再也壓抑不住胸中的怒火，當楊隊副第三次來抓人時，他抓起斧子，給了楊隊副致命的一擊。如果說開篇的清新而恬淡的景致與後面情節的嚴重發展構成一種強烈的反比的話，那麼，雷鳴電閃、暴風驟雨則恰似王興發憤怒反抗的前奏與伴唱。當隊副們強行拉走王興發家的母豬時，鄰人們憤怒地向那群痞子強盜投著泥塊和石頭，這時，「天邊升起了黑雲，閃了一下強烈的電光」。緊接著，有更強、更密的電光從山峰的正面照射了出來，大風捲起灰沙，狂暴地呼喊著，「沉重的雷聲，在山峰上滾動著，金色的、兇惡的、細瘦而美麗的電火，在濃密地活動著的黑雲裏，瘋狂地閃爍著。有一種輕微而神祕的聲音在大地上運動，突然地一個大雷在田地底頂空爆炸，好像什麼巨大的建築突然地傾倒了」。雷雨讓王興發重新煥發了青春的激情，全身浸透了一種神聖的感覺，最後的決死反抗，就已經被這雷電風雨預示出來了。如果說以上一反一正的自然描寫，還只是人物的富有生命力的背景的話，那麼，意識流的描寫則構成了心理世界的真切內景。作品裏寫了王家么嫂的兩個夢境。一個是她在鎮公所的屋簷下等候探望丈夫時昏迷地睡了過去，街上傀儡戲的歌唱聲進入了她的夢境，「她突然向什麼地方奔跑起來，她突然看見了一個散髮的、穿著綠色的衣服的女傀儡，拿著一支蠟燭在臺上打旋、奔跑。她是在尋找著什麼。王家么嫂知道，她是在尋找著她和她底丈夫底兇手——她並且是在尋找著替身，因為她是一個冤魂。這個冤魂拿著燭光奔跑，歌唱而呼叫，忽然地她找到了。王家么嫂緊張著，甜蜜而痛苦。這個冤魂，在一陣絕對的寂靜之後，舉起她底手來發出了一個復仇的聲音。同時從什麼地方發出了一個更可怕的復仇的聲音，從天上投下一條紅布來，勒住了她底仇敵底咽喉。從天空，從極深的地下，發出了更多的叫聲、喊聲、可怕的聲音，這個復仇的幽靈就顫抖著，舉起她底尖刀來」。這個夢，像是「神啟」，其實是王家么嫂心靈深處復仇欲望的變形，她在夢中把自身一分為二，冤魂替她復仇，自己則成為見證者。現實則是殘酷無情的，她的丈夫成了那個復仇的冤魂。王家么嫂的第二個夢是做在她從高坡上跌下之後昏迷的燒熱中。她的丈夫一去再不回來了。許多年以後，她沒有田地，沒有住房，沒有家，只有一個已經長大了的女兒扶著她在街上漂流、乞討。最後，連這唯一陪伴她的女兒也被倒塌的房子壓死，她賴以糊口的賣燒餅的牌照也被沒收。她在大哭中驚醒。這個夢是她對未來恐懼的投射，比前一個夢更為現實，也更為可怕，恐怕會真地預示出她的黯淡前景。《王興發夫婦》以洗練的筆觸、流暢的文脈，表現出一對苦難夫婦的悲劇命運與驚恐不安的內心世界。這樣一批作品的推出，表明年輕的路翎對複雜多變的心理世界的把握已經成熟。

路翎步入文壇之際，小說界流行著幾種傾向：一是庸俗的唯智主義（或理性主義）、概念萬能的觀念論創作，即以故事演繹某種觀念；二是新聞主義創作，一味強調客觀寫實，而缺少作家主體感情的投入；三是逃避式的神祕主義，遠離現實，陶醉在虛擬的田園牧歌或狹隘的自我世界之中。路翎則反其道而行之，他以胡風所倡導的強烈的主觀戰鬥精神突進現實，以生機勃勃的生命力擁抱時代生活，以敏銳的感覺深入探索人的精神世界，因而他在題材的拓展、主題的開掘與文體的建構方面做出了獨特的貢獻。路翎小說的心理世界較之二三十年代施蟄存小說的心理世界，要更為廣闊，也更具現實色彩。施蟄存主要發掘的是被壓抑甚或扭曲了的性心理，路翎則關注人民在幾千年的奴役下造成的精神創傷，關注現代知識分子在激烈的社會動盪中的困惑、痛苦與希冀、歡樂。善於表現複雜萬端、突兀多變的心理狀態，更是路翎獨擅勝場的硬功夫，由此形成了一種黃河冰凌般急驟、錯雜、雄壯、粗獷的氣勢美與力度美。確如論者所說，路翎的筆「有更多凝練的流質的華采與飛揚著的從無意識的深淵裏突發出來的生命的呼喊與神采。」[17]

---

17 唐湜，〈路翎與他的《求愛》〉，《文藝復興》第四卷第二期（一九四七年十一月一日）。

第四節　體驗陽光下的憤怒與痛苦

一九四九年四月二十三日，南京總統府高高升起的紅旗給路翎帶來了新的希望。從一九四八年下半年即失業在家的路翎，現在由於胡風的推薦，到南京軍管會文藝處擔任創作組組長。路翎熱情高漲，一個通宵就寫出了話劇《反動派一團糟》，供南京文工團在慶祝南京解放的遊園大會上演出。不久，又寫下了《人民萬歲》。一九四九年七月，他作為南京代表赴京出席第一屆全國文代會，成為「文協」會員。他對新生活充滿了熱情，說自己的《在鐵鏈中》寫的是「土地上的陰暗的血跡，而在這解放了的大地上，這是已經快要成為陳舊的回憶了。……從這樣的道路走來，我底一些原來用作對舊社會鬥爭的武器的東西，會慢慢地失去了它們底作為武器的性能罷。到了陽光中，我身上的創疤就明顯地暴露出來了。對於過去我無所留戀，我希望在這偉大的時代中，我能夠更有力氣追隨著毛澤東底光輝的旗幟而前進，不再像過去追隨得那麼痛苦。」一九四九年六月至一九五一年十一月，他創作了《試探》、《替我唱個歌》、《「祖國號」列車》、《勞動模範朱學海》等短篇小說，一九五五年三月結集為《朱桂花的故事》，由作家出版社出版。這些小說大都描寫解放初期的工人生活，讚頌新事物，格調昂揚向上，雖然多少仍有對人民身上精神負擔的批評，但已相當溫和，看不出多少路翎的個性鋒芒與藝術特色。一九五〇年初，經胡風向院長廖承志和副院長金山推薦，路翎被調至北京青年藝術劇院，任創作組組長。為了配合政治形勢，他相繼寫下《英雄母親》、《軍布》、《祖國在前進》、《青年電務隊》（又名《祖國兒女》）等劇本。但從一九五一年起，就有文章批判他的劇本，《迎著明天》被說成是「歪曲和誣衊了中國工人階級」，《祖國在前進》被斥為「明目張膽地為資本家捧場」，劇本多數未能上演，甚至《青年電務隊》的原稿竟被劇院丟失。路翎從劇院調到「劇協」劇本創作室，任創作員。一九五二年十二月末，他主動要求赴朝鮮前線，翌年七月「停戰協定」簽字後歸國。在九月召開的第二屆文代會上，路翎當選為「作協」理事。赴朝體驗生活，不僅使他擺脫了因劇本挨批與上演困難等問題引起的一連串煩惱，而且啟動了他的創作靈感。他寫了《板門店前線散記》等散文，尤其值得注意的是一組描寫前線生活的小說：《戰士的心》、《初雪》、《窪地上的「戰役」》、《你的永遠忠實的同志》，分別在《人民文學》、《解放軍文藝》上發表。較之一九五〇年前後的小說，這組作品走出了轉軌期的僵硬呆板、直白淺露，充分發揮了路翎心理描寫深入別致的長處，而且較之一九四九年春以前的作品，格調要明朗得多，文脈也更為舒展，生動地表現出朝鮮戰場上志願軍戰士豐富的內心世界與戰火中越見其雄偉而瑰麗的人性美。新作的成功，不僅顯示出路翎完全能夠在新的形勢下走向新的輝煌，而且給新中國的文壇提供了寶貴的經驗。

但這組小說幾乎在得到好評的同時，就受到了嚴厲的批評。路翎發憤創作，於一九五四年八月寫成長篇小說《朝鮮的戰爭與和平》，試圖以辛勤工作的實績做出自己的回答。然而全國幾家大報刊聯手展開的批判攻勢，使長篇新作的出版擱淺。倔強的路翎在《文藝報》上連載反批評文章〈為什麼會有這樣的批評？〉，他不知道當時已經不是可以自由爭辯的時候了。一九五四年七月，胡風因向中共中央提出關於文藝問題的三十萬言「意見書」而獲罪，路翎受到牽連。一九五五年六月十九日，路翎以「去單位寫材料」為由被帶走，開始去「劇協」宿舍隔離反省。隨著胡風問題的迅速升級，路翎的境遇也越來越壞，被公安部拘禁於北京西總布胡同、錢糧胡同、安福胡同等地。路翎不服，像他自己筆下的蔣蔚祖被關起來之後那樣亂喊亂叫，又因與看管者衝突，於一九五九年八月四日，被押往北京去昌平途中的秦城監獄。在這座「高規格」的監獄裏，路翎又因抗爭、衝突多次受罰，或戴手銬，或被捆綁起來關入角屋，精神更加受挫，一九六一年七月被送至北京安定精神病院治療。此時，妻子余明英在毫無音訊的六年之後始得同已病得不成人樣的丈夫相見。一九六四年一月，路翎被保釋回家就醫。因相繼寫了三十餘封信向黨中央申訴，於一九六五年十一月，再次被抓進秦城監獄，不久，即被轉送精神病院，「文革」爆發之後數月，回到秦城監獄。一九七二年，他從報紙上得知林彪已經敗亡並被公開批判的消息，以為自己的冤案到了昭雪之日，便寫信向中央申訴，結果這個被拘禁、關押了十七年的「未決犯」，反倒被以「反革命罪」宣布判處二十年徒刑，成了正式的囚犯，移至北京第一監獄塑膠鞋廠勞動大隊，後又去延慶監獄農場勞動大隊。

一九七五年六月十九日，路翎刑滿釋放。二十年的監禁生活，已使一個風華正茂、才氣橫溢的青年作家變成了一個神志不清、滿臉皺紋的老人了。二十年前，妻子便帶著三個孩子從細管胡同遷到朝陽門外芳草地一所簡陋的房子住下，幫她照料生活十幾年的阿姨也只得離京回鄉，全家的生計靠余明英做臨時工維持。路翎回家後，被定為「監督分子」，每日掃街，經余明英請求，於翌年轉為正式的街道掃地工，每月有十五元左右的收入。一九七九年十一月，北京中級人民法院為路翎的「上書」冤案平反，向他宣布「撤銷原判」，並摘掉了「監督分子」的帽子。於是，路翎結束了掃地工的工作，恢復了「劇協」公職。一九八〇年十一月，北京中級人民法院為胡風冤案平反，路翎頭頂的陰影全部掃除，恢復了原來的工資待遇。

學術界對這位作家給予重新評價，《財主底兒女們》等舊作紛紛重印。朝鮮前線題材的一組小說與散文結集為《初雪》，一九八一年九月由寧夏人民出版社出版。當年寫出後即被查抄的五十餘萬言的長篇小說《朝鮮的戰爭與和平》，雖然被遺失了第一、二章，還剩下不到四十萬字，但畢竟在冤獄平反後得以發還，改題為《戰爭，為了和平》，在幾家雜誌連載。《江南》雜誌在選載時，編者稱讚它「是戰鬥的頌歌，是瑰麗的油畫，是青春的詩篇」。一九八五年十二月，這部長篇由中國文聯出版公司出版了單行本。這些都給晚年的路翎以巨大的安慰，使他的身心健康有所恢復，發表了一些詩篇與散文，還寫了《我與外國文學》、《我讀魯迅的書籍》與懷念胡風等老友及回憶文壇舊事的文章。小說新作也有《拌糞》、《鋼琴學生》等，但已經難以見出路翎的風采。他拚盡生命的最後的光與熱寫出了六部長篇小說——《野鴨窪》（以自己被監督改造掃地為題材）、《江南春雨》（以個體戶發財為題材）、《陳勤英夫人》（以針織廠建設為題材）、《吳俊美》（寫副食店改革）與《早年的歡樂》（寫待業青年），每部在二十萬至三十萬字左右，描寫胡風案件與丁玲案件的《英雄時代和英雄時代的誕生》，長達九十萬言。然而，「當路翎的這些小說，放到編輯的案頭上時，小編輯先是興奮：路翎又寫東西了！繼而是疑惑：這是路翎寫的嗎？最後是失望和歎息：唉，一代天才……」[18]路翎，作為一位小說家的輝煌，歷史已經永遠把他留在了二十世紀四十年代。

一九九四年二月十二日，春寒料峭的時節，一生坎坷的路翎辭別人間，他把憤怒與痛苦留在了包括近三百萬言小說的文學作品裏，將長久地攪動著讀者的心。

[18] 朱珩青，《路翎》，頁一六二。

第十二章　蒼涼的月亮

日本帝國主義發動的侵華戰爭，給中國人民帶來了巨大的災難，但抗日戰爭也給中華民族的覺醒與崛起提供了一個契機，正是通過八年的浴血奮戰，中華民族贏得了自鴉片戰爭割地賠款以來反抗侵略的第一次偉大勝利，一雪百年恥辱。並且，中國共產黨在抗日戰爭中壯大了力量，民族解放戰爭勝利之後短短幾年，便建立了中華人民共和國。戰爭之於文學也有多方面的影響。作家顛沛流離的苦難乃至流血犧牲（丘東平戰場犧牲，郁達夫、陸蠡遇害，朱生豪、繆崇群等貧病交迫而逝）自不必說，血火交迸的戰爭給文學格局帶來了諸多變化。戰前，重要作家多集中在北京、上海，戰爭爆發後，除少數作家留在淪陷區之外，多數作家則分別流向重慶、昆明、桂林、香港、延安等地，呈現出戰時特有的文學中心多元化現象。抗戰時期的作品，從整體上看，表現出濃厚的戰爭氛圍與雄渾的悲壯色彩，但在八年抗戰的不同階段，在淪陷區與非淪陷區，在國統區與共產黨領導的邊區，又呈現出多種藝術風貌。譬如，在東北淪陷區，就有梁山丁、王秋螢、關沫南等人展開的「鄉土文藝」畫卷，以鄉野破敗景象的描繪和強悍民性與年輕一代複雜心靈的發掘，來曲折地寄託反抗異族的憂憤。華北有袁犀、關永吉、馬驪等，以人間寫實或心理寫真的筆觸，一面探索文學的疆域和深度，一面藉以表達淪陷區人民的失地之恨。值得注意的是，淪陷區湧現出一批女性作家，譬如北方的梅娘、吳瑛、但娣、張秀亞，上海的張愛玲、蘇青、程育真、施濟美、湯雪華等，她們在侵略者的高壓統治與裝點門面的夾縫中，以女性纖細的藝術敏感咀嚼著人生苦澀，訴說著包括兩性之間的不平等在內的人間不公，進行著「純文學」的吟味，反倒創造出別有風致的文學景觀，對現代文學的發展做出了獨特的貢獻。在這一特殊時期特殊環境中崛起的女作家群中，最為突出的當屬張愛玲。

第一節　傳奇式的創作生涯

如同她的第一部小說集的題名一樣，張愛玲在二十世紀中國文壇上的際遇，的確像是一段傳奇。

一九四三年一個春寒料峭的下午，張愛玲經人介紹，帶著題為《沉香屑　第一爐香》、《沉香屑　第二爐香》的小說稿拜訪《紫羅蘭》編輯周瘦鵑。周瘦鵑接過作品，一看就覺得很別致，留下來細讀，不禁「深喜之」。於是，很快在《紫羅蘭》上發表。《沉香屑》的這兩爐香的確不同尋常。其「特殊情調」[1]在於：一、題材為香港高等華人驕奢淫逸生活或少女性心理不成熟釀成的悲喜劇，對於淪陷區上海苦悶、枯燥、無聊的精神氛圍來說，頗有吸引力；二、視角並非獵奇，而實冷峻；三、敘事方式熔中國古典小說的傳統與西方手法於一爐；四、語言富於韻味。所以，作品一經問世，立即引起了人們的關注。讀者紛紛打探作者的由來，編輯想方設法爭相約稿。

其實，張愛玲的創作生涯早就開始了。若從信筆塗鴉算起，她七歲時就開始了寫作通俗小說的嘗試。十三歲在校刊《鳳藻》發表讓人難以置信出於這個年齡手筆的散文〈遲暮〉，十六歲在校刊《國光》發

[1] 周瘦鵑，〈寫在《紫羅蘭》前頭〉，《紫羅蘭》月刊一九四三年五月。

表新文學小說《牛》。十九歲所作散文〈我的天才夢〉獲《西風》雜誌徵文名譽獎第三名。這個聰穎早慧的女孩兒，小時名叫張瑛，後來母親為她報名上學時，以英文名字的中譯改名為張愛玲。一九二一年，她在上海出生於一個業已沒落的豪門貴族。她的祖父張佩綸是河北豐潤人，同治進士，「清流派」代表人物，一八八二年任督察院左副都御史，時值法國侵略越南，覬覦我南疆，張佩綸上奏章數篇，力主抗法。一八八四年中法戰爭時被派赴福建會辦海防。當法國軍艦侵入馬尾港後，張佩綸不加戒備，致使福建海軍被法艦一舉擊潰，遂受革職充軍處分。一八八八年期滿釋歸後，任李鴻章幕僚，受中堂千金青睞，得以婚配。一九〇〇年協助李鴻章與八國聯軍代表談判，因與李鴻章意見不合，回南京稱病不出，一九〇三年憮而逝。到了張愛玲的父親，則失去了前人的「清流」風采與仕宦機緣，但紈絝子弟的派頭與沒落世家的朽氣卻兼而有之，拈花惹草，蓄妓吸毒，且性情暴戾乖張。出身於南京黃軍門的張愛玲母親，受西方文化影響較深，領女性解放風氣之先，看不慣丈夫的萎靡不振精神狀態與種種不良習氣，絕不肯走傳統女性忍氣吞聲、卑順奴從的老路，幾度赴法留學，幾度給丈夫悔改的機會，終因丈夫惡習難改，二人分道揚鑣。豪門貴族，即使走向沒落，也還富裕，給張愛玲提供了良好的學習條件，她可以飽覽中外書籍，進聖瑪利女校等名校，接受良好的教育，課外學習鋼琴、繪畫等。但在父母離異之前，家庭充滿了糾葛與爭鬥，十七歲時在父親再婚的家裏，竟遭繼母與父親的毒打，並被禁閉在家長達一冬一秋，患病亦不予治療，直到她逃出鐵門。這樣一種家庭，無疑給張愛玲的心靈造成深深的創傷，讓她獲得了對走向沒落的豪門貴族的性格與生活的切身體驗，對人性陰毒一面刻骨銘心的認識，從而養成了極其敏感的心態與冷眼觀世事的冷峻眼光，而這些對於她後來成為一個擅長表現洋場貴族沒落生活與解剖人性弱點的作家來說，打下了堅實的基礎。

一九三九年，張愛玲考中英國倫敦大學，因歐洲大戰改入香港大學。香港淪陷後，她於一九四二年回到上海，投考聖約翰大學，因國文出題刁鑽守舊，竟致名落孫山。她以出色的英文水平與文學藝術修養，用英文撰寫劇評、影評等文章，給《泰晤士報》等報刊投稿謀生。她在《西風》雜誌徵文〈我的天才夢〉中寫道：「我是一個古怪的女孩，從小被目為天才，除了發展我的天才外別無生存的目標。然而，當童年的狂想逐漸褪色的時候，我發現我除了天才的夢之外一無所有——所有的只是天才的乖僻缺點。」這自然是自嘲，其實，這篇獲獎的徵文，連同小學時代寫出的在同學中傳來傳去的小說，中學時代在校刊上發表的散文與小說，以及後來的英文作品，都已經顯示出張愛玲的文學才能。上海，這個近代以來發展起來的城市，率先領略著西方資本主義文明的衝擊，經濟有著一定的活力，十里洋場相容了西方的時髦享樂與古國遺老、遺少的氣味，成為冒險家與享樂者的樂園。淪陷之後，大多數人憂憤交加、惶惑不安，而少數人照舊奢靡荒淫、醉生夢死。這種狀況，不能不引起張愛玲對於自己所熟悉的沒落世家生活的苦澀回味，不能不激起她對人生與人性的嚴肅思考。她的情感情緒、她的理性審視、她的文學天賦，已經不能滿足於影評、劇評的寫作了。於是，她自然而然地踏進了早經涉足過的小說園地。

由於太平洋戰爭的爆發，幾年以來讓進步作家賴以存身的上海租界這一「孤島」也陷於敵手，進步作家或被捕遇難，或逃離虎口，或藏身匿影、蓄勢待發，或曲筆迂迴、柔裏藏鋒，熱鬧的文苑一時冷清下來。張愛玲此時登場，分外惹人注目。文壇的熱烈反響，使張愛玲堅定了自信，創作激情一發而不可收。繼《沉香屑》兩爐香之後，在短短兩年之間，就發表了《茉莉香片》、《心經》、《傾城之戀》、《琉璃瓦》、《金鎖記》、《封鎖》、《連環套》、《年輕的時候》、《花雕》、《紅玫瑰與白玫瑰》、《殷寶灩送花樓會》、《等》、《桂花蒸　阿小悲秋》、《留情》等小說，以及一些散文。「張愛玲在寫作上很快登上燦爛的高峰，同時轉眼間紅遍上海。」這使進步作家「一則以喜，一則以憂。因為環境特殊，清濁難分，很犯不著在萬牲園裏跳交際舞。——那時賣力地為她鼓掌拉場子的，就很有些背景不乾不淨的報章雜誌，興趣不在文學而在於替自己撐場面」[2]。鄭振鐸就要柯靈勸說張愛玲，先不要到處發表作品，並具體建議，寫了文章，可交給開明書店保存，由開明書店預付稿酬，等河清海晏再印行。張愛玲為小說結集出書之事向柯靈徵詢意見，柯靈懇切陳詞：「以她的才華，不愁不見知於世，希望她靜待時機，不要急於求成。」[3]但是，也許與外曾祖父李鴻章和祖父張佩綸的宦海沉浮有關，張愛玲向來與政治保持較遠的距離，不在乎發表作品的陣地的政治背景如何，再則少小的心靈磨難與香港淪陷的經歷，使她擔憂厄運的突襲，失去了等待的耐心，正如她在〈《傳奇》再版序〉裏所說：「出名要趁早呀！來得太晚的話，快樂也不那麼痛快。……遲了來不及了，來不及了！個人即使等得及，時代是倉促的，已經在破壞中，還有更大的破壞要來。」她急不可待地寫作，饑不擇食地發表，第一本小說集《傳奇》於一九四四年八月由上海雜誌社初版印行，頗受歡迎，初版本在發行四天內就已銷光，很快便再版印行。一九四七年十一月，又由上海山河圖書公司印行增訂本。散文集《流言》也於一九四四年十二月由上海五洲書報社初版，一九四五年一月由街燈出版社再版、三版。

張愛玲的小說主要以新舊交織、華洋錯雜的滬、港兩地為舞臺，生動地展示了變態的生活與扭曲的人性，敘事風格也呈現出中西合璧、古今融匯的別致風貌。所以，張愛玲才受到廣大讀者的歡迎與文壇的好評。小說尚未結集時，評論家、翻譯家傅雷就按捺不住愛才之情以「迅雨」為筆名發表〈論張愛玲的小說〉，對這奇蹟一般的文學現象做了中肯的分析。他在文壇一般強調表現外部鬥爭（同宗法社會、舊禮教、資本主義等的鬥爭）與鄙夷藝術技巧的背景下，充分肯定了《金鎖記》對人性內部鬥爭（個人情欲的

2 柯靈，〈遙寄張愛玲〉，轉引自《貴族才女張愛玲》（四川文藝出版社，一九九五年）。
3 柯靈，〈遙寄張愛玲〉，轉引自《貴族才女張愛玲》（四川文藝出版社，一九九五年）。

巨大破壞力）的心理深度的深刻揭示，與結構、節奏、色彩、心理刻畫技巧等方面的成績，稱讚「新舊文字的糅合，新舊意境的交錯，在本篇裏正是恰到好處，彷彿這俐落痛快的文字是天造地設的一般」，這篇作品「頗有《獵人日記》中某些故事的風味。至少也該列為我們文壇最美的收穫之一」。出於對新作家的愛護，他也尖銳地批評了《連環套》「內容的貧乏」，「錯失了最有意義的主題，丟開了作者最擅長的心理刻畫，單憑著豐富的想像，逞著一枝流轉如踢噠舞似的筆，不知不覺走上了純粹趣味性的路」[4]。對於這一批評，張愛玲發表〈自己的文章〉一文，為自己的題材擇取、人物處理及參差寫法做了委婉的辯護，說還要繼續表現安穩而平庸的人生，但同時也表示對文字上「未免刻意做作」的地方將來要予以改正。一九四四年八月二十六日，新中國報社舉辦《傳奇》集評茶會，與會的十餘位作家、評論家從視角（「用一個西洋旅客的眼光」觀察「古舊的中國」）、女性刻畫、藝術技巧、獨創風格等方面予以褒揚，蘇青說她「讀張愛玲的作品，覺得自有一種魅力，非急切地吞讀下去不可。讀下去像聽淒幽的音樂，即使是片段也會感動起來，她的比喻是聰明而巧妙的，有的雖不懂，也覺得它是可愛的。它的鮮明色彩，又如一幅圖畫，對於顏色的渲染，就連最好的圖畫也趕不上，也許人間本無此顏色，而張女士真可以說是一個『仙才』了」[5]。

抗日戰爭給張愛玲等一批作家迅速崛起的契機，隨著抗戰的結束、內戰的打響，她們的創作高潮驟然跌落。究其原因，一則社會生活與社會心態發生了巨大變化，淪陷時期人們在期盼早日趕出侵略者的渴望中，藉這些意蘊上曲折幽深、形式上精雕細刻的小說聊解抑鬱情懷，可是抗戰勝利後，百姓看到的景象

4　載《萬象》第三年第十一期（一九四四年五月）。
5　〈《傳奇》集評茶會記〉，轉引自《貴族才女張愛玲》（四川文藝出版社，一九九五年）。

卻先是接收大員滿天飛，接著是槍林彈雨滿天飛，國民黨政權崩潰前的政治暴虐與經濟危機，使得百姓絕望、憤怒，失去了從容欣賞雍容作品的心境和餘暇。二則張愛玲先前發表作品的主要刊物，如《古今》、《雜誌》、《風雨談》、《天地》等，與汪偽政權有著複雜微妙的關係（或由日偽資助，或由「和平分子」主辦，或因積極為日偽統治張目與粉飾而為主子所欣賞與褒獎，另外也有別的特殊情況，如《雜誌》是由奉命打入日偽集團從事地下工作的愛國者主持的，等等），隨著抗戰的勝利，這些刊物煙消雲散，而由於內戰的緣故，新的文學刊物的誕生與生存又十分困難。三則張愛玲的心境也經歷了大起大落。張愛玲走紅時，曾經有過一段相當投入的戀情。當時擔任汪精衛政府宣傳部副部長的胡蘭成，憑藉風流倜儻的才情俊貌與情場老手的老到功夫，也許還有他比張愛玲年長十五歲的年齡，滿足了她一直留有缺憾的父愛渴求，贏得了張愛玲這個孤傲才女難於綻開的芳心。年輕姑娘的初戀激情與西方風氣的多年薰陶，使張愛玲沉浸於愛河之中，而對婚姻形式並不關注。她明知胡蘭成已有妻室，在外常有風流韻事，甚至挾妓遊玩，卻甘心與胡纏綿悱惻。她在給胡蘭成的信中寫道：「我想過，你將來就只是我這裏來來去去亦可以。」倒是胡蘭成夫人無法忍受丈夫的花心旁鶩，與之離婚。之後，張、胡簽訂祕密婚約：「胡蘭成、張愛玲簽訂終身，結為夫婦，願使歲月靜好，現實安穩。」張愛玲儘管在作品裏對人性有著至為深刻的刻畫，但在現實生活的愛情陶醉下卻過於相信了不可信賴的人。日本投降後，胡蘭成成了被政府通緝的戰犯，如喪家之犬，化名逃到杭州、溫州一帶，即使此時，他仍是風流依舊，有新歡同居。張愛玲要胡在幾個女人中最後做個抉擇，被狡言回絕。幾個月後，張愛玲寄去一封絕交信，一段亂世姻緣遂告了結。如同蘇青一樣，由於淪陷時文學創作的活躍，抗戰勝利初期張愛玲也受到了喧鬧一時的指責。其實她自信與胡蘭成的關係同政治無涉，事實上她在朋友因抗戰被捕時還通過胡蘭成的關係給予了幫助。關於一九四五年「第三屆大東亞文學會議」在報上刊出的與會代表有張愛玲的名字一事，她特意登報聲明：「我所寫的文章從來沒有涉及政治，也沒有拿過任何津貼。『大東亞文學者大會』第三屆曾經叫我參加……我寫了辭函去。」儘管她自信無瑕，但輿論到底不能不對她產生一些壓力，況且感情的風波也不是很快就能平復的，所以，她的創作量明顯少了起來。抗戰勝利後到一九四九年之間，發表的小說僅有中篇《多少恨》。一九五〇年三月二十五日至次年二月十一日，在上海《亦報》連載長篇小說《十八春》，一九五一年十一月四日至翌年一月二十四同樣在《亦報》上連載中篇小說《小艾》。新中國成立之初，上海市文藝界負責人夏衍邀請張愛玲出席上海第一屆文學藝術界代表大會，不久，夏衍還有意邀請張愛玲到他擔任所長的上海劇本創作所當編劇。但敏感的才女意識到了自己的不合時宜，以繼續完成因戰爭中斷的學業的理由，向香港方面提出申請，於一九五二年赴香港。夏衍得知消息後深為惋惜，但細細想來，這倒不失為自我保護的上策。倘若不走，在後來一場接一場的政治運動中，尤其是史無前例的「文化大革命」的劫難，連當初想留住她的夏衍都在劫難逃，肯定過她的傅雷與夫人雙雙罹難，張愛玲能不能熬過來恐怕是個未知數。淪陷時期曾以長篇小說《結婚十年》等作品名重一時，而且與張愛玲友情深厚的蘇青，五十年代時雖然正當盛年，但在文壇已是風光不再。為了編寫歷史劇《司馬遷》，她曾寫信向賈植芳教授請教，不料一九五五年賈植芳教授被牽連到莫須有的「胡風反革命集團」一案中去，鋃鐺入獄，蘇青也因為一封探討司馬遷學術問題的信而「叨光」進了提籃橋監獄，嘗了一年半的鐵窗風味。恢復自由以後，生活與創作卻再也回不到正常的軌道，有生之年連看一看自己的作品都成了頗費周折才得以滿足的奢求。一九八二年十二月，由於多年身心備受創傷、營養不良，身患糖尿病、肺結核等多種疾病的蘇青，大口吐血後，痛苦地走完了六十九個春秋的生涯。比起蘇青來，張愛玲要幸運得多，赴港之後，她先是在美國駐香港新聞處工作，一九五五年移居美國。在港期間，她創作了帶有奉命而作性質的中篇小說《秧歌》與長篇小說《赤地之戀》，於一九五四年在香港《今日世界》月刊連載，後分別由香港今日世界社、香港天風出版社出版單行本。

《秧歌》以五十年代初的「饑餓」為題材。一些別出機杼的意象妙用頗能見出張愛玲的獨到眼光與構象特色。譬如：「太陽像一隻黃狗攔街躺著。太陽在這裏老了。」「外面下著雨，黃灰色的水門汀上起著一個個酒窩。他的心是一個踐踏得稀爛的東西，粘在他鞋底上。」

女主人公月香從城裏返鄉，與三年未曾同房的丈夫重逢的歡欣、羞澀，家庭瑣事及鄉間變化惹起的困惑與煩憂，刻畫得細膩婉曲，絲絲入扣。難怪五四新文學的搴旗者胡適稱讚這部作品達到了「平淡而近自然」的境界。[6]作品所寫的饑謹苦狀與部分幹部的思想方法及蠻橫作風，在五十年代的生活現實中不難找到原型，算不上向壁虛構，若同六十年代初的全國性的大饑餓與歷次政治運動中的極左悲劇比起來，還顯得筆力不足。問題在於，五十年代初，剛剛展開的新生活較之舊中國，確有天翻地覆之概，人民理所當然地會沉浸在翻身解放的喜悅之中。張愛玲站在另一立場觀察與審視生活，其作品顯然逸出於生活主流與藝術主流之外，受到內地評論者的質疑與激烈抨擊不足為怪。時隔將近半個世紀，回過頭來再看《秧歌》，它對極左災難確有內地作者當時不可能具備的敏感與前瞻性。專揀黯淡之處予以剖析與詛咒，這倒也是張愛玲一貫的姿態。但無論如何《秧歌》的政治傾向過於明顯了，走出人生品味與人性剖析的「自家領地」，而去闖入陌生而詭譎的政治疆域，這實在不符合張愛玲的藝術個性。大概是與噉飯之道有關吧，既然端的是美國老闆的飯碗，而且還打算要去美國生活，藝術個性就只好做了一些讓步。這在海內外並非個例。

如果說《秧歌》尚有可取之處的話，那麼接下來的《赤地之戀》則更多失敗的苦澀。全書大致可分為三個板塊：一是韓家坨村土地改革，二是上海「三反」（反對貪污、反對浪費、反對官僚主義）運動，三是抗美援朝戰爭。土改部分多少觸及一點運動中確曾發生過的盲目性弊端，但由於作者缺乏扎實的生活基

6 轉引自張愛玲，〈憶胡適之〉，《都市的人生》（湖南文藝出版社，一九九三年）。

礎與深刻的洞察，整體看來給人以虛假感與膚淺感（現在看來，這種題材並非不可以正面表現，八十年代問世的張煒的長篇小說《古船》，就較好地處理了歷史真實與理性邏輯的關係）。後兩個部分，尤其是朝鮮戰場幾章，人物概念化傾向越加明顯，作者所擅長的心理刻畫與意象營構難覓蹤影，讓熟悉並喜愛張愛玲的讀者很難相信這樣的作品會出自張愛玲的手筆，看上去倒像是政治上有所欲求者拙劣的拼湊的所謂報告文學。文學並非不能表現政治，世界文學史上，批判專制政治的就不乏傑作，歌頌民主政治的也可能創造佳績，但就文學的本質屬性而言，顯然更適於表現人生與人性，文學史上的珍品精品絕大多數可以歸之於「人」的畛域。不能說張愛玲不懂政治，但的確可以說她的長項不在政治題材。捨己之長而亮己之短，《赤地之戀》的敗筆就註定了。《赤地之戀》在創作上的失敗，比起作者與胡蘭成在生活中的「傾城之戀」的失敗，更加令人惋惜。

一九五六年八月，張愛玲與比她年長三十歲的美國作家萊雅結婚，這次婚姻給她帶來了充實而幸福的生活。一九六七年萊雅去世後，她便在遠離故土的美國孤獨地度日，直到一九九五年九月，她在寓所去世幾天之後被人發現，走完了帶有傳奇色彩的生命旅程。她離港以後發表的小說很少，只有《五四遺事》、《怨女》（據《金鎖記》改編）、《半生緣》（據《十八春》改編）、《色・戒》等幾篇。她的主要精力放在了清代小說《海上花列傳》的英文翻譯與學術著作《紅樓夢魘》上面。

與同時代作家相比，張愛玲的小說創作量並不大，但她卻能在二十世紀中國小說史上占有獨具光彩的一頁，這的確是個奇蹟。為什麼張愛玲的輝煌期只是在淪陷時期？柯靈曾經做過一個頗有說服力的闡釋：「中國新文學運動從來就和政治浪潮配合在一起，因果難分。五四時代的文學革命——反帝反封建；三十年代的革命文學——階級鬥爭；抗戰時期——同仇敵愾、抗日救亡，理所當然是主流。除此之外，就都看作是離譜、旁門左道，既為正統所不容，也引不起讀者的注意。這是一種不無缺陷的好傳統，好處是與祖國命運息息相關，隨著時代亦步亦趨、如影隨形；短處是無形中大大減削了文學領地，譬如建築，只有堂皇的廳堂樓閣，沒有迴廊別院、池臺競勝、曲徑通幽。我搬著指頭算來算去，偌大的文壇，哪個階段都安放不下一個張愛玲；上海淪陷，才給了她機會。日本侵略者和汪精衛政權把新文學傳統一刀切斷了，只要不反對他們，有點文學藝術粉飾太平，求之不得，給他們什麼，當然是毫不計較的。天高皇帝遠，這就給張愛玲提供了大顯身手的舞臺。抗戰勝利以後，兵荒馬亂，劍拔弩張，文學本身已經成為可有可無，更沒有曹七巧、流蘇一流人物的立足之地了。」[7]猶如香港的傾城成全了流蘇與柳原的姻緣一樣，香港與上海「孤島」的淪陷成就了張愛玲小說創作的「傳奇」。文學史上，有人走紅一時，但如流星倏忽即逝，後來人讀其作品時味同嚼蠟。而張愛玲卻禁得起時光的磨礪與篩選，半個世紀後重讀，仍不能不讓人驚羨其歷久彌新的魅力。儘管由於政治的原因，內地將她「遺忘」了三十年，但在海外，張愛玲一直不乏愛讀者與學術界的好評，文學史家夏志清就認為《金鎖記》「是中國從古以來最偉大的中篇小說」，《傳奇》「對閨閣下過這樣一番寫實的功夫」，恐怕是《紅樓夢》以來所沒有的，在描寫「變動的社會」方面，甚至為《紅樓夢》所不及。[8]改革開放以來，「張愛玲熱」重返故園，就讀者的數量與研究的深度而言，遠遠超過了這位女作家乍出山時。無論是當年她的驟然成名，還是如今她的再度升溫，都並非世無英雄的僥倖，而實源自其藝術獨創性的魅力。她對兩性世界的體認、對亂世人生的感悟、對人性深層的開掘、奇崛冷豔的文體之美，都別具一格。她如同迷茫夜空一輪蒼涼的月亮，引人矚目，讓人不安，勾人遐想，耐人回味。

---

7 柯靈，〈遙寄張愛玲〉。

8 夏志清，《中國現代小說史》第十五章〈張愛玲〉（香港友聯出版社，一九七九年）。

第二節　女性體認

張愛玲以描寫女性登場，其成名作《沉香屑　第一爐香》燃燒的就是女性的生命與心靈之香，晚出的《色・戒》關注的重心也在女性，小說人物中最多的是女性，最成功的也是女性。可以說，張愛玲是中國現代文學史上為數不多的幾位自覺高張女性旗幟的女性作家之一。但她的女性立場與觀照視角又自有特色。她崇尚原始的生命活力，所以越發容不得病態叢生的女性現實。她說，如果有一天她獲得了信仰，「大約信的就是奧涅爾《大神勃朗》一劇中的地母娘娘」。「奧涅爾以印象派筆法勾出的『地母』是一個妓女，『一個強壯、安靜、肉感、黃頭髮的女人，二十歲左右，皮膚鮮潔健康，乳房豐滿，胯骨寬大。她的動作遲緩、踏實，懶洋洋地像一頭獸。她的大眼睛像做夢一般反映出深沉的天性的騷動。……』」「這才是女神。『翩若驚鴻，宛若遊龍』的洛神不過是個古裝美女，世俗所供的觀音不過是古裝美女赤了腳，半裸的高大肥碩的希臘女像不過是女運動家，金髮的聖母不過是個俏奶媽，當眾餵了一千餘年的奶。」[9]這與冰心心目中的母親顯然迥然有別，難怪張愛玲對冰心是相當的「大不敬」：「冰心的清婉往往流於做作。」[10]在她之前，冰心一面以少女的甜美歌喉歌頌著母愛的神聖，一面以人道主義的悲憫情懷體恤底層婦女；丁玲先是以強烈的主觀精神打破了靜觀所必需的間隔，用多重苦悶的盡情宣洩取代了全面體認，後來

9　張愛玲，〈談女人〉，《天地》第六期（一九四四年三月）。
10　張愛玲，〈女作家聚談會〉，《雜誌》月刊第十四卷第六期。

投身社會大潮的匆匆步履帶起的熱浪煙塵，也多少妨礙了女性姿容的清晰展現與深入解讀。張愛玲則既無意於提煉理想主義的五彩石，也儘量避開時代大潮的急流飛湍，而是冷靜地審視女性本體，唯其冷靜甚或冷峻，才能在血火交迸的時代中，注意到消沉、滯後的女性一族，才能透過驕傲或卑怯的外表，洞察到女性的靈海潮汐，才能揭破種種矯飾，擊中幾千年積澱形成的嚴重的精神痼疾。

《傳奇》增訂本的封面是請作者的好友炎櫻設計的，「借用了晚清的一張時裝仕女圖，畫著個女人幽幽地在那裏弄骨牌，旁邊坐著奶媽，抱著孩子，彷彿是晚飯後家常的一幕。可是欄杆外，很突兀地，有個比例不對的人形，像鬼魂出現似的，那是現代人，非常好奇地孜孜往裏窺視。如果這畫面有使人感到不安的地方，那也正是我希望造成的氣氛」[11]。這幅畫是張愛玲小說人物與主題意蘊的絕妙象徵。丈夫在外做官經商養家糊口，或冶遊狹巷尋歡作樂，而妻子則在家過著舊式少奶奶的生活，撫養孩子之外，便是在百無聊賴中打發日子。現代人的高大、裸露、神祕、莽撞，同古裝人的矮小、盛裝、安然、寧靜形成強烈的對照。現代人面目不清，卻是大氣磅礴，不由分說地介入，打破了傳統生活的枯井一般的幽靜、呆滯，傳統女人將如何回應，還是個未知數。是神經已經麻木，沉溺於舊物已不能自拔，還是分明感受到現代人的召喚，只是怯於行動，用無聊的遊戲掩飾自己的孱弱畏葸，抑或曾一度奮飛，但折翅歸來，承載著新時代的感召與舊習慣的牽掛這一糾葛的重負，要在尷尬的不和諧中度過不安而痛苦的餘生……

在男權社會裏，女性的生存總是被打上各種各樣的悲劇烙印。新文學以描寫女性的悲劇為己任，其中相當大的比重是封建宗法社會桎梏下底層婦女的命運悲劇，背景往往放在閉塞、貧困的鄉村。張愛玲所描寫的人物雖然也有孤苦無依的貧女，但大多數還是生活有保障的女性，背景往往放在上海、香港這樣的開

11 張愛玲，〈有幾句話同讀者說〉，《傳奇》增訂本。

放城市，家庭是人物的主要活動舞臺，人物呈現為雜色：既有讓人發笑的喜劇因素，又有令人哀惘的悲劇色彩，其喜劇悲劇都源自傳統社會文化對女性的戕害與扭曲。

再聰明的女性，被娶進高門深院，也如鳥兒關進了籠子。男人為官、為商，忙時功名利祿，閒時拈花惹草，妻室獨守空房，過著一天與千年相差無幾的單調而無聊的日子。如何打發百無聊賴的時光，除了婦姑勃谿、妯娌鬥法之外，怕是唯有麻將與調情。《留情》裏的楊太太就是這樣一個「全才」。她享受著近代物質文明的便利，重複著舊式太太的老路，電燈下打麻將更為愜意，客室的沙龍化更增加了她調情的機會。《花雕》裏的鄭夫人自己沒有羅曼蒂克的勇氣，就把選擇女婿當作死灰般的生命中的一星微紅的炭火，她的確是一齣冗長而單調的悲劇，冗長得延及女兒，不給她們自立的教育，不培養她們謀生的能力，女教師、女律師做不來，女店員、女打字員不屑於做也不會做，做「女結婚員」是她們的唯一出路。少奶奶、老太太的無聊甚至頹廢，實際上從小姐時代就已埋下種子。沒有自立的能力，甚至沒有自立的願望，只能成為男性的附屬品，任人擺布。正如《桂花蒸　阿小悲秋》裏所形容的：「那些男東家是風，到處亂跑，造成許多灰塵，女東家則是紅木上的雕花，專門收集灰塵。」不求自立，而只是以色侍人，這在張愛玲看來，是女性的千古悲劇。她在《談女人》的結尾處甚至不無苛刻地說：「以美好的身體取悅於人，是世界上最古老的職業，也是極普遍的婦女職業，為了謀生而結婚的女人全可以歸在這一項下。」這不僅對「郎才女貌」之類的模式、而且對「嫁漢嫁漢，穿衣吃飯」的婚姻觀念提出了尖銳的挑戰。《沉香屑　第一爐香》就對以色侍人的女性基本生存方式予以強烈的反諷。梁太太做小姐時，獨排眾議，嫁了一個年逾耳順的富人，專候他死。他終於死了，可是她也失去了青春。為了追回已逝的韶光，填滿身心的饑荒，她便利用手中的錢與猶存的風韻，還利用丫頭甚至侄女的青春姿色，釣取、占有男性，享受感官的愉悅和心理的補償。侄女薇龍為了完成學業，寄居姑母梁太太家中，最初是立志出污泥而不染，不想幾個月下來，耳濡目染，加之梁太太刻意「栽培」，竟也沉溺於燈紅酒綠之中，同浪蕩子喬琪喬結婚，等於賣給了梁太太與喬琪喬，整天忙忙碌碌，不是替喬琪喬弄錢，就是替梁太太弄人。即使在快樂的年夜，她也清楚地知道自己與街頭賣笑女子沒有本質區別，所不同的是那些人出於不得已，而她是自願的。薇龍這爐香，這樣下去很快就將燒完。燃燒時，只能給身邊異性轉瞬即逝的光與熱，燃盡後，也不過給陳年古舊的香爐留下一點蒼白無味的香屑。

《連環套》的女主人公霓喜的命運更為坎坷，作為女人的非自立性也更為突出。她十四歲時被賣到印度人雅赫雅開的綢緞店，既然是花錢買人，進門時就像檢查貓、狗一樣檢查有無沙眼、濕氣，進了門也自然談不上什麼尊嚴、地位。伺候老闆，生兒育女，做雜務，輕則當眾被呼來叱去，重則拳腳相加。「她受了雅赫雅的氣，唯一的維持她的自尊心的方法便是隨時隨地的調情——在色情的圈子裏她是個強者，一出了那範圍，她便是人家腳底下的泥。」她對雅赫雅的反抗除了慪氣之外，便也只有與他人調情。但主子可以冶遊花街柳巷，奴才卻不得放浪半點風情，一旦被抓住一絲把柄，便要掃地出門。她是一棵無根的浮萍，強風吹來便順風而行，她是一棵依附的青藤，只要有所依靠便攀緣而上，被趕出雅赫雅家之後，她又進了風燭殘年的藥店竇老闆家，同時暗中與藥店小夥計崔玉銘、老闆內侄打得火熱。等到竇老闆過世，崔玉銘用她貼補的錢娶來的妻子露面，老闆內侄夥同老闆原配家族來搶奪家產，將她捆綁起來，她才從自己被捆綁得越顯突出的前胸上，覺出自己整個的女性都被屈辱了。在她的身上只有女性而沒有人性，「她在人堆裏打了個滾，可是一點人氣也沒沾」。就在她被捆縛住身子思念著將要復仇時，她自詡的殺手鐧也還是性：「等她在鄉下站住了腳，先把那幾個男的收伏了，再收拾那些女人。她可以想像她自己，渾身重孝，她那紅噴噴的臉上可戴不了孝……」只是單純的女肉而沒有人氣的霓喜，自然不會為了復仇去忍受鄉下生活的閉塞，到頭來還是利用她那雙會說話的眼睛與會撩人的身體，釣到了又一個男人湯姆生。清朝換了民國，對於霓喜來說，沒有太大的意義，只有在憶及經歷過的男人時，她才能喚起歷史滄桑感與女性自豪感。然而這種自豪感終歸虛弱得可以，當湯姆生對她熟而生厭、另覓新歡之後，連她自己也覺得自身像一個高高突出雙乳與下身的石像，沒有生命的活力，沒有恆久的美，在世間顯得多餘。《連環套》誠如傅雷所批評的那樣，在性格刻畫與敘述語言等方面存在著一些缺點，但也絕非一無是處，用作者在〈自己的文章〉裏的話說，她是要通過描寫這種還沒有人認真寫過的姘居生活，來揭示這種準婚姻形式的不合理——它「不像夫妻關係的鄭重，但比高等調情更負責任，比嫖妓又是更人性的」，然而，姘居的女性的「地位始終是不確定的，疑忌與自危使她們漸漸變成自私者」。作品揭示出依附性的傳統女性精神的空虛與命途的黯淡。二者的聯繫正是張愛玲文學創作貫串始終的重要母題之一，也是她對現代文學的獨特貢獻。

傳統社會強加給女性的附屬地位對女性的摧殘是慘烈的，女性不獨成為失去人格尊嚴的性的工具，甚至有時為了獲得被剝奪的經濟權竟連起碼的性欲權利都要放棄。三十年代，施蟄存的小說《春陽》就曾觸及這一問題，但其對金錢扭曲女性人格的表現還相當溫和、清淺，與之相較，張愛玲的《金鎖記》更顯得犀利老辣。

《金鎖記》的主人公因生於七月而得名七巧，乞巧本指女人於七月七日夜間向織女星乞求智巧，大概也不無祝賀織女與牛郎相會並希冀自身姻緣圓滿之意，七巧的生存「智巧」不可謂不高，命運卻與圓滿大相逕庭。在人分三六九等、婚配講門當戶對的等級社會，以她麻油店的卑賤出身要進高門大院，只能嫁給殘疾二爺。如果當初與肉鋪夥計朝祿婚配，自會有貧寒然而充實的人生，但她與兄長選擇了金錢，就註定了她要陪伴缺乏生命力的肉體直至無可陪伴的淒苦命運。健旺的生命力總要尋求自然的伸展、舒張，通常這種情況下女性的反抗就是偷情。七巧何嘗不想，她睜著眼直勾勾地期盼著小叔子季澤的愛撫。然而季澤怕惹麻煩不敢搭攏，七巧為金錢計又何嘗敢恣意縱情？丈夫與婆婆活著時，她戴著黃金的枷鎖，可是連金子的邊都啃不到，只好任由熾烈的欲火灼燒，等她為丈夫與婆婆戴過了孝，金子到了口，怎肯為了季澤未必真情實意的主動上門而將金子吐出來，那是她賣掉自己的青春乃至一生換來的呀！既然已經套上了黃金枷鎖，她就不得不捨棄女性應有的一切。苛酷的壓抑導致嚴重的扭曲，輕則嘴巴沒遮攔，藉葷話褻語來宣洩鬱積衝撞的性本能，重則心理變態到了喪失本能的母愛，無情地折磨兒女的地步。她在潛意識裏把兒子當半個情人對待，給兒子娶了個媳婦芝壽，卻讓兒子成宿給她燒煙，套問兒媳房中的隱私，然後廣為傳布，直至把兒媳折磨成肺癆致死。扶了正的絹姑娘，做了芝壽的替身，扶正不上一年等不及肺癆纏身便吞了鴉片自殺了結。兒子不敢再娶，女兒長安的婚事也被她一拖再拖，直至讓女兒絕望。她被黃金枷鎖扭曲了人性：人非人，女人非女人，母親非母親。她被黃金枷鎖鎖死了生命，又用沉重的枷角劈殺了幾個同性，僥倖未死的一雙兒女也被她奪走了青春與靈魂。在現代文學史上，表現女性淒慘命運的篇章比比皆是，但揭示出女性的靈魂被扭曲到如此令人怵目驚心的地步，則是《金鎖記》的不凡建樹。

除了以性角色存在於世者和心理變態者之外，張愛玲也刻畫了一類曾經努力想脫離舊軌、跟上時代，但終於退嬰的怯懦者、失敗者性格。《茉莉香片》裏的馮碧落與給她們補習功課的大學生言子夜相戀，言家提親被馮家以門不當、戶不對而拒絕，馮碧落本可以與言子夜一道出走，但她為了顧全家庭的名聲，顧全言子夜的「前程」，眼看著意中人出洋留學，而自己屈從家長意志嫁了一個她根本不愛的人。「籠子裏的鳥，開了籠，還會飛出來。她是繡在屏風上的鳥——悒鬱的紫色緞子屏風上，織錦雲朵裏的一隻白鳥。年深月久了，羽毛暗了，黴了，給蟲蛀了，死也還死在屏風上。」曾有的美好憧憬成了永遠難圓的一個夢，馮碧落留下一個四歲的兒子懨懨而逝。如果說馮碧落的悲劇源自封建家長專制這一外部原因與封建禮教鑄成的卑順、怯懦性格這一內部原因的話，那麼殷寶灩（《殷寶灩送花樓會》）的戀愛喜劇則全由她的不健全、不自足的人格所致。她與羅潛教授也是師生之戀，隨著音樂史的學習日深，纏綿的精神戀愛漸濃，禮教的防線也終於突破，二人都想到教授離婚的問題。然而教授夫人已經有了三個孩子，而且現在又有了三個月的身孕。殷寶灩鳴金收兵了，冠冕堂皇的理由是不忍心讓無辜的孩子犧牲了一生的幸福。那麼，她傾心相戀的羅教授的幸福呢，她用心血澆灌了三年的愛情呢，就全然不顧了嗎？當女友關切地撫慰她心靈的創痛時，她才洩露了天機——原來她並不真愛。在她內心深處，認為羅教授身為有婦之夫卻另覓浪漫愛情，實在是「有神經病的人」，她怎麼能同這樣一個人結婚呢？感官上享受著自由戀愛的怡悅，靈魂裏卻坐鎮著封建道德的閻羅，這樣的女人怎麼可能真正嘗到愛情的甜果、真正把握自己的人生呢？喜劇性的結局分明透露出這個女性靈魂深處的悲劇。《多少恨》的女主人公虞家茵比殷寶灩多了一份深沉，而在人格的不徹底方面則有相類之處。她愛上了有婦之夫夏宗豫，但面對著夏太太的哭訴，她動搖了。她追求個性解放與個人幸福的意志終究敵不住已經浸入靈魂的傳統道德意志，在夏宗豫和其太太的僵死婚姻面前，她竟不敢堅信自己與夏宗豫的真摯愛情的合理性，不敢與夏宗豫一道沖決舊文化的樊籬，而是獨自登上了南行的客輪，扮演了「逃兵」的角色。《五四遺事》裏的范小姐要比虞家茵勇敢得多，也更有韌性。她與羅先生相戀，中間陰差陽錯，曲曲折折，羅先生與第一個太太離婚讓她等了六年之久，羅先生與第二個太太離婚又讓她等了五年有餘，她終於等到了與羅先生共築愛巢。可是，她是一個勝利的頹唐者，一旦戀愛成功，便慵懶、頹放起來。應酬牌局雖不怎麼情願，卻也是她唯一能夠精神抖擻的事情。沒有牌局的時候，便在家裏成天躺在床上嗑瓜子，污衣不換，破袍不補，全然不似一個進過新式學校的知識女性。最後，竟然聽任丈夫接回了離了婚的兩房太太，共度起一夫三妻的日子。新式教育彷彿只教會了她如何鍥而不捨地爭取自由戀愛的成功，至於結婚以後怎樣，她更樂於或者說不由自主地回到傳統女性的生活模式去尋找答案。從馮碧落到虞家茵再到范小姐，她們一個比一個走得遠，但最後都回歸到傳統裏來。張愛玲生活在天津、上海、香港這樣的開放城市，本有機會看到現代女性的先鋒姿態，但她的小說世界卻幾乎沒有給她們留下一席之地，而是用力地描繪出形形色色的時代落伍者形象。張愛玲的確是一個奇人，在肯定女性的基本價值方面，現代女作家中很少有人像她那樣堅定、徹底，在剔抉女性的瑕疵、剖析女性的靈魂方面，誰也沒有她那樣犀利、深邃。她不是站在新時代的社會立場上來觀察、品評女人，而是站在新時代的女性立場上來體認、品味女人。冰心的母愛理想是說女性應該怎樣昇華自身，丁玲的苦悶宣洩旨在呼喚女性沖決舊世界的牢籠，張愛玲的女性體認則指認出女人靈魂的陰影多麼濃重，要活得像人、像女人，就必須打破已經習慣了的枷鎖。如果說冰心唱的是一首母性神的聖歌，丁玲唱的是一首女性解放前驅者的讚歌，那麼可以說張愛玲唱的則是一首葬送附體鬼魂的輓歌。

第三節　女人與月亮

在張愛玲的小說世界裏，與女主角相伴的，總有一個重要角色，這就是月亮。它是一個涵蘊極為豐富的象徵，女性體認就是它的一項重要功能。

把女人與月亮聯繫起來，當然不是張愛玲的獨創，而是有著悠久的歷史淵源。美國學者艾瑟・哈婷就曾指出：「人的本性之一是女人明顯區別於男性的女性特徵，而不是男人與女人的相似。這一差別的超越一切的象徵符號便是月亮。無論在當代還是古典詩歌中，從時代不明的神話和傳說裏，月亮代表的就是女人的神性、女性的原則，就像太陽以其英雄象徵著男性原則一樣。對於原始人和詩人以及當代的夢幻者，太陽就是男性，而月亮則是女性。」[12]的確，在古希臘羅馬神話傳說中，月亮女神是貞潔女神、嬰兒誕生的

12　艾瑟・哈婷，蒙子、龍天、芝子譯，《月亮神話——女性的神話》（上海文藝出版社，一九九二年），頁一八。

保護神、植物女神、豐收女神、狩獵女神等，與自然、生命有著密切的關聯；原始的女性認定保留在現代西方語言中，「阿耳忒彌斯」、「狄阿娜」有時即作為貞潔處女的同義詞。在巴比倫，月亮女神作為母親之神。在天主教傳統中，聖母馬利亞與月亮女神合二而一。在中國先秦文化觀念中，日為陽，月為陰，男為陽，女為陰，這樣，女性與月亮就在「陰」這一基本觀念上緊密聯繫起來了。中國最早的月亮神就是女神常羲，她生的十二個孩子全是女兒。嫦娥原本是天上的女神，與月亮女神常羲多少有些關係，不過嫦娥奔月的傳說對女性算不上怎樣的恭維，最初傳說她變成了一個最醜陋而可憎的癩蛤蟆[13]，後來又說沒變，美貌依舊，可是要受孤寂與悔恨的折磨。李白的詩句「白兔搗藥秋復春，嫦娥孤棲與誰鄰」（〈把酒問月〉），李商隱的詩句「嫦娥應悔偷靈藥，碧海青天夜夜心」（〈嫦娥〉），說的就是這種情境。書面文學中把月亮作為女性的象喻，較早的見之於《詩經・月出》：

月出皎兮，佼人僚兮，舒窈糾兮，勞心悄兮。
月出皓兮，佼人懰兮，舒懮受兮，勞心慅兮。
月出照兮，佼人燎兮，舒夭紹兮，勞心慘兮。

但在古代文學的男性詩文中，這樣美麗而歡悅的象喻並不多見，常把女性與月亮聯繫起來的倒是悲愴與哀感，譬如：杜甫詠歎王昭君：「畫圖省識春風面，環佩空歸月夜魂。」（〈詠懷古蹟〉三）白居易筆下的上陽宮女：「唯向深宮望明月，東西四五百回圓。」（〈上陽人〉）曹雪芹藉香菱吟道：「綠蓑江上秋聞

13　參見袁珂《中國神話傳說》（上）（中國民間文藝出版社，一九八四年），頁二八九、二九五、二九六、三二一。

笛，紅袖樓頭夜倚欄。博得嫦娥應借問：何緣不使永團圓。」女性詠月，有李清照〈一剪梅〉中「雁字回時，月滿西樓」式的溫馨，更多的也還是惆悵傷感的寄託，譬如明代王微的〈憶秦娥〉詞句：「多情月，偷雲出照無情別。無情別，清輝無奈，暫圓常缺。」蔡琰〈胡笳十八拍〉中的「攢眉向月兮撫雅琴」，更是發自肺腑的悲憤之聲。當女性對月感傷時，她們對審美對象的認同感恐怕要比男性來得更為內在、更為深切、更為強烈。但由於男權社會對女性權利（包括寫作權利）的剝奪、削弱，女性文學誕生既難，留存越艱，面對月亮的女性體認也就所見無多了。歸結起來，中國傳統文學對月亮的女性體認，既有女性美的讚譽，又有淒苦命運的悲歎，還有抑鬱情懷的宣洩。

到了二十世紀四十年代，張愛玲對這一傳統有所繼承，但她顯然不滿足於傳統，她以個人的獨特感悟，融匯時代精神，為中國文學充實了女性體認的月亮象喻系統。

女人是月亮，儘管激進的女權主義者對這一象徵意味的界定深惡痛絕，但它畢竟道出了男權社會女性地位的歷史真實。張愛玲從小就不能接受重男輕女的論調，要銳意圖強，因而她對女性的陪襯、從屬、被動地位的月亮象徵十分敏感，在承繼這一象徵傳統時寄予深切的感懷與痛徹的批判。還是在她十七歲時創作的小說《霸王別姬》裏，就對這個向來突出悲壯色彩的傳統題材做了獨特的處理，從虞姬的慷慨赴死中發掘出女性對自身作為男性附屬品的悲劇性地位的覺悟。

她突然覺得冷，又覺得空虛，正像每一次她離開了項王的感覺一樣。如果他是那熾熱的，充滿了燁燁的光彩，噴出耀眼欲花的ambition的火焰的太陽，她便是那承受著，反射著他的光和力的月亮。她像影子一般地跟隨他，……她以他的壯志為她的壯志，她以他的勝利為她的勝利、他的痛苦為她的痛苦。然而，每逢他睡了，她獨自掌了蠟燭出來巡營的時候，她開始想起她個人的事來了。她懷疑她這樣生存在世界上的目標究竟是什麼。……她僅僅是他的高亢的英雄的呼嘯的一個微弱的回聲……

在張愛玲的筆下，虞姬一旦對自己的生存目標與生存地位發生了懷疑，「回聲」的死寂就成為必然，無論霸王是折戟沉沙，還是霸業成功。

假如他成功了的話，她得到些什麼呢？她將得到一個「貴人」的封號，她將得到一個終身監禁的處分。她將穿上宮妝，整日關在昭華殿的陰沉古黯的房子裏，領略窗子外面的月色、花香，和窗子裏面的寂寞。她要老了，於是他厭倦了她，於是其他的數不清的燦爛的流星飛進他和她享有的天宇，隔絕了她十餘年來沐浴著的陽光，她不再反射他照在她身上的光輝，她成了一個被蝕的明月，陰暗，憂愁，鬱結，發狂。當她結束了她這為了他而活著的生命的時候，他們會送給她一個「端淑貴妃」或「賢穆貴妃」的謚號，一隻錦繡裝裹的沉香木棺槨，和三四個殉葬的奴隸。這就是她的生命的冠冕。

虞姬的思緒穿破了幾千年的歷史煙塵，對女性的月亮地位做出了徹底的反省：即使像她這樣的楚霸王的寵姬，也不過是一個任人擺布的玩偶，敗則唯恐落入敵手，夫主恨不能親手血刃，勝則得一個封號，同時也封死了青春與前程。既然如此，何不親手結束自己的生命。這樣看來，虞姬之死，與其說是對項羽的愚忠，毋寧說是女性獨立意志的覺醒，與其說是悲劇命運的重複，毋寧說是對傳統軌跡的反叛。自然，這是張愛玲帶有二十世紀女性主義色彩與深刻的個人體悟的藝術闡釋。

歷史把太陽留給男性自居、自詡，而把月亮派給女性，久而久之，女性便在月暈中安身立命了。月亮自有月亮的便宜之處，無須費力發光，但仰仗他者生存，終無根本性的保障。張愛玲接過女人是月亮的傳統象徵，不是繼續稱頌女人作為月亮多麼美麗、多麼充實，而是揭示女人作為折光、陪襯、從屬物的月亮是多麼蒼白、多麼空虛，她描寫了一個又一個月亮的悲劇或喜劇，意在給女性一個警示。從這一意義上說，張愛玲又顛覆了這一傳統象徵。

不知是因為女人天生重情，而且男權社會除了難以奪盡的感情權利之外沒有給女人留下多少空間，還是因為月色朦朧更適於談情說愛，月亮在與女性疊印的同時，與愛情、婚姻發生了密切的關聯。神話傳說中的婚姻之神月老就因向月檢書（天下婚牘）而得名。張愛玲也把月亮作為愛情的表徵。《傾城之戀》裏，范柳原深夜電話裏向流蘇表白愛情，就說：「你的窗子裏看得見月亮麼？」而流蘇呢，「淚眼中的月亮大而模糊」，的確，對於此時的流蘇來說，愛情似乎近在咫尺，然而能否抓住尚在未知之中。把握愛情在流蘇其實就是把握自己，柳原所謂看月亮何嘗不是看流蘇？經歷過婚變、飽嘗了家族冷酷的流蘇正是那「十一月尾的纖月，僅僅是一鉤白色，像玻璃窗上的霜花」，她對柳原工於心計的愛感到有幾分寒心。「然而海上畢竟有點月意，映到窗子裏來，那薄薄的光就照亮了鏡子」，流蘇終於亂了頭髮，倒在那面鏡子上，沐浴在月色之中。兩個自私者的「傾城之戀」正如這冬日的月色，淡泊而冷清。

月亮有情，當人物對愛情滿懷憧憬時，它便高高升起，灑下溫馨的光輝。而當愛情受阻時，它便遲遲不起，即使啟程，拋下的也是一片寒光。中國的月亮女神較之西方的月亮女神在愛情方面顯得相當吝嗇，尤其是對於女人。由於社會、文化的強力擠壓，女人唯一可以退守的領地只有婚姻、家庭，月亮女神就成為女性的命運之神。而當男性進一步逼取婚姻、家庭的主宰權時，月亮女神對凡間的同類就難得有幾回笑靨了。《連環套》裏的霓喜，只因與藥店夥計崔玉銘調了幾句情，就遭到一頓暴打，待到她斗膽藉那與丈夫有些首尾的于寡婦洩憤，便被毫不留情地逐出家門。正當她寄身修道院為生計擔憂時，崔玉銘前來探望。霓喜「仰臉看窗外，玻璃的一角隱隱的從青天裏泛出白來，想必是月亮出來了」，其實「此時屋子裏並沒有月亮，似乎就有個月亮照著」，這月亮便是霓喜心中對情愛的希冀。等到霓喜的第二個生活支柱竇老闆生命垂危之際，月亮暗昏昏的，也像鳥籠一樣蒙上了黑布罩子。因為像霓喜這樣靠丈夫吃飯的女人，一旦丈夫命途將盡，她的月相也就黯淡無光了。月亮是女人命運的鏡子，母系社會曾有過它的輝煌，但從步入父系社會以來，「再好的月色也不免帶點淒涼」。《金鎖記》就托出了二十世紀初葉像古雅的信箋上落下的一滴淚球一樣陳舊而迷糊、濕潤而淒清的月亮。七巧毀了女兒長安的學業，長安夜半難眠，竭力按捺著吹起口琴。「窗格子裏，月亮從雲裏出來了」，那模糊的缺月，正是長安命運的象徵。她曾試圖抗爭，然而終究抗不過複製了她的母本——七巧，抗不過畸形社會、畸形家庭鑄就了的她的命運，她被迫失去了受教育的機會，甚至被剝奪了戀愛、婚姻的人性基本權利。兒媳芝壽被這個丈夫不像丈夫、婆婆不像婆婆的瘋狂世界折磨得萬念俱灰，她在丈夫陪著婆婆接連燒了兩個晚上的大煙之後，竟然發現天上懸著一輪滿月，月亮白得十分反常，像是漆黑的天上一個白太陽，投下了滿地死寂的藍影子。芝壽非但得不到滿月的安慰，反而更加照清了自己的命運。月光下看得分明的玫瑰紫繡花椅披桌布、大紅平金五鳳齊飛的圍屏，還有銀粉缸、梳妝檯等女性用品，越加反襯出她作為女性的不幸。「月光裏，她的腳沒有一點血色——青、綠、紫，冷去的屍身的顏色。」她未死就已嘗到了甚於死亡的悲哀，她想死，這使人汗毛凜凜的反常的明月照亮了她的瑤池之路，她終於如願以償地永辭了這瘋狂的世界。

瘋狂的世界由瘋狂的人造成，瘋狂的人在月亮上找得到瘋狂的映射。七巧躺在煙鋪上，伸過腳把兒子踢過來替她燒煙，一忽兒又把一隻腳擱在他肩膀上，不住地輕輕踢著他的脖子，一忽兒又套問兒子床笫隱私，此時，「影影綽綽烏雲裏有個月亮，一搭黑，一搭白，像個戲劇化的猙獰的臉譜。一點，一點，月亮緩緩的從雲裏出來了，黑雲底下透出一線炯炯的光，是面具底下的眼睛」。這副怪譎、駭人的月相正是七巧病態人格的象徵。她婚姻不幸，先是守著形同虛設的丈夫，後來與其說為丈夫毋寧說是為金錢而守節，長期的性壓抑與急切的金錢渴求使她心理變態。她把兒子當作半個情人，容不得兒媳與她分享兒子的愛，把女兒當作競爭的對手，容不得女兒獲得戀愛、婚姻的幸福，調動起全部瘋狂的智慧與陰毒，趕走女兒的任何幸福機緣，讓她為母親的不幸婚姻「殉葬」。七巧身為人母，卻對兒女如此殘酷無情，正是神話學所謂黑月狀態，只不過她所釋放的不是性本能，而是由於性本能扭曲而分外強暴的戕害、破壞本能，從而凸顯出人性中的陰暗面。母愛是一種偉大的感情，是月亮女神最溫馨的光輝。但是，也不乏或多或少籠罩著陰霾的母愛。正如月亮女神，有其誠懇、善良、慈愛、熱烈的一面，也有狡詐、邪僻、陰毒、冷酷的一面。當外部環境呈良性狀態時，月亮女神的正面本質容易在母親身上體現出來，而當外部環境呈惡性狀態時，月亮女神的負面本質就趁機浮上表層，導致「月蝕」。七巧正是月亮女神負面本質的具象。新文學中以往的女性形象，往往是沖決舊制度、舊禮教的新女性，或者是受屈辱受損害的底層婦女，無論哪一種，作者在塑造時、讀者在接受時，都更看重其社會內涵。張愛玲則偏重於文化心理內涵，尤其是七巧，深刻地觸及女性的陰性原則，發人所未發，打開了新的視閾，令人回味無窮。

在古人眼裏，月亮之於女性，不過是「他者」，望月神傷、對月抒懷，月亮都是對象物，是媒體。而在張愛玲看來，月亮之於女性，固然有時作為「他者」，但更是其自身，因此她才努力發掘月亮這一象徵符號所積澱的女性內涵，讓讀者從她筆下月亮的陰晴圓缺，對女性的命運、性格乃至多重本質，予以重新體認、感悟與思索。

第四節　月光下男性神話的消解

傳統文學儘管刻畫過殘忍的暴君、險詐的奸臣、迂腐的文人、無行的闊少等否定性男性形象，但就其整體的兩性觀而言，天平顯然向男性一側傾斜。五四新文學反抗代表封建家長制與封建禮教的父權，也就是說它所力圖顛覆的是傳統的男性社會形象，而對於男性本身，則仍然保持著素有的敬意。男性是太陽，太陽一般熱烈、多情、孔武雄壯，太陽一般高瞻遠矚、宏圖大志，太陽一般剛毅無畏、敢於行動。張愛玲則厭倦、反感千年不變的男性神話，她把男性看作「學仙有過，謫令伐樹」[14]的吳剛，像責罰吳剛不停地伐桂一樣，毫不留情地向男性英雄神話挑戰，一項一項地剔抉男性的弱點。在她看來，男性非但不是英雄，甚至連自立的凡人也夠不上。

楚霸王項羽霸業未成，但也叱吒風雲、慷慨悲愴，千古留名。然而在張愛玲筆下，項羽在霸運將盡之際，不是為虞姬這一朵美麗的生命之花將凋於血雨腥風而悲傷、哀憐，而是唯恐她被漢軍士兵發現去獻給劉邦，可見其小肚雞腸。

傳統文學已有定式的英雄好漢尚且要新翻楊柳，至於自己創造的男性形象，張愛玲更喜歡剝去種種人格偽裝，揭出其內心深處的隱祕。在《傾城之戀》裏，通過流蘇對柳原的評價道出了她對男性擇偶觀的認識：「最高的理想是一個冰清玉潔而又富於挑逗性的女人。冰清玉潔，是對於他人。挑逗，是對於你自

14　《酉陽雜俎・天咫》。

己。」這分明是一個悖論，一味地「冰清玉潔」，很難惹起男性的愛憐，反之，也同樣得不到男性的鍾情。標準帶有極大的隨機性，主動權操在男人手裏，或取或棄都聽憑男人的選擇，女人則無法把握自己的婚姻。流蘇之所以能與柳原成就「傾城之戀」，並非她遇見了渴望已久的白馬王子，而是她受不了娘家大家庭的擠兌，急於找到一個生活上的靠山與命運上的歸宿；而柳原恰恰從她身上發現了「一個真正的中國女人」，當他婚後把俏皮話省下來說給旁的女人聽時，她作為「名正言順」的妻子除了有點悵惘之外，還要慶幸自己地位的穩定——「一個真正的中國女人」。柳原自身雖說出身於著名華僑之家，在英國長大成人，但並沒有浸染上多少女權主義色彩，倒是無師自通地養成了不少老中國的習氣——諸如對女人的居高臨下的態度、欲擒故縱的招數、馴順容忍的苛求等。一個道地的中國男人，斷然不敢去找西化的女人，而必然要尋覓「真正的中國女人」，這種尋覓本身就見出了精明背後的愚鈍、蜜語包裹的酸腐、占有內裏的卑怯。《沉香爐 第一爐香》裏的公子哥喬琪喬除了玩（包括與女人胡調）之外，什麼本領也沒有。豈但一個喬琪喬，這篇小說中的所有男性，無論是腰纏萬貫的搪瓷業巨頭司徒協，還是唱詩班的大學生盧兆麟，無一不是風月場上的獵手、石榴裙下的臣僕，除了獵色或被獵，看不到他們有什麼男子漢性格。

傳統文化鑄成了男性勇猛無畏、頑強堅韌的神話，張愛玲則刻畫出男性的種種卑怯懦弱，對這一神話予以強烈地反諷。《紅玫瑰與白玫瑰》裏的佟振保被敘事者稱為「整個地是這樣一個最合理想的中國現代人物」。他留過洋，在一家老牌子的外商染織公司做到很高的職位。辦公事，誰都沒有他那麼火爆認真；侍奉母親，誰都沒有他那麼周到；提拔兄弟，誰都沒有他那麼經心；對待朋友，誰都沒有他那麼熱忱……真可謂忠誠可嘉，孝悌超群，中西融會，理想人格。然而，在女性這面人生鏡子面前，卻照出了他的隱形姿態。初嫖巴黎下等妓女的羞恥經驗，姑且算作他不諳世事的荒唐，同玫瑰姑娘的初戀似可見出他坐懷不亂的君子之風。但其實他方寸已亂，他對自己在同紅玫瑰作別那個晚上的操行一方面充滿了驚奇讚歎，另一方面又擺脫不掉懊悔。當他後來借居朋友家中，就不願再懊悔下去了。這一次與其說是朋友之妻王嬌蕊主動勾搭，毋寧說他的心理預期過於強烈。初次見面，王嬌蕊濺了一點肥皂沫子到他手背上，他便「不肯擦掉它，由它自己乾了，那一塊皮膚上便有一種緊縮的感覺，像有張嘴輕輕吸著它似的」。浴室裏強烈的燈光照亮了他的心底，他喜歡的是熱的女人，放浪一點而又娶不得的女人，原來他不敢接受初戀對象的無私奉獻，最根本的原因不是什麼道德高尚，而是不敢承擔婚姻的責任。現在身邊的這一個已經做了太太，「一個任性的有夫之婦是最自由的婦人，他用不著對她負任何責任」，於是，他的心理戒律放鬆了，膽子放大了，終於每天下班歸來急切地走向王嬌蕊的懷抱。然而當王嬌蕊告訴佟振保她已寫了航空信，把一切告訴了丈夫，要他給她自由，以便永遠與佟振保攜手同行時，他才感到責任的可怕，恐懼得神經兮兮，以道德的名義自譴並開導嬌蕊。先前愛他愛得神魂顛倒的嬌蕊，聽了他的道貌岸然的開導，「正眼都不朝他看，就此走了」。這是女人對這種沒有骨氣的男人的極度蔑視。沒有責任感的佟振保對他新婚的妻子也沒有盡什麼丈夫的責任，就外出找到了最不需要負責的宿娼一途。馴順的妻子也終於以女性反抗男權的常規武器——私通——來報復名義上的丈夫。他發怒，他越加放浪，他也能改過自新，又變了個好人。然而這種好人終究靠不住，因為在他心中已毀棄了一切真實而美麗的感情與信念，他在踐踏了「玫瑰」的同時，也作踐了自己的人格。

《五四遺事》把人物的背景推到一九二四年，彼時五四新文化運動高潮雖已過去，但它給知識界留下的積極影響卻餘韻悠長。在杭州一所中學任教的羅先生與知識女性范小姐相見恨晚，決意要與鄉下的妻子離婚。妻子哭鬧不允，母親大發脾氣，僵持不下達六年之久。正值離婚有望之際，范小姐卻被家裏做主與一當鋪老闆訂了婚約，羅先生一氣之下，不出三個月，就把本城有名的美女王小姐娶進家門。誰知那邊范小姐與當鋪老闆之事竟因故未成。羅、范二人西湖重逢，舊情復熾，羅再度提出離婚。第二次離婚費了五年的工夫，傾家蕩產，終於天遂人意，在久已揀定的最理想的西湖邊造了一所小白房子，羅、范二人有了一個溫馨的愛巢。然而，也許是期待得太久、奮鬥得太苦的緣故，一旦到達幸福的彼岸，范小姐就慵懶、放肆起來，失去了先前的可愛風姿，羅先生也失去了先前的溫存情懷，由愛而恨。一經攛掇，他便將王小姐接回家門，繼而又將離婚多年的第一個妻子接了過來，本來是為兩人建造的愛巢，在一夫一妻的社會裏卻同住著一夫三妻，當年在五四精神感召下為自由戀愛而掙扎苦鬥，十二年後卻退嬰到五四之前的舊軌。羅先生曾經當過開路先鋒，後來也算不上輿論所認定的玩弄女性的色魔，甚至他還有一點傳統男性的「責任感」與孔老夫子倡導的仁愛之心，但這種混沌的「仁愛」卻湮滅了閃爍著生命之光的真愛，所謂「責任感」卻蠶食了個性的自由意志，個性解放的勇士終於蛻變為虎頭蛇尾的笑柄，換言之，時光的流水終於洗淨鉛華，暴露出發育不全的畸形靈魂。題為《五四遺事》，是對主人公的反諷。

《茉莉香片》的男主人公聶傳慶更其不堪，正當韶光年華卻顯出一副老態，異常自卑，自卑得萎靡頹唐，不思上進，學業荒廢；自卑得「不愛看見女孩子，尤其是健全美麗的女孩子，因為她們使他對於自己分外的感到不滿意」；自卑得心理變態，非但不敢相信甚至曲解異性對他的好感，而且竟將對他頗有好感的同學言丹朱在月黑的山路上痛打一頓，直欲置之死地而後快。難怪言子夜教授要在課堂上被他的糊塗所激怒，厲聲訓他說：「你也不怕難為情！中國的青年都像了你，中國早該亡了。」言子夜當年敢作敢為，希望情人和他一道遠遊求學，而今剛直冷峻，對年輕人恨鐵不成鋼，但這一人物在作品中只是一個影子般的理想，一個反襯現實的歷史背景。現實生活舞臺的男主角聶傳慶則是富於空洞無益的玄想和自我折磨的感傷，工愁善感，動輒哭泣，唯一的行動還是像在夢魘中似地踢打言丹朱。他軟弱而又自私，自虐而又虐人，無能而偏想占有，一個精神上的十不全。與前輩相比，他了無男子漢的英氣，與同代的少女相比，他越顯得狹隘、卑怯。在他發瘋般打人的那個夜晚，言丹朱的斗篷被風漲得圓鼓鼓的像一柄偌大的降落傘，傘底下飄飄蕩蕩墜著她瑩白的身軀，像是月宮裏派遣來的傘兵，而聶傳慶則像徒勞無功地砍伐桂樹的吳剛，而且是一個發了癡癲的吳剛。這也像是一個神話，不過不是男性英雄的神話，而是顛覆男性英雄模式的新編「神話」。

以陽剛氣十足的昔日背景來襯托陰柔味有餘的男性現實，這在張愛玲作品中並不多見。因為這畢竟給予男性以歷史的光輝，這在作者的內心一定有所不甘。參差對照作為張愛玲的殺手鐧，常常用在男女兩性的對比刻畫上面。譬如在用情方面，向來有「水性楊花」之類的傳統觀念貶抑女性，張愛玲則通過男女兩性的對比向傳統提出挑戰。《色・戒》裏的女特工王佳芝竟為了一個「情」字，在關鍵時刻將刺殺對象——漢奸易先生放走，而易先生則將這個有救命之恩的紅粉知己連同她的戰友一網打盡。生活中的原型本來沒有如此癡情，而是為了刺殺漢奸最後為國殉身。但是，一旦進入小說，張愛玲就為了突出女性的癡情而不惜扭曲了巾幗英雄的人格。《封鎖》裏的華茂銀行會計師呂宗楨，起初不過是為了在封鎖期間的電車上躲避不願搭理的妻侄，才偶然坐到大學女教師吳翠遠身邊。他本來不怎麼喜歡身邊這女人，覺得她的整個人像擠出來的牙膏，沒有款式。不過，等到搭訕上以後，則自覺、不自覺地進入了男性通常扮演的角色：「他太太一點都不同情他！世上有了太太的男人，似乎都是急切需要別的女人的同情。」他向吳翠遠訴說自己的不幸與煩惱——母親給訂下的妻子連小學都沒有畢業，夫婦不和，天天無可奈何地回家，卻有一種無家可歸的感覺；他又向吳翠遠透露了自己的打算——既然為了孩子不能離婚，便打算娶妾，但要將她當妻子對待。呂宗楨的訴苦引起了吳翠遠的同情，他的計畫也點燃了這位待字閨中的女教師的希望。然而封鎖開放了，電車開行的鈴聲打斷了女性的玫瑰色的夢，翠遠姑娘得到的只有那個躲開去的會計師轉嫁給她的一團煩惱絲。這篇意味雋永的小說當然瀰漫著人生的虛幻感，但首先而且主要是揭露男性的虛偽、自私、不負責任。作品結尾寫呂宗楨回到家中，見「一隻烏殼蟲從房這頭爬到房那頭，爬了一半，燈一開，牠只得伏在地板的正中，一動也不動。在裝死麼？在思想著麼？整天爬來爬去，很少有思想的時間罷？然而思想畢竟是痛苦的」。主人公從烏殼蟲身上體認到自己的人格，渾身沁出汗來，不敢再看下去，遂關了電燈。等他再開了燈，烏殼蟲不見了，爬回窠裏去了。然而呂宗楨這隻人形烏殼蟲，卻深深嵌入讀者的視野裏，給男性以永久的警示。

張愛玲對虛偽人物有著永恆的興趣，《金鎖記》裏被金鎖鎖鏽了心靈的豈止一個七巧，在她之前，早就有一個季澤。七巧有意於季澤，他這個浪蕩子豈能不知？方便之時也能口調風月、手捏金蓮，但「他早抱定了宗旨不惹自己家裏人」。這倒不是他真要洗心革面，當一個浪子回頭的道德君子，而是擔心「窩邊草」吃起來是個累贅，尤其是七巧這麼個荊棘樣的性子，他犯不上冒這個險。等到十年之後分宅別居，他卻主動上門，剖白「自從你到我家來，我在家一刻也待不住」的「心跡」，撩撥她好不容易死了心的情欲。姜季澤這樣的男人，情欲固然放縱，但為了更為現實的功利目的，動了的心可以收回，虛無的情可以裝佯。七巧渴欲失控乃至變態冷酷，但終歸是個真實的人，季澤貌似維護家庭倫理秩序，卻是一個虛偽的人，如果說真實得冷酷的七巧讓人恐怖的話，那麼虛偽的季澤更讓人噁心。在六十年代據《金鎖記》改寫的中篇小說《怨女》裏，作者對人物的內心世界做了進一步的開掘。七巧的化身銀娣半是由於兄嫂的圖財，半是她自己為了攀富，嫁給了殘疾的姚二爺，但她年輕而多情的心卻放在同樣年輕、健壯而多情的小叔子三爺身上。她獨自唱起三爺要她唱而她怕別人聽見不敢唱的〈十二月花名〉，丟雙鞋子在地上占卜三爺今夜會不會來。在浴佛寺替老太爺做六十陰壽時，總算盼來了機會，她只要他給一句真話，三爺卻錯會了意思，將手插進銀娣衣服裏解起釦子來，銀娣的心越發亂起來，渾身酸脹，彷彿中了麻藥。此刻她顧不得什麼名聲、禮法，只有最原始的欲望在燃燒，哪怕將命拿走也在所不辭。然而三爺撤火了，他覺得犯不著為此鬧得滿城風雨、擔當敗壞家風的罪名，他甚至還以克制自詡，並要二嫂感激他的「良心」。男人有了風流韻事算浪漫，女人單單有了風流念頭都是十惡不赦。當夜窗子裏那個大月亮，對於銀娣來說，就是末日的太陽。她恐懼而絕望地將脖頸掛在了帶子上。銀娣僥倖未死，但她那朝露欲滴的青春與鮮靈靈的生命渴求已經死去。如果說黃金枷鎖是劈殺銀娣的首犯的話，那麼世故而卑怯的三爺則充當了罪惡的幫兇。他平素的輕佻引逗起銀娣的希望，浴佛寺裏的強力撫弄又將她推上欲求的懸崖，然後突然撒手，使她墜入身心雙重痛苦的深淵。

中國遠古神話是否也如波斯、巴比倫等古國的神話一樣有一個雄壯、崇高的男性月亮神，現在尚不得而知。我們所見到的月亮中的男人，只有一個該受責罰的、無能又無功的吳剛。向來人們都把吳剛視為飄渺無跡的神仙，而張愛玲則在她的文學世界裏將其再現為令人難堪的現實。月色下看男人，只見其蒼白、陰鬱、難以捉摸。若要抗議說男人並非如此，那麼必須走出張愛玲的月光世界。

張愛玲一方面執著於女性陰影的體認，另一方面又著力於消解傳統的男性神話，這實際上等於顛覆了人性神話。這一獨特的審美指向，乍看起來似嫌淒冷、陰鬱、偏激，讓人不悅，但細細品味，則可見出其良苦用心，她是在以否定的形式為理想人性的構建清理廢墟。

第五節　品味蒼涼

無論給理想下一個什麼樣的定義，張愛玲都不是一個理想主義者，而是一個冷峻而近於苛酷的現實主義者，理性、理想只是作為她剔抉現實弊端的潛在背景。她不像有些女權主義者那樣，在顛覆了男性英雄神話之後，急於重構女性神話，她既不是代表一種性別向另一種性別挑戰，也不是代表現在向歷史復仇，而是代表了上帝的原罪意識，對人間興師問罪，對人性的本質提出尖銳的質疑，對人性弱點施以無情的揭露與辛辣的諷刺、猛烈的抨擊。既然要撕破層層矯飾的面紗，直逼人性底層翻湧的原欲，就不能不品味苦澀的蒼涼。

蒼涼是張愛玲的審美基調。這一基調早在她一九三三年寫下的散文〈遲暮〉裏就初露端倪。在繽紛繁華目不暇接的春天裏，一個無形中被青年的溫馨世界擯棄了的美人，在孤獨地品味著遲暮的悲涼，她甚至開始詛咒這逼人太甚的春光了。「燈光綠黯黯的，更顯出夜半的蒼涼。在暗室的一隅，發出一聲聲淒切凝重的磬聲，和著輕輕的喃喃和模模糊糊的誦經聲……一滴冷的淚珠流到冷的嘴唇上，封住了想說話又說不出的顫動著的口。」一個只有十三歲的少女，通常至多不過有點傷春的閒愁，而張愛玲卻發自肺腑般地領悟與傳達出人生的淒切悲涼，其眼光的確不同尋常。她十四歲寫過一部上下兩冊的手抄本《摩登紅樓夢》，開頭是秦鍾與智能兒坐火車私奔，自由戀愛結了婚，很有點浪漫之氣，但跟著來的就是經濟困難，又氣又傷心，露出了蒼涼的底色。

她的小說多以婚戀為題材，可是，向來被視為人生之盛宴的戀愛、婚姻，到了她的筆下，卻甜蜜幾無，浸透苦澀。她對傳統社會的戀愛持有頗為悲觀的看法[15]，也許在她看來，轉型期的中國，傳統色彩太濃，所以她寫婚戀絕無逸興飛揚、喜上眉梢之筆。《十八春》裏的世鈞與曼楨這一對知識分子，本已兩情相悅，該有美滿的結局，不料陰錯陽差終竟勞燕分飛。柳原與流蘇倒是成就了「傾城之戀」，但將來又能怎樣？恐怕正如那象徵性的結尾所寫：「胡琴咿咿啞啞拉著，在萬盞燈火的夜晚，拉過來又拉過去，說不盡的蒼

15 譬如她說：「盲婚的夫婦也有婚後發生愛情的，但是先有性再有愛，缺少緊張懸疑、憧憬與神秘感，就不是戀愛，雖然可能是最珍貴的感情。戀愛只能是早熟的表兄妹，一成年，就只有妓院這髒亂的角落裏還許有機會。再就只有《聊齋》中狐鬼的狂想曲了。」語出〈國語本《海上花》譯後記〉，臺北《聯合報・聯合副刊》一九八三年十月一至二日。

涼的故事——不問也罷！」《留情》似乎就是這蒼涼故事的連環套中的一節。米先生娶了別室，卻掛記著初戀結合而後不睦、如今正處病中的太太，雖然過去的日子沒什麼值得紀念的快樂的回憶；迎娶淳于敦鳳做別室，開始也並非為了愛情，而是吃了沙龍女主人的閒醋，要找個獻殷勤的對象讓她看看，等到娶了進來，也沒有盡如所願——享一點清福豔福，抵補以往的不順心。淳于敦鳳嫁給這個丈夫也完全是為了生活，根本沒有什麼感情，倒是米先生那讓她羞於同行的相貌與身材，不時勾起她對早逝前夫的追憶。作品中感歎道：「生在這世上，沒有一樣感情不是千瘡百孔的。」如此結合的再婚夫婦，感情生活平淡如水而不起一絲漣漪自不必說，就連振保與嬌蕊的偷情，也沒有過來人炫耀、局外人豔羨的陶醉，「許多唧唧喳喳的肉的喜悅突然靜了下來，只剩下一種蒼涼的安寧，幾乎沒有感情的一種滿足」。是這兩個偷情者的生命體驗本來就層次不高，還是作者用濾色鏡濾去了其玫瑰色而突出其青綠色？原因恐怕主要還是在後者。

銀娣與姚二爺的婚姻本來就是被金錢所扭曲的畸形婚姻，敘事者雖未描寫冷清婚禮中的悲涼，但是在三朝回門那天，還是從新郎與新娘、珠光寶氣與畸形婚配、喧鬧氛圍與淒冷心境的對比中，透露出難以言傳的人生況味。到了銀娣的兒子玉熹娶親，敘事者對上一代畸形婚姻的派生物仍不放過，把個新娘好一頓奚落：「頭上頂著一方紅布，是較原始的時代的遺風，廉價的布染出來，比大紅緞子衣裙顏色暗些，發黑。那塊布不大，披到下頦底下，往外撅著，斧頭式的側影，像個怪物的大頭。」等揭去蓋頭，又渲染其相貌之醜，連說話的聲音也不放過，形容「像個傷風的男人」。《鴻鸞禧》裏的大陸與玉清的婚事按說應該予以喜意的張揚，但敘事者卻用了一系列陰暗的意象：婚禮上「半閉著眼睛的白色的新娘像復活節的清晨還沒醒過來的屍首，有一種收斂的光」；新婚照玉清單獨的一張，人立在那裏，「白禮服平扁漿硬，身子向前傾而不跌倒，像背後撐著紙板的紙洋娃娃」，與新郎合照的那張，「她把障紗拉下來罩在臉上，面目模糊，照片上彷彿無意中拍進去一個冤魂的影子」；婆婆婁太太的兒時回憶也不那麼叫人清爽，轎夫在繡花襖「上面伸出黃而細的脖子，汗水晶瑩，如同罎子裏探出頭來的肉蟲」。鬼的意象在《年輕的時候》裏出現，是在俄式禮拜堂。在似霧非霧的毛毛雨中，禮拜堂的尖頭圓頂像玻璃缸裏醋浸著的淡青的蒜頭，禮拜堂裏充滿了皮鞋臭，神父與唱詩班領袖都有讓人不敢恭維之處；聖壇後面悄然走出的香夥，黑袍下露出白竹布褲子，赤腳趿著鞋，已帶有幾分野鬼之氣，那麻而黑的臉，「一頭烏油油的長髮，人字式披在兩頰上，像個鬼，不是《聊齋》上的鬼，是義塚裏的，白螞蟻鑽出鑽進的鬼」。不能說這種令人厭惡、恐懼的場面沒有單戀失意的潘汝良的主觀感受滲入其中，但主要的恐怕還是敘事視角，敘事者自以為看透了人間萬象，從最熱烈的場面中也能看出蒼涼，她似乎是專揀人生的盛宴來開刀，要粉碎讀者樂於陶醉其中的玫瑰夢。

《沉香屑　第二爐香》做得更為徹底，乾脆把兩個新郎先後送上了黃泉路。四十歲的大學教授羅傑將要迎娶他心目中最美麗的女孩愫細為妻，一個浪漫的「傻子」，娶一個純潔的美女，該是多麼幸福。婚禮前愫細哭了，將要告別家人、告別少女時代，些微感傷自在情理之中。然而，當夜半三更新娘穿著睡衣從新房逃到學生宿舍號啕大哭，情勢則發生了急轉直下的變化。「我受不了。他是個畜生！」新娘向新郎的學生、上司甚至對頭控訴其「獸行」，鬧得滿城風雨，使他被迫辭職，受到女人的鄙視與憎惡、男人的輕蔑與嘲弄，不僅蜜月旅行的計畫擱淺，而且連整個未來都迷茫起來。當他聽到愫細的姐夫是因為與他同樣的遭際而找不到工作、導致瘋狂直至死去之後，彷彿看到了自己的前世，遂「像一個回家託夢的鬼」，飄飄搖搖地回到家中，在煤氣幽幽的甜味中燃盡了生命這爐香。新婚之夜的所謂「獸行」，實際上不過是自然的性欲表現。兩個新娘的性無知，加上整個社會愚昧而酷烈的氛圍，把兩個活生生的人變成了陰森森的鬼。也許生活中會有這樣的悲劇發生吧，但張愛玲對此「情有獨鍾」，在一篇小說中就設定了一對連襟的相同結局，則不能不說與她那蒼涼的審美眼光有關。

婚戀只是她重估人生的突破口，在她眼裏，豈止婚戀並非甜蜜，全部人生都是一部苦戲。銀娣婚前就給鞋面鎖出名為「錯到底」的花邊，那花邊彷彿是她後半生的象徵。長安不愧為七巧的女兒，她在上學、婚戀這兩件於她至關重要的事情上不得已地順從了母親的意志，「她覺得，她這犧牲是一個美麗的、蒼涼的手勢」。這手勢讓人想到《聖經》裏多次出現的那一毀滅的巨指。時光流轉，生生死死，一切都將成為過去，張愛玲確乎有那麼一點縱浪大化中的道家意味。人生皆苦，苦海無涯，這又分明帶點佛家色彩。但從入世這一點來說，她還是更接近儒家，她以否定的形式強烈地關注著人性與個性，以超然物外的表象執著地切入紛紜世相。她的文學世界所表現的毀滅，與其說是自然的淘汰、神靈的懲罰，毋寧說是文化的自戕。七巧、長白、長安之類人格的毀滅，不過是為一種腐朽的文化殉葬，而佟振保、羅先生之輩人格的退嬰、萎縮，則是這種文化江河日下時翻起的幾朵小小的浪花。七巧打翻了玻璃杯，酸梅湯淋林漓漓濺了季澤一身，也沿著桌子一滴一滴朝下滴，「像遲遲的夜漏——一滴，一滴……一更，二更……一年，一百年」。之所以在寂寂一剎那有如此久長的感覺，是因為七巧期待得太久，中國歷史上的一代一代女性期待得太久，期待的對象像酸梅湯一樣，想著解渴，看著流去，期待的主體在焦慮中由人變鬼。月亮陰晴圓缺，故事周而復始，於是讓人倍感蒼涼。張愛玲說她「喜歡悲壯，更喜歡蒼涼」，因為「悲壯是一種完成，而蒼涼則是一種啟示」[16]。所謂啟示，即在於告喻人們一種文化不可救藥的衰敗，同時也促使人們思考、探尋鳳凰涅槃的途徑。張愛玲並非只看到舊秩序的毀滅，她也從中看到新世界的晨曦，她把娜拉的勇敢出走視為一個瀟灑蒼涼的手勢[17]，就展示了蒼涼的豐富意蘊。

---

16 張愛玲，〈自己的文章〉，載《新東方》雜誌一九四四年七月。

17 張愛玲，〈走！走到樓上去！〉，《雜誌》月刊第十三卷第一期（一九四四年四月）。

張愛玲很少對英雄發生興趣，所寫的多是「也不是壞，只是沒出息、不乾淨、不愉快」[18]的小人物，這不僅因為這類人物在張愛玲看來最為真實可信，更是因為在他們身上蒼涼的目光易於對象化。她也很少涉獵所謂重大的社會題材。同樣是筆涉香港淪陷，在茅盾的中篇小說《劫後拾遺》裏，避難者的驚恐萬狀、麻木者的瘋狂享樂、「聰明者」的藉機發財、小人物的得樂且樂，淪陷之際香港社會的世態人心得以宏觀性地表現，不同場景、多種階層之間的縱橫馳騁顯示了茅盾的大家手筆與社會視角。而在張愛玲的《傾城之戀》與《封鎖》裏面，香港淪陷並非主要的表現對象，而只是一個審視人性、品味人生的背景，在這裏，主要表現的是女性處於弱勢地位的無助、無奈與男性處於強勢地位的狡黠與卑瑣，人性深層的黯淡與人生際遇的偶然。茅盾所長在於廣闊視閾的社會掃描，而張愛玲的所長則在人性與人生的深刻別樣的解讀；茅盾所要告訴讀者的是：「社會是如此的黑暗混亂。」張愛玲所要告訴讀者的是：「人生是如此的悲涼無奈。」所以，單從意義層面的接受而言，閱讀茅盾，需要對社會、政治狀況與問題的關注熱情；而閱讀張愛玲，則需要豐富的人生閱歷、直面人性真實的勇氣與較強的心理承受力。

從人性解剖到人生感悟再到整個世界感受，張愛玲都鍥而不捨地品味著蒼涼。即使單憑這一點，她在現代文學史上也是獨異的存在。五四一代作家，幾無例外地抱有理想主義的熱情，冰心自不必說，郁達夫式的哀感其實也是熱情的反向表現。三十年代，左翼作家的理想主義激情火花四射，自由主義作家在兩面夾擊與雙向突圍中，也不失其理想王國的憧憬。抗戰爆發，全民族的救亡激情被血與火喚起，文學世界熱浪滔滔，即使到了抗戰後期，國統區文壇加大了諷刺與抨擊的力度，作家的審視目光也是灼熱燙人的。而

18 張愛玲，〈我看蘇青〉，《天地》第十九期（一九四五年四月）。

張愛玲則能在新文學的激情傳統的背景下，保持一份靜觀的冷峻與內斂的鋒芒，以深邃的洞察與超越性的體悟，揭去種種人格面具，穿透玫瑰色人生幻影，諷刺與悲憫都融化於一片蒼涼之中。

張愛玲對人性陰影與人生悲涼的執著關注，的確受過西方作家、譬如毛姆、赫胥黎、愛默生、奧尼爾、威爾斯等的影響，但是，與外來影響相呼應的內在心理機制則源自獨特的家世、家境與動盪的時代。

首先從家世與家境來看。列強得寸進尺的貪婪與蠻橫，在重創大清王朝的同時，也給張愛玲所出身的簪瓔之家帶來了一連串的危機。隨著中國最後一個封建王朝的土崩瓦解，重臣的威勢已成隔日黃花。等到張愛玲一九二一年出生時，這個曾經顯赫一時的豪門巨族已經失去了昔日的榮耀。張愛玲沒有享受過多少祖上的福蔭，卻品嘗了世家沒落中的酸鹹苦辣。口口相傳的祖上的故事，還有少許遺存的家什器物，每每讓她浮起府上車水馬龍、賓客滿堂的懸想，而門庭冷落車馬稀的現狀則給她平添無端的淒涼。作為豪門貴族遺產的父親，儘管高興時也能給她一點父愛，但父親時時發作的紈絝子弟惡習給她更多的則是痛苦與厭惡。本來，父親是女兒幻想世界裏的第一個英雄。但是，張愛玲的父親蓄妓吸毒，叫條子湊趣，身無行狀，自私，暴戾，痛打並禁閉女兒，還揚言要用手槍將女兒打死，連前來說情的已成年別居的胞妹也給打傷住院——這樣一位父親，縱使曾經給過女兒以父愛，也足以打碎一個少女美麗的父親神話，擴而廣之，即是亙古流傳的男性神話。在後來的個人感情生活中，張愛玲總是屬意於年長而溫柔的男性擇為伴侶，以求彌補她少女時代的心靈缺憾，但在文學的幻想天地裏，她無情地粉碎了一切男性神話。父親形象不足為法，家庭的磨難與多年留洋的孤軍奮戰，也使母親心腸變硬，本來給予女兒的母愛就少得可憐，後來，張愛玲從父親家逃到母親家，母親在為女兒做出一些犧牲的同時也一直懷疑「是否值得這些犧牲」，「母親的家不復是柔和的了」[19]。

---

19 張愛玲，〈私語〉，《天地》月刊第十期（一九四四年七月）。

天性敏感的張愛玲沒有健全的雙親之愛，過早、過深地品嘗了孤獨與淒涼。她見過父親的無狀，見過姨太太不可一世的豪橫，挨過繼母的嘴巴，也見過母親的冷漠，她經歷過父母之間硝煙瀰漫的戰爭，家庭的動盪不安與冷酷寡情，給張愛玲自小就蒙上了關於家庭的濃重陰影，使她對親情、對家庭充滿了懷疑和憂懼。後來她筆涉家庭難覓溫馨親情便與此密切相關。還是在她被父親監禁在空房時，她感覺自己出生於此的這座房屋「忽然變成生疏的了，像月光底下的，黑影中現出青白的粉牆，片面的，癲狂的」，英國作家貝芙麗・尼科爾斯有一句寫狂人半明半昧的詩——「在你的心中睡著月亮光」，她讀到時就想到自家樓板上藍色的月光，覺得那裏藏著靜靜的殺機。這種獨特的經歷與感受，使得她後來在文學創作的意象世界裏偏重於月色淒冷而非陰柔的指認。沒落豪門的家世，使她看到了矯飾背後的虛偽、寡情；父母慈愛的欠缺與層層疊疊的心靈創傷，使她不敢枉信柔情蜜意的真實可靠，不敢期待明媚迷人的理想境界。如果說冰心那個充滿了溫馨愛意的家庭給了她以發現愛與傳達愛的清純目光，那麼可以說，張愛玲這個支離破碎的家世則給了她一雙覺察並欣賞蒼涼的眼睛。

其次，要看到時代的烙印。「春江水暖鴨先知」，女性一旦從家庭中、從男權下解放出來，走向社會，其敏感的天性必然使之成為時代風雲的晴雨表。冰心走上文壇，恰值五四啟蒙思潮高漲之際，春水潺潺，繁星閃爍，海波蕩漾，清新、單純、恬淡的少女情懷與博大、深厚、寬容的母親情懷，恰恰表現出前驅者的理想主義精神風貌。五四啟蒙運動落潮，社會革命受挫，敏感的知識女性越加苦悶抑鬱，於是，丁玲的創作便應運而生。丁玲的作品蒸騰著六月驕陽下的熱辣、鬱悶與焦灼，也展示出燠熱難耐時的坦露、本色與浮躁。而後，隨著丁玲所投身的社會革命的發展，她的創作視野不斷擴大，感情越加雄渾，思索走向深沉。張愛玲，無論是她的出生，還是她的走上文壇，都比冰心、丁玲晚了一兩個時代。少女時代，她在沒落的高門深院裏咀嚼著個人的不幸。等到她走出家門不久，就趕上了日本侵略者把戰火燃遍大江南北。在香港讀書期間，她親身經歷了港島被圍、抵抗及淪陷的全過程，學業因戰亂而中斷，由於發奮用功而連得了兩個獎學金、因而有望留學英國的可能更是化為泡影。儘管她對政治不甚關心，由於特殊的家庭背景，而且創作很快走紅，個人的物質生活不至於怎樣困窘，但山河破碎，生靈塗炭，她怎麼能無動於衷？她的散文《燼餘錄》就記述了戰時香港所見所聞及其對她的切身而劇烈的影響。為避轟炸而跑空了的電車停在街心，給她一種原始的荒涼感；歷史教授佛朗士因為沒聽見哨兵的吆喝而被自己人開槍打死，讓她痛感「人類的浪費」；圍困中人們朝不保夕的恐懼，在虛空與絕望中急於攀住一點踏實的東西的舉措——匆忙的結婚，使她感受到人生的不由自主；戰與和、動與靜的強烈反差及其變幻不定，加劇了她的惶然不安；街頭的餓殍，趁火打劫的流民，戰亂暴露出來的政府管理之混亂，富人雇一同住院的患者外出採買之荒謬，使張愛玲在個人身世中產生出來的蒼涼感獲得了社會體驗的支持，越加固著而深沉。從那段經歷中，她「得到了教訓——老教訓：想做什麼，立刻去做，都許來不及了。『人』是最拿不準的東西」[20]。她也驚心動魄地看見了人的蒼白、渺小：自私與空虛、恬不知恥的愚蠢與無可奈何的孤獨。於是，她為惘惘之時代感所逼促，匆匆去書寫她所看見的世相、她所體悟的人生與人性。誠然，她很少直接表現戰爭題材，但她卻寫出了戰爭背景下顯得更為清晰的人性弱點，寫出了戰爭年代中產階級的典型心態，寫出了男人與女人被傳統所鑄定的性別角色。如果沒有時代的洗禮，張愛玲對蒼涼不會有如許深刻的感悟，文壇不會給這個冷豔怪才提供恰當的舞臺，讀者不會迅疾並普泛地認同她的蒼涼目光。從這一點來說，張愛玲並非游離時代的浪子，而是忠於時代的貞女。她在〈自己的文章〉一文裏表達了她對動盪時代的體認：「這時代，舊的東西在崩塌，新的在滋長中。但在時代的高潮來到之前，斬釘截鐵的事物不過是例外。人們只是感覺日常的一切都有點兒不對，不對到恐怖的程度。人是生活於一個

20　張愛玲，〈燼餘錄〉，《天地》月刊五期（一九四四年二月）。

時代裏的，可是這時代卻在影子似地沉沒下去，人覺得自己是被拋棄了。為要證實自己的存在，抓住一點真實的、最基本的東西，不能不求助於古老的記憶，人類在一切時代之中生活過的記憶，這比瞭望將來要更明晰、親切。於是他對於周圍的現實發生了一種奇異的感覺，疑心這是個荒唐的、古代的世界，陰暗而明亮的。回憶與現實之間時時發現尷尬的不和諧，因而產生了鄭重而輕微的騷動，認真而未有名目的鬥爭。」

二十世紀上半葉，中國人的生存狀況與精神狀態發生了巨大的變化，給女性作家的審美觀照提供了廣闊的空間。冰心的創作表現出對理想的熱烈憧憬與善於自我調解的恬靜，丁玲的創作展示了女性掙扎中的苦悶與搏擊的激越，張愛玲則以冷峻而挑剔的目光，重新審視人的淒苦處境與心理陰影。張愛玲剛從千瘡百孔的沒落世家走出，就趕上了血火交迸的亂世，如同剛剛熬過嚴冬，沒有看見春夏的萬紫千紅，卻時逢秋風蕭瑟、花謝葉枯，在此之際，回首幾千年的女性血淚史，審視現實中人的心靈上重疊累積的創傷，她只能看到一輪蒼涼的月亮。

第六節　奇崛冷豔與淡雅俗白之美

正如當年張愛玲奇蹟般崛起一樣，她奇異的審美眼光也給其小說文體賦予一種奇崛冷豔與淡雅俗白之美。

中國文學富於意象傳統，現代作家對此亦有繼承與發揚。魯迅善於用明快簡潔、雄健遒勁的筆觸勾勒人物形象，活畫出人的靈魂；沈從文擅長描寫帶有野莽靈動之氣的湘西意象；茅盾的意象往往帶有吳越水鄉的明麗秀美與連綿圓潤；端木蕻良的意象每每具有黑土地的渾厚廣袤與淳樸清新；錢鍾書喜歡在知識的聖誕樹上掛滿博識與靈性交相輝映的五彩燈；而張愛玲的象喻結構則以奇崛冷豔見長。

蒼涼的人生感悟，使張愛玲對環境的荒涼分外敏感，換言之，她極力捕捉自然中的荒涼，用來映襯、強化人生的蒼涼。銀娣下決心跳姚家火坑的那一夜，不知何時睡著了，一會又被黎明的糞車吵醒，「木輪轔轔在石子路上碾過，清冷的聲音，聽得出天亮的時候的涼氣，上下一色都是潮濕新鮮的灰色」。從聲音聽得出涼氣、見得出顏色，這絕非一般的感覺與筆力所能為。正是這滿目荒涼，預示出銀娣後半生的悲涼。聶傳慶的家是一座大宅，初從上海搬來時，滿院子的花木。「沒兩三年的工夫，枯的枯，死的死，砍掉的砍掉，太陽光曬著，滿眼的荒涼。」這一衰敗的荒涼正是主人公萎靡不振的人格的對象化。《沉香屑　第一爐香》裏的梁家花園，「彷彿是亂山中憑空擎出的一隻金漆托盤」，園子內的整飭考究與園外的荒蕪雜亂，種種不調和的地方烘托出香港社會——尤其是梁太太家的萎靡的浮華與扭曲的錯雜。後來在月光下，薇龍看那巍巍的白房子，蓋著綠色的琉璃瓦，很有點像古代的皇陵。接著薇龍覺得自己進入了《聊齋志異》情境，剛剛探訪過的貴家宅地轉眼間化成一座大墳山，陰沉、怪譎氣氛得到進一步強化。諸如此類，自然的荒涼與文化的蒼涼相依相生、互映互動，構成一個和諧、豐滿的藝術整體。

大千世界，氣象萬千，以怎樣的眼光去選擇，加以怎樣的提煉、配置，賦予怎樣的涵義，可以見出作家的創作個性。張愛玲以蒼涼的眼光看世界，總能發現、發掘蒼涼，因而她所營構的意象多陰冷色調。諸如：《沉香屑　第一爐香》裏，梁太太面網上扣著的那個指甲大小的綠寶石蜘蛛，「正爬在她腮幫子上，一亮一暗，亮的時候像一顆欲墜未墜的淚珠，暗的時候便像一粒青痣」。不管是亮是暗，都給人以一種淒冷的感覺，是對熱鬧場中春風得意者的反諷。寶藍瓷盤裏的仙人掌，本是含苞欲放的佳期，在一般人眼裏，厚厚的綠葉必是顯示著生命力的充沛與頑強。但在薇龍眼中，「那蒼綠的厚葉子，四下裏探著頭，像一窠青蛇，那枝頭的一撚紅，便像吐出的蛇信子」，這別出機杼的意象指認，透露出薇龍內心深處的恐懼與她所面臨的危機。梁太太「那扇子偏了一偏，扇子裏篩入幾絲黃金色的陽光，拂過她的嘴邊，正像一隻老虎貓的鬚，振振欲飛」。這一意象，活畫出梁太太的豪橫、貪婪與骨子裏的依附性。睇睇因為竟敢「冒天下之大不韙」，偷吃了女主人梁太太的「盤中餐」——喬琪喬，惹得梁太太大光其火，這裏作品寫了梁太太的一個動作：「把煙捲向一盆杜鵑花裏一丟，站起身來便走。那杜鵑花開得密密層層的，煙捲兒窩在花瓣子裏，一霎時就燒黃了一塊。」使女在刁蠻的主人眼裏，如同可以隨意灼燒、作踐的花兒一樣，頃刻之間，睇睇就被炒了魷魚。薇龍想要擺脫喬琪喬而又受到內心另一種力量的拘牽擺脫不了時，她躺在床上，望著外面的天。「中午的太陽煌煌地照著，天地是金屬品的冷冷的白色，像刀子一般割痛了眼睛。」這一意象並不出眾，接下來的描寫則透出一種靈氣：「一隻鳥向山巔飛去，黑鳥在白天上，飛到頂高，像在刀口上刮了一刮似的，慘叫了一聲，翻過山那邊去了。」這慘叫的黑鳥，就是薇龍的象徵，她終於未能拒絕誘惑，越過了原先自律的防線，徹底跌入了梁太太布置的泥淖。《紅玫瑰與白玫瑰》裏，佟振保回家拿雨衣，發現妻子煙鸝與裁縫表情異樣，三人陷入尷尬之中，「振保冷眼看著他們倆。雨的大白嘴唇緊緊貼在玻璃窗上，噴著氣，外頭是一片冷與糊塗，裏面關得嚴嚴的，分外親切地可以覺得房間裏有這樣的三個人。」雨生出「大白嘴唇」，是自然的擬人化，也是命運之神的象徵，它是冷峻的，然而並不糊塗，房間裏的一切，它盡收眼底，它知道振保有動怒的理由，然而丟失了動怒的資本，於是只能陷入「三足鼎立」的尷尬，「雨」在這裏加強了反諷意味。

張愛玲的感覺出奇地靈敏而有幾分怪譎，每每能夠獨出機杼，想人所未想，見人所未見。《傾城之戀》裏，她能把整個房間看作「暗黃的畫框，鑲著窗子裏一幅大畫。那灩灩的、灩灩的海濤，直濺到窗簾上，把簾子的邊緣都染藍了」。她能從燃燒的火柴看見「火紅的小小三角旗」，若是僅僅看出這一形狀、色彩，還不足為奇，她的獨特眼力在於看到「在它自己的風中搖擺著」，這大概象徵著前程未卜、命運難測。女主人公「噗」的一聲吹滅了它，「只剩下一截紅豔的小旗杆，旗杆也枯萎了，垂下灰白蜷曲的鬼影子」，這就染上了張愛玲特有的蒼涼色調。流蘇在娘家備受擠兌，聽到四奶奶的刺耳的話，她自言自語說：「這屋子可住不得了。」作品這樣寫道：「她的聲音灰暗而輕飄，像斷斷續續的塵灰吊子。她彷彿做夢似的，滿頭滿臉都掛著塵灰吊子。」喻象由敘事者的指認化入人物的感覺，並隨著動作的推進而泛化、深化，堂屋「垂著朱紅對聯，閃著金色壽字團花，一朵花托住一個墨汁淋漓的大字。在微光裏，一個個的字都像浮在半空中，離著紙老遠。流蘇覺得自己就是對聯上的字，虛飄飄的，不落實地。」在這個一千年也同一天差不多的老宅子裏，青春是不稀罕的。孩子一個個生出來，一代代繁衍下去，「這一代便被吸收到朱紅灑金的輝煌的背景裏去，一點一點的淡金便是從前的人的怯怯的眼睛」。這一比喻道出了金錢拜物教腐蝕了人的靈魂的現實。說海上的太陽熱，「那口渴的太陽汩汩地吸著海水，漱著，吐著，嘩嘩地響」，這已很別致，接著要說的才是關鍵：「人身上的水分全給它喝乾了，人成了金色的枯葉子，輕飄飄的。」這一意象表層是說流蘇的「奇異的眩暈與愉快」，深層則隱含著對人物生命層次有欠膚淺的暗諷。范柳原在細雨迷濛的碼頭上迎接她，說她的綠色玻璃雨衣像藥瓶，見流蘇以為是在嘲諷她的孱弱，附耳加了一句「你就是醫我的藥」。其實，范柳原何嘗不是醫流蘇的藥。一對病態男女，互為藥劑，倒也不失為亂世中聊可慰藉的人生。

張愛玲的意象創造能力之強，不僅在於構象奇警，出人意表，而且還在於她能夠抓住核心意象，加以重疊、鋪展，衍為前後呼應、一脈貫通的意象群。月亮的多相位的表現，在小說史上可謂罕有匹敵，如前所述。其他意象群的描寫，也多有出色的創造。譬如：《傾城之戀》開篇用的「老鐘」意象尚屬平常，緊接著的「他們唱歌唱走了板，跟不上生命的胡琴」，則新穎別致，而且胡琴與後面出現的電話、無線電構成一組傳統與現代、痛苦與幸福之間富於張力的對比。最初是白四爺在家裏咿咿啞啞地拉胡琴，流蘇在備受家族精神蹂躪時，從胡琴裏聽出了笙簫琴瑟奏出的廟堂舞曲，「她走一步路都彷彿是合著失了傳的古代音樂的節拍」。如果說胡琴所代表的是傳統的忠孝節義的束縛，總是給流蘇帶來痛苦的話，那麼，電話與無線電則象徵著洋風帶來的現代文明信息。電話是柳原與流蘇的傳情工具，促使他們走到一起。香港戰事爆發後，流蘇不知柳原乘坐的船有沒有駛出港口，有沒有被擊沉。她想起他來便覺得有些渺茫，如同隔世。「現在的這一段，與她的過去毫不相干，像無線電裏的歌，唱了一半，忽然受了惡劣的天氣的影響，劈劈啪啪炸了起來。炸完了，歌是仍舊要唱下去的，就只怕炸完了，歌已經唱完了，那就沒得聽了。」無線電裏的歌，在流蘇的內心與讀者的接受心理上是情愛之歌，受到干擾之後，能不能唱下去尚未可知。作品結尾，流蘇與柳原在洋風十足的香港結婚之後又回到了上海，部分地重複著舊日生活的軌道，於是照舊是「胡琴咿咿啞啞拉著」，訴說著說不盡的蒼涼故事。

意象的奇崛之美，有的在於構象新穎別致，有的則奇在對常見物象的妙用。《金鎖記》裏，季澤企圖通過煽情來向七巧套取金錢，惹得七巧大為光火，將其打走。此時的七巧，又氣又恨又悔，「她到了窗前，揭開了那邊上綴有小絨球的墨綠洋式窗簾，季澤正在弄堂裏往外走，長衫搭在臂上，晴天的風像一群白鴿子鑽進他的紡綢褲褂裏去，哪兒都鑽到了，飄飄拍著翅子」。風與白鴿子，都是常見的物象，但此處的妙用，則賦予了豐富的內涵。七巧恨不能像白鴿子一樣自由飛翔，像風那樣毫無顧忌地去同季澤親暱，在這裏，風成了七巧的使者，白鴿子成了七巧豔羨的對象。想到鴿子古老的象徵意義，更讓人覺得張愛玲的這一筆妙不可言。巧用意象，不僅有助於刻畫人物、加強氛圍，而且可以加速敘事節奏。同樣在《金鎖記》裏，送走前來探訪的兄嫂，七巧不禁勾起了對往事的回憶，生龍活虎般的肉鋪夥計朝祿，朝祿拋向案板的生豬油砸起的溫風與膩滯的死去的肉體的氣味，由此回轉到眼前丈夫那沒有生命的肉體……

> 風從窗子裏進來，對面掛著的回文雕漆長鏡被吹得搖搖晃晃，磕托磕托敲著牆。七巧雙手按住了鏡子。鏡子裏反映著的翠竹簾子和一副金綠山水屏條依舊在風中來回蕩漾著，望久了，便有一種暈船的感覺。再定睛看時，翠竹簾子已經褪了色，金綠山水換了一張她丈夫的遺像，鏡子裏的人也老了十年。

十年光陰，只用一個意象的轉換，堪稱敘事節奏變化的經典之筆。它的妙處不只在於用具象取代了古代白話小說中常用的過渡語言，諸如「有話則長，無話則短」之類，平添了生動性與歷史感，而且這意象之中自有深意。雕漆長鏡就是七巧命運的鏡子，她熬死了丈夫與婆母，掙得了一份可觀的財產，然而她付出了青春的代價，「翠竹簾子」褪了色，「金綠山水」已成明日黃花，再也無從追尋。意象的轉換，收到一石三鳥的效果，實在是出奇制勝之筆。

張愛玲奇崛冷豔的意象創造，頗似唐代詩人李賀。李賀是沒落的宗室後裔，生逢亂世，父親早逝，家境困窘，他的個人仕途也不得志。心境一直抑鬱不平，年僅二十七歲就辭世而去。但他詩才出眾，加之作詩嘔心瀝血，存詩雖不算多（二百四十一首），然而構思奇特，想像豐富，意象所出多有虛荒誕幻，彼此勾連不拘常法，跳宕活潑出人意表，意境冷豔險怪，風骨奇崛幽峭，自成一格。譬如〈秋來〉的幽冷與淒婉：「思牽今夜腸應直，雨冷香魂弔書客。秋墳鬼唱鮑家詩，恨血千年土中碧。」又如以超越性的筆觸表現陰森恐怖的意境：「百年老鴞成木魅，笑聲碧火巢中起。」（〈神弦曲〉）「漆炬迎新人，幽壙螢擾擾。」（〈感諷〉其三）再如〈秦王飲酒〉的奇詭險怪：「秦王騎虎遊八極，劍光照空天自碧。羲和敲日玻璃聲，劫灰飛盡古今平。」「洞庭雨腳來吹笙，酒酣喝月使倒行。」如同李賀一樣，張愛玲也「喜用鬼字、泣字、死字、血字」[21]，也長於創造幽冷險怪的意象。月亮取其陰晦一面自不贅述，即使是明亮、溫暖的物象——太陽，她也給予暗影的投射，譬如《金鎖記》裏就有：「敝舊的陽光瀰漫在空氣裏像金的灰塵，微微嗆人的金灰，揉進眼睛裏去，昏昏的。」在這兩位時隔千載的才子的作品裏，可以找到許多具體的類似之處。譬如：《傾城之戀》裏柳原從一堵牆想起地老天荒那一類的話的描寫，恐怕是對李賀〈致酒

---

21 王思任，《昌谷詩解序》。

行〉意境的化用。詩中感歎：「吾聞馬周昔作新豐客，天荒地老無人識。空將箋上兩行書，直犯龍顏請恩澤。我有迷魂招不得，雄雞一唱天下白。」小說男主人公恰好用來表白自己對戀愛對象的期待。「衰蘭送客咸陽道，天若有情天亦老。攜盤獨出月荒涼，渭城已遠波聲小。」〈金銅仙人辭漢歌〉裏的這些詩句，對於張愛玲的月亮意象大概也會有直接的啟迪。張愛玲的奇崛冷豔與李賀詩風的相近，同二人的悟性及相似的身世與遭逢亂世不無關係，同時，也得益於張愛玲扎實的古典文學基礎。她三歲就會背唐詩，等她後來自己創作時，一定是與李賀有了「心有靈犀一點通」的感應。

真正有個性、在文學史上能夠立足的作家，風格沒有單一的。李賀詩風奇崛冷豔，同時也有「東家蝴蝶西家飛，白騎少年今日歸」、「我當二十不得意，一心愁謝如枯蘭」之類的質樸清淺的詩句。比起李賀來，張愛玲的小說文體，在意象的奇崛幽峭之外，敘事方式和敘事語言表現出更多的淡雅俗白色彩。《沉香屑　第一爐香》剛剛問世的時候，其獨特的敘事方式就給人帶來了清新的印象。開篇說道：「請您尋出家傳的黴綠斑斕的銅香爐，點上一爐沉香屑，聽我說一支戰前香港的故事。您這一爐沉香屑點完了，我的故事也該完了。」接著，人物出場了，身世、地點，來龍去脈，娓娓道來，雖然沒有傳統小說的大團圓結局，但其圓形敘事結構卻別無二致。後來的小說，從標題的擬定到敘事技巧再到整體結構，都能或多或少地見出傳統的光暈。人物語言與描敘語言也頗有傳統白話小說的味道，譬如，《傾城之戀》裏：「白公館裏對於流蘇的再嫁，根本就拿它當一個笑話，只是為了要打發她出門，沒奈何，只索不聞不問，由著徐太太鬧去。為了寶絡這頭親，卻忙得鴉飛雀亂，人仰馬翻。」「流蘇只道是沒有命了，誰知還活著。」《連環套》裏：「兩個嘲戲做一堆」；「是那個賊囚根子在他跟前……」；「一路上鳳尾森森，香塵細細」；「青山綠水，觀之不足，看之有餘」；「三人分花拂柳」；「銜恨於心，不在話下」；「見了這等人物，如何不喜」；「……暗暗點頭，自去報信不提」；「他觸動前情，放出風流債主的手段」；「那內侄如同箭穿雁嘴，鉤搭魚鰓，作聲不得」。然而，如果僅僅如此，顯然不會引起一時洛陽紙貴的熱烈反響。張愛玲小說的妙處在於，一方面，從《紅樓夢》、《金瓶梅》所代表的古代白話小說，繼承中國讀者所熟悉的敘事技巧和典雅與俗白兼而有之的語言；另一方面，從西方文學借鑑心理刻畫、環境描寫與敘事節奏等優長，二者相互交融，形成一種古雅與俗白交錯、華麗與質樸雜糅、傳統與現代交融的敘事文體。在這裏，既有設色濃豔的典雅的書面語言，也有生活氣息撲面而來的口語，既有人們熟稔的敘事套數，也有新穎的敘事謀略，從而使讀者產生親切感與新鮮感。

這種文體的創造，有作家的文學修養與審美情趣做底蘊。張愛玲自小時起，就接觸過大量的古代詩詞、散文、小說與近代報刊連載的章回小說，尤其對《紅樓夢》等名著更是看得爛熟，兒時模仿性很強的章回小說習作自不必說，後來步入文壇的正式創作也自然流露出傳統小說的影響。不過，舊句式多用易成濫調，傅雷就曾針對《連環套》多用舊句式給予激烈批評：「這樣的濫調，舊小說的渣滓，連現在的鴛鴦蝴蝶派和黑幕小說家也覺得惡俗而不用了，而居然在這裏出現，豈不也太像奇蹟了嗎？」[22]這一批評，出發點固然是為了使張愛玲保持創新性，而不至於流入舊套，但其態度未免有點偏激。新文學為了衝破舊文學的堡壘，固然要從內容到形式對傳統文學發起攻勢凌厲的批判，對外國文學多有借重，這的確有其歷史合理性，然而對於任何一種民族文學——尤其是有著悠久歷史的中國文學來說，徹底割斷傳統是不可能的。事實上，新文學的發展離不開傳統底蘊的支持，譬如散文之所以成就最大，就是因為對傳統可以借重的地方最多，相反，新詩成績較小，就與它距離傳統較遠有關。現代小說，因與傳統距離的遠近而產生了兩種情況：一種外來色彩較為明顯，代表著新文學探索新域的先鋒姿態，譬如魯迅、冰心、穆時英等作家的作

22 傅雷，〈論張愛玲的小說〉。

品；另一種民族風格較為鮮明，代表著新文學對傳統的回溯與重構，如老舍、張恨水、趙樹理等作家的作品。新文學陣營其實一直在不斷調整自己的發展戰略與前進路向，三十年代的文藝大眾化，四十年代的民族形式討論、延安文藝座談會後的邊區工農兵文藝運動等，都屬於這種調整的步驟。上海淪陷時期通俗文學的一度繁榮也與這種調整不無關聯。一九四二年秋冬時節，《萬象》當時的編者陳蝶衣倡導了一場「通俗文學運動」。他在〈通俗文學運動〉一文中分析說，淪陷後的上海文學，面臨一種複雜的局面：一方面是「一般大眾急切地要求著知識的供給，急切地要求著文學作品來安慰和鼓舞他們被日常忙迫的工作弄成了疲倦而枯燥的生活」，另一方面是一般大眾「因知識所限」，「不能接受那些陳義高深的古文和舊詩詞，也不能接受那些體裁歐化、辭藻典麗的新文學作品」；而中國的新文學與舊文學，一方面存在著尖銳的對立，另一方面實際又各有優劣（舊文學的優點是形式和表現方法上接近民眾，缺點是思想意識落後；新文學的優點是思想意識進步，缺點是形式和表現方法與民眾隔閡）。他認為，要滿足一般民眾對文學的需要，又要使文學「合乎時代需要，合乎廣大群眾的要求」，便應當倡導「兼有新舊文學的優點，而又具備明白曉暢的特質」的「通俗文學」；這樣的通俗文學，「不但為人人所看得懂，而且足以溝通新舊文學雙方的壁壘」，又「使新的思想和正確的意識可以藉一通俗文學而介紹給一般大眾讀者」。為了使通俗文學成為「新的文藝之花」，他除了思想方面的要求之外，還就文體方面提出了要求：應當重視向具有「中國老百姓熟悉的中國氣派和中國作風」的俗文學學習，「不妨利用舊形式，或襲用已有的形式，即使要用新形式，也須簡單明白」；「不要寫得嚕哩嚕囌，而要率直、明白曉暢」，「不要從事抽象的公式的敘述，而要寫得活潑生動，使人讀之不思釋手，這就要採用活生生的形象化的描寫」[23]。一九四三年二月起，

23 轉引自陳青生《抗戰時期的上海文學》（上海人民出版社，一九九五年），頁三〇五－三一三。

實際上由中國共產黨地下工作者主持的《雜誌》發起了「新文藝筆法」討論，批評以為模仿西方小說形式的「新文藝式濫調」，旨在加強新文學的民族化、大眾化與獨創性。這些討論引發了作家的積極實踐，推進了新文學的發展。張愛玲早在中小學時代的小說嘗試，要麼通俗味十足，要麼新文藝腔濃郁，到了一九四三年正式登上文壇以後的小說，卻把通俗與典雅、傳統與現代較好地融匯在一起，正是這一文化背景下個人重新選擇、積極探索的結果。這種選擇，不能簡單粗暴地貶之為媚俗與復古。事實上，張愛玲是在追求大雅大俗，探索傳統的繼承與更新。自然，探索過程中可能會出現這樣那樣的問題，但其方向與取得的成績應該予以充分的肯定。

一種創作姿態的選擇，與作家的個性氣質有著密切關聯。張愛玲童年時有一幅漫畫作品在報上發表，大人們建議她用第一筆稿費買些字典、本子等留作紀念，她卻買來了一支唇膏，由此可見她愛美的個性。其實，愛美本是人類的天性，但在艱難困苦的磨礪下，許多人的這一天性都難以充分發展。張愛玲卻在生活與創作中執著地去追求富於個性的美。她曾經對自己的弟弟說：「一個人假使沒有什麼特長，最好是做得特別，可以引人注意。我認為與其做一個平庸的人過一輩子清閒生活，終其身，沒沒無聞，不如做一個特別的人，做點特別的事，大家都曉得有這麼一個人，不管他人是好是壞，但名氣總歸有了。」[24]這話道出了她的人生態度。她性喜特異，不懼出格。自己每每親自設計服裝，表現出她的驚世駭俗的勇氣。據說，一次，她穿著一襲擬古式齊膝的夾襖，超級的寬身大袖，水紅綢子，用特別寬的黑緞鑲邊，右襟下有一朵舒蜷的雲頭，長袍短套，罩在旗袍外面。結果，一位見多識廣的名導演見了衣著奇豔的走紅作家，都顯得有些拘謹。還有一次，她的一個朋友的哥哥結婚，她穿了一套前清老樣子繡花的襖褲去道喜，舉座皆驚。

24　張子靜，〈我的姐姐——張愛玲〉，《貴族才女張愛玲》（四川文藝出版社，一九九五年），頁二二。

在創作上，她也奉行特立獨行的原則。當時作家一般對於技巧抱有鄙夷的態度，注意力多放在作品的社會內容及其意義上面。而張愛玲對政治不感興趣，亦少社會關心，她把心力都用在人生咀嚼與藝術創新上面。她對寫作極為認真，動筆前總要想二三天，寫一篇不長的小說有時要用幾個星期才能完成。有時想到好的句子，連忙用簿子記下來，她對待藝術的嚴謹態度與煉字煉句的功夫，很容易讓人想到李賀[25]。正由於李賀對詩歌潛心苦吟，才有「老魚跳波瘦鮫舞」那樣的佳句流傳千載；同樣由於有了對藝術的執著追求，文學史上才能產生並留下奇崛冷豔與淡雅俗白交相輝映的張愛玲文體。

25 李商隱，〈李長吉小傳〉：「恆從小奚奴，騎距驢，背一古破錦囊，遇有所得，即書投囊中。及暮歸，太夫人使婢受囊出之，見所書多，輒曰：『是兒要當嘔出心乃已爾。』上燈，與食。長吉從婢取書，研磨疊紙足成之，投他囊中。非大醉及弔喪日，率如此。」

第十三章　太行山的鄉野通俗小說

抗戰爆發之後，中國共產黨領導的八路軍、新四軍深入敵後，開闢了晉察冀、晉綏、晉冀魯豫、山東、華中、華南等抗日根據地，連同中共中央所在的陝、甘、寧抗日根據地一起，成為抗擊侵略者、爭取民族解放的堅強堡壘。抗戰勝利後，這些根據地又轉為不斷擴大的解放區。從根據地到解放區，社會生活與精神生活較之抗戰前發生了巨大的變化，與同一時期的國統區相比，也呈現出迥異的風貌。生活源頭活水汩汩，以農民為主體的讀者群對文學有著不同於市民讀者群的需求，作為領導者的中國共產黨更是把文學作為「整個革命機器的一個組成部分，作為團結人民、教育人民、打擊敵人、消滅敵人的有力的武器」[1]來要求，這就使根據地與解放區的文學呈現出異常鮮明的特色：在內容上，反映中國共產黨領導下軍隊和人民的反侵略、反封建的新生活，在文體上，較多地從傳統文學與民間藝術汲取養分，形成一種為大眾，尤其是農民，所喜聞樂見的通俗化風格。小說代表作，有柯藍的《洋鐵桶的故事》，馬烽、西戎的《呂梁英雄傳》，孔厥、袁靜的《新兒女英雄傳》，歐陽山的《高幹大》，周立波的《暴風驟雨》等。在探尋為政治所需要、為農民所喜歡的通俗文學的道路上，起步最早、成就最大、特色最為突出、影響也最為廣遠的，當屬太行山之子——趙樹理。

1　毛澤東，〈在延安文藝座談會上的講話〉。

第一節　從「文攤」進入文壇

趙樹理的廣為人知，始於一九四三年九月由華北新華書店初版發行的短篇小說《小二黑結婚》。這篇作品以其反映農村婚姻自主的新鮮內容與通俗別致的藝術形式，贏得了廣大群眾的喜愛。僅在太行一個區就銷行四萬冊，「他的小說被人們爭相閱讀，故事被人們到處傳說著。許多職業劇團和農村劇團把《小二黑結婚》編成戲劇歌曲，以『落子腔』、『中路梆子』、『武鄉秧歌』、『襄垣秧歌』等各種曲調各處演唱。人們只要一聽說哪村要演『小二黑』，一二十里遠的老太太、大閨女和抱著小孩的年輕媳婦，都得要去看看，青年們那就更不用說」[2]。據不完全統計，截至一九四九年，《小二黑結婚》就有十種版本以上[3]。步入五十年代後，文字版本更多，而且先後改編成山東快書、彈詞、評劇、鼓詞、話劇、川劇、粵劇、鄖劇、歌劇、電影、豫劇等多種藝術形式上演。

確如周揚所說，趙樹理「是一個新人，但是一個在創作、思想、生活各方面都有準備的作者，一位在成名之前已經相當成熟了的作家，一位具有新穎獨創的大眾風格的人民藝術家」[4]。

2　楊俊，〈我所看到的趙樹理〉，《中國青年》一九四九年第八期。

3　華北新華書店一九四三年九月初版，一九四六年再版；《新文化》創刊號，一九四五年十月二十日上海出版；新華書店一九四四年版，一九四六年版，一九四九年版；膠東大眾報社一九四四年十月翻印；東北畫報社一九四七年版；東北大學一九四七年版；光明書店一九四七年版；香港新民主出版社一九四七年一月版；東北書店一九四八年二月版；華北大學一九四九年版。

4　周揚，〈論趙樹理的創作〉，《解放日報》一九四六年八月二十六日。

創作並發表《小二黑結婚》的一九四三年，趙樹理已經三十七歲，說來也巧，魯迅發表第一篇現代白話小說《狂人日記》也是這個年紀。「而立」早過，年將「不惑」，他總算找到了自己的立身之本，為此，他走過了多少曲折坎坷的道路。

一九〇六年九月二十四日，當他降生在太行山懷抱裏的山西省沁水縣尉遲村時，祖父給他起了個小名「得意」，三代單傳的趙家欣喜之情可見一斑。儘管在一年以前就廢除了科舉，幾年之後又發生了辛亥革命，皇帝不再坐龍庭了，曾經掙得太學生與武舉人功名的先祖花翎頂戴的風光不再，但頗通文墨的祖父還是希望這個獨苗孫子知書識禮，於是，給他起了個大名：「樹禮」，並親自講授《大學》、《中庸》、《論語》、《孟子》等儒學經典。趙家到趙樹理的祖父趙忠方時已呈中落之相，屢赴考場而連個秀才也沒有撈到，索性放下架子到河南去當雜貨店的夥計，後來當過賬房先生。到了父親趙和清，有些文化，但已經成了地地道道的農民，靠天吃飯不足糊口，還要憑藉荊條編織技藝與號脈開方以及測字算卦之類的「本事」貼補生活。趙樹理十一歲被父親送到本村的私塾讀書，那裏是富家子弟的天下，身體單薄、性格善良的趙樹理備受欺負，只上了一年就輟學回家，跟著父親學做農活，掌握了種地、編織等一整套農村生活技能，也秉承了父親的音樂特長，參加農民自娛性質的「八音會」，走進了上黨梆子的藝術世界。農村是趙樹理「讀」得最久的學校。他在這裏親身體驗到農民生活的艱辛與喜怒哀樂，看到了農村社會嚴重的不平等與迷信的頑固，也學習到農民對待生活的堅韌幽默的態度，還有豐富生動的語言。五四新文化運動波及到晉北山區，沁水縣出現了洋學堂。經濟貧困，觀念守舊，百姓竟不願送子弟上新式學堂。政府只好以行政命令下達學生指標，強行攤派。這樣一來，趙樹理倒是「托福」重新回到學校，不過這回是新式的縣立第二高等小學。十七歲時以第一名的成績畢業，因為成績優異，被聘為本縣野鹿村的初級小學教員。但由於他性格倔強，一年後即被校長解聘。改任掌板村初小教員不久，又被解聘，只好回家務農。父親想到祖父要這棵獨苗讀書以光宗耀祖的遺囑，送兒子考取了位於長治的山西省立第四師範學校。

一九二五年夏，趙樹理挑著行李在同學們驚詫的目光中走進學校。走出封閉的山區，他的閱讀面有了大大的拓展，從先前的儒家經典一下子擴及《詩經》、漢賦、唐詩、宋詞、元曲、明清小說與新文學，以及易卜生、屠格涅夫等外國作家的作品。他的審美趣味發生了變化，一度表示願意為藝術而生、為藝術而死，儼然一個藝術至上論者。然而，暑假回鄉，當他滿腔熱忱地向父老鄉親宣傳新文學時，卻在目不識丁的農民那裏碰了釘子，就連魯迅的《阿Q正傳》也沒能引起有些文化的父親的興趣。從這時起，趙樹理已經默默地開始思考怎樣才能讓新文學走進農民中去了。

北伐戰爭的勝利鼓舞起趙樹理的革命熱情，在進步同學的影響下，他於一九二七年加入中國共產黨，參與了驅逐貪污腐敗校長的學潮的領導。學潮以流血的代價取得了勝利，[5] 在接踵而至的國民黨「清黨」的血雨腥風中，學潮領導人中的一位被捕遇難，趙樹理與戰友王春不得不走上了逃亡之路，憑藉他從前輩學來的一點中醫知識，採藥治病，在山區盤桓流浪。學校當局以久假不歸為藉口，將趙樹理除名，從此結束了他的學業。他再次回到家鄉，也就此失去了黨的組織關係。父親對兒子因革命而丟掉快要到手的文憑十分不解，且有怨言，在鄉人眼裏，他也成了一個「落魄」的人。無奈之中，他於一九二九年報考小學教師，得到一個教席。剛剛上任幾個月，就被當局以共產黨嫌疑犯的罪名逮捕，解往太原。因無確鑿證據，定不了案，但既然抓了進來，就不便無罪開釋，於是被投進山西自新院，直到一九三〇年五月才開釋出院。「自新」並沒有使他如當局所期望的那樣「脫胎換骨」，反倒給了他與難友一道學習馬克思主義的機

5 據戴光中《趙樹理傳》（北京十月文藝出版社，一九八七年）：被驅逐的校長姚用中率二百餘雇來的流氓和幾個鐵桿爪牙夜襲學校，手持刀槍、馬鞭、棍棒、火筒等兇器，大打出手，受輕傷者不計其數，有七八個同學被打得不省人事。

會，摒棄了帶有藝術至上色彩的藝術觀，他決定將自己的名字由樹禮改為樹理。出院以後的第一件事，是他拒絕破壞母校學潮的指令，而去通風報信，讓同學們有備無患。

陰差陽錯，趙樹理未能如約與同學結伴赴京，而是留在山西謀生。他當過兩個星期有名無實的「四十八師留守處」勤務兵，又當過一年多的山西綏靖公署錄事，後又任過小學教員，其間莫名其妙地鋃鐺入獄，被保釋出來換了個學校，卻因為編了三個揭露封建地主與貪官腐敗的劇本，還組織了祕密讀書會，又一次丟掉了教席。他只好像早年的祖父一樣，離開熟悉的三晉大地，到河南開封，去當書店的夥計。謀生的飯碗剛端了半年左右，就因街道改建而捲了鋪蓋。一連串的失業的打擊，加之回鄉的路上，警察搜身，土匪盯梢，使他神經緊張到極點，在到達太原朋友處時，被迫害妄想狂發作，竟致神經錯亂地走進了文瀛湖中，幸而遇救得以生還，漸漸復原。這段時間，為了糊口，他在一部後來流產了的電影裏扮演過冬烘先生的小角色。在山西教育學院朋友處寄居時，毗鄰的山西國民師範被軍警包圍搜捕，他被「殃及池魚」，第三次被捕，由朋友保釋出來。一個師範學校的高材生、出色的教員，在那動盪的社會裏卻找不到一個比較穩定的糊口的飯碗。直到抗戰高潮湧起，從教育學院畢業的友人接辦上黨簡易師範，他應邀去任語文教員，從此才擺脫失業的恐慌。「盧溝橋事變」爆發，鄉師停辦，他參加犧盟會（犧牲救國同盟會）宣傳隊。一九三七年十月，他重新加入中國共產黨。在這前後，他擔任犧盟會區特派員、區長、縣公道團長、專署民宣科科長、烽火劇團團長等職。在擔任民宣科長期間，他利用百姓對上黨梆子等地方戲劇的喜愛，團結民間藝人，促進戲劇革新，或是改編歷史劇，或是新編現實題材作品，以有著廣泛群眾基礎的地方戲劇形式表現為抗戰所需的內容。抗戰進入相持階段之後，他被調到《黃河日報》（路東版），負責編輯《山地》副刊，從此正式開始了他的職業的文字生涯。

趙樹理的文學寫作，可以追溯到師範讀書期間。他以校學生會的名義給腐敗校長寫的兩封信，指斥敗類，慷慨激昂，既有排山倒海之勢，且不無幽默譏刺的鋒芒，但均係用文言寫成。那時曾動念寫一篇題為《雙生子》的小說，惜因逃亡而未能如願。在自新院期間，在《自新月刊》上發表小說《悔》、《白馬的故事》，前者寫一個聰穎而頑皮的小學生竟遭受開除的處分，後者以寓言體的象徵筆法寫一匹馬受驚而狂奔，表面上看起來好似合乎當局的要求，其實婉曲地表達了作者對封建家長式教育與專制社會的憤懣。從文體風格來看，受五四新文學與屠格涅夫等外國作家的作品的影響較明顯。一九三一年一月十四日《北平晨報》第五版《北晨藝圃》上的〈打卦歌〉，是趙樹理公開發表的第一篇作品。這篇長達八十四行的敘事詩模仿白居易〈琵琶行〉的體式與格調，兼有一點鼓詞的風味，控訴軍閥混戰荼毒百姓的慘狀。作者署名「野小」，意謂鄉野父老之子，表露出這位山鄉之子的意向與趣味。一九三三年冬，他寫了一組《太原零拾》[6]，列舉「敝省」十一件與閻錫山家或省政府相關的怪事，對封建專制與經濟盤剝予以諷刺。

三十年代上半期，由左聯大力倡導的文藝大眾化討論，波及到山西。一九三三年，他曾寫了一篇題為《金字》的小說，揭露官吏沆瀣一氣盤剝農民的罪惡，用的是一般的新文學筆法，唸給農民聽時，卻讓聽眾感到有些隔膜。這不能不使他想起幾年前給父親讀新文學作品時的情況，不能不對文藝大眾化格外關注。當時，左翼創作雖然努力表現大眾生活，希望為大眾所接受，但就其文體風格來說，仍然跳不出知識分子的圈子，與廣大勞動群眾——尤其是農民的欣賞水平與習慣還有一定的差距。趙樹理對此有著比較清醒的體認，大約於一九三四年萌生了「使通俗化為革命服務」[7]的思想。他在〈歐化與大眾語〉一文中明確

---

6 《論語》第二十九、三十期，署名「老西」。

7 趙樹理，〈回憶歷史　認識自己〉，《趙樹理文集》第四卷（工人出版社，一九八〇年）。

地闡述了自己的觀點：「不歐化的中國文字也能寫出極複雜的情景。從這裏我們可以知道了，就是利用中國的言語與文辭，是可以寫出好的作品的。由此我們可以得出這樣的一個結論，只要你能實地參加在大眾的生活裏，體驗了大眾的心情與體態，用大眾的語言，是可以產出大眾的作品的。如果說用大眾語寫出來的文學，便會放低了文字的價值，那只是護道者的說法。主張大眾語的人，是不會承認這些的。」[8]這一期間，他寫了約有二三十萬字，為了謀生，也是為了暴露社會的黑暗，表達自己對社會的觀察與宣洩心中的積鬱。中篇小說《鐵牛的復職》，寫一乞兒的不幸生活，所謂「復職」，不過是在失去了放牛之職後恢復了討飯生活，含有一點苦澀的幽默。續寫的長篇小說《盤龍峪》，有意識地嘗試用大眾風格創作，因慮及反封建勢力的內容與當局有礙，自費出版又無經濟實力，遂未能完成，今之所見部分雖係探索性質，未免稚嫩，但其自然、質樸的語言與帶有傳統文學色彩與民間文學韻味的敘事形式，卻已顯露出後來通俗文學的端倪。一九三六年作《打倒漢奸》，標題下注明「相聲底本，也能演成獨幕劇」，這的確是個形式新穎別致的作品，以押韻的對話體表現愛國鋤奸的現實題材，見得出民間文學的底蘊。一九三一年前後，他就曾經嘗試著用章回小說的風格寫過一些作品，當時，對於能不能用「舊瓶裝新酒」，朋友中就有不同意見。而後，兩種意見一直存在。他編《黃河日報》《山地》副刊時，把多年的理想付諸實踐，形式上鼓詞、快板、童謠、故事等無所不包，充分利用他所熟悉的民間藝術形式，揭露閻錫山、反民主的陰謀，鼓動士氣，頗受群眾歡迎。當年五區專署路東工作的負責人楊獻珍後來回憶道：「每逢《黃河日報》（路東版）發到各縣，貼到城門洞，往來行人搶著看《山地》；交通常常為之堵塞。我也是從《山地》副刊上，加深了對趙樹理創作大眾文藝本事的瞭解。他的文章淺顯生動、乾淨利索，連『啊、了、嗎』之類的虛詞

8　何化魯，〈歐化與大眾語〉，原載一九三四年八月二十三日山西某報，轉引自《趙樹理文集》第四卷。

都不隨便用，文風樸實幽默，措詞嚴謹，老實講我很佩服和欣賞。」[9]但不久，換上的新主編嫌原來的風格太土，不夠藝術，索性連刊名都改成了《晨鐘》，專登些新詩與新小說。然而，趙樹理頗有源自其家鄉的愚公移山傳說中愚公的韌性，在他後來主持的《人民報》、《中國人》等兩種小報的副刊時，仍堅持《山地》的通俗風格，《中國人》的副刊乾脆就叫《大家看》，其形式更是豐富多樣，有小說、詩歌、話劇、唱劇、鼓詞、快板、寓言、相聲、雜文、語錄、笑話、歌謠、廣告、連環畫、裝飾畫等。自己動手寫了二三十萬字的通俗宣傳文章。趙樹理的文章群眾喜歡，領導欣賞，但對於其藝術價值，文學同行卻並不能完全認同。在太行區，趙樹理顯得有點「曲俗和寡」。

山區深遠的封建迷信傳統，並不會因抗戰的爆發而頓然消逝。狡猾的敵人在政治上處於下風，但卻懂得利用群眾的迷信。一九四一年，太行腹地黎城縣出現了一個由漢奸操縱的迷信組織「離卦道」，道徒很快就發展到近兩千人，並祕密建立了武裝組織，男稱「鐵羅漢」，女稱「鐵女兵」。一九四一年十月十二日，離卦道反動頭目妖言惑眾，胡說抗日政府裏妖精作亂，不除掉「妖精」，黎城百姓就難逃刀兵水火大劫。於是，五六百名愚昧無知的道徒吞下靈符，高舉刀棍，在漢奸的指揮下殺向縣政府。這場暴亂，引起了八路軍最高領導層的高度重視，朱德總司令發表講話，對文化上的「敗仗」做了批評與反省。八路軍一二九師政治部和中共太北區黨委決定召開一個大型的座談會，討論文化對策。[10]一九四二年一月十六日，來自根據地二十二個文化團體與八路軍總司令部、一二九師師部、太行軍分區、冀南軍分區、邊區政府、太行區六個專署、二十八個縣、新華日報社、華北新華社、魯迅藝術學院等機關的代表，以及附近敵占區的

9 楊獻珍，〈暮色蒼茫念手足〉，《中國通俗文藝》一九八二年第十一期。
10 關於座談會的背景與會議的情況，均係參照戴光中《趙樹理傳》。

開明士紳，共四百多人，雲集清漳河畔的曲園村，出席這次抗戰以來根據地最大規模的文化工作座談會。師政委鄧小平在開幕式上的講話中提出五點希望：（一）文化工作者應該服從具體的政治任務；（二）廣泛發揮文化工作的批判性；（三）動員一切新舊老少文化人、知識分子到抗日文化戰線上來；（四）要為廣大群眾服務，必須瞭解群眾的生活和要求，要接近群眾，才能夠提高群眾，過去有很多脫離群眾的現象，作品還不能夠普遍的為群眾歡迎；（五）每個文化工作者，要做一個村的調查工作，來豐富作品的內容[11]。

趙樹理從中大受鼓舞，在會上以獨特的方式發表他的見解。他把《玉匣記》、《老母家書》、《秦雪梅弔孝》等一些被群眾翻得破破爛爛的線裝書拿到講臺上，隨手翻開一頁，高聲朗讀了一段，在臺下的笑聲中提醒大家，這正是老百姓喜聞樂見的東西，我們如果不去占領這些陣地，它們就會繼續毒害我們的人民。他呼籲要把文學從亭子間裏取出來，放到勞動人民的炕頭上去，讓群眾看得懂、願意看，充分發揮文學的作用。「我不想上文壇，不想做文壇文學家。我只想上『文攤』，寫些小本子夾在賣小唱本的攤子裏去趕廟會，三兩個銅板可以買一本，這樣一步一步地去奪取那些封建小唱本的陣地。做這樣一個文攤文學家，就是我的志願。」[12]後來他在對新華社記者談話中所說的這段話，正是他的文學觀的形象表述。座談會後，領導讓他以黎城離卦道暴動為背景，寫一個反迷信的劇本。日偽發動了殘酷的「五月大掃蕩」，新華日報社社長兼總編輯何雲等同志壯烈犧牲。趙樹理衝出「鐵壁重圍」之後，很快完成了一部揭露漢奸惡棍利用迷信破壞抗戰的上黨戲《萬象樓》。

11　參見〈文化人座談會熱烈舉行，四百文化戰士大聚會〉，《新華日報》（華北版）一九四二年一月二十八日。
12　轉引自李普，〈趙樹理印象記〉，《長江文藝》創刊號（一九四九年六月）。

一九四二年秋，經瞭解並支持趙樹理通俗文藝創作的楊獻珍建議，北方局書記彭德懷將趙樹理調到北方局調查研究室，讓他專心致志深入生活，創作通俗文藝作品。他果然不負期望，《小二黑結婚》就產生於調查之中。一九四三年四月到左權縣調查時，房東家來了一個為侄子冤情找縣政府告狀的親戚。他的侄子岳冬至，「是村裏的民兵小隊長，有一天下午，村幹部叫岳冬至去開會，整夜沒有回來，第二天早晨，他（告狀者）發現拴牛的屋子門外面關著（是用鐵搭子扣著並且插了根小棍子），他一看不是自己關的，就開開到裏面去看，他侄兒就吊在樑上，已經死了，因為這屋子太低，吊的人並沒有離地，半條腿還在牛糞裏跪著，看樣子是死了以後了吊上去的，問村幹部，都說他開完會就回去了，不知道怎麼吊死的」[13]。縣政府派員偵查審訊，終於真相大白。原來村裏有一個名叫智英祥的俊秀姑娘，與一開始就斷然拒絕九歲的童養媳的岳冬至自由戀愛，早已結婚的村長與青救會祕書都對智英祥心存不良，屢遭智英祥拒絕之後對岳冬至因妒生恨，常找茬作難尚嫌不夠，又串聯幾個村幹部暗地裏開了一個鬥爭會，以「腐化」的罪名鬥爭岳冬至，岳冬至無錯可認，拒不服軟，鬥爭者老羞成怒，大動干戈，竟把十九歲的岳冬至毆打至死。兇手們慌了手腳，慌忙偽造了一個破綻百出的自縊現場。案情明朗，兇手得到了應有的懲處。趙樹理在案件處理當中與結案之後，兩次到過發案的村子，他的心裏很不平靜，不僅悲愴於生命與愛情的慘遭踐踏，而且還痛心於村民的愚昧落後——岳冬至與智英祥的自由戀愛在村子裏始終得不到應有的理解與贊同，甚至命案發生之後，就連家裏人也說雖然不該把人打死，但教訓他是應該的。趙樹理對封建包辦婚姻的痛苦曾有切身的感受。還是當他在師範讀書時，父親就憑算命為他擇定了一個妻子，十六歲娶妻進門，雖然為趙家生了兒子，但直到幾年以後女兒夭折之後妻子一病不起，兩個人毫無共同語言。二十五歲時，同樣由父親

[13] 《小二黑結婚》原型材料參考董均倫，〈趙樹理怎樣處理《小二黑結婚》的材料〉，《文藝報》一九四九年第十期。

用陰陽卦術為兒子選定了媳婦，趙樹理再次品味了無愛婚姻的苦澀（至於夫妻感情，那是生了孩子以後才慢慢建立起來的）。趙樹理對包辦婚姻本來就有著切膚之痛，何況岳冬至與智英祥竟還有著那樣淒慘的結局，並且慘案發生在邊區政府頒布了《婚姻暫行條例》與《妨害婚姻治罪法》[14]之後，這使他大受震動，創作靈感陡然爆發，調動起深厚的生活積累，很快就寫出了膾炙人口的《小二黑結婚》。不過，作品裏的年輕主人公沒有實際生活中那樣悲慘，而是有了美滿的結局，在政府的支持下喜結連理。作品於五月完成，趙樹理先是把它送給北方局黨校校長楊獻珍，隨後到了北方局婦救會負責人浦安修手裏，接下來被推薦給八路軍副總司令彭德懷，得到了充分的肯定。彭總親筆題詞：「像這種從群眾調查研究中寫出來的通俗故事還不多見。」黨政高級領導人為一本薄得不能再薄的小冊子題詞，這在現代文學史上，也屬罕見。小說於一九四三年九月由新華書店出版，初版兩萬冊供不應求，翌年三月，用大字型排印，並配上了有趣的插圖，再版兩萬冊。

廣大群眾喜聞樂見，而太行區文壇上的反映卻出奇地冷淡。《華北文藝》上剛有一位剛來不久的同志寫的肯定性書評，《新華日報》（華北版）就刊出一篇意見截然相反的文章，說當前的中心任務是抗日，寫男女戀愛沒有什麼意義。但領導的肯定與群眾的歡迎使趙樹理大受鼓舞，他有著農民的倔強，認準了方向，十頭老牛拉不回。十月，他創作了中篇小說《李有才板話》，十二月仍由華北新華書店出版。華北新華書店直屬晉冀魯豫中央局領導，成立於一九四二年元旦，最初與華北新華日報社是一套班子、兩塊

---

14 《婚姻暫行條例》規定訂婚、結婚必須「男女雙方自願，任何人不得強迫」，「禁止重婚、早婚、納妾、蓄婢、童養媳、買賣婚姻、租妻及夥同娶妻」。
《妨害婚姻治罪法》規定：「如有買賣婚姻者、勒索財物損害他人婚姻者、強迫不到結婚或訂婚年齡之男女結婚或訂婚者、不經本人同意而強迫其結婚或訂婚者、妨害成年男女自願結婚或訂婚者，凡有以上行為之一者，處以一年以下徒刑或三百元以下之罰金。」

牌子，一九四三年九月與報社分家、有了獨立的編輯部後，趙樹理調入書店任編輯。他的創作絕大多數由新華書店首次推出，不只是因為「近水樓臺先得月」，也不只因為書店在太嶽、冀南、冀魯豫與太行等區有一個發行網，可使他的作品快捷、廣泛地送到喜歡他的讀者手裏，而且緣於他的通俗風格在相當一段時間裏在太行區文藝界不被認可，而在新華書店，則有理解並欣賞他的領導和同事。一九四二年五月毛澤東在延安文藝座談會上發表講話，一九四三年十月十九日，延安《解放日報》為紀念魯迅逝世七週年而刊出全文，十月二十日，中共中央宣傳部做出〈關於執行黨的文藝政策的決定〉，指出：「各根據地黨的文藝工作者，都應該把毛澤東同志所提出的問題，看成是有普遍原則性的，而非僅適用於某一特殊地區或若干特殊個人的問題」，要認真學習貫徹〈講話〉精神，「使文藝更好地服務於民族與人民的解放事業，使文藝界本身得到更好的發展」。趙樹理讀到〈講話〉，感到格外親切與巨大的鼓舞，更加堅定了走通俗文學道路的決心。《李家莊的變遷》（一九四六年三月初版）、《福貴》（一九四六年十月發表）、《邪不壓正》（一九四八年十月發表）、《傳家寶》（一九四九年四月發表）等通俗小說相繼問世。一九四六年四月一日，創作於一九四四年夏的《地板》，第一次發表在太行文聯編的《文藝雜誌》上。

一九四六年四月，晉冀魯豫邊區文聯成立，趙樹理列名為常務理事，這意味著這位通俗作家開始得到文壇的承認。一九四六年七月，擔任晉察冀中央局宣傳部長的周揚發表〈論趙樹理的創作〉，從題材與現實的關係、人物塑造、語言特點等方面，高度評價了趙樹理的創作，稱趙樹理是「具有新穎獨創的大眾風格的人民藝術家」，他的創作「是毛澤東文藝思想在創作上實踐的一個勝利」。這是解放區第一篇研究趙樹理的專論，出自權威之手，先後在《長城》（張家口）、《解放日報》、《北方雜誌》、《東北文化》等處發表，並收入多種評論集，流布廣遠，對文壇確認趙樹理的價值起到了重要作用。周揚可謂趙樹理的知己，後來對他的為人與為文又不止一次予以肯定。趙樹理一直把他當作有著知遇之恩的領導來看待。一九七〇年九月，他在被批鬥摧殘致死的幾天之前，在囚室裏忍著被打折兩條肋骨以及多種傷病的痛苦，手抄毛澤東的〈卜算子・詠梅〉，囑託女兒將來設法交給周揚。殊不知，當時周揚正身陷囹圄，等見到趙樹理抄寫的〈卜算子・詠梅〉時，已是趙樹理被迫害致死幾年之後。性情善良而對革命充滿信心的趙樹理，當年在創作《小二黑結婚》時，不忍心如實地呈現人物原型的悲劇結局，而是賦予男女主人公花好月圓的美滿結局，然而，二十幾年之後，他卻與人物原型一樣慘死在冠冕堂皇的集體「私刑」之下。

趙樹理的小說不僅走遍了太行山等根據地、解放區，而且進入了洋風十足的滬、港等大都市，從一九四六年起，陸續推出上海版、香港版。一九四六年八月十六日、九月十七日，郭沫若在《文匯報》、《北方雜誌》發表評論，以詩人的激情盛讚趙樹理的創作：《李家莊的變遷》「和《小二黑結婚》、《李有才板話》一樣的可愛，而規模確實是更加宏大了。這是一株在原野裏成長起來的大樹子，它根扎得很深，抽長得那麼條暢，吐納著大氣和養料那麼不動聲色地自然自在」[15]。一九四六年十一月二日、十二月十日，茅盾也先後在延安《解放日報》、香港《華商報》發表評論，肯定趙樹理的《李有才板話》與《李家莊的變遷》。一九四七年七月二十五日至八月十日，晉冀魯豫邊區文聯召開文藝座談會，專門討論趙樹理的創作。與會者一致認為，趙樹理的創作精神和成果應該成為邊區文藝工作者實踐毛澤東文藝思想的方向，陳荒煤在總結發言中明確提出「向趙樹理的方向邁進」[16]。同月，晉冀魯豫邊區政府教育廳第一次頒發文教獎金，根據彭德懷、周揚、陳荒煤等人提議，趙樹理小說獲特等獎。一九四七年七月，冀魯豫書店出版《論趙樹理的創作》，收入郭沫若、茅盾、周揚等人的評論；一九四七年九月、一九四九年五月，華北新華書

15郭沫若，〈讀了《李家莊的變遷》〉，《文萃》第四十九期（一九四六年九月二十六日）。
16荒煤，〈向趙樹理的方向邁進〉，《人民日報》一九四七年八月十日。

店、東北新華書店先後出版同名評論集，在烽火連天的戰爭年代裏，對一個創作量並不大的新起作家，如此推重，實在是一種殊榮。

經歷了諸多生活上的磨難與創作上的探索，立志做一個「文攤」文學家的趙樹理，終於堂而皇之地進入了被視為純文學殿堂的文壇。

第二節　山裏人的焦點與盲點

從題材來看，趙樹理的小說可以叫做鄉土小說，只是已與此前的鄉土小說有了較大的區別。五四時期的鄉土小說，或是對閉塞鄉野的種種愚昧殘忍之事予以揭露，或是對農民的淒苦命運表示人道主義同情，或是對農民的精神創傷進行鞭撻，無論哪一種都往往流露出漂泊的遊子的淡淡鄉愁。左翼的鄉土小說，有丁玲的《水》、葉紫的《豐收》裏面農民的反抗，也有茅盾的農村三部曲裏資本主義衝擊下農村的破產。沈從文的鄉土小說，在鄉土風情的描述中寄寓了反璞歸真的審美理想。趙樹理的鄉土小說，則表現出抗戰以來根據地農村社會的一系列深刻的變化。五四以來，還沒有哪一位作家像趙樹理這樣與農民有著血脈相通的密切關係，他深知農民的憂患與希冀，也熟諳農民的長處與短處，他為農民的受欺而憤懣，為農民的困境而焦慮，為農民的覺悟與解放而歡欣鼓舞，也為農民的弱點而痛心疾首。文攤上，也從來沒有過這樣專寫農村生活、為農民而寫的文學作品。

以往文攤上的文學，通常有兩類，一是消遣娛樂性的（如言情、武俠、偵探、黑幕、狹邪等），一是宗教或道德的「勸善」，無論是情欲的變相滿足，還是道德的彼岸超越，都與現實生活有著相當的距離。

而趙樹理的小說卻是現實生活的真實寫照，題材嚴肅，甚至有的還不乏鮮明的政治色彩。之所以既能贏得大眾讀者，又能得到黨政機關器重，一個重要的原因就在於他的眼光聚焦於變革時代中的「問題」。舉凡農村政權、幹部作風、土地與勞動的關係、戀愛婚姻的主宰權、「賤業者」的尊嚴與權利等社會、文化問題，都予以藝術的觀照，難怪他把自己的作品叫做「問題小說」[17]。本來，人類在生存、發展中總會碰見各種各樣的問題，因而作為「人學」的文學，勢不可免地要觸及社會、文化、心理等方面的問題。「問題小說」之所以能夠作為一個文類概念提出來，實因為作者以自覺的文體意識去捕捉並表現歷史演進中的問題。

五四時期就曾有過興盛一時的「問題小說」。正如文學史家楊義所指出：「它是『五四』啟蒙主義精神和初步入世的學生青年的社會熱情和人生思考相結合的產物，……當時社會的黑暗、人民的苦難、群眾層中存在愚昧和落後的狀態、新覺醒的民主力量和陳腐守舊的封建勢力之間存在著尖銳的矛盾，這些均成為啟蒙志士和新文學家面臨的突出問題。他們適應時代的要求，以睿智的理性和蓬勃的熱情，去擁抱、去透視、去剖析這些社會問題，因此出現於一九一八至一九二一年之間的新小說家，幾乎都是問題小說家。」[18]這一背景決定了五四「問題小說」的特點是：作者以超越性的啟蒙姿態出現；作品大都只是提出問題，而沒有解決問題；問題大體在個性解放的範疇，如禮教禁錮與家庭專制，國民性的愚昧，女性的權利，青年的個性自由、婚姻自主及人生困惑等等。趙樹理在問題意識與啟蒙熱情等方面繼承了五四傳統，但他處於一個民族解放與人民解放的新時代，作者的生活環境與作品的接受環境都發生了巨大的變化，作者的思想構成與藝術修養也與前一代作家有了很大的不同，所以趙樹理的「問題小說」表現出鮮明的個性特色。

---

17 趙樹理，〈當前創作中的幾個問題〉，《火花》一九五九年六月號。

18 楊義，《中國現代小說史》第一卷（人民文學出版社，一九八六年），頁二二九。

他的問題不是啟蒙者沉思默想的抽象問題，也不是自身纏繞難解的個人情結，而是「在作群眾工作的過程中，遇到了非解決不可而又不是輕易能解決了的問題，往往就變成所要寫的主題」[19]。促使他寫作的動機，是要為百姓分憂解難的責任感與推動革命事業向前發展的使命感。並且，他在提出問題的同時，也努力要給出一個完滿的答案。岳冬至被殺這一刑事案件的背後，有著深刻的社會文化背景。害死岳冬至的村長的父親就是那地方原來的統治者，新政權成立，他讓兒子出面當村長，自己退到幕後，但實權還在他手裏，跟原來的地主政權沒有根本性的區別。否則，村長未必敢那樣胡作非為。但這一點是趙樹理在《小二黑結婚》問世以後才發現的，未能在這篇作品裏反映出來。寫作時，他所關注的是案件的發生以及村民的態度反映出來的農村封建倫理道德的普泛性與頑固性，於是，在《小二黑結婚》裏，案件的殘忍與破案的智慧被弱化了，能不能實現戀愛自由、婚姻自主被當作主要矛盾。作品大力渲染小二黑與小芹的青春活力和他們對家長意志的反抗，二諸葛問生辰八字掐算出來個「千里姻緣」，給小二黑收留一個童養媳，可小二黑卻不認賬：「你願意養你就養著，反正我不要！」三仙姑把女兒許給家裏富有的退職旅長，小芹鬧得更是決絕，當著媒人的面把對方送來的首飾綢緞扔下一地，拋給她娘的話是：「我不管！誰收了人家的東西誰跟人家去！」這斬釘截鐵的話語，頗像魯迅《傷逝》裏子君勇敢的宣言：「我是我自己的，他們誰也沒有干涉我的權利！」在著力表現新人的膽魄與自由戀愛的合理性的同時，盡情地奚落二諸葛與三仙姑的封建迷信與包辦子女婚姻的荒謬性。為了給人們以希望，生活原型的悲劇在作品裏化為大團圓的喜興結局。對於根據地的讀者來說，《小二黑結婚》不僅讓他們大開眼界，而且提供了可以效仿的榜樣。據當年在根據地工作過的同志回憶：「『小二黑』已經成了太行山農民反對封建思想、追求自由幸福婚姻的化身

[19] 趙樹理，〈也算經驗〉，《人民日報》一九四九年六月二十六日。

了。」「當時涉縣河南店村的一個姓熊的姑娘和一個部隊的幹部戀愛，遭到了她父親和村裏的一切落後勢力的諷刺和壓迫，她的父親強迫她嫁給別人了。可是不久，『小二黑』在太行山出現了；她聽了『小二黑』的故事和看了『小二黑』的戲，在『小二黑』感召鼓勵下，終於走上了『小二黑』的道路，衝破了封建的枷鎖，跟她父親包辦的婆家離了婚，然後又跟她真心相愛的對象結了婚。」[20]像這樣的事例不勝枚舉，可見作品的現實影響力之大。

《小二黑結婚》突出了自由戀愛與傳統道德的矛盾，而對幹部構成的問題沒有深究。實際上，抗戰初期，由於老實巴交的農民對根據地新政權還不摸底細，不敢出頭露面，一些流氓分子便趁機表現積極，騙取了經驗不足的黨政機關下派的工作人員的信任，當上了幹部。幹部隊伍的不純與部分政府工作人員的主觀主義、官僚主義已經妨礙了減租減息的正常進行，影響了根據地的建設。趙樹理在下鄉調研中，越來越意識到這一問題的嚴重性，於是創作了《李有才板話》。作品裏的兩條線索相互交織，一條是農村政權的問題，另一條是工作人員的作風問題。「當過兵，賣過土，又偷牲口又放賭，當牙行，賣寡婦……什麼事情都敢做」的「一隻虎」閻喜富，抗戰之初趁著兵荒馬亂搶了個村長，在村中稱王稱霸、胡作非為。從前連任多年的老村長閻恆元，現在實際上仍然在暗中唱主角，「一隻虎」栽倒之後，陰險狡詐的地主閻恆元，利用農民的弱點與章工作員的官僚主義，又把自己的乾兒子劉廣聚推上村長的位置，「新政權」照樣掌握在他的手裏，打擊、分化、收買農民中的積極分子，破壞減租減息。如此這般，反倒成了個受到上級嘉獎的「模範村」。幸而熟悉農村、作風扎實的縣農會主席老楊，深入基層，發現了問題，才依靠群眾，揭穿了閻恆元的陰謀，打開了局面。農村幹部隊伍不純，惡勢力仍在暗中作祟，章工作員式的人多，老楊

---

20 苗培時，〈《小二黑結婚》在太行山〉，《北京日報》一九五七年五月二十三日。

式的人少，這些都是現實性很強的問題，所以，小說問世以後，深受上上下下的歡迎。在整風學習、減租減息甚至後來的土地改革中，這篇小說成了幹部必讀的參考材料。他們不但自己學習，還把它像文件似地唸給農民聽，農民一邊聽得樂不可支，哄堂大笑，一邊聯繫實際，「對號入座」，仿效小說裏的辦法解決本村的問題[21]。由於從現實出發，且融入了作者對農村社會關係的深刻洞察，閻恆元這一人物具備了跨越時空的典型性。閻恆元憑藉金錢力量與社會關係，抗戰前年年連任村長，李有才給他編了一段快板：

村長閻恆元，一手遮住天，
自從有村長，一當十幾年。
年年要投票，嘴說是改選，
選來又選去，還是閻恆元。
不如弄塊板，刻個大名片，
每逢該投票，大家按一按，
人人省得寫，年年不用換，
用他百把年，管保用不爛。

這段快板不僅道出了閻家山的實際，也觸及了當時國統區反民主的「一黨天下」的專制本質，甚至二十世紀下半葉，東西方社會都尚未絕跡的權力終身制也能從閻恆元這裏找到一面鏡子。

21 參照戴光中，《趙樹理傳》，頁一七〇。

作為農民的兒子，趙樹理熟悉農村，瞭解農村複雜的階級關係。在抗戰勝利後的新形勢下，「每個村子裏，都有一種靈活的滑頭分子，好像不論什麼運動，他都是積極分子——什麼時行賣什麼，吃得了誰就吃誰；誰上了臺擁護誰。這些人，有好多是流氓底子，不只沒產業，也不想靠產業過活，分果實是遲早頭一份，填窟窿時又回回是窟窿。可是當大多數正派貧雇農還不相信自己的時候，這些人就成了天然的積極分子。……要是大多數正派人都還沒有當家做主的時候，就依靠他們出來做積極分子，或是讓他們當了領袖，他們更會把別人踏到腳底下，工作一定要搞壞」[22]。他曾在《李家莊的變遷》等作品裏寫過這種情況，一九四八年三月間又在短文中予以提醒，但問題仍然相當嚴重，於是，他於一九四八年十月寫成中篇小說《邪不壓正》，進一步揭露這種「積極分子」的假象。作品裏所寫的下河村，土改以前，流氓小旦為地主當爪牙，充當逼親的媒人，訛人騙人，狐假虎威欺壓群眾。土改初期，小旦混成了積極分子，利用一些村幹部的自私心理，興風作浪。他們為了滿足私欲，把誰家放過一筆賬、誰家爺爺打過人，誰家奶奶罵過媳婦、誰家被強迫與地主結親都算成封建條件，作為鬥爭分成果的對象，結果嚴重侵犯了中農利益，傷害了中農的感情。舊主子倒臺後，小旦又攀上了新主子。為了替農會主任家「說」成親，他參與鬥爭軟英姑娘的意中人小寶，以索要莫須有的金鐲子要脅軟英家，逼人就範。直到後來上級派來了工作團，才糾正了土改中的過火行為，揭露了小旦的爪牙嘴臉。對幹部的假公濟私與流氓分子的揭露，不僅在當時具有重要意義，而且在半個多世紀後重讀這篇作品，聯繫到今天的農村現實，仍覺其眼光深刻。

趙樹理發現問題的眼光十分尖銳，但解決問題的態度卻是相當寬容。小昌為了給自己的孩子訂婚，在黨內黨外布置鬥爭，打擊同志，又利用流氓威脅女方，對這樣的黨員幹部仍給他反省改過的機會；對小旦

22　趙樹理，〈發動貧雇要靠民主〉，《新大眾報》一九四八年三月十六日。

那樣的流氓，也並不是一棍子打死，而是給他以重新做人的出路。再如農民的弱點，如實刻畫與嘲諷譏刺不留情面，但最後總是給他們留有希望。三仙姑與二諸葛，到後來「神仙」的脾氣都有些改變，認同了孩子的婚事，還拆去了三十年來裝神弄鬼的那張香案，收起了那套陰陽「鬼八卦」。《李有才板話》裏曾經一度被閻恆元拉下水的小元、馬鳳鳴也都承認了過失，看得見與農民兄弟同心同德的前景。即使對於反面人物也不主張盲目報復、斬盡殺絕。迫害小二黑與小芹的興旺、金旺，按照法律程序判處徒刑。惡棍李如珍，由於罪大惡極，群眾等不及縣政府處決，公審的當場就拖下來，「一條胳膊連衣服袖子撕下來，把臉扭得朝了脊背後，腿雖沒有撕掉，褲襠子已撕破了」。對這種復仇的慘烈場面，趙樹理沒有像有些作品那樣大力渲染並加以欣賞，而是從縣長的角度對暴力予以消解：先是向群眾宣傳只要能改過就不殺，當群眾強烈要求馬上槍斃時，又推說沒有槍，群眾要用他腰裏的手槍，他推說沒有子彈。李如珍被撕裂而死後，他又說：「這弄得叫個啥？這樣子真不好！」「你們再不要親自動手了！本來這兩個人都夠判死罪了，你們許他們悔過，才能叫他們悔；實在要要求槍斃，我也只好執行，大家千萬不要親自動手。現在的法律，再大的罪也只是個槍決；那樣活活打死，就太，太不文明了。」村民辯解道：「他們當日在廟裏殺人時候，比這殘忍得多⋯⋯」縣長解釋說：「那是他們，我們不學他們那樣子！」經縣長的一番說服工作，農民也終於認同了寬容一點的意見：「只要他還有一點改過的心，咱們何必要多殺他這一個人啦？他要沒有真心改過，咱的江山、咱的世界，幾時還殺不了個他？」為虎作倀的狗腿子小毛免遭李如珍的下場，由縣長帶走，等成立起縣政府來再行處理。抗戰勝利後與土地改革中，有些地方出於農民的強烈的復仇欲望，出現了未經法律程序就大開殺戒的事情，文學作品不加分析地予以肯定甚至欣賞，真實倒是真實，但究竟偏離了正確的政策，而且從藝術表現來看，不加節制的血腥渲染也未免引起審美的阻隔。趙樹理是地地道道的苦出身，受過高利貸的盤剝，家境最困難的時候，妹妹差點兒被賣掉。他本人三次被國民黨當局逮捕，父親慘遭日本侵略者的殺害……為此他疾惡如仇，憎愛分明，但他不主張盲目復仇，但凡可以寬容的，他都給留一條出路。這一敘事態度固然與他的政策思想有關，另一方面，也與他從小養成的「勸善」意識有關。他的家鄉，素有敬神信巫之風，他的祖父和祖母信奉「三聖教道會」，取儒家之忠恕、釋家之慈悲、道家之感應，合三為一，勸人行善。受其影響，趙樹理從小吃齋，直到二十一歲在長治四師讀書時在進步同學的影響下，才開齋食肉。科學文化的學習，加之後來革命鬥爭的洗禮，使他自覺地與封建迷信劃清了界限，《小二黑結婚》等作品就鮮明地表現了他對封建迷信的批判態度。但文化的影響十分複雜，迷信摒棄了，而與人為善已經化為他的性格，勸善注入了他的文學敘事態度。這種態度，是他的幽默的源泉之一。後來才有機會相見的老舍，一個吃過多年的洋麵包，一個卻是地地道道的「土包子」，兩個人卻能一見如故，創作互相欣賞，工作合作融洽，個種原因恐怕就與他們都有植根於勸善的寬容有關。

大山賦予人以務實、忠誠、樸厚的品格，但有時也遮蔽了山裏人的視野。由於思想文化眼界的局限，趙樹理的小說裏，也存在著一些盲點。譬如，《地板》試圖說明「糧食確確實實是勞力換的」，第一人稱的現身說法，確有一定的感人力量，但實際上卻忽略了生產資料的作用，缺乏嚴密的邏輯性；在當時特定的背景下，能夠起到政治啟蒙作用，而一旦事過境遷，就顯出了理性背景的蒼白，作品的感染力就要大打折扣。並且，作品裏的小學教員王老三認為農業生產「才是走遍天下餓不死的真正本領」，而他的教書本領則要等而下之，其實這也反映了農民的狹隘見識。由於生產力發展緩慢，加上統治者的專制需要，中國農民長期被阻隔於文化的大門之外，因而對知識者抱有十分複雜的態度，一方面有幾分敬畏之心，另一方面又有幾分嫉妒、敵意，後者從民間文藝裏面對「窮酸」文人的嘲弄即可窺見一二。實際上，腦力勞動與體力勞動不應有高低貴賤之分，歧視農業生產固然荒謬，擁有知識的教員也大可不必自卑。趙樹理小說大都有一個大團圓的結局，這是為了顯示共產黨領導下根據地的光明主導面，與最後必然勝利的光明前景，在當時自有其如此處理的價值。但從表現社會生活的複雜性來看，則失之簡單化。並且，大團圓常常要依賴「欽差」來完成，分明看得出國人——尤其是農民盼「青天」思想的痕跡。有些文化觀念上的認同，也未必禁得起時光的淘洗。譬如已經四十五歲的三仙姑，「小鞋上仍要繡花，褲腿上仍要鑲邊，頂門上的頭髮脫光了，用黑手帕蓋起來」，被視為「老來俏」，說她「可惜官粉塗不平臉上的皺紋，看起來好像驢糞蛋上下上了霜」。如果只是人物視角，自然可以理解，但敘事者也與奚落她的眼光認同，則顯露出一點農民式的保守與狹隘。

第三節　鄉野風格的通俗小說

五四新文學精神意蘊與文體形式都煥然一新，從其文學影響源來看，傳統文學一度退居於潛在層面，而外國文學則處於顯在的位置。在這一背景下，作家大都傾向於向外攝取，以文體的趨新為榮，對傳統的東西包括通俗文學、民間文學等則有所怠慢，甚至不少人避之唯恐不及，生怕沾上老氣、俗氣、土氣。這種情況甚至到了急需通俗文學鼓舞民氣的抗戰初期仍無大的改觀。趙樹理卻敢於亮出通俗文學的旗幟，《小二黑結婚》、《李有才板話》與《李家莊的變遷》等作品，在單行本的封面上就打上了「通俗故事」或「通俗小說」等字樣，作為號召讀者的標誌。通俗文學其實也是一個相當廣闊的領域，三四十年代的通俗文學主要面向市民讀者群，而人數更多的農民讀者群，則既看不懂洋風較重的新文學，也極少看到與之相適應的通俗文學。農村民間所流行的仍是充斥著封建倫理與愚昧迷信色彩的唱本、平話之類。趙樹理早在三十年代中期立志從事通俗文學，而後鍥而不捨地堅持下去，一個重要的原因就是痛感於新文學與農村讀者的嚴重脫節。所以趙樹理的通俗小說的主要對象是廣大農村讀者。

這一基本定位決定了趙樹理小說文體的獨特性。農民是在評書傳統中薰陶過來的，喜歡有頭有尾的故事，所以趙樹理小說的結構，與五四以來從西方引進的「橫截面」式的結構方式有所不同，大都為縱向型的故事體，整體上是一個有頭有尾、首尾相顧的圓形結構。脈絡一般比較單純、清晰，少有複式結構。中間設些關節，一環套一環。結構方式對古代章回小說的體式有所借鑑，但揚棄了對偶的題目及一分為二的板塊結構，顯得自然、明快。

在敘事策略上，照顧農民的心理定勢與欣賞習慣，作品開頭不用突如其來的對話，也不用大段的景物描寫，而是開門見山，拉開幕布，即見人物活動的舞臺，緊接著切入人物的身世或典故，引出後面一連串的故事。作品的展開以動作的敘述為主，少有靜止的景物描寫、肖像描寫與心理描寫。譬如說小芹美，從頭到尾沒有一句直接描寫，而是通過側寫：「小芹今年十八了，村裏的輕薄人說，比她娘年輕時候好得多。青年小夥子們，有事沒事，總想跟小芹說句話。小芹去洗衣服，馬上青年們也都去洗；小芹上樹採野菜，馬上青年們也都去採。」寫小二黑也一樣：「說到他的漂亮，那不只在劉家　有名，每年正月扮故事，不論去到哪一村，婦女們的眼睛都跟著他轉。」這種側寫方法頗得古詩〈陌上桑〉寫羅敷之美的韻致。像閻恆元、李如珍、春喜、小喜之類的反面人物，也不在外貌的醜化上花費筆墨，而是通過言行的敘述來自然展示。短篇、中篇自不必說，就是在十幾萬字的長篇小說《李家莊的變遷》裏，李如珍到底長得什麼樣，作者未做交代，讀者不得而知。但其狡詐、豪橫的形象在讀者心中卻是分明可見。趙樹理的敘事猶如山西驢皮影，線條洗練，透光性好，動感強，後面一隻看不見的手在巧妙地操縱，栩栩如生。

最為人稱道的是趙樹理的敘事語言。人物語言是道道地地的農民口吻、農村語彙，句句見得出農民的不同性格。區長問二諸葛他給兒子收的童養媳幾歲了，二諸葛的回答是「屬猴的，十二歲了」，先說屬相，顯露出這一人物平素看相算卦的「職業」特點，區長要他把童養媳退回家去，還小二黑以婚姻自由。

他便申辯說：「女不過十五不能訂婚，那不過是官家規定，其實鄉間七八歲訂婚的多著哩。」他一再請區長「恩典恩典」，這些語彙都能見出他受封建文化浸染之深。就連一般描寫農村題材的作家很難過關的敘述語言，他也使用了來自農民的生活語言，殊為難得。郭沫若在〈讀了《李家莊的變遷》〉一文中稱讚道：「不僅每一個人物的口白適如其分，便是全體的敘述文都是平明簡潔的口頭話，脫盡了五四以來歐化體的新文言臭味。」用語質樸而醇厚，沒有浮泛的形容詞的堆砌。比喻也多用農村常見的事物。諸如《李家莊的變遷》形容閻錫山濫封官爵：「就是掃帚把戴上頂帽，也照樣當縣長！」等等。快板的插入，與傳統小說的有詩為證迥然不同，古代白話小說的敘述語言是白話，而有詩為證則是文謅謅的文言詩賦，那是文人癖性對民間平話的介入，造成了風格的駁雜；而在趙樹理小說裏，快板的語言風格與敘述語言的風格完全一致，渾然一體。語言主要採自民間，對傳統小說的語言也時有巧妙的借用，如：「插起招軍旗，就有吃糧人。」說三仙姑急著要給女兒找婆家，自有聞風而動者上門來。趙樹理從傳統文學與生活中活的話語汲取養料，但並非拾到籃中就是菜，而是對語言的使用十分講究，下了細緻的篩選、鎔鑄、純淨的功夫。有說書人的流暢，而無陳詞濫調；有民間口語的鮮靈，洋溢著濃郁的農村生活氣息，而極少粗鄙的罵語，也捨棄了生僻難懂的方言土語；語言質樸自然，但文法謹嚴，句子短小、精練，生動活潑，準確傳神，而且朗朗上口，可以誦讀，富於韻律感。正如古人所吟：「看似尋常最奇崛，成如容易卻艱辛。」[23]

也許是為了沖淡底層社會生活的苦味，民間文學素有一種幽默的傳統。趙樹理的故鄉地僻叢深，生活艱苦，農民尤喜苦中作樂。自小深受民間文藝薰陶、又切身體驗過農村生活、擁有許多農民朋友的趙樹理，養成了一種開朗、粗獷的鄉野幽默性格。這種性格體現在創作裏，便有了鄉野式的幽默。他的筆下，

---

[23] 王安石，〈題張司業詩〉。

有窮人的自嘲，如樂天派窮光棍李有才的開心話：「吃飽了一家不饑，鎖住門也不怕餓死小板凳。」也有針對村霸與抱粗腿者的俏皮辛辣的快板，如：「張得貴，真好漢，跟著恆元舌頭轉：恆元說個『長』，得貴說『不短』；恆元說個『方』，得貴說『不圓』；恆元說『沙鍋能搗蒜』，得貴就說『打不爛』；恆元說『公雞能下蛋』，得貴就說『親眼見』。要幹啥，就能幹，只要恆元嘴動彈！」他善於開掘人物性格的幽默資源。三仙姑年輕時和村裏的年輕人「每天嘻嘻哈哈，十分哄夥」，倒也罷了，三十年後的年輕人仍往她家裏跑，她起先還以為自己仍有勾引青年的本領，日子長了，才看出門道，原來是為了小芹。這已讓人忍俊不禁了。待到她聽說小芹要跟小二黑自由結婚，怕果真如此，她將來想跟小二黑說句笑話都不能了，於是託東家、求西家要給小芹找婆家。這就更讓人不能不哂笑了。趙樹理常常抓住人物可笑的「典故」，藉他人之口反覆渲染，產生一種笑聲盈室的情境。如二諸葛的「今日不宜栽種」、「恩典恩典」，三仙姑的「米爛了」等語，就成為人們開心的笑料。偶爾也抓住形象特徵，加以誇張，譬如說恆元的兒子閻家祥「相貌不大好看，臉像個葫蘆瓢子，說一句話眨十來次眼皮」。不過接著就來了反諷：「不過人不可以貌取，你不要以為他沒出息，其實一肚骯髒計，誰跟他共事也得吃他的虧。」現代幾位作家的幽默比較起來，魯迅的幽默冷雋而耐人咀嚼，老舍的幽默溫馨裏浸入了苦澀，張天翼的幽默裏多些冷峭與熱辣，趙樹理的幽默則帶有農民式的厚道與粗獷。

作家因經歷等不同而對文學溯源的方向各有側重，一部分作家留過洋，或外語能力較強，較多地從異域汲取養分，作品具有探索性、先鋒性；另一部分作家傳統根基較為厚實，審美興趣超然物外，對中國白話小說傳統多有繼承，創作適於市民閱讀的通俗小說；還有一部分土生土長的農村知識分子，與民間文學的親緣關係更近，創作適於農民閱讀的通俗小說，趙樹理所代表的就是第三種。「他通曉農民的藝術，特別是關於音樂戲劇這一方面的。他參加農民的『八音會』，鑼鼓笙笛沒一樣弄不響；他接近唱戲的，戲臺上的樂器件件可以頂一手；他聽了說書就能自己說，看了把戲就能自己耍。他能一個人打動鼓、鈸、鑼、鏇四樣樂器，而且舌頭打梆子，口帶胡琴還不誤唱。」[24]如此深厚的民間藝術造詣，在現代作家中恐怕是首屈一指的。當他寫小說時，他的腦海裏，大概時不時地會出現一個晉東南人民祭神過年時鑼鼓喧天的戲臺，或大樹下的簡易戲場，表演性、動作性與通俗性已化為創作生命的自然律動。趙樹理的小說猶如他所陶醉其中的上黨梆子，鄉野氣息濃郁，質樸自然，清新剛健，粗獷豪放，但藝術趣味較為單一，敘述占壓倒優勢，缺少形式多變、色調豐富的描寫，致使敘事有時缺乏跳躍性，失之平鋪直敘，有時顯得冗贅繁複，靈氣不足。

由於戰爭環境，趙樹理所投身的革命陣營，其主體是農民與主要來自農村的軍人，所以，無論是思想還是藝術情趣，趙樹理都切合了時代的要求，從而獲得了在文壇上的地位，既對文學的發展起到了一個路標的作用，又為後來的山藥蛋派的形成開了先河。儘管由於全社會文化水平的不斷提高，科技水平的不斷發展，農民的審美趣味也在發生變化，曾經作為方向來提倡的趙樹理小說多少有點被冷落的感覺。然而其現實主義的眼光、為大眾服務的熱情，獨闢蹊徑的創作個性，仍然值得今人回味。

24 王春，〈趙樹理是怎樣成為作家的〉，《人民日報》一九四九年一月十六日。

結　語

回顧與總結二十世紀三四十年代文學，無論如何不能迴避左翼文學的評價問題。

二十世紀三四十年代，中華民族處於錯綜複雜的社會危機與民族危機之中，面臨著生死存亡的考驗與鳳凰涅槃的機遇。經過血火交迸的拚搏，中華民族終於打敗了日本侵略者，贏得了自鴉片戰爭以來第一次揚眉吐氣的勝利，也重新選擇了社會發展道路。這一悲壯的歷史進程不能不給文學留下濃重的投影。從世界範圍來看，以蘇聯為中心向外輻射的左翼文學「衝擊波」十分強勁，左翼文學思潮成為二十世紀三十年代前後世界性的現象。中國現代文學的萌生與發展都深受外國文學影響，由於社會進程的需求，對於世界文壇的左翼思潮自然更樂於接受。二十年代末，還只是創造社、太陽社等幾個社團進行左翼文學的倡導與試驗，等到三十年代初左聯成立後不久，左翼文學陣營迅速壯大。左翼旗幟下，不僅有魯迅、郭沫若、茅盾、田漢、洪深等弓馬嫻熟的文壇宿將，也有柔石、張天翼、丁玲、魏金枝、沙汀、艾蕪、端木蕻良等嶄露頭角的文學新人。一些作家雖然沒有加入左聯，但其創作帶有鮮明的左翼色彩，如蕭軍、蕭紅、吳組緗等；即使像徐志摩、巴金、老舍、施蟄存、穆時英等對左翼曾經不無批評的作家，在其創作中也程度不同地接受了左翼的影響。左翼文學的創作、出版與閱讀，成為三十年代的新時尚。

左翼文學確曾有過革命加戀愛的幼稚膚淺與傳聲筒式的直露硬澀，然而，經過一段時間的探索與積濺，逐漸成熟起來。總的看來，左翼文學以充沛的激情、敏銳的感悟、深刻的洞察與多彩的筆觸，創造了一個廣袤深邃、千姿百態的文學世界。血火交迸的紅色的確是左翼文學的標誌性色彩，但左翼文學對暴力並非一味地張揚，而是在充分肯定暴力反抗的歷史必然性與正義性的同時，也有分析性的審視。譬如茅盾的《動搖》，描寫了第一次國內革命戰爭時期湖北某縣的大動盪。過去在解讀中，往往把局勢的混亂只是歸罪於投機派胡國光的蓄意破壞和土豪劣紳的瘋狂反撲。實際上，無論是從作者的創作動機來說，還是從文本的實際表現來看，至少還有兩個原因：其一，當時，革命黨人中存在著較為普遍的激進盲動情緒，恨不能早晨一覺醒來就能看見人類大同，因而有人主張無條件支持群眾的所有要求與行動，這樣一來，贊成「解放」婢妾、尼姑、孀婦，並為之設立「解放婦女保管所」的決議，終於在縣黨部會議上通過，結果為後來胡國光等人將「保管所」變成「淫亂所」留下了隱患，使「共產共妻」的謠言有所坐實，敗壞了革命的聲譽。其二，群眾盲目的復仇情緒和無限的欲望像一座一觸即發的活火山，因而，胡國光的偏激主張每每能夠得到多數的贊同，導致了搶奪並分配婢妾、尼姑、寡婦等鬧劇的發生。這兩重原因的揭示，表現出茅盾作為一個早期共產黨人對社會歷史進程的獨到而深刻的思考，也看得出國民性批判主題在政治題材中的展開，從而表明左翼文學是五四傳統的繼承與發展，而不是像有些論者說的那樣是所謂中斷乃至背離。這樣的分析性描寫，不僅出自於茅盾這樣的資深作家，而且在端木蕻良二十一歲時創作的《科爾沁旗草原》裏，也給人以鮮明的印象。同《水滸傳》那種對暴力無保留地欣賞並張揚的敘事態度相比，左翼文學的分析眼光顯示出深刻的歷史理性與可喜的現代色彩。這一點不僅讓人由衷地欽佩，而且在社會矛盾錯綜複雜的今天足以引起深深的回味。

與京派、海派乃至更大範疇的自由主義文學相比，左翼文學以社會政治色彩見長。譬如茅盾的長篇《子夜》、中篇《多角關係》與短篇《林家鋪子》、《春蠶》、《秋收》、《殘冬》等小說，就以磅礴的氣勢與細膩的筆觸描寫了上海的種種騷動，尤其是證券市場的震盪，以及小市鎮的惶恐不安與農村的破產凋敝，揭示出民族危機逼促下錯綜交織的階級關係與經濟網絡，呈示出一幅三十年代前期中國南方社會大動盪的全景圖。但左翼文學不僅擅長於社會政治題材，而且在風土民情、文化氛圍、心理世界等諸多方面也有廣泛涉獵，展示出一個十分廣闊的視野。譬如長篇小說《科爾沁旗草原》，就以科爾沁旗草原為背景，展開了東北黑土地的歷史與現實、社會與文化的巨幅畫卷。從中我們能夠看到步入二十世紀以來日益加重的民族危機：日俄戰爭期間俄國軍隊在中國領土上的肆意蹂躪與瘋狂掠奪，資本主義經濟的滲透與壓迫對中國經濟造成的劇烈衝擊，「九・一八」事變給東北人民帶來的災難與痛苦，以及由此激發起來的抗日怒潮。也能夠看到充滿了毒辣陰謀、血腥罪惡與醜惡鬧劇的大戶發家史，以及自然經濟走向瓦解時大戶子弟的分化——有的投身於波詭雲譎的證券投機事業，有的夤緣攀附身居高官，有的則走上了文化啟蒙之路。還能夠看到不甘於被壓榨的農民，急欲抗爭，但因奴隸根性作祟，半途而廢。作品不僅燭照出社會底層的人們幾千年精神奴役的創傷，而且發掘出各色人物的心理隱微：強搶農家女做妻、後在外放浪形骸的沒落者，內心深處竟也隱藏著一段不無暖意的幽情；立志走一條新生之路的覺醒者，在自家利益與佃戶利益發生衝突時，卻站到了佃戶的對立面，並且禁不住堂嬸的誘惑，於半醉半醒、半推半就中犯下了亂倫的罪愆。在這部作品裏，我們還可以看到帶有原始薩滿教巫風的跳大神儀式，以及民眾在其神祕和恐怖的氛圍中敬畏有加而又如醉如癡的奇特效應，聽到悲涼中不無幽默的民間小調，感受到粗獷、神祕而別有韻味的東北民間文化氛圍。幾百年前的山東大水災，雖然沒有展開直接描寫，但是為災民的千里大逃荒提供了一個背景，也與後來的社會災難以及民眾反應構成一種對應與象徵的結構。這種結構事實上已經觸及了人類與自然的關係。比《科爾沁旗草原》還要早寫兩年的丁玲的中篇小說《水》，其後半部分把筆鋒從自然災害轉向人為災害，從抗擊天災轉向階級鬥爭，因而曾被評論家予以高度評價，但往往不受重視的前半部分，其實也有著值得注意的藝術新質，作者生動地描寫了洪水滔天的可怕勢頭、人與動物的驚恐反應、農民的殊死搏鬥、回天無力的可憐無奈等，在表現人們向自然災害頑強抗爭的同時，也如實地展示出自然的力量。這些可以看作半個世紀後正式崛起的綠色文學的先聲。丁玲加入左翼陣營之後，寫過時髦的表現革命與戀愛衝突的《一九三〇年春上海》，也寫過《水》這樣的天人衝突與階級鬥爭兼而有之的複調性作品，還寫過直接刻畫革命者的《某夜》等，但作為一名從女性視點切入文學的女性作家，她並沒有忘記自己的性別立場和女性體驗，她的長篇小說《母親》，以自己的母親為原型，帶有較強的傳記色彩，著意描寫辛亥革命前後一位遭遇喪夫之痛的少婦在女性解放道路上的艱難跋涉，與此同時，也細緻生動地表現了湘地的人情世故，再現出女學初興時的新奇景象，還渲染了辛亥革命之前山雨欲來風滿樓的時代氛圍。這部原擬寫作三十萬字的作品因作者被捕而擱淺，但從留下的十幾萬字中足可見出左翼作家的開闊視野。

左翼文學在潑墨般地描寫社會與文化的恢弘畫卷的同時，並未忽略幽曲深邃的心理世界，而是既注意從人的感情漣漪折射時代變遷，又努力發掘其蘊涵豐富的心理礦藏。《動搖》在表現社會政治的驚濤駭浪的同時，也刻畫了方羅蘭在感情生活上的動搖，一方面是摘取自由戀愛果實之後便退守家庭的婉麗賢慧的妻子陸梅麗，另一方面是浪漫活潑、機警嫵媚的革命同事孫舞陽，前者讓方羅蘭失望，但又無法完全割捨伉儷之情與婚姻責任，後者讓方羅蘭春心復萌，但又對她的開放不羈不能全然接受，於是只是保持一點內心深處的暗戀。方羅蘭的欲動又止，而又於心不甘，反映出社會轉型期許多中國人的心理窘態與生存困境。柔石的中篇小說《二月》裏，蕭澗秋反映了在時代大潮邊緣徘徊的知識分子的精神狀態，頗有時代感，並且他對新寡的少婦文嫂寄予同情，將以結婚來實行救濟，對熱情如火的少女陶嵐心有所動卻一再推拒，這種微妙的心理狀態亦有耐人咀嚼的餘味。法國羅曼・羅蘭曾經為之深深感動的柔石的《為奴隸的母親》，不僅寫出了典妻陋習給貧窮的春寶娘帶來的人格屈辱與撕裂母愛的痛楚，而且也傳達出一個女人的性愛遭受強加與割裂的隱痛。魏金枝的《報復》，寫一個因被鴉片鬼姦污而備受折磨的農村寡婦，在修行二十年後竟在幻覺中殺死了前來認母的兒子，淒慘的悲劇中見得出心理分析的幽曲和力度。

左翼作家在拓展題材的廣度與深度時，在語言的大眾化、中國敘事傳統的繼承與更新等方面也做出了可貴的努力，創造出豐富多樣的文體風格，如魯迅《故事新編》的瑰麗奇警、茅盾的吳越文筆、張天翼的冷峭審醜、沙汀的川味諷刺、端木蕻良的意象敘事等，對現代小說文體的成熟與發展都有不可磨滅的貢獻。

左翼文學固然創造了驕人的成績，但把它認作三十年代的文學主潮，這種觀點在小說領域恐怕有待商榷。京派、海派等廣義的自由主義流派，在當時相當活躍，對左翼的創作亦有積極的影響；葉聖陶、冰心、許地山、巴金、老舍、李劼人、廢名、沈從文、師陀、蕭乾、施蟄存、張恨水等重要的小說家，均不屬於左翼；出自非左翼作家的精品在數量及影響上恐怕要占上風；從對現代小說的文體貢獻來說，非左翼作家也不見得比左翼作家遜色。三十年代的小說創作，呈現為千帆競發、百舸爭流的局面，很難說哪個流派占據中心位置。如果一定要用「主潮」來表徵的話，那麼可否說左翼文學與自由主義文學、民主主義文學、民族主義文學的競爭、衝突與融匯共同構成了三十年代文學的主潮。

繼左翼衝擊波之後，世界反法西斯陣線的形成在更大範圍內加快了作家從象牙之塔走向社會的步履。在中國，抗日戰爭爆發後，作家不計前嫌，不分流派，紛紛集合在統一戰線的旗幟下，投身於救亡活動。創作的社會政治色彩普遍加重，實在是勢所必然。誠然，如果沒有敏銳的政治眼光，就不會有《子夜》、《太陽照在桑乾河上》，但茅盾與丁玲這樣才華橫溢的作家，在三四十年代沒能充分發揮出文學潛力，不能不說與他們強烈的政治傾向有關。茅盾堪稱大氣磅礴寫春秋的大手筆，但其描寫社會歷史進程的作品，就其藝術結構的完整性、歷史氛圍的真實性、語調把握的分寸感而言，成功之作也只有《蝕》三部曲中的第二部《動搖》，這部作品留下了北伐戰爭時期風雲變幻的真實場景與作者的理性審視。而通常予以高度評價的《子夜》，其成功之處在於都市描寫，農村部分則相形見絀，與蔣光慈小說的某些公式化描寫大同小異，至於城鄉描寫在結構上的失衡更是顯而易見。丁玲的小說代表了五四精神哺育下的文學新人由個性解放向社會解放的邁進，但視野的拓展中也留下了種種苦澀，譬如帶有鮮明個性烙印與時代色彩的女性主義特點的減弱，表現土改鬥爭的簡單化等等。趙樹理以其問題意識之敏銳、表現社會現實的迅捷與切合農民審美需求之執著，在根據地文學中最為突出，但其視野不夠開闊、觀念不無褊狹，風格稍嫌單一，無疑削弱了作品的藝術魅力。巴金、老舍、沈從文、蕭紅、路翎、張愛玲、張恨水等作家，當他們對社會政治保持相當的距離時，才能較為充分地發揮藝術才華。反之，則難免釀出苦果。巴金的長篇傑作《家》與《寒夜》，創作時並沒有直接的政治功利目的，而抗戰時期的急就章《火》連他自己都不滿意。老舍為抗戰也傾注了大量的心血，但其《火葬》等直接表現抗戰的作品只是熱情的標誌，而不是藝術的結晶。倒是完成於抗戰勝利以後的《四世同堂》，側重於描寫抗戰時期北京市民的心理歷程，才顯示出作者的藝術功力。作家不可能與政治絕緣，但究竟應該怎樣把握政治與文學創作的關係，這是值得我們深思的問題。張愛玲是一個少有的怪才，她那獨異的女性主義姿態與藝術風格給我們以鮮明而別致的印象，但她後來一度踏入了她最陌生的政治題材的雷區，製作出《赤地之戀》這樣的粗糙品，不能不說留下了深深的遺憾。文學固然可以成為噉飯之道，但不能為了吃飯而犧牲創作個性，否則，再有才氣的作家也會敗走麥城。比起政治文化來，精神文化與文學的關係要更近些。沈從文的成功，很重要的一個原因在於其創作始終同風格獨具的精神文化——湘西文化糾結在一起。他鍥而不捨地為自己的故鄉——「邊地」湘西造像，其「邊地」並非國家意義上的「邊地」，而是相對於漢文化的少數民族文化，相對於城市文明的鄉村文明，相對於意識形態中心與強勢思潮的邊緣文化。「邊地」圖景的傾心描繪，不只是作家個人情懷的顯露，更是現代文明建構複雜態勢的反映，也益於營造詩性的審美意境，這樣具有個性特徵、文化意蘊和審美魅力的作品，必然贏得讀者的青睞，在文學史上占有一席之地。沈從文從自身早年的軍旅生涯中看透了腐敗政治的內幕，所以在生活與創作中採取疏離政治的自由主義姿態，這倒幫助他成就了文學的輝煌。文學與政治，究竟應該處於怎樣一種關係才有利於作家創作個性的發揮與文學的發展，這是一個值得深入研究的問題。

儘管三四十年代的小說較之五四時期有了長足的進步，對於五十年代至七十年代來說，也有未能逾越與不可替代的輝煌，但是，如果放在世界文學的大背景下來審視，與同時代的外國文學相比，在見出特點與優長的同時，也能看出一些問題。譬如：同黑塞的《荒原狼》（一九二七年）、《納爾齊斯和戈爾德蒙德》（一九三〇年）等相比，人性的解剖與知識分子求索的艱難，還缺乏出神入化的象徵表現；同海明威的《永別了，武器》（一九二九年）、《喪鐘為誰而鳴》（一九四〇年）等相比，對戰爭的表現還缺少理性的冷靜與深度；同帕斯捷爾納克的《旅行護照》（一九三一年）與蕭洛霍夫的《靜靜的頓河》（一九二八至一九四〇年）等相比，對暴力革命的觀照還比較單一與浮泛；至於像薩特的《噁心》（一九三八年）、加繆的《局外人》（一九四二年）與《鼠疫》（一九四七年）所達到的存在主義深度，中國文學在整體上要到八十年代才能夠予以理解並進行探索。當然，不應忘記當時的中國社會整體上尚處於前現代化階段（上海等較早開放的城市與臺灣、香港、澳門例外），現代小說的歷史較短，而且是拜外國小說為師的。但存在的問題並不能全在這些方面找到解釋，自身文化傳統的局限，文藝政策與文學觀念的偏頗等等，都難辭其咎。

在本書論述的十三位作家中，蕭紅不幸早逝，是個特例；而有幸走進二十世紀下半葉的作家，除了趙樹理之外，大多數作家的小說創作高峰都永遠地停留在三四十年代，這是一個值得深思的問題。是他們年邁體弱，創作力衰退了嗎？顯然不是。一九五〇年時，茅盾五十四歲，老舍五十一歲，沈從文四十八歲，巴金與丁玲都是四十六歲，端木蕻良三十八歲，路翎只有二十七歲。這樣的年齡不應是擱筆的時候。伏爾泰寫

《老實人》時六十五歲，寫《天真漢》時七十三歲；雨果的《悲慘世界》動筆時四十三歲，六十歲才完成並出版，發表《九三年》時已經七十二歲；托爾斯泰的《復活》，六十一歲動筆，七十一歲完成；陀思妥耶夫斯基寫《卡拉馬佐夫兄弟》時五十八歲到五十九歲；福克納寫《小鎮》時六十歲，寫《大宅》時六十二歲。與這些外國作家相比，剛剛邁進新時代的中國作家是多麼的年輕！以他們的身體情況與創作積累，他們完全有可能攀上一個新的小說創作高峰，但事實上卻沒能實現，這實在是讓人扼腕長歎的事情。個中原因不盡一樣，但有一個共性的、也是最大的原因，就是政治生活的不正常。曾有年輕的作家朋友羨慕地說，二三十年代的作家真幸運，寫一點東西就能成名，等後來不用再熬費心血，也在文壇上站穩了腳跟。姑且不說在戰火紛飛、動盪不安的年代，作家要經受怎樣的磨難，在通往成功的道路上，無論何時都要付出艱辛的努力；就以五十年代後老作家的擱筆而論，其中包含著多少沉痛的歷史教訓與酸楚的個人苦衷！

三四十年代小說創作的成果與經驗、教訓與問題，在二十世紀下半葉的中國文學歷史進程中，已經顯示出正負兩方面的效應，對於未來的文學來說，也將成為促進或制約其發展的潛因。因而，回顧與總結就不僅僅是為了準確、全面地認識歷史，而且也是為了現在乃至未來文學的繁榮。

主要參考文獻

（為便於讀者參考，按章序排列）

第一章：

孫中田、查國華編《茅盾研究資料》上、中、下（中國社會科學出版社，一九八三年）。

茅盾，《我走過的道路》上、中、下（人民文學出版社，一九八四年）。

唐金海、劉長鼎主編《茅盾年譜》上、下（山西高校聯合出版社，一九九六年）。

鍾桂松，《茅盾傳》（東方出版社，一九九六年）。

藍棣之，《現代文學經典：症候式分析》（清華大學出版社，一九九八年）。

第二章：

曾廣燦、吳懷斌編《老舍研究資料》上、下（北京十月文藝出版社，一九八五年）。

王惠雲、蘇慶昌，《老舍評傳》（花山文藝出版社，一九八五年）。

傅光明，《口述歷史下的老舍之死》（山東畫報出版社，二〇〇七年）。

第三章：

[法]明興禮，王繼文譯，《巴金的生活和著作》（文風出版社，一九五〇年）。
李存光編《巴金研究資料》上、中、下（海峽文藝出版社，一九八五年）。
陳丹晨，《巴金的夢：巴金的前半生》（中國青年出版社，一九九四年）。
李存光，《巴金傳》（北京十月文藝出版社，一九九四年）。
[日]山口守、阪井洋史，《巴金的世界》（東方出版社，一九九六年）。

第四章：

楊義，《中國現代小說史》第一、二、三卷（人民文學出版社，一九八六年、一九八八年、一九九一年）。
李士文，《李劼人的生平和創作》（四川省社會科學院出版社，一九八六年）。
成都市文聯編研室編《李劼人作品的思想與藝術》（中國文聯出版公司，一九八九年）。
李怡，《現代四川文學的巴蜀文化闡釋》（湖南教育出版社，一九九五年）。
寧宗一主編《中國小說學通論》（安徽教育出版社，一九九五年）。

第五章：

張恨水，《寫作生涯回憶》（人民文學出版社，一九八二年）。
張占國、魏守忠編《張恨水研究資料》（天津人民出版社，一九八六年）。
袁進，《張恨水評傳》（湖南文藝出版社，一九八八年）。
楊義主編《張恨水名作欣賞》（中國和平出版社，一九九六年）。

第六章：

凌宇，《從邊城走向世界》（生活·讀書·新知三聯書店，一九八五年）。
凌宇，《沈從文傳》（北京十月文藝出版社，一九八八年）。
[美]金介甫，符家欽譯，《沈從文傳》（時事出版社，一九九〇年）。
王保生，《沈從文評傳》（重慶出版社，一九九三年）。

第七章：

袁良駿編《丁玲研究資料》（天津人民出版社，一九八二年）。
藍海，《中國抗戰文藝史》（增訂本）（山東文藝出版社，一九八四年）。
宗誠，《風雨人生——丁玲傳》（中國文聯出版公司，一九八八年）。
丁玲，《魍魎世界　風雪人間：丁玲的回憶》（人民文學出版社，一九八九年）。
周良沛，《丁玲傳》（北京十月文藝出版社，一九九三年）。

第八章：

沈承寬、黃侯興、吳福輝編《張天翼研究資料》（中國社會科學出版社，一九八二年）。

第九章：

蕭鳳，《蕭紅傳》（百花文藝出版社，一九八〇年）。
王觀泉編《懷念蕭紅》（黑龍江人民出版社，一九八四年）。

[美]葛浩文，《蕭紅評傳》（北方文藝出版社，一九八五年）。
鐵峰，《蕭紅文學之路》（哈爾濱出版社，一九九一年）。
張大明、陳學超、李葆琰，《中國現代文學思潮史》（北京十月文藝出版社，一九九五年）。
鍾耀群，《端木與蕭紅》（中國文聯出版公司，一九九八年）。
鐵峰，〈蕭紅生平事蹟考〉，作為「附錄」收入《蕭紅全集》下卷（哈爾濱出版社，一九九八年）中。
曹革成，〈在蕭紅最後的日子裏〉，收《月光曲》（作家出版社，一九九九年）。

第十章：

李建平，《大地之子的眷戀身影——論端木蕻良的小說藝術》（廣西民族出版社，一九九五年）。
鍾耀群、曹革成編《大地詩篇——端木蕻良作品評論集》（北方文藝出版社，一九九七年）。
楊義，《楊義文存》第一卷《中國敘事學》（人民出版社，一九九七年）。
鍾耀群，《端木與蕭紅》（中國文聯出版公司，一九九八年）。
鍾耀群，〈端木蕻良小傳〉，《端木蕻良文集》第一卷（北京出版社，一九九八年）。
馬偉業，《大野詩魂——論東北作家群》（北方文藝出版社，一九九八年）。
孔海立，《憂鬱的東北人端木蕻良》（上海書店出版社，一九九九年）。

第十一章：

《路翎書信集》（灕江出版社，一九八九年）。
嚴家炎，《中國現代小說流派史》（人民文學出版，一九八九年）。

楊義、張環、魏麟、李志遠編《路翎研究資料》（北京十月文藝出版社，一九九三年）。
劉挺生，《一個神祕的文學天才——路翎》（華東師範大學出版社，一九九七年）。
朱珩青，《路翎》（中國華僑出版社，一九九七年）。

第十二章：
于青，〈張愛玲傳略〉，收入金宏達、于青編《張愛玲文集》第四卷（安徽文藝出版社，一九九二年）中。
陳青生，《抗戰時期的上海文學》（上海人民出版社，一九九五年）。
蕭南選編《貴族才女張愛玲》（四川文藝出版社，一九九五年）。

第十三章：
復旦大學中文系趙樹理研究資料編輯組編《中國當代文學研究資料　趙樹理專集》（福建人民出版社，一九八一年）。
戴光中，《趙樹理傳》（北京十月文藝出版社，一九八七年）。
錢理群、溫儒敏、吳福輝，《中國現代文學三十年》（修訂本）（北京大學出版社，一九九八年）。

跋

本書借鑑勃蘭兌斯《十九世紀文學主潮》的寫法，把作家的生存境況與文學活動、作家的創作個性與當時的文化背景（包括文學思潮及其同外國影響源、民族傳統根基的關係）、個體的創作成就與整個小說文體的發展結合起來。這樣，既可貼近小說發展史的原生態，給人多提供一些感悟與思考的空間，而不是把主觀認定的所謂規律強加於人；也能多少消除一點小說史著作乾巴巴的積弊，還原歷史本身的生動性，滿足一般讀者的閱讀興趣，使小說史走出單一的學者圈子，走向廣大的讀者群。為此，選擇了十三位作家予以重點闡釋。

之所以選擇這樣十三位作家，是考慮到他們所具備的典型性。茅盾、丁玲、張天翼、端木蕻良、趙樹理，代表了左翼及其餘脈貼近社會現實、關注人民命運的創作傾向，也能夠反映出二十世紀三四十年代左翼作家艱難的生存困境。其中每一位作家，又各具鮮明的創作個性：茅盾堪稱描寫社會歷史場景的大手筆；丁玲顯示出五四精神哺育的年輕女作家由個性家園向社會原野的邁進，並帶有由濃而淡的女性主義色彩；張天翼冷峭的審醜在視野的選擇與犀利的諷刺上別具一格；趙樹理以其問題意識之敏銳、表現社會現實之迅捷與切合農民審美需求之執著，在根據地文學中最為突出；在以往的一些文學史著作中，端木蕻良由於種種緣故未能得到應有的重視，其實，他的小說在黑土地情結與敘事藝術方面都很有代表性。蕭紅的作品不多，但其富於關東風貌的富有詩情畫意的女性敘事，曾經讓人耳目一新，至今仍然給人以無可替代的審美愉悅。老舍的平民意識、北京色彩、幽默風格和語言建樹，都是現代小說的一大景觀。巴金讓我們不僅能夠感受到激情文學的魅力，而且可以反思西方近代以來的各種思潮對中國的複合效應，絕不是簡單的非此即彼的政治判斷所能奏效。李劼人開闢出歷史小說的一片新天地，其糅合法國文學氣魄與巴蜀文化風韻的川味敘事，也值得認真品味。沈從文的意義不僅在於他傾心描繪的「邊地」圖景，而且在於疏離政治的自由主義姿態，自由主義文學在中國現代文學史上占有重要的地位，沈從文的政治態度、文學觀念與天籟之美的追求可以給我們以很多啟迪。現代小說是在借鑑外國文學的前提下創立並發展起來的，但在其發展中，不能不回溯到中國古代文學與民間文學去尋求資源。譬如在相當長的時間裏，章回體小說仍有很大的讀者面。為了使其適應新的時代，有必要加以調整、改造，重構的章回體小說已經成為現代小說的一個組成部分，張恨水便是這一方面的代表。張恨水的成功，啟示我們中國文學傳統可資繼承、轉化的資源是沒有窮盡的，文學的創新及其發展前景永遠同傳統的繼承和轉化密切相關，並且提醒作家不應無視讀者市場對文學發展的制約。張愛玲雅俗兼備，陰而不柔，滿目蒼涼，二十世紀中國小說史如果看不見她的女性主義姿態，就少了一道奇異的風景。路翎則是一面歷史的鏡子，反映出現代作家的命運多舛，也折射出中國知識分子的心路歷程。

為了使分析從容、深入一些，在典型現象選取的幅度上就不得不有所犧牲。最初擬定的計畫中，列入章節的作家還有蔣光慈、柔石、葉紫、沙汀、艾蕪、蕭軍、駱賓基、蕭乾、施蟄存、穆時英、師陀、徐訏、無名氏等，但由於篇幅的緣故，最後只好忍痛割愛。即使是作為典型現象選取的作家，在具體闡釋中有所側重，也有所缺失，如突出了老舍小說笑與淚交融的幽默，其京味風俗場景的描寫和語言上的貢獻，甚至《斷魂槍》、《月牙兒》這樣的精品也未能展開較為充分的闡釋。由於視角本身及筆者個人的原因，有些重要的文學現象未能集中而充分地展開探討，如臺灣小說，京派、海派、新感覺派等流派，歷史小說、詩化小說等文體及小說理論與批評等問題。好在文學史可以有多種寫法，海峽兩岸，各種視角的中國現代小說史已有多種，讀者的遺憾多多少少可以從那裏得到補償。

現代科技以越來越快的速度向前發展，生活節奏也變得越來越匆促，人們越來越務實。有時對自己的工作產生一絲疑慮，自己如此傾注心血的事情，還有意義嗎？但環顧周圍，遙想將來，無論何時，人類都不能只要物質生活，人的心靈永遠需要文學的滋潤與陶冶。而文學要發展，就需要文學史的學術研究。這樣一想，就在枯燥的工作中平添了一點生趣，終於寫成了呈現在各位面前的這本書。我嘗試著去捕捉最能表現作家創作個性、也最能代表文學史建樹的典型現象，如老舍的笑與淚、沈從文的湘西野性與靈氣、路翎的憤怒與痛苦、張愛玲的蒼涼的月亮等，但自己的努力是否切中肯綮，是否復原了一點歷史的原生相，是否悟出了一點歷史的真諦，能否引發讀者對二十世紀三四十年代小說的興趣與共鳴，則有待於閱讀效果的檢驗與學術批評的衡定。作為一個作者，自然樂於聽到讀者的批評。因意見不同引起的辯難，也將會促進作者的思考，有益於文學史研究的深化。

本書曾於二〇〇二年由位於瀋陽市的春風文藝出版社初版印行簡體字本。二〇〇四年，承蒙中國文化大學宋如珊教授納入「大陸學者叢書」，得到秀威公司宋政坤總經理的慷慨援助，首次印行繁體字版，是為秀威初版。最近，在宋如珊教授的鼓勵下，我完成了對前兩個版本的修訂，較之秀威初版增加二十餘萬字，再次得到秀威的支援出版，是為秀威修訂版。

幾年來，宋如珊教授主編的「大陸學者叢書」已經有了豐厚的積累，且有新的發展；宋政坤總經理主持的秀威出版事業蒸蒸日上，出版品種豐富多彩，發行網路輻射全球，可喜可賀！

在我來說，拙著能夠得到宋教授肯定與秀威支援，自然倍感榮幸！感激之情確乎難以言表！

張中良

二〇一二年八月二十九日　北京遠郊

BOD Books on Demand

現當代華文文學研究叢書10　AG0161

中國現代小說的敘事風貌

作　　者 / 張中良
主　　編 / 宋如珊
責任編輯 / 王奕文
圖文排版 / 楊家齊
封面設計 / 陳佩蓉

發 行 人 / 宋政坤
法律顧問 / 毛國樑　律師
出版發行 / 秀威資訊科技股份有限公司
114台北市內湖區瑞光路76巷65號1樓
電話：+886-2-2796-3638　傳真：+886-2-2796-1377
http://www.showwe.com.tw
劃撥帳號 / 19563868　戶名：秀威資訊科技股份有限公司
讀者服務信箱：service@showwe.com.tw
展售門市 / 國家書店（松江門市）
104台北市中山區松江路209號1樓
電話：+886-2-2518-0207　傳真：+886-2-2518-0778
網路訂購 / 秀威網路書店：http://www.bodbooks.com.tw
國家網路書店：http://www.govbooks.com.tw

2013年10月　BOD一版
定價：670元

國家圖書館出版品預行編目

中國現代小說的敘事風貌 / 張中良著. -- 一版. -- 臺北
市 : 秀威資訊科技, 2013.10
面； 公分.
ISBN 978-986-326-156-8(平裝)

1. 中國小說 2. 現代小說 3. 文學評論

820.9708 102014470

讀者回函卡

感謝您購買本書，為提升服務品質，請填妥以下資料，將讀者回函卡直接寄回或傳真本公司，收到您的寶貴意見後，我們會收藏記錄及檢討，謝謝！如您需要了解本公司最新出版書目、購書優惠或企劃活動，歡迎您上網查詢或下載相關資料：http:// www.showwe.com.tw

您購買的書名：________________________________

出生日期：________年________月________日

學歷：□高中（含）以下　□大專　□研究所（含）以上

職業：□製造業　□金融業　□資訊業　□軍警　□傳播業　□自由業

　　　□服務業　□公務員　□教職　□學生　□家管　□其它_____

購書地點：□網路書店　□實體書店　□書展　□郵購　□贈閱　□其他

您從何得知本書的消息？

□網路書店　□實體書店　□網路搜尋　□電子報　□書訊　□雜誌

□傳播媒體　□親友推薦　□網站推薦　□部落格　□其他__________

您對本書的評價：（請填代號　1.非常滿意　2.滿意　3.尚可　4.再改進）

封面設計____　版面編排____　內容____　文／譯筆____　價格____

讀完書後您覺得：

□很有收穫　□有收穫　□收穫不多　□沒收穫

對我們的建議：________________________________

____

____

____

請貼
郵票

11466
台北市內湖區瑞光路 76 巷 65 號 1 樓

秀威資訊科技股份有限公司　　收

BOD 數位出版事業部

....

（請沿線對折寄回，謝謝！）

姓　　名：__________　年齡：______　性別：□女　□男

郵遞區號：□□□□□

地　　址：____________________

聯絡電話：(日) __________ (夜) __________

E-mail：____________________